簡明中國文學史

簡明中國文學史

駱玉明 著

責任編輯　　　姚沙沙

書籍設計　　　吳冠曼

書　　名　　簡明中國文學史

著　　者　　駱玉明

出　　版　　三聯書店（香港）有限公司

　　　　　　香港鰂魚涌英皇道 1065 號 1304 室

　　　　　　Joint Publishing (H.K.) Co., Ltd.

　　　　　　Rm. 1304, 1065 King's Road, Quarry Bay, Hong Kong

香港發行　　香港聯合書刊物流有限公司

　　　　　　香港新界大埔汀麗路 36 號 3 字樓

印　　刷　　深圳市恆特美印刷有限公司

　　　　　　深圳市寶安區民治橫嶺村恆特美印刷工業園

版　　次　　2010 年 3 月香港第一版第一次印刷

規　　格　　16 開（170×240 mm）644 面

國際書號　　ISBN 978-962-04-2884-5

本書原由復旦大學出版社以書名《簡明中國文學史》出版，經由原出版者授權本公司在除中國內地以外全世界地區出版發行。

序

　　一部簡短的文學史也可以有多種不同的寫法。本書的宗旨是追求較強的知識性，希望在有限的篇幅中清晰而完整地闡述中國古代文學發展演變的主要脈絡和基本情況。也許，正因為篇幅較小，字數有限，寫作時必須處處考慮到線索的清楚和文字的乾淨，讀者由此可以更為方便和明快地掌握關於文學史的知識。

　　文學史是廣義的歷史的一個分支。如果我們不能認為歷史的一切變化都是偶然和無意義的，它只是荒誕現象在時間順序上的堆積，那麼關於歷史的描述就必然包含了價值判斷。另一方面，如果我們不能認為人類的歷史歸根結底為神的意志所決定，那麼只能說它是人類自我創造的過程。許多現代歷史學家從不同角度論述了這一點，馬克思、恩格斯亦有一種基於人性立場的理論，依據《資本論》、《1844年經濟學哲學手稿》、《共產黨宣言》諸書，它可以最簡單地概括為：人的本質是自由，人類歷史的理想結果是達到「每個人全面而自由的發展」；雖然不同歷史階段中生產力的發展水平制約了自由可能實現的程度，人類終將通過物質與精神的創造實現其自由本質。我想文學史的描述與這種歷史觀應該是相通的。

　　說來，「文學」實是個邊界模糊、內涵複雜的概念。但就其主要特徵來看，可以說它是人類情感在語言形式中的呈現；文學本質上是基於感性的，它的可貴之處就在於它和生命本真密切關聯。而人類的情感是一種極其活躍、充滿變化的東西，它的本來狀態是含混和不穩定的；在人性發展的過程中，當新的情感內容在語言形式中得到呈現時，這實際意味着人對自身情感的一種審視和確認；而文學世界的擴展與豐富，說到底是顯示了人類生命形態的擴展與豐富。

　　所以，我想格外強調的是：文學的根本價值，在於它是人類求證其自

由本質、創造其自身生活的一種特殊方式。文學固然源於現實生活，但它絕不會成為後者的鏡像；它總是更多地表現了意慾的生活和想像的生活。而這種意慾和想像如果是合理的，便會改變現實生活的內容乃至人自身。進一步說，文學的所謂「合理」又是具有特殊性的。一般的社會意識形態或證明現存秩序的正當性並維護它的繼續存在，或意圖用另一種預設的秩序來代替前者，文學卻是直接從感性、從生命本真的慾求出發，所以優秀的作品總是能夠深刻地揭示人性的困境，人性慾求與社會規制的矛盾；文學雖並不承擔指導社會改造的責任，卻往往以潛在的方式提出了給予人的發展以更大自由空間的要求。正是從上述特點，我們認為文學是人類求證其自由本質、創造其自身生活的「特殊方式」。

在這篇《序》的開頭，曾提出「本書的宗旨是追求較強的知識性」，這意味着理論性的討論在書中將不會得到凸顯。但在一部文學史中，基本價值尺度決定了它闡釋文學史現象的眼光和態度，所以上面對此作了簡要的交代。

對文學史著作而言，如何進行分期也是一個重要的問題。以前的各種文學史大多按照朝代來分階段，這使許多研究者感到不滿意。理由是非常簡單的：歷史上的朝代更迭是一種政治變化，而文學的變化不可能總是與政治變化相符。這當然很有道理，對文學史應如何分期的問題作深入討論也非常有必要。但本書仍大體依朝代來劃分章節，這是因為：（一）中國歷史上各個朝代的更迭，構成了時間單元的自然劃分，它早已成為人們獲得歷史知識的框架。如果在文學史中使用另一系列的時間單元，它難免會同人們久已習慣的歷史知識框架發生衝突。就一部強調知識性的文學簡史而言，還是稍加避免為好。（二）由於在中國社會中政治對文學的影響極大，儘管文學史的變化不可能總是與政治史的變化相符，但在許多階段上，這兩者的關係又是極為密切的。所以，事實上文學史的章節即時段劃分，有時不可避免地與朝代更迭和政治變化相重疊。考慮到以上因素，本書採取了一種折中態度，即一方面仍大體依朝代劃分章節以求方便，同時也不為此所囿，充分注意到文學

自身的變化規則，盡可能避免以政治為決定因素來闡釋文學的歷史。

　　一部《簡明中國文學史》，就「題中之義」而言，有兩項目標是要努力達到的。一是它必須是「文學」的歷史，必須堅持文學本位的立場，強調從文學獨特的價值尺度來看問題。所以，通常情形下，一篇寫得很出色的思想性論文並不是文學史應該關注的對象；我們讚賞一位詩人，也絕不能只是因為他的詩記錄了歷史的情形，具有重要的史料價值。——這些應該放在別的著作中去評說。另一個目標是如何真正做到「簡」而能「明」。這看起來只是個技術性的問題，操作起來卻甚費精力。文學發展的基本線索，各時期文學演變的主要特徵，重要作家作品在藝術創造上的獨特貢獻，是本書關注的核心問題。比起多卷本文學史來，某些內容在本書中被省略當然是不可免的，但讀者也許會注意到，在某些環節上，本書的論析甚至比一般多卷本文學史更為周詳。至於這本書最終是否真正做到了「簡」而「明」而「文學」而「史」，則尚待讀者的評說和指教。

　　我有很多年在學校中為本科生講授中國文學史課程，這也是我自己不斷學習提高的過程。文學史涉及的內容極其廣泛，我在這裏遇到的疑惑也很多。1996年，復旦大學出版社出版了封面署名為「章培恆、駱玉明主編」的三卷本《中國文學史》，這是一本多人合作撰寫的著作，最後在章培恆先生的指導下，由我承擔了全書的統稿工作。由於多種原因，統稿加上補綴各處缺漏的工作量相當大。但也正因如此，我得以對自己從事文學史教學與研究工作以來遇到的問題、產生的想法進行了一番系統的清理，得以就自己的疑惑不斷向章先生請教。那一部文學史出版後引起相當熱烈的反響，而我從中獲得了一次很好的學習機會。

　　現在這部《簡明中國文學史》是應復旦大學出版社的朋友的建議撰寫的。他們認為這樣規模的一部文學史較為適合目前高校教學情況的變化，也較能適應一部分讀者業餘求知的需要。此書與過去復旦版三卷本《中國文學史》難免存在關聯。首先，雖然章培恆先生認為他不適宜在此書上署名，但它的完成實離不開章先生過去對我的指導。此外，儘管我已盡可能避免將三

卷本文學史其他作者原稿中的內容轉移到此書中來，但有些東西已經對我產生了一定的影響。如葛兆光兄對中晚唐詩的某些分析，恐怕會在此書中留下痕跡。當然，編撰文學史的人總不免要借鑒其他研究者的學術成果，凡是近年新出（包括近年譯介）的，已在書中隨處注明，而前賢久已為人熟知的觀點則或有省略，凡此均一併致謝；倘有不當的疏忽，亦敬請指出，以便改正。

　　中國文學史是一個龐大的課題，以我學力的淺薄而意外捲入此中竟已有多年。曾經做過的一切除了使我感到不滿以外沒有甚麼很想說的，唯一的意願是期望有一天終究能做得好。

二〇〇四年七月八日

目　錄

第一章 中國文學初期特徵的形成

不疑為嘗試論之曰莊生有云人之所知莫若其所不知
吾於山海經見之矣夫以宇宙之遼廓群生之紛紜陰陽
之運萬物之區分精氣渾淆自相濔源延想靈在觸像
而擢流形作山川覽狀於木石者難可條言乎然則怪其
所以事致之於一響成其所以變混之作一象世之所謂
異未知其所以異世之所謂不異未知其所以不異何者
物不自異待我而後異異果在我非物異也故胡人見布

人面鴞①摹本

誕迂諺多爭恢訕僭之言蓋

中國文學源遠流長。它在數千年中雖屢屢向異質文化汲取養分，卻始終保持了一個連貫的、從未中斷的發展過程，這在世界上是一個獨特的現象。正因如此，中國文學形成初期——這裏大致是指先秦——的某些基本特徵對後來文學的影響也就格外深遠，值得注意。

一　商、周時期文化簡說

　　一種文學最初的特徵，是在它所從屬的文化土壤中萌發和生長起來的。中國上古即秦以前的文化，經歷過漫長的孕育，至商、周時期逐漸成熟；尤其是周代，形成了中國文化的一系列元典，確定了包括文學在內的中國文化的某些基本流向。

　　遠古時代，在後來被稱為「中國」的這片土地上，原本只是散居着眾多的初民族群；這些散居的族群在漫長的年代裏逐漸凝聚為大小不一的部落，眾多的部落又分別結成不同的聯盟，國家形態便在這過程中形成。過去人們通常把黃河流域視為中華文明單一的發源地，現代的考古研究證明中華文明是多元並起、逐步融合的。迄今為止，國內已發現的新石器文化遺址有幾千處，如星羅棋佈，分散在極其廣大的地域內，不同地域的文化相互之間並無顯著的主從關係。如其中格外受到人們重視的代表長江流域文化的河姆渡遺址與代表黃河流域文化的仰韶遺址，兩者大抵是同時並存，而實屬不同類型，且前者並不比後者落後。

　　但是，在中國早期多元文化相互融會的過程中，黃河流域的文化顯然佔了主導地位。一般所說的夏、商、周王朝，實際上只是不同時期中我國北方的部落聯盟，但後來它們被看成中華文化「正統」的代表，正說明了黃河流域文化的主導地位。那麼，這種結果是怎樣造成的呢？

　　在黃河流域從事農業生產的先人，面對的生存環境相當嚴酷。他們一

方面要應對來自更北部的遊牧民族的武力掠奪，一方面要與較南方為惡劣的自然環境、特別是任意氾濫的黃河水系作鬥爭，所以迫切需要把分散的人群凝聚為強大的群體，以展開生存競爭。我們可以注意到：無論傳說中的還是信史記載的上古時代的大規模戰爭，如炎帝與黃帝之戰，黃帝與蚩尤之戰，商湯伐夏桀，周武伐商紂等等，多發生於北方。關於夏王朝尚多有爭議，姑且不論，商、周作為中國最早的有信史可徵的王朝，都是以黃河流域為中心的。與此同時，也就產生了中國最早的用於維護統治秩序的思想學說、禮儀制度、文化機構。在商、周文化中，國家意識形態相比於其他地域要早熟得多。

清末民初發現的甲骨文提供了關於商代文化的諸多信息。現存甲骨文獻均是就戰爭、祭祀、農事等各項事件問卜於鬼神，以確定凶吉可否的記錄，充滿了原始信仰的氣氛。從中可以看到，商人對自然之神的信仰和對祖先神靈的崇拜逐漸融合為一體，而其現實意義則在於確認現世君王的權威。在另一種商代文獻——《尚書·盤庚》篇中，這一點表現得尤其清楚。《盤庚》是商代中期君主盤庚決定遷都時對臣僚發表的講演記錄，文中顯示：歷代先王和臣僚們的祖先雖已離開人世，卻仍然在天界保持着君臣關係。如果人間的臣僚們違背了君主的旨意，他們的祖先就會要求先王對他們降下災禍，以示懲罰；相反，如果他們順從君主，就會得到先王的保祐。這表明在商人的觀念中，君王的祖先神已經成為人間權力的來源，天界的秩序與人間的秩序具有同構性，前者證明了後者的合法與合理。

但君主也並不可以為所欲為。在《盤庚》篇中，盤庚一再告誡臣下要克制自己內心的想法，「聽予一人之作猷」即服從他一人的計劃；同時他自己則要「惟民之承」，「奉畜汝眾」，即服務於民眾，使民眾能好好生活。倘若他做不到這一點，在天上的先王就要責問他「曷虐朕民」——為甚麼虐待我的人民，並降給他大的懲罰。這清楚地表明：與祖先崇拜密切聯繫在一起的是維護群體共存的意識；至少在原則上，群體的要求才是處於第一位的。對鬼神的信仰和對祖先亡靈的崇拜，是原始人類最普遍的意

識，商文化就是把這種原始意識轉化最初的國家意識形態。

　　周取代商以後，思想文化方面有許多變化，王國維甚至認為：「中國政治與文化之變革，莫劇於殷周之際。」（《殷周制度考》）由於重視宗法紐帶在其統治中的作用，祭祖依然是周王室和各邦國最重要的政治活動之一。但是同商代比較，在周文化中對鬼神的信仰與崇拜已經淡薄了很多。所以前人注《禮記》有周人「事鬼神而遠之」之說。作為最高的主宰者而存在的「帝」或「上帝」，不像在商文化中那樣常常與君王的祖先神混為一體；在更多的場合它被稱為「天」，它是超越所有宗族的；它也不再隨時參與人間的活動，裁判人間的是非而施以禍福，而是高高在上，監察下方，授「天命」給人間合適的統治者，並在必要時改變「天命」。「天命」的授受，取決於統治者的德行。在這裏可以看到，「天」或「上帝」就其意志性一面來說，還近似於宗教神，但在相當程度上已經被抽象化了，成為道德與公正的化身。

　　隨着對神的依賴逐漸減少，關於人的行為和人際關係的準則就變得更重要了，於是有「禮」的建設。在商代，禮只是祭祀禮儀，而相傳為周公姬旦所制定的周禮，則包含政治制度、典禮儀式、倫理規範等多種內涵。禮的一個重要原則，依孔子解說是「克己」——所謂「克己復禮為仁」。它應該符合周公制禮的本意：在周初文獻《尚書·無逸》篇中，周公就把「克自抑畏」定為君王應該遵守的原則。總之，禮具有抑制個體意識的作用，並由此而達到確立等級秩序、維護群體利益的效能。禮的建設意味着周文化在多方面擺脫了原始宗教的力量，而運用具有理性的政治手段和道德意識調節社會關係。

　　如果說抑制個體、崇尚群體是商、周文化相同的特徵，那麼周文化將「帝」與「天」淡化虛化，而提高「禮」與「德」的地位，則有另一種意義：它雖承認一個超世的最高權威的存在從而解釋了人間權力的合法性，又在客觀上防止了宗教權力與政治權力的兩元分化。學者們多認為宗教力量的強弱是中國文化與西方文化的根本區別，可見周代文化建設影響之深遠。

長江流域的情況與黃河流域有許多不同。在長江流域，氣候濕熱，多山林湖澤，天然物產相當豐富，自然災害不像北方那麼嚴重，維持簡單的生存比較容易，因此即使同樣有形成強大群體的需要，也絕不像北方那麼迫切。所以在長江流域雖然文明的發展並不比黃河流域遲緩，但那種通過抑制個體來維護社會秩序、強化群體力量的意識形態卻遠沒有北方那樣發達。當然，在族群、邦國不斷相互兼併的過程中，這裏的人群終究也要面對生存競爭的問題，而在這方面黃河流域的文化具有顯而易見的優勢，所以他們必然會崇尚和學習黃河流域的文化。以屈原為例，他的作品中所歌頌的聖賢體系、所宣揚的基本政治觀念，明顯源於北方文化，這表明後者的一些重要的因子到了屈原的時代，已經在長江流域文化中深深地扎下了根。不過儘管如此，正如屈原的作品仍然極具南方特色，在整個中國古代史上，南北文化始終存在各種各樣的差異，這造成了豐富的文學面貌。

二　古代神話

在文學史的初期階段，神話是一種重要而獨特的現象。

首先需要說明的是：在遠古社會中，神話關涉的範圍要遠出於文學之外。它本是原始人類的綜合的意識形態，是他們對世界的認識和解釋，是他們的百科全書式的知識體系，又是他們的願望的表達。人類最初是生活在一個神話世界中的。

那麼，神話的文學意義又表現在甚麼地方呢？

首先，神話的思維充滿了直覺與幻想，是人類理性邏輯尚未發展成熟時期的思維方式。它雖然是不自覺的，卻依然表現了人類的藝術天性。同時，神話故事也給後來的文學創作提供了極好的素材。

但神話在一個民族的文學中最終留下多麼深的痕跡，對它的發展造成

多麼大的影響，仍然與其他一些條件相關；換言之，神話的存在並不直接導致文學藝術的發達。因為，神話最初的功能主要是解釋自然，或如馬克思所說，是借助想像以征服自然力（見《〈政治經濟學批判〉導言》）。如果停留在這一階段上，神話對人自身的關注會是比較有限的。只有當神話將更多的注意力投向人自身，越來越多地反映人類社會中的生活情感、矛盾衝突時，才會形成真正意義上的「神話文學」。像古希臘的荷馬史詩和不少戲劇都是這樣的作品。神話文學的顯著特點，是「神」或「英雄」具有豐富的人性，有着世俗的渴望和常人的困苦。

由此來看中國古代神話，會比較清楚。現存的中國上古神話資料主要見於《山海經》、《淮南子》、《楚辭》、《莊子》等幾部不同類型的著作，這些書或講述荒誕的地理知識，或引用古代傳說幫助論說哲理，或在奇異的想像中抒發個人內心的鬱悶，但都不以記述神話故事為中心。從這些著作及其他古籍的記載中，可以看到大量神祇的名稱和零散的事蹟，但看不出有完整的神話系統，各種神話故事、神話人物之間，只有相當鬆散的關係，而且各自都是以片斷的形態被記載下來的。以前人們對此現象有不同的解釋，如魯迅、胡適等人認為中國古代神話原本是不發達的，而上世紀五十年代以來，不少人提出：中國古代原來也有着豐富的神話，只是後來被「歷史化」或失傳了。

這裏有個問題，就是需要把原始神話和文學化的神話加以區分。從後者來說，中國古代神話文學不發達是顯然的。造成這一現象的主要原因是：當中國歷史進入文獻時代，以崇群體而抑個體、注重實際而不喜幻想為特徵的周文化已經佔據了主導地位。這一文化體系不能容忍偉大的人物具有常人的缺陷和痛苦，也不利於「想入非非」的文學的蓬勃生長。因之，那些古老的神祇也就無法獲得豐富的人類情感，無法轉化為豐滿的文學形象。

這裏當然也有地域上的區別。在黃河流域文化範圍內，至周代，神話消退的現象已經很明顯。《詩經》形成的年代，大體與古希臘的《伊利

亞特》、《奧德賽》，印度的《黎俱吠陀》，及《舊約‧希伯來詩篇》相當，但《詩經》無論敘事還是抒情，基本上沒有神話色彩。北方的其他著作，也很少涉及神話。南方的楚文化體系則不同，一直到戰國乃至漢代，南方的著作尤其《楚辭》仍然常可以看到較濃厚的神話色彩。只是如前所述，這並不足以改變中國古代神話文學不發達的基本狀況。——但這也不是甚麼值得羞愧的事情；正因如此，中國文學從一開始就形成了自己別樣的特色。

現存的各種片斷資料中，最為著名的神話故事大抵與解釋自然、想像征服自然有關。如《淮南子‧覽冥訓》所記載的女媧救世的神話：

> 往古之時，四極廢，九州裂，天不兼覆，地不周載，火爁焱而不滅，水浩洋而不息，猛獸食顓民，鷙鳥攫老弱。於是女媧煉五色石以補蒼天，斷鼇足以立四極，殺黑龍以濟冀州，積蘆灰以止淫水。

這個故事的實際背景應該是大洪水吧。此外，鯀、禹父子治水也是相同背景下產生的為人傳誦的故事。我們可以看到：在中國古代神話中出現的神和英雄，絕不像古希臘神話中的神和英雄，常為了個人的情慾、榮譽、尊嚴、恩怨而鬥爭，甚至不惜向更有權勢和力量的人物發出挑戰；他們大多是為民除害的形象，通常尊重現存的權威與秩序，具有犧牲精神，很少顧得上自己或家人，這種形象反映出古代中國人生活環境的嚴峻和在此環境中人們所崇仰的德性。

三　早期文學的擔當者

所謂「文學擔當者」，這裏指的是從事文學創作、評判、整理、傳授的人，他們對一個時代文學面貌的形成起着最直接的作用。在不同的時代

中，文學擔當者的社會身份往往有很大區別，這種區別是文學史發展變化的根源之一。至於說到中國先秦時代，由於文學大體還處於自發狀態，並不存在專門從事文學活動的人。但有些人因其身份關係，與文學的產生、流傳、保存有着較常人更為密切的關係。

在我國上古時代，文化活動最初由巫、史二類人執掌；前者主要負責祭祀、占卜等溝通人神的活動，後者主要負責君主言行、國家重大事件的記載及文獻的整理與收藏，不過巫、史的職能也常有相兼的情況。

巫溝通人神之域的活動每與文學發生關聯。《說文解字》釋「祠」字云：「春祭曰祠，品物少、多文辭也。」就是說在這種祭祀儀式上，主祭者要奉獻很多「文辭」。古人顯然認為以特殊形式來運用的語言具有特異的效能，它能夠達成種種神秘的溝通。因而，巫可以說是上古時代最具有特殊語言修養的人。史的活動與書面文獻的形成有最直接的關係，他們也被認為是擅長文辭、講究文采的，孔子就說過：「文勝質則史。」對語言的美化，史應該有不小的貢獻。又據史籍記載，至遲自春秋時代始，君主的宮廷裏已有為之提供娛樂的俳優一類人物，他們善於說故事、笑話，能作表演。他們不僅與廣義上的文學活動有關，後世的宮廷文人可以說是這一類人的後裔。

文學當然不只是產生於宮廷範圍、官方的活動中，它也大量地產生於民間的日常生活。但至少在先秦時代，那些從民間產生的東西，只有經過官方的收集整理，才有可能以文獻的形式傳諸後世，《詩經》就是這方面典型的例子。《詩經》中包含不少民間的歌謠，也包含許多在官方的典禮和高層的宴集場合專用的樂歌。當時，周王室和諸侯國均有專門的樂官，他們的職能之一就是對各種歌謠加以搜集和整理。所以，《詩經》其實是周王室文化事業的一項成果，它最終呈現的面目當然受到了佔主導地位的官方文化的制約。

說到古代歌謠，我們知道古希臘時代有一類行吟詩人，他們到處流浪，為人們吟唱歷代相傳的長篇故事詩（epic，又譯為「史詩」），所謂荷

馬史詩就是這樣的作品，其產生年代也跟《詩經》中的早期之作相當。但中國文學就現存資料而言，可與之比擬的作品至少要等到《孔雀東南飛》出現。其實，《詩經·大雅》中寫周民族發祥過程的幾篇，本來具有發展為這一類型作品的條件，但我們現在所見的，卻缺乏故事詩應有的某些基本特徵。是不是在《詩經》時代，中國民間根本就沒有過流浪的吟唱者，也根本就沒有產生過那種長篇故事詩呢，這其實很難說，但總之那一時代主流的文化結構中沒有這一成分。長篇故事詩離不開人的個性與慾求的衝突，而表現這種衝突看來不為那時代的社會上層所賞識。就文學的審美趣味來說，抒情性作品和敍事性作品具有不同的也是不能互相替代的價值，兩者都是人類的精神生活所需要的。而中國文學在其初期階段，抒情詩格外發達，屬於虛構性的敍事文學類型的長篇故事詩和戲劇都沒有出現，因而呈現出與其他地域——尤其歐洲——初期文學很不相同的面貌。在這裏，我們需要注意到一種文化的總體氣質對文學史面貌的形成具有強有力的作用。

粗略地說，春秋以前，中國社會的學術文化是官方機構掌握的，而到了春秋時代，則出現了一種所謂「文化下移」的現象，至戰國而愈甚。在這一階段，「士」這一階層在思想文化領域特別活躍，他們對廣義上的文學的發展所起作用也最大。

所謂「士」原是指最低一級的貴族，到了春秋以後，實際是指具有一定的知識與才能並以此為統治者提供服務以謀得自身利益的人，另有些人則以傳授文化知識為業。其中一部分人被稱為「遊說之士」，他們專以富於煽動力的言辭說動君主，使之採納自己的意見。這一類人大抵都學習過雄辯術，對語言高度敏感，既善於運用邏輯的力量通過理性發生作用，也善於運用文學的技巧在感情上打動對方。又有一部分人被稱為「文學之士」，雖然這裏所說的「文學」是泛指學問或專指儒學而言，但他們也被公認為善於運用美化的、能夠感染人的語言（當然「遊說之士」與「文學之士」並非職業的區別，只是從不同角度上使用的稱呼）。正是經過他們

的努力，漢語在表現思想和情感方面，逐漸變得豐富多變、活躍有力。

春秋戰國時代形成的政治性、哲學性的散文，大抵出於士階層之手，從中可以看到文學因素的成長；另外值得注意的是歷史著作。較早產生的歷史著作如《尚書》、《春秋》，基本上是根據正式的官方文獻編纂而成的，其中文學因素很淡薄，而戰國時代出於士階層之手的《左傳》、《國語》、《戰國策》、《越絕書》等書，來源則比較複雜，看來既使用了官方文獻也使用了非正式的、包括傳說性質的材料，其特點是故事性較強。在《左傳》中就能看到許多生動有趣的細節，如記述晉與楚作戰時，楚國將士邊追擊邊教晉人如何逃跑，情節頗詼諧。而到了年代更晚的《戰國策》，很多故事已類近於小說。在官方的正式檔案中不可能保存許多細節生動的故事，它一定另有流傳的途徑。據記載，古時宮廷中有「瞽」「矇」一類盲人專司記誦之事，他們演述的歷史故事大概會不斷加入生動的細節，就是在民間，也未必沒有為人講誦歷史故事的藝人。這些口傳的帶有很多虛構成分的歷史故事，滿足了人們通過他人的故事來體會人生的精神需要，它滲透到士階層的歷史著作中，造成一種文史相融的結果。這在文學史上有着不可輕忽的意義——不僅中國初期虛構性敘事文學不發達的缺陷由此獲得彌補，中國古典小說的許多重要因素也源於此。

說到中國早期文學擔當者的問題，戰國後期楚國的楚辭作家群值得特別加以注意。當我們指稱屈原是中國文學史上第一位偉大的詩人時，必須想到詩不僅是激情的產物，它同時也是修養和技巧的產物，而修養和技巧是需要在適當的環境中培育的。而據《史記》記載，當時除了屈原之外，宋玉、景差、唐勒諸人也都「好辭而以賦見稱」（愛好文辭，以善於作賦著名）；這群人生活的年代相差不遠，若按《楚辭章句》的說法，至少屈、宋二人關係是密切的。這意味着在戰國後期楚國的上層存在着一群喜好並且擅長文學的人。儘管，以屈原在當時社會中的身份而言，他首先是一位政治家而非一般意義上的「詩人」；其餘數人，也沒有根據證明他們是否主要憑藉文學才能獲取自己的社會地位，但無論如何，以現存記載為

限，這樣的現象在文學史上是第一次出現。它表明文學正在以某種方式成為上層社會生活的重要內容。

四　語言文字的因素

文學是語言的藝術，文學的某些特點是由語言文字決定的。

不少學者認為，山東大汶口出土的新石器時代陶器上的刻畫符號已經是原始的漢字。但這些符號尚難以辨識。到了商代的甲骨文，漢字已經基本定型，其最重要的特點也已經形成。

漢字是以象形為基礎的單音節文字，一般地說，每一符號都單獨包含音、形、義三要素。

在漢語的文句中，單詞不發生表示詞性、時態的變化，作為詞而存在的帶有象形意味的字並不被完整的句子所「吞沒」，它仍然具有直接指示意象的功能；漢語文句的語法也並不是十分嚴密的，一個句子所表達的意義不僅需要通過語法慣例和規則來理解，同時也需要通過對若干單詞所形成的意象集合來體會。這種語言用於表達複雜的邏輯思維時會有較多的困難，但用於表現詩化的印象、聯想，用於包容歧義和暗示卻十分合適。

而漢字的單音節特徵又使得漢語作品很容易寫得音節整齊而勻稱，並便於對偶的形成，再加以適當的押韻，文句更富於美感。所以，不僅僅是詩歌，在先秦各類著作中，如《易經》、《老子》、《莊子》、《荀子》等等，都有廣泛運用韻文的情況，那種不怎麼嚴格、看上去似乎是自然形成的對偶句也頗為多見。這種現象的形成，最初當是緣於易記誦的需要——這在書寫不便的上古時代具有非常重要的實用意義，但不能說這裏沒有追求語言形式美感的心理因素存在。

中國詩歌幾乎從一開始就在尋求明顯的形式特徵。《詩經》所收作

品，時間和地域跨度都很大，但幾乎全都是使用整齊的四言句式，這無疑是人為修飾的結果。這一現象或許與當時使用的音樂的特點有關，但考察後世入樂之作的一般情況，可以發現句式不齊也並不一定妨礙文字與樂曲的配合，所以更重要的原因恐怕還在於：在寫作或者改定那些作品的人看來，詩歌需要有某種不同於口語也不同於一般文章的特殊形式。而追求形式的精緻，後來成為古典詩歌十分突出的特點。對於語言形式美感的追求，更有一種泛化的傾向，這不僅顯示在介乎詩文之間的特殊文體賦中，表現在駢體文中，許多散文在韻律、節奏方面也有精緻的講究。

綜上所述，可以說漢語總體上是一種詩性特徵十分強烈的語言。而語言並不只是思維的工具。人所知道的、人所能理解的世界就是人能夠用語言描述出世界；一種語言的特點直接顯示了使用這種語言的人們的思維與心理結構。所以，儘管中國文化很早就脫離了神話的籠罩，但漢語的上述特點卻證明，在日常的生活裏，人們仍然保留着很多偏向於詩性的思維習慣。具象性的感受，暗示的誘導，活躍而無定則的聯想等等精神現象，對人們理解世界與人生的活動一直起着相當大的作用；而文學尤其詩歌在中國古人的精神生活中顯得特別重要，顯然有着非常深層的原因。

第二章

《詩經》與《楚辭》

先秦時代中原文化與楚文化在文學方面的精華，首推《詩經》與《楚辭》，而這兩種詩歌顯著不同的藝術特色，又各自對後代詩歌產生了廣泛的影響。《詩經》與《楚辭》成為中國文學重要的源頭，「風騷」的並稱甚至成為文學的代名詞。

一　《詩經》

《詩經》概說　《詩經》是我國第一部詩歌總集，共收入自西周初期（公元前十一世紀）至春秋中葉（公元前六世紀）約五百餘年間的詩歌三百零五篇，另有六篇「笙詩」，有目無辭。最初稱《詩》，漢代儒者奉為經典，乃稱《詩經》。

《詩經》分為《風》、《雅》、《頌》三部分。《風》包括《周南》、《召南》、《邶風》、《鄘風》、《衛風》、《王風》、《鄭風》、《齊風》、《魏風》、《唐風》、《秦風》、《陳風》、《檜風》、《曹風》、《豳風》，共十五《國風》，詩一百六十篇；《雅》包括《大雅》三十一篇，《小雅》七十四篇；《頌》包括《周頌》三十一篇，《商頌》五篇，《魯頌》四篇。

這些詩篇原本是歌曲的歌詞。若依《墨子·公孟》之說，則三百餘篇均可誦詠、用樂器演奏、歌唱、伴舞。其說或許不盡然確切，但《詩經》在古代與音樂和舞蹈關係密切，是無疑的；它的三大部分的劃分，通常認為就是依據音樂的不同。《風》一般釋為土風，即具有各地方音樂特色的歌謠，除《周南》、《召南》產於江、漢、汝水一帶外，均產生於從陝西到山東的黃河流域。《雅》是西周「王畿」之樂，其地名為「夏」，「雅」和「夏」古代通用。雅又有「正」的意思，當時把王畿之樂看作是正聲——典範的音樂。《大雅》、《小雅》之分，眾說不同，大約其音樂

特點和應用場合都有些區別。《頌》是專門用於宗廟祭祀的音樂。從寫作年代來看，大致地說，《頌》和《雅》產生較早，基本上都在西周時期；《國風》除《豳風》及「二南」的一部分外，都產生於春秋前期和中期。

《詩經》的作者成分很複雜，產生的地域也很廣。除了在周王朝中央地區產生、流傳的樂歌，那些各諸侯國的歌謠是怎樣匯集起來的呢？古人對此有兩種說法：一為「采詩」說，認為周王朝派有專門的採詩人到民間搜集歌謠，以瞭解政治和風俗的盛衰利弊；一為「獻詩」說，認為各國的歌謠是在天子巡狩時由諸侯獻給天子的。這些說法都難以確證。不管怎樣，總之在周王室的樂官——太師那裏，逐漸保存了來自各種途徑的樂歌。其原貌應該是互不相同的，經過加工整理，其形式、語言成為大體一致的樣子。大概就在春秋中期，那些樂歌被編定為《詩》這樣一部書。在《論語》中，孔子已經兩次提到「《詩》三百」，證明《詩》在孔子之前已經大體定型。

《詩經》中的樂歌原來各有各的用途。但到後來，它成了貴族教育中普遍使用的文化教材，學習《詩經》成了貴族人士必需的文化素養。這種教育一方面具有美化語言的作用，特別在外交場合，常常需要摘引《詩經》中的詩句，曲折地表達自己的意思。這叫「賦《詩》言志」，其具體情況在《左傳》中多有記載。另一方面，《詩經》的教育也具有道德和政治意義。《禮記‧經解》引用孔子的話說，經過「詩教」，可以導致人「溫柔敦厚」。《論語》記載孔子的話，也說學了《詩》可以「邇之事父，遠之事君」，即學到事奉長輩和君主的道理。《詩經》中樂歌的來源紛雜，有些篇章在用於貴族子弟教育時，難免會加上迂曲的、背離原意的闡釋吧。

到了漢代，《詩經》被尊奉為儒家的重要經典，被視為儒家道德精神的體現，其原有的關注政治和社會倫理的傾向，也因漢儒的闡釋而被嚴重誇大了。對《詩經》的研究在漫長的封建時代屬於經學而不屬於文學。漢初傳授《詩經》學的共有四家，簡稱為齊詩、魯詩、韓詩、毛詩。到了東漢以後，屬於經今文學派的前三家逐漸衰落，屬於經古文學派的毛詩日漸

興盛。最終只有這一系統的《詩經》完整流傳下來。

《詩經》的藝術　《詩經》中的作品，由於產生的背景、在當時的用途各不相同，藝術趣味也就多有差異。

如前所述，《詩經》中一部分樂歌是為特定的目的而專門寫作，並專門使用於特定場合中的。如《周頌》是西周初期王室的祭祀詩，除了歌頌祖先功德而外，還有一部分於春夏之際向神祈求豐年或秋冬之際酬謝神的樂歌，反映了周民族以農業立國的社會特徵和西周初期農業生產的情況。這些詩氣氛莊肅，但情調板滯，並不感人。同樣產生於西周初期的《大雅》中《生民》、《公劉》、《綿》、《皇矣》、《大明》五篇記述了從周民族的始祖后稷到周王朝的創立者武王滅商的歷史，也是周王室用於祭祀、朝會等重大典禮的樂歌。與《周頌》相比，這組詩因為描寫了具體的細節，顯得生動得多。《生民》敍述后稷的母親姜嫄因為踏了神的腳印而懷孕，生下了后稷，不敢養育，把他丟棄，后稷卻歷難而不死：「誕置之隘巷，牛羊腓字之。誕置之平林，會伐平林。誕置之寒冰，鳥覆翼之。鳥乃去矣，后稷呱矣。實覃實訏，厥聲載路。」這段描寫，表現了后稷的神話色彩。《公劉》敍述后稷的曾孫公劉率領部族從有邰遷徙到豳（今陝西旬邑縣、彬縣一帶），詩中寫剛到豳地住下時的情景是：「京師之野，于時處處，于時廬旅，于時言言，于時語語」。一派歡歌笑語的景象，很是傳神。這組詩常被稱為「周民族的史詩」，確實它反映了周民族的某些重要史實；但應該注意到《大雅》這一組詩的主旨仍是在歌頌祖先，歷史的內容、細節的渲染都為了服務於歌頌的目的，所以詩中對事件的過程反而缺乏完整的交代，對人物也只注重其業績而不注重其性格。所以在文學類型上，它與荷馬史詩等長篇故事詩是完全不同的；如果將之作為「敍事詩」看待，也只能説它是不充分的敍事詩。在西周後期的大、小《雅》中還有幾篇歌頌周宣王「中興」的詩，如《常武》、《出車》、《采芑》、《六月》等，情況也大抵相似。總之，從這些詩中尤其能夠看出自《詩

經》起中國詩歌就有了偏重抒情而不太重視敘事的傾向。

《小雅》裏有一批專門在朝廷正式的宴會上使用的樂歌，多產生於西周前期，其性質本與前述作品相近，但要多一些生活氣息，顯出親切和快樂的氣氛。如《鹿鳴》的第一節寫道：

> 呦呦鹿鳴，食野之苹。我有嘉賓，鼓瑟吹笙。吹笙鼓簧，承筐是將。人之好我，示我周行。

據記載，這是天子宴群臣嘉賓的歌。詩中用鹿呼同類象徵主客的和睦，又寫到宴會上奏樂、給客人送禮的情形，終了用期待的語氣說：人們愛好我呀，指示給我光明大道！而作為臣下的回答，《天保》則用「如月之恆，如日之升。如南山之壽……如松柏之茂」這樣充滿景仰的語言向天子致以祝福。此類詩表現了理想的君臣相處之道。

西周後期至平王東遷之際，由於戎族的侵擾，統治秩序的破壞，形成社會的劇烈動盪。《大雅》、《小雅》中產生於這一時期的詩，有很多批評政治的作品，均出於士大夫之手。這很可能與古籍中所說「公卿至於列士獻詩」（《國語·周語》）的制度有關。

從《瞻卬》、《北山》諸詩，我們看到當時社會關係正在發生激烈變化，有人升浮，有人沉降；有人為「王事」辛苦勞碌而無所得，有人無所事事卻安享尊榮。作者對這種統治階層內部秩序的混亂和不公正現象提出了指責，希望恢復原有的「公正」。更多的政治批評詩，則表達了作者對艱危時事的極端憂慮，對他們自身所屬的統治集團，包括最高統治者強烈不滿。如《十月之交》，據《毛詩序》，是「大夫刺幽王」之作。詩人從天時不正這一當時人認為十分嚴重的災異出發，對統治者提出嚴重警告。其中寫道：

> 燁燁震電，不寧不令。百川沸騰，山塚崒崩。高岸為谷，深谷為陵。哀今之人，胡憯莫懲！

這是一幅大動盪、大禍難即將發生的景象。令詩人痛苦的是，「今之人」竟然對此毫無戒懼之心，照舊醉生夢死地悠閒過活。但作者在提出這些批評時，卻又是小心翼翼的，生怕不能見容於眾人：「黽勉從事，不敢告勞。無罪無辜，讒口囂囂。」又如《正月》，作者在表示對朝政的不滿時同時也極為害怕：「謂天蓋高，不敢不局；謂地蓋厚，不敢不蹐。」

從這些詩中可以看到，詩人們強烈地表示對國家命運和民眾生活的關心，指斥對公正良好的社會秩序的破壞，其出發點是整個統治集團公認的正確立場、道德原則，他們認為自己有維護這種立場和原則的責任；正因如此，他們不願意張揚個人，作為個人而言，他們是謹慎和謙退的。這就是一種「君子」之德。以上所舉的例子以及大、小《雅》中其他同類詩歌，可以說開創了中國政治詩的傳統。詩中所表現的憂國憂民的情緒，以及總是首先要站立在「正確」的也就是社會公認的道德立場上才能進行批評的態度，為後代眾多政治詩的作者所仿效。

就詩歌的性質來說，《雅》、《頌》中大部分詩歌——包括用於典禮儀式和政治批評的——是為了特別的目的專門創作的，其應用場合大體是貴族上層社會。《國風》則大多是流傳範圍更廣的普通抒情歌曲（《小雅》的一部分與之類似）。但有兩點需要說明：其一，實際在《國風》中也有用於儀式和批評政治的詩，但通常與普通抒情歌曲的區別不那麼顯著，也就是這類詩的專門意義不那麼強烈；其二，《國風》中的詩常被稱為「民歌」，但這應該僅僅作為一種泛稱來看，這種詩在不知由何人寫成後於流傳的過程中會不斷受到改動，在一定程度上可以視為社會性的群眾性的創作。總之，「民歌」的「民」實無必要理解得很狹窄；假如以詩中自述者的身份作為作者的身份，其實是各種各樣的人都有，而且屬於貴族身份的「士」、「君子」為數要更多一些。《國風》中的歌謠所反映的生活內容比《雅》、《頌》廣闊得多，詩中的生活氣息也更為濃厚。在這類歌謠中，我們看到某些人類生活中的最基本、最普遍的情感的表達。這種情感是歌謠永恆的主題，它在中國詩歌裏最初的面貌，給人以古老而又親

切的感覺。

　　首先是由時光流逝而喚起的生命意識。像《蘀兮》的作者見枯葉飄飛而憂傷發唱，呼朋引伴；《蟋蟀》的作者聽秋蟲的鳴叫而覺悟到日月既逝，不可復追，所以要及時取樂；而《山有樞》的作者更赤裸裸地說：「子有衣裳，弗曳弗婁。子有車馬，弗馳弗驅。宛其死矣，他人是愉。」正是在死亡的陰影下，人們意識到生命的可貴。由於中國文化中始終沒有建立起足夠強大的宗教，這種從自然的變化出發表現對生命的愛惜與留戀的情調，幾乎貫穿了全部詩史。

　　而生命中最為激動人心的事件，乃是青春年華裏男男女女的相悅相戀。《國風》中這一類歌謠，也是最為美麗動人的。像《鄭風·野有蔓草》所唱：

　　　　野有蔓草，零露漙兮。有美一人，清揚婉兮。邂逅相遇，適我願兮。

　　又如《召南·野有死麕》寫一個打獵的男子在林中引誘一個「如玉」的女子，那女子勸男子別莽撞，別驚動了狗，表現了又喜又怕的微妙心理。《邶風·靜女》寫一對情人相約在城隅，那女子卻故意躲了起來，急得後到的男子「搔首踟躕」，那女子這才出來，又贈給那男子一根「彤管」作為愛情信物，使得那男子不禁驚喜交集。在《詩經》的時代，男女間的相處還比較自由，後世那種嚴厲的禮教拘束似乎還未形成，所以它的有些愛情歌謠寫得大膽而活潑，十分令人喜愛。

　　但畢竟社會的約制是在逐漸嚴格起來，戀人們對自己的行動也不得不有所拘束。《鄭風·將仲子》中一位女子請求她的愛人不要冒險地翻牆爬樹來找她，因為雖然她很懷念對方，但父母、諸兄及「人之多言」是可畏的。於是我們在《國風》中又看到一些歌謠詠唱着迷惘感傷、可求而不可得的愛情，像：

　　　　月出皎兮，佼人僚兮，舒窈糾兮，勞心悄兮！（《陳風·月出》）

蒹葭蒼蒼，白露為霜。所謂伊人，在水一方。溯洄從之，道阻且長。溯游從之，宛在水中央。（《秦風‧蒹葭》）

在後人看來，這也許是一種藝術追求的結果，但在當初，恐怕主要是壓抑的情感的自然流露吧。一切詩歌的藝術風格都不是無緣無故地形成的。明朗熱烈的風格，必是情感自由奔放的產物；含蓄委曲的表達，總是感情壓抑的結果。在文學發展的初期，即人們尚未自覺地追求多樣藝術風格的時代，尤其如此。

愛情通常指向婚姻，婚姻卻並非總是完滿。《國風》中有許多描寫夫妻間感情生活的詩，其中寫棄婦的兩篇，《邶風‧谷風》和《衛風‧氓》非常有名。《谷風》是一個善良柔弱的女子的哀怨淒切的哭訴，說自己如何同丈夫千難萬難度過貧苦的日子，待家境好起來，人也衰老了，於是丈夫另有所歡，把自己趕出門去；自己離開夫家時，如何難分難捨，因為割不斷對往事的追憶留戀。詩描繪出一個賢慧忍讓的中國婦女的典型形象。《氓》敘寫了一個女子從與人戀愛到結婚到被拋棄的痛苦經歷：先是有一個男子笑嘻嘻地向她買絲，借機搭訕。她答允了這樁婚事，在等待結婚的日子裏，還常常登上頹牆盼望他。可是成家沒幾年，丈夫卻拋棄了她。她憤怒地指責丈夫：「士貳其行」，「士也罔極，二三其德。」又告誡其他女子不要輕信男子：「于嗟女兮，無與士耽；士之耽兮，猶可說也；女之耽兮，不可說也！」這是真實的心理，同時多少帶有道德訓誡的意味。從《詩經》開始，反映棄婦的痛苦、指斥男子的無情的各類作品貫穿了整個文學史，這和中國文化傳統十分重視家庭的和諧有重要的關係。

反映戰爭和勞役對人們生活的影響也是《詩經》的重要主題。前面說《小雅》中一部分詩歌與《國風》相似，其中最突出的就是這一類，在此我們一併介紹。像《小雅》中的《采薇》、《杕杜》、《何草不黃》，《豳風》中的《破斧》、《東山》，《邶風》中的《擊鼓》，《衛風》中的《伯兮》等，都是這方面的名作。與歌頌君主功業的詩不同，這些詩大

都從普通士兵的角度來表現他們的遭遇和想法，對戰爭的厭倦和對家鄉的思念是主調，讀來備感親切。

其中《東山》寫出征多年的士兵在回家路上的複雜感情，在每章的開頭，他都唱道：「我徂東山，慆慆不歸。我來自東，零雨其濛。」他去東山已經很久了，如今走在回家路上，憂傷的感情跟天上的細雨一般飄飄揚揚。他一會兒想起了恢復平民生活的可喜，一會兒又想起了老家可能已經荒蕪，迎接自己的恐怕是一派破敗景象；一會兒又想起了正在等待自己歸來的妻子：「其新孔嘉，其舊如之何？」全詩通篇都是這位士兵在歸家途中的心理描寫，寫得生動真實，反映了人民對和平生活的懷念和嚮往。《采薇》表現了參加周王朝對玁狁戰爭的士兵的苦惱，他不能回家，不能休息：「靡室靡家，玁狁之故。不遑啟居，玁狁之故。」他黯然地看着日子一天天過去：「曰歸曰歸，歲亦暮止」。最後終於盼到了回家的那一天，走在途中，天空飄着紛紛揚揚的雪花，身體又飢又渴，悲哀不覺湧上心來：「昔我往矣，楊柳依依，今我來思，雨雪霏霏。行道遲遲，載渴載飢。我心傷悲，莫知我哀。」前四句作為寫景抒情的典範，一直受到後代文人的高度評價。

《詩經》中這一類作品雖然表達了對於從軍生活的厭倦，對和平的家庭生活的留戀，卻並不直接表示反對戰爭，指斥那些把自己召去服役的人。詩中的情緒也是以憂傷為主，幾乎沒有憤怒。這是因為，從集體的立場來看，從軍出征乃是個人必須履行的義務，即使這妨害了士兵個人的幸福，也是無可奈何的。這一特點，在《衛風·伯兮》中看得更清楚：

伯兮朅兮，邦之桀兮。伯也執殳，為王前驅。自伯之東，首如飛蓬。豈無膏沐，誰適為容？其雨其雨，杲杲出日。願言思伯，甘心首疾。焉得諼草，言樹之背。願言思伯，使我心痗。

這首詩是以女子口吻寫的。她既為自己的丈夫感到驕傲，因為他是「邦之桀（傑）」，能「為王前驅」，又因丈夫的遠出、家庭生活的破壞

而痛苦不堪。詩人所抒發的情感，既是克制的，又是真實的。

《國風》中也有相當一部分政治批評和道德批評的詩。這些詩較多反映了社會中下層民眾對上層統治者的不滿；但在提出批評的依據和原則上，這些詩與《雅》中的同類作品仍是相似的。如著名的《魏風・伐檀》：

坎坎伐檀兮，置之河之干兮。河水清且漣猗。不稼不穡，胡取禾三百廛兮？不狩不獵，胡瞻爾庭有懸貆兮？彼君子兮，不素餐兮！

《毛詩序》解此詩，謂「刺貪也。在位貪鄙，無功而受祿」，應該是正確的。也就是說，詩人還是從社會公認的原則出發，認為「君子」應該是「不素餐」（不白吃飯）的，「無功而受祿」是無恥的事情。又如《鄘風・相鼠》對「無儀」、「無禮」之徒發出了尖銳的詛咒，斥罵他們「何不遄死」，但作者之所以敢於寫得如此尖銳而激烈，乃是因為維護「禮儀」是社會公認的「正確」的立場。

通過以上對《詩經》作品的分類介紹，我們可以對其主要的藝術特點作出總結：

首先，《詩經》是以抒情詩為主流的。雖說二《雅》中歌頌祖先的詩和《國風》中棄婦詩等篇章也包含了敍事成分，卻並沒有向真正的敍事詩方向發展，《詩經》幾乎完全是抒情詩，而且它的藝術水準也明顯表現在抒情方面。正如荷馬史詩奠定了西方文學以敍事傳統為主的發展方向，《詩經》也奠定了中國文學以抒情傳統為主的發展方向。

其次，《詩經》中的詩歌，除了極少數幾篇，完全是反映現實的人間世界和日常生活、日常經驗。在這裏，幾乎不存在憑藉幻想而虛構出的超越於人間世界之上的神話世界，不存在諸神和英雄們的特異形象和特異經歷，有的是關於政治風波、春耕秋穫、男女情愛的悲歡哀樂。後來的中國詩歌乃至其他文學樣式，日常性、現實性的人物與事件也總是文學的中心素材。與之相聯繫，《詩經》在總體上，具有顯著的政治與道德色彩。無論是產生於社會上層的大、小《雅》，還是較具民間色彩的《國風》，都

有相當數量的詩歌就統治者的政治舉措和道德表現提出尖銳的批評，這也開創了中國詩歌注重社會功能的傳統。

再次，《詩經》的抒情詩在表現個人感情時，總體上比較克制因而顯得平和。孔子說「詩教」使人溫柔敦厚，他的見解本是不錯的。看起來《詩經》中有些篇章表現出的態度也很激烈，但這時作者大抵是在維護社會原則，背倚集體力量對少數「壞人」提出斥責。至於表現個人的失意、從軍中的厭戰思鄉之情，乃至男女愛情，一般沒有強烈的悲憤和強烈的歡樂。由此帶來必然的結果是：《詩經》的抒情較常見的是憂傷的感情。很值得注意的是，中國後代的抒情詩，也是以抒發憂傷之情較為普遍。

克制的感情，尤其憂傷的感情，是十分微妙的。它不像強烈的悲憤和強烈的歡樂噴湧而出，一泄無餘，而是委婉曲折，波瀾起伏。由此，形成了《詩經》在抒情表現方面顯得細緻、雋永的特點。這一特點，也深刻地影響了中國後來的詩歌。

說到《詩經》的藝術，必然要說到「詩六義」的問題。《周禮》中說到大師「教六詩」，《毛詩序》說到「詩有六義」，內容與次序相同，為風、賦、比、興、雅、頌。六詩或六義的解釋頗紛亂，最通行的意見認為：風、雅、頌為《詩經》的三大部類，賦、比、興為《詩經》所使用的三種基本的表現手法。

賦、比、興手法的廣泛運用，在加強作品的形象性方面獲得了良好的藝術效果。所謂「賦」，指鋪陳，除了一般的陳述，《詩經》中有的作品還用大量鋪陳的場面來造成強烈的氣氛。「比」就是比喻，《詩經》中比喻的手法富於變化，尤其是常用日常生活中的景象來比喻較為抽象的事物，使之有一種直觀的感覺，如《氓》用桑樹從繁茂到凋落的變化來比喻愛情的盛衰，《鶴鳴》用「他山之石，可以攻玉」來比喻治國要用賢人等等。「興」則更為獨特一些。「興」字的本義是「起」，它往往用於一首詩或一章詩的開頭。大約最原始的「興」，只是一種發端，同下文並無意義上的關係，表現出思緒無端地飄移聯想。進一步，「興」又兼有了比

喻、象徵、烘托等較有實在意義的用法。但正因為「興」原本是思緒無端地飄移和聯想而產生的，所以即使有了比較實在的意義，也不是那麼固定僵板，而是虛靈微妙的。如《關雎》開頭的「關關雎鳩，在河之洲」，原是詩人借眼前景物以興起下文「窈窕淑女，君子好逑」的，但關雎和鳴，也可以比喻男女求偶，或男女間的和諧恩愛，只是它的喻意不那麼明白確定。又如《桃夭》一詩，開頭的「桃之夭夭，灼灼其華」，寫出了春天桃花開放時的美麗氛圍，可以說是寫實之筆，但也可以理解為對新娘美貌的暗喻，又可說這是在烘托結婚時的熱烈氣氛。由於「興」是這樣一種微妙的、可以自由運用的手法，後代喜愛詩歌的含蓄委婉韻致的詩人，對此也就特別有興趣，各自逞技弄巧，構成中國古典詩歌的一種特殊味道。

二　楚辭

　　《詩經》收錄作品最晚至春秋中期。這以後，北方當然仍不斷有新的歌謠產生，只是未能得到編理和流傳。在《詩經》編成後差不多三百多年，南方楚國以屈原為首的一群詩人運用另一種詩體寫出了許多優秀作品，西漢的劉向所編《楚辭》一書對此保存最為完整。漢代文獻中所見這種詩體通用的名稱有兩種：一曰「賦」，如司馬遷《史記》中說屈原「作《懷沙》之賦」，班固《漢書‧藝文志》列有「屈原賦」、「宋玉賦」等名目；另一種就是「楚辭」。為了避免跟漢賦混淆，現在多用後一種名稱。另外，「騷體」也是自古以來很常見的別稱。

　　楚文化和楚辭的形成　如前所述，長江流域很早就獨立孕育着古老的文化。楚民族興起以後，成為這一地域文化的代表。楚的始祖鬻熊於西周初立國於荊山（今湖北南彰縣一帶），長期以來楚人被中原諸國呼為「蠻

荊」。但發展至春秋時代，楚國的力量已十分壯大，它兼併了長江中游許多大小邦國，形成與整個中原相抗衡的局面。至戰國，楚進而吞滅吳越，其勢力西抵漢中，東臨大海，在戰國諸雄中，版圖最大，人口最多，一度有「橫則秦帝，縱則楚王」的說法。後楚為秦所滅，繼而楚地的反秦武裝又成為亡秦的主要力量。如此終於在漢代完成了歷史上第一次南北文化的大融合。

楚民族很早就開始吸收中原文化。春秋戰國時代，《詩》、《書》、《禮》、《樂》等北方文化典籍已成為楚國貴族誦習的對象；從《左傳》來看，楚人賦誦或引用《詩經》頗為熟稔。但另一方面，楚文化始終保持着與中原文化有顯著區別的特徵。

說及楚文化的特點，首先需要注意到南方的生存環境具有某些優越性。《漢書·地理志》說，楚地「有江漢川澤山林之饒；江南地廣，或火耕水耨，民食魚稻，以漁獵山伐為業，果蓏蠃蛤，食物常足」。由於謀生較為容易，就可能有較多的人力脫離單純維持生存的活動，投入更高級更複雜的物質和精神生產。所以至少在春秋以後，楚國的財力物力已經是北方國家羨慕的對象。從地下考古發掘來看，戰國時代楚國的青銅器，足以代表先秦青銅器冶鑄的最高水平；至於楚地漆器、絲織品之精美，那是北方根本無法比擬的。由於同樣原因，在南方沒有迫切需要組成強大的集體力量以克服自然、維護生存，所以楚國的政治制度比北方國家也顯得鬆懈。在這樣的生活環境中，個人受集體的壓抑較少，個體意識相應就比較強烈。一直到漢代，楚人性格的桀驁不馴，仍是舉世聞名。《史記》、《漢書》中，可以找到不少例子。

據史書記載，當中原文化中巫教色彩已明顯消退以後，楚地仍盛行巫教。王逸《楚辭章句》言及在屈原時代，楚先王的廟宇內多有神怪內容的圖畫，民間習俗也是「信鬼而好祠。其祠，必作歌樂鼓舞以樂諸神」。這種神話氛圍也容易養成楚人活躍的、偏好奇思異想的性格。

優越的自然條件，較少壓抑而顯得活躍的生活情感，造成了楚地藝術

的興盛。在中原地區以「禮」為中心的文化中，音樂、舞蹈、歌曲，被當作調節群體生活、實現一定倫理目的的手段，因而中庸平和被視為藝術的極致。而楚國的藝術，其主要功能仍然表現在對審美快感的滿足上，充分展示出人們情感的活躍性。屈原《招魂》中描繪楚國宮廷內的音樂舞蹈熱烈動盪而顯示出奢華的享樂氣氛。楚地出土的各種器物和絲織品，不僅製作精細，而且往往繪有豔麗華美、奇幻飛動的圖案。我們今天在觀賞楚地出土文物時，會很自然地想到楚辭，就因為它們都在奇幻而華麗的表現形式中，蘊涵着熱烈的人生情感。

大體上我們可以從楚文化的一般特點來看楚辭產生的背景。但由於文獻資料的缺乏，關於楚辭的形成的具體過程很難作出描述。通常，文學史的研究者會提到《詩經‧周南》中的《漢廣》可能是楚國歌謠的遠祖。它產生於江漢流域，這裏後來成了楚國的領地。此詩寫一個男子對漢水女神的愛慕之情，在氣質上與楚辭《九歌》相通。另外《孟子》中記錄有一首據說是孔子遊楚時聽當地小孩所唱的歌：「滄浪之水清兮，可以濯我纓；滄浪之水濁兮，可以濯我足。」它與《詩經》中歌謠在形式上有明顯的不同。還有劉向《說苑》所載《越人歌》，據說是楚人翻譯的越國舟子的唱辭，格式也與之相近。從《楚辭》等書中還可以看到許多楚地樂曲的名目，如《勞商》、《九辯》、《九歌》、《陽春》、《白雪》等，但無法瞭解其詳情。大概可以說，在楚地一直流傳着一種具有地方特色的歌謠，它的句型是多變的，也可以長短不齊，不像《詩經》幾乎全是整齊的四言詩；句中或句尾多用語氣詞「兮」字。只是這些零散資料能夠說明的問題是有限的。後人看楚辭，幾乎直接就面對着屈原這位偉大的作家。這種詩體在屈原之前應有過一個漫長的發展過程，只是如今難以探究。

有一個問題是值得注意的：即使說楚辭脫胎於楚地歌謠，兩者之間也已發生了重大變化。屈原的作品，如《離騷》、《招魂》、《天問》，都堪稱長篇巨製；《九章》較之《詩經》而言，也長得多，只有《九歌》比較短小。漢人稱楚辭為賦，取義是「不歌而誦謂之賦」（《漢書‧藝文

志》），據其他古籍記載，這種「不歌而誦」的「賦」就是用一種特別的聲調來誦讀。這大約類似於古希臘史詩的「吟唱」形式。總之，除了《九歌》，屈原的作品顯然不是用來歌唱的，它已經脫離了歌謠形態。正因如此，楚辭才能使用繁麗的文辭、鋪張的手法，容納複雜的內涵，表現豐富的思想情感。這種變化，在詩史上有着不容忽視的意義。

屈原的創作　「不有屈原，豈見《離騷》」（《文心雕龍‧辨騷》）。楚辭這一詩體的成立，當然離不開偉大詩人屈原的創造。

關於屈原的生平，最重要的記載是《史記》中關於他的傳記。但司馬遷掌握的材料似乎也不多，他把《楚辭‧漁父》這種很可能是虛構的作品也當作史料來使用了；而且，這篇傳記似乎存在錯亂，有些地方不易讀明白。總之，屈原的生平有一系列的問題尚待澄清。在這裏我們只是根據現有材料，參照研究者中較一致的看法，對此作簡單的介紹。

屈原（約前339—約前277）名平，字原，是楚王室的同姓貴族[1]。他年紀很輕時就受到楚懷王的高度信任，官為左徒，「入則與王圖議國事，以出號令；出則接遇賓客，應對諸侯」（《史記》本傳），成為楚國內政外交的核心人物。後有上官大夫在懷王面前進讒，説屈原把他為懷王制定的政令都説成是自己的功勞，於是懷王「怒而疏屈平」。他失去了原來的要職，並受到某種處分——但具體情況《史記》中沒有説得很清楚。

這以後，楚國的內政外交發生一系列問題。先是楚與齊的聯盟被秦國設計破壞，懷王發現上當後，發兵攻秦，連遭慘敗。此後由於懷王外交上舉措失當，楚國又接連遭到秦、齊、韓、魏的圍攻，陷入困境。至懷王三十年，秦人邀懷王會於武關。屈原對此表示反對，而懷王的小兒子子蘭等卻力主懷王入秦，結果懷王被扣，三年後死於秦。

在懷王被扣後，頃襄王接位，子蘭任令尹，楚秦邦交一度斷絕。但頃

---

[1]　古代姓、氏有別。楚王姓羋；屈原祖先封於屈，遂以屈為氏。

襄王在即位的第七年，竟然與秦結為婚姻，以求暫時苟安。由於屈原反對他們的可恥立場，楚國也有許多人指斥子蘭對懷王的屈辱而死負有責任，子蘭遂將屈原視為敵人，又指使上官大夫在頃襄王面前造謠詆毀他，導致屈原被流放到沅、湘一帶，時間約為頃襄王十三年前後。

在屈原多年流亡的同時，楚國的形勢愈益危急。到頃襄王二十一年，秦將白起攻破楚都郢（今湖北江陵），次年秦軍又進一步深入。屈原眼看楚國已經無望，卻又不能離開故土，遠投他國，於悲憤交加之中，自沉於汨羅江。他的高尚品格受到楚人深深的敬重，後來人們就把五月五日這一楚地的傳統節日改作紀念屈原的日子。

屈原的作品，在《史記》本傳中提到的有《離騷》、《天問》、《招魂》、《哀郢》、《懷沙》五篇。《漢書·藝文志》著錄「屈原賦二十五篇」，無篇名。東漢王逸《楚辭章句》所載也是二十五篇，為《離騷》、《九歌》（十一篇）、《天問》、《九章》（九篇）、《遠遊》、《卜居》、《漁父》，而把《招魂》列於宋玉名下。可見關於屈原的作品漢代就存在爭議。現代研究者多認為《招魂》仍應視為屈原之作；《遠遊》、《卜居》、《漁父》則偽託的可能性為大。

《離騷》是屈原最重要的代表作。全詩三百七十餘句，是中國古代最為宏偉的抒情詩篇。其寫作年代，或以為在懷王晚年，屈原初遭排斥以後；或以為在頃襄王時期，屈原遭到流放以後。《離騷》的題旨，司馬遷解釋為「離憂」；班固進而釋「離」為「罹」，以「離騷」為「遭憂作辭」。這是屈原在政治上遭受嚴重挫折以後，面臨個人的厄運與國家的厄運，對於過去和未來的思考，是一個崇高而痛苦的靈魂的自傳。

在《離騷》中作者對楚國的政治給以激烈的抨擊，並針對此提出自己理想中的「美政」。在這方面屈原顯然受到黃河流域文化的影響：詩人所服膺的「三王」之政，「堯舜」之治，他一再提出的以民為本、修明法度、舉賢授能等政治主張，可以看出是儒家與法家學說的混合。但另一方面，黃河流域文化中強烈要求克制自我的精神，對屈原的影響卻不是很明

顯。當他所屬的社會群體對他的人格作出否定、當他意識到自己與楚國貴族集團完全處於對立狀態時，不僅沒有恐懼感，反而產生了一種自豪感，在孤立中看到自己的高大：「鷙鳥之不群兮，自前世而固然。」這固然是因為屈原堅信自己的主張在根本上更符合楚國的國家利益，同時也是因為屈原完全不能夠放棄他的自尊。漢代的班固指責屈原「露才揚己」（《離騷序》），就事實而言這倒也沒錯。

《離騷》的前半部分主要寫作者與楚國統治集團的矛盾。在這裏由三方面的人物構成了作者心目中的楚國政治關係模式。從第一句「帝高陽之苗裔兮」開始，詩人就使用大量筆墨，突出自己高貴的出身、卓爾不凡的稟賦和及時修身而培養成的高尚品德與出眾才幹，進而表明他獻身君國的願望和令楚國振興的信心，使詩中的自我形象作為美好和正義的代表得到凸顯。而「黨人」即結黨營私的小人，是同詩人敵對的、代表邪惡的一方。他們只顧苟且偷安，使得楚國的前景變得危險而狹隘；他們為了滿足自己的貪慾，決心用惡毒的誣陷把詩人消除掉。第三方是能夠憑藉其權力決定上述雙方的成敗並由此決定楚國命運的楚王。他具有奇怪的特性：一方面他是楚國的象徵，享有天然的正義，並且獲得詩人無保留的忠誠（「指九天以為正兮，夫唯靈修之故也」）；然而他又是昏庸糊塗的，雖然開始能夠對詩人表示信任，最終卻受了「黨人」的蒙騙：「荃不察余之中情兮，反信讒而齌怒。」由此導致了詩人的失敗和楚國的衰危。

我們無法知道當時楚國的政治態勢是否就是如此簡單明白。但可以看出：這一模式能夠把君主的錯失與「黨人」的邪惡分開，從而能夠在忠誠於君王這一道德前提下高度肯定自我的人格和理想（值得一說的是，這一模式在後世仍然被人們反復地模仿使用）。在受到沉重的打擊，甚至陷入完全孤立的境地之後，詩人的高傲和自信愈發被激起。他反復地用各種象徵手段表現自己高潔的品德：飲木蘭之露，餐秋菊之英；戴岌岌之高冠，佩陸離之長劍；又身披種種香花與香草。詩人堅定地表示：他決不放棄自己的理想而妥協從俗，寧死也不肯絲毫改變自己的人格：「雖體解吾猶未

變兮，豈余心之可懲！」

然而詩人的痛苦和困惑並未就此消弭，因為他還面臨着人生應該怎樣繼續展開的問題。《離騷》後半部分就借助神話材料，以幻想形式呈示了他的內心深處的活動。開始，詩人假設一位「女嬃」對他勸誡，批評他的「婞直」不合時宜；繼而詩人通過向傳說中的古帝重華（舜）表述自己政治理想的情節，否定了女嬃的批評。這其實是表達了詩人內心感情的波折。而後詩人在想像中驅使眾神，上下求索。他來到天界，然而天帝的守門人卻拒絕為他通報；他又降臨地上「求女」，但那些神話和歷史傳說中的美女，或「無禮」而「驕傲」，或無媒以相通。這表明他的追求不斷遭到失敗，他甚至無法找到能夠理解自己、幫助自己的知音。

出路到底在哪裏呢？請巫者占卜的結果是楚國已毫無希望，只有離國出走。於是詩人駕飛龍，乘瑤車，揚雲霓，鳴玉鸞，自由遨遊，詩中出現了一片神志飛揚、歡愉無比的氣氛。然而正當其「高馳邈邈」之時，「忽臨睨夫舊鄉。僕夫悲余馬懷兮，蜷局顧而不行。」他發現自己終究無法離開故土。一切選擇都是不可能的，只有以死來完成自己的人格。全詩總結性的「亂辭」這樣寫道：

　　已矣哉！國無人莫我知兮，又何懷乎故都！既莫足與為美政兮，吾將從彭咸之所居！

無論是政治上的失意還是對政敵的指斥，都是在《詩經》中早已表現過的情感。然而《離騷》與之相比，實有飛躍的進步。不可放棄的尊嚴、重建自我人格的執著願望和熱烈動盪的感情，使得這樣一部自敘傳性質的詩作必須使用宏大的篇幅、複雜的表現手段來展開，它由此產生了巨大的藝術感染力。

《九章》由九篇作品組成：《惜誦》、《涉江》、《哀郢》、《抽思》、《懷沙》、《思美人》、《惜往日》、《橘頌》、《悲回風》。宋人朱熹認為這是後人將屈原九篇作品輯錄為一卷而加上的總名，現代研究

者也大多信從此說。《九章》的內容都與屈原的身世有關，這與《離騷》相似。只是各篇大多寫生活中具體的事件，篇幅較短；手法以紀實為主，較少採用幻想的表現。

在《九章》中，《涉江》的藝術性最為人稱道。這是屈原被放逐江南時所作，寫自己南渡長江，又溯沅水西上，獨處深山的行程和感想，文筆頗細緻，其中有一段風光描寫：

> 入溆浦余儃佪兮，迷不知吾所如。深林杳以冥冥兮，乃猿狖之所居。山峻高以蔽日兮，下幽晦以多雨。霰雪紛其無垠兮，雲霏霏而承宇。

詩人抓住帶有特徵性的景物，寥寥數語，高度概括地寫出深山密林嶔崟幽邃的景象，又以此恰到好處地襯托了自己寂寞而悲愴的心情。這是中國文學中最早出現的完整的對自然風光的真實描寫，因而被視為後世山水詩的濫觴。

《哀郢》作於頃襄王二十一年秦將白起攻陷楚都郢以後，抒寫了作者對郢都的眷戀和對楚國前途的憂慮。詩歌從質問蒼天開篇，突兀而起，一下子將讀者引入國都殘破、人民罹難的悲慘情景中。而後以郢都為起點，由近到遠，寫出流亡過程中步步回首、難捨難分的沉痛情感。「望長楸而太息兮，涕淫淫其若霰。過夏首而西浮兮，顧龍門而不見。」越行越遠，郢都高大的喬木和矗立的城門都已在視線中逐漸消失了，淚水不覺像雪珠一樣紛紛灑落。這種國破家亡、無法承受的悲傷，在後世再度出現類似危難的時刻，總是給人心帶來強烈的震撼。

《懷沙》一般認為是屈原臨死前的絕筆。在作出最終的選擇以後，詩人再次申述自己志不可改，和對俗世庸眾的蔑視。詩最後說道：「知死不可讓，願勿愛兮。明告君子，吾將以為類兮。」「類」有今所謂「榜樣」的意思。詩人表示希望世人能夠從自己的自殺中，看到為人的準則。

《招魂》、《九歌》及《天問》這三部作品，都不直接涉及屈原本人的生活經歷，但又從不同方面曲折地反映了屈原的個性和思想情感。

《招魂》是為楚懷王招魂而作（「招魂」本是楚地一種習俗），充滿奇異的想像。全篇除開頭一段引言說明招魂原因外，可分為兩大部分。前半部分竭力渲染東南西北四方以及天上、幽都的可怕，勸魂不可留居。詩人的筆下，各種吃人食魂的鬼怪，兇殘猙獰的毒蛇猛獸，極端嚴酷的自然環境，組成一幅幅光怪陸離、詭異恐怖的圖景。後半部分，則竭力鋪陳楚國宮廷的富麗奢華，以招魂歸來，輝煌的殿堂，華貴的陳設，妖嬈的女子，醇酒美食和誘人的歌舞，又是那樣耀人眼目，動人心魄。最終以「目極千里兮傷春心，魂兮歸來哀江南」收結，流露出無限深情。

　　《招魂》所顯示出的想像力和創造力，是令人驚歎的。它用誇飾手法，對恐怖和奢華兩種景象作強烈而富於刺激性的描寫，形成對照，造成了特殊的美感效果。以後在鮑照、韓愈、李賀等作家的創作中，可以看到《招魂》這一特點的繼承與發展。它的鋪陳手法，則直接影響了漢賦。

　　《九歌》原是一種帶有傳說性的古老樂曲的名稱。屈原之作是一組祭神所用的樂歌，共十一篇。前十篇各祭一神：東皇太一（天神中最尊貴者）、雲中君（雲神）、大司命（主管壽命的神）、少司命（主管子嗣的神）、東君（太陽神）、湘君、湘夫人（均為湘水之神）、河伯（黃河之神）、山鬼（山神）、國殤（戰亡將士之魂）；末篇《禮魂》，則是前十篇通用的送神曲。一般認為《九歌》是根據民間的祭神樂歌改寫而成的，但詩中常能感受到詩人的個人情懷。

　　《詩經》中的祭祀樂歌，都是莊重而顯得板滯的；人與神之間，相隔遙遠。《九歌》則用富麗的語言，描繪出盛大的、活潑而親切的祭禮場面，那些神靈都被賦予了人類的品格和情感，他們對人的態度親近而友好，並無可畏之處。這些都反映出在南方的民間信仰中人神共處的特點。

　　尤其突出的，是《九歌》中大多數詩篇都包含有神與神或人與神相戀的情節，這些戀愛又都呈現為會合無緣、徬徨悵惘的狀態，透出對生命的執著追求和追求不得的憂傷懷疑。這令人想到屈原自己人生失意、孤獨淒涼的心情。如《湘君》、《湘夫人》寫一對配偶神，他們彼此相待，卻終

不能相遇，唱出傷心的歌子。《湘夫人》開頭寫道：

> 帝子降兮北渚！目眇眇兮愁予。嫋嫋兮秋風，洞庭波兮木葉下。

在詩的畫面上，深秋的涼意和情感的寂寞不安融為一體，渲染出一派難以言說的淒迷惆悵之情。

《山鬼》也是一首美麗的失戀之歌。詩中寫山鬼盛裝打扮去同心上人幽會，對方卻始終未來赴約，使她陷入絕望的痛苦之中；她獨自站在高高的山頂，四望不見人影，不由感歎「歲既晏兮孰華予」——年華漸漸逝去，誰能使我的生命放出光彩呢！正是因為這生命的悲哀，詩歌最後描寫的場景格外動人：已經到了深夜，雷鳴電閃，風雨交加，落葉飄飛，猿鳴淒戚，山鬼依然徬徨佇立，不肯離去。這完全是人間少女的情感。

悼念陣亡將士的祭歌《國殤》也很有特色：詩中描繪了一場敵眾我寡、以失敗告終的戰爭，在這失敗的悲劇中，寫出楚國將士們視死如歸、不可凌辱的崇高品格。這首詩篇幅不長，卻是中國初期文學中最能顯示悲壯之美的傑作。

《九歌》具有很高的藝術成就。它包含着先秦文學中少數幾篇完全以神話為素材，又經過文學化的改造，以神的形象表現人類生活情感的作品。它雖然沒有《離騷》那樣壯闊的場面，但語言的精美，抒情的細緻，尤其景物與情感的相互融合與襯托，卻是別具一種長處。

《天問》就自然、歷史、社會以及有關的神話傳說，一口氣提出一百七十二個問題；其中有很多問題在當時是已經有了現成答案的，但詩人仍要提出嚴厲的追問，「懷疑自遂古之初，直至百物之瑣末，放言無憚，為前人所不敢言」（魯迅《摩羅詩力說》）。其文學意義或許稍遜於屈原的其他作品，但這裏所顯示的深刻的懷疑精神是極為可貴的。

宋玉等其他楚辭作家　司馬遷在《史記》屈原傳的結尾處提到：「屈原既死之後，楚有宋玉、唐勒、景差之徒者，皆好辭而以賦見稱；皆祖屈

原之從容辭令，而終莫敢直諫。」三人中，唐勒無作品存世[1]；關於景差，王逸《楚辭章句》在《大招》一篇下先標為屈原作，又說「或言景差」，此說不可靠。所以能夠具體評述的，只是宋玉一人。但儘管如此，《史記》的簡略記載提示了就文學活動而言屈原在楚國並不是孤立的存在，這非常值得注意。

王逸說宋玉是屈原的學生，曾任大夫之職，不知何據。他的作品，《漢書・藝文志》著錄為「宋玉賦十六篇」，無篇名；《楚辭章句》中收有《九辯》、《招魂》兩篇；《文選》有《風賦》、《高唐賦》、《神女賦》、《登徒子好色賦》、《對楚王問》共五篇。以上，《招魂》據《史記》應為屈原之作；《文選》中五篇一般認為是偽託，但也有表示異議的。

《九辯》與《九歌》一樣，是具有傳說意味的古歌名。宋玉之作當是沿用舊題；從篇幅之長和語言的散文化來看，當也是「不歌而誦」的了。王逸說它是宋玉為悲憫其師屈原而作，與作品的實際情況不太相符。就作品本身來看，《九辯》主要是借悲秋抒發「貧士失職而志不平」的感慨。篇中也有對楚國政治情狀的揭露批判，但並沒有屈原那樣深廣的憂憤和追求理想的巨大熱情；篇中也有個人失意的不滿，但並沒有屈原那樣高傲的自信和不屈的對抗精神。總體上，詩中所呈現的是一個清高自守、坎坷不遇、憔悴自憐的才士形象。

《九辯》中多處襲用或仿照屈原作品的成句，復述屈原的論調，表明宋玉的創作明顯受屈原的影響。但《九辯》又絕不是一篇模仿之作，它有自身顯著的特色。論感覺的細緻、語言的精巧，還在屈原作品之上。開頭一段，尤為突出：

> 悲哉秋之為氣也！蕭瑟兮草木搖落而變衰。憭慄兮若在遠行，登山臨

---

1 1972年銀雀山出土漢簡中有以「唐勒」為篇題的殘簡，有些研究者認為是唐勒賦，但根據不足。

水兮送將歸。泬寥兮天高而氣清，寂寥兮收潦而水清。憯淒增欷兮，薄寒之中人。愴怳懭悢兮，去故而就新。坎廩兮，貧士失職而志不平。廓落兮，羈旅而無友生。惆悵兮而私自憐。燕翩翩其辭歸兮，蟬寂漠而無聲。雁廱廱而南遊兮，鶤雞啁哳而悲鳴。獨申旦而不寐兮，哀蟋蟀之宵征。時亹亹而過中兮，蹇淹留而無成。

在這裏我們首先可以看出作者敏銳的感受，尤其是開頭幾句，用遠行中的漂泊感、登山臨水的空渺感，寫人生失意之情緒，極見匠心創意。而為了充分表達這種感受，作者運用了細緻的筆觸：他極其善於選擇具有一定特徵的景物與幽怨哀傷的感情融化在一起來抒寫，風聲、落葉聲、鳥啼蟲鳴聲，與詩人的窮愁潦倒的感歎聲交織成一片，大自然蕭瑟的景象與詩人孤獨的身影相互映襯，環境氣氛的渲染成功地烘托出人物的心理。而且，《九辯》的語言較之屈原也顯得更為講究，詩中句式多變，長短錯落，語氣詞「兮」字的位置也不斷調換，節奏顯得相當靈活自由。以上雖是就一節來分析，但這些特點是貫穿了《九辯》全篇的。

《九辯》的這種藝術成就，跟前面所提及的作者所表達的情感特徵有直接關係。宋玉不像屈原那樣與外界處於緊張的對抗狀態；所謂「惆悵兮而私自憐」，更多的是對自己的生命的關注，由此而產生無奈，那是一種內向的和傷感的情緒。所以作者需要尋求與屈原不同的更為委曲細緻的文學表現，他也獲得了成功。後人將宋玉與屈原並稱為「屈宋」，這不是沒有道理的。

楚辭的文學史意義　　《詩經》與楚辭之間不僅存在着南北文化的差異，還相隔着三百多年的時間，這又正是先秦文化發展的重要階段，所以後者比較前者理所當然地有了許多重要的進步。

在前一章我們說及，屈原與宋玉、景差、唐勒諸人的創作活動，表明文學正在以某種方式成為上層社會生活的重要內容，其意義不容輕忽。

與之相應，楚辭開始顯示出作者個人的印記。《詩經》中作品總體而言是集體性的創作，雖然有幾篇留下了作者的名字，但這和沒有留下作者名字的作品並無多少區別。而屈原、宋玉卻是用他們的各自的理想、遭遇、痛苦，在自己的作品裏打上了只屬於自己的烙印。這標誌了中國古典文學創作的一個新時代。

楚辭打破了《詩經》那種以整齊的四言句為主、簡短樸素的體制，形成了句式自由、篇幅宏大的體制。這種變化取決於抒情的需要。在楚辭中，複雜的情感不再被簡單地對待，而是憑藉了多樣化的手段呈現為豐富的面貌。譬如在《離騷》中，作者對楚國的愛與恨，以及關於去與留的思慮，是在一個象徵化的世界裏一層又一層起伏着展開的；在《九辯》中，我們同樣看到對生命的傷感這種不易捉摸的情緒如何被渲染得淋漓盡致。相比於《詩經》，楚辭正把抒情文學引向複雜。

《詩經》在將草木魚蟲之類作為比興的材料來描寫時，也能給人以美感，但那大抵是不自覺和簡樸的。到了楚辭中，無論花草還是山水，抑或音樂、舞蹈、女性，各種令人感動的美的因素，都受到更多的關注。「羌聲色兮娛人，觀者憺兮忘歸」（《九歌·東君》），愛美之心在屈原那裏甚少忌諱。而相應的，楚辭中也大量運用了華美的辭藻。大體上可以説，中國古代文學中講究文采、注意華美的流派，最終都可以溯源到屈、宋。

總之，雖然有很多東西尚待後人展開，楚辭確實已經給中國文學開闢了重要的新的道路。

第三章 先秦散文

春秋左傳註疏卷第一

晉杜　氏註
唐孔穎達疏

春秋序

先秦時代的散文著作是基於各種實用的目的而產生的，它牽涉到社會思想與文化的各個方面。嚴格地說，先秦散文並不是文學作品，但它們在文學史上的地位卻很重要。這是因為：這一類著作顯示了上古時代書面語言的成熟過程，它表達思想與情感的能力的增長；進一步說，在文學史的初期，並不存在文學與非文學的明確界限，非文學類型的作品常常也包含了文學因素，有的甚至文學性很強，因而對後代文學的發展產生了重要影響。

一　歷史散文

　　在前面我們曾經說過，先秦歷史著作相互間的差別很大。大體說來，在這類著作中的文學成分有一個逐漸增長的過程，如早期的《尚書》，除假託的部分，完全是史官所保存的檔案文件的彙編；而在戰國末年至秦漢之際形成的《戰國策》，卻已包含了許多虛構的歷史故事，帶有小說的氣息了。

　　《尚書》與《春秋》　　《尚書》意為「上古之書」，是中國上古歷史文件和部分追述古代事蹟作品的彙編。春秋戰國時稱《書》，到了漢代，才改稱《尚書》。儒家尊之為經典，故又稱《書經》。《尚書》據說原有一百篇，秦焚書後，漢初實存二十八篇（因有分合的差異，或謂當為二十九篇），因用當時通行字體寫成，故稱今文《尚書》。漢武帝時曾發現一種古文《尚書》，但不久亡佚。東晉時梅賾獻出一種共五十八篇的古文《尚書》，成為後來最流行的本子，《十三經注疏》所收即此種。其中三十三篇相當於今文《尚書》的二十八篇；另外的二十五篇，清代著名學者閻若璩考定為偽作，習稱《偽古文尚書》。但近年來隨着出土文獻的發現，關於那一部分文篇的真偽問題再度發生疑問。

現存《尚書》中的《盤庚》篇可能是最古老的。這是殷王盤庚遷都時對臣民的演講記錄，語辭是古奧的，但有些地方還是可以感受到盤庚講話時的感情和尖銳的談鋒，如：

　　　　非予自荒茲德，惟汝含德，不惕予一人。予若觀火，予亦拙謀，作乃逸。若網在綱，有條而不紊；若農服田力穡，乃亦有秋。

　　短短的一段話，用了三個比喻，頗為生動。又如盤庚告誡臣下不要煽動民心反對遷都，說那樣便會「若火之燎於原，不可向邇」，弄得不可收拾，也是相當出色的比喻。

　　《尚書》中從商代到西周的文獻都是艱澀而拗口的，韓愈謂之「周誥殷盤，佶屈聱牙」（《進學解》）。或懷疑這是因為年代久遠、傳寫訛誤的緣故，但印證以一些出土青銅器的長篇銘文，可知當時的文章就是如此。真正的原因恐怕是這類中國最古老的文章使用的是一種尚不成熟的書面語，它既夾雜口語，又常有前後文義不連貫的情況，文字的選用也未形成規範。

　　到了《尚書》中產生年代較晚的文獻，情況就有了變化。如春秋前期的《秦誓》，是秦穆公伐晉失敗後的悔過自責之詞，表達了愧悔、沉痛的感情，文章這樣寫道：

　　　　古人有言曰：「民訖自若是多盤。」責人斯無難，惟受責俾如流，是惟艱哉！我心之憂，日月逾邁，若弗雲來！

　　他引用古人的話指出，如果自以為是，必將做出許多邪僻的事，又十分痛心地說明責備別人容易，從諫如流則十分艱難，再說到時光一去不返，深恐沒有機會改正錯誤了。這一節文字雖仍有跳脫，但意思已經比較清晰，所以尚能傳神，由此可以看出書面語逐漸成熟的軌跡。

　　「春秋」原是先秦時代各國史書的通稱，後來僅有魯國的《春秋》傳世，便成為專稱。此書相傳經過孔子整理、修訂，被賦予特殊的意義，因

而也成為儒家重要的經典。

《春秋》是編年體史書，以魯國十二公為序，起自魯隱公元年（前722），迄於魯哀公十四年（前481），記載了二百四十二年間的大事。它是綱目式的記載，文句極簡短，幾乎沒有描寫的成分。但語言表達具有謹嚴精煉的特點，和前述《尚書‧秦誓》一樣，都反映了書面語趨向成熟的軌跡。

據說孔子修訂《春秋》時，按照自己的觀點對一些歷史事件和人物作了評判，並選擇他認為恰當的字眼來暗寓褒貶之意，這被稱為「春秋筆法」。因此《春秋》被後人看作是一部具有「微言大義」的經典，是定名份、制法度的範本。這對後代史書乃至文學作品的寫作，都有一定影響。

《左傳》與《國語》 在漢代經學中，解釋「經」的書稱為「傳」。《春秋》有三傳：《左氏傳》（簡稱《左傳》）、《公羊傳》、《穀梁傳》。從實際內容來看，《左傳》是一部編年史，其記事系統而具體，記事年代大體與《春秋》相當，但在後面要多若干年。古人認為此書的立意是通過史實來闡發《春秋》，但現代研究者多認為它本來是一部獨立撰寫的史書，只是後人將它與《春秋》配合，並作了相應的處理。

《左傳》的作者，司馬遷和班固都說是左丘明，並說他是魯太史。有人認為這個左丘明就是《論語》中提到的與孔子同時的左丘明。但對此，唐代以後頗有人懷疑，現在一般人認為是戰國初年無名氏的作品。

就現存資料而言，《左傳》可以說是中國第一部廣義上的大規模的敍事性作品。從前的記事文（如青銅器的銘文、《春秋》等）都只有對單一事件的簡單記述，而到了《左傳》中，許多頭緒紛雜、變化多端的歷史大事件，都能處理得有條不紊，繁而不亂。最為突出的例子是關於春秋時代著名的五大戰役的記載。作者善於將每一戰役都放在大國爭霸的背景下展開，對於戰爭的遠因近因，各國關係的組合變化，戰前策劃，交鋒過程，戰爭影響，以簡練而不乏文采的文筆一一交代清楚。這種敍事能力的發

展，無論從史學還是從文學着眼，都具有極重要的意義。

《左傳》所記外交辭令也很精彩。這一類文字照理應該有原始的官方記錄作為依據，但必然也經過作者的重新處理，才能顯得如此簡練而清晰。與《尚書》所記言辭相比，差別是很明顯的。如「燭之武退秦師」一節，寫鄭為秦、晉聯軍所圍攻，危急之際，燭之武夜入秦營，勸退秦軍。整篇説辭不到兩百字，卻抓住秦國企圖向東發展而受到晉國阻遏的處境，剖析在秦、晉、鄭三國關係中，秦唯有保全鄭國作為在中原的基地，才能獲得最大利益，於是輕而易舉地瓦解了秦晉兩大國的聯盟，挽救了已經必亡無疑的鄭國，至今讀來，仍是無懈可擊。這堪稱地緣政治學的一個古老的傑出範例。

從文學上看，《左傳》最值得注意的地方，還在於它記敍歷史事件、闡發歷史教訓的同時，還常常注意到故事的生動有趣，並且能以較為細緻生動的情節，初步地描繪出人物的形象。這些因素對文學的發展是很重要的。

一般説來，史籍記載中愈是細緻生動的情節，其可信程度愈低。因為這一類細節作為歷史材料的價值不大，在發生的當時或稍後，也不大可能被如實地記載下來。只有當歷史事件被當作故事來演述的時候，由於人們的搜奇心理——進一步説是通過他人的遭遇來理解社會與人生的精神需要，才會被添加上細節而變得生動。由此我們可以推想：《左傳》作者所依據的材料除了史官記錄，也有不少原來就是以各種方式流傳着的歷史故事，在完成這部著作的過程中，作者很可能又根據自己對歷史的懸想、揣摩作了進一步的添加。換言之，《左傳》相當一部分內容，是在書面語言日漸發達的條件下將口傳歷史故事書面化的結果。只是它的撰著還顯然受史官文化傳統的約束，虛構不會太過分吧。

《左傳》中關於晉公子重耳流亡經歷的記述，故事趣味表現得較為突出，有些頗具戲劇性：過衛乞食於野人，在齊貪戀安樂而被姜氏與隨從灌醉強行帶走，過曹時曹共公窺其裸浴，至楚與楚王論晉楚未來關係，在

秦得罪懷嬴而自囚請罪……把重耳十幾年流亡過程寫得跌宕起伏。重耳之亡，大概原來就是很有名的故事，所以《左傳》、《國語》中均有比較有趣的內容。在這些故事情節中，我們還可以大致地感受到重耳的性格既有貪圖安樂、高傲任性的一面，也有胸懷遠大、善於自我克制的一面。有些細節寫得頗為傳神，如：

> 秦伯納女五人，懷嬴與焉。奉匜沃盥，既而揮之。怒曰：「秦晉匹也，何以卑我？」公子懼，降服而囚。

懷嬴是秦穆公之女，先嫁給晉懷公（重耳之侄），此時又改嫁重耳。她捧着匜（盛水器）澆水讓重耳洗手，重耳洗完以濕手揮她，這原是貴公子任性的派頭，懷嬴認為這是卑視自己，因而發怒。重耳此時正懇求秦國幫他回到晉國奪取政權，豈敢得罪懷嬴？只得以隆重的禮節賠罪。這一節文字雖短，卻寫出了兩人在各自處境中的特定心理。另外，從這一小節中，我們也可以注意到《左傳》的文字還是有過於簡略、尤其主語省略過甚的現象，這表明文言文還在發展的過程中。

在整個中國文學史上，小說與戲劇的產生相當遲，但與此有關的文學因素，尤其是前面所說的「故事趣味」，卻不可能很遲才出現；只不過它借了歷史著作的母胎孕育了很久才分離出來。而《左傳》正是第一部包含着豐富的這一類文學因素的歷史著作，它直接影響了《戰國策》、《史記》的寫作風格，形成文史結合的傳統。這種傳統既為後代小說、戲劇的寫作提供了經驗，又為之提供了豐富的素材。

《國語》以國立目，以記載言論為主，故名「國語」（但有些篇實是記事性質）。全書體例並不系統完整。所涉周、魯、齊、晉、鄭、楚、吳、越八國史事，詳略多寡不一，其中《晉語》九卷，佔全書近半；其記事年代起自周穆王，止於戰國初，前後五百餘年，除《周語》略為連貫外，其餘各國只是重點記載了個別事件。所以有些研究者認為可能作者所掌握的原始材料就是零散的，他主要對材料作了彙編與整理的工作。

關於《國語》的作者，司馬遷在其《報任安書》中說及也是左丘明，後人多有異議，現在一般認為產生於戰國初年，作者不詳。此書與《左傳》大抵為同時代的產物，但具體年代孰為先後，研究者持論不一。

《國語》與《左傳》雖有許多不同，但也有一些重要的共同特點，它大抵也是混合了正式的檔案文獻和口傳故事的產物。譬如書中一些與重要歷史事件相關的長篇大論，理應有書面文獻的依據，但不少片斷的、帶有趣味性的言論，則恐怕多是口傳故事的增飾。《國語》記事總體而言不如《左傳》，但有些部分則並不遜色。如《晉語》中記「驪姬之難」的故事，較《左傳》記載更詳盡曲折。有一節寫驪姬欲謀害太子申生，恐大臣里克干涉，她手下的優人施自願出面勸說里克。他請里克飲酒，半中間起舞而歌，暗示里克變故在即，要善於自保。里克體會到優施所言有大的政治背景，夜半召優施，問明「君（指獻公）既許驪姬殺太子而立奚齊」，遂以保持中立為條件，與驪姬一方達成了政治交易。這一段關於宮廷陰謀的故事不僅富於戲劇性，而且很好地描摹出人物心態。另外《吳語》和《越語》，以吳越爭霸和勾踐報仇雪恥之事為中心，寫得波瀾起伏，也是相當精彩的。

《戰國策》　　《戰國策》是西漢劉向將中央政府所藏多種相類似的以戰國策士活動為主要內容的著作彙編而成的一部書，作者不明，亦非一人。其中所包含的資料，主要出於戰國時代，也有少量產生於秦和漢初。書名也是由劉向重新擬定的。共三十三篇，按國別編排，每篇由若干相互獨立的單篇組成。記事年代大致上接《春秋》，下迄秦統一。

記述戰國策士活動的書，劉向所見已是名目繁多（見《戰國策敍錄》），一九七三年馬王堆漢墓出土文物中，也有一種此類內容的帛書，共二十七章，後定名為《戰國縱橫家書》。可見這一類書曾經廣泛流行。這是因為戰國是一個激烈的大兼併時代，國與國之間以勢力相爭，以智謀相奪，不斷地發生組合與分化。這種特殊環境導致對才智之士的迫切需

求，也為他們提供了廣大的舞台。《戰國策》一類書，大抵即出於策士之手，它除了讚美策士在歷史上的作用而外，大概也提供給有志此道的人們作為修習的範本。

雖然習慣上把《戰國策》歸為歷史著作，但它的情況與《左傳》、《國語》等有很大不同。後者雖也因追求「故事趣味」而有些出於增飾的內容，但那都是附着於史實的；而《戰國策》的有些記載完全不能當作史實來看。如《魏策》中著名的「唐且劫秦王」一節，寫唐且在秦廷中挺劍脅逼秦王嬴政（即秦始皇），早就有學者指出這是根本不可能發生的事情。要討論《戰國策》的內容究竟有多少與史實相符，是一項複雜的工作，但總體上我們可以說作者寫那些歷史故事時對真實與否是不太看重的。

《戰國策》的思想觀念也有值得注意之處。那是一個重實利而輕忽道德修飾的年代，策士們運用才智來謀取利祿，大多只把個人的成功視為根本追求。如《秦策》記蘇秦始以連橫之策勸說秦王併吞天下，後又以合縱之說勸趙王聯合六國抗秦。他遊秦失敗歸來時，受到全家人的蔑視；後富貴還鄉，父母妻嫂都無比恭敬，於是感慨道：

> 嗟乎，貧窮則父母不子，富貴則親戚畏懼。人生世上，勢位富貴，蓋可忽乎哉！

作者以欣賞的筆調，描繪了蘇秦志得意滿的神情。這不夠高雅，也許不值得讚賞，卻是以尖銳的目光看破了冷酷的現實。

由於《戰國策》在思想觀念上的束縛相對要少，又不完全拘泥於歷史的真實（當然從歷史學的眼光看這是缺陷），所以就顯得比以前的歷史著作更加活潑而富有生氣。從文學上看，《戰國策》的發展主要表現在以下兩方面：

第一是富於文采。關於這一點，首先要注意到的是《戰國策》的語言比起《左傳》、《國語》又有了相當大的變化。它明快而流暢，縱恣多變，後者常有的因過度省略而造成的語氣不連貫、前後句的關係不容易看

明白的情況，在這裏已經很少出現了；無論敍事還是説理，《戰國策》都更能委曲盡情。進一步説，《戰國策》還普遍使用積極的修辭手段來打動人心。最突出的就是通過鋪排和誇張的手法，造成酣暢淋漓的氣勢。在這裏，語言直接作用於感情，而不僅是從理智上説明事實和道理的工具。如《蘇秦始將連橫》、《莊辛説楚襄王》等篇，都是顯著的例子。

第二，《戰國策》更善於描寫人物。《左傳》、《國語》描寫人物，大抵是簡筆的勾勒，個別例子雖也能寫出人物的某種性格特點，也終覺籠統。如前面舉出的重耳向懷嬴賠罪的例子，需要仔細想一想，才能明白個中緣由。《戰國策》已經開始從以事件為中心向以人物為中心過渡，所以它描寫人物更加具體細緻，也就更顯得生動活潑。如《齊策》寫馮諼，一開始描繪他三次彈鋏而歌，索求更高物質待遇，顯示他不同凡響而又故弄玄虛的性格；之後展開「馮諼署記」、「矯命焚券」、「市義復命」、「復謀相位」、「請立宗廟」等一系列波瀾起伏的情節，描繪出這位有膽識謀略，同時也是恃才自傲的「奇士」風采。由於《戰國策》的故事常有明顯的虛構痕跡，在此情況下再追求人物描寫的細緻生動，便不時會透出幾分小説的氣息。

另外，《戰國策》所記的策士説辭，常常引用生動的寓言故事，這也是以文學手段幫助説理。這些寓言往往形象鮮明而寓意深刻，也是中國文學寶庫中的明珠。諸如「鷸蚌相爭，漁翁得利」、「畫蛇添足」、「狐假虎威」、「亡羊補牢」、「南轅北轍」等，歷來家喻戶曉。

二　諸子散文

所謂諸子散文是春秋戰國時代各個學派闡述自己學説的著作，是百家爭鳴的產物。正因它是隨着學術繁盛在爭辯的風氣中發展起來的，其基

本趨向，就是從簡約到繁富，從零散到嚴整，愈是後期的著作，篇幅愈宏大，組織愈嚴密。這種發展雖不是沿文學的特性而完成的，但卻是為文學的進步準備了條件。而其中文學性最強的則是《孟子》和《莊子》。

《老子》、《論語》及《墨子》 作為道家元典的《老子》一書，其形成年代一向爭執不下。近年來隨着地下文獻的出土，尤其是一九九三年湖北郭店戰國中期楚墓中竹書《老子》的發現，已可以肯定此書當產生於春秋末期並早於《論語》。但《老子》卻未必純是個人的著作。在《左傳》中就有不少跟《老子》明顯相似的格言，個別的例子甚至可以追溯到西周的青銅器銘文。可見《老子》的某些內容很早就有流傳，後來才被整理成一部書。而被認為是此書作者的「老子」也帶有傳說色彩，關於他，司馬遷《史記》中引了三種不同說法，最有名的一說是：老子是周王朝的「守藏室之史」，姓李名耳，字聃，孔子曾向他請教關於「禮」的問題。可能他就是《老子》一書的編定者。

《老子》是一部以政治為中心的哲理著作，也牽涉個人立身處世的準則。它的文體，既非如《論語》那樣的語錄，亦非一般意義上的「文章」。全書約五千字，分為八十一章，各章節大致有一定的中心或連貫性，但結構並不嚴密，前後常見重複。內容都是一些簡短精賅的哲理格言，基本上都是押韻的——但其本意並非為了優美，而只是為了便於記誦。如三十六章云：「將欲歙之，必固張之；將欲弱之，必固強之；將欲廢之，必固興之；將欲奪之，必固與之——是謂微明。」總之，《老子》一書實是原始道家系統口傳格言的書面總結。而口誦文化逐漸轉化為書面文獻，也正是春秋時代文化發展的一個特點。

《論語》是孔子（前551—前479，名丘，字仲尼）言論的記錄，《漢書·藝文志》說：「當時弟子各有所記，夫子既卒，門人相與輯而論纂，故謂之《論語》。」全書比較散亂，沒有系統的組織，先後次第亦無嚴格準則。

《論語》中頗多言簡意賅、富於哲理性和啟發性的語句，顯示了孔子對現實人生和社會生活往往有很深刻的認識，如「學而不思則罔，思而不學則殆」（《為政》），「歲寒，然後知松柏之後凋也」（《子罕》），流傳後世，成為人們常用的成語、格言。但孔子當初跟學生談話的時候，不可能只說這麼一句就戛然而止。它可能是一個話題，也可能是一段談話的總結。由此來看，《論語》還部分地保存着將思想格言化以便記憶的特點──這在孔子以前是很普遍的。

　　孔子長期以授徒為業，他的言論，弟子們所記下的和能夠回憶起來的一定很多，哪些值得編纂到《論語》中去呢？那些最能代表孔子思想學說的固然不可缺少，還有一些曾經使大家感動的或特別有意思的也容易被想起吧？後者因其感情和趣味而呈現出一定的文學色彩。如《述而》章：「子曰：飯疏食飲水，曲肱而枕之，樂亦在其中矣。」寫出孔丘的一種頗有詩意的人生態度。在孔門弟子中，子路的為人最為魯莽直率，常與孔丘發生衝突，他們的對話很見性格。有一次，子路問孔丘，如果衛君要他執政，他將先做些甚麼。孔丘說：「必也，正名乎！」子路嘲笑他：「有是哉，子之迂也！奚其正？」孔子教訓說：「野哉由也！君子於其不知，蓋闕如也。」而後說了一通為政先正名的大道理。還有一次，孔丘去見衛靈公的夫人南子，子路很不高興，孔丘只好發誓詛咒：「予所否者，天厭之！天厭之！」寫出當時的語氣，顯得孔丘對這位學生有些無可奈何。子路先於孔子而死，大家都很懷念他，他和老師的那些爭執想必被大家記得很牢。《先進》章中，有較長的一節，寫孔丘與子路、曾皙、冉有、公西華在一起，令諸人各言其志，從比較、對照中顯出各人性格的不同。子路冒冒失失，搶先作答，說了一通大話；冉有、公西華以謙虛的語言表述了自己的志向；而後是曾皙：

　　　　鼓瑟希，鏗爾，舍瑟而作，對曰：「異乎三子者之撰。」子曰：「何傷乎？亦各言其志也。」曰：「莫（暮）春者，春服既成，冠者五六人，童子六七人，浴乎沂，風乎舞雩，詠而歸。」夫子喟然歎曰：「吾與點

也！」

這一段，不但語氣生動，而且有簡單的情節，又有場景的描寫，曾皙的回答也特別具有美感，在《論語》中，是比較突出的了。沿着這個方向下去，就會出現《孟子》那樣兼有語錄和文章特點的著作。

《墨子》為墨翟及其弟子、後學所著，為墨學的著作總彙，漢代有七十一篇，現存五十三篇。墨翟，生活時代約當於孔子與孟子之間，即春秋戰國之際。相傳他原為宋人，長期居住在魯國。他原出於儒門，後來卻創立了與儒學相對立的墨家學派，曾一度盛行，稱為「顯學」。

《墨子》書中出現了以前《老子》和《論語》中所沒有的具有系統性的論辯內容，如主張「兼愛」，反對儒家從宗法制度出發的親疏尊卑之分；提出「非攻」，反對各國之間以掠奪為目的的戰爭；要求「節葬」、「節用」，反對奢華的生活方式以及禮樂制度等等。各篇主題明確，篇幅也較長，邏輯嚴密，善於運用具體事例來說理，已經完全脫離了格言式和片斷化的表述，成為古代最早的嚴格意義上的論說文。這顯示各學派之間的思想鬥爭趨向尖銳，因而文章也隨之發生大變。就此而言，《墨子》在中國散文史上有不可忽視的地位。

孟軻與《孟子》　孟軻（約前372—約前289），鄒（今山東鄒縣）人，生活於戰國前期。魯國貴族孟孫氏的後代。他自稱私淑孔子，也確實弘揚了孔子的學說，成為儒家的又一名大師，後世尊為「亞聖」。他的行事也彷彿孔子，收過不少門徒，率領着他們遊說各國。由於各國間都以力相爭，他卻鼓吹以德為王，言仁義而不言利，終不能被任用。

《孟子》共七篇。它雖也被歸屬於語錄體，但與《論語》實有根本不同。首先是孟子本人直接參與了撰寫，因而能夠在書中系統地表述自己的思想與情感；它雖然保留了對話記錄的格式，但其實是經過仔細處理的，而且很多段落都圍繞着一定的中心逐層展開，結構完整，條理清楚，只要

添上題目，就可以單獨成篇。

在先秦諸子散文中，《孟子》與《莊子》是文學性最強的。因為孟軻的為人，本不像孔子那樣深沉莊重，而是自傲自負，鋒芒畢露，與人言辭交鋒，必欲爭勝。所以他的文章不僅僅着力從邏輯上說明道理，而且常表現出強烈的感情色彩。其行文絕不作吞吞吐吐之態，文字通俗流暢，無生硬語，又喜歡使用層層疊疊的排比句式，這樣就形成了《孟子》散文的一個顯著特點，即富有氣勢，如長河大浪，磅礴而來，咄咄逼人，橫行無阻。如下例：

> 說大人，則藐之，勿視其巍巍然。堂高數仞，榱題數尺，我得志，弗為也；食前方丈，侍妾數百人，我得志，弗為也；般樂飲酒，驅騁田獵，後車千乘，我得志，弗為也。在彼者，皆我所不為也，在我者，皆古之制也，吾何畏彼哉？（《盡心》下）

《孟子》的文學性，還表現在善於運用比喻、寓言，借形象幫助說理，這樣就避免了抽象辨析所帶來的枯燥感，能夠在說理時不隔斷情感的流動。戰國時代文章多用寓言本是普遍現象，但孟子有其特別的精彩。如下例：

> 齊人有一妻一妾而處室者，其良人出，則必饜酒肉而後反。其妻問所與飲食者，則盡富貴也。其妻告其妾曰：「良人出，則必饜酒肉而後反，問其與飲食者，盡富貴也。而未嘗有顯者來。吾將瞯良人之所之也。」蚤起，施從良人之所之，遍國中無與立談者，卒之東郭墦間之祭者，乞其餘，不足，又顧而之他。此其為饜足之道也。其妻歸，告其妾，曰：「良人者，所仰望而終身也，今若此！」與其妾訕其良人，而相泣於中庭。而良人未之知也，施施從外來，驕其妻妾。
>
> 由君子觀之，則人之所以求富貴利達者，其妻妾不羞也、而不相泣者，幾希矣！（《離婁》下）

這是一則絕妙的諷刺故事。尤其是結尾處，一個被揭示了委瑣品格的人物仍以莊嚴自足面貌出現，有強烈的滑稽效果。從中也可以看出作者機智而尖銳的性格。

《孟子》的散文對後世有十分深遠的影響。它是感性和理性的結合，對喜歡在說理中包蘊個人感情的作家，成為絕好的典範。

莊周與《莊子》 莊周，宋國蒙（今河南商丘縣東北）人。生活年代與孟軻相仿，可能年歲略小。只做過地位卑微的漆園吏。據《莊子》書中記載，他住在窮閭陋巷，困窘時織屨為生，弄得面黃肌瘦。但楚王派人迎他做國相，他卻拒絕了，說做官會戕害人的自然本性，不如在貧賤中自得其樂。這大概是個寓言故事，不過多少也能看出莊子的生活境況和人生態度。《莊子》一書，《漢書・藝文志》著錄為五十二篇，現存三十三篇。通常認為其中《內篇》七篇是莊子本人所著，《外篇》十五篇、《雜篇》十一篇，有莊周門人及後來道家的作品。但這方面的問題比較複雜，《史記》介紹莊子思想時所引用的文章就主要出於外、雜篇。所以我們在下文中將《莊子》作為一個整體來看待。

人們習常將《莊子》與《老子》的學說並稱為「老莊思想」，但兩者實有很大不同。《老子》的中心是政治哲學，《莊子》的中心，則是探求個人在沉重黑暗的社會中如何實現自我解脫和自我保全。莊子透徹地認識到，當時社會的禮法制度、道德準則，本質上只是維護統治的工具，他認為，追求世俗的成功和榮譽，對個人只有危害而沒有任何意義；人生的價值在於「全性保真」，通過體悟「道」──宇宙本體，達到生命的完美境界。《莊子》表現了一種矛盾的人生態度：在現實的社會關係和生存實踐中，作者感覺到個人是毫無作為的，為了逃避衝突與危險，不妨混同世俗，委順求全；然而在理念和想像的天地裏，作者卻渴望擺脫一切精神束縛，追求超越時空限制的絕對自由。

在先秦諸子散文中，《莊子》是文學性最強、文學成就最高的。這

首先因為莊子和他的門徒們兼有哲學家的思維和詩人氣質；他們所考慮的是生命究竟有何意義、完美的人生是否可能的問題，當人懷着實際的生存感受和激情來發出這一類追問時，詩意與哲理已經是不可能分開的了。如《至樂》中的一節：

> 莊子之楚，見空髑髏，髐然有形，撽以馬捶，因而問之曰：「夫子貪生失理，而為此乎？將子有亡國之事，斧鉞之誅，而為此乎？將子有不善之行，愧遺父母妻子之醜，而為此乎？將子有凍餒之患，而為此乎？將子之春秋故及此乎？」

在莊子對髑髏的一連串發問中，我們體會到這樣的傷感：人不僅終將死亡，而且人更多地是未足天年便在生存的失敗中死亡——人生何以是如此的呢？

《莊子》的一個重要的文學特色，表現在它主要通過藝術想像來描述理想的人生境界、體現作者的哲學思想。和戰國時其他文章假寓言故事為說理的例證不同，莊子他們對現實的殘酷與人生的無奈有敏銳的感受，因而需要在宏大壯麗、迷離荒誕的幻想空間中展開精神的自由飛翔；從理論意識來說，莊子這一派本有「言不盡意」的看法，所以也常常有意避開邏輯性的分析。《莊子》的許多篇章，如《逍遙遊》、《人間世》、《德充符》、《秋水》，幾乎都是用一連串的寓言、神話、虛構的人物故事連綴而成，把作者的思想融化在這些故事和其中人物、動物的對話中。如下例：

> 北冥有魚，其名為鯤。鯤之大，不知其幾千里也。化而為鳥，其名為鵬。鵬之背，不知其幾千里也。怒而飛，其翼若垂天之雲。是鳥也，海運則將徙於南冥。南冥者，天池也。《齊諧》者，志怪者也。《諧》之言曰：「鵬之徙於南冥也，水擊三千里，摶扶搖而上者九萬里，去以六月息者也。」野馬也，塵埃也，生物之以息相吹也。天之蒼蒼，其正色邪？其遠而無所至極邪？其視下也，亦若是則已矣。……

蜩與學鳩笑之曰：「我決起而飛，槍榆枋而止，時則不至，而控於地而已矣，奚以之九萬里而南為？」適莽蒼者，三湌而反，腹猶果然；適百里者，宿舂糧；適千里者，三月聚糧。之二蟲，又何知！（《逍遙遊》）

《逍遙遊》的宗旨，是說人的精神擺脫一切世俗羈絆，化同大道、遊於無窮的至大快樂。所以文章開頭，即寫大鵬直上雲天，飄翔萬里，令人讀之神思飛揚。莊子他們似乎是奇特的天才，文章中幻想的故事與景象千匯萬狀，無奇不有，充滿了詭奇多變的色彩。

《莊子》的文章結構也很特別，似乎並不嚴密，常常突兀而來，任意跳蕩起落，汪洋恣肆，變化無端，但思路卻是清楚的；它的句式也富於變化，或順或倒，或長或短，顯得很自由；它的詞彙異常豐富，足以細緻描寫，傳情達意；文章又常常不規則地押韻，任意灑落與韻律節奏形成配合。凡此種種，都顯示了文學的美感與獨創性。

《莊子》那種以個人精神自由為中心的思想和與之相關聯的富於想像力和創造性的文學風格，在中國思想史與文學史上是重大的存在，後世許多大作家都曾受到它的影響。

《荀子》與《韓非子》 荀況是先秦儒家的最後一位大師。生於戰國末期。曾遊學於齊，後去楚，春申君以為蘭陵令。他的著作，後人編定為《荀子》三十二篇。

荀子對社會文化的態度，是重視政治和倫理上的實用性，要求一切都歸於儒家所說的聖王之道。《荀子》書中的文章實踐了他的觀點。全書體系完整，涉及面很廣。多為關於社會政治、倫理、教育等方面的長篇專題學術論文，論點明確，論斷縝密，結構謹嚴，風格樸實、深厚；善於運用自然界和日常生活中的事例作為論據，巧譬博喻，反復論證；造語簡練，多用鋪陳手法和排比句式，整齊流暢，適於誦讀。總之，這是一種盡一切努力使讀者能接受自己的觀點的文章。

《荀子》中還有一組稱為《賦篇》的文章，共有《禮》、《知》、《雲》、《蠶》、《箴》五篇。體式為問答體，前半設謎，後半破謎，在描述中摻雜説教的成分。這種體式很可能出於民間的俗文學，對研究漢賦的淵源有一定的價值。另外又有《成相篇》，是以民間歌謠形式宣傳他的政治思想：

請成相，世之殃，愚暗愚暗墮賢良。人主無賢，如瞽無相何倀倀。

這種體裁具有明快的節奏感，讀來很順口，是研究古代民謠的珍貴資料。荀子重視俗文學的實用功能，也是值得注意的現象。

韓非（約前280—前233）是荀子的學生，但思想上卻是法家的代表。起初秦始皇讀他的著作，十分佩服，邀他來到秦國。後被他的同學李斯陷害入獄，自殺於獄中。韓非是一個聰明、深刻的人，對人情世故看得頗為透徹。他不相信人有美好感情，只相信以利驅使人、以害禁制人。《韓非子》五十五篇，構築了一整套極端專制主義的、嚴厲控制人的方法和理論。

韓非的文章很有特色。他懂得運用各種手段來闡述自己的思想。從邏輯的嚴密、論述的細緻、條理的清晰來看，還要超過《荀子》；因為他喜歡把道理説得很透，一層一層地鋪展，所以篇幅大多很長（如《五蠹》約有四千字）；因為他的思想尖鋭，又很自信，所以文風峻峭，鋒利無比，語氣堅決而專斷。他還善於運用大量的譬喻和寓言故事來論證事理，增強了文章的生動性和説服力。

荀況與韓非對文章都是把實用性放在首位的。但從書面語的發展成熟和表達能力提高來説，《荀子》與《韓非子》標誌着先秦論説文發展到了全新的高度，而這在文學發展史上也是有意義的。

第四章

秦漢的辭賦

在經歷了漫長的凝聚融合過程之後，中國進入了以全國統一、中央集權為特徵的前後四百餘年的秦漢時代，有些史學家將之稱為中國歷史上的「第一帝國」。其間雖也有秦的覆亡與西漢的繼起，西漢的覆亡與東漢的再興，但動亂的年代不長，基本的政治體制也是一貫的。只是到東漢中期以後，中央集權開始漸趨瓦解。

統一的封建專制王朝，需要有相應的思想文化措施來維護和加強它的統治。秦始皇企圖通過焚書來進行思想控制，而到了漢武帝採納董仲舒所建議的「罷黜百家，獨尊儒術」的方針，才使之得到真正的實現。這種被奉為「獨尊」地位的儒學是經過改造的，它吸收了孔孟思想中若干有用的成分，又糅合陰陽家和法家思想，形成一種以維護皇權為最高目的，融政治、宗教、倫理、刑法為一體的實用之學。它依託於對儒家主要經典的闡釋，故又稱為「經學」。統治者並在政治制度上把讀經和士人求官謀祿的出路密切結合，所以兩漢思想文化大體都在經學的籠罩之下。

封建專制與思想統治的確立，自然會極大地束縛學術文化的自由發展，戰國時代百家爭鳴、自由活潑的氣氛很快消退了。但儒學本身又包含以文化手段調節社會關係、穩定社會秩序的意識；由於經濟的不斷發展，統治階級在物質享受之外也需要精神文化的享受，因此文化的發展在秦漢時代既出現了挫折和後退，同時也在受束縛的狀況下取得可觀的成就。

在特定的社會條件下，辭賦因其自身的某些特點而成為秦漢時代（主要是漢代）文學創作的主流。

一　辭賦興盛的原因與特點

「辭賦」是個泛義的名稱，通指楚辭和秦漢時追仿楚辭風格的、具有抒情詩特徵的作品以及漢代新興的以體物為主、性質介於詩文之間的作品。

漢代辭賦的興盛首先和先秦文學已經顯露出的某些傾向有關。我們看到在戰國末年，屈原等人的楚辭創作已經達到了相當高的水準，而且如前所述，在當時和稍後楚國宮廷中已經出現了一個辭賦作者群體；再有，從《大招》「二八接舞，投詩賦只」之句和《荀子・賦篇》之名來看，「賦」作為一種意義寬泛的文體的名稱，在漢以前應該已經成立。另外值得注意的一點是，從《戰國策》以及同類的散文來看，戰國後期的「游士」大抵都有相當好的運用文辭的修養，喜歡鋪張而華麗的語言表達。可以推定，當時要成為「士」必須經過文辭方面的訓練。當然，無論屈宋的作品還是《戰國策》中的文章，在寫作時恐怕均非出於藝術的目的，主要還是為表達政治見解、說服他人等等目的而作，但無法否認辭賦和文章的趨向鋪張華麗，也是因為這裏有一種「語言的陶醉」，一種在語言所構造的世界中實現的自我慰解或精神滿足。換言之，藝術性質正在這類作品中逐漸凸顯。

　　楚國的文學藝術原本就較別國為發達，漢王朝的統治階層又興於楚地，這就給漢代辭賦的興盛提供了很好的條件。而大一統王朝造就了經濟發展、國力強盛的局面，也需要一種與之相稱的文學來表現它，並以此滿足統治者精神上的需要。武帝時期辭賦達到鼎盛，就同這一時期國家的狀況與武帝本人的喜好直接相關。

　　從作者群來說，戰國游士的培養模式和這一類人的基本文化結構是不會一下子改變的，但到了中央集權的王朝，他們的生活方式卻必須有所改變。西漢初，中央集權與分封制同時並存，戰國時代的風習尚有殘留，諸侯王多喜歡在自己的宮廷中收羅士人，但他們已不具有戰國諸侯的獨立地位，他們宮廷中的士人也不再能夠以外交、軍事等活動為君主謀取霸權。於是那些習縱橫之術的游士便更多地發揮其文辭方面的才能，主要以文學活動為君王提供精神享受，至多在政治上提供一些建議、批評，從而轉化為宮廷文人。武帝即位後，出於個人喜好，大力收羅這一類文人到中央宮廷來，更擴大了辭賦的影響。在這過程中，一些大官僚、王侯乃至皇帝本

人也成為辭賦的作者。

伴隨着辭賦的興盛，出現了兩種在文學史上具有重要意義的現象：一是出現了一批專門從事文學活動的文人群，他們僅僅或主要憑藉文學才能而得官職，並以文學寫作為自己的主要事業，這是先秦時期所未曾有過的；二是出現了以語言的美感為最終目的的文學創作，也就是辭賦本身。儘管漢代人每每強調辭賦的道德意義，但這種文學樣式的本質，其實就是通過精心安排美麗的文字，整齊的句式，層次分明的結構，表現社會和自然的種種奇特事物和絢麗景象，刺激讀者的感受力與想像力，獲得審美快感。

漢代辭賦作品的數量與先秦相比可謂驚人，據班固《兩都賦序》說，成帝時整理從武帝以來各種人士奏獻給朝廷並且還保存着的辭賦，總數有一千餘篇，東漢張衡也用「作者鼎沸」來形容他那時辭賦創作的情況。這構成了文學史上第一個創作繁盛的時期。辭賦的興盛及其明顯的藝術特質，引發了將文學與非文學相區分的意識。《漢書·藝文志》將「詩賦」專列為一類，《史記》、《漢書》每以「文章」的概念指稱辭賦等重文采的作品，就表明獨立的文學意識開始形成。

但漢代辭賦的缺陷是很明顯的。首先是由於封建專制的確立和思想控制的加強，漢代文人的批判意識和個體意識都有明顯的減退，像屈原作品所表現出的高度自信、敢於以個體與自己所屬的群體相對抗的意識，已經完全看不到了；而且，由於辭賦的作者大多依附於帝王的宮廷或權臣，他們的寫作主要不是從自身的生活感受出發，所以像宋玉《九辯》那樣深入的抒情也不很多見。漢代辭賦的主流從楚辭的模式轉向以寫物為主、以歌頌為主的典型的漢賦模式，跟上述原因有極大關係。至於典型的漢賦一味通過大量鋪排辭藻來追求美感，除了出於歌頌的需要，也因為對時人語言藝術的理解尚淺。——不過需要說明：以上是針對漢代辭賦的基本情況而言，到了東漢中後期中央集權逐漸瓦解，也有一些新的現象出現，後文會具體說及。

關於辭賦的價值，漢人的認識也頗多矛盾。如前所言，漢代辭賦本

質上是審美和娛樂性的，但這不符合經學的標準。所以作者常在自己的作品中加上些具有道德意義的説教之辭，形成一種「倫理掩飾」。而肯定或否定辭賦的人，也總是就其是否真正具有政治與道德上的實用價值發生爭論。司馬遷《史記》中説：「相如雖多虛辭濫説，然其要歸，引之節儉，此與《詩》之風諫何異？」這裏肯定司馬相如的賦，是認為它有道德意義，而把華麗鋪陳的部分貶為「虛辭濫説」。漢宣帝則説：「辭賦大者與古詩同義，小者辯麗可喜，譬如女工有綺縠，音樂有鄭衛，今世俗猶皆以此虞説（娛悦）耳目，辭賦比之尚有仁義風諭、鳥獸草木多聞之觀，賢於倡優博弈遠矣！」（《漢書·王褒傳》）他認為辭賦價值「大」的方面，仍然是「與古詩同義」的「仁義風諭」，也就是道德與政治功用。不過他把辭賦「辯麗可喜」和「虞説耳目」的價值也肯定了，這還是重要的進步。至於揚雄，雖指出了辭賦的道德勸誡是虛假和無用的，卻因此完全否定了辭賦的價值。

總之，文學的獨立性和對文學價值的理解，還有待發展。

二　秦與西漢的辭賦

秦與西漢前期辭賦　秦與西漢前期是辭賦從楚辭模式向典型的漢賦模式過渡的時期。

關於秦代辭賦，《漢書·藝文志》著錄有「秦時雜賦」九篇，已失傳，故過去文學史於秦賦無所論列。但《楚辭》所收署名為「屈原，或言景差」的《大招》一篇，游國恩先生《楚辭概論》指出其中以「青」指黑色，應是秦末才會有的現象；近年章培恆先生進一步作了考證，認為此篇實是秦末的新建楚國為楚懷王招魂的作品。其體式大體仿《招魂》，先言四方之不可居，而後言居楚則「樂不可言」。篇中對楚國的音樂、舞蹈、

美女、宮室多有描寫，有些地方的細膩有勝於《招魂》之處，反映了楚人不諱言享樂的生活態度；末節讚美楚國的良政，如「禁苛暴」云云，則表現了這一反秦政權的政治理想。

西漢第一位重要的辭賦家是賈誼（前200—前168）。他年二十二歲便受到漢文帝賞識，參與國家事務，但因性格尖銳，好論天下大事，引起朝中元老的不滿，被貶謫到楚地任長沙王太傅。在赴長沙途經湘水時，賈誼因感念屈原生平而作《弔屈原賦》，亦以自弔，其中説：「鸞鳳伏竄兮，鴟梟翱翔；闒茸尊顯兮，讒諛得志。」「彼尋常之汙瀆兮，豈能容吞舟之巨魚；橫江湖之鱣鯨兮，固將制於螻蟻。」都是用了屈原式的語言來抒發自己受排擠遭打擊的憤慨。在謫居長沙時，某日有一鵩鳥（貓頭鷹）飛入室內，因這在當時的習俗中意味着「主人將去」的大不祥的預兆，賈誼又作《鵩鳥賦》自我寬慰。賦中以萬物變化不息、吉凶相倚，不可執著於毀譽得失乃至生死存亡的道家哲學為解脱之方，卻在解脱的語言中深藏不可解脱的痛苦。

《史記》將屈原與賈誼合為一傳。但在情感表達方式上，賈誼實與屈原有異。他雖然也滿懷憤慨，卻並不像屈原那樣「露才揚己」，也缺乏屈原那種幻奇飛揚的想像；二賦篇幅頗短小，不能充分展開，也與抒情態度的侷促有關。在文體形式上，《弔屈原賦》前半多用四言句，後半多用楚辭式的長句；《鵩鳥賦》的文句除去語氣詞「兮」字，基本上都是整齊的四言句，這也逐漸脱離了楚辭的風格。

西漢前期，在諸侯國吳、梁的宮廷中，聚集了許多文人，大都能賦。其中最重要的賦家是枚乘（？—前140）。武帝即位後，慕名召他入宮，結果因年老死在途中。

枚乘的代表作是《七發》。內容假託楚太子因安居深宮、縱慾享樂而導致臥病不起，「吳客」前往探病，説七事以啟發之（篇名即由此而來）；中心部分竭力描述音樂、美味、車馬、宴遊、狩獵、觀濤六方面的情狀，最後以賢哲的「要言妙道」的吸引力使楚太子病癒——但這一部分

卻相當簡單。在古代常用的文體分類中（如《文選》之分類），「七」自為一體，不直接歸入辭賦，但通常仍認為這是標誌着漢代新體賦正式形成的第一篇作品。

《七發》在多方面奠定了漢賦的基礎：一、《七發》是在一個虛構的故事框架中以問答體展開的。這就擺脫了就實際事件展開描述、抒發感想的限制，使作者能夠自由地選擇作品所要表現的內容。二、《七發》脫離了楚辭的抒情特徵，轉化為以鋪陳寫物為中心的高度散文化的文體。雖然楚辭中如《招魂》等篇也有較多鋪陳的成分，但賦的鋪陳特徵到《七發》中才充分展現出來。與此相適應，《七發》的文句也較楚辭更多地使用排比整齊的句法，而省略虛詞和語氣詞，使語言本身更具有形式上的美感。三、《七發》已經出現道德主題與審美主題的矛盾。從全文來看，《七發》的重點不是說理，也不是批判，而是展示各種令人嚮往的生活嗜慾，並將這些素材創造為新鮮的文學美感；但作者在最後卻特地表明精神的東西才是最重要的，以此作為文章在道德上的立足點。這些特點均為後來的體物大賦所沿承並加以發展變化。

另外，《七發》所鋪陳的內容，也從多方面開拓了文學的題材。《招魂》、《大招》中已出現的對音樂歌舞以及宴遊景象的描寫，在《七發》中表現得更為集中、豐富和細緻；對狩獵、觀濤、車馬的描寫，則是前所未有的。

司馬相如與西漢中期辭賦　西漢前期的辭賦家主要活動於南方的諸侯國。武帝即位以後，開始在中央宮廷招集文人，以後的歷代皇帝大都學了他的榜樣，使辭賦更廣泛地流播於全國。武帝時期也是漢賦的極盛期，僅《漢書·藝文志》著錄的這時期的辭賦就有四百多篇，同時還出現了漢賦最重要的代表作家司馬相如。

司馬相如（？—前118）字長卿，蜀郡成都（今屬四川）人。嘗從枚乘遊於梁孝王門下，孝王死後歸蜀。武帝讀他的《子虛賦》大加歡賞，

把他召到宮廷，他又為之作《上林賦》。《漢書・藝文志》著錄其賦作二十九篇，今存者除上述兩篇外，另有《大人賦》、《哀二世賦》、《長門賦》、《美人賦》四篇（末兩篇的真偽尚有爭議）。作為司馬相如的代表作的《子虛》、《上林》兩賦，今所見者有連貫的結構，實為完整的一篇。大約他為武帝作《上林賦》時，把《子虛賦》也作了修改。經過賈誼、枚乘諸人的嘗試，典型的漢代大賦的體制到此得到最後的確立。

兩篇賦的內容也是在一個虛構框架中以問答的體式展開的：楚國使者子虛出使齊國，向齊國之臣烏有先生誇耀楚國的雲夢澤和楚王在此遊獵的盛況，烏有先生不服，誇稱齊國山海之宏大以壓倒之。代表天子的亡是公又鋪陳天子上林苑的壯麗和天子遊獵的盛舉，表明諸侯不能與天子相提並論。然後「曲終奏雅」，說出一番應當提倡節儉的道德教訓。

這兩篇賦中的登場人物，冠以「子虛」、「烏有先生」、「亡是公」這樣的名字，等於是公開聲明了作品的虛構性質，這較《七發》又進了一步。作品的內容由三個人物各自的獨白展開，通過相互比較、逐個壓倒，最終突出了天子的崇高地位與絕對權威；在「諷」的部分，作為唯一的統治思想的儒家學說成為道德立足點，這也與《七發》基於戰國各家各派學說的「要言妙道」不同。這些都顯示了大一統時代的文化特徵。

二賦最突出的一點，是極度的鋪張揚厲，這也反映着時代的精神。漢武帝時代物質財富高度增長，帝國的版圖大幅度擴展，統治者的雄心和對世界的佔有慾望也隨之膨脹。司馬相如的「勸百諷一」之賦，一方面順應儒家思想而進行倫理掩飾，一方面順應着統治者膨脹的慾望而成為膨脹的文學。《七發》以兩千餘字鋪陳七事，已經是空前的規模；《子虛》、《上林》則以四千餘字的長篇，鋪寫遊獵一事，並以此為中心，把山海河澤、宮殿苑囿、林木鳥獸、土地物產、音樂歌舞、服飾器物、騎射酒宴，一一包舉在內。作者用誇張的文筆，華麗的辭藻，描繪一個無限延展的巨大空間，對其中林林總總、形形色色的一切，逐一地鋪陳排比；毫無疑問，這裏渲染了統治階級的奢侈生活，但它確也呈現出過去文學從未有過的廣闊豐富的圖景

和宏偉壯麗的氣勢，和由此表達的人們擁有世界的自豪感。

在語言方面，《子虛》、《上林》賦也把辭賦注重修辭的特點推向了極端。司馬相如是位文字學家，他在這兩篇賦中，羅列了大量陌生的詞彙，組織成文，顯示出華麗的效果；它的文句形式以四字句為主，與三字句、六字句、七字句夾雜交錯，顯示出整齊而複雜的美感。總之，作者表現了對文學的修辭藝術的極大熱情。雖然，過度的鋪排，堆砌陌生詞彙，反映出對語言藝術的幼稚的理解，而且難免造成誇張失實、艱澀難懂、呆板滯重等弊病，但這種努力不但強化了文學作品作為藝術創造的顯著特徵，而且最終對文學技巧的發展成熟，也有着強有力的推動作用。

司馬相如的其他辭賦也頗有特色。如《長門賦》以代言形式細膩地描寫了宮中被遺棄的女子的孤獨與悲哀，開了後世「宮怨」文學的先河。此篇和描寫了旅行途中的自然景象的《哀二世賦》均屬抒情之作，體現出司馬相如在辭賦寫作方面的多種風格和多樣才能。

武帝宮廷中著名的文人還有東方朔和枚乘之子枚皋。東方朔的《答客難》是帶有辭賦氣息的散文，我們放在後面再談；枚皋之作多是給皇帝逗趣的「恢笑嫚戲」之作，寫得數量頗多，今已不傳。在武帝時期，一些諸侯王的宮廷也仍舊保持着提倡辭賦的傳統，只是其作用已經不那麼重要。其中淮南王劉安的宮廷最為興盛，據《漢書·藝文志》著錄，劉安本人有賦八十二篇，其群臣有賦四十四篇，數量很可觀。但今存者僅有題為「淮南小山」作的《招隱士》完整而可靠。這是一篇楚辭體的名作，主題是召喚隱士出山，語言清新流麗，有出色的自然景物描寫，對後來關於隱士生活的文學作品有顯著的影響。

武帝之後，宣帝也喜愛辭賦並在宮廷裏招羅了許多文學侍從之臣。當時最著名的辭賦家是王褒，其代表作《洞簫賦》是第一篇專門描寫樂器與音樂的賦，取材顯然受到《七發》寫音樂的第一段的啟發，但作了大規模的擴充。內容包括竹生長的自然環境，洞簫的製作、裝飾和它所奏出的音樂。對景色和音樂的描寫都富於想像，後者尤為突出。由於音樂是靠聽

覺來感受的，用文字很難表現，作者在這裏嘗試作了形象的轉換，即用視覺形象來比擬聽覺形象，然後通過讀者的感受與聯想去體會音樂的美妙。如用矯健的騰躍動作狀樂聲的迅疾靈巧，用優遊徘徊的動作狀樂聲的柔曼等。這種描寫音樂的方法給後人很大啟發。《洞簫賦》在題材上開了後世的詠物賦和音樂賦的先河，在文句方面雖多用騷體句，但每雜以駢偶句式，這也首開辭賦駢偶化的端緒。總之，這篇賦對藝術美的追求比前人更為明確，因而在各個方面都頗有獨創性。

西漢後期辭賦　西漢後期最著名的賦家是揚雄（前53—18）。他的賦據《漢書·藝文志》記載有十二篇，今存有《蜀都賦》、《甘泉賦》、《河東賦》、《羽獵賦》、《長楊賦》、《反離騷》等，另外還有帶辭賦氣息的文章《解嘲》、《解難》等。揚雄是漢代留傳文學作品數量最多的作家之一，所以在舊時影響頗大。

揚雄也是蜀地人，他對同鄉前輩司馬相如非常傾慕，其代表作《甘泉》、《河東》、《長楊》、《羽獵》四賦，就是模擬《子虛》、《上林》的。由於他也善於運用瑰麗的語言描繪宏大的場景，故向來以「揚、馬」並稱。但雖然他也顯示了語言方面的才華，卻終究是缺乏創造力。和司馬相如不同的是，揚雄對賦的所謂「諷諫」作用看得更為認真，司馬相如那種主要是作為倫理掩飾的「曲終奏雅」，到了揚雄作品中企圖化為文章的主旨。但漢賦的傳統和文體特徵決定了它的內在矛盾是難以克服的，揚雄最終克服這一矛盾的方法是放棄賦的寫作，轉向學術性的著述。他並對以司馬相如為代表的漢賦傳統提出了嚴厲的批評，認為它「勸百諷一」、「勸而不止」，本質上不符合儒家教義。這一轉變，反映了當時社會中儒家思想統治的深化。

與揚雄大致同時，還出現了一位女性辭賦家班婕妤。她是成帝的妃嬪，因遭讒被棄而作《自悼賦》。以前司馬相如的《長門賦》最早寫到宮中女子被冷落的幽怨，但那是男性的代言體。《自悼賦》是第一篇出於女

性之手的宮怨賦，它從真切的感受出發，訴說了這一類女子幸福被剝奪卻無可奈何的怨恨惆悵之情，語言清麗流暢，善於通過細緻的描寫抒發感情，對後世「宮怨」類文學的影響很大。有些詞彙、意象都是被經常使用的。如其中一節：

> 潛玄宮兮幽以清，應門閉兮禁闥扃。華殿塵兮玉階苔，中庭萋兮綠草生。
> 廣室陰兮帷幄暗，房櫳虛兮風泠泠。感帷裳兮發紅羅，紛綷縩兮紈素聲。

西漢後期重要的辭賦家尚有劉歆、班彪。劉歆的《遂初賦》是他由河內太守徙五原時的紀行之作，結合沿途的景色、與所經地有關的歷史掌故抒發在混亂時局下內心的不安與憂鬱。這種多方面因素的結合，為辭賦的寫作開闢了新路。雖然以前屈原、司馬相如的一些作品也與行旅有關，但「紀行賦」作為辭賦的一種獨特類型，是因本篇才得以成立的，它引發了後來眾多的同類作品。班彪的《北征賦》就是一篇重要的後繼之作，它紀述作者在西漢末的動亂中離長安至天水避亂的行程，內容也是結合途中所見景物與有關的史事抒發感想。由於時事更為艱難，所表現的情緒也更顯悲沉。《遂初賦》和《北征賦》對景物的描寫都偏重寫實，清新自然，而不再是《上林賦》等那種誇張的羅列。它們直接啟發了後代抒情小賦對自然景色的描寫。

關於辭賦的變化，劉勰《文心雕龍·才略》篇指出：「自卿（司馬相如）、淵（王褒）已前，多俊才而不課學；雄（揚雄）、向（劉向）以後，頗引書以助文。」這是因為從西漢後期直到東漢前期的主要辭賦家揚雄、劉向、劉歆、班彪、班固、傅毅等人，其身份已經不再是專以文學寫作侍奉於帝王宮廷的文人；他們或主要是學者，或以官僚兼學者。這使得辭賦創作中為了顯示學問而引用典故及古書中成語的風氣開始盛行。用典雖然增加了閱讀的難度，同時也增加了文章的內涵。這一現象的出現對後代文學的發展變化也有深遠的影響。

其他辭賦作品　除以上所論，還有一些年代不易確定而又很重要的賦作，我們放在這裏作單獨的介紹。

首先是《文選》所收錄的署名宋玉作的《高唐賦》與《神女賦》。兩篇在文學史上的實際影響很大，還由此形成了一個辭賦作品的系列，後世如曹植的《洛神賦》、陶淵明的《閒情賦》等名作均與之有關。但由於研究者多認為其並非宋玉所作，寫作年代又不太清楚，所以過去一般文學史著作很少提及。按東漢前期傅毅所作《舞賦》敍言「楚襄王……使宋玉賦高唐之事」，表明當時宋玉作《高唐賦》一說已為人熟知，而《神女賦》與《高唐賦》相互連貫，實係完整的一篇。所以兩賦究竟是否出於宋玉雖有待進一步考證，但在西漢時已經存在是沒有疑問的，故暫置於此。

《高唐賦》寫楚襄王與宋玉遊於雲夢之台，宋玉為之說楚懷王在高唐觀夢遇巫山神女之事，而後應襄王之命賦高唐，主要寫由高唐觀所見巫山景色，至襄王前往會神女結束。《神女賦》先寫襄王告知宋玉其夢遇神女的情形，而後宋玉應襄王之命代為賦神女。大抵前篇以寫景為主，後篇主要寫神女的體貌與情態。

中國古代文學在相當長一段時期中，由於受社會道德觀的束縛，對女性的美和吸引力通常有所迴避。《詩經》中這類內容不僅少，而且僅有的一些也主要通過比喻手法作間接的表現，楚辭雖有直接的描寫，卻不很細緻。《高唐》、《神女》兩賦借着神話、夢遊這種虛擬情節，得以造成一種虛假的距離來逃脫正統道德觀的苛責，從而比較充分地表現了這一文學中不可缺少的題材。不過儘管如此，神女對待楚襄王，還是被描寫為「欲近還遠」，先為情所動而後以禮自持。這種寫女性的方法與態度，後來成為中國文學的慣例。

兩賦將敍事、寫景、抒情出色地相結合，語言非常華麗，卻清新流動，沒有一般漢賦常見的過分堆砌、生澀累贅的毛病，有些細節的描摹生動感人。如：

> ……望余帷而延視兮，若流波之將瀾。奮長袖以正衽兮，立踯躅而不

安。澹清靜其愔嫕兮，性沈詳而不煩。時容與以微動兮，志未可乎得原。
意似近而既遠兮，若將來而復旋。寨余憍而請御兮，願盡心之惓惓。懷貞
亮之潔清兮，卒與我兮相難。

這一節寫神女猶疑難決的神態，心理活動表現得如此細膩，在漢代文
學中是很難得的了。

另一篇值得注意的作品是一九九三年於江蘇東海縣一座漢墓中出土的
書於竹簡的《神烏傅（賦）》。該墓墓主下葬於成帝元延三年（前10），
賦寫作當然在這之前。它的文字雖已殘缺，但經學者考釋，基本內容還是
可以看出來。這是一篇動物寓言，寫一對烏鴉夫婦艱苦築巢，卻被別的鳥
盜走了材料；雌烏去索討，又被傷命危，雄烏感於情想同它一起死，被雌
烏勸阻。此賦情緒的表達十分強烈，還有一個特點是多用對話。從《神烏
傅》的內容和表現特點看，這應是一種通俗的說唱的文本，強烈的情緒和
較多的對話，對說唱表演是必要的。從前曾經出土過漢代演藝人的陶像，
被稱為「說唱俑」。兩者結合來看，是很有趣的。

《神烏傅》出土的重要意義在於：它揭示了漢代辭賦除了以鋪陳華美辭
藻為主要特徵的文人創作，還存在着重視故事性的趣味較為通俗化的一支，
它也證明了從敦煌石窟發現的唐代俗賦有古老的淵源。對這一類賦的深入研
究，將有助於理解賦這一文體的豐富性及其在中國文學史上多種意義。

三　東漢的辭賦

東漢辭賦總體成就似不如西漢，但卻醞釀着一系列的變化。體物大賦
雖然還佔着優勢，但隨着王朝的衰落，正漸漸失去生機，而以表現個人情
感為中心的抒情小賦逐漸興盛起來。

東漢前期的辭賦　東漢前期重要的辭賦家首先有班固（32—92）。他和父親班彪一樣，都是史學家兼辭賦家。其代表作為《兩都賦》。

「兩都」指西都長安，東都洛陽；《兩都賦》也是由《西都賦》和《東都賦》兩篇合成。東漢建都洛陽，但也一度發生過兩都孰為優的爭議。班固的賦作表示贊成以洛陽為都。在結構形式上，班固模仿了司馬相如，以「西都賓」與「東都主人」的相互論辯展開內容。建都是重大的政治決定，要說文人辭賦在其中能起多大作用是不切實際的。實際上班固的賦是以歌頌東漢王朝為基本目的，其依據則是儒家的政治學說。故《西都賦》主要讚美長安的繁華富麗，包括統治階層的享樂生活；《東都賦》則更多地歌頌了東漢統治集團所實施的各種政治措施如何恰當，以及王朝的威勢、洛陽風俗的淳厚，這樣就顯出東漢的統治比西漢的統治更符合儒家理想。這種比較反映了儒家思想在辭賦中很深的滲透。

但《兩都賦》還是有一定的特色。它的誇張建立在寫實基礎上，不像司馬相如那樣近乎虛誕；它以描繪都市為中心，比西漢辭賦更為廣泛地反映了人們的生活場景，山水、草木、鳥獸、珍寶、城市、宮殿、街衢、商業、服飾、人物……，增添了不少新鮮內容，景象也頗為壯麗。在結構上考慮嚴謹，對文字的鍛煉也相當精心。京都賦是辭賦的一個重要類型，它的基本格式是由《兩都賦》奠定的。

馮衍的《顯志賦》在另一種意義上顯示了某些新的跡象。馮衍曾追隨光武帝，有功不封，後又罷官居家，很不得意。《顯志賦》是一篇表達對現實不滿、宣泄內心鬱悶的抒情之作，這在一定程度上回復到屈原、賈誼的系統上去了，但它的結構卻是借用了紀行賦的寫法，通過一次虛擬的遊歷對自己的遭遇、對歷史人物和事件發表感想。篇中屢屢顯示出對老莊思想的興趣，如開首附《自論》即說自己的人生態度是「與道翱翔，與時變化，夫豈守一節哉！」賦中又讚美「夫莊周之釣魚兮，辭卿相之顯位」；包括對一切鼓動或助長戰爭、實施嚴刑苛法的人表示出極大的憎厭，認為

追求功業常常造成罪孽，也是以老莊為旨歸的。在儒學勢力還十分盛大的當時，這顯得頗為特別。

東漢中期的辭賦　東漢中期著名的傳統大賦，首推張衡（78—139）的《二京賦》。此篇繼班固的《兩都賦》而作，由「憑虛公子」稱頌西京的富麗，而「安處先生」則讚美東京的德化。但《二京賦》包含着許多批判性的內容，如指斥秦始皇的豪奢實以虐民為代價，批評對方：「今公子苟好勤民以媮樂，忘民怨之為仇也；好殫物以窮寵，忽下叛而生憂也。夫水所以載舟，亦所以覆舟。」這些實際都是以當時的社會現實為背景的。所以它並不像班固之作完全以歌頌當世的統治者為目的。在各種生活場景的描繪方面，由於《二京賦》篇幅更為巨大，因此能夠寫得更細緻。尤其是作者花費了大量筆墨反映世俗生活，如都市商賈、俠士、辯士的活動等，《西京賦》中還有近四百字的一節描寫「角抵百戲」的演出情況，這是《兩都賦》所沒有的。《東京賦》中清新流麗的自然描寫，同樣為《兩都賦》所未見。總之，《二京賦》既是漢代體物大賦的殿軍，又有若干變化。

張衡更有特色的創作是抒情性的賦。如《思玄賦》既吸收了馮衍《顯志賦》那種虛擬的紀行，又學習屈原的手法將這種紀行染上神話色彩，藉以表現對現實政治生活的厭倦和逃脫，在文字的想像世界中追求慰解。《思玄賦》的篇幅仍相當長，具有同樣旨趣而以寫實為主的《歸田賦》則完全擺脫了漢賦的鋪陳手法，標誌了抒情小賦的成立。篇中「諒天道之微昧，追漁父以同嬉」兩句點明了主旨：因社會的昏亂不可救，個人的抱負無從施展，而逃遁於田園。這是辭賦史上第一篇反映田園隱居樂趣的作品，其中寫景的部分，自然清麗，十分出色：

> 於是仲春令月，時和氣清，原隰鬱茂，百草滋榮。王雎鼓翼，鶬鶊哀鳴，交頸頡頏，關關嚶嚶。於焉逍遙，聊以娛情。

《歸田賦》全篇僅二百餘字，在寫作態度上，堪稱是對傳統大賦的一

種反撥吧。在張衡或許只是興到而作，但卻代表了辭賦文學的變化趨勢。

屬於漢賦傳統題材的，另有馬融（79—166）的《長笛賦》、王延壽（約124—約148）的《魯靈光殿賦》等。《長笛賦》中抒情成分顯較前人同類之作為濃，開頭一節描繪製笛之竹的生長環境孤僻淒涼，以渲染笛聲之哀，而實際滲透了作者的人生情懷。此篇及上述張衡《思玄賦》均用七言詩句結束，為漢賦之創格，而為後人所經常襲用。《魯靈光殿賦》就題材而言應是傳統的體物大賦，但寫得卻並不長，這也是可以注意的。賦中關於建築物上彩繪的描寫頗為出色，如寫窗櫺上的畫是「玉女窺窗而下視」，楹上的畫是「胡人遙集於上楹，儼雅跽而相對。……狀若悲愁於危處，憯嚬蹙而含悴」。此外寫壁畫中的山神海靈和古代神話史跡等，都生動逼真。這些地方表現出追奇求新的意欲。王延壽又有《夢賦》，寫夢中與鬼怪搏鬥，《王孫賦》寫猴子的各種情狀，都很奇特。這些特點同樣與東漢中期辭賦的轉變趨勢有關。

東漢後期的辭賦　東漢後期辭賦的創作依然不衰，漢靈帝光和元年置鴻都門學，以書畫辭賦取士，可見一斑。這一時期不可能沒有傳統賦頌的創作，但卻沒有像樣的作品流傳下來，只有新體的抒情小賦，閃耀特異的光芒。

生活於靈帝時期的趙壹所作《刺世疾邪賦》表現出漢代辭賦從未有過的尖銳的批判鋒芒。作者否定德政也否定法治，將春秋、戰國、秦漢說成是政治日益惡化的進程，而「於茲迄今，情偽萬方」，更把最激烈的批判指向當代社會。這樣徹底的否定表明了徹底的失望，正是社會瓦解時代的思維特徵；同時這也是對漢賦歌頌性主流的徹底的背叛。此賦篇末綴以兩首五言詩，以起到強化抒情的作用，可見詩賦結合的寫作方法在不斷延續。

《刺世疾邪賦》那種尖銳激烈的寫法難免造成抒情的粗糙。要說東漢後期成就最特出的辭賦作家，仍當數蔡邕（139—192）。其賦作完整保存至今的有《述行賦》和《青衣賦》。

《述行賦》作於蔡邕二十七歲那年，那時正是桓帝朝宦官擅權、政治極度混亂之際，他卻被迫應召入京去給當政者鼓琴，幸而以病半途而歸。作為紀行賦，本篇在寫作方法上並無特異之處，但其篇幅相對短小，感情表達就顯得集中有力。文中不但就沿途所見發生聯想，借古刺今，如「皇家赫而天居兮，萬方徂而星集。貴寵扇以彌熾兮，斂守利而不戢」之句，更將鋒芒無所掩飾地直指「皇家」、「貴寵」；由於作者對社會現實的不滿和對個人遭遇的憤慨結合在一起，他的感受就寫得較趙壹為具體。

　　《青衣賦》寫與一奴婢的情緣和別後對她的懷念。這即使有虛構成分，也應該與作者的某種實際經歷有關係。這種不合道德傳統的題材的出現，既體現了作者的大膽，也反映了在當時社會瓦解的情況下人們的思想和情感表現漸趨自由。賦的文字生動清麗，末一節尤為出色：「明月昭昭，當我戶扉，條風狎獵，吹予床帷。河上逍遙，徙倚庭階。南瞻井柳，仰察斗機。非彼牛女，隔於河維。思爾念爾，怒焉且飢。」這裏描寫了戀愛之人在月光皎潔的晚上因思念對方而不能成寐，在庭院中徘徊的情形，意境很美。《古詩十九首》中的《明月何皎皎》和樂府古辭中的《傷歌行》，都有類似描寫，從中可以看出東漢後期的辭賦與詩歌相互影響的痕跡。

　　蔡邕是東漢末最著名的文人，他的一些創作特點體現了漢代文學與魏晉文學之間的關聯。而且，建安時期著名文學家中，王粲、阮瑀是蔡邕的弟子，蔡琰是他的女兒，因而他對後一時期文學的影響有很直接的地方。

第五章

秦漢的散文

秦漢的散文相比於先秦也發生了很大變化。首先是春秋戰國時代熱鬧一時的諸子散文趨於消退。像秦代的《呂氏春秋》、西漢前期的《淮南子》，被視為諸子散文的尾聲，但要說思想的創造，已是遠不如前人了。秦漢時其他的一些論著和許多單篇的論說文，也可以說是諸子散文的後裔，但已是另一種面貌。這些文章中有些富於文采，或能以情感人，在文學史上仍有其影響，所以我們還是有選擇地略作介紹。值得注意是從漢代開初出現了相當數量的抒情散文，以書信形式為最多，也包括一些自我辯解、自我嘲弄的文章。這類作品常常觸及個人與環境、與社會統治力量的衝突，不僅具有感人的力量，而且激發了讀者對人生的思考，是文學史上可貴的收穫。而繼承先秦歷史散文，在漢代出現了司馬遷的偉大的《史記》，它是歷史與文學結合的傑出典範。以上三種——尤其後兩種類型的散文，代表了秦漢文學的重要成就。由於這些散文的性質差別較大，所以下面分類來介紹。

　　除以上三種類型的散文外，西漢時還出現了一些遊戲性的散文，因作品不多，簡單附記於此。這類散文中以王褒的《僮約》最為有名。此文是一份虛構的契約，內容係嚇唬一名倔強的僮僕，純以戲謔為目的，文字通俗，多雜口語。它很可能是仿效民間通俗文學的，因是名家之作，遂得流傳。作為古代文學面貌逐漸多樣化、娛樂性文學不斷增長的例證，此文在文學史上也有一定地位。

一　論說散文

　　以前一些文學史著作對漢代散文多用「政論散文」作為一個分類，但考慮到「政論」的概念對我們要說的內容無法包容周全，故使用更為寬泛的「論說」作為分類名目。

秦與西漢的論說文　秦立國時短，唯有丞相李斯的「上書」一類文章保存較多，其中《諫逐客書》最為有名。書為勸阻始皇驅逐非秦國人士而作，主要通過選擇一系列顯著的事例來說明道理，文辭華麗而鋪張，氣勢奔暢，有頗明顯的縱橫家辯說文辭的氣息，可以作為那一階段文章風格的代表來看。

西漢初鄒陽以文章著名，也是戰國縱橫家的氣息很濃。他的《獄中上梁王書》本意是為自己遭讒得禍作辯解，卻並不細緻分析跟自己直接相關的事實，而是大量徵引歷史上的人物事件，運用比喻，論「讒毀」之禍，藉以表明自己「忠信」的心跡。這在後人看起來會覺得奇怪，但排比鋪張，引前事為證，追求氣勢，大概就是那時文人所受的基本訓練。這種文章帶有抒情成分，但論辯的味道要更重一些。

隨着社會變化的深入，從戰國縱橫家文脫化出西漢前期典型的政論文，代表性的作家為賈誼。賈誼年輕時在文帝朝中任太中大夫約十年，寫下一系列政論，對秦漢之際的歷史以及當代社會各方面的問題，都提出了尖銳而深刻的看法。他的文章洋溢着對國家前途的憂患意識，充滿熱情，富於文采。在寫法上，既繼承了戰國散文縱橫馳騁的氣勢，但因為注重具體的實際的政策方針，又具有戰國散文所缺少的整飭謹嚴的風貌。其中《過秦論》、《論治安策》最為著名，被魯迅稱為「西漢宏文」（《漢文學史綱要》）。

《過秦論》分上中下三篇，其主旨如題目所示，是論秦政的過失，這也是西漢前期政論散文所集中討論的問題。上篇竭力誇張秦國力量的強大和一朝敗亡的迅速，以強烈的反差，突出「仁義不施」則必然敗亡的道理。中篇和下篇，提出秦二世和子嬰應該採取何種措施才能挽回敗局，實際是比較具體地提出了西漢王朝應該注意的政策。文章善於用鋪張手法，但卻不是典型的縱橫家文那種平列的重複的鋪張，而是有一種迅疾向前推動的氣勢，如上篇的劈頭一句：「秦孝公據崤函之固，擁雍州之地，君臣固守，以窺周室，有席卷天下、包舉宇內、囊括四海之意，併吞八荒之

心。」寫秦人初盛的聲勢，令人讀來一震。這固然是借修辭手段來影響讀者的感情，但強悍的文句中蘊有作者年輕的生命力。又如《論治安策》討論國家所面臨的各種危機，以「臣竊惟事勢，可為痛哭者一，可為流涕者二，可為長太息者六」這樣令人心驚的句子開頭，而後逐一論之。也是以情動人和以理服人相結合。

稍後的景帝時代，出現了另一位重要的政論散文作家晁錯。代表作有《論貴粟疏》等。晁錯的政論文，比賈誼的文章更細密嚴謹，切合實際，文采和情感則稍遜之。

到了西漢中期，隨着國家形勢的穩定，專制制度和君主權威的強化，以奏疏為主要形式存在的政論散文，無論熱情還是大膽議論的態度都很少見了，來自戰國縱橫家的雄恣辯麗的風格也消退殆盡。而值得注意的是部分散文出現追求對偶工整的趨向。如司馬相如奉武帝之命安撫蜀中民眾時所作《喻巴蜀檄》，把辭賦寫作的修辭技巧用於散文，通過對偶獲得一種美化效果，讀來音節鏗鏘。之後像桓寬《鹽鐵論》這樣一種經過整理的關於國家財政方針討論會的記錄，也多用對偶工整的句子，說明這種文章風格在西漢中期已經越來越明顯了。後來這成為東漢散文的普遍特色，繼而在六朝發展成駢文。

東漢的論說文　自西漢後期始，經學對社會思想的束縛日趨嚴重；到東漢前期，因統治者所倡導的偽造神秘預言的圖讖之學風行，思想界更被籠罩於一片荒誕迷信之中。此際值得注意的論說文，只有與上述風氣相抗爭的王充的《論衡》。

王充（27—約97）是會稽上虞（今屬浙江）人，僅短時期做過郡縣的屬吏。他遠離京師也遠離政治上層，得以保持了思想的獨立性。《論衡》八十五篇，站在比較接近原始儒學的古文經學立場上，激烈批判作為國家意識形態的宗教化庸俗化的今文經學，揭示天人感應之說及世俗迷信的荒謬。他的論證方法，主要是羅列大量的生活常識進行層層推進的邏輯分

析，擊破妖妄無據的迷信。文章以簡樸明快見長，沒有多少文學性可言，但它所倡導的理性精神與東漢文學復蘇的思想背景有關。

東漢中期至後期，出現了王符的《潛夫論》、仲長統的《昌言》、崔寔的《政論》、荀悅的《申鑒》等沿着王充的方向、具有批判性的論著，而批判的對象則從迷信思想轉向更具體更廣泛的社會現實問題。在風格方面，它們繼承了漢代散文一直在發展着的駢偶化傳統，文章更為整齊工麗。

王符出身寒門，終身不仕，《後漢書》本傳說他：「志意蘊憤，乃隱居著書三十餘篇，以譏當時失得，不欲章顯其名，故號曰《潛夫論》。其指訐時短、討擿物情，足以觀見當時風政」。《潛夫論》的批判，涉及東漢中期的政治、軍事、經濟、文化等各個方面，如《浮侈篇》批判了當時「京師貴戚」的奢靡之風，《論榮篇》中批判了當時的門閥制度。此外，在《潛夫論》中，王符還表達了他對於人性的一些新的思考，如《釋難篇》說：「是故賢人君子，既憂民，亦為身作，……仁者兼護人家者，且自為也。」用為他人兼為自身來解釋「仁者」之心，反映了東漢中期文人個體意識的抬頭。

仲長統（180—220）的《昌言》可以視為東漢後期批判性論著的代表。關於仲長統其人，《後漢書》本傳說他：「敢直言，不矜小節，默語無常，時人或謂之狂生」，可見是一個頗有個性的人物；他的《昌言》著於漢王朝已全面瓦解的年代，所以思想更為解放，言辭也更為鋒利。從《昌言》殘存的篇章來看，仲長統或批判圖讖迷信，或批判社會風氣，或批判外戚宦官，或批判門閥制度，其鋒芒幾乎遍及社會現實的各個方面。他的文章駢儷色彩很濃，具有工麗整齊的特色。此外，《後漢書》本傳記載其自敍志向的一篇短文也很有名，文中表示以隱居田園為樂，又說：「安神閨房，思老氏之玄虛；呼吸精和，求至人之彷彿。……消搖一世之上，睥睨天地之間。則可以陵霄漢、出宇宙之外矣，豈羨夫入帝王之門哉！」這種對理想人生的描述，清楚地體現了士人與政權的疏離、國家意識的淡薄和個人意識的強化。

隨着文學作品的繁盛，論説散文在文學史上的意義不再重要，後面我們一般也不再提及這一類散文。

二　抒情散文

西漢的抒情散文　西漢早期的一些散文，如鄒陽《獄中上梁王書》其實也是有抒情成分的，但卻沒有在表述自我的內心感受上充分展開，反是論説的色彩更重些。所以西漢最早的抒情散文，還得從東方朔的《答客難》説起。此文以辭賦慣用的問答體展開，句式整齊且間或押韻，故有時也被列入廣義的辭賦範疇。

東方朔（前154—前93）是漢武帝的宮廷文人，機智多才，卻只能在宮廷中扮演一個滑稽角色。《答客難》假借「客」責難東方朔為甚麼「好學樂道」卻地位不高起頭，然後通過對此責難的解答，揭示出包括自己在內的士的歷史命運。文中説到：自己雖有蘇秦、張儀之才，但時代卻非復戰國之舊了。漢武帝逐步削弱了諸侯國，實行徹底的中央集權，這使得士不再能夠憑藉自己的才能謀求成功，獲取高位；一切都在皇帝的掌握之中並由他的個人好惡所決定，「賢與不肖」，也實無區別：

> 故綏之則安，動之則苦；尊之則為將，卑之則為虜；抗之則在青雲之上，抑之則在深淵之下；用之則為虎，不用則為鼠；雖欲盡節效情，安知前後？夫天地之大，士民之眾，竭精馳説，並進輻湊者，不可勝數，悉力慕之，困於衣食，或失門戶。使蘇秦、張儀與僕並生於今之世，曾不得掌故，安敢望侍郎乎！

《答客難》敏感地指出了從相對自由的戰國時代進入專制制度的一統天下以後，文人可悲的命運和必須作出新的人生選擇。文章雖然帶着某種

嘲謔意味和表面上的自我慰解，內藏的痛苦其實很深。

西漢中期的抒情散文，以司馬遷（生平見後文）的《報任安書》成就最高。在這封給朋友的書信中，司馬遷訴說了自己無辜遭受恥辱的宮刑而感受的莫大痛苦，和忍辱求生以完成《史記》撰述的心跡。信中寫道：

> 僕以口語，遇遭此禍，重為鄉黨所戮笑，以汙辱先人，亦何面目復上父母之丘墓乎！雖累百世，垢彌甚耳。是以腸一日而九迴，居則忽忽若有所亡，出則不知其所往。每念斯恥，汗未嘗不發背霑衣也。

從這裏能夠讀出一個具有高尚人格的知識者在強大的專制制度迫害下巨大的內心創痛，並且體會到專制權力的非理性。然而司馬遷也以自己能選擇的方式作出了反抗，那就是他引以為驕傲的《史記》——他以這一偉大的創作表達了自己的意志自由，重新肯定了自己的生存價值。信中也說到：

> 僕誠已著此書，藏之名山，傳之其人，通邑大都。則僕償前辱之責，雖萬被戮，豈有悔哉！

和東方朔的《答客難》相比，司馬遷並沒有用任何嘲謔之類的方法鈍化痛苦的刺激，當時任安是獄中已判了死刑的犯人，給他的信不可能做到私密，所以也是危險的，但他仍然不顧一切地說出內心的悲憤；甚至，像「雖萬被戮，豈有悔哉」這樣的話，實是對最高統治者表示堅決反抗的態度。這是非常難能可貴的作品。在中國文學史上，純粹的抒情散文傳統的形成與書信體關係最為密切，《報任安書》可以說直接開啟了這一傳統。

司馬遷外孫、宣帝時楊惲（？—前55）的《報孫會宗書》，亦頗有外祖遺風，同樣是傳誦的書憤之作。楊惲曾一度受到宣帝的信任，後因故免官。他在家經商治產業交接賓客，聲聞於外。在專制制度下，被免職的官員這樣做是犯忌的。因而他的朋友孫會宗寫信勸他「當閣門惶懼」，以免招致危險。而楊惲的答書不僅為自己的行為坦然辯護，而且態度桀驁不馴，對非議他的人乃至對朝廷都有所譏刺。後來信被查出，楊惲竟被處

腰斬。這是一篇充分表現個性的書信體散文，文字不求美飾而意態自然張揚，有感人的效果。

東漢的抒情散文　東漢的抒情散文仍以書信體為主，和論説散文一樣，較為出色的作品主要產生於中後期。雖傳世名篇較少，但可以注意的是東漢人於書信的寫作實更為用心，文辭多經鍛煉。這意味着書信不僅是實用的溝通手段，而且被當作「文章」來看待。而從《後漢書》著錄傳主作品的情況來看，「書」確已正式成為文體的一種。

李固（94—147）《遺黃瓊書》是比較有名的一篇。在當時士大夫集團與外戚、宦官的激烈衝突中，李固是個中堅人物，黃瓊負盛名而未出仕，此信即為勸黃瓊出仕而作。信中説：「自生民以來，善政少而亂俗多。必待堯舜之君，此為志士，終無時矣！」言下之意，艱危之世，志士無由避其責任，言簡而甚有激昂之氣。後面又説名士被徵入朝，往往是「盛名之下，其實難副」，被「俗論」指為「純盜虛聲」，希望黃瓊「一雪此言」，雖是有「激將」的味道，但確實顯示了李固峻烈的個性。

同時人朱穆（100—163）的《與劉伯宗絕交書》開了「絕交書」這一書信體散文類型的首例。信中指斥劉對待自己前恭後倨，全視雙方地位變化而定，很簡短的幾句話就畫出一個庸俗官僚的嘴臉，同時也顯示出自己人格的驕傲。末句「咄，劉伯宗，於仁義道何其薄哉！」聲色畢露。張奐（104—181）是東漢後期一位儒士出身的名將。他的一些短劄寫得很有趣。如《與崔子貞書》：「僕以元年到任，有見兵二百，馬如殺羊，予如錐鐵，盾如榆葉。」又《與延篤書》説以暮年而居邊地的凄苦，文辭精美而又能以情動人。

秦嘉的《與妻徐淑書》和《重報妻書》敍寫夫妻感情，在當時是很特別的。前者云：

> 不能養志，當給郡使。隨俗順時，僶俛當去。知所苦故爾，未有瘳損，想念悒悒，勞心無已。當涉遠路，趨走風塵，非志所慕，慘慘少樂。

又計往還，將彌時節。念發同怨，意有遲遲。欲暫相見，有所屬託，今遣車往，想必自力。

所説均日常生活之事和夫妻離別之情，卻別有情致。當時有文化修養的夫妻間通信當然是平常的事，不平常在於這種信會被有意識地保存下來並作為「文章」流傳。它標誌了一種文學態度，並預示了日常性抒情性散文的興起。

三　《史記》與《漢書》

司馬遷對歷史的理解　司馬遷（前145—約前87）字子長，左馮翊夏陽（今陝西韓城）人。他的父親司馬談是一位淵博的學者，任太史令之職。將近十歲時，司馬遷隨父親到長安，曾師從經學名家董仲舒、孔安國。二十歲那年，他開始廣泛的漫遊。以後又因奉使外出、侍從武帝巡狩封禪而遊歷各地。他的足跡幾乎遍及全國，在這過程中接觸到各個階層各種人物的生活，並搜集了許多歷史人物的資料和傳説。父親去世後，司馬遷繼任太史令，也繼承了父親著述歷史的遺願。

這以後發生了一場巨大的災難。天漢二年（前99），李陵抗擊匈奴，力戰之後，兵敗投降。司馬遷出於對李陵的瞭解和同情，憤於朝臣一味逢迎上意、痛詆李陵的醜態，便為之作了辯護。然而李陵兵敗實由武帝任用無能的外戚李廣利為主帥所致，他的辯護也就觸怒了武帝，因此受到「腐刑」的懲罰。對於司馬遷來説，這是遠比死刑更為痛苦的奇恥大辱。只是因為不願寶貴的生命在毫無價值的情況下結束，他才「隱忍苟活」，而將著述歷史視為生命的完成。這也是一位知識者對君主的淫威和殘酷的命運所能採取的反抗形式。在約寫於太始三年的《報任安書》中，提到《史

記》已大致成書。此後其事蹟不清，大概卒於武帝末年。而東漢衛宏的《漢書舊儀注》則說他「有怨言，下獄死」。

《史記》原名《太史公書》，東漢末始稱《史記》，總共一百三十卷，五十二萬餘字。是古代第一部通史，又是到那時為止規模最大的一部著作。全書由本紀、表、書、世家、列傳五種體例構成。「本紀」用編年方式敍述歷代君主或實際統治者的生平和政績，是全書的大綱；「表」用表格形式分項列出各歷史時期的大事，以便查檢；「書」是天文、曆法、水利、經濟等各類專門事項的記載；「世家」是世襲家族以及孔子、陳勝等在漢代祭祀不絕的人物的傳記；「列傳」為本紀、世家以外各種人物的傳記，還有一部分記載了中國邊緣地帶各民族的歷史。《史記》通過這五種不同體例相互配合、相互補充，構成了完整的歷史體系。這種著作體裁又簡稱為「紀傳體」，以後稍加變更，成為歷代正史的通用體裁。

《史記》紀事，其時間上起當時人視為歷史開端的黃帝，下迄司馬遷寫作本書的漢武帝太初年間，空間則包括整個漢王朝版圖及其四周作者能夠瞭解的所有地域。它實際上就是司馬遷意識中通貫古往今來的人類史、世界史。司馬遷本人在《報任安書》中說他的目標是「究天人之際，通古今之變，成一家之言」。這既意味着以宏大的眼界全面地總結歷史，也意味着以個人的思考深刻地理解歷史。

首先，在那個專制制度高度強化、歌頌成為文人的職業的時代，《史記》卻拒絕歌頌而採取批判的態度。尤其對漢王朝的歷史，對當代即武帝時代的政治，司馬遷始終保持冷峻的眼光。對武帝任用酷吏、殘害人民、選用人才唯己所好以及迷信求仙、濫用民力等種種行徑，司馬遷都無畏地加以揭示，至於官僚階層中種種勾心鬥角、厚顏無恥的現象，更是紛呈畢現於他的尖銳的筆下。這些揭露與批判，並不帶有醜化的傾向，也不是單純的否定，而是基於自己有系統的思想立場和對史實的考察。在政治上，司馬遷較為讚賞漢初以來以黃老思想為指導的「清靜無為」的統治政策，認為這對於安定人民的生活和民間財富的增長起了好的作用，而景帝、武

帝時代皇帝獨裁的強化和他們好大喜功、與民爭利的舉措，在他看來是造成一系列社會危機的根源。

究竟是甚麼樣的力量，支配着人的歷史活動？這是司馬遷關心的同時也為之困擾的問題。作為一個忠於生活的觀察者和深刻的思想家，他清楚地看到：人對自身利益的追求是一種不可遏制的衝動。在《貨殖列傳》中，司馬遷不厭其煩地列舉多方面事實，證明「富者，人之情性，所不學而俱欲」，「自天子至於庶人」，無不「好利」。那麼道義的力量何在？《史記》七十列傳以《伯夷列傳》為第一，這表明了某種理想主義的態度。但也就從伯夷、叔齊「積仁絜行如此而餓死」的事實中，他發出了「儻所謂天道，是邪非邪」的追問。在司馬遷的歷史描述中，那些成功的人物，正在掌握權勢的人物，並不像他們宣稱的那樣是因為擁有高貴品質和道德正義，才得到他們的地位；有時恰恰相反，品質高貴和信守道義的人倒往往是遭遇不幸和失敗的。雖然司馬遷不曾對這些現象給出明白的解釋，卻足以啟發人們作一種深入的反省。

而史家的責任，司馬遷認為就是要讓那些「扶義俶儻，不令己失時，立功名於天下」的人們得以垂名後世，而這裏面也包含了許多懷才不遇的人和失敗的英雄。歷史必然包含了評價，但《史記》並不以官方的、現時的、習見的評價作為標準，他試圖找到自己的更為合理的方法。獨立而自由的思考使司馬遷意識到歷史的複雜性。《史記》所記述的人物，雖以上層政治人物為主，但也涉及更廣泛的社會範圍，包括一部分社會中下層人物和非政治性人物。在帝王、卿相之外，文學家、思想家、刺客、游俠、商人、戲子、醫師、男寵、卜者等等，也各各顯示出人類生活的不同側面，多少呈現了社會的複雜組合。而作者對人物的褒貶，也並非很簡單的，前後有些矛盾也無妨。例如《伯夷列傳》歌頌了兩位賢君子「不食周粟」的忠節，《管晏列傳》卻又讚美先後奉事互為死敵的公子糾與齊桓公的管仲，說他「不羞小節，而恥功名不顯於天下」；在指明了游俠對社會秩序的破壞性的同時，卻不妨讚揚他們重然諾輕生死的義風；甚至，《酷

吏列傳》激烈抨擊了酷吏的殘忍，《太史公自序》又説「民皆本多巧，奸軌弄法，善人不能化」，故酷吏似也有存在的理由。這些並不是因為司馬遷觀念混亂，而是由於社會本身的複雜，他需要廣泛而多視角地理解各種人的生存方式。

班固對司馬遷的「是非頗謬於聖人」——其實主要是謬於漢代的統治思想——深感不滿。然而，正是由於司馬遷較少受統治思想的束縛，敢於蔑視世俗道德教條，也不從某種單一的學説出發來理解人和描寫人，《史記》方能成其豐富和博大，產生一種獨特的魅力，而區別於後代所有其他正史。

《史記》的文學成就　《史記》是一部史學名著，又是一部文學名著。

司馬遷的個性和他寫作《史記》的心態，首先決定了這部史書的文學性。從《報任安書》和《史記》中，處處可以看到他富於同情心、感情強烈而容易衝動的性格特點；他由李陵事件而罹禍，本也是一場由性格導致的悲劇。總之，司馬遷其實是有着詩人氣質的。而在《報任安書》中，司馬遷把《周易》、《詩經》、《離騷》等等，歸結為「大抵聖賢發憤之所為作也。此人皆意有鬱結，不得通其道，故述往事，思來者」。這種「發憤著書」之説不一定完全符合那些古人著述的實情，卻完全符合於《史記》的實情。他把寫作《史記》當作宣泄內心的痛苦和鬱悶、向現實作抗爭的手段，因而在書中處處滲透了自己的感情。魯迅《漢文學史綱要》説《史記》是「無韻之《離騷》」，正是從這一特點而言的。與此相應，司馬遷對歷史的關注，一個中心的內容是對人的生存方式和人物命運的關注；而描述歷史人物的事蹟，在一定程度上成了他和這些人物的對話。舉例來説，司馬遷在受刑之後是「隱忍苟活」的，這雖有最充足的理由，也仍然刺痛着他的心。他無疑有着死亡的慾望，而《史記》中也一再寫到壯麗的死亡：項羽在可以逃脱的機會中，因無顏見江東父老，拔劍向頸；李廣並無必死之罪，只因不願以久經征戰的餘生受辱於刀筆吏，橫刀自刎；

屈原為了崇高的理想抱石沉江⋯⋯這種悲劇場面不僅表現了崇高的人對命運的強烈的抗爭，寫作本身也成了司馬遷自己對死亡的心理體驗。

因為關注人在歷史中如何生存、人的命運為甚麼力量所決定這些問題，司馬遷創立了以「紀傳」為主的史學體裁，第一次以人為本位來記載歷史。當然，過去的歷史著作也都記載了人的歷史活動，但這些記載都是以時間、地域、事件為本位的，人的主體地位未能被充分地意識到和表現出來。而且，過去的歷史著作通常只記載上層政治人物的事蹟，再加上一部分游士等，而《史記》力圖考察宏大而複雜的社會現象，它的人物面貌要豐富得多。

從總體上說，《史記》所描寫的人物具有數量眾多、類型豐富、個性較鮮明三大特點。它以大量的個人傳記組合成一部宏偉的歷史，其中寫得比較成功、能夠給人留下深刻印象的，如項羽、劉邦、張良、韓信、李廣、李斯、屈原、荊軻等等，就有近百個。這些人物來自社會的各個階層，從事各不相同的活動，經歷了不同的人生命運。從帝王到平民，有成功者有失敗者，有剛烈的英雄，有無恥的小人，共同組成了一條豐富多彩的人物畫廊。這些人物又各有較鮮明的個性。不同身份、不同經歷的人物固然是相互區別的，身份和經歷相似的人物，也並不相互混淆。張良、陳平同為劉邦手下的智謀之士，一則潔身自好，一則不修細節；武帝任用的酷吏，有貪污的也有清廉的⋯⋯凡此種種，在給予我們歷史知識的同時，又給予我們豐富的人生體驗。

在描寫人物一生的過程中，司馬遷常特意表現人物命運的巨大變化。如劉邦微賤時遊手好閒，父親不喜歡他，做了皇帝之後劉邦還不肯忘記把他嘲弄了一番；李廣免職時受到霸陵尉的輕蔑，復職後他就借故殺了霸陵尉；韓安國得罪下獄，小小獄卒對他作威作福，他東山再起後，特地把獄卒召來，舊事重提⋯⋯這些命運變化和恩怨相報的故事，將人物的性格、人性中的某些根深蒂固的東西暴露得尤為充分。

對於《史記》所描寫的人物，人們可以強烈地感受到他們面目活現，

神情畢露，如日本近代學者齋藤正謙所說：「讀一部《史記》，如直接當時人，親睹其事，親聞其語，使人乍喜乍愕，乍懼乍泣，不能自止。」（《史記會注考證》引《拙堂文話》）這是因為司馬遷在寫作人物傳記時，使用了文學的敘事方法。

《史記》的人物傳記，極少有後代正史中常見的排比人物履歷的寫法；作為歷史著作，特別是在記載重要歷史人物的事蹟時，它不能避免某些必要的交代，但傳記的核心部分，通常是一系列經過精心選擇並精心描繪出來的具體生動的事件，有些並具有很強的故事性。如《項羽本紀》中從誅宋義、救巨鹿、鴻門宴直到垓下之圍、烏江自刎，均非平淡的敘述。文學敘事的特點，就是要構造鮮活的場景，令讀者獲得如臨其境的真實感，這和歷史所追求的真實是不同的。《史記》以「實錄」著稱，這是指司馬遷具有嚴肅的史學態度，在重要史實方面嚴格推究，不虛飾、不隱諱。但他的筆下那些栩栩如生的故事，不可能完全是真實的。為了再現歷史的「現場」和人物的活動，必然要在細節方面進行虛構。如《李斯列傳》一開始就是這樣一段：

> （李斯）年少時為郡小吏，見吏舍廁中鼠食不潔，近人犬，數驚恐之。斯入倉，觀倉中鼠食積粟，居大廡之下，不見人犬之憂。於是李斯乃歎曰：「人之賢不肖，譬如鼠矣，在所自處耳！」乃從荀卿學帝王之術。

這是一個很有名的故事。但不僅從史學角度來看這種細瑣小事是毫無價值的，而且從邏輯上推斷，其真實性也十分可疑：李斯上廁所，誰看見了呢？然而作為文學性的傳記，這種細節卻是展現人物性格及其內心世界的重要手段。《史記》中用許多這樣的細節描寫塑造人物形象，避免了抽象的人物評述。

《史記》的敘事手段也非常豐富。譬如說司馬遷很喜歡描寫戲劇性的場景，像著名的「鴻門宴」故事，簡直是一場高潮迭起、扣人心弦的獨幕劇。人物的出場、退場、神情、動作、對話，乃至座位的朝向，都交代得

一清二楚。這一類戲劇性的故事，具有很多優點：一則能夠營造逼真的場景與氛圍；二則避免了冗長鬆緩的敍述，具有緊張性，由此造成文學所需要的激活力；三則在尖銳的矛盾衝突中，人物彼此對照，性格愈顯鮮明。在關於鴻門宴的不算很長的描寫中，我們可以那樣清楚地看到劉邦的圓滑柔韌，張良的機智沉着，項羽的坦直粗率，樊噲的忠誠勇猛，項伯的老實迂腐，范增的果斷急躁。

《史記》的語言也歷來被尊為典範。司馬遷極少運用當時文人慣用的鋪張排比手法，淳樸簡潔、疏宕從容、流暢而富於變化，是《史記》基本的散文風格；因為司馬遷在敍述中始終是注入情感的，他的文字很自然地形成了與情緒相適應的節奏感。在寫人物對話時，《史記》常使用日常生活中的口語，也增加了語言的生氣。

《史記》在文學史上的影響　　《史記》在文學史上有着崇高的地位和深遠的影響。

從《史記》開始，中國才有了真正意義上的文學性的敍事散文。在這以前的歷史著作，當然都屬於敍事散文，並且多少不等地包含了文學成分，但它們本身還不能夠稱作是「文學性」的。這種文學性敍事散文的成立，最直接的影響首先在傳記文學方面。自《漢書》始，歷代史書大多繼承了《史記》的紀傳體，從中產生了不少優秀的傳記文學作品；而史傳以外的各種類型的傳記，也與《史記》所開創的傳統有淵源關係。另一種重要影響則是在小説方面。雖然小説的性質與史傳不同，但在把敍事與塑造人物形象緊密結合這一點上，兩者仍有很大的共同基礎。從唐傳奇開始，文人創作的小説多以「傳」為名，以人物傳記式的形式展開，具有傳記式的開頭和結尾，以人物生平始終為脈絡，大體按時間順序展開情節，並往往有作者的直接評論，這一切重要特徵，主要是淵源於《史記》的。

此外，《史記》所寫的雖然是歷史上的實有人物，但是由於司馬遷喜歡突出人物的某種主要性格特徵，使得一部分人物形象具有類型化的

意味，從而有可能為後世的虛構性文學創作提供原型。譬如項羽的勇猛粗率，張良的文弱善謀，都在後來的文學中投下了影子。至於《史記》中的人物故事被後代的小說、戲劇用作素材的情況，更是多見。

《史記》對其他散文也有影響。由於東漢以後散文漸趨駢偶，至魏晉南北朝及初唐駢文盛行，《史記》的影響尚不是很明顯；至中唐韓愈等人倡導古文運動起，直到明、清的古文家，多將《史記》推崇為與駢文相對的「古文」的典範，規模其文章者甚多。只是其間的得失較複雜，需要分別研究。

班固與《漢書》　　《史記》紀事止於武帝太和年間，其西漢部分是不完全的。其後不少人做過續補的工作，其中班固之父班彪的《史記後傳》六十五篇最為著名。班固便以《史記》的漢代部分和《史記後傳》為基礎，編成了紀西漢一代史事的《漢書》，成為古代第一部斷代史。大體武帝以前部分多採用《史記》原文，作了一些改動和補充；以後部分，多本於《史記後傳》。體例承繼《史記》而略有變化。《漢書》向與《史記》並稱「史、漢」，聲譽很高。但實際上它難以同《史記》相提並論。班固開始是私下修撰《漢書》的，並因此而下獄。後來明帝讀了他的初稿，十分讚許，召之為蘭台令史，讓他繼續《漢書》的編著。所以，《漢書》實際是奉旨修撰的官書。班固本人，又具有強烈的正統儒家思想觀念。所以，要論獨立意識與批判精神，《漢書》自然遠遜於《史記》。

但班固畢竟是一位嚴肅而有才華的歷史學家。他作為東漢的史官記述西漢的歷史，較之司馬遷處理當代史實，又自有其方便之處。因此，站在儒家傳統的政治立場，他對西漢歷代統治的陰暗面也有相當多的揭露。如《晁錯傳》關於景帝初用晁錯的建議削弱諸侯王勢力，至吳、楚七國起兵叛亂，他為了緩和形勢，又給晁錯誣加罪名，殺其全家，這方面的記載就比《史記》原文更為清楚。

班固又是東漢最負盛名的文學家之一。從敍事文學來看，《漢書》雖

遜於《史記》，但仍有不少出色的部分。一般説來，班固的筆下不像司馬遷那樣時時滲透情感，但通過具體事實、人物言行的描寫，卻也常常能夠顯示出人物的精神面貌。最為人傳誦的是《李廣蘇建傳》中的李陵和蘇武的傳記。這兩篇感情色彩較濃，其感人之深，可與《史記》的名篇媲美。寫蘇武拒絕匈奴誘降，受盡迫害猶不可屈的情景，凜然有生氣；寫李陵以五千兵力敵匈奴八萬大軍，轉戰至漢邊塞百餘里處仍無援軍，在絕境中被迫投降，直至因全家被殺，欲歸而不能。整個過程和李陵這一悲劇人物的複雜心情都表現得相當深刻細膩，可以看出作者對他是有同情心的。李陵與蘇武告別的一幕寫在《蘇武傳》中，情景頗為動人。

> 於是李陵置酒賀武曰：「今足下還歸，揚名於匈奴，功顯於漢室，雖古竹帛所載，丹青所畫，何以過子卿？陵雖駑怯，令漢且貰陵罪，全其老母，使得奮大辱之積志，庶幾乎曹柯之盟，此陵宿昔之所不忘也！收族陵家，為世大戮，陵尚復何顧乎？已矣！令子卿知吾心耳！異域之人，壹別長絕！」陵起舞歌曰：「徑萬里兮度沙幕，為君將兮奮匈奴，路窮絕兮矢刃摧，士眾滅兮名已隤，老母已死，雖欲報恩將安歸！」陵泣下數行，因與武絕。

大致可以説，《漢書》中精彩的部分，還是深得《史記》精髓的。它寫人物有時也選用雖無甚史學價值但故事性較強、比較有趣味的細節，這繼承了《史記》的文學精神；但總體上《漢書》提供的史料更為詳贍，這又是史學的需要。從長期趨勢來看，史學將與文學分離，恐怕是不可免的。

《漢書》的語言工整凝練，傾向排偶，又喜用古字，崇尚典雅，與《史記》風格不同。這也代表了漢代散文的變化趨勢。喜歡駢儷典雅的文章風格的人，對《漢書》的評價甚至在《史記》之上。

第六章

漢代詩歌

秦代沒有詩歌作品流傳下來，唯在《漢書·藝文志》中著錄有「仙真人詩」，或許與始皇的求仙活動有關。漢代詩歌的情況與先秦相比，變化很大。《詩經》雖為士人所普遍誦習，但那種四言詩體的寫作則已衰微，今傳只有韋孟的《諷諫詩》、《在鄒詩》等呆板的模擬之作。楚辭本也屬詩的性質，但到了漢代，從楚辭演化出的辭賦成為一種介乎詩與文之間的特殊的體式。所以漢詩主要是一些新的詩體，尤其五言詩在這個時代漸漸發展成熟，後來成為中國古典詩歌的一種基本詩型。

一　楚歌的興起

前已提及，春秋、戰國時代，楚國就有一種不同於《詩經》的歌謠存在，並在古籍中留下若干痕跡。但僅就文獻記載來看，這種歌謠的創作並不顯得興盛。在推翻秦王朝的過程中，主要力量來自原來楚國的地域。因而到了漢代，源於楚地的歌謠一度在社會上、特別是宮廷中十分流行，人們稱之為「楚歌」。

漢代最早的楚歌，可以追溯到項羽的《垓下歌》。那是在漢五年，項羽被劉邦的各路大軍圍困於垓下，山窮水盡，對着他心愛的美人虞姬慷慨悲歌：

> 力拔山兮氣蓋世，時不利兮騅不逝。騅不逝兮可奈何，虞兮虞兮奈若何！

在女性附屬於男性的時代，一個權勢人物遭受失敗的最嚴酷的標誌，是他的女人將作為財產為勝利者所佔有並重新分配。關於虞姬未來的設想，以最刺激感情的方式，顯示着項羽在短短幾年內登上成功的絕頂復又墜落失敗的深淵的急劇變遷。他愈是對個人的能力保持驕傲和自信，就愈是感覺到在命運的巨大壓迫下個人的渺小和無力。這種關於命運無常的悲

觀意識，似乎就是從《垓下歌》以後，逐漸滲透了中國的詩歌。

作為成功的英雄，劉邦留下了《大風歌》：

大風起兮雲飛揚，威加海內兮歸故鄉，安得猛士兮守四方？

劉邦在秦末戰爭的大風暴中，從社會底層登上皇位。支配這種劇變的命運力量同樣是他所難以理解並且感到不安的。從戰國而秦漢，中國歷史長期處在劇烈的變遷中，它又造成歷史人物同樣劇烈的人生變遷。雖有成敗的天差地別，但《垓下歌》和《大風歌》都表現出關於人在世界中的處境的困惑和感慨，這預示了文學的主題將會有深入的發展。

從西漢前期到中期，還有許多上層人物創作的楚歌為史籍所記載。而且，儘管作品的背景和內容互異，在感歎人不能支配自己的命運這一點上，卻有驚人的相似。如武帝時遠嫁烏孫王的公主劉細君的思鄉之歌，李陵的別蘇武歌，宣帝時因覬覦帝位而被殺的廣陵王劉胥的臨終歌（這些作品在史書中均只載歌辭，不題篇目），等等。載錄於《漢武帝故事》署名漢武帝作的《秋風辭》，真偽不易斷定，就其情調來說，「歡樂極兮哀情多，少壯幾時兮奈老何？」也包含着人生無常的感傷。

自西漢中期以後，楚歌的寫作逐漸衰退。值得一提的是東漢前期梁鴻的《五噫歌》，詩中將「宮室崔嵬」的帝京與「劬勞未央」的民眾生活作對比，直接對帝王提出指斥。詩中很特別地連用五個感歎詞「噫」句，表現了強烈的憤慨。

二 五、七言詩的形成

關於五言詩 關於漢代五言詩的形成一直有很多爭議。從文獻記載來看，唐張守節《史記正義》引陸賈《楚漢春秋》所載虞姬答項羽的一

首詩，是完整的五言四句格式，如果《楚漢春秋》中原來確有此詩，那麼不論它是否出於虞姬之手，其年代都是非常早的（陸賈與虞姬實為同時代人）。但這詩幾乎像一首絕句，放在秦漢之際顯得頗突兀，所以古代就有人懷疑它或許是後人竄入的；只是這也並無確鑿根據，我們在此只好暫且存而不論。除此之外，漢高祖姬戚夫人所作《春歌》年代也很早，已接近完整的五言詩形態：「子為王，母為虜。終日春薄暮，常與死為伍。相離三千里，當誰使告汝？」在武帝時代，又有李延年的《佳人歌》：

> 北方有佳人，絕世而獨立。一顧傾人城，再顧傾人國。寧不知傾城與傾國，佳人難再得！

此詩僅一句非五言。而作者不把它寫成完整的五言詩，諒非有何技巧的困難，只是他不認為有此必要而已。至成帝時，存世民謠「安所求子死」和「邪徑敗良田」兩首俱是完整的五言詩格式，表明那時五言詩體已經在民間流行；成帝妃嬪班婕妤也有《怨歌行》見載於《文選》，語言簡潔，是一首相當出色的五言詩：

> 新裂齊紈素，皎潔如霜雪。裁為合歡扇，團團似明月。出入君懷袖，動搖微風發。常恐秋節至，涼風奪炎熱。棄捐篋笥中，恩情中道絕。

此詩也有人疑為偽作，但實無根據。綜合以上所述來分析，有些文獻記載《古詩十九首》中若干篇出於西漢，應該說沒有甚麼可驚怪的。只是「古詩」的具體情況較為複雜，下文另作介紹。

關於七言詩　過去通行的看法認為七言詩體形成很晚，這也是有問題的。典型的上四下三結構的七言詩句，在漢代以前已經很多見。《荀子》中雜言體的《成相辭》，就是以這種七言句為核心的（例見前引）。近年在雲夢睡虎地秦墓出土的竹簡中，也有好幾首類似的歌辭，可見這種歌謠體曾經很流行。楚辭中《橘頌》的四言形式與《詩經》的不同，如將兩句

連讀，去掉句尾的「兮」字，也就成為上四下三的七言句：「后皇嘉樹橘徠服，受命不遷生南國……」可以說，在先秦文學中已經存在形成七言詩體的必要條件。

自西漢始，民謠、鏡銘、字書等用七言韻語寫成是普遍的情況，這表明七言詩體有深厚的民間習俗基礎。而且「七言」作為一種文體分類也出現得非常早，《漢書・東方朔傳》說東方朔有「八言七言上下」，《文選・北山移文》注引《董仲舒集》有「七言琴歌二首」，《文選》注又多處引及劉向的「七言」。這一「七言」概念指的是詩應無問題，《漢書》晉灼注於東方朔所作即言：「八言、七言詩，各有上下篇。」《後漢書》載東漢初劉蒼有《七言別字詩集》，則把「七言」為詩說得更明白。

從現存的作品來看，武帝時由司馬相如等宮廷文人製作的《郊祀歌》十九章，其中《天地》、《天門》、《景星》三章，均含有較多的七言句。尤其《景星》，前半部分完全是四言，後半部分十二句完全是七言，這很值得注意；相傳為武帝君臣聯句寫作的《柏梁台詩》，是完整的七言詩。雖然它的真實性頗受學者的懷疑，但以當時詩歌寫作的情況來看，它的存在實無可怪之處。又殘存的東方朔「七言」仍帶有語氣詞「兮」字，而劉向的「七言」所存六句已不帶語氣詞，這六句似屬同一首，其內容如「揭來歸耕永自疏」、「結構野草起屋廬」、「山鳥群鳴我心懷」，寫隱居的日常生活和閒逸心情，詩的特點也比較明顯。

總之，七言詩體在西漢已經形成，這是可以肯定的。到了東漢，僅據《後漢書》，就有劉蒼、杜篤、崔瑗、崔寔、張衡、馬融、崔琦諸人的著作中包含有「七言」一類，又前提及張衡《思玄賦》、馬融《長笛賦》篇末均以七言詩結束，這些都表明七言詩體其實已經頗為流行。只是我們現在能夠看到的獨立而完整的漢代七言詩篇，僅有張衡的《四愁詩》而已。此詩個別句子尚帶有語氣詞「兮」字，但這不說明漢代七言詩到這時還未脫盡楚歌痕跡，劉向殘存的六句七言詩均無語氣詞，恐非偶然。《四愁詩》寫對「美人」深沉思慕和求之不得的憂傷，古人或以為實為有政治內

容的寄託之辭，但至少它是用戀歌的形式來表現的，七言句式曼婉悠長的優點在這裏得到顯示。只是，這一詩體的優長要充分得到發揮，還有待後人的努力。

三　《古詩十九首》及其他

南朝人對自漢、魏時代流傳下來而作者情況不是很清楚的一批五言詩常泛稱為「古詩」，鍾嶸在《詩品》中提及他所見這種「古詩」有五十九首，其中最著名的是收入《文選》的《古詩十九首》。

關於「古詩」的作者與時代，有過種種不同説法。劉勰的《文心雕龍》最早提及這一問題，但他説得謹慎而籠統：「比采而推，兩漢之作乎！」之後《文選》對所選入的十九首不標作者，而稍遲由徐陵編成的《玉台新詠》卻將其中八首列為枚乘之作。現代研究者比較普遍的看法是將《古詩十九首》以及相類似的另外一些古詩推斷為東漢中後期的作品，認為作者是一些佚名的文人，但這並無可靠的根據。「古詩」中有一部分帶着明顯的東漢時代的標記，但這並不能證明其他的詩都出於東漢。劉勰「兩漢之作」這樣一種謹慎的説法，應該是比較可取的。

「古詩」的作者與時代之所以模糊不清，同這類詩的某些特點有關。《古詩十九首》顯然是圍繞一些最常見的詩歌母題來寫作的，其個人特徵並不強。而且，所謂「古詩」與「樂府」，又很難明確區分。在有關的文獻記載中，兩者每有同詩異題的重複，如古詩《生年不滿百》，又作樂府《西門行》；古詩中的詞句，更有許多也重複出現在樂府詩中。可以相信，不少「古詩」原來是配樂演唱的。換言之，這類詩同普通樂府歌辭一樣，會在流傳過程中不斷被修改以適應社會的需要。加上五言詩並不是漢代文人所看重的文學類型，作者在寫作這些詩時，恐怕就沒有一定要留下

自己姓名的意識，經過長期流傳和在此過程中的修改，作者的情況遂愈發模糊了。直到詩歌的價值受到高度重視的南朝，人們才重新關注這一點，《詩品》甚至慨歎：「人代冥滅，而清音獨遠，悲夫！」

當然，《古詩十九首》中的兩漢作品之間理應存在一定的差別和變化。但由於「古詩」的文本形態並不穩定，一首早的詩在流傳過程中很可能變得和晚出的詩面貌相近，所以上述差別與變化也就難以仔細地加以討論。

總體而言，《古詩十九首》的核心內容是抒寫人生的悲哀，並在這悲哀的背景下尋求獲得人生幸福的途徑。這些內容在《詩經》中間或也能看到，但遠不及《古詩十九首》表現得如此集中而強烈。這意味着漢代詩歌對人生的困境顯示了更為強烈和敏銳的感受。

對生命短促、人生無常的感慨在「古詩」中以強烈的感覺反復出現。「人生天地間，忽如遠行客」（《青青陵上柏》）；「浩浩陰陽移，年命如朝露。人生忽如寄，壽無金石固。萬歲更相送，聖賢莫能度」（《驅車上東門》）。在詩人們的眼中，節序物候的變遷意味着時間和生命的流失，引起了他們的強烈反應：「四顧何茫茫，東風搖百草。所遇無故物，焉得不速老」（《回車駕言邁》）；「回風動地起，秋草萋已綠。四時更變化，歲暮一何速！」（《東城高且長》）纍纍墳墓和墓前蕭蕭白楊也頻頻出現在「古詩」中，它象徵着死亡的陰影：「驅車上東門，遙望郭北墓。白楊何蕭蕭，松柏夾廣路。下有陳死人，杳杳即長暮。潛寐黃泉下，千載永不寤」（《驅車上東門》）。在死亡陰影的脅迫下，詩人們急切地為這短暫而痛苦的人生尋求慰藉與解脫之道。其一便是「及時行樂」。「晝短苦夜長，何不秉燭遊？為樂當及時，何能待來茲？」（《生年不滿百》）而「及時行樂」的內容，則既包括美衣美食之類的物質享受，諸如「斗酒相娛樂，聊厚不為薄」（《青青陵上柏》）、「不如飲美酒，被服紈與素」（《驅車上東門》）所說的那樣，也包括及時滿足對於榮譽地位的渴望：「何不策高足，先據要路津？無為守窮賤，轗軻長苦辛！」

（《今日良宴會》）似乎滿足了這些慾求，便能稍稍忘懷對死亡的恐懼。

「古詩」給人以深刻印象的一點，是表現離人相思的作品特別的多，包括夫婦、戀人、朋友之間的相思，以及遊子對於故鄉的懷念，這一類作品幾乎佔了《古詩十九首》的一半以上。而這些詩中抒發的離人相思之情，也是同感歎人生短促、生命無常的主題聯繫在一起的，是把愛情、友情等等作為短暫而可悲的人生中值得珍惜的東西提出的。如《冉冉孤生竹》說：「傷彼蕙蘭花，含英揚光輝。過時而不采，將隨秋草萎。」這就是用一個女子的口吻表示：如果戀人不及時歸來，有限的美好青春將會如蕙蘭花一樣枯萎。《青青河畔草》中，那位出身「倡家」的妻子由於丈夫遠出不返，不願讓自己的青春在無望的等待中白白耗盡，甚至發出了「空床難獨守」的痛苦呼喊。

以《古詩十九首》為代表的「古詩」，歷來受到極高的評價。劉勰《文心雕龍》曾說「古詩」是「五言之冠冕」，鍾嶸《詩品》更不無誇張地稱其為「一字千金」。他們都高度肯定了「古詩」的藝術成就。這主要因為「古詩」是建立在歌謠基礎上的文人創作，它的語言既自然樸素，又高度洗練而富於概括力；它的感情表達，也既有文人化的哲理內涵，又具有歌謠的直率與真切。詩人們毫無矯飾地、有時是非常大膽地表現着內心世界，表現要緊緊抓住人生的真實慾望，使作品產生了很強的感染力。

「古詩」也特別擅長借助寫景來襯托和抒發感情。像「四顧何茫茫，東風搖百草」，「回風動地起，秋草萋已綠」，都是異常生動而充滿情感的句子。再如《迢迢牽牛星》一首：

> 迢迢牽牛星，皎皎河漢女。纖纖擢素手，札札弄機杼。終日不成章，泣涕零如雨。河漢清且淺，相去復幾許。盈盈一水間，脈脈不得語。

這是借牛郎織女的神話故事寫人間的男女離別之情。全篇只是對人物動作與周圍景色的描寫，而愁緒一片，流溢其中。尤其結束兩句，真是委婉纏綿，情景難分。

《古詩十九首》作為一種兼有民間歌謠與文人創作之長的詩作，在形式、題材、語言風格、表現技巧等諸多方面，都對後代詩歌產生了深刻的影響。在魏晉時代曹丕、曹植、陸機等重要詩人的作品中，我們都可以看到通過模擬「古詩」而尋求新發展的痕跡。

　　以上主要圍繞《古詩十九首》來分析。除此以外，《文選》和《玉台新詠》中還保存了另外的若干首無名氏「古詩」，內容和風格都與《古詩十九首》接近；再有《文選》中題為李陵、蘇武作的七首五言詩，是否偽託也多有爭議，其內容、風格同樣接近於《古詩十九首》。這些詩加上《古詩十九首》，至今共存有三十多首。

　　此外，東漢還有些作者清楚的文人詩留傳下來。如班固有《詠史》詩，歌詠西漢文帝時少女緹縈上書救父的故事。鍾嶸評為「質木無文」，但它開創了後代很盛行的「詠史」題材。張衡有《同聲歌》，以女子口吻描述新婚生活的快樂。東漢後期秦嘉、徐淑夫婦之間有相互贈答的詩篇。秦嘉的三首《贈婦詩》是完整的五言體，徐淑的《答夫詩》在每個五言句中嵌一「兮」字，實為騷體與通行五言體的混合。兩人詩中用明白通俗的家常語言，將夫婦之情娓娓道來，在漢代詩歌中有着新鮮的趣味。

四　樂府詩

　　「樂府」概說　「樂府」一詞，在古代具有多種涵義。最初是指主管音樂的官府。漢代人把樂府配樂演唱的詩稱為「歌詩」，這種「歌詩」在魏晉以後也稱為「樂府」。同時，魏晉南北朝文人用樂府舊題寫作的詩，有合樂有不合樂的，也一概稱為「樂府」。到了唐代，除了依舊題寫作的樂府詩，還出現了不用樂府舊題而只是仿照樂府詩的某種特點寫作的詩，被稱為「新樂府」或「系樂府」。宋元以後，從配樂演唱的意義上，又把

「樂府」用作詞、曲的別稱。學習中國文學史時，需要注意「樂府」概念的各種區別。

　　至遲自周代始，歷朝都有掌管音樂的官方機構。但《漢書・藝文志》卻說「自孝武立樂府而采歌謠」云云，似表明武帝時又專門建立了一個新的音樂機構，其名稱為「樂府」；它的一個重要功能是採集歌謠。

　　漢樂府中朝廷典禮所用的樂章一般稱為「雅樂」，其歌辭是由文人寫作的；從各地搜集來的音樂及歌辭，通常稱為「俗樂」。前者文學價值不高，下文將不再涉及它；後者則代表了漢樂府的文學成就。現存的漢樂府詩基本上都收入了宋代郭茂倩所編的專書《樂府詩集》。其書將自漢至唐的樂府詩分為十二類，其中包含有漢樂府的為郊廟歌辭、鼓吹曲辭、相和歌辭、雜曲歌辭，俗樂則主要保存在後三類中，尤以「相和」類中為多。「相和」是一種「絲竹相和」的管弦樂曲，也是漢代民間的主要樂曲；「鼓吹曲」是武帝時吸收北方民族音樂而形成的軍樂；「雜曲」是原來音樂歸類已經失傳的作品。

　　漢樂府研究的一個困難是作品的具體產生年代不易判別。《鼓吹鐃歌》十八曲產生於西漢大體可以肯定（其中《上陵曲》的歌辭提及該篇的寫作年代為宣帝甘露二年），其餘反映一般社會生活的作品則缺乏顯著的時代痕跡。在這個問題上，我們只能說得籠統些。

　　漢樂府的特色與文學成就　　漢樂府在中國文學史上有重要的開創意義，其突出的表現一是第一次具體而深入地反映了社會下層民眾的日常生活，二是奠定了中國古代敍事詩的基礎。而這兩個特點又是相互聯繫的，即只有運用敍事詩的形式，才有可能具體而深入地描述包括下層民眾在內的人們的日常生活。

　　以前的詩歌中，《詩經》的十五國風具有較濃的民間生活氣息，但它反映社會下層生活的特徵並不顯著，只有《豳風・七月》寫到奴隸們一年四季的勞作，卻又只是概括性的陳述。因而漢樂府中的許多詩篇，讀來就

有耳目一新之感，如《婦病行》：

　　婦病連年累歲，傳呼丈人前一言。當言未及得言，不知淚下一何翩
翩。「屬累君兩三孤子，莫我兒飢且寒！有過慎莫笞笞：行當折搖，思復
念之！」亂曰：抱時無衣，襦復無裏。閉門塞牖，舍孤兒到市。道逢親
交，泣坐不能起。從乞求與孤買餌，對交啼泣，淚不可止。「我欲不傷
悲，不能已！」探懷中錢持授交。入門見孤兒啼，索其母抱。徘徊空舍
中，「行復爾耳，棄置勿復道！」

　　詩中寫一個婦人臨終時對丈夫的囑託，和她死後丈夫難以養活孩子的
窘迫。最後父親看着小孩還一個勁地哭着要母親抱，不禁悲哀地長歎：很
快都會死的，一切都不必再說了！詩從具體的生活細節，寫出了底層民眾
艱難的生存處境，這是過去從來沒有過的。這首詩雖說在藝術上沒有多少
講究，卻以它的真實性而催人淚下。另外，如《孤兒行》寫一富家子弟在
父母死後成為兄嫂的奴隸，他被迫遠行經商，飽經風霜，歸來後「頭多蟣
蝨，面目多塵」，也不能稍事休息，甚麼都得幹，使得這孤兒發出了「居
生不樂，不如早去，下從地下黃泉」的悲痛呼喊；《東門行》寫了一個城
市貧民外出歸來，見家中「盎中無斗米儲，還視架上無懸衣」，在毫無希
望的情況下，「拔劍東門去」，想要鋌而走險，都是真實而感人的場面。
這種對社會生活的深入關注，使得詩歌呈現出新的生命力。

　　前面我們說過，中國詩歌從一開始，抒情詩就佔有壓倒的優勢。而在
漢樂府的俗樂歌辭中約有三分之一為敘事性的作品，它雖不足以改變古典
詩歌以抒情詩佔主流的局面，卻能夠宣告敘事詩的正式成立。這些詩有的
在藝術上顯得比較稚拙，如《婦病行》、《孤兒行》看來沒有經過必要的
錘煉，詩句顯得瑣碎而散亂，但也有的已經顯得比較成熟。一些短篇常常
是選取生活中恰當的片斷來表現，既避免過多的交代與鋪陳，又能包含豐
富的內容。如前面說到的《東門行》，只是寫了丈夫拔劍欲行、妻子苦苦
相勸的場面，但詩歌背後卻有很多可供聯想的東西。《十五從軍征》在這

方面更為突出：

> 十五從軍征，八十始得歸。道逢鄉里人：「家中有阿誰？」「遙看是君家，松柏塚纍纍。」兔從狗竇入，雉從樑上飛。中庭生旅穀，井上生旅葵。舂穀持作飯，采葵持作羹。羹飯一時熟，不知飴阿誰。出門東向看，淚落沾我衣。

老人六十五年的從軍生涯中，在家鄉在軍旅發生過無數的事件，詩中一切不說，只說他白頭歸來，面對荒涼的庭園房舍和一座座墳墓，人生的苦難盡在其中了。這首詩雖僅有十六句，但由於內容集中，寫得絕無侷促之感。

篇幅較長的如《陌上桑》等，則有更多的描述和矛盾衝突的起伏。《陌上桑》一名《豔歌羅敷行》，是一篇喜劇性的敘事詩。它寫一個名叫秦羅敷的美女在城南隅採桑，人們見了她都愛慕不已，正逢一個「使君」（太守一級的高官）經過，問羅敷願否跟他同去，羅敷斷然拒絕，並將自己的丈夫誇耀了一通。詩沒有再寫下去，但可以想像使君是灰溜溜走開了。

《陌上桑》的母題淵源甚遠。自《詩經》以來，桑林常被描寫為男女幽會的場所，漢代仍有此餘風，如傳世的漢畫像磚，還有一種所謂「桑林野合圖」。但關於桑林幽會的故事，逐漸分化為兩種不同的方向，一是原有的浪漫性的方向，一是與此相反的道德性的方向。著名的秋胡妻傳說就是後一方向的典型例子：魯國秋胡新婚不久遠出遊宦，數年後歸鄉，於途中調戲一美貌採桑女，遭到拒絕；回家後才發現此採桑女原來是他的妻，而其妻憤不能忍，遂投水自殺。而《陌上桑》在表現這一種古老母題時使用了特別的處理：它開始寫羅敷前去採桑，許多人忘情地觀看，「行者見羅敷，下擔捋髭鬚，少年見羅敷，脫帽着帩頭。耕者忘其犁，鋤者忘其鋤。來歸相怨怒，但坐觀羅敷」，這既凸顯了羅敷的美貌，也順應了一般人喜愛美麗女子和浪漫故事的心理，只是詩中又不在這方面過分展開，以順合社會的正統道德觀；同時，詩的後半部分在從倫理意義上的讚美夫妻之愛

而否定邂逅的夢想時，又避免了枯燥無趣的道德説教，和像秋胡妻那樣的過於嚴重的舉動。總之，它以浪漫性的描寫開始，以詼諧性的喜劇結束，所以顯得活潑有趣，得到人們普遍的欣賞。

漢樂府詩除「郊廟歌辭」之類，通常都是無名氏作品。留有作者姓名的，今存有辛延年的《羽林郎》、宋子侯的《董嬌嬈》等；兩位作者的生平均不詳，一般認為是東漢中期或後期的文人。這種情況或許可以説明樂府詩的創作也開始受到文人重視吧。《羽林郎》寫一美貌的賣酒胡姬以愛自己丈夫為由斷然拒絕貴門豪奴之「私愛」的故事，整個構想猶如《陌上桑》的變奏，語言更為精緻些，但缺乏前者的天然之趣；《董嬌嬈》假借桃李花與一折花女子的對話，將自然的無窮循環和人生的短暫不再作對比並由此發出感歎，這是後來的詩歌詠唱不絕的主題。

以上主要分析了漢樂府中的敍事性作品。漢樂府中的抒情詩歌也很有特色，尤其是西漢《鼓吹鐃歌》中一些詩篇情感的表達激烈而直露，是以前的詩歌所不及的。如《戰城南》這樣來描述戰爭的慘烈：

> 戰城南，死郭北，野死不葬烏可食。為我謂烏：「且為客豪！野死諒不葬，腐肉安能去子逃？」水深激激，蒲葦冥冥，梟騎戰鬥死，駑馬徘徊鳴……。

激戰過後的戰場上，屍體橫陳，烏鴉在上空盤旋，準備啄人肉，而死者則要求烏鴉在吃他的肉體之前，先為他嚎叫幾聲。如此描繪戰爭之慘烈，在《詩經》中完全看不到蹤影；楚辭中的《國殤》，也有所不及。

《上邪》一般理解為熱戀中的情人對於愛情的誓言：

> 上邪！我欲與君相知，長命無絕衰。山無陵，江水為竭，冬雷震震，夏雨雪，天地合，乃敢與君絕！

詩中主人公連用了五種絕不可能出現的自然現象，表示要「與君相知」直到世界的末日，雖寫得很簡單，卻有令人驚心動魄的力量。這種情

感的釋放，同樣也豐富了中國古代詩歌的精神面貌。

《古詩為焦仲卿妻作》　《古詩為焦仲卿妻作》最早載於南朝徐陵所編的《玉台新詠》，詩前小序説：「漢末建安中，廬江府小吏焦仲卿妻劉氏為仲卿母所遣，自誓不嫁。其家逼之，乃投水而死。仲卿聞之，亦自縊於庭樹。時人傷之，為詩云爾。」郭茂倩《樂府詩集》列此詩於「雜曲歌辭」，題為《焦仲卿妻》。後亦有用詩的首句改題為《孔雀東南飛》的。

由於此詩在《玉台新詠》中是作為「古詩」來載錄的，所以，它究竟本來就是一首樂府詩，還是後來才配樂演唱，因而被郭茂倩收入《樂府詩集》，這個問題不容易説清。但不管怎樣，漢代所謂「古詩」與樂府的界限並不很嚴格；此詩作為長篇敍事詩，它和漢樂府中敍事詩的興起有密切關係也是無疑的。所以我們無妨在有所保留的情況下將它置於漢樂府的章節下論説。

《古詩為焦仲卿妻作》長達三百五十七句、一千七百八十五字，不僅是漢樂府中，也是中國詩歌中罕見的長篇。內容寫一個中國封建社會中常見的家庭悲劇：男主人公焦仲卿是廬江府小吏，與其妻劉蘭芝感情甚篤，但焦母卻不喜歡兒媳。劉蘭芝因忍受不了婆婆的苛刻，向丈夫提出不如讓婆婆把自己遣回娘家。焦仲卿去勸説母親，反被母親罵了一通，並逼他休妻再娶。焦仲卿無奈，只好讓劉蘭芝暫回娘家。之後縣令和太守相繼遣媒至劉家為子求婚，劉蘭芝的哥哥逼迫她答應。劉蘭芝、焦仲卿二人走投無路，最終約定時間分別自殺。死後兩家將二人合葬在一起。這個悲劇，反映了中國封建社會中婦女的命運為他人所操縱的不幸處境，同時也描述了劉蘭芝對強加給自己的命運的無畏的反抗。在中國文學史上，作者第一次從這種悲劇中發現了深刻的人生教訓，並用漢末時已臻於成熟的敍事詩體作了堪稱完美的表現。

《孔雀東南飛》成功地塑造了一些人物形象，這在前此的詩歌中是看不到的。這裏面劉蘭芝的性格十分鮮明。明代張萱在《疑耀》一書中説：「（劉）非賢婦也，姑雖呵責，始未相逐，乃氏自請去耳。」他清楚地看

到劉蘭芝並非遵循婦德的模範。而劉的「自請去」，實際是為了維護自我尊嚴而主動採取的抗議行為，儘管她必然會想到被遣回娘家後也有許多麻煩，卻仍然堅毅地選擇了離開；當面對兄長的逼迫時，她仍然表現得鎮靜而從容。在女性沒有獨立生存權利的時代，劉蘭芝所擁有的選擇餘地非常之小，但人性高貴的一面卻在她身上得到了清晰的展現。此外，像焦仲卿的懦弱與剛烈的交集，焦母的蠻橫，劉兄的自私，都寫得真實可信。

詩中作者成功地運用了各種敍事文學的手段。首先，此詩善寫人物的對話，正如沈德潛所說：「淋淋漓漓，反反復復，雜述十數人口中語，而各肖其聲音面目，豈非化工之筆！」（《古詩源》）其次，此詩善於通過人物的動作來反映人物的心理，如用「搥床便大怒」寫焦母的暴戾，用「大拊掌」寫劉母的驚訝，「舉手拍馬鞍」寫劉蘭芝和焦仲卿最後一次相會時的沉重心情，等等，均寫得生動逼真，使人如見其形。此外，此詩結構的完整緊湊，剪裁的繁簡得當，都是明顯的優點。它的總的風格是寫實的，但是其中的鋪排描寫及結尾處理卻頗有浪漫色彩，如其結尾云：「兩家求合葬，合葬華山傍。東西植松柏，左右種梧桐。枝枝相覆蓋，葉葉相交通，中有雙飛鳥，自名為鴛鴦。仰頭相向鳴，夜夜達五更。行人駐足聽，寡婦起傍徨。」以枝葉的相交與鴛鴦的和鳴，象徵男女主人公的愛情綿綿不絕，其構想極為優美迷人。這種餘音嫋嫋的浪漫結局，對於後來的類似故事有很大影響。

第七章

魏晉文學

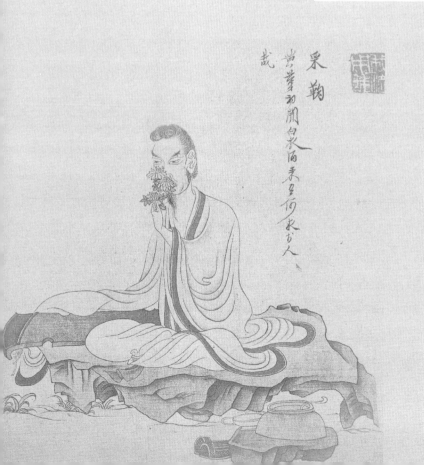

東漢末的建安年代（196—220），曹操實際掌握了朝政大權，魏都鄴（在今河北臨漳）不僅成為實際上的政治中心，也是當時文學活動的中心，所以通常魏晉文學是從建安時代開始算起的。

自東漢後期以來，中央集權的專制制度便處於不斷瓦解的過程中；至漢末大亂而三國鼎立，中國開始進入約有四百年之久的多個政權並存的歷史階段。魏晉時代紛亂而多彩，文人對社會與人生的體驗顯得格外深刻且豐富，文學因此獲得了前所未有的發展。

一　魏晉社會思潮與文學意識

士族的興起與專制制度的削弱　自東漢後期開始，所謂高門大族的力量越來越突出。這種家族既是地方性的勢力，同時又參與國家權力機器的運作。在漢末大亂中，高門大族的獨立性得到進一步的強化，他們擁有自己的莊園、私人武裝和大量的依附農民，任何統治者都不敢忽視。到了曹丕正式建立魏朝時，更採用有利於地方大姓的選官制度「九品中正」制，以換取他們的支持。這標誌了作為特殊社會階層的士族（或稱「世族」、「勢族」）——中國中古時代的貴族——已正式形成。經過魏晉禪代，兩晉興亡，逐漸形成「上品無寒門，下品無勢族」的局面。士族享有世襲的政治特權，又通過婚姻相互聯結。除了特殊的例外，士族與庶族之間是不通婚的。這種士族門閥制度貫穿了整個魏晉南北朝，並在一定程度上延續到唐代安史之亂以前。

士族的特殊地位和權力來自於他們自身所擁有的力量而非皇帝的賜予，所以在一定程度上士族的權力成為與皇權並列的權力。如東晉是士族勢力最為強盛的時代，不僅建國之初就有「王與馬，共天下」（《晉書·王敦傳》）之說，在以後的一些年代中甚至出現皇帝僅擁有虛位的情況。

當然在具體條件下皇權與士族權力的關係是不斷變化的，但不管怎樣，士族權力總是具有與皇權既相配合又相抗衡的特徵，它客觀上起到阻止皇權絕對化和遏制專制獨裁政治膨脹的作用，這就大為減弱了讀書人（尤其士族）對皇權的依附意識。在整個魏晉南北朝時期，所謂君臣大義並不被看得很重，士族更多地從個人或家族而非皇室的利益立場來考慮問題，正是所謂「殉國之感無因，保家之念宜切」（《南齊書·褚淵傳論》）。這在專制力量強盛的年代簡直是大逆不道，但既然士族權力並非來之於皇權，他們不願為之承擔太大的道德義務，也是很自然的事情。

士族的興起導致封建專制統治的削弱，這給文學創造提供了較為寬鬆的環境和自由想像的空間。

思想的多元化　魏晉是中國歷史上繼戰國「百家爭鳴」以後又一個思想活躍的時代。

首先，也是從東漢後期開始，儒家學說的神聖地位逐漸被打破。一方面，經學的繁瑣和迷信化，使得思想學術界對之產生了厭倦和排拒的心理；另一方面，隨着中央集權的瓦解和地方勢力的抬頭，這一以維護皇權的絕對權威為根本宗旨的官方學說的基礎也發生了動搖。當孔子的後裔孔融也在倡導「非孝」時，可見儒學所遇到的挑戰是多麼嚴峻了。到了曹操掌握漢末大權，出於實際需要，他就敢於一再下達「唯才是舉」、連「不仁不孝」之徒也不可排斥的命令。儒學當然並非就此徹底衰微，由於其有利於建立和維護社會統治秩序的特點，它甚至仍然屢屢得到帝王不同程度的提倡。但不僅儒學本身也順應時代而發生了變化，而且，直到唐代也沒有能夠重建儒學的獨尊地位。在魏晉以後很長的歷史年代中，儒學只是作為各種學術思想的一種而存在。

老莊哲學自東漢中後期始就越來越為讀書人所愛好，進入魏晉時代，以此為核心的「玄學」成為流行的思潮。玄學的基本特徵在於它是一種抽象思辨的哲學，反映了當時人們對人類知性的重視。由於玄學表面上不牽

涉現實問題，又被稱為「清談」。但實際上這種玄學清談包含着一些深刻的內容。如「名教」與「自然」的異同問題是清談的重要名目，它就關係到尊重人為的社會規則與尊重人的自然天性孰為先後、如何協調的問題；主張「越名教而任自然」的人，所要得到的是更大的精神自由，是個人選擇其生活方式的權利。《世說新語》載，阮籍不顧「禮」的規制，與嫂面別，為人所譏，阮曰：「禮豈為我輩設也？」他或許不否認禮對於維護整個社會秩序的價值，卻認為像他這樣的人有權任性情而越禮。

佛教自兩漢之際傳入中土後，到魏晉時期才以迅猛的勢頭發展起來，佛經的翻譯也達到極盛的狀況。這對此後的整個中國文化產生了廣泛深遠的影響。同時產生於中國本土的道教也不斷擴大它的勢力範圍，不少著名的士族大姓世代信奉道教。對佛、道思想的分析評價不是本書的任務，我們需要指出的是，由於儒家獨尊的局面被打破，多種思想學說同時並存，個體價值受到重視，人們對精神生活就有了更多的追求，這有力地促進了魏晉時期各種藝術的發展。音樂、舞蹈、繪畫、雕塑、書法乃至園林建築等，在這一時期都發生了重大的變化，並不是偶然的事情。而文學也就在這樣的背景下得以大為減輕了過去強加給它的政治與倫理的負擔，進入到一個全新的階段。

文學的興盛與文學的自覺　《宋書·臧燾傳論》説：「自魏氏膺命，主愛雕蟲，家棄章句，人重異術。」概括了建安時代由於曹氏父子的影響，文人的興趣由經學轉向文學的情形。在這以後，皇帝、宗室等權勢人物熱心於文學創作，並由於他們的特殊身份而成為一個時期文學的中心，在魏晉直至南北朝成為普遍的現象。而這與漢代帝王在宮廷中招羅文人讓他們為自己服務的情況有很大不同，它實際上是帶有文學集團性質的活動；參與其中的人儘管有身份的高下，但僅僅從文學活動的範圍來説，彼此間具有一定的平等意識，文人認為自己被「倡優畜之」的感受幾乎不再存在。而與之相關聯的另一種現象是文學逐漸成為上層社會所崇尚的文化

素養，高級士族以能文自矜成了普遍的風氣。文學自由創造的空間的擴展，加上權勢者的倡導和貴族社會的崇尚，造成文學越來越繁盛的局面。

魯迅《魏晉風度及文章與藥及酒之關係》一文，在介紹了曹丕《典論‧論文》關於「詩賦欲麗」和「文以氣為主」的論點以後，說：「用近代的文學眼光看來，曹丕的一個時代可說是『文學的自覺時代』。」現在看來，這一見解仍然能夠成立，只是應該注意到，魯迅的見解是緊密結合當時文學創作的情況提出的，並非只是從曹丕的片斷文句得出的結論。大要而言，魯迅認為「詩賦欲麗」除以華麗為詩賦的主要特徵外，還包含有反對寓訓勉於其中的意思；「文以氣為主」則是提倡文章要富於生氣、要「壯大」。總之，有意識地追求文學的藝術美感和生命活力，這是當時「文學自覺」的基本標誌。

在對文學理解上，陸機的《文賦》較《典論‧論文》又有顯著的進步。他明確提出「詩緣情而綺靡」的論斷，把「情」作為詩歌寫作的出發點，作為「綺靡」即華美的藝術表現所依賴的條件，這標誌了文學自覺程度的提高。《文賦》全篇是以賦體描述文學創作的過程，尤其是創作中的心理現象，以及創作中的利害得失。其中涉及構思活動、靈感現象等，都是微妙而又不容易把握的，作者都作了稱得上深入細緻的探討與描述，由此可以看到中國古代文學理論已經進入了一個更高的階段。至於儒家傳統文學觀的束縛，在這篇《文賦》中已經看不到甚麼痕跡了。

二　建安詩文

建安文學是沿着東漢後期文學固有的方向推進的，但這種發展同時帶有飛躍性質。它的最顯著的進步，一是個性特徵的凸顯，二是情感表現的強烈，三是對藝術形式美的有意識追求。

在重視個人價值的思潮下，作家打破陳規、自創一格的勇氣，是文學的個性特徵得到凸顯的主要原因；在戰亂和饑荒、瘟疫接連不斷的環境中，從事或準備從事實際政治活動的建安文學家把憂時傷亂的悲哀和渴望建立不朽功業的雄心糅合在一起，造成他們的作品中情感表現特別強烈；而追求藝術形式的美根本上則是緣於情感表現趨向豐富、細緻。

建安文學另一方面的重大變化是詩歌開始佔據全部文學創作的主導地位。如前所述，兩漢文人文學的主流是辭賦。建安時期辭賦創作仍然興盛，並且徹底完成了從體物大賦向抒情小賦的轉移，取得了可觀的成就。但是，建安文人需要表達的悲涼慷慨、深厚濃重的感情，不要說體物的大賦，就是抒情小賦也不能恰當和充分地表現。因為辭賦的美說到底是由鋪陳、渲染而形成的，它無法形成表現慷慨悲涼的感情所要求的力度。因而，文人創作的中心就從辭賦轉移到詩歌，從而形成中國文學史上第一次文人詩歌的創作高潮。

但辭賦的某些特點，如華麗的語言和駢偶句式，在需要時也被擅長於作賦的王粲、曹植等人帶到詩歌領域中來。所以建安文人詩既承受了樂府民歌的傳統，同時也開始向文人化的精緻華美轉變。這在中國古典詩歌的發展史上，是一個重要的開端。

人們常常用「建安風骨」這一概念稱譽建安文學尤其是詩歌。這是指作品內在的生氣和感染力與簡練剛健的語言表達的完美結合。

曹操　曹操（155—220）字孟德，沛國譙（今安徽亳州市）人。他既是建安時期北中國的政治領袖，也是當時文壇上最有影響的人物。

曹操的父親曹嵩是宦官曹騰的養子，《三國志・魏書・武帝本紀》言「莫能審其出生本末」，他原來的出身無疑是很微賤的。這一家庭雖也曾顯赫，但完全沒有經學傳統，再加上時代風氣的影響，曹操一生行事很少受儒家倫理觀念的束縛。史書記載，曹操生性機警，為人通脫。所謂「通脫」，就是無所拘泥、固執，講求實效。他的文學創作在一定程度上也反

映了他的思想和性格。

曹操的文學成就主要表現在詩歌方面。他的現存作品，都是曾經配樂演唱的娛樂性的樂府「相和歌辭」。這種類型的歌辭過去大抵採自民間，文士通常是不參與寫作的。但這種慣例對曹操而言毫無意義。他寫詩也不一定遵循樂府題意，甚至可以與之毫無關係，只是套用了某一支樂曲而已，譬如他可以用《秋胡行》這樣的題目來寫遊仙。總之曹操的樂府創作非常自由，一切都為己所用。這給樂府的面貌帶來很大改變。過去的俗樂歌辭是一種社會性的創作，包括僅有的幾篇留有署名的文人作品，也完全看不出純屬作者自身的印記。而曹操的詩作大多有十分鮮明的個人情感特徵和與之相應的藝術風格。他是一個叱咤風雲的亂世英雄，所作詩喜從大處落筆，視野開闊，氣勢宏偉，有一種所謂「王者之氣」；詩歌的結構則不求精細，語言亦古樸少修飾。如《步出夏門行》中的《觀滄海》一章：

> 東臨碣石，以觀滄海。水何澹澹，山島竦峙。樹木叢生，百草豐茂。秋風蕭瑟，洪波湧起。日月之行，若出其中；星漢燦爛，若出其裏。幸甚至哉，歌以詠志。

這是一篇現存最早的完整的山水詩。從一開頭登碣石山一覽滄海的身姿，從詩中展現出的大海吐納萬有的宏闊景象，人們能夠感受到作者的胸襟。

以前樂府詩多用敍事手段反映社會現實，但一般只是描述僅與個別人相關的具體事件，而曹操的詩如《薤露》、《蒿里行》等，卻用樂府中輓歌的題目，反映漢末重大歷史事件，用虛實相映的手法，描繪出社會殘破不堪、民眾大量死亡的悲慘景象，氣魄宏大，風格蒼涼，完全突破了樂府詩原來的敍事傳統。

還有一些直接抒發人生情感、表達政治抱負的作品，非常典型地代表了建安詩歌那種「悲涼慷慨」的氣質。比如《短歌行》是一篇用於宴會的歌辭，全詩由兩個相互聯繫的主題組成：一是感歎時光易逝、人生短暫，一是渴慕賢才，希望得到他們的幫助，實現重建天下的雄心。正是因為生

命短暫，它才彌足珍貴；追求不朽的功業，不僅是一種社會責任感，而且更是為了使個人有限的生命獲得崇高的價值。從「對酒當歌，人生幾何？譬如朝露，去日苦多」發唱，以「山不厭高，海不厭深，周公吐哺，天下歸心」收結，詩中流動着一片深沉而雄壯的情調。雖然詩的結構稍嫌鬆散，卻仍有至為感人的力量。

曹操以其特殊的地位和豪邁的個性推動了建安文學的飛躍性突破。他把原來缺乏個性、通常也不署作者名的樂府詩改造為一種能夠充分顯示自我情懷和個人審美趣味的文人詩型，為文學的發展開出一條新路；他的嘗試又深刻地影響了兩個兒子曹丕與曹植，由他們把建安文學推進到新的高度。

建安七子及其他作家　曹丕在《典論・論文》中評述當世文人，特別標舉了孔融、陳琳、王粲、徐幹、阮瑀、應瑒、劉楨，稱為「七子」。除孔融因反對曹操而被殺，其餘六人都依附於曹操。他們大多明顯年長於曹丕、曹植兄弟而與之有密切的交往，形成集團性的文學活動，對建安文學的成長形成起了重要作用。其中以王粲最為著名。

王粲（177—217）字仲宣，前人常把他與曹植並稱為「曹王」。但王粲的文學活動要比曹植早得多，他的某些新的創作特點在文學史上有十分重要的意義。如他詩歌代表作《七哀》兩首之一：

> 西京亂無象，豺虎方遘患。復棄中國去，遠身適荊蠻。親戚對我悲，朋友相追攀。出門無所見，白骨蔽平原。路有飢婦人，抱子棄草間。顧聞號泣聲，揮涕獨不還。「未知身死處，何能兩相完？」驅馬棄之去，不忍聽此言。南登霸陵岸，回首望長安。悟彼《下泉》人，喟然傷心肝！

此詩據考證約作於初平三年（192）王粲離長安赴荊州避戰亂時，時作者僅十六歲。全篇組織完整，並已初步呈現意象密集、進展迅速的特點，與「古詩」的平緩重沓的語言表現有了明顯的區別。所以詩能夠將社會的混亂、自身的不幸、民眾的苦難結合起來，寫得內涵豐富，感情深切。

《七哀》之二作於作者寄寓荊州時，主要借自然景色敍寫思鄉懷歸的愁緒和孤獨苦悶的心情。像「山岡有餘映，岩阿增重陰。狐狸馳赴穴，飛鳥翔故林。流波激清響，猿猴臨岸吟。迅風拂裳袂，白露霑衣襟」一節，顯然是汲取了辭賦尤其紀行賦的特點。這些寫景詩句基本上都是對仗的，它預示着古典詩歌將要發生的意味深長的變化。

王粲在詩以外又以擅長辭賦著稱，代表作為《登樓賦》。這是王粲在荊州登麥城城樓所作，寫羈旅之愁與懷才不遇的悲哀，與《七哀》之二內容相似。它篇幅短小，語言精美，多用駢句，寫景與抒情結合緊密，深刻地表現出在混亂的時代中對人生價值失落的憂懼，是魏晉時期辭賦轉變階段中的代表作之一。其享名之盛，以至「王粲登樓」本身成了一個典故。

在建安文學中，王粲與曹操都是有開創之功的作家。但與曹操主要基於樂府詩的傳統進行創新不同，王粲從辭賦文學傳統中汲取了更多的養分。在這一點上，他對曹植恐怕有不小的影響。

其餘諸人留存作品都較少。孔融有給曹操的兩封書信，《與曹公論盛孝章書》較有抒情色彩，《難曹公表制酒禁書》為嘲諷曹操之作，可以看出他的性格；劉楨在當時以五言詩著名，有《贈從弟三首》、《雜詩》等。陳琳和阮瑀都曾為曹操掌管書記，當時軍國書檄，多出於二人手筆，他們的文章顯示了更趨向於駢文的特徵；徐幹在當時以賦見稱，但作品流傳者少，倒是保存在《玉台新詠》中的《室思》詩較為有名；應瑒的詩以現存的幾篇而論，較少特色。

除「七子」之外，建安時代還有不少文人，而最值得稱道的，則是女詩人蔡琰。她字文姬，是蔡邕的女兒。漢末戰亂中被董卓的軍隊擄走，後流落到南匈奴，滯留十二年，生有二子。建安年間曹操將她贖回，重嫁董祀。今傳署名為蔡琰的幾首詩都有真偽的爭論，一般認為五言《悲憤詩》確為她所作。

《悲憤詩》記述了她從遭擄入胡直到被贖回國的經歷，將敍事、抒情、議論密切結合，寫出時代的動亂，胡兵的殘暴，民眾的悲慘遭遇，

和個人不幸的命運。猶如一幅血淚繪成的歷史畫卷，以強烈的感情，真實的筆觸，反映出那一可驚可怖可痛可泣的社會情狀，令讀者不能不為之感動。如記述董卓軍隊擄掠平民的一節：

> 馬邊縣男頭，馬後載婦女。長驅西入關，迴路險且阻。還顧邈冥冥，肝脾為爛腐。所略有萬計，不得令屯聚。或有骨肉俱，欲言不敢語，失意幾微間，輒言斃降虜：「要當以亭刃，我曹不活汝！」

這裏有高度的概括，也有細緻的描寫，深刻有力，觸目驚心。又如記述自己與親兒永別，準備回國的一節：

> 存亡永乖隔，不忍與之辭。兒前抱我頸，問母欲何之。「人言母當去，豈復有還時？阿母常仁惻，今何更不慈？我尚未成人，奈何不顧思？」見此崩五內，恍惚生狂癡。號泣手撫摩，當發復回疑。

一面是久別的故國，一面是親生骨肉，不能兩全。這種選擇，確實令人肝腸寸斷。孩子一連串的責問，使詩中的感情氣氛顯得無比沉重。

從寫作特點來說，這首詩結構嚴謹，剪裁精當，語言具有高度的表現力，足以代表當時五言詩的發展水平。

曹丕與曹植　曹丕（187—226）字子桓，曹操次子。父親在世時他是鄴下文學交遊的核心人物，後依靠父親打下的基礎，取代漢做了魏的開國皇帝。

曹丕的文學創作以詩為主，其中樂府歌辭約佔一半。他的詩喜襲用樂府和「古詩」的常見母題，善於擬寫遊子思鄉、思婦懷遠之情，以委婉細緻見長。語言較為淺俗流暢，但比一般歌謠顯得精緻。五言體中，《雜詩》兩首風格與《古詩十九首》略近，七言《燕歌行》兩首尤為著名，今錄其一：

> 秋風蕭瑟天氣涼，草木搖落露為霜。群燕辭歸雁南翔，念君客遊思斷

腸。慊慊思歸戀故鄉，君何淹留寄他方？賤妾煢煢守空房，憂來思君不敢忘，不覺淚下霑衣裳。援琴鳴弦發清商，短歌微吟不能長。明月皎皎照我床，星漢西流夜未央。牽牛織女遙相望，爾獨何辜限河梁？

這首詩的敍述主體是擬想中的思念遠行丈夫的女性。它充分利用了七言詩的長處，音節和諧舒緩，描摹細緻生動，感情纏綿動人，語言清新流麗，取得了多種效果的統一。由於早期七言詩保存數量很少，所以此詩在詩史上很受重視。

曹丕另有一類大抵是他做太子時召集文人宴遊留下的詩，如《芙蓉池作》、《於玄武陂作》等，內容以寫景為主，語言風格舒緩華麗，有濃厚的貴族氣質。

曹丕的散文中，兩篇《與吳質書》文學性較強。如下一節回憶往日之遊的文字，尤為顯著：「白日既匿，繼以朗月，同乘並載，以遊後園。輿輪徐動，參從無聲，清風夜起，悲笳微吟。樂往哀來，悽然傷懷！」從這裏可以看出作為實用文體的書信正進一步文學化，文辭也越來越偏向精美。

曹植（192—232）字子建，曹丕同母弟。他才華出眾，但因為陷入與曹丕爭奪繼承權的漩渦並最終失敗，在曹操死後一直受到曹丕的嚴厲管制，至明帝繼位才稍獲自由。一生空懷壯志，終於鬱鬱而死。在建安作家中，他是留存作品最多、對當時及後代文學影響最大、通常評價也最高的一個。

鍾嶸《詩品》對曹植詩的評價是「骨氣奇高，辭采華茂」，我們如果把這具體解釋為生機勃發、情感豐沛和藝術表現的精緻華美，大抵可以成為對曹植詩簡要的概括。

曹植是一個任性的、頗有浪漫氣質的人。他描寫人生，每每以飛揚輕脫、縱情享受為理想的狀態。如《名都篇》通過描繪一貴族少年奢華而放縱的生活，讚頌了人的生命力的自由舒張之美，人物形象之活躍為前所未有。當然，在曹植的生活理想中，建立不朽功業也是不可缺少的，所以《白馬篇》寫遊俠少年，既有與《名都篇》相似的內容，又加入了「名在

壯士籍，不得中顧私。捐軀赴國難，視死忽如歸」的豪言。而《鰕䱇篇》
則直抒胸臆：「駕言登五嶽，然後小陵丘。俯觀上路人，勢利惟是謀。」
「撫劍而雷音，猛氣縱橫浮。泛泊徒嗷嗷，誰知壯士憂！」呈現出一派豪
邁氣概。

以上列舉的作品或許多為曹植早年所作，但即使是明顯作於生存環境
極端惡劣的後期的詩作，如著名的《贈白馬王彪》，儘管有濃烈的哀傷，
卻仍然洋溢着充沛的感情，絕不是委頓無力的。「丈夫志四海，萬里猶比
鄰」這樣的詩句，當然有對王彪對自己強為慰勉的意味，但也確實體現着
曹植固有的氣質。

從藝術上說，曹植的詩把文人文學的傳統與漢樂府的特點結合了起
來，既吸取了民間歌謠的長處，又改變了它單純樸素的面貌。它雖不像後
來的文人詩那麼典雅，但總體上均有注重精緻華美的特點。所謂「詩賦欲
麗」雖是建安文學的一般趨向，但曹操、曹丕還是有相當一部分詩是寫得
粗糙、隨意的，這種情況在曹植那裏幾乎看不到了。他的詩，對結構、意
象、修辭都很講究。

在曹植詩中，意象的構造十分用心。如《野田黃雀行》以「高樹多
悲風，海水揚其波」兩句開頭，這一高曠激越的意象，暗示了作者激蕩不
平的心境和險象環生的處境，給全詩籠罩了一片特定的情感氣氛。另外像
《七哀》開頭的「明月照高樓，流光正徘徊」兩句，也是以迷蒙恍惚的
意象，奠定了全詩哀怨的基調。沈德潛說他「極工於起調」（《說詩晬
語》），這確實不錯。不過換一個角度來看，曹植把這種精心構造的意象
放在詩的開頭，其實也是全篇結構上的一種特殊安排。他的詩很少是平鋪
直敍的，從開頭到中間的起伏變化，到最後的收束，通常都考慮得很仔
細，即以《七哀》詩為例：

> 明月照高樓，流光正徘徊。上有愁思婦，悲歎有餘哀。借問歎者誰？言
> 是宕子妻。君行逾十年，孤妾常獨棲。君若清路塵，妾若濁水泥。浮沉各異
> 勢，會合何時諧？願為西南風，長逝入君懷。君懷良不開，賤妾當何依？

曹植詩歌的語言往往有鮮明的色澤，而且已經注意到工整和精煉。這裏最值得注意的是一些對仗句已經講究煉字，如「凝霜依玉除，清風飄飛閣」（《贈丁儀》），「白日曜青春，時雨靜飛塵」（《侍太子坐》），其中的動詞都經過精心錘煉，因而有一種凸顯詩境的效果。尤其第一例中「依」和「飄」相對，前者是靜態後者是動態；第二例中「曜」與「靜」相對，前者為煥發之狀後者為消歇之狀，把原本是分散的、不相關聯的景物改造為抑揚變化中互相對應的完整圖景，體現了詩歌語言不尋常的構造力量。這種修辭效果比王粲又明顯推進了一步。這樣的詩句在曹植作品中雖然佔比例不大，但它是非常重要的嘗試。

　　另外，建安文人詩中，開始有較多的自然景物描寫，曹植也是主要的代表。這也是對後代文人詩影響很大的現象。

　　以上所說的曹植詩的特點，有些並非為曹植所獨有，但都是以他最為突出和最具代表性。換言之，建安文人詩的成就在曹植那裏表現得最為充分，以至可以說中國古代詩歌的面貌正是經過他的手發生了明顯的改變，因而他在建安乃至整個魏晉南北朝詩歌的發展過程中佔據了特別重要的地位。

　　除了詩歌以外，曹植的散文、辭賦也有相當突出的成就。《與楊祖德書》、《與吳季重書》均是出色的書信體抒情散文。曹植現存的辭賦，包括殘缺的在內，有三十多篇，可見他於此用力甚勤。這些作品可以說代表了建安辭賦的特點和成就，其中《洛神賦》更是傳誦的名作。

　　《洛神賦》虛構了作者在洛水遇神女的故事。按在曹植以前，陳琳、王粲、楊修都曾模仿舊傳宋玉所作《神女賦》、《高唐賦》寫過《神女賦》，可見這一題材在當時很流行。曹植所寫的故事是否有今人無從探知的隱喻已不可確知，就作品文字來看，它的感染力主要來自兩個方面：一是對於女性美的前所未有的細緻描摹，一是由人神相遇而終不能接近的愁怨，表現了完美事物總是可望而不可即的人生體驗。

　　賦中刻畫神女容貌與情態的文字極華美之能事，如開頭一節：

其形也，翩若驚鴻，婉若游龍，榮曜秋菊，華茂春松。彷彿兮若輕雲之蔽月，飄颻兮若流風之回雪。遠而望之，皎若太陽升朝霞；迫而察之，灼若芙蕖出淥波。

而結尾處寫神女已飄然遠去，主人公仍在尋求她的蹤跡，等待她的復臨，長夜難寐，臨去盤桓，充滿失落的苦澀和追求的急迫。也許這意味着人生的一種不可解脫的無奈吧，你必須尋求，但結果注定是尋求不到。

三　正始詩文

正始是魏廢帝曹芳的年號（240—249），但習慣上所說的「正始文學」，還包括正始以後直到西晉立國（265）這一段時期的文學創作。

正始時期，玄學開始盛行。玄學中包含着一種窮究事理的精神，破除了拘執、迷信的思想方法；玄學崇尚自然，也就強調適情、適性，但是，當人們一旦把個性自由作為重要的甚至根本的生存價值時，就會發現抑制的力量無所不在。這就導致了對於社會現象、人生處境的深入思考。

正始時期司馬懿和曹爽集團為爭奪權力而展開了激烈的鬥爭，最終司馬懿以突發的政變擊敗曹爽而控制政權。這以後十多年間，司馬氏父子相繼執政，醞釀着一場朝代更替的巨變。他們大肆殺戮異己分子，對於擁戴曹氏王室或不願意附從司馬家族的人來說，這造成了恐怖的政治氣氛。

由於周圍環境危機四伏，也由於哲學思考的盛行，正始文人很少直接針對政治現狀發表意見；他們把從現實生活中所得到的感受，推廣為對整個人類社會生活和歷史的思考。這就使正始文學呈現出濃厚的哲理色彩。

正始文人有著名的「竹林七賢」：阮籍、嵇康、山濤、王戎、阮咸、向秀、劉伶。其中阮籍與嵇康文學成就最高。

阮籍　阮籍（210—263）字嗣宗，陳留尉氏（今河南開封）人，阮瑀之子。史稱其博覽群籍，尤好《老》、《莊》，為人曠放不羈，任情自適，鄙棄禮法。曾先後被召為曹爽、司馬懿及其子師、昭的僚屬。阮籍年輕時「有濟世之志」（《晉書》本傳），自視很高，但隨着司馬氏篡權圖謀的顯露，政治風雲日趨險惡，他常常只能用醉酒佯狂的辦法來躲避矛盾。但這種生活對英銳高傲、思想警敏的阮籍來說，實在不容易忍受的吧。

　　阮籍的代表作五言體《詠懷詩》詩八十二首，是在中國詩歌史上具有重要開拓意義的作品。這些詩多用象徵手法喻寫詩人對人生問題的深刻思考和內心的複雜情感，用筆曲折，含蘊隱約。但儘管鍾嶸《詩品》謂之「厥旨淵放，歸趣難求」，詩中以精緻的語言、豐富的形象所展露的具有人類普遍意義的情緒，依然能動人心弦。

　　感歎人生短暫這一自《古詩十九首》以來一直存在的詩歌主題，在《詠懷詩》中採取了如此尖銳的表達：「朝為美少年，夕暮成醜老！」「朝生衢路旁，夕瘞橫街隅」。這較「古詩」的「四時更變化，歲暮一何速」之類更其驚心動魄。而在《古詩十九首》和建安文人詩中種種可以視為解脫途徑、可以作為人生追求目標的東西，也被阮籍一一否定：「膏火自煎熬，多財為患害」，「高名令志惑，重利使心憂」，名和利使人喪失自我，喪失本性，虛幻無價值；「晨朝奄復暮，不見所歡形」，所親愛的美麗異性，只在朝暮之間就失去了使人迷戀的形貌；至於親人和朋友呢，「一身不自保，何況戀妻子？」「如何金石交，一旦更離傷！」也是不足戀和無從留戀；而且，「親昵懷反側，骨肉還相仇」，人與人之間，實無可信賴的聯繫；甚至，即使能長生，在這樣的世界上也是徒然：「人言願延年，延年將焉之？」

　　所以，阮籍在詩中無法提出任何值得追求的東西。有時雖然也歌頌「臨難不顧生，身死魂飛揚」的壯士，但由於被命運的偶然所擺佈，被現實的大網所籠罩，「六翮掩不舒」，人也無從尋求到有意義的目標。當

一切外在事物的價值都被否定之後，不能不感受到徹底的寂寞與孤獨。第四十六首寫道：

> 獨坐空堂上，誰可與歡者？出門臨永路，不見行車馬。登高望九州，悠悠分曠野。孤鳥西北飛，離獸東南下。日暮思親友，晤言用自寫。

　　從堂上到永路到「九州」即整個世界空無一人。即使因為寂寞無法忍受而期望與親友「晤言」，那也只是並無心靈溝通的自我宣泄（「寫」即「瀉」）。這種從生命本質意義上提出的孤獨感是過去詩歌中從未有過的。但需要注意到是：孤獨其實是一種自我體認，它通過對外界的拒絕和排斥，凸顯出來的是自我在世間的存在。當阮籍把整個世界描繪為一片荒蕪時，不僅寫出了內心的痛苦，也表現了內心的高傲。後來陳子昂的《登幽州台歌》，正是這一精神的延續。同時，這種與世隔絕的孤獨，也為自己開闢出一片純屬個人的自由的精神空間，那就是第四十首所虛擬的「高度跨一世」，「逍遙遊荒裔」的生存狀態。

　　總之，《詠懷詩》在一些重要的方面代表了詩歌的新發展。它通過揭示理想的破滅，實際上宣告了建安詩人以政治功業為核心的對個人價值的追求的虛幻性，由此開始探究完全擺脫社會價值後個人生命的意義何在的問題；即使上述問題無從解答，它仍然通過抒寫詩人自身的孤獨與傲岸，表現了對自我意識的堅持。所以，看起來阮籍對人生的描繪是那樣孤獨、沉悶、陰冷，但在根底上還是包含了對自由與完美的人生的期望。

　　與上述特點相關聯，《詠懷詩》在抒情表現方面也有重大的突破。它的詩歌意境中較自然地融入了哲學思考，使詩歌的內涵更為深邃，並具有一種曲折婉轉、引人入勝的藝術魅力，所以《文心雕龍》謂「阮旨遙深」，《詩品》說它「可以陶性靈、發幽思」。而這種以組詩方式來抒發內心複雜感受的形制，在後世又有陶潛的《飲酒》、陳子昂的《感遇》、李白的《古風》等出色之作相繼而出，遂使抒情組詩成為中國古詩的一個重要類型。

阮籍的散文以《大人先生傳》最著名。文中虛構了一位超世絕群、飄飄乎天地四極的「大人先生」的形象，藉以歌頌絕對的精神自由，揭露封建禮法的虛偽的本質。文中還辛辣地諷刺當世所謂禮法君子「唯法是修，唯禮是克。手執圭璧，足履繩墨。行欲為目前檢，言欲為無窮則」，謹慎莊重，博得美譽，其實不過是為了圖個高官厚祿。後面接着說，他們自以為這樣就找到了安全富足的藏身之地，其實不過像蝨子鑽在褲子縫裏，一旦大火燒了城郭房舍，延及褲子，蝨子還能逃到哪裏去？這些尖刻的語言，噴泄了對於偽善者的痛惡。另外《達莊論》也有同樣的意趣。

　　不過，這些文章中的尖銳激烈言辭，都是通過一種超時空的虛構人物之口發出的；其所攻擊的對象，也都是泛化而非實指的。這是為了避免與現實發生直接和正面的衝突；他對於自己所厭惡的現實社會，終究是無能為力的。

　　嵇康　嵇康（223—262）字叔夜，譙郡銍（今安徽宿縣西）人，曾官至中散大夫，其妻為曹操的曾孫女，所以他和曹魏王室有較親近的關係。嵇康與阮籍為好友，二人思想也多有相近之處，但他的性格更為剛烈。最終被司馬氏集團構陷殺害。嵇康的論說文很有名，《聲無哀樂論》、《管蔡論》、《難自然好學論》等篇，以思想新穎、說理縝密而透徹見長。不過，從文學意義上說，他的《與山巨源絕交書》更為重要。

　　山巨源即山濤，與嵇康為知交，但在政治上與司馬氏關係密切。他本任吏部郎，後舉薦嵇康以自代，嵇康作此書斷然拒絕，並宣佈與之絕交；但後來嵇康遇禍時，又對山濤能夠照顧自己的遺孤表示了極大的信賴，足見兩人關係非同一般。

　　由於作者的個性及他與山濤特殊的關係，構成了這封「絕交書」一種峻切明暢的特殊風格。信中說自己的性格是「促中小心」即不能忍受可厭之人事，又說「足下傍通，多可而少怪」，這種對比既包含譏刺，又透露出老朋友不能不分手的無奈。他陳述自己不能就職的理由，是推崇老莊，

任真縱放，無法忍受禮法的羈勒和俗務的糾纏，其中描摹官場景象，「或賓客盈坐，鳴聲聒耳，囂塵臭處，千變百伎」，顯示出很深的厭惡感和桀驁不馴的態度。他要求對方尊重自己的志趣，提出「人之相知，貴識其天性，因而濟之」，又譬喻說：「此猶禽鹿，少見馴育，則服從教制；長而見羈，則狂顧頓纓，赴湯蹈火；雖飾以金鑣，饗以嘉餚，愈思長林而志在豐草也。」這種追求個性自由的精神，正是魏晉文學最可貴的特色。至於聲稱自己「非湯、武而薄周、孔」，更與司馬氏為了篡權而製造禮教根據的大背景有關。據說嵇康最終被殺，與司馬昭讀了這幾句話而心中憤恨有直接關係。總之，這篇書信用率直的語言如實表述自己的感情，既無隱晦，也不誇張，讓人感受到很強的人格魅力。

另外，嵇康的詩歌也頗多顯示其高潔的志趣和耿直的性格，較之阮籍的深沉，別有一種秀朗的特色。代表作有《兄秀才公穆入軍》（五言一首，四言十八首）及四言的《幽憤詩》。《兄秀才公穆入軍》第九的「風馳電逝，躡景追飛。凌厲中原，顧盼生姿」，第十四的「目送歸鴻，手揮五弦。俯仰自得，游心太玄」，藉想像其兄嵇喜從軍後的生活寫出了自己的人生情趣，所謂「魏晉風度」，於此生動可見。

四　西晉詩文

公元二六五年，司馬昭之子司馬炎取代魏室，建立了晉王朝，史稱西晉。立國不久，便攻滅東吳，重新統一中國。但司馬炎去世後，由一場宮廷內的權力之爭演變出宗室間的大混戰（史稱「八王之亂」），趁此機會，漢、魏以來大量內遷的北方少數民族的首領紛紛自立，摧毀了晉朝在北方的統治。西晉從立國到覆滅，總共只有大約五十年。

西晉雖是一個短暫而又不穩定的王朝，文學創作卻很興旺。無論作家

還是作品的數量，都遠遠超出前代。尤其是詩歌，在士人生活中的價值進一步得到肯定，上層文士幾乎沒有不寫詩的。西晉文學尤其詩歌是文學史上的一個重要環節。不僅建安、正始文學所形成的若干新的特點得到深化和發展，而且這時代的作家還繼續從事着前人沒有做過的嘗試。諸如文辭的藻麗精工，對偶的運用，寫景與抒情的緊密結合，哲理的融入，乃至對詩歌聲律的注意，都表現得頗為突出；同時，基於個人意識的覺醒而展開的對人生價值的思考，在某些方面也有更為深入的表現。

陸機、潘岳等　西晉年輩較早的作家中以張華（232—300）最為著名。其詩以《情詩》五首、《雜詩》三首為代表，善於寫男女之情，《詩品》謂之「兒女情多，風雲氣少」。他的詩很值得注意的一點是寫景與抒情的結合，像「房櫳自來風，戶庭無行跡」（《雜詩》），「密雲蔭朝日，零雨灑微塵」（《上巳篇》）之類，論精細是前人所未有的。《文心雕龍》稱陸機「思能入巧」，《詩品》稱張協「巧構形似之言」，可見語言的精巧化是西晉詩歌的一種趨向，而張華身居高位，成名又早，他在這方面實有先導的作用。

稍晚於張華等人的作家，有所謂「三張（張載、張協、張亢兄弟）二陸（陸機、陸雲兄弟）兩潘（潘岳、潘尼叔侄）一左（左思）」之目。其中陸機、潘岳並稱「潘陸」，在當時評價最高，代表了西晉文學的主流；左思以及劉琨表現了與潘陸不同的風貌。

陸機（261—303）字士衡，吳郡華亭（今上海松江）人，出身東吳世家，吳亡後閉門勤學。晉武帝太康末年與弟陸雲赴洛陽，因張華的推重而名動京師。惠帝時宗室相爭，他為成都王司馬穎率大軍討伐長沙王司馬乂，兵敗，為司馬穎所殺。

陸機才冠當世，詩、文、辭賦都有突出成就。尤其他的詩，沿着曹植的方向，創造出一種典雅華美、寫景與抒情密合的風格，影響深遠。我們先以他的《招隱》為例：

明發心不夷，振衣聊躑躅。躑躅欲安之，幽人在浚谷。朝采南澗藻，夕息西山足。輕條象雲構，密葉成翠幄。激楚佇蘭林，回芳薄秀木。山溜何泠泠，飛泉漱鳴玉。哀音附靈波，頹響赴曾曲。至樂非有假，安事澆淳樸？富貴苟難圖，稅駕從所欲。

詩的主旨是表現對隱逸生活的嚮往。入洛以後，陸機對仕途的險惡和不自由感到厭倦，他想像隱逸可以成為保全個人自由、解脫內心苦悶的一種途徑。這詩在藝術上有許多可注意的地方。一是它的語言典雅而華美，既有不少引用古代典籍中語彙的成分，寫景部分又顯出刻意形容物象和造語力求新鮮的傾向。二是多用對偶句，這是陸機詩的一種顯著特點。建安詩中偶句通常只佔很小的比例，而此詩已佔一半以上，更有像《苦寒行》則接近通篇對仗。所以清人沈德潛說陸機「開出排偶一家」（《古詩源》），而並不把重對偶之風的開創歸於曹植。三是此詩大體以入聲字押韻，而無韻句的句尾多為平聲字，構成每兩句之間非常明顯的聲調變化。《文賦》明確提出「暨音聲之迭代，若五色之相宣」，而據研究者統計，陸機詩有意避免句尾聲調重複的現象已經很普遍。雖然當時關於四聲的理論尚未出現，但漢字聲調的不同是本來就存在的；注意利用這一因素來造成詩歌韻律上的美感，能夠明確看出來的，陸機是第一人，所以他的詩實可視為中國古典詩歌聲律化的開端。

在《日出東南隅行》中，陸機又以精細的筆觸刻畫了女性的美。從題目來看，這詩像是對漢樂府《陌上桑》的模擬，但兩者實際區別很大。陸詩是寫上巳節時洛陽女子在洛水邊遊玩的情景，既無故事情節，亦無道德內涵，純是描摹女性容貌與姿態之美；像「鮮膚一何潤，秀色若可餐。窈窕多容儀，婉媚巧笑言」之類，都是直接而切近的筆法。顯然作者不認為愛慕美色是邪惡的表現。這種審美態度開了南朝宮體詩的先河。

西晉是一個傳統價值觀進一步崩潰，士人精神生活陷於徬徨無依的時代，人們的自我意識依然很鮮明，卻又清楚地看到自我的渺小與無奈。因

而，把自然之美、女性之美以及表現這些對象的語言之美提升為單獨的價值，顯然有美化人生和精神解脫的意義。陸機詩正是代表了這一傾向。

對陸機詩好模擬前人，好顯示才學，以及由於過分注重於修辭，雕琢太重，難免造成繁冗乏力的毛病，前人多有譏評。這些批評當然有其道理，但也應該看到，詩歌的發展並不是一條直線，要把樸素簡單的歌謠式語言提高到精美而富於表現力的程度，像陸機那樣的過程（包括其弊端），恐怕是難免的。

陸機的文章向來評價也很高。從文體演變的角度來看，其文在駢文形成過程中具有代表性的意義。如《弔魏武帝文》、《辯亡論》等均大量使用駢句，而《豪士賦序》更是通篇對偶，還使用不少長短交錯的隔句對，又善於靈活運用虛詞，已經是成熟的駢文。只是它以議論為主，不能算是純文學的作品。

潘岳（247—300）字安仁，滎陽中牟（今屬河南）人，少有才名，熱切於仕進，媚事權貴，人品頗遭到非議。但仕途並不得意，所以常常感到苦惱；可是雖有高蹈避世的想法，又不能真正實行。最終被趙王司馬倫殺害。

潘岳的文風在追求綺麗、喜歡鋪寫等方面與陸機一致。南朝人論潘、陸之別，多認為潘較和暢，陸則深蕪。這是因為潘岳的作品用語較淺，不像陸機那樣深奧，文句的連接也比較緊密。但是，他也很少寫出陸機那樣精美工緻、深於刻煉的句子，在語言的創造方面略顯平庸。其詩文均以善敍悲哀之情著稱。詩歌的代表作有《悼亡詩》三首，是追悼亡妻之作。詩中文字略嫌重複，但善於通過細節的描繪將感情表現得真切動人，如第一首中「望廬思其人，入室想所歷。幃屏無彷彿，翰墨有餘跡」，第二首中「床空委清塵，室虛來悲風」諸句，均達到了委婉而傳神的效果。以現存資料來看，在潘岳之前還沒出現過這樣以深沉的感情追悼亡妻的詩，它反映了由於對文學的抒情因素的重視，詩歌題材不斷向日常生活領域擴展的趨向。

王隱《晉書》稱潘岳「哀誄之妙，古今莫比，一時所推」。其中《哀

永逝文》、《馬汧督誄》都是名作。他也是一個重要的賦家，代表作有《西征賦》、《秋興賦》、《懷舊賦》等。無論是哀弔的文字，還是一般的抒情之作，都流露着低沉、傷感的情緒。這不僅是潘岳個人的特點，也反映了時代的特點。悲哀不僅被當作心理事實來描述，而且，作家在這種描述中也追求着富有美學效果的感動。

「三張」之中張協（？—307）的成就最高。他的現存作品主要是收錄於《文選》的《雜詩》十首，詩以精緻的文辭，展示了面對自然引發的諸多感慨，其中寫景之句尤精於錘煉，狀物工巧。如「輕風摧勁草，凝霜竦高木。密葉日夜疏，叢林森如束」、「騰雲似湧霧，密雨如散絲」、「浮陽映翠林，回飆扇綠竹」等，都很突出。這方面他與陸機頗為相近。只是他用語較淺顯，全篇的文辭也較少繁冗之病。

左思與劉琨　左思（約250—約305）字太沖，齊國臨淄（今屬山東淄博市）人，出身於寒素家庭。曾任秘書郎。他的《三都賦》堪稱傳統大賦的尾聲，據說曾引得「洛陽紙貴」。但在士族門閥制度下，他頗受歧視，最終脫離官場，專事著述。

左思的代表作為《詠史詩》八首，在當時具有獨特風格。自班固開創詠史的題材，這類詩的寫法大抵以敘述史事為主，間抒個人感慨。左思之作則是借歷史材料抒發個人的懷抱，開闢了詠史詩寫作的新途徑。詩中不僅揭露和批判了世族壟斷政治的不合理，其感人之處，更在當作者意識到不能獲得社會的合理對待時，以精神性的自我提升，表現出與社會壓迫相對抗的姿態；而作為一種個性化的反抗方式，他在詩中灌注了一種極度自尊和豪邁激昂的情緒，在文辭上亦喜追求壯美奇瑰。如第五首：

> 皓天舒白日，靈景耀神州。列宅紫宮裏，飛宇若雲浮。峨峨高門內，藹藹皆王侯。自非攀龍客，何為欻來遊？被褐出閶闔，高步追許由。振衣千仞岡，濯足萬里流。

詩在極為闊大的背景下展開。前半部分描繪王侯住處，完全用俯視的角度來組織，顯示出居高臨下的姿態。後半部分寫自己與富貴者決絕的行動，構境也頗為奇特、壯大。

這種豪邁氣概根由於強烈的自我尊嚴感。如詠荊軻的第六首結末說：「貴者雖自貴，視之若埃塵；賤者雖自賤，重之若千鈞。」這意味着個人如果選擇了有尊嚴的生活，即使如荊軻之流淪為博徒狗屠，依然能夠傲視四海。這種人生態度對後代詩人有很強的吸引力。

潘、陸的詩雖也偏重抒情，但由於無奈的進退維谷的處境，難以表現出高亢的激情，詩歌語言也向着唯美的精巧或繁縟的方向發展。《詠史詩》以抒情的力度見長，其語言則相應簡勁，少有累贅的鋪寫，所以《詩品》有「左思風力」之譽。

左思的《嬌女詩》描摹了他兩個女兒的嬌憨天真之態，富於諧趣，風格別致。這種專寫兒童而完全生活化的詩篇在文學史上是初次出現，也有它特別的價值。

劉琨（271—318）字越石，西晉亂亡之際，他任并州刺史、大將軍等職，在北方輾轉抗敵，屢敗而無悔。最終被同他結盟的幽州刺史段匹磾殺害。面對中原瓦解之勢，劉琨僅憑一腔熱血出生入死，自知隻手擎天，絕無此理，故所作《扶風詩》、《答盧諶》、《重贈盧諶》三首，抒寫家國之痛，英雄末路之悲，既慷慨激昂，又沉痛無比。在寫作上，結構、修辭均無講究，只是隨筆傾吐，但沉痛悲涼之氣，足以感人。《詩品》評為「善為淒戾之詞，自有清拔之氣」。

五　東晉詩文

西晉覆滅後，公元三一七年，琅琊王司馬睿於建業（今江蘇南京）稱

帝,這以後的晉王朝,史稱東晉。這是一個完全依賴大士族支撐的王朝,門閥勢力更為強大。處在這一環境下的士人,一方面並不放棄對政治與經濟利益的追求,一方面又渴望在精神上獲得更大的解脫。優雅從容,風流曠達,成為他們特別崇尚的生活態度。與此相應,東晉士族文化最突出的表現,是對玄學清談和山水自然的愛好,這極大地影響了東晉文學的特點。

郭璞 郭璞(276—324)字景純,河東聞喜(今屬山西)人,博學多識,又喜陰陽卜筮之術,因此關於他有很多怪誕的傳說。西晉末南下避禍,東晉元帝時任著作郎,後因勸阻王敦謀反被殺。其代表作為南渡後所作一組《遊仙詩》,另外他的《江賦》也很有名。

《詩品》稱《遊仙詩》「乃是坎壈詠懷,非列仙之趣也」。它把虛構的仙界作為永恆和超越的象徵,以對照出現實生活中價值觀的不可靠和不足道,同時又融入了西晉以來漸盛的向慕隱逸的內容,以表達擺脫人世間的拘束而進入自由境界的幻想,實是過去遊仙、詠懷、招隱多種題材的結合。在這個虛幻的超越時空的境界中,可以「嘯傲遺世羅,縱情任獨往」;由此看人間,則一切都變得非常渺小,那裏的不自由的生活顯得格外可憐:「東海猶蹄涔,昆侖螻蟻堆。遐邈冥茫中,俯視令人哀。」

《遊仙詩》文辭富豔,在「仙」與「凡」的對照中,表達了對混亂的現實的厭倦和對自由境界的嚮往,不僅在東晉和南朝深受人們喜愛,對唐代李白、李賀等人的詩作也有明顯的影響。

玄言詩風 從正始以來,詩歌中開始大量融入老莊哲理,這一方面深化了詩的內涵,另一方面也出現因議論過多而損害詩的形象性和抒情性的弊病。包括阮籍、嵇康、郭璞諸人都有這類毛病。晉室南渡後,玄學清談盛行,詩歌普遍使用抽象語言來談論哲理,變得枯燥無味。這類詩被稱為「玄言詩」,留存的數量已經很少。對東晉玄言詩風,《宋書·謝靈運傳論》有一個概括性的描述:

有晉中興，玄風獨振。為學窮於柱下，博物止乎七篇，馳騁文辭，義
殫乎此。自建武暨乎義熙，歷載將百，雖綴響聯辭，波屬雲委，莫不寄言
上德，托意玄珠，遒麗之辭，無聞焉爾。

但問題還有它的另一面。如前所述，玄學清談和悅情山水是東晉士人
普遍的雙重愛好，這兩者又是相互聯繫的。在玄學之士看來，人生的根本
意義不在於世俗的榮辱毀譽、得失成敗，而在於精神的超越昇華，對世界
對生命的徹底把握。宇宙的本體是玄虛的「道」，四時運轉、萬物興衰是
「道」的外現。所以對自然的體悟即是對「道」的體悟，人與自然的融合
即意味着擺脫凡庸的、不自由的、為現實社會關係所羈累的世俗生活，從
而得到高尚的生存體驗。所以玄言詩每每從體察自然發端。它同山水詩、
田園詩的興起，有很重要的關聯。穆帝永和九年（353）王羲之與謝安、
孫綽等四十餘人於山陰蘭亭修禊事，留下一批《蘭亭詩》，便是很好的例
證。王羲之詩所謂「寥朗無厓觀，寓目理自陳」，就是說由體察自然可悟
得造化之理；他同時作的名篇《蘭亭詩序》也表達了同樣的意趣。

到東晉後期，出現了一些玄意漸淡而工於描摹自然的詩篇，湛方生
的《帆入南湖》堪稱佳作。詩中「白沙淨川路，青松蔚岩首」之句寫景明
淨，「人運互推遷，茲器獨長久」之句於說理中寓含着人與自然之關係
的感慨。只是他的影響似乎很有限。沈約《宋書·謝靈運傳論》認為殷仲
文、謝混對玄言詩風的改變起了較大作用，這跟他們的社會地位較高、詩
風接續了西晉詩的華綺有關。

陶淵明　東晉文學總體上說不很繁榮，但生活於晉宋之際而習慣上歸
於東晉的陶淵明卻被後人推舉為整個魏晉南北朝最傑出的文學家。陶淵明
（365—427）字元亮，後更名潛，潯陽柴桑（今江西九江）人。他的曾祖
陶侃是東晉前期的名將，聲威煊赫一時。但到陶淵明時因父親早逝，家境
便日漸敗落。他從二十九歲時開始出仕，任過一些地位不高的官職，過着

時隱時仕的生活。四十一歲再次出為彭澤縣令，不過八十多天，便棄職而去，從此隱居躬耕而終。

陶淵明的思想與玄學有很深的關係，但它又是更貼近日常生活的、生動而豐富的。他的組詩《形、影、神》曾對人生的價值和意義作過一番討論，所得的結論是「縱浪大化中，不喜也不懼。應盡便須盡，無復獨多慮」，即把生命看作是自然的一部分，從歸化自然中得到欣慰，不為生命以外的東西而焦慮，也無須強求解脫。他又把老莊思想與原始儒學取捨調和而形成自己的社會觀，在他看來理想的社會應該是人人由勞作而得食，真誠相處，無競逐無欺詐，甚至無君無臣。這也是一種「自然」哲學。

陶淵明是一位全才型的文學家，但對後代影響最大的是詩歌；在陶淵明的詩歌中，最有代表性的是田園詩。隱居的生活，鄉村的環境，被陶淵明用詩的構造手段高度純化、美化，用來寄託他的人生理想，而散發出強烈的藝術魅力。如陶詩中最著名的《飲酒》之五：

> 結廬在人境，而無車馬喧。問君何能爾？心遠地自偏。採菊東籬下，悠然見南山。山氣日夕佳，飛鳥相與還。此中有真意，欲辨已忘言。

作者在描述了在曠遠的心境下於不經意間目遇南山（即廬山）的欣悅之後，用「欲辨已忘言」把詩推向一個更玄遠的境界。但所謂「真意」實際上在前面已經作出了暗示：在一種醉意的陶然中精神融合於自然，又從自然的永恆、美好、自由中感受到自己生命的意義。這詩在某種程度上仍可以說是一首玄言詩，不同的是作者用富於情致和暗示的意境取代了抽象的辯說，就恢復詩的特質而言，這無疑是極大的進步。

而《歸園田居》組詩的第一首更細緻地描繪了鄉村的環境：

> 少無適俗韻，性本愛丘山。誤落塵網中，一去三十年。羈鳥戀舊林，池魚思故淵。開荒南野際，守拙歸園田。方宅十餘畝，草屋八九間。榆柳蔭後簷，桃李羅堂前。曖曖遠人村，依依墟里煙。狗吠深巷中，雞鳴桑樹巔。戶庭無塵雜，虛室有餘閒。久在樊籠裏，復得返自然。

這詩大約作於從彭澤令解職歸田的次年。詩中用大量的筆墨鋪寫鄉村平凡的日常性的景色，而它的寧靜、樸素、平和，由於作為官場的污濁與喧囂的反面而顯得格外美好，令人由此體會到回歸身心與實在雙重意義上的「自然」後的莫大愉悅。這詩中仍然有哲理趣味存在，但它完全被濃厚的生活氣息所融化。

　　沖淡平和是陶詩最顯著的風格特徵，但陶淵明並未以此掩蓋其內心的焦慮、激憤等種種不安寧的情緒。有關死亡與衰老的語彙、意象在他的詩中出現頻率非常高，這表明他對生命短促、壯志難酬終究是不甘心的。所以《讀山海經》組詩中有詠精衛填海、刑天舞干戚的情調悲壯激越的篇章，而他晚年所作《雜詩十二首》之二中，從對時光流逝的敏感，寫到「欲言無予和」的孤獨，「有志不獲騁」的失望，而以「終曉不能靜」這樣強烈的句子結束，令人體會到其悲哀的無窮盡。在這一類詩中可以看到陶淵明熱烈的性格和藝術風格的多樣性。

　　陶淵明在詩歌發展史上的重大貢獻，是他開創了新的審美領域和新的藝術境界。在陶淵明筆下，田園風光和勞作生活第一次被當作重要的審美物件，由此為後人開闢了一片情味獨特的天地。從建安時代文人詩興起以來，詩歌語言總體上趨向於華美，可以說在人們的意識中詩歌的美離不開特殊的修辭。而陶詩則使用一種較為樸素的語言，但那並非民間歌謠式的樸素，而是高度精煉，洗淨了一切蕪雜粘滯的成分，才呈現出明淨的單純。由此詩人構造出完整的意境，它以深沉的思想感情和哲理為底蘊，每有言外之意，所以表面淺顯而內涵豐富，正如蘇軾所說「質而實綺，癯而實腴」（《與蘇轍書》），達到了很高境界。

　　陶淵明留存下來的散文、辭賦總共只有十多篇，但幾乎每一篇都很出色。

　　散文中《桃花源記》最為著名。此文實際近於小說，所以又被收錄在據傳是陶淵明著的志怪小說集《搜神後記》中。文中虛構的「世外桃

源」，既有儒家幻想的上古之世的淳樸，也有老子宣揚的「小國寡民」社會模式的影子，其中鄉村景象的描繪，又同作者的田園詩意境相似。可以說，它既是作者依據他的社會理想所作的美好想像，也代表了那個動亂時代的廣大民眾對太平社會的嚮往。文章的語言優美而樸素。如寫武陵漁人初入桃源的一節：「忽逢桃花林，夾岸數百步，中無雜樹。芳草鮮美，落英繽紛。」寫桃花源中風光：「土地平曠，屋舍儼然，有良田、美池、桑竹之屬。阡陌交通，雞犬相聞。」這種文筆，使語言、意境、主題達到高度的統一。

辭賦以《歸去來辭》最為著名，內容為描寫由彭澤令任上歸隱時途中景象和還鄉以後生活。比較辭賦常見的華美，此篇語言顯得清新明麗。它的抒情色彩濃厚，富有詩意，同時又充滿了哲理的內涵。「舟遙遙以輕颺，風飄飄而吹衣」，寫歸途中的自由無羈、輕鬆愉悅，令人心曠神怡。「雲無心以出岫，鳥倦飛而知還」，「木欣欣以向榮，泉涓涓而始流」等寫景之筆，非常形象地體現了自然界自生自滅、充足自由的靈韻。

另外如《五柳先生傳》、《祭程氏妹文》、《感士不遇賦》等均各有特色。《閑情賦》在陶集中尤為特殊。其題旨標榜為「閑情」即約束感情，實際內容卻是熱烈地渲染男女之情，而且文辭流宕，色彩豐豔。其中「願在衣而為領」以下一大段，用各種各樣的比喻表現欲親近美人之情，窮形盡態，極鋪排之能事。從這裏可以看到陶淵明思想情趣的另一方面和文學才能的多樣性。

陶淵明的文學創作在普遍推崇華麗文風的南朝未能得到很高評價。入唐以後，影響逐漸擴大，到了宋代，陶淵明才開始受到普遍一致的推崇。對陶淵明的理解，本身也是文學史上一個有意思的現象。

六　魏晉小説

　　「小説」一詞，原指瑣雜膚淺的言論或道聽塗説的傳聞。所以古人所説的「小説」著作面貌很是紛雜。其中跟現代概念的小説有關的，主要是各種帶有民間傳説性質的關於神異靈怪的故事。魏晉時期這一類記載開始興盛，遂成為小説史的濫觴，前人稱之為志怪小説。關於魏晉志怪小説興盛的原因，魯迅《中國小説史略》認為緣於漢末巫風大暢和佛教傳入的刺激。但另外應該注意到這還同魏晉時期社會思想比較活躍自由、人們對不那麼正經的讀物抱有較濃的興趣有關。魏魚豢《魏略》記曹植初見邯鄲淳，「誦俳優小説數千言」以炫才藝，此「俳優小説」未必是志怪，但也説明了當時文人好遊戲之談的風氣。所以魏晉以後的志怪小説，尤其其中的文人之作，無疑反映了較過去更為活躍和廣泛的人生情趣。

　　現存志怪小説中，有署名漢人之作的，主要有題為班固作的《漢武帝故事》、《漢武帝內傳》，題為郭憲作的《洞冥記》。研究者多認為出於魏晉人的偽託（但近來也有提出不同意見的）。三種都是講有關武帝的神仙怪異故事。年代確定的志怪書，當以題名曹丕作的《列異傳》最早。現此書已亡，在幾種類書中有引錄。其中《談生》敍一書生與一美麗女鬼為婚，因不能遵守三年不得以火照觀的禁約，終於分離，留下一子。因不能抑制好奇心而受到懲罰，這是各國民間傳説中最常見的母題，由此可以見到人類的一種普遍心態。

　　《搜神記》　魏晉志怪小説中，《搜神記》是保存作品數量最多且具有代表性的一種。作者干寶（？—336），字令升，是兩晉之際的史學名家。他在《搜神記》序中自稱作此書是為「發明神道之不誣」，同時亦有供人「遊心寓目」即賞玩娛樂的意思。

　　《搜神記》的內容很廣，其中首先值得注意的是一些愛情故事。如

《韓憑夫婦》寫宋康王見韓憑妻何氏美麗，奪為己有，夫婦不甘屈服，雙雙自殺。死後兩人墓中長出大樹，根相交而枝相錯，又有一對鴛鴦棲於樹上，悲鳴不已。這故事與《古詩為焦仲卿妻作》有很多相似之處。《吳王小女》寫吳王夫差的小女紫玉與韓重相愛，因父親反對，氣結而死。韓重來墓前相弔，她的鬼魂將韓重邀入墓中同居三日，完成了心願。這個故事對婚姻不能自主的社會規制表現了強烈的反抗，情調悲涼淒婉，而紫玉的勇毅與執著尤其令人感動。

《干將莫邪》則歌頌了人民對於殘暴統治者的強烈的復仇精神。故事寫干將莫邪為楚王鑄劍，三年乃成，被殺。其子赤長大後，為父報仇。此故事原出於《列異傳》，但《搜神記》所增飾的復仇情節尤為壯烈：

（兒）入山行歌。客有逢者，謂：「子年少，何哭之甚悲耶？」曰：「吾干將莫邪子也。楚王殺吾父，吾欲報之！」客曰：「聞王購子頭千金，將子頭與劍來，為子報之。」兒曰：「幸甚！」即自刎，兩手捧頭及劍奉之，立僵。客曰：「不負子也。」於是屍乃仆。客持頭往見楚王，王大喜。客曰：「此乃勇士頭也，當於湯鑊煮之。」王如其言。煮頭三日三夕，不爛。頭踔出湯中，瞋目大怒。客曰：「此兒頭不爛，願王自往臨視之，是必爛也。」王即臨之，客以劍擬王，王頭隨墮湯中。客亦自擬己頭，頭復墮湯中。三頭俱爛，不可識別。乃分其湯肉葬之，故通名「三王墓」。

文中寫干將莫邪之子以雙手持頭與劍交與「客」，寫他的頭在鑊中躍出，猶「瞋目大怒」，不但是想像奇特，更激射出震撼人心的力量。它以悲壯的美得到魯迅的愛好，被改編為故事新編《眉間尺》（後改名《鑄劍》）。

《搜神後記》 　《搜神後記》自《隋書‧經籍志》即題陶潛撰，而論者多以為出於偽託。但梁慧皎《高僧傳》已言及「陶淵明《搜神錄》」，

可見此說由來已久，縱非陶潛所作，書的產生年代應該也較早。

《搜神後記》中有多則故事寫及奇異的女性，與戀愛或相關或不甚相關，但都頗有情致。如《徐玄方女》寫已成鬼的徐氏女託夢給馬子，要復生做他的妻，馬子表示同意——

> 至期日，床前頭髮正與地平。令人掃去，則愈分明。始悟是所夢見者。遂屏除左右人，便漸漸額出，次頭面出，又次肩項形體頓出。馬子便令坐對榻上，陳說語言，奇妙異常。

這裏的描寫實在是很奇妙。又如《袁相根碩》一則記剡縣人袁相、根碩於深山遇兩名少女與之結為夫婦的故事，寫得似仙非仙，迷離恍惚。此後《幽明錄》中劉、阮入天台遇仙的故事，當由此演化而來。還有《白水素女》寫謝瑞撿得一大螺，此後每日外出勞作，便有「天漢白水素女」自螺中躍出為其操持家務。這些故事都表現了奇幻的想像力而又包含着實在的人生情趣。

總體而言，魏晉小說中優秀的故事已不僅與對鬼神之事的好奇有關，它的情感傾向與整個魏晉文學的進步是相一致的。相應地，它的情節描寫也開始變得較為生動細緻。志怪的歷史由來甚久，但到魏晉時才呈現比較明顯的文學趣味，這是有其社會原因的。

第八章

南北朝與隋代文學

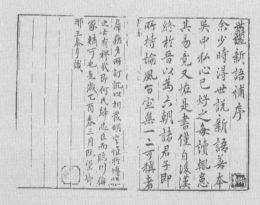

公元四二〇年，劉裕取代東晉建立宋朝，此後不久，北方也由北魏孝武帝拓跋燾實現了統一，經過一段雙方均無所獲的戰爭，南北朝進入了相對穩定的對峙時期。在南方，約一百七十年間經歷了宋、齊、梁、陳四代政權的更替，但因多在上層間進行，並沒有使南方社會經濟發展停滯，而文化相對寬鬆開放的格局，倒促進了文學的進一步繁榮。在北方，北魏後期也發生了東魏、西魏的分裂，和北齊對東魏、北周對西魏的取代，最終由產生於北周政權基礎上的隋王朝實現了全國統一。自晉室南渡以來，北方地區一直處於少數民族統治下，由於大量文士的南下和經濟、文化因素的制約，文學繁興的程度一度遠遜於南方。但經過長期的孕育和南北文化交流，北方文學也逐漸獲得了可觀的成就並形成與南方文學不同的特色。而伴隨着政治統一的步伐，南北文學最終走向了融合的道路。

一　南北朝與隋代文學思潮

南朝文學的唯美傾向與「新變」要求　在克服了玄學思潮對文學過度的侵蝕以後，南朝文學再度接續了自建安以來文人文學注重華美的傳統，並將之推向唯美化的程度。區分文學與非文學的意識越來越明確，文學與政教的關係進一步分離，而美被普遍認可為文學的基本特質。重視文學的美質，首先表現為注重強烈的抒情性。鍾嶸《詩品序》說：

> 若乃春風春鳥，秋月秋蟬，夏雲暑雨，冬月祁寒，斯四候之感諸詩者也。嘉會寄詩以親，離群託詩以怨。至於楚臣去境，漢妾辭宮；或骨橫朔野，魂逐飛蓬；或負戈外戍，殺氣雄邊；塞客衣單，孀閨淚盡；或士有解佩出朝，一去忘反；女有揚蛾入寵，再盼傾國。凡斯種種，感蕩心靈，非陳詩何以展其義，非長歌何以騁其情？

在蕭綱的《答張纘謝示集書》中，也有類似的論述。這些論述都強調能夠「感蕩心靈」的自然現象及社會現象是文學的主要表現對象。

南朝文人試圖通過「文」與「筆」區分來分判文學與非文學類型，劉勰《文心雕龍》說當時的「常言」即一般意見認為「無韻者筆也，有韻者文也」，而蕭繹的《金樓子·立言》中則提出一種更清晰的標準：

> 吟詠風謠，流連哀思者謂之文。……至如文者，惟須綺縠紛披，宮徵靡曼，唇吻遒會，情靈搖盪。

這裏蕭繹要求於「文」的是三點：辭采之美、聲調音律之美、能夠撼動心靈的強烈抒情性。這種看法較前人更直接地把握住了文學的本質。

這個問題可以和南朝文學普遍追求「新變」的風氣聯繫起來看。梁、陳時著名詩人徐陵，其文章的特點本是「頗變舊體，多有新意」（《陳書》本傳），但他寫信給族人徐長孺，仍稱自己缺乏新變，並為之自愧。不難看出，「新變」已經被看作文學必須追求的目標和衡量作品優劣的準繩。在劉勰《文心雕龍》、蕭子顯《南齊書·文學傳論》等當代文論中，都可以看到專門的論說。

追求「新變」，就是不願一味沿襲舊的形式、題材、風格，而力求創造具有新鮮特點和個性特徵的美。當時，只要是符合時代審美觀的物件，都被作為創作題材寫入文學作品，特別是有關山水自然、有關女性和男女之情的題材，得到更為集中的表現，而且邊塞詩也開始興起。這一時期文學對藝術形式的追求也格外強烈，最突出的表現就是詩歌的格律化和駢文（包括駢賦）的產生。在前者，齊永明年間以沈約的「四聲八病」之說為理論先導，以謝朓等人為創作實踐的代表，所謂「永明新體」開始走向格律化的道路。這一過程在梁代又有進一步的發展，到以蕭綱為中心的文學集團（包括庾肩吾、庾信父子與徐摛、徐陵父子），五言律詩已大體成型。駢文的形成，據《文心雕龍》所說應始於魏晉時代，確實在西晉已經出現了陸機《豪士賦序》等很嚴整的駢文，但這種文章終究不是純文學

作品。到了劉宋，出現了精美而富於抒情性的駢體書信和小賦（如鮑照的《登大雷岸與妹書》及《蕪城賦》、謝惠連的《雪賦》、謝莊的《月賦》等），純文學的駢體文才進入成熟階段。

格律詩和駢文以一種顯著的藝術形式，以鮮明的音樂節奏，構成美文學與口語及普通文章的區別，強化了美文學的抒情效果。南朝文學在這兩個方面所取得的成就，為後來文學的進一步發展作了實驗性的探索，打下了重要的基礎。

同時也值得注意的是詩體的多樣化和與之相隨的藝術表現功能的分化。在五言詩佔主導地位的同時，七言詩也逐漸興盛，並最終取得與前者同樣重要的地位；在五言詩範圍內，當律詩走向成型的同時，律體與非律體的藝術特點就開始出現區別；在七言詩範圍內，以七言句為主而雜以其他句式的詩體和每句都是七字的齊言體常常用來表達不同的情緒；而作為後世絕句之雛形的以四句為一首的五、七言詩體，也各有自己的藝術特徵。此處無法具體地分析各種詩體的不同特點，但必須注意到：中國古詩的各種體式絕不只是形制上的區別，它們在以抒情為核心的藝術表現功能上是各有所宜的；而詩體在南朝走向多樣化，正是由抒情需要、審美需要變得豐富、複雜、細緻而引起的。

當然，由於南朝文學的主導權掌握在宮廷和貴族手中，其審美趣味難免帶有明顯的褊狹性。從文學題材來說，無論是貴族社會以外的人群的生活，還是貴族社會內部激烈的衝突，都很少得到正視；在修辭風格上，追求華美本來無可厚非，但過於單一地傾向於華美也必然會帶來許多缺陷。這些弊病在南北文學融合的過程中、在唐代文學進一步發展的過程中，不斷受到批評和糾正。但不管怎樣說，南朝是文學自覺意識更為強烈的時期，南朝文學不僅在南北朝與隋代文學中佔有主導地位，在整個中國文學史上也是十分重要的環節。

《文心雕龍》與《詩品》　　南朝也是文學批評史上特別重要的時期，

對這一時期最著名的理論和批評著作《文心雕龍》與《詩品》，在此略作介紹。

《　》全書五十篇，是我國第一部規模宏大的文學批評著作，寫成於齊代。作者劉勰（約465—約532）字彥和，少時家貧，曾依隨沙門僧十餘年。梁初出仕，曾任太子蕭統的通事舍人，為蕭統所賞愛。後出家，法名慧地。

《文心雕龍》所討論的是廣義的文章，既包括文學性的詩、賦等類，也包括非文學性的諸子、論說、詔策等類。因為劉勰認為「古來文章，以雕縟為體」，即所有的文章都是講究美飾的，所以可以用同樣的規則來討論。這種認識的弊病是容易混淆文學與非文學的界限。但當時的現狀是不僅文學作品，連實用文章也力求寫得美麗，劉勰有這樣的認識也是自然的。而書中特別注重也是最有價值的地方，仍是怎樣達到文學的美。

開始的《原道》、《徵聖》、《宗經》三篇，試圖為廣義的「文」確立基本原則。這裏所表現的思想帶有很多折中牽合的成分。如《原道》提出文章的根源在於「道」，這裏所說的道乃是自然的「天道」，而不是指儒家的倫理之道。「日月疊璧，以垂麗天之象；山川煥綺，以鋪理地之形。此蓋道之文也。」道有美麗的顯象，文章原於道，追求美真正是「天經地義」，這顯然是六朝美文學風氣的反映。但劉勰接下去卻把自然之道與儒道相互捏合，認為儒家聖人的經書最能「原道心以敷章」，而且「道沿聖以垂文，聖因文而明道」，一般人不能夠深刻體悟道的神奧，所以要「徵聖」——向聖人學習，要「宗經」——效仿經書的榜樣。這實際是玄學中自然與名教合一的理論在文學中的運用。

如果嚴格按照「徵聖」、「宗經」的原則來要求文學，本來很容易回到漢儒的立場上去。好在劉勰並沒有這樣做。如在談到楚辭的時候，他指出其一系列特點，諸如「朗麗以哀志」、「綺靡以傷情」、「瑰詭而慧巧」、「標放言之致」等等，其實都不怎麼符合上述原則，但作者卻大加讚美，並且在評價其他作家時也常用這樣的態度。可見他覺得文章寫得美

很重要，原則馬虎一點也不要緊。

在具體討論文學創作時，《文心雕龍》更是有許多精彩而富於創造性的論述。如「風骨」這一範疇的提出。這裏所謂「風」指作品對讀者的感動力，所謂「骨」是指作品在文辭與結構方面的力度；而這兩者均是源於作者的生命力。優秀的作品必然是有風骨的，但風骨還須與文采結合：光有風骨而無文采，猶如兇猛卻難看的鷙鳥；光有文采而無風骨，則猶如五彩繽紛而飛不動的野雞。從以上簡單的概括中，我們也能察覺劉勰對文學的本質、文學的美感的認識，較前人深入了許多。

除此以外，像《隱秀》篇討論藝術表現上含蘊與卓拔的結合，《神思》篇討論創作中的想像力，《體性》篇討論作家個性與作品風格的關係，《情采》篇討論情志與文采的關係，《物色》篇討論文學與自然景物的關係，廣泛涉及了文學創作的重大事項；而《聲律》、《麗辭》、《誇飾》、《事類》等篇則更具體地就文章的修辭、技巧問題展開一系列的探討。總之，《文心雕龍》在總結前人經驗的基礎上有了顯著的提高，成為中國古代文學理論一次空前的總結。這不僅顯示了劉勰的才華，也是南朝文學進步的顯著表現。

鍾嶸（約468—518）字仲偉，初仕於齊，梁時官至西中郎將晉安王蕭綱（即後之簡文帝）記室。《詩品》作於梁武帝天監十二年（513）以後，已是作者的晚年。

《詩品》專論五言詩。全書實際包含兩個部分，《序》總論五言詩的起源和發展，表達作者對詩歌寫作以及當代詩風的一些看法，正文將自漢魏至齊梁的一百二十家詩人分為上中下三品（每品一卷），顯優劣，敍源流，指出各家利病。《詩品》討論的對象比較單純，理論上也不像《文心雕龍》考慮得那麼細緻穩妥，但卻也有明朗清晰的長處。尤其是它幾乎完全不受儒家思想的束縛。《詩品》序一開頭就說：「氣之動物，物之感人，故搖盪性情，形諸舞詠。」而後就是本章開頭引用過的那段文字。依鍾嶸的看法，詩歌完全是由個人經驗、生活遭遇而發生的情感的產物。作

為論詩的專門著作，《詩品》對漢儒《毛詩序》所言「經夫婦，成孝敬，厚人倫，美教化，移風俗」之說視若無聞。後面解釋賦、比、興，也完全當作抒情的手法，與歷來儒者解經之說不同。

對於詩歌的評價，鍾嶸主要重視充沛的感情、華茂的辭采、典雅而明朗的風格。他對曹植最為推崇，概括其詩歌特點，說是「骨氣奇高，詞采華茂，情兼雅怨，體被文質」，而高度讚譽為「譬人倫之有周孔，麟羽之有龍鳳」。這跟劉勰強調風骨與文采的結合，意見大體是一致的。但有一點與劉勰也與當時整個文壇風氣不同的地方，就是反對用事和聲律。

由於過分推重華美典雅的風格，《詩品》對詩人的評價也不免有偏頗之處。魏晉以來最傑出的詩人中，曹操被列為下品，陶淵明、鮑照被列為中品，後人多致譏刺。從具體評語來看，曹操的「古直」、陶淵明的「質直」是評價不高的原因；鮑照的詩其實是華美的，卻又責其「頗傷清雅之調」。這樣的眼光當然有問題，但其中也有時代風氣的因素。

《詩品》對詩人風格的概括，不管其褒貶如何，大體能做到簡要準確，這是不容易的。它又很重視詩人的源流，如指曹丕「其源出於李陵，頗有仲宣之體」之類。其說不無牽強附會之處，但運用了一種史的眼光，在當時也是難能可貴的。

儒家文學觀的再度提出　　自建安以來，文學的發展偏離了儒家思想的軌道。但它對文學的影響並不是從此消失了。前面我們已經說到《文心雕龍》中的保守與折中現象，而在南北朝與隋代，還有更明確地宣揚儒家文學觀的主張。如梁代的裴子野在其《雕蟲論》中指斥南朝的美文學「擯落六藝，吟詠情性」，乃是「淫文破典，斐爾為功」，要求恢復儒家以教化為根本的文學態度。在北朝也有同樣情況。西魏時，蘇綽曾受命仿《尚書》體作《大誥》，作為革除南方文學「浮華」之弊的實驗。而據《北史·文苑傳》：蘇綽的文學見解，有「糠秕魏晉」之意。到了隋初，文帝在文化政策方面力主實用，要求文藝有益於政教，遂引導出完全否定美文

學的極端態度。李諤在《上隋高祖革文華書》中，指斥自曹魏以降，「競騁文華，遂成風俗」，認為那些講究聲辭之巧、描繪月露風雲的詩文不僅純屬無用，還有害人心，主張加以清除。與此相應，隋末在民間聚徒講學的文中子王通也力主漢儒的詩教說，認為詩當「上明三綱，下達五常」，（《中說·天地篇》），對南北朝以來的著名作家如謝靈運、鮑照、庾信、徐陵等，幾乎全部一筆抹殺。雖然，這些主張對南北朝至隋唐文學的進程沒有發生太大作用，但所顯示的思想傾向，卻是值得注意的。

二　劉宋詩文

關於兩晉至劉宋的文學演變，沈約《宋書·謝靈運傳論》有簡明的描述，大致是由西晉以潘陸為代表的典雅華美之風轉為東晉因玄風大盛而造成的枯淡，至劉宋則以謝靈運和顏延之為代表，接續了西晉的文風，「方軌前秀，垂範後昆」。

從題材來說，劉宋文學的突出現象，是繼承東晉後期文學的趨勢，掀起了山水詩的新潮。《文心雕龍·明詩》說：「宋初文詠，體有因革。莊老告退，而山水方滋。儷采百字之偶，爭價一句之奇；情必極貌以寫物，辭必窮力以追新。」這方面的代表是謝靈運。

大體在南朝一般的評價中，是把顏、謝作為劉宋文學的代表。但實際上出身於庶族的鮑照也是一位極富於創造力的作家，其成就足以與謝並駕而遠出於顏之上。

謝靈運與山水詩的興盛　謝靈運（385—433），陳郡陽夏（今河南太康）人，為東晉名將謝玄之孫，屬於最顯赫的世族家庭，且天資過人，所以為人性格十分高傲。然而他卻一直沒有得到最高統治者的信任，反而因

不遵規度而屢受打擊，只當過永嘉太守、侍中、臨川內史等遠離政治中樞的內外官，而最後以謀反罪名被殺。謝靈運所任職的永嘉、臨川及隱居地家鄉始寧均多山水勝景，他便將鬱悶孤獨之緒寄託於自然，經常帶領僮僕、門生四出探奇尋勝。遊歷的經過，便用詩來紀述。其作「都邑貴賤莫不競寫」，「名動京師」（《宋書》本傳），故導致了山水詩的興盛。

從文學史來說，山水詩的形成實際上經歷了相當長的過程。自建安以來，詩歌中寫景成分就不斷增多，兩晉又出現了一些記行旅、遊覽的詩作，已經可歸於山水詩範疇。就晉宋之際文學變化的趨勢而言，陶淵明的創作年代與謝靈運是相仿的，他們在擺脫玄言詩的枯淡的議論、藝術化地展示人的心靈與自然的融合方面，也作了相似的努力。但在謝靈運之前，描繪山水之作只是零星地出現，並且詩人在自然景物中的情感投入也比較淡薄，所以不足以給人深刻的感受；而陶淵明描繪自然並不以山水為中心，其田園詩的價值在當時也不被人們所理解。因而，到謝靈運出現，才憑藉其突出的詩才，以合乎當時普遍欣賞趣味的藝術風格，掀起了山水詩的熱潮；一般認為，山水詩作為中國古代詩歌的一個重要流派，也是到了謝靈運才真正確立。

謝靈運的山水詩通常是記一次完整的遊歷過程，這從詩題上就明白顯示出來，如《遊赤石進帆海》、《從斤竹澗越嶺溪行》之類。在這種詩中，自然景物隨着詩人視線的轉移和時間的流動而變化，表現出類似遊記的特點。下以《石壁精舍還湖中作》為例：

> 昏旦變氣候，山水含清暉。清暉能娛人，遊子憺忘歸。出谷日尚早，入舟陽已微。林壑斂暝色，雲霞收夕霏。芰荷迭映蔚，蒲稗相因依。披拂趨南徑，愉悅偃東扉。慮澹物自輕，意愜理無違。寄言攝生客，試用此道推。

以前的詩歌寫景，大抵是平列的畫面，缺乏時空的變化。謝靈運的寫法運用了細緻的觀察，所以既能寫出各處山水的不同特點，每首詩中的景物也豐富多彩。不足的是詩中「此中有真意」式的玄理未能徹底轉化為形

象的喻指，而多在結尾處以抽象議論來歸納，難免損傷了詩歌的意境。

謝詩最為突出的優點，是他對自然的喜愛與敏感和他在語言上的創造力非常出色地結合在一起，常常能寫出深於刻練、意象明麗的佳句。如「白雲抱幽石，綠篠媚清漣」（《過始寧墅》），動詞的運用有很強的主觀感受，使景色顯得富於人情味；「曉霜楓葉丹，夕曛嵐氣陰」色澤鮮明而濃郁；「密林含餘清，遠峰隱半規」（《遊南亭》），畫面的層次感與線條感極其優美；「雲日相輝映，空水共澄鮮」（《登江中孤嶼》）景象壯闊而明亮。這些佳美詩句在當時的文學中堪稱前無古人，引起轟動是很自然的。而除此之外，像「池塘生春草，園柳變鳴禽」（《登池上樓》）、「明月照積雪，朔風勁且哀」（《歲暮》）則是以自然平易見長的名句。中國古詩重視佳句，跟謝靈運有很大關係。

不過謝詩在語言方面也有其疵病，這主要是有時鋪排過甚，如《詩品》所言「頗以繁富為累」；有些句子不僅寫得深奧，而且生澀不暢。所以到梁代，人們對此提出了尖銳的批評。但必須注意到，對截然有別於散文的詩歌特殊語言的形成，謝靈運有很大貢獻。

正如陶淵明筆下的田園風光蘊含着陶淵明的人格精神一樣，謝靈運筆下的山水也是人格化的。如果説陶詩的沖淡常表現出人與自然達成和諧的境界，那麼謝詩的意境則每有幽深或孤峭的特徵，讓人感覺到當他企圖通過對山水的欣賞來忘卻現實的壓迫時，那種高傲和褊躁的個性、賢者不能為世所用的孤獨和苦悶，仍舊頑強表現出來。現在一般對陶淵明的評價要高於謝靈運。但應該注意到兩點：一是謝詩更富於對外部世界的興趣，其個人人格精神也較為強烈；二是在藝術技巧方面，它為後人提供了可以學習、效仿的經驗。所以，要論對南北朝到唐代詩歌的實際影響，謝靈運比陶淵明大得多。

除謝靈運外，謝氏宗族中謝惠連、謝莊也是當時文壇上的重要人物。他們也有詩名，而以兩篇工於寫景狀物的小賦最負盛譽。謝惠連的《雪賦》假託司馬相如與梁孝王的對話描摹雪景，謝莊的《月賦》假託王粲與

曹植的對話以描摹月色。兩篇均是精美的駢文,其句式工整,聲調和諧,選辭精當,描寫細緻,總之在唯美化的程度上是超出了前人的。下面是《月賦》的一小節:

> 若夫氣霽地表,雲斂天末;洞庭始波,木葉微脫;菊散芳於山椒,雁流哀於江瀨;升清質之悠悠,降澄輝之藹藹。列宿掩縟,長河韜映;柔祇雪凝,圓靈水鏡;連觀霜縞,周除冰淨。

寫月中世界,如此晶瑩剔透、空明澄虛。語言之工麗已是竭盡所能。這類辭賦與正在興起的山水詩有相互呼應之效。它們所表現的自然景物的美,歸根結底是高雅脫俗的貴族理想人格的美。

跟謝靈運一時齊名的顏延之(384—456)字延年,宋時官至光祿大夫。他的詩現存的大多數是應酬唱和之作及擬古樂府,這一類詩習慣上是顯示學問才華的,顏延之似乎更突出。語言艱深,喜鋪陳,重藻飾,且好用典故和對仗句式,因此形成繁密深重、華美典雅的風格。如果説這種詩在接續西晉華美詩風上也有其貢獻的話,它同時也把自陸機、潘岳以來詩歌的修辭化傾向推到了極端。不過應該説顏詩中有些景句寫得十分出色。如「庭昏見野陰,山明望松雪」(《贈王太常》),頗有油畫般色彩凝厚的特點。東晉末,顏延之奉使去北方,往返途中作有《北使洛》和《還至梁城作》二詩,雖說也是用辭深雅,但並無堆垛之病,描繪北方的殘破景象,抒發心中悲愴之情,真摯感人。「陰風振涼野,飛雲督窮天」,「故國多喬木,空城凝寒雲」,情景都很深沉,不多讓人。

鮑照 鮑照(約414—466)字明遠,東海(郡治在今山東蒼山縣南)人,出身寒微,在任臨海王劉子頊參軍時,因劉舉兵叛亂而死於亂軍中。鮑照的人生道路,是向着士族門閥制度抗爭的,同時又是鬱鬱不得志和悲劇性的。他是一個性格和人生慾望都非常強烈的人,毫不掩飾自己對富貴榮華、建功立業等種種目標的追求,並且認為以自己的才華理應得到這一切。老莊

哲學中一切消極遁世、委順求全的東西，都與他的思想格格不入。而當他的努力受到社會現實的壓制時，心靈中就激起沖騰不息的波瀾，表現出憤世疾俗的深沉憂憤。其作品的獨特風格也就在這一基礎上形成。

鮑照的詩歌明顯分成五言古體和樂府體兩大類。其五言古體詩總體上與以謝靈運為代表的主流風格相近，文辭較為典雅，雕琢頗深。其中有大量紀述行旅的作品，寫景成分很多，實際也可以説是山水詩的一個分支。不過在鮑照的筆下，已經沒有甚麼談玄説理的東西了。論狀物的工巧深切，他似不如謝靈運，但氣勢往往更顯得雄健。這主要是因為鮑照較喜歡選擇動態的景物，並且常加以誇張，詩中的意象帶有更明顯的主觀色彩。如「急流騰飛沫，回風起江濆」（《還都道中》），「騰沙郁黃霧，翻浪揚白鷗」（《上潯陽還都道中作》）；即使是靜景，他往往也寫得具有動感，如「高柯危且竦，鋒石橫復仄」（《行京口至竹里》），「廣岸屯宿陰，懸崖棲歸月」（《陽岐守風》）等等。從中可以明顯地感覺到詩人易激動、不平衡的心理。而這種主觀化的寫景方法對後人有相當大的影響。

鮑照詩歌更顯著的成就在樂府體。這類詩用辭警醒，色澤濃郁，節奏奔放，顯示出感情的衝動、激蕩與緊張，極少有鬆弛平緩之筆，造成前所未有的、富於刺激性的總觀。梁代蕭子顯在《南齊書・文學傳論》中説到鮑體詩的特點是「發唱驚挺，操調險急，雕藻淫艷，傾炫心魂」，主要指鮑照的樂府詩而言，儘管語帶貶義，概括還是較為準確。

在鮑照的樂府詩中，可以看到對享樂生活毫無掩飾的歌唱，如《代堂上歌行》寫及「車馬相馳逐，賓朋好容華。陽春孟春月，朝光散流霞。輕步逐芳風，言笑弄丹葩。暉暉朱顏酡，紛紛織女梭。滿堂皆美人，目成對湘娥」，對富貴奢華的生活場景流露出豔慕之情，而其主要的意旨，乃是説當好春光、好年華，男女感通，須盡情歡樂。但鮑照更多的是傾瀉內心的不平之憤，在他的樂府詩裏可以看到自建安時代文人詩興起以來就極少見的對於貧困生活的刻意描寫。如《代貧賤苦愁行》不僅從各方面描述了貧賤者在物質上的困窘，更突出反映了作者具有親身體會的精神上的創

傷。《詩品》説鮑詩「頗傷清雅之調」，確實，像「以此窮百年，不如還窀穸」——這樣度過一生，還不如早歸黃泉！這樣的呼喊，是貴族文士即使陷於絕境也不會發出的。

以《擬行路難》十八首為代表，鮑照還創造了一種以七言句為主而雜以其他各種句式的詩型，如其六：

> 對案不能食，拔劍擊柱長歎息。丈夫生世會幾時，安能蹀躞垂羽翼？棄置罷官去，還家自休息。朝出與親辭，暮還在親側。弄兒床前戲，看婦機中織。自古聖賢盡貧賤，何況我輩孤且直！

以前只有整齊的七言詩，而且佳作甚少。鮑照新創的這種雜言式七言歌行音節錯綜變化，大體隔句用韻，雄恣奔放，尤其適宜表達激蕩不平的感情。所以唐代李白等個性強烈的詩人，尤其喜好使用它進行創作。

鮑照還是南朝最早有意識地寫作邊塞題材的詩人。這些詩從創作意識來說，主要是通過邊塞風光與軍旅生活這一特殊題材，追求緊張而雄壯有力的詩情。他的邊塞詩涉及的方面已頗為廣泛。如《代出自薊北門行》，着重寫將士為國捐軀的壯烈情懷。「疾風沖塞起，沙礫自飄揚。馬毛縮如蝟，角弓不可張」四句，寫沙場景象，雄峻有力，渲染出悲壯的情調。《代苦熱行》則着重寫戰爭的艱苦，「湯泉發雲潭，焦煙起石圻」，「丹蛇逾百尺，玄蜂盈十圍」等詩句以奇峭、誇張的筆法寫南方景物，有驚心動魄之感。此外，《擬行路難》之十三、十四寫遠離故土的將士對家鄉、妻子的懷念，《代東武吟》寫軍中的不平等，都有生動感人的效果。後世邊塞之作大要不離以上幾種的基本範圍。

鮑照不僅是一位傑出的詩人，也是一位傑出的辭賦與駢文作者。他的《蕪城賦》與《登大雷岸與妹書》，都是盛傳不衰的傑作。

《蕪城賦》以誇張筆法將廣陵城昔日的繁榮與它在宋代兩次遭到兵禍後的荒涼相對照，哀歎戰爭的慘重破壞和世事遷變無常，透露了非常沉重的時代的傷感，同時也有譏刺權勢者繁華如夢的意味。尤其是寫戰亂之後

景象的一節，作者將主觀情緒滲透在客觀景物之中，以悲愴的語調、峭拔的氣勢、陰森獰厲的形象，描摹這座城市的荒蕪乃至恐怖的景象，令人驚心動魄。它除了表現比較明確的思想主題以外，也有一種通過有力的語言構造描繪出陰森可怖的意象以獲得富有刺激性的特殊美感的意識。

《登大雷岸與妹書》是一封駢體文的家書，其中有大量的對所見自然景色的描寫，色彩瑰麗，用辭雄健有力，而寫景之生動，尤為稀見：

> 南則積山萬狀，負氣爭高，含霞飲景，參差代雄，凌跨長隴，前後相屬，帶天有匝，橫地無窮。東則砥原遠隰，亡端靡際。寒蓬夕卷，古樹雲平。旋風四起，思鳥群歸。靜聽無聞，極視不見。……西南望廬山，又特驚異。基壓江潮，峰與辰漢相接。上常積雲霞、雕錦縟。若華夕曜，岩澤氣通，傳明散彩，赫似絳天。左右青靄，表裏紫霄。從嶺而上，氣盡金光，半山以下，純為黛色。信可以神居帝郊，鎮控湘、漢者也。

畫面闊大，氣象萬千，群山眾水，均呈動勢，光色耀目，令人應接不暇。

總體而言，鮑照詩文在諸多方面表現了新的創造，並在一定程度上突破了貴族文學注重典雅而造成的褊狹面貌，為南朝直至唐代詩歌開闢了新的路徑。所以，儘管他如《詩品》所說「取湮當代」，卻越來越受到後人的重視。

三　齊梁詩文

齊立國僅二十餘年，許多著名文人身處齊、梁兩代；兩代的文學風氣與創作現象亦一脈相承，故向有「齊梁文學」、「齊梁體」的合稱。

齊梁是一個文學新變特別顯著的時期。不僅前面提及的詩歌的格律化

等重要現象都集中出現在這一時期，而且，詩歌的語言風格也發生了意義深遠的變化。自建安以來，文人詩漸趨典雅華美，與此同時，語言的繁密深蕪也逐漸成為突出的問題。一些晉宋名家都有這樣的情況。這在鮑照詩中已經有所改變，至齊梁，人們對上述問題有了進一步的關注。謝朓提出了「好詩圓美流轉如彈丸」（《南史‧王筠傳》引）的要求，蕭繹、蕭子顯等更明確提出詩應雅俗結合。蕭子顯的《南齊書‧文學傳論》認為理想的風格是：「言尚易了，文憎過意；吐石含金，滋潤婉切；雜以風謠，輕唇利吻；不雅不俗，獨中胸懷。」這種看法代表了梁代文人比較普遍的認識。這一變化一方面與南方新興民歌的影響有關，一方面則由於梁代文人重視追求詩歌「情靈搖盪」的效果。中國古典詩歌的語言經歷了由俗而雅進而要求雅俗結合的過程，為唐詩的全面興盛奠定了重要的基礎。

沈約、謝朓與永明體　齊武帝永明年間（483—493），圍繞着武帝次子竟陵王蕭子良，形成了一個龐大的文學集團。其中最著名的是蕭衍、沈約、謝朓、王融、蕭琛、范雲、任昉、陸倕八人，號為「竟陵八友」。當時由於佛教興盛，一些學者受梵文聲調特點的啟示在漢語四聲的考辨方面取得了重要成果，沈約將之運用到詩歌創作中，引發了古體詩向格律詩演變的一次關鍵的轉折，而謝朓則是這一轉折過程中成就最為突出的詩人。

沈約（441—513）字休文，吳興武康（今浙江德清武康鎮）人，出身於南方世族，仕宋、齊、梁三代，曾參與蕭衍建梁的決策大計，官至尚書令。沈約學養豐厚，政治地位又高，在齊梁時代是文壇領袖式的人物。

沈約用於建立詩歌格律形式的《四聲譜》已失傳，其聲律論的概要大致可見於其《宋書‧謝靈運傳論》：「欲使宮羽相變，低昂互節。若前有浮聲，則後須切響。一簡之內，音韻盡殊；兩句之中，輕重悉異。」又其《答甄公論》將「善用四聲」與「能達八體」作為並列條件，「八體」在後代文獻中通稱為「八病」，故沈氏聲律論又被簡稱為「四聲八病」說。

大略地說，永明新體詩的聲律要求，以五言詩的兩句為一基本單位，

一句之內要求四聲交錯變化，兩句之間要求「浮聲」與「切響」（相當於後世所說的平、仄聲）相互對立。另外又要求避免平頭、上尾、蜂腰、鶴膝等八種聲韻上的毛病。到了梁代以宮體詩為代表的創作，聲律要求進一步集中於平仄的交錯與對應，形成格律詩的基本規制。除了四聲八病的講究，永明體還有一些寫作上的習慣。如篇幅的長短，雖無明確規定，但通常在十句左右。由此發展下去，形成律詩的八句為一首的定格；還有，除首尾二聯外，中間大都用對仗句，這也成為後來律詩的定式。

聲律論的提出和運用，直接的原因是文人詩歌大多已脫離歌唱，因而需要從語言本身追求音樂性的美。《文心雕龍》說到曹植、陸機連樂府詩都已是「無召伶人，事謝管弦」，即不再配樂演唱。所以也就從陸機開始，已經可以看出對聲調美感的注意。到永明新體則進一步建立了系統而明確、可以普遍運用的規則。永明體的意義還不止於聲律本身。因為講求了音樂性，出現了謝朓所謂「圓美流轉」的審美追求，這就開始矯正了以前文人詩的語言過於艱深的毛病；由於篇幅有一定的限制，也阻遏了過去常見的因賣弄才華學問而肆意鋪排的寫法，要求詩人在詩歌藝術上作出新的努力，漸漸地明淨凝練的作品開始多起來。這是一個意味深遠的變化。

沈約還在其他一些方面起了開創新風氣的作用。在形式上，他是寫作七言體較多的詩人；在題材上，他的以女性美為中心的豔情之作（如《六憶》、《夜夜曲》等）直接影響了宮體詩風的形成。他的一些賦大量使用詩句，最早開啟了梁陳至初唐詩賦混融的風氣。雖然對他的實際創作成就後人評價不高，但一些佳篇還是相當出色的。如《傷謝朓》、《別范安成》均是真情流露之作，以寫景為主的《早發定山》、《石塘瀨聽猿》等，語言清秀明麗，聲韻和諧，意境也很美。

謝朓（464—499）字玄暉，與同族前輩謝靈運均擅長山水詩，所以後人有「大小謝」的並稱。謝朓於永明初出仕，曾任宣城太守、尚書吏部郎。作為顯赫世族的謝氏，由於過多捲入上層權力之爭，不斷有人死於非命，所以謝朓一直膽小而謹慎，唯求自保，卻仍因處事猶豫，在始安王蕭遙光

謀廢東昏侯自立時被誣陷下獄而死，年僅三十六歲。大抵與性格有關，他的詩歌中的感情多表現為迷惘、憂傷，極少有強烈激蕩的情緒和躍動不寧的形象。謝朓流傳至今的作品都是詩，以描寫山水景物見長。他也有一些與謝靈運相似的篇幅較長、記述完整遊歷過程的詩篇，但大多數作品不是如此，如《遊東田》：

> 戚戚苦無悰，攜手共行樂。尋雲陟累榭，隨山望菌閣。遠樹曖阡阡，生煙紛漠漠。魚戲新荷動，鳥散餘花落。不對芳春酒，還望青山郭。

詩以遊歷發端，但寫景的四句，卻並不是鋪排遊歷所見的風光，而是有選擇地描繪了兩幅相互配合的畫面，遠景廣闊而悠渺，近景鮮麗而生動。兩者之間不需要多餘的說明，就構成了完整而富於層次感的暮春景色。這和謝靈運詩的寫景方法有了很大不同。從本篇中「遠樹」以下四句，還可以看出謝詩寫景的另一突出的優點，就是善於從尋常景物中發現新鮮動人的美感，構造清麗的意象，令讀者覺得親切。另外像「日華川上動，風光草際浮」（《和徐都曹出新亭渚》），「餘霞散成綺，澄江靜如練」（《晚登三山還望京邑》），也是絕好的例子。李白對小謝詩的這一特點深為喜愛，嘗言「解道澄江靜如練，令人常憶謝玄暉」（《金陵城樓月下吟》）。

在寫景與抒情的結合上，謝朓詩較前人也有新的發展。他有時直接從景物中生發出一種感情，反過來使景成為情的象徵，如「大江流日夜，客心悲未央」（《暫使下都夜發新林至京邑贈西府同僚》）；有時則把情完全寄託在寫景中，如《之宣城郡出新林浦向板橋》的開頭：「江路西南永，歸流東北騖。天際識歸舟，雲中辨江樹。」看起來純是客觀地寫景，其實，西去江路之永，東歸水流之急，都有作者眷念京都生活的心理感受在內；而「識歸舟」與「辨江樹」，更是從背面映現一含情遠眺的人物身影。

五言四句的小詩，原是南朝民歌中最普遍的一種形式，謝朓在其中涵化以文人的素養，使之擺脫俚俗風格，語言在淺近中呈精緻，意蘊在明曉

中顯婉轉。這樣就從民歌小調中脫化出文人詩的一種新詩體，這就是後來所說的五絕。如《玉階怨》：

夕殿下珠簾，流螢飛復息。長夜縫羅衣，思君此何極？

嚴羽《滄浪詩話》說：「謝朓之詩，已有全篇似唐人者。」這除了聲律的因素之外，還因為詩歌的語言經過長期探索、磨煉，到了謝朓時更加純熟了。在謝靈運、顏延之的詩中，還是很容易找到病句、累句，在謝朓詩中就極為少見。

江淹與孔稚珪　江淹與孔稚珪均是與沈約同輩而不屬於竟陵文學集團的作家。孔卒於齊；江雖入梁，但據《詩品》說，他在永明中已是「才盡」，現存作品也均作於宋、齊。

江淹（444—505）字文通，濟陽考城（今河南蘭考東）人，初於仕宋而不得志，由齊至梁，逐漸顯達，然才思亦隨之減退，留下「江郎才盡」的成語。詩以善於模擬著稱，試圖通過學習漢魏以來眾多名家的風格，達到廣採博取的目的。他的模擬功力非常深厚，常能酷肖前人唇吻，擬陶淵明的一篇，甚至長期混在陶集中。他寫自己生活的作品，喜歡參用楚辭、古詩中的語彙，寫種種迷惘的、不很確定的傷感，以清麗幽怨見長。代表作有《赤亭渚》等。

但江淹的文學聲譽主要還是得之《恨賦》和《別賦》這兩篇駢體賦的名作。二賦將不得志的憾恨與別離的哀傷視為人類的普遍情感，通過一一舉例或分門別類的方法加以描摹。作者善於用精麗的語言、移情的筆法，描繪出各種特定場合中的環境氣氛，襯托各類人物的憾恨之情、離別之悲，具有很強的感染力。

其中《別賦》尤為出色。文中先從行者與居者兩面總述別離之悲，然後分寫各類人物、各種情形的別離，以見其在人們生活中的普遍性，並達到反復渲染的目的。寫俠士以死報恩、與家人訣別的景象是：「瀝泣共

訣，拭血相視，驅征馬而不顧，見行塵之時起。」有慷慨悲壯之氣。寫遊宦者之婦的四季相思是：「春宮閟此青苔色，秋帳含茲明月光。夏簟清兮畫不暮，冬釭凝兮夜何長！」有纏綿不盡之哀。寫情人之別，則於憂傷中充滿了詩意的美感：

> 下有芍藥之詩，佳人之歌，桑中衛女，上宮陳娥。春草碧色，春水淥波，送君南浦，傷如之何！至乃秋露如珠，秋月如珪，明月白露，光陰往來。與子之別，思心徘徊。

南朝文學普遍帶有傷感性，這既是對人生的認識，也是審美的追求。如果說，美歸根結底是一種感動的力量，那麼在南朝文人看來，悲哀的情緒是最令人感動的。江淹的兩篇賦可稱是這一審美趣味最典型的表現。

在語言風格上，鮑照的駢體文、賦，語意緊縮、意象密集而顯得峭拔有力，江淹之作則多用虛字、助字以及重疊句式，造成曼婉的語調，兩者恰成對照，各有所宜。

孔稚珪（447—501）字德璋，作品以駢文《北山移文》最著名。「移文」本是一種官府文書。本文用擬人手法，以北山（即鍾山）之靈的名義，描繪了一個變節入仕的假隱士「周子」的可笑形象，藉以譏刺南朝普遍存在的既以清高自詡而實又心慕朝市榮貴的虛偽風氣。

從駢體文的發展來看，《北山移文》全文對偶嚴密，而句式富於變化。它以三四字的短句為主幹，造成簡截有力的節奏，又較多地交錯使用六七字的長句，以免語調過於急促；每小節的開頭多用發語詞、語氣詞疏通文氣，並間或在小節之尾使用有感歎語氣的散句，形成緊密節奏中的緩衝。這樣，讀起來既鏗鏘有力，又有騰挪搖曳之姿。總之，駢文的形式在孔稚珪這裏發展得更為精緻了。

在精緻的形式中，《北山移文》的內容結構起伏變化，繪聲繪色，富有妙趣。前半部分先極言「周子」顯示給外人的風度情致之清高，操守氣概之凌厲，忽然轉入其一聞徵召即「形馳魄散，志變神動」，急不可耐的趨俗之

態，筆勢一跌千丈，在鮮明的對比中，造成強烈的滑稽感。以擬人手法刻畫風物情狀，也是本文的顯著特色。如寫「周子」出仕後山林的寂寥：

> 使我高霞孤映，明月獨舉，青松落陰，白雲誰侶？澗戶摧絕無與歸，石徑荒涼徒延佇。至於還飆入幕，寫霧出楹，蕙帳空兮夜鵠怨，山人去兮曉猿驚。

由於把自然風物當作有靈性的東西來描繪，形象更為鮮明，感情氣氛也格外濃厚。寫山林待人，也正反映出人嚮往山林的心情。

何遜、吳均等 何遜（？—518）字仲言，東海郯（今山東郯城）人，一生中主要以文才為諸王幕僚。他是南朝詩歌演變中又一位具有代表性的詩人。

何遜詩中一個值得注意的現象，是十句左右篇幅較短的五言詩在全部五言詩中所佔比例較前人顯著增多，而且這裏面八句一首的為數也不少；同時，在藝術表現上這類詩通常寫得更凝練，且聯與聯之間在意義關係上每有跳躍，以擴張空間，不像長篇的詩多用連綿的陳述。其實律詩的特點不僅僅表現在聲律上，上述現象實際也有向成熟的律詩推進的意義。當然這些詩大多是講求聲律的，其中如《慈姥磯》、《日夕出富陽浦口和朗公》等篇距後世定型的五律差別已頗有限。總之可以看出何遜詩是承續永明新體且有所推進的。

何遜的詩在梁代就被人與前朝名家謝朓並舉，他也確實汲取了謝朓一些長處。但何遜自有他的特點。他也精於寫景，但那已不是中心話題，羈旅與懷鄉成為何遜詩歌最集中的內容，景物則多用來映襯、烘托詩人的心情。在語言上，謝詩常常以出語天然取勝，何詩則更顯出精心錘煉的功力（唐代兩大詩人，李白偏愛謝朓而杜甫偏愛何遜，也從側面反映了何遜與謝朓的區別）。下以何遜的名作《臨行與故遊夜別》為例：

> 歷稔共追隨，一旦辭群匹。復如東注水，未有西歸日。夜雨滴空階，

曉燈暗離室。相悲各罷酒，何時同促膝？

　　寫景的第三聯極其工煉。它用連綿的夜雨、昏暗的曉燈暗示離別之夜時間的流逝和情緒的憂傷，又在全篇詩意的連接中起到過渡作用，所以它有很大的張力，絕非單純的寫景。類似以寫景與抒情結合見長的詩句，在他的集子中所在多是，如「野岸平沙合，連山遠霧浮」（《慈姥磯》），「寒鳥樹間響，落星川際浮」（《下方山》）等等。

　　何遜的五言絕句中，也有幾篇佳作，其中《相送》最為著名：

客心已百念，孤遊重千里。江暗雨欲來，浪白風初起。

　　後兩句是客觀景物的描述，但緊接在「孤遊」之「客心」後，它的動勢就直接成為情緒湧動的感性呈現，情和景密合無分。

　　吳均（469—520）字叔庠，出身寒門，一生居於下僚。他在梁代與何遜齊名，但兩人的詩歌風格並不相同。《南史‧吳均傳》說：「均文體清拔有古氣，好事者或學之，謂之吳均體。」此所謂「清拔有古氣」，主要指吳均的五言詩語言比較質樸，對仗不務工巧，而追求一種雄邁的氣勢。但往往有粗糙之感。寫得比較好的是一些邊塞詩，如《胡無人行》等。吳均另有七言《行路難》五首，這些詩基本上屬於轉韻的齊言體，與蕭綱、蕭繹等人的七言歌行相似，為梁代的新變詩體。而吳均生活年代早於蕭氏兄弟，此詩的寫作可能也較早。所以它們在七言歌行的發展史上是值得注意的。

　　吳均的《與宋元思書》，是南朝最傑出的寫景小品之一，如畫如詩，引人入勝：

風煙俱淨，天山共色，從流飄蕩，任意東西。自富陽至桐廬，一百許里，奇山異水，天下獨絕。水皆縹碧，千丈見底；游魚細石，直視無礙。急湍甚箭，猛浪若奔。夾峰高山，皆生寒樹，負勢競上，互相軒邈，爭高直指，千百成峰。泉水激石，泠泠作響；好鳥相鳴，嚶嚶成韻。蟬則千轉不窮，猿則百叫無絕。鳶飛戾天者望峰息心，經綸世務者窺谷忘反。橫柯

上蔽，在晝猶昏；疏條交映，有時見日。

此文以善於刻畫見長。起筆四句，意境清明高遠，人的灑脱情態自在其中。下文摹寫水之清澈急猛，山之高峻奇偉，環境之幽深秀美，無不刻畫精準。

尤其以動勢描繪靜山，將心理感覺移注在客體上，給讀者的印象更為深刻。較之鮑照《登大雷岸與妹書》，雖壯麗雄渾不如，而清奇俊秀過之。

梁代前期作家中，丘遲（464—508）亦以文章著稱。遲字希範，有駢體文《與陳伯之書》，係為勸説已經降魏的梁朝大將陳伯之而作。駢文形式上限制很多，而此篇卻能自由揮灑，寫得委婉曲折，收縱自如。其中有一段極富抒情色彩的文字：

> 暮春三月，江南草長，雜花生樹，群鶯亂飛。見故國之旗鼓，感平生於疇日，撫弦登陴，豈不愴恨！所以廉公之思趙將，吳子之泣西河，人之情也。將軍獨無情哉？

以優美的文字寫出江南宜人風光，激發對方的故國之思，可謂神來之筆。

蕭氏兄弟 梁代中後期，武帝諸子蕭統、蕭綱、蕭繹結成了各自的文學集團，他們的活動成為當時文學的主要景觀。

在這裏有必要先提及他們的父親梁武帝蕭衍（464—549）。衍字叔達，南蘭陵（今江蘇常州西北）人，在齊時為「竟陵八友」之一，稱帝後對於文學的愛好依然不衰。他精通音樂，愛好民歌。據《南史·徐勉傳》載，蕭衍宮中專蓄有吳聲、西曲的樂部，而他現存詩作九十餘首，半數以上是樂府詩，而且大都是模仿南朝樂府民歌或受其影響的。他還依照西曲製作了一批新曲，其中《江南弄》七曲均以七言句與三言句組合而成，有固定

的格式，故後人論詞的起源，或追溯及此。其文辭淺俗，音節輕快優美。

梁代文學有近俗的傾向，文字偏於輕豔流麗，與民間樂府的影響有關。而這風氣的形成，蕭衍是起了不小作用的。

蕭統（501—531）字德施，武帝長子。立為太子而早卒，諡「昭明」，故後人習稱為昭明太子。圍繞着他的太子東宮，一度形成一個興旺的文學集團，《文心雕龍》的作者劉勰也曾參與其中。雖然蕭統本人的創作以現存的幾首詩來看都是平庸無奇的，但由他主持編纂的《文選》，卻是文學史上一部重要的典籍。

《文選》又稱《昭明文選》，是我國現存最早的一部詩文總集。所錄始於先秦而迄於梁，魏晉以後作品佔據較大比重。按文體和題材分類編排。《文選》所謂「文」，指能夠獨立成篇的詩、賦、文章；而入選的標準，以《文選序》所言，大體是要求在抒情、述志、敘事方面具有文采，值得賞玩。編者並明確表示不取經、子、史三類，這固非出於價值判斷，但也確實注意到後者偏於實用的性質。總之，這裏存在着一種區別文學與非文學的意識，儘管它不那麼明確，也不盡符合現代的文學概念。從收錄作品的具體情況來看，編者的趣味明顯偏向文人化的典雅華美，因此全書成為傳統的文人文學的一次總結。《文選》彙集了歷史上大量的優秀文學作品，不但起到保存和流佈的作用，也為後代文人提供了較好的學習範本。在唐代這部書就受到高度重視，有所謂「文選學」之名。

蕭綱（503—551）字世纘，武帝第三子。蕭統死後他被繼立為太子，及至侯景叛亂，武帝去世，他繼皇帝位約二年，最後被幽禁而死，諡簡文。

蕭綱的文學主張有值得注意的地方。其《誡當陽公大心書》說：「立身之道，與文章異：立身先須謹重，文章且須放蕩。」此所謂「放蕩」，就是擺脫束縛的意思。《與湘東王書》則明確表示反對宗經復古，認為經典有經典的用途，以「吟詠情性」、「寫志」為目的的文學去模仿儒家經典，既沒有必要，事實上也是做不到的。同在此信中還對學謝靈運詩的人「不屆其精華，但得其冗長」提出批評，用意在於反對過於典雅深密的文

風；他在《勸醫文》中更明確說：「或雅或俗，皆須寓目。」這些觀點在當時頗為新穎，並與文學創作的新變密切相關。

蕭綱為太子時，圍繞着他形成一個以東宮僚屬為主要成員而影響頗為廣泛的文學集團，他們的具有某些明顯特點的詩歌被當時一些人從貶義上指稱為「宮體」。史書言及宮體詩的特點，有「新變」、「輕豔」、「輕靡」等，這些評語的所指並不很明確。參照各種資料簡括地說，蕭綱等人的詩有相當一部分專寫男女之情及女子的容貌、她們所使用的器物等，其中有些包含着程度不等的渲染、暗示情慾的成分，這是「宮體」得名的主要緣由。當然他們也有一部分作品只是題詠自然或人事的，不過這些詩大抵也不注意思想內容。另外，宮體詩在寫作手法和語言風格上也有顯著特點，主要是描寫細巧、辭采穠麗、音樂性強——特別是七言詩，音節曼婉而流蕩。下面是蕭綱的一首比較典型的宮體詩《詠內人畫眠》：

> 北窗聊就枕，南簷日未斜。攀鉤落綺障，插捩舉琵琶。夢笑開嬌靨，眠鬟壓落花。簟文生玉腕，香汗浸紅紗。夫婿恆相伴，莫誤是倡家。

與傳統的表現女性美的作品相比，它顯然缺乏一個道德性的主旨，而且它又是用了比較逼真和細緻的筆法來描寫，在衛道者看來是很容易引發性的聯想的。大概，寫到「夢笑」兩句而止，在舊時代正統觀念中尚可接受；到了「簟文」兩句，便無法容忍了。而實際上，此詩不過是寫了一個青年女子的睡態之美，要說怎麼「色情」是沒有道理的。

宮體詩一直受到嚴厲批評主要不在文學原因。齊梁文學中表現「豔情」的風氣在宮體出現以前就有不斷擴展的趨勢，何遜也寫過這樣的詩，但並沒有引起驚怪。問題是蕭綱的身份決定了他對維護傳統道德負有特殊責任，像他那樣的人把對女性的興趣細緻地表現於詩，是對封建政治規則的破壞——至於他在這種興趣上幹甚麼倒完全不要緊。如果只從文學方面來說，不附着於道德主旨單純表現女性體貌之美，包括帶有暗示情慾的成分，應該認可為正常的現象，宮體詩實際上也擴大了中國詩歌的審美表現

的範圍。它真正的缺陷，在於它所表現的乃是貴族男性對女性的品賞，這裏缺乏由女性的美引起的真正的激情。

除了關於女性的詩，蕭綱還有許多詠物寫景之作。他好像是一個感覺神經特別纖細的人，喜歡也擅長寫細微的景象。如「倘令斜日照，並欲似遊絲」（《賦得入階雨》），寫只有在斜射的陽光裏才能看見的雨絲，「浮空覆雜影，含露密花藤」（《詠煙》），寫輕煙瀰漫於天空與花叢的迷蒙之景，其纖巧細膩令人驚歎。這種寫法在蕭綱周圍的其他詩人的作品中也很常見，它對詩歌寫物傳神之技巧的發展也是有作用的。

《梁書・庾肩吾傳》説，宮體詩人的創作，「轉拘聲韻，彌尚麗靡，復逾往時」。也就是説他們把詩歌的律化又推進了一步，這也是值得注意的。沈約、謝朓等永明體詩人的作品若以唐代定型的格律衡量，合律程度不高，這當是因為永明聲律的規則與後世的格律存在差異，只是今人已無法詳究。而蕭綱、庾信、徐陵等人的詩作（尤其唱和之作），有很多是嚴格遵循一句之中平仄交錯、兩句之間平仄對立的規則的，已十分接近體詩的形式。故日本學者通過統計調查，認為律詩的聲律在此時已經成立。

庾信、徐陵是宮體文學集團的重要成員，因他們在後來還有許多文學活動，故下文另述。

蕭繹（508—554）即梁元帝，字世誠，武帝第七子。初封湘東王，鎮守江陵。平侯景之亂後即位稱帝，西魏軍攻破江陵時被殺。

在《金樓子・立言》中，蕭繹系統表述了他的文學見解。他首先把「古人之學」分為「儒」與「文」二類，從根源上對儒學與文學加以判分；而後又把「今人之學」分為「儒」、「學」、「文」、「筆」四類，在文與筆的區分中強調了實用文章與抒情詩文性質的不同。這不僅僅是學科性質的判別，由此也否認了文學受經學統屬的主張。至於從強烈的抒情特徵和聲音與辭采之美來確定「文」的概念，代表了南朝人對文學性質之認識的新水平，有關論述已引用於本章的開頭，不再重複。

蕭繹的創作風格與蕭綱有相近之處，但在淺俗、豔麗、富於音樂性方

面更為突出。其七言樂府《燕歌行》在梁代同類詩中較有代表性：

> 燕趙佳人本自多，遼東少婦學春歌。黃龍戍北花如錦，玄菟城前月似蛾。如何此時別夫婿，金羈翠眊往交河。還聞入漢去燕營，怨妾愁心百恨生。漫漫悠悠天未曉，遙遙夜夜聽寒更。自從異縣同心別，偏恨同時成異節。橫波滿臉萬行啼，翠眉暫斂千重結。並海連天合不開，那堪春日上春台！乍見遠舟如落葉，復看遙舸似行杯。沙汀夜鶴嘯羈雌，妾心無趣坐傷離。翻嗟漢使音塵斷，空傷賤妾燕南垂。

全篇五小節，除開頭一節六句外，其餘均四句一轉韻，整齊中見變化。齊梁五言詩走向律化以後，形成了篇制短小而語言凝練的特點，而七言詩——尤其篇幅較長的七言歌行，則朝着多用鋪排手法、語言淺俗而音節流蕩的方向發展，與之形成相互補充。這一詩型在初、盛唐時一度很為流行。

蕭繹的《蕩婦秋思賦》寫遊子之婦對遠行之人的懷思，語言淺顯，色彩豔麗，音節流暢而情意婉轉；《採蓮賦》寫採蓮女子在湖船上摘採蓮花時的姿態與詠歌，有一種絢爛而流動的美，都堪稱是南朝唯美文學的佳作。

四　北朝及陳、隋詩文

晉室東渡後，北方十六國時期一百多年中文學極為寂寥。至北魏統一北方，社會逐漸安定，後孝文帝遷都洛陽，推行漢化政策，促進了民族文化的融合，文學也開始出現轉機。但當時首先受到重視的是儒學，文學的地位遠不如在南方那樣重要。直到北魏後期才出現了幾位較著名的文人，他們的創作受南方文學影響較明顯，但已經顯示出與後者的不同。至西魏

滅梁之後，一些南方著名文士來到北方，同時北方土著文人的創作水準也顯著提高，文學重心實有再度北移之趨勢。大體上，我們可以把梁亡以後的南北對峙時期到隋統一視為南北文學開始走向全面融合的階段。

北朝土著作者　北魏後期文學開始走向興盛，較著名的土著作者有溫子昇（495—547，字鵬舉）、邢邵（496—？，字子才）、魏收（505—572，字伯起），史稱「北地三才」。《顏氏家訓》曾以嘲笑的口吻說到邢邵、魏收於沈約、任昉各有所慕，以至爭執不下，可見那時北方文人還完全沒有與南方文人相抗衡的意識。但他們卻也並非毫無自己的特點。溫子昇的七言之作《擣衣詩》從題材、聲調、用辭，以及雜用五言句的形式，都可以在梁代歌行中找到祖本，但短小的樂府《白鼻騧》卻頗有特色：

> 少年多好事，攬轡向西都。相逢狹斜路，駐馬詣當壚。

詩寫的是北地風情。用簡潔的語言描繪出貴族少年輕浮放浪而又洋溢生氣的情態，在同時的南方文學中並不多見。邢邵的詩中如《思公子》很接近於齊梁文人從南朝民歌中脫化出來的絕句體，而《冬日傷志篇》又較多保存了魏晉詩的餘風：

> 昔日墮遊士，任性少矜裁，朝驅瑪瑙勒，夕銜熊耳杯。折花步淇水，撫瑟望叢台。繁華忽昔改，衰病一時來。重以三冬月，愁雲聚復開。天高日色淺，林勁鳥聲哀。終風激簷宇，餘雪滿條枚。遨遊昔宛洛，跐躅今草萊。時事方去矣，撫己獨傷懷。

這詩的意旨頗類於阮籍的《詠懷詩》。辭采方面雖不無齊梁風習，總體上是以樸拙的文筆寄寓深沉的人生感傷，多少表現出北方文學「重於氣質」的優點。魏收的詩也多模仿南方風格，《挾琴歌》較佳：

> 春風宛轉入曲房，兼送小苑百花香。白馬金鞍去未返，紅妝玉箸下成行。

這詩節奏輕快，色澤明麗，雖說是模仿，放在齊梁詩中，也毫不遜色。

但真正能夠代表北朝土著作者創作成就的卻是《水經注》與《洛陽伽藍記》這兩部地理著作，兩書中許多片斷實為文學散文，且更多地顯示了融合南北文學之特點的痕跡。

《水經注》的作者酈道元（？—527），字善長，范陽涿縣（今河北涿州）人，仕北魏，任關右大使時被叛軍所殺。其所注《水經》原是古代一部簡單記錄全國主要水道的書，酈道元為之作注，不僅根據自己的見聞和眾多資料對之加以糾補，還旁及這些河流兩岸的歷史故事、名勝古跡、風土景物。後面這些內容，尤其是風景描寫，具有較高的文學價值。

《水經注》文章的格局，大抵先以散體文對有關事實加以交代和說明，其中涉及歷史人物故事時，每有生動的文筆；而寫景文字則多含騈儷成分，文采尤為鮮明。如《河水注‧孟門山》，先寫龍門的地理位置，而後引古書三種，說明龍門的形成原因及有關傳聞。而後着力描繪黃河水流經龍門時沖撞騰撲的氣勢：「其中水流交沖，素氣雲浮，往來遙觀者，常若霧露霑人，窺深悸魄。其水尚崩浪萬尋，懸流千丈，渾洪贔怒，鼓若山騰，浚波頹疊，迄於下口。」其文筆之精悍，實不讓於南朝騈文名家；而黃河特有的景觀，助成了文字的力量。至於膾炙人口的《江水注‧三峽》一節，則另有一番意趣：

> 自三峽七百里中，兩岸連山，略無闕處。重岩疊嶂，隱天蔽日，自非亭午夜分，不見曦月。至於夏水襄陵，沿溯阻絕，或王命急宣，有時朝發白帝，暮到江陵，其間千二百里，雖乘奔御風，不以疾也。春冬之時，則素湍綠潭，回清倒影，絕巘多生怪柏，懸泉瀑布，飛漱其間，清榮峻茂，良多趣味。每至晴初霜旦，林寒澗肅，常有高猿長嘯，屬引淒異，空谷傳響，哀轉久絕。故漁者歌曰：「巴東三峽巫峽長，猿鳴三聲淚霑裳。」

寫山寫水，寫四時景物的不同，文筆清麗優美。然酈道元一生足履不

及江南，此文實係綜合盛弘之《荊州記》、袁山松《宜都記》有關記載而成。這反映出北方文人對南方文學的關注，也表現出作者運用南方文體風格的嫻熟。

《水經注》對景物的描寫雖非獨立的山水遊記，但已具備山水遊記的一些重要特點，對後世這一文體的發展起了相當大的作用。

《洛陽伽藍記》的作者楊衒之，北魏人，曾官奉朝請、撫軍府司馬。「伽藍」是梵語寺廟的音譯。北魏時佛教熾盛，都城洛陽曾廣建寺廟，這些華麗莊嚴的建築同時也成為北魏全盛時代的象徵。後北魏因內亂崩析，洛陽繁華之地淪為廢墟。此書係東魏武定五年（547）楊衒之因公務重經洛陽後所作，充滿撫今追昔、感慨傷懷之情。全書雖以寺廟為綱維，卻廣涉北魏都洛四十年間的政治大事、中外交通、人物傳記、市井景象、民間習俗、傳說異聞。

由寺廟的興廢反映北魏政治的盛衰，是本書的中心。故開卷第一條即寫由實際掌權的胡太后所建、規模為群寺之冠的永寧寺。這裏有對統治者沉湎於宗教狂熱而大肆耗費民力的感慨，也蘊涵了永寧寺毀而國破的哀傷。文中以大段文字不厭其煩地記述永寧寺塔通體飾金的詳細情況，歸之於「不可思議」、「駭人心目」的評語；最後記永寧寺被焚毀，大火三月不滅，「悲哀之聲，振動京邑」，寓意悲痛而深沉。因舊時洛陽為作者眷懷的對象，故其描繪寺廟的文筆常有動人之處。如寫永寧寺塔：「至於高風永夜，寶鐸和鳴，鏗鏘之聲，聞及十餘里。」表現了莊嚴肅穆的氣氛。寫景林寺，又是另一番景象：「寺西有園，多饒奇果。春鳥秋蟬，鳴聲相續。中有禪房一所，內置祇洹精舍，形制雖小，巧構難比。加以禪閣虛靜，隱室凝邃，嘉樹夾牖，芳杜匝階，雖云朝市，想同巖谷。」又寫出寺園中幽靜脫俗的情趣。

書中記載人物故事、民間傳聞也有不少精彩的內容，有的頗有小說趣味。如《法雲寺》條中寫到河間王元琛的歌女朝雲：

　　有婢朝雲，善吹箎，能為《團扇歌》、《隴上聲》。琛為秦州刺史，

諸羌外叛，屢討之，不降。琛令朝雲假為貧嫗，吹箎而乞。諸羌聞之，悉皆流涕，迭相謂曰：「何為棄墳井在山谷為寇也！」即相率歸降。秦民語曰：「快馬健兒，不如老嫗吹箎。」

　　一個歌女的箎聲，竟能瓦解眾叛軍，真是令人神往。同樣的例子，還有河東劉白墮所釀酒飲者一醉經月不醒，盜賊劫客奪酒，醉而被擒的故事。如此誇張音樂、酒的力量，正反映了人們對音樂和酒的喜愛，也是對快樂生活的喜愛。書中還記載了一些類似志怪小說性質的民間異聞。如《大統寺》條有一則樊元寶為洛水神之子傳書至洛神宮中的故事，同唐代傳奇《柳毅傳》故事的形成可能有些關係。

　　《洛陽伽藍記》有着相當豐富的內容，既有魏徵於《隋書·文學傳論》所言北方之文「便於時用」特點，亦如《四庫提要》所稱「穠麗秀逸」，不乏文采，這跟南北文學的混融是有關係的。

　　庾信與王褒　在南北文學融合的過程，一些從南方來到北方的著名文士起了很大的作用，其中最為突出的是庾信和王褒。

　　庾信（513—581）字子山，南陽新野（今屬河南）人，曾與徐陵一起任蕭綱的東宮學士，為宮體文學的代表作家，以風格綺豔，被稱為「徐庾體」。後於奉命出使西魏時梁為西魏所滅，遂被羈留在北方。先後仕於西魏、北周，官至驃騎大將軍、開府儀同三司。

　　庾信的文學創作以他四十二歲時出使西魏為界，可以分為兩個時期。前期在梁，詩多宮廷唱和之作，時有「宮體」氣息，而在運用精巧的語言細緻地描寫景物上有過人之長。如《奉和山池》中「荷風驚浴鳥，橋影聚行魚。日落含山氣，雲歸帶雨餘」，前二句是細緻而精美的畫面，後二句更在有限的文字中力求獲得盡可能豐富的效果。庾信早期的賦亦多為帶有宮體文學氣息的綺豔之作，其中《春賦》最具體表性。此篇寫春光之美及婦女遊春景象，色澤極為豔麗，且富於音樂感，結尾一段用五、七言交錯

的類似詩歌的格式，動人地表達了留戀人生歡樂時光的情調。自沈約以來詩賦結合的方法，到庾信，在技巧上又有顯著的提高。

庾信後期的詩歌形成了早年所沒有的新的文學風貌，其最具代表性的佳作是《擬詠懷》二十七首。這組詩的抒情內容包含了亡國的悲痛、思歸不得的哀怨、因仕宦北朝而產生的道德上的自責等等，而歸根結底可以說是對自我的失落的審視——時局的變化是個人無從逃脫的，在政治生活中所擔當的角色是個人無權選擇的，有力者的意志是個人無法抗拒的，甚至，如果不願選擇死，個人所信服的道義責任也是不能完成的。生存成為徹底的失敗，自我在精神意義上賴以安身托命的東西在哪裏呢？只有萬般無奈而已了。

> 尋思萬戶侯，中夜忽然愁。琴聲遍屋裏，書卷滿床頭。雖言夢蝴蝶，定自非莊周。殘月如初月，新秋似舊秋。露泣連珠下，螢飄碎火流。樂天乃知命，何時能不憂？（《擬詠懷》之十八）

建功立業的夢想破滅了，琴聲書卷也不足以遣愁，雖說人生如夢，卻又不能如莊子所描述的那般曠達。在時間的無意義的重複裏，何時才能不憂愁呢？「殘月」、「新秋」二句，寫出日復一日的無聊與絕望，看似簡單，其實精警非凡。「露泣」一聯寫景抒情，則又可以看到宮體詩式的細巧與精美。

> 蕭條亭障遠，悽愴風塵多。關門臨白狄，城影入黃河。秋風別蘇武，寒水送荊軻。誰言氣蓋世，晨起帳中歌？（《擬詠懷》之二十六）

李陵、荊軻、項羽，這些悲劇人物的人生場景在詩人眼中的風塵裏一一浮起，好像在證明厄運的無法避免。

大致自西晉以來，文人詩歌在向廣泛的生活內容擴展的同時有一種迴避與政治相關的生活的傾向。但由於那時的文人多屬於社會上層，其人生遭遇與政治的關係極密切，迴避這方面的生活內容自然就迴避了尖銳的人

生矛盾與人生困境，從而使詩歌在相當程度上失去了厚重感。而庾信《擬詠懷》對自我失落的追問，揭示了處於優越地位的士族文人在政治生活中的不安和不自由，這對讀者的感情會產生相當大的震撼。

《擬詠懷》標明「擬」，然而它和阮籍的《詠懷》實有很大不同。在南朝詩歌中孕育起來的聲律、用典、駢偶等手段，被運用得十分老練；它證明了華美的修辭，甚至宮體的細巧與蒼涼厚重的抒情要求也能夠恰當地結合。

庾信後期詩中的五言絕句也值得注意。如《寄王琳》：

> 玉關道路遠，金陵信使疏。獨下千行淚，開君萬里書。

南朝文人從民歌中化出的絕句體，是一種輕巧的詩型，庾信以高度集中的手法，將這種小詩寫得意境開闊而深厚，這對五絕的發展是一個貢獻。

庾信後期的賦在題材和風格方面也有很大改變，其中以晚年所作《哀江南賦》最為著名。賦前有序，是一篇能獨立成章的駢文，交代作賦的緣由，概括全篇大意；正文以自身經歷為線索，歷敍梁朝由興盛而衰亡的過程，抒發自己陷入窮愁困頓、靈魂永不得安頓的悲苦。此賦篇制宏大，頭緒紛繁，感情深沉，敍事、議論、抒情結合一體，具有史詩性質，在古代賦作中罕見其例。

「日暮途遠，人間何世！將軍一去，大樹飄零；壯士不還，寒風蕭瑟。」賦序以這樣的悲愴之語展開對自我心境的表述。而賦中敍梁朝敗亡經過，對其政治的荒穢混亂提出了尖銳的批評。寫到江陵破後大量的南方士人和百姓被驅迫到北方，其慘痛景象，尤其貴者的淪落，顯示出在巨大歷史變局中人的可悲可憐：

> 水毒秦涇，山高趙陘。十里五里，長亭短亭。飢隨蟄燕，暗逐流螢。秦中水黑，關上泥青。於時瓦解冰泮，風飛電散。渾然千里，淄、澠一亂。雪暗如沙，冰橫似岸。逢赴洛之陸機，見離家之王粲。莫不聞隴水而

掩泣，向關山而長歎。況復君在交河，妾在青波，石望夫而逾遠，山望子而逾多……

《哀江南賦》正文和序，都使用了大量的典故。善於用典是庾信公認的特長，這雖不免使文章變得艱深，但典故所提供的豐富的歷史聯想，也增加了文章的厚重感。駢偶的技巧在庾信的文章裏也運用得十分老練。《哀江南賦序》是所謂「四六體」的駢文，卻毫無呆板之感。像「孫策以天下為三分，眾才一旅；項籍用江東之子弟，人唯八千。遂乃分裂山河，宰割天下。豈有百萬義師，一朝卷甲，芟荑斬伐，如草木焉！」前六句為不同的對偶句式，有很強的頓挫感；後四句變為散體，一瀉而下。精緻的形式極充分有力地表達了感情。

庾信在文學史上最重要的成就是運用南朝的美文因素創作出內涵深厚、富於力度的詩文，這對唐代文學的進展具有重要意義。明代張溥《漢魏六朝百三家集‧庾子山集》題辭說「唐人文章，去徐、庾最近」，確實是有見地的。

王褒（約513—576）字子淵，出身名族。梁元帝登位，他因舊交之情受委重任；梁亡後至北方，以門第與文才受到重視，仕西魏、北周，官至太子少保、少司空。

王褒在梁時所作有七言《燕歌行》頗有名，其格式與前引蕭繹與之唱和的同名作相類，內容大抵寫南方春色，塞北寒苦，閨婦思遠，征夫懷鄉，頗可見出梁代詩歌喜歡以華豔的文辭與哀怨的情調相結合的特點。到了北方以後，由於人生處境、自然環境的變化，所作每有闊大渾厚的韻味。如寫景絕句《雲居寺高頂》：「中峰雲已合，絕頂日猶晴。邑居隨望近，風煙對眼生。」景象堪稱壯麗。《渡河北》則是王褒詩中最著名的一篇：

秋風吹木葉，還似洞庭波。常山臨代郡，亭障繞黃河。心悲異方樂，腸斷《隴頭歌》。薄暮臨征馬，失道北山阿。

這首詩表現了對故國的思念，和人生失路、無可奈何的悲哀，風格蕭瑟蒼涼，與庾信詩頗多相似之處。不過王褒詩很少像庾信那樣觸及深刻的心理矛盾與精神困境，所以後人對他的重視也遠不及庾信。

徐陵、陰鏗等陳朝作家　徐陵（507—583）字孝穆，東海郯（今山東郯城）人，年輕時與父徐摛一起出入於蕭綱門下，為宮體文學集團的核心人物之一。專門選錄與女性有關的詩篇的《玉台新詠》一書，一般認為就是他在那一階段編成的。入陳歷任要職，曾官吏部尚書、尚書左僕射。他曾多次出使北方，並在使齊時被羈留二年。所以他的創作情況與庾信、王褒有相似之處。

徐陵的詩歌大致可分為兩類。一類屬於南方流行的宮體詩，如作於陳代的七言歌行《雜曲》，內容係讚美陳後主之妃張麗華的美貌，顯得有些空洞，但形式上頗值得注意：其詩長二十句，四句一轉韻，平仄韻相間，比梁代歌行更為和諧婉轉，並奠定了初唐歌行的基本格式。而另一類寫邊塞題材的詩作則顯得風格剛健，如《出自薊北門行》、《隴頭水》、《關山月》等。這類詩既有結構緊密、語言凝練之長，而感情的表現又很有力。如《關山月》的第二首：

> 月出柳城東，微雲掩復通。蒼茫縈白暈，蕭瑟帶長風。羌兵燒上郡，胡騎獵雲中。將軍擁節起，戰士夜鳴弓。

前六句寫景、渲染氣氛、交代戰爭背景，最後全部落在結末二句上。也就是說，全詩並不是平行、分散的敘述，而是逐步凝聚到一個焦點上去。而且，「將軍擁節起，戰士夜鳴弓」，是一組動態而包含餘勢的畫面，因而具有一種力度感。這種結構方法在後來的唐詩中變得很常見。而此類詩的寫出，大概和徐陵曾在北方生活有關吧。

徐陵同時也以文章著稱。他被羈留北齊時所作《與楊僕射書》，內容係向北齊執政大臣楊遵彥要求南歸。文長近三千字，駢散交錯，多用典

故、雕飾辭藻，卻寫得既雄辯又富於激情，實為有才力之作。

陰鏗（生卒不詳）字子堅，先仕梁，入陳，徐陵薦其詩才，為文帝所賞，官至晉陵太守，員外散騎常侍。他的詩相當出色，可惜傳世甚少。下面是他的《江津送劉光祿不及》：

> 依然臨送渚，長望倚河津。鼓聲隨聽絕，帆勢與雲鄰。泊處空餘鳥，離亭已散人。林寒正下葉，釣晚欲收綸。如何相背遠，江漢與城闉。

開頭直接從送友不及、悵然遠望落筆，起得爽利明快。隨後寫遠去的帆影，江邊蕭颯的秋色，孑然一身的送行人，構成完整而富於抒情意味的畫面。

陰鏗詩以寫景見長，前人每將其與何遜並稱，其實二人也有區別。陰詩的語言看起來用力不重，給人以清靈的感覺。他常能把尋常景象寫得搖曳多姿，讀來不感到奇特卻又新鮮可喜，如「夜江霧裏闊，新月迴中明」（《五洲夜發》），「花逐下山風」（《開善寺》）之類；他還喜歡在對仗句中用不同的色彩作對照，如「棠枯絳葉盡，蘆凍白花輕」（《和傅郎歲暮還湘洲》）之類，其內在的凝練程度，實比何遜更有進步。

陳代後期，以後主陳叔寶（553—604）為中心，形成了一個宮廷文學集團，其創作風格與梁代宮體文學頗為接近。後主是一個糟糕的皇帝，但在藝術上卻有較好的修養。寫景的佳句中，如「天迴浮雲細，山空明月深」，（《同江僕射遊攝山棲霞寺》），滲透了佛教意味而顯得空渺幽遠；「野雪明巖曲，山花照迴林」（《獻歲立春光風具美泛舟玄圃》），卻是寫得明麗喜人；「沙長見水落，歌遙覺浦深」（同前），有優美的韻致，其意境在後代詩詞中多次被化用。

在後主宮廷文人中，最著名的是江總（519—594），字總持，濟陽考城（今河南蘭考東）人，初仕於梁，入陳為後主所寵倖，官至尚書令。卒於隋。在朝無甚政績，唯與後主遊宴為樂。但作為文人他是頗有才華的，到唐代韓愈還說「久欽江總文才妙」（《韶州留別張使君》）。

《陳書》本傳稱江總「於五言、七言尤善」。史書中專門提及某人善為七言詩的，江總是第一個，這很值得注意。他留存的七言詩近二十首，在南北朝詩人中是最多的；其中《宛轉歌》達三十八句（此詩或題徐陵作），又是南朝七言歌行中最長的一首，從中可以看出他在這方面的愛好。這些七言詩大都屬於所謂豔情之作，立意較淺，但常能給人以鮮麗明快的感受。如《閨怨篇》：

> 寂寂青樓大道邊，紛紛白雪綺窗前。池上鴛鴦不獨自，帳中蘇合還空然。屏風有意障明月，燈火無情照獨眠。遼西水凍春應少，薊北鴻來路幾千。願君關山及早度，念妾桃李片時妍。

這詩通篇對仗而講究平仄，後世學者或以為實唐人排律之先聲。聯與聯之句有跳躍但詩意清楚，所以讀來流暢而活潑；末聯將愛惜青春之意寫得十分熱烈。還有像《梅花落》用明快而略帶傷感的調子寫少年人在花樹下歌舞的情景，同樣有愛惜青春的意思。這些詩構成了南朝與初盛唐歌行之間的過渡。

江總的五言詩中也有一些佳作。如《於長安歸還揚州九月九日行薇山亭》：「心逐南雲逝，形隨北雁來。故鄉籬下菊，今日幾花開？」寫思鄉之情，言簡意長，寄慨深沉。《遇長安使寄裴尚書》詩的末聯「太息關山月，風塵客子衣」，純用名詞或名詞性詞組平列地組合，忽略句中各成分間的語法關係，從而突出了意象的作用，這喻示了詩歌語言的重要變化。

隋朝詩人　南北朝末期至隋，政權的興廢更迭十分迅疾。通常列為隋代重要詩人的盧思道（535—586）字子行、薛道衡（540—609）字玄卿，實際上在隋立國以前就已成名，盧更是在隋代沒有生活幾年。《隋書·薛道衡傳》載，「道衡每有所作，南人無不吟誦焉」，可見到了他們這一輩，過去南方文人佔絕對優勢的情形已不復存在。

盧思道、薛道衡的詩總體上偏向齊梁風格，而且對這種風格的運用

十分嫻熟。如盧思道《採蓮曲》中「擎荷愛圓水，折藕弄長絲」，甚是婉麗；而薛道衡《昔昔鹽》中名句「暗牖懸蛛網，空梁落燕泥」，尤為精巧。但同時他們也有作為北方的詩人特點。薛道衡在行役途中寫的一些詠懷詩，頗為慷慨有力；而盧思道的《從軍行》，更為人稱道：

> 朔方烽火照甘泉，長安飛將出祁連。犀渠玉劍良家子，白馬金羈俠少年。平明偃月屯右地，薄暮魚麗逐左賢。谷中石虎經銜箭，山上金人曾祭天。天涯一去無窮已，薊門迢遞三千里。朝見馬嶺黃沙合，夕望龍城陣雲起。庭中奇樹已堪攀，塞外征人殊未還。白雪初下天山外，浮雲直上五原間。關山萬里不可越，誰能坐對芳菲月。流水本自斷人腸，堅冰舊來傷馬骨。邊庭節物與華異，冬霰秋霜春不歇。長風蕭蕭渡水來，歸雁連連映天沒。從軍行，軍行萬里出龍庭。單于渭橋今已拜，將軍何處覓功名？

以七言歌行體寫邊塞風光、軍旅生活，並結合以閨婦怨思，本來是梁、陳詩中已經很流行的。而盧思道這首詩境界的開闊、動感的強烈和時空的不斷迭換，表現了對詩歌的氣勢和力度的更顯著的追求。

另一位北方詩人楊素的情況又與上述二人有所不同。楊素（544—606）字處道，在隋文帝、煬帝兩代身居高位。其詩中雖亦有些細巧的文筆，但南朝詩中所常見的豔麗的詞彙卻是很少用的。而且詩中每每寄寓了一種人生的悲感，意境顯得弘廓而蒼涼。只是全篇的結構不免有些粗糙。

隋代後期在煬帝楊廣（569—618）周圍聚集了一批宮廷文人，但能留下一些佳作的卻只有楊廣本人。他生長於軍旅，卻又喜愛南方文化。其詩之佳者以意境清麗而開遠見長。如《夏日臨江》中「日落蒼江靜，雲散遠山空。鷺飛林外白，蓮開水上紅」之寫景，渺遠的山水與近處鮮麗的花鳥配合得生動而富有情味。

五　南北朝樂府民歌

　　關於本節的內容，首先需説明的是：通常所説的「南朝」指宋、齊、梁、陳，「北朝」指北魏及東魏、西魏、北齊、北周；但在泛義上，古人有時也把在這以前的東晉歸於南朝，把十六國歸於北朝。由於樂府民歌的產生年代不太容易弄清楚〔如南方民歌中很重要的《子夜歌》、《子夜四時歌》等幾類，宋郭茂倩《樂府詩集》均署為「晉（按指東晉）宋齊辭」，説明其具體年代久已不可考〕，所以本節所説的「南北朝樂府民歌」，是把東晉與十六國歌辭也包容在內的。其次，現在已習慣於把南北朝樂府中大量的無名氏歌辭稱為「民歌」，但必須注意到：這裏——特別是南方民歌中——有許多作品表現出相當高的語言修養，很可能是文士依民歌情調所寫的歌辭。

　　南朝樂府民歌　南朝樂府民歌主要分為「吳聲歌曲」（或簡稱為「吳歌」）和「西曲」兩大類。前者產生於以六朝都城建業（今南京）為中心的吳地，後者產生於作為南朝西部重鎮的江漢流域的荊（今湖北江陵）、郢（今江陵附近）、樊（今湖北襄樊）、鄧（今河南鄧州）等幾個主要城市。其中據説有孫吳時的樂歌，但如《晉書‧樂志》所説，「蓋自永嘉渡江以後，下及梁陳，咸都建業，吳聲歌曲，起於此也」，主要產生於東晉以後。

　　吳聲歌曲現存三百四十多首，主要曲調有《子夜歌》、《子夜四時歌》、《讀曲歌》、《懊儂歌》、《華山畿》等；《西曲歌》今存一百三十餘首，主要曲調有《石城樂》、《烏夜啼》、《烏棲曲》、《莫愁樂》、《估客樂》、《江陵樂》、《壽陽樂》等。這些歌曲明顯是產生在城市的環境中，有些還直接寫到商人的生活。其體制都是短小的，五言四句體佔三分之二以上；內容方面寫男女歡愛之情的佔百分之九十以上。如此大量

的情歌集中出現，足以給中國文學的面貌帶來改變。

　　宿昔不梳頭，絲髮披兩肩。婉伸郎膝上，何處不可憐！（《子夜歌》）

　　光風流月初，新林錦花舒。情人戲春月，窈窕曳羅裾。（《子夜四時歌》春歌）

　　秋風入窗裏，羅帳起飄揚。仰頭看明月，寄情千里光。（《子夜四時歌》秋歌）

　　打殺長鳴雞，彈去烏白鳥。願得連冥不復曙，一年都一曉。（《讀曲歌》）

　　朝發襄陽城，暮至大堤宿。大堤諸女兒，花豔驚郎目。（《襄陽樂》）

　　暫請半日給，徙倚娘店前。目作宴填飽，腹作宛惱飢。（《西烏夜飛》）

　　風流不暫停，三山隱行舟。願作比目魚，隨歡千里游。（《三洲歌》）

　　夜來冒霜雪，晨去履風波。雖得敍微情，奈儂身苦何。（《夜度娘》）

　　南朝民歌所表現的愛情，幾乎完全是浪漫色彩的；詩中的男女主人公，按照嚴格的禮教標準來看，幾乎完全是「非禮」的關係：或是青年男女之間的私相愛慕，或是冒犯世俗道德的偷情，或是萍水相逢的聚合。詩中所說的「歡」是情郎的專用稱呼。在婚姻不能自主且很少顧及當事人感情要求的古代中國，這些詩大膽熱烈、毫無掩飾地歌頌了對愛情的追求，表現出對人生的幸福與快樂的渴望。在詩人的眼光裏，戀愛中的人無比美麗，那些絲髮披肩婉伸於郎膝、在月光下花叢裏羅衣飄曳的女子，令人不能不為之感動。雖然，這種「非禮」的戀愛常是充滿艱辛，甚至多以悲哀的結局告終，但相愛的人們並不因此退縮，他們把愛情看成是生命中最高

的價值。雖説歌謠並非總是實際生活行為的寫照，但它畢竟表示明確的情感取向。從這一詩歌的流行，也可以看出南朝社會文化的開放態度。

南朝樂府民歌最常用的五言四句格式，創立了一種具有鮮明的藝術特點的新詩型。它通常使用明朗活潑的語言，呈現在一個片斷的時間中人物的行動及心理活動，對情感的表現格外集中；其中的佳作，更因為暗示了言外豐富的生活內容，顯得意味深長。如上列《子夜四時歌》秋歌一首，只描寫了風吹羅帳而引得主人公遙望秋月的片刻，但「寄情千里光」卻把詩意引向深長悠遠的境界。我們前面説到南朝各種詩型在抒情功能上產生了分化趨向，這種短詩與律詩的多層次組合及七言歌行連綿曼婉的抒寫顯然是不同的。而由此脱化出的五言絕句及受其影響而產生的七言絕句，也仍然保持着南朝民歌的一些基本特點，成為古詩中格外受人喜愛的類型。

此外，《樂府詩集》收錄在《雜曲歌辭》一類中、稱為「古辭」的《西洲曲》，可能也是經過文人加工的南朝民歌（或謂江淹所作）。五言三十二句，大抵四句一換韻，似用八個小曲連綴而成。內容寫一個女子對情人的懷念，情意纏綿，辭采清麗，聲調婉轉，達到了相當高的藝術境界。

南朝樂府民歌有着多方面的影響。宮體詩的興起與之有直接關係，齊梁的文人詩從過去的文人詩因過度雅化而造成的艱深奧澀中走向雅俗結合，也得益於它的啟迪（前引蕭繹、蕭子顯的文論，明確説詩以「吟詠風謠」或「雜以風謠」為佳）。到了唐代，南朝樂府民歌仍然是文人創作靈感的來源。如李白就很喜歡南朝民歌，他的名篇《靜夜思》顯然是從上面所引的《子夜四時歌》秋歌中變化出來的。

北朝樂府民歌　　《樂府詩集》中《梁鼓角橫吹曲》一類中所收樂府歌辭六十餘首，其音樂大抵源於北方，歌辭內容也多與北方生活相關，所以一般把這些作品和《雜曲歌辭》、《雜歌謠辭》中的幾篇稱為北朝樂府民歌。但那些由梁代的樂府機構收集和保存下來的歌辭是原來就用漢語

寫成，還是經過翻譯甚至重寫，已經弄不清楚了。不過它們和《吳歌》、《西曲》存在顯著差異，卻是一眼可以看出的。

和南朝民歌產生於城市、以男女歡愛為中心不同，北朝民歌是在多種多樣的生活中產生的，雖然留存的數量不大，題材卻比南方民歌廣泛；其風格顯得質樸粗獷，沒有南方民歌那麼漂亮，但其中有些篇什有一種天然的豪邁雄壯之氣，卻正是南方文學所缺少的東西。

在北方民歌中有一部分表現遊牧民族固有的尚武精神的作品：

> 男兒欲作健，結伴不須多。鷂子經天飛，群雀兩向波。（《企喻歌辭》）

> 新買五尺刀，懸著中梁柱。一日三摩娑，劇於十五女。（《琅琊王歌辭》）

前一首以雄健的鷂鷹衝天而起、怯懦的群雀如水波躲向兩側的形象，讚美真男兒敢以獨身敵眾的英雄氣概，足以感奮人心。後一首寫愛刀甚於少女，與南方民歌是完全不同的情味。

著名的《敕勒歌》描繪了北方大草原的風光和遊牧生活：

> 敕勒川，陰山下。天似穹廬，籠蓋四野。天蒼蒼，野茫茫，風吹草低見牛羊。

據記載，這首歌謠原是鮮卑語，現存歌辭乃是翻譯作品。歌中廣闊無垠、渾沌蒼茫的景象，也正表現了歌唱者開闊的胸襟、豪邁的情懷。

有些詩則反映某種社會現象：

> 快馬常苦瘦，剿兒常苦貧。黃禾起贏馬，有錢始作人。（《幽州馬客吟歌辭》）

沒有錢就不能像樣地做人！詩中如此直截了當地說出生活中殘酷的真實。

北方民歌當然也詠唱愛情與婚姻，較好的如下面這首：

> 腹中愁不樂，願作郎馬鞭。出入攬郎臂，蹀坐郎膝邊。（《折楊柳歌辭》）

這首詩從形式到情調都與南方情歌有些相似，不過它還是顯得更爽利些；女子願作情郎的馬鞭，與之形影不離，也十足是馬上民族的風情。

最後需要說到《木蘭詩》。本篇在宋初編的《文苑英華》中題為唐韋元甫作，《樂府詩集》則收入《梁鼓角橫吹曲》，目前多數研究者認為它是北朝民歌。詩中寫木蘭女扮男裝替父從軍的著名故事，它的特點主要在於傳奇性和喜劇色彩的結合。詩中對木蘭的征戰生活用簡括的語言作交代，卻用鋪敘筆法寫她準備從軍和立功歸來的情形，將一個英雄傳奇寫得富於生活氣氛。茲錄最後一部分：

> ……爺娘聞女來，出郭相扶將；阿姊聞妹來，當戶理紅妝；小弟聞姊來，磨刀霍霍向豬羊。開我東閣門，坐我西閣床，脫我戰時袍，著我舊時裳，當窗理雲鬢，對鏡貼花黃。出門看火伴，火伴皆驚惶。同行十二年，不知木蘭是女郎。雄兔腳撲朔，雌兔眼迷離，雙兔傍地走，安能辨我是雄雌？

從軍者的歸來成為一個快樂的節日，而英雄重又變還為愛打扮的小女子，讀起來頗有趣味。詩中淺近而輕快的敘述文筆和穿插在全篇中的對話，造成了活躍的氣氛。

六　南北朝小說

《幽明錄》及其他　自《搜神記》、《搜神後記》之後，南朝志怪小

說中優秀著作當屬題為劉義慶（403—444）作的《幽明錄》。他是宋宗室，襲封臨川王，愛好文學，喜招羅文士。著述除本書外，還有更著名的《世說新語》。不過，一般相信這些著作當有他門下的文士參與編寫。

《幽明錄》所載多為晉宋時代新出的故事，並且多述普通人的奇聞異跡，雖為志怪，卻有較濃厚的時代色彩和生活氣氛。其文字比《搜神記》等顯得舒展，也更富於辭采之美。如《劉阮入天台》係從《搜神後記》的《袁相根碩》一則變化而來，但篇幅長出一倍多，文字也更為優美。它雖是寫人仙結合，卻不甚渲染神異色彩而充滿人情味。故事中的兩個仙女，美麗多情，溫柔可愛。如開頭寫劉晨、阮肇二人遇仙一節：

> 出一大溪，溪邊有二女子，姿質妙絕。見二人持杯出，便笑曰：「劉、阮二郎，捉向所失流杯來。」晨、肇既不識之，緣二女便呼其姓，如似有舊，乃相見忻喜。問：「來何晚邪？」因邀還家。

在富於生活氣息方面，《賣胡粉女子》一則更是絕佳之作。故事寫一富家子愛上一賣胡粉女子（胡粉是搽臉用的），為了看到她，每日都去買一包胡粉。後二人幽會時，此富家子「歡踴遂死」，女子因一時慌張而逃走。男方父母從兒子篋笥中積下的胡粉查到了她，告到官府。女子表示：「妾豈復吝死？乞一臨屍盡哀。」當她撫屍痛告時，男子復生醒來，二人遂成夫婦。在這故事裏，除了死而復生的情節，完全沒有神異色彩。對男女主人公的私通行為，作者不加指責，反而讚美，肯定了人們追求幸福與快樂的權利。這樣的作品，已有脫離志怪而着重於人間生活的傾向。《幽明錄》中一些離奇的故事也每每具有較濃的感情氣氛。如《龐阿》一則，寫石氏女愛慕美男子龐阿，身不得隨，精魂常於夜間來龐家，最終二人結為夫婦。這是最早的一個離魂故事。後來，男女相愛在現實中不能遂願而代之以「精魂」的結合，成為愛情故事的一種類型。總之，《幽明錄》比以前的志怪小說，更注意人生情趣，也更有文學性。

此外，較好的志怪書，還有十六國時王嘉原作、梁蕭綺刪訂的《拾遺

記》和梁代吳均的《續齊諧記》。吳均文章清麗，所作小說亦別有特色。如《陽羨書生》一則，演化佛經中的故事，幻奇之極；《趙文韶》一則，寫趙文韶與青溪神女因歌聲而相會，極富詩意。

《世說新語》　　和志怪小說相反，自魏晉以來又有一種專記真實人物言行的書，因其內容比較瑣細而偏重趣味，如魯迅《中國小說史略》所言「遠實用而近娛樂」，也被列為小說一類，今人稱之為「志人小說」或「佚事小說」。較早的有東晉中期裴啟的《語林》和晉宋之際郭澄之的《郭子》。二書均已散佚。同類著作中唯一完整地保存下來、也是集大成的一種為《世說新語》，亦題劉義慶撰。裴、郭二書的遺文，往往又見於《世說新語》，可見此書帶有纂輯的性質。梁代劉峻為之作注，以博洽著稱，也是珍貴的史料。

《世說新語》分為《德行》、《言語》等三十六篇，以類相從。內容主要記述自東漢至東晉文人名士的言行，尤重於晉。所記事情，以反映人物的性格、精神風貌為主，作為史實來看，絕大多數無關緊要。書中對所記人物言行，有的也有表彰或批評的用意，但其標準並不苛嚴狹隘；有的純是為了有趣。由於對人的行為給予寬泛的認可，也就能夠反映出當時士族階層的豐富的精神面貌、生活情趣。

作為理想的期待，當時文人希望擺脫世俗利害得失，使個性得到自由發揚，精神得到昇華。這種文化特徵，在《世說新語》有集中的表現。

> 嵇康身長七尺八寸，風姿特秀。見者歎曰：「蕭蕭肅肅，爽朗清舉。」或云：「肅肅如松下風，高而徐引。」山公曰：「嵇叔夜之為人也，巖巖若孤松之獨立；其醉也，傀俄若玉山之將崩。」（《容止》）

對某些優異人物的儀表風采的關注，是因為這裏蘊涵着令人羨慕的人格修養。同樣的例子很多。如《容止》篇又記時人對王羲之的評價：「飄如遊雲，矯若驚龍。」

王子猷居山陰，夜大雪，眠覺，開室，命酌酒。四望皎然，因起仿偟，詠左思《招隱詩》，忽憶戴安道。時戴在剡，即便夜乘小船就之。經宿方至，造門不前而返。人問其故，王曰：「吾本乘興而行，興盡而返，何必見戴？」（《任誕》）

　　任由情興，不拘矩度，自由放達，這是當時人所推崇的。

　　《世說新語》所記人物言行，往往注意感情色彩。如張翰是這樣悼念亡友：

　　顧彥先平生好琴，及喪，家人常以琴置靈床上。張季鷹往哭之，不勝其慟，遂徑上床，鼓琴，作數曲竟，撫琴曰：「顧彥先頗復賞此不？」因又大慟，遂不執孝子手而出。（《傷逝》）

　　《世說新語》的文字，素稱簡潔雋永，筆調含蓄委婉。它沒有鋪敍或過多的描寫，更絕少誇張之處。但由於作者能抓住人物最富於意味的動作和語言，往往寥寥幾筆即勾畫出相當生動的人物神態。如上引王子猷雪夜訪戴安道一則，全在主人公的動作中，透出微妙的情味；又如《雅量》篇中一則，記淝水之戰正進行時，謝安與客圍棋，前線有報捷書至，謝「看書竟，默默無言，徐向局」，顯出他十分鎮定的器度。

　　《世說新語》一向受到古代文士的特別喜愛，後世筆記小說記人物言行，往往模仿其筆調。但它本是中古士族文化的產物，有顯著的時代特點，後人很難效仿。

第九章

初、盛唐詩文

公元六一八年唐王朝建立。在以後的年代中，它發展成為中國歷史上一個強大的帝國。

唐代社會的政治結構，與此前的魏晉南北朝和此後的宋均有所不同。全國的統一和國家的興盛，使皇權有所強化，士族門閥勢力受到一定抑制。科舉制度的作用雖不像宋以後那樣嚴格和重要，卻也在有限程度上實現了政治對社會中下層的開放，使得其中的優異人物對參與社會的政治與文化活動表現出更多的熱情。但皇權也並沒有成為絕對的專制權力。唐太宗執政不久即下令修《氏族志》，其實質意義是對各利益集團的關係作出調整。新舊士族、地方勢力在政治上的影響依然存在。唐代也始終沒有建立起強有力的單一的思想統治。特別是在初、盛唐時期，儒家思想無論在文化人中還是在高層統治者那裏都並不比道教或佛教更受重視。總的說來，唐代社會的思想是比較自由的。

由於社會環境較為寬鬆，加上國內多民族文化的相互融合，中外文化的頻繁交流，使得這個時代的文化逐漸呈現豐富多彩、生氣勃勃的面貌。而作為魏晉以來文人文學核心文體的詩歌，經過長期的發展與變化，積累了豐富的經驗教訓，包孕了多種多樣的可能性，由初唐至盛唐因多方面的有利條件而達到藝術的高峰。

明代高棅的《唐詩品彙》將唐詩的發展演變分為初、盛、中、晚四個階段。這後來成為關於唐詩的習慣分期方法，並推衍於唐代文學的其他領域。但在四階段具體的斷代年限上，常有不同意見。考慮到長久以來形成的習慣，本書仍襲用這種分期方法，但更強調初盛唐與中晚唐之間的區分，其界限則是天寶末年爆發的「安史之亂」。大體說來，初、盛唐文學是沿着魏晉南北朝文學固有的方向發展的，其核心精神是對美的追求；而到了中唐，文學開始出現一系列複雜的變化：一方面是將文學視為政治、道德的附屬品或工具的意識明顯抬頭，一方面是文學對人的情感生活的表現仍在擴展和深化。這種變化一直貫穿到宋以後。

一　初唐詩歌

　　初唐的宮廷文人　唐初統治者對文藝採取了比較寬容的態度。李世民親自撰寫了《晉書‧陸機傳論》，稱讚陸機的創作「辭藻宏麗」，對美文學表示欣賞。此後高宗、武后、中宗等幾代君主也都喜好藝文。為了炫耀大唐帝國的治世氣象，他們廣引天下文士，編纂類書，賦詩唱酬。因此唐初的宮廷猶如南朝與隋，成為當代文學活動的中心。

　　初唐宮廷文人中最具代表性的，有太宗朝的虞世南（約558—約638，字伯施），高宗朝的上官儀（約608—664，字游韶），武后及中宗時的杜審言（約645—708，字必簡）、宋之問（約656—約713，字延清）、沈佺期（約656—713，字雲卿）等。他們的創作多歌功頌德、宮苑遊宴的內容，難以深入抒發情思。但在詩歌體制的建設上，他們還是作出了有意義的貢獻；他們的與宮廷雅集無關的一些創作，也有寫得情致動人的。

　　自齊永明體以來，詩歌格律化的進程一直沒有停止。至南北朝後期和隋代詩人，有些五言詩篇已經完全與唐代定型的格律相符，但是在理論上缺乏新的總結，有些問題（如黏附規則）還沒有完全解決。七言詩的律化，更處於幼稚階段。唐初先有上官儀提出「六對」、「八對」之説，將南朝的對偶説發展得更加細密，其對對偶手段的分析也從詞擴大到句。從武后至中宗神龍、景龍年間，宮廷文學活動分外熱鬧，杜甫詩説到在武則天的統治時期，朝中「墨客藹雲屯」（《贈蜀僧閭丘師兄》）。此時在杜審言、宋之問、沈佺期等人筆下已大量湧現平仄協調，又合乎黏附規則的全篇合律的詩篇，標誌着五、七言律詩的完全成熟；由於宮廷文學的特殊影響，由此確立的律詩規範也普遍為人們所接受。元稹在《唐故工部員外郎杜君墓系銘並序》中説：「沈、宋之流，研練精切，穩順聲勢，謂之為律詩。」這是「律詩」之名首見於文獻。胡應麟《詩藪》敍詩歌律化的歷史，也説：「神龍以還，卓然成調。」總之，中國古典詩歌的格律化過程

至此終於完成。

前已論及，詩歌的格律化不只與聲律有關，它還促使詩人在藝術表現上作出新的努力，在上述詩人較出色的作品中我們也可以看到這一點。杜審言詩今存者以五言律詩為主，他在江陰任職時所寫的《和晉陵陸丞早春遊望》一詩，曾被胡應麟《詩藪》譽為「初唐五言律第一」：

> 獨有宦遊人，偏驚物候新。雲霞出海曙，梅柳渡江春。淑氣催黃鳥，晴光轉綠蘋。忽聞歌古調，歸思欲霑巾。

詩以大地回春的絢麗風光反襯遊宦者的思鄉之情。「獨有」與「偏驚」一聯，通過對仗關係強化了詩人對物候變化的警覺；「雲霞」、「梅柳」一聯，不僅感覺明快，而且意象密集，涵義豐厚。像「梅柳渡江春」這樣的句子已經完全脫離了散文的語法，包含了多重歧義。

沈佺期、宋之問也都傾大力於律體的寫作，以自己的創作實踐總結了五七言近體的形式規範。宋以擅長五言詩著稱，其寫景抒懷之作每有佳句，如《江亭晚望》中「鳥歸沙有跡，帆過浪無痕。望水知柔性，看山欲斷魂」二聯，在精整的對偶形式中描繪出景物的變化或對比，並以此釀造了獨特的情緒氛圍。而沈佺期史稱其「尤長七言之作」（《舊唐書》本傳），他的為數甚多的七律，在合乎規範方面堪稱宮廷諸詩人之首，在推進七言歌行體律化的過程中，作用最為明顯。下錄他的《獨不見》：

> 盧家少婦鬱金堂，海燕雙棲玳瑁梁。九月寒砧催木葉，十年征戍憶遼陽。白狼河北音書斷，丹鳳城南秋夜長。誰謂含愁獨不見，更教明月照流黃。

這種詩尚帶有歌行的特點，作為七律而言不夠緊湊，但作者運用這種規整的形式已是揮灑自如，相當純熟；「九月」、「十年」一聯也堪稱警策。

但以宮廷為中心的文學活動很難避免情感上蒼白平庸的毛病。從造就唐詩特有的風貌而言，另外一批與宮廷無緣的詩人作出了更重要的貢獻。

「四傑」 初唐詩壇上很早就曾出現與宮廷詩風異趣的人物，太宗貞觀年間的王績（589—644）就是一例。他經歷隋唐之際的變故，最終歸隱鄉村，以任情縱酒的生活為樂。其代表作為《野望》：

> 東皋薄暮望，徙倚欲何依。樹樹皆秋色，山山唯落暉。牧人驅犢返，獵馬帶禽歸。相顧無相識，長歌懷采薇。

在對田園生活的靜觀式的描繪中，蘊涵着詩人內心與外部世界相疏遠的感覺。這是一首嚴格的五律，但語言質樸，不事雕琢，和宮廷文學的風尚迥然不同。不過，王績的詩通常偏於疏淺，佳作不多；他的創作風格在當時影響也不大。在初唐詩壇上真正展現出新的風貌、使唐詩產生明顯變化的詩人，是活動於高宗、武后時期的所謂「初唐四傑」：盧照鄰（約634—約686，字升之）、駱賓王（約638—？）、王勃（650—676，字子安）、楊炯（650—693後）。

最初在宋之問的《祭杜學士審言文》中，就提及「後俊有王、楊、盧、駱」云云，將四人並稱；並說到四人共同的特點：「由運然也，莫以福壽自衛；將神忌也，不得華實斯俱。」即雖有才華而命運多舛。唐代較以前的時代，個人憑藉自己的才華獲取成功的機會固然要多一些，盧照鄰《南陽公集序》就提到唐初許多名臣或「以文章進」或「以才術顯」，皆「起自布衣，蔚為卿相」，這使像他這樣的人深深為之激動；然而對於那些缺乏家族背景而個性又過於顯露的人來說，人生道路仍然充滿艱險。四傑中，盧照鄰曾官縣尉，因染惡疾不堪痛苦而自殺；駱賓王參與徐敬業反叛之事，不知所終；王勃因事獲罪，後於渡海省親時溺水而死；僅楊炯一生平順，官至縣令。這種才高而位卑、志大而運蹇的人生經歷深刻地影響了他們的思想性格和文學創作。

四人中，盧、駱的年歲實比王、楊要高出一輩。在詩歌創作方面，他們都以長篇歌行最為著名，如盧照鄰有七言的《長安古意》，駱賓王

有五、七言相雜的《帝京篇》、《疇昔篇》。這種詩吸收了齊梁以來的歌行的特點，又融入了京都賦的格局與氣派，寫得篇幅宏大，場面壯觀，將帝京風物與繁華奢侈的生活描繪得十分活躍。詩中內涵是多層面的組合，像《長安古意》在華麗而流動的筆調裏，既讚美了對歡樂生活的追求，又感慨富貴榮華之不能長久，最終以寒士的寂寥與前面大肆渲染的豪貴的驕縱構成對比，顯示了人世的不平。總之，詩中表達了豐富而複雜的人生感受，並不以某種偏執的態度看待生活，因而格外生氣洋溢。除了長篇歌行，盧、駱二人也有不少出色的五言短篇。如駱賓王的《在獄詠蟬》就是為人所熟知的一首，它在過去偏重於遊戲性的詠物詩中寄託了深沉的人生感慨，反映了唐代詠物詩重要的變化。而《於易水送人一絕》尤其能表現出作者的卓犖氣概：

> 此地別燕丹，壯士髮衝冠。昔時人已沒，今日水猶寒。

在「四傑」中，王勃享壽最短，聲名最大。他擅長五言律詩與絕句，不僅聲律工整，語言亦淺顯而精煉，內涵着飽滿的生氣。如《送杜少府之蜀川》：

> 城闕輔三秦，風煙望五津。與君離別意，同是宦遊人。海內存知己，天涯若比鄰。無為在歧路，兒女共霑巾。

起筆就寫得境界闊大，而後「海內」兩句，寫出一種具有哲理感的人生情懷。它完全不同於傳統的送別詩的低沉憂傷的情調。另外像五絕《山中》也是用語不嗇口出而情韻豐厚，推進了深入淺出的語言風格：

> 長江悲已滯，萬里念將歸。況屬高風晚，山山黃葉飛。

王勃是一位富於才華的文人，在五言律絕之外，他的雜言體歌行《採蓮曲》和七言詩《滕王閣》都堪稱上乘之作。

楊炯詩今存者幾乎全部是五言律詩（包括排律）。他在「四傑」中稍

乏才性，較有名的作品有《從軍行》：

> 烽火照西京，心中自不平。牙璋辭鳳闕，鐵騎繞龍城。雪暗凋旗畫，
> 風多雜鼓聲。寧為百夫長，勝作一書生。

建功立業的人生理想和熱情，為詩歌注入了豪邁的意氣。

總體來說，初唐四傑的創作同六朝文學的關係極為密切，從體式到題材、語彙，對後者均有明顯的沿襲。但與此同時，它對後者也作了有力的改造，詩歌的境界變得寬廣，語言趨向明淨凝練，尤其是作品的生氣更為飽滿，這一切表明唐詩正在走向自己的道路。而從與當代文學的關係來說，它對宮廷詩風因過度偏重修辭性裝飾性的美而造成的缺乏激情和生氣的弊病，也作出了有力的糾正。

陳子昂、張若虛等　唐代文學在繼承六朝文學的同時理所當然地也謀求具有變革意義的創新與發展，這種需要引起在理論上對前代文學的批評。但由於陳舊觀念的影響，初唐文人的文學觀卻往往顯得保守而空洞。如王勃在《上吏部裴侍郎啟》中，以屈原、宋玉為「澆源」（澆薄之源），楊炯在《王勃集序》裏也說「曹、王傑起，更失於《風》、《騷》」，都是些無意義的陳詞濫調。與前人相比，陳子昂的理論主張要顯得清晰而有效。他的《與東方左史虬修竹篇序》說「文章道弊，五百年矣」，認為「齊梁間詩，彩麗競繁，而興寄都絕」，其實也不無偏見；但他所大力提倡的乃是「漢魏風骨」，具體說就是推崇建安與正始的文學。這對於糾正南朝貴族文學以綺靡輕麗為主流而缺乏深厚有力的精神力量的偏向，仍是有意義的。如果濾除陳子昂文章中的誇張成分，結合其代表作《感遇》詩以阮籍《詠懷》為榜樣的情況，可以說其文學態度與庾信文學的後期變化有一脈相承之處。

陳子昂（661—702）字伯玉，出身蜀中富家，年輕時任俠使氣。武則天當政時入仕，頗思有為，終因屢遭冷遇而辭官返鄉，後被當地縣令誣陷致

死。他的詩作如《感遇》三十八首及《薊丘覽古贈盧居士藏用》七首，其內容既涉及現實社會與政治問題，也有比較玄虛化的、以老莊哲學為出發點的對人生與命運的思考，而共同特點則是總帶有強烈自我意識和充滿進取精神。

陳子昂和阮籍一樣，喜歡把個人的生存放在巨大的時空背景上來審察，詩意往往顯得幽邃。如《感遇》第十三寫道：「閒臥觀物化，悠悠念無生。青春始萌達，朱火已滿盈。徂落方自此，感歎何時平？」從萬物的生生化化，追想那一切生命的本元（無生）。春色始萌，夏意已濃，而萬物自此凋零。這是無端而生的感慨，卻令人心動。

由於習慣於帶哲理性的思考，陳子昂的一些由現實問題而生發感想的詩，也多寫得境界宏闊，情緒蒼涼。如《感遇》之三：

> 蒼蒼丁零塞，今古緬荒途。亭堠何摧兀，暴骨無全軀。黃沙漠南起，白日隱西隅。漢甲三十萬，曾以事匈奴。但見沙場死，誰憐塞上孤！

這首邊塞詩或許有批評當時朝廷邊備不修的用意，但全詩卻是以荒莽的沙漠為背景，總括地描繪自漢迄唐戰爭給人民帶來的深重苦難，令人感受到一種悲天憫人的情懷。

對生命的孤獨感的傾訴也是陳子昂詩歌的重要主題。這雖與他懷才不遇的遭際有關，但更多緣於他強烈的自我意識。因之其詩中的孤獨感絕少表現為沮喪沉淪，而是高傲不群。如人所皆知的《登幽州台歌》：

> 前不見古人，後不見來者。念天地之悠悠，獨愴然而涕下。

詩中以無限的時間和無窮的空間為背景，高聳起一個偉大而孤傲的自我，給人以崇高的美感。詩人把孤獨描繪成純粹的情緒，並且有意使用了不尋常的詩歌格式，從而造成一種精神上的震撼力。

陳子昂的理論將「風骨」與「彩麗」放在對立地位，其詩亦以漢魏五言古體為主，迴避在南朝興盛起來的新體式，顯然有些片面性。但從倡導

被人們忽視的慷慨悲涼的詩風來說，這樣做也是有必要的。而正是多種風格的彙聚，才造就了唐詩空前的繁盛。

在陳子昂力圖重振「漢魏風骨」的同時，劉希夷、張若虛諸人與「四傑」一樣，仍沿着南北朝詩歌固有的方向朝前開拓。

劉希夷的詩歌頗多從女性立場出發的賞春、惜春之作，是宮體詩的餘緒和變化。其中最著名的是《代悲白頭翁》。詩的前半篇寫「洛陽女兒」見落花而歎息，感慨「年年歲歲花相似，歲歲年年人不同」；後半篇寫往日美少年今成白頭翁，衰相可哀。這種對良辰美景而感歎韶華易逝的詩在南朝已很常見，江總《梅花落》可為代表。但到了本篇中，一方面是語言、節奏更為明快輕捷，另一方面則是詩中的情思包含了更廣泛的人生哲理，所以就比前人之作更為優美動人。

張若虛的《春江花月夜》也是流連青春之作：

> 春江潮水連海平，海上明月共潮生。灩灩隨波千萬里，何處春江無月明！江流宛轉繞芳甸，月照花林皆似霰；空裏流霜不覺飛，汀上白沙看不見。江天一色無纖塵，皎皎空中孤月輪。江畔何人初見月？江月何年初照人？人生代代無窮已，江月年年只相似；不知江月待何人，但見長江送流水。白雲一片去悠悠，青楓浦上不勝愁。誰家今夜扁舟子？何處相思明月樓？可憐樓上月徘徊，應照離人妝鏡台。玉戶簾中捲不去，擣衣砧上拂還來。此時相望不相聞，願逐月華流照君。鴻雁長飛光不度，魚龍潛躍水成文。昨夜閒潭夢落花，可憐春半不還家。江水流春去欲盡，江潭落月復西新。斜月沈沈藏海霧，碣石瀟湘無限路。不知乘月幾人歸，落月搖情滿江樹。

此詩久負盛名，也實在是異常出色。它的結構十分精緻卻又非常自然，各層次間的轉變、連接空靈飛動；詩歌的語言輕淺明麗，節奏婉轉而流暢；詩中的意境幽渺而澄澈，意象豐富而和諧；詩中的哲理與人生情感高度藝術化地融為一體。讀唐詩至此，人們不能不由衷地發出一聲驚歎。

《春江花月夜》包含着一些南朝文學的因子，但它更多地表現了詩人不平凡的創造力；它所達到的藝術高度，意味唐詩的高潮正在到來。

二　盛唐詩歌

　　本節所説的「盛唐」是指玄宗開元、天寶年間，直至「安史之亂」爆發以前的時期，這是唐詩經過長期醞釀而達到藝術高峰的時期。

　　張説、張九齡　張説（667—731）字道濟，張九齡（678—740）字子壽，二人在玄宗朝前期先後為執政大臣，而又愛好文學，喜延納後進。如張説執政時，張九齡、王翰等許多著名文士常遊其門下；張九齡曾辟孟浩然為荊州府幕僚，提拔王維為右拾遺，對王昌齡等許多詩人也有所獎勵和關懷。他們的這種作風以及他們自己在詩歌創作方面的愛好，對盛唐時期詩歌繁盛局面的形成起了明顯的作用。

　　張説自武后時起歷仕四朝，又是輔佐玄宗創建開元之治的傑出政治家。他的詩語言比較質樸，有時甚至有些粗率，但在抒寫個人懷抱時顯示出的風采和氣度，是豪放而有力的。張説也喜歡吟詠各種傑出人物，以此表現自己的人生志趣，《鄴都引》是這類詩中的代表作。詩的開頭寫「君不見魏武草創爭天祿，群雄睚皆相馳逐。晝攜壯士破堅陣，夜接詞人賦華屋」，語言凝練，人物的形象活躍有力。雖然結末「試上銅台歌舞處，唯有秋風愁殺人」之句歸結到一切英雄業績都將被淹沒在時間之流中，卻並不失倜儻意氣。這種英雄精神漸漸成為盛唐詩歌重要的精神內涵。

　　張九齡在政治上以操守高潔著名，在與李林甫發生衝突及遭排擠罷相後，尤其看重這一點。他的詩因而多表現清高自愛的人生態度。在藝術表現上，多託物言志、借景抒情，顯得委婉蘊藉。例如他的《感遇》十二首均以

芳草美人的意象抒寫自己的胸懷，而《西江夜行》、《望月懷遠》等篇將澄淨的襟懷表現在清朗的月色中，情韻雋永，尤為出色。前一首如下：

遙夜人何在，澄潭月裏行。悠悠天宇曠，切切故鄉情。外物寂無擾，中流澹自清。念歸林葉換，愁坐露華生。猶有汀洲鶴，宵分乍一鳴。

詩中所展現的澄澈柔美的夜景，處處滲透着婉約深長的情思。這類詩的風格對稍後孟浩然、王維等清淡一路的詩風也有一定的影響。

王昌齡、李頎等 在盛唐詩壇上有一批詩人，儘管仕途功名無甚成就，卻在這一富於理想色彩和創造精神的時代中才華湧發，詩情激蕩，寫下了許多千古傳誦的傑出篇章。他們很難歸屬於某一個流派，在詩型、題材上各有擅長，但無不有一種磊落豪邁的精神。王昌齡、李頎以及王翰、王之渙、崔顥就是其中的佼佼者。

王翰有《涼州詞》：

葡萄美酒夜光杯，欲飲琵琶馬上催。醉臥沙場君莫笑，古來征戰幾人回？

因為死亡是隨時可以來臨的，生命的每一個片刻都值得珍愛；而縱情的乃至不無奢侈的享受既是軍人嘲弄死亡的方式，又隱隱透出一層悲涼。

王之渙（688—742）字季淩，他也有以《涼州詞》為題的名篇：

黃沙直上白雲間，一片孤城萬仞山。羌笛何須怨楊柳，春風不度玉門關。

此詩開頭四字通行本作「黃河遠上」，可能是在流傳中被後人作了改動。詩歌在極廣大的視野裏寫出邊城的荒涼，而後再以羌笛哀怨的聲音撩動讀者的心弦。但詩中畫面雄壯闊大，故仍不失遒壯的風力。

在這群詩人中最為著名的是王昌齡（約690—約757）。他字少伯，京兆長安（今陝西西安）人，開元十五年進士及第，一生位沉下僚。安史之亂爆發後於避亂途中被亳州刺史閭丘曉殺害。

王昌齡最為擅長的詩型是七絕，寫得較集中的題材是邊塞生活。一般認為他和李白是唐人寫七絕的兩大高手，而他的《出塞》甚至被譽為唐人絕句壓卷之作（見王世貞《藝苑卮言》）：

　　秦時明月漢時關，萬里長征人未還。但使龍城飛將在，不教胡馬度陰山。

詩一開頭就把邊塞的戰爭追溯到它的遙遠而連綿不絕的歷史，提醒人們自古以來沿長城一線血與火的衝突是這一土地上的人們難以擺脫的命運；而後用「但使」、「不教」這樣的假設表達了對和平的祈願——但也正因「龍城飛將（指像漢代李廣那樣的名將）在」是一個假設的條件，它同時也就暗示了和平的不可能。這詩寫得並不深奧，卻在短小的篇幅中包含了對歷史的思考和複雜的感情，它的風格雄健渾厚，令人體會到詩歌語言的力量。

有些詩則熱烈讚揚了前線將士捨身許國的豪情，如《從軍行七首》其四：

　　青海長雲暗雪山，孤城遙望玉門關。黃沙百戰穿金甲，不破樓蘭終不還。

這裏表達的感情豪邁爽朗而富於英雄氣。

王昌齡又常用七絕體式寫閨情、宮怨，如《青樓曲二首》其一：

　　白馬金鞍從武皇，旌旗十萬宿長楊。樓頭小婦鳴箏坐，遙見飛塵入建章。

末句只寫少婦注視夫婿疾馳入宮，而自矜得意之情已盡在不語之中。詩人將情思和物色凝聚為鮮明的一點，言語無多而神情畢現。這樣的才華是令人欽佩的。

前面提及的三位詩人均以七絕傳名，我們由此可以看到這一詩型在盛唐時期的流行及成熟。它語言淺顯，節奏流暢，宜於通過對素材的精心提煉而構成集中、明快的表現，好的作品又普遍被用作歌詞來演唱，因此七絕特別容易被人們記誦、傳唱而廣泛流播，這對造成唐代社會熱愛詩歌的

風尚起了重要作用。

李頎（690—約751），東川（今四川三台）人，開元二十三年進士及第，天寶中曾任新鄉縣尉，後棄官退隱，又曾遊歷洛陽、長安。《古從軍行》、《古意》等幾篇歌行體的邊塞詩以悲壯而奔放的格調為他贏得了聲譽，但他的另外一些着力刻畫人物性格、有人物特寫意味的詩篇尤其具有特色。如《別梁鍠》詩開頭，「梁生倜儻心不羈，途窮氣蓋長安兒。回頭轉眄似雕鶚，有志飛鳴人豈知」，神氣攝人；《送陳章甫》中「陳侯立身何坦蕩，虬鬚虎眉仍大顙。腹中貯書一萬卷，不肯低頭在草莽」，豪邁有精神；《贈張旭》「露頂據胡床，長叫三五聲，興來灑素壁，揮筆如流星」，將這位「草聖」的神貌寫得十分動人。李頎寫這些人物時好表現他們的骨鯁之氣和狂傲性格，用筆奇誕，這同時宣泄了他自己胸中的憤激不平之慨。從中人們也看到唐詩中對個性自由、個人尊嚴的讚美日漸突出。

李頎有幾首描寫音樂的詩篇也非常有名。詩人善於運用巧妙的比喻、聯想，在聽覺形象和視覺形象的配合中描寫樂曲旋律和所呈現情感的變化，如《聽董大彈胡笳聲兼寄語弄房給事》中「空山百鳥散還合，萬里浮雲陰且晴。嘶酸雛雁失群夜，斷絕胡兒戀母聲」，以及「幽音變調忽飄灑，長風吹林雨墮瓦。迸泉颯颯飛木末，野鹿呦呦走堂下」，狀摹曲聲和內中意蘊的動人，可謂出神入化。

崔顥（？—754），汴州（今河南開封市）人，開元十一年登進士第，累官尚書司勳員外郎。他寫過一些關於閨情和邊塞的詩，而最有名的是被嚴羽稱為「唐人七律第一」（《滄浪詩話》）的《黃鶴樓》：

> 昔人已乘黃鶴去，此地空餘黃鶴樓。黃鶴一去不復返，白雲千載空悠悠。
> 晴川歷歷漢陽樹，芳草萋萋鸚鵡洲。日暮鄉關何處是？煙波江上使人愁。

相傳仙人在此騎鶴而去的黃鶴樓如今成為崔顥人生漂泊的一站。他以無作有，借黃鶴的一去不復返，寫出自由與永恆的夢想在人間的不可得；當日暮時分，煙波迷茫，此時遙望目不可及的鄉關，也不只是懷鄉之情，

而更多是感念人在天地間的根本上的漂泊無着。這首詩尚帶歌行的韻味，以嚴格的律體來衡量頗有「出格」之嫌。但這恐非因為對詩體的掌握欠純熟，而是出於情感的自由抒發的需要。

孟浩然、王維　孟浩然和王維通常被推舉為唐詩中山水田園詩派的代表性作家。

孟浩然（689—740）是位享有盛名而一生布衣的詩人。他長期隱居在家鄉襄陽城南峴山附近的澗南園，也曾屢次出遊，到過許多山水名勝之地。他的詩大部分與家鄉及漫遊途中的山水景物有關，是唐代第一個傾大力寫作山水詩的詩人。

山水詩在唐以前已經經歷了長期發展，而孟浩然在這裏仍然有獨特的創造。這不僅表現在詩中情和景的關係常常是水乳交融般的密合，詩中的意境也顯得更加單純明淨。而這又同孟浩然詩在語言方面的特點有關：通常它是樸素而自然的，甚至有些平淡，但其實經過苦心琢磨，所以能夠表現悠遠深厚的境界。如《夜歸鹿門山歌》：

> 山寺鐘鳴晝已昏，漁梁渡頭爭渡喧。人隨沙岸向江村，余亦乘舟歸鹿門。
> 鹿門月照開煙樹，忽到龐公棲隱處。岩扉松徑長寂寥，唯有幽人夜來去。

從漁梁渡頭到鹿門山，一路行程中時與景漸變，詩境也漸漸轉向清幽。當嘈雜的人群各有所歸時，詩人的身影以一個飄逸的姿態從喧囂的塵世脫出。在這裏，人在世間的行程和他的精神歷程相互疊合。而詩在字面上並無特異的修辭手段，通篇只是用一種行雲流水般的調子把夜歸的行程一路寫下來。另外寫田園生活的《過故人莊》也是很好的例子：

> 故人具雞黍，邀我至田家。綠樹村邊合，青山郭外斜。開軒面場圃，
> 把酒話桑麻。待到重陽日，還來就菊花。

老朋友請客，準備了些家常的食物，彼此閒扯了一會兒農莊裏的瑣

事。這似乎是毫無意義的日常生活經歷，但在平淡的描述中卻浸透了淳厚的人情；而且，這種無所用心似的蕭散，跟城市裏官場中免不了的虛飾、焦慮、緊張，正好是相反的情調，它使讀者的心情獲得一種放鬆。

孟浩然詩的語言和意境有時似乎與陶淵明詩相近。但陶詩意蘊的深厚與詩中的玄理有關，而孟詩並無這種哲理的內容，它的深厚意蘊只是產生於對生活本身的體味和感受。這使得孟浩然詩讀來更覺親切。而詩歌在創造情韻豐厚的意境時，不依賴於特殊的語彙與炫人眼目的修辭，這也表明人們對詩意的感受越來越敏銳和細緻。

王維（約701—761）字摩詰，太原祁縣（今屬山西）人，開元九年進士及第，長期主要在京城任職，累遷至尚書右丞。他是一位多才多藝的作家，精通音樂，尤擅繪畫，後人甚至推許為南宗畫派之祖。他在詩歌創作方面也具有全面的造詣，各種詩型各種題材均有佳作。總之，在盛唐詩壇上，王維是一位富於藝術修養的詩人。

王維早年一些詩歌寫得意氣風發，如《少年行》其一：

新豐美酒斗十千，咸陽遊俠多少年。相逢意氣為君飲，繫馬高樓垂柳邊。

遊俠少年灑脫無羈的情懷，表現得何其真切。此外，王維早期以及中年所寫的邊塞詩亦慷慨宏放，《使至塞上》中「大漠孤煙直，長河落日圓」之句，以單純的線條描繪出塞上奇瑰的風光，景象壯闊而優美，令人神往。

不過，王維詩中最具個人特色、最能體現他的創造才華的，還是關於山水田園的作品。大抵自中年以後，由於對仕途生活的厭倦和佛教思想的薰陶，王維在政治上採取一種低調的姿態，他在終南山置有別業，後又經營了輞川山莊，過着亦仕亦隱的生活，而自然美景便成為他取之不盡的詩材。

前人論王維的山水田園詩，經常注意到的有兩大特點：一是蘇軾所說的「詩中有畫」（《書摩詰藍田煙雨圖》），一是詩中常蘊含佛理禪趣。他本是一位畫家，又是熱心的佛教信仰者，上述特點的形成應該說是很自

然的。但必須注意到，就前者而言，王維詩中常常融合了心理因素描繪出自然景物的微妙變化，這恰恰是繪畫難以表現的；就後者而言，王維詩在呈現自然景象的幽靜與深邃時總不乏清麗豐潤的美感，它更多地傳達了熱愛生活的情懷而並非佛徒的空寂出世之想。總之，王維歸根結底是一位感性豐富的詩人。

和孟浩然相比，王維的山水田園詩有一種純化的非日常性的意境，如《山居秋暝》：

> 空山新雨後，天氣晚來秋。明月松間照，清泉石上流。竹喧歸浣女，蓮動下漁舟。隨意春芳歇，王孫自可留。

這是一片寧靜而清朗的世界，散發着夢幻般的美麗的光華。「王孫自可留」，更可以理解為詩意生活對庸俗人性的勸歸。

王維寫景的一個非同凡響的長處，是憑藉着敏銳而細緻的感受、使用恰好的語言顯示光與色及聲音變幻不定的形態。如《山中》一詩，前二句「荊溪白石出，天寒紅葉稀」已是很漂亮的具有繪畫效果的色彩組合，而後二句「山路元無雨，空翠濕人衣」，寫濕潤的青山中翠色彷彿蕩漾開來，更是空際着筆，在真幻之間。還有《鹿柴》：

> 空山不見人，但聞人語響。返景入深林，復照青苔上。

空山中不見人影因而顯得不可捉摸的聲音，暗淡地浮動着並且正在靜靜地消逝的陽光，演示了「有」和「無」的不確定性。此詩後二句本於梁劉孝綽《侍宴集賢堂應令》中「反景入池林，餘光映泉石」一聯。但劉氏原詩因為有太多的累贅語，以至這二句的妙處也被淹沒了；而王維將它作了一番改造並重新組合，卻構成了既單純又幽邃的意境。從這裏我們也可以看到唐詩與南朝詩歌的關係。

作為一個藝術造詣全面的詩人，王維詩即使在山水田園這一題材範圍內，其風格也不是單一的。如《終南山》的「白雲回望合，青靄入看無。

分野中峰變，陰晴眾壑殊」，《漢江臨眺》的「江流天地外，山色有無中。郡邑浮前浦，波瀾動遠空」，都具有極為空闊廣大的境界。而《渭川田家》則用了清淡自然的筆調寫出農村生活的安寧與和諧，近似於陶淵明的風格。

再有，王維也善於用歌謠式的素樸語言和自然音調，把一些普遍性的人生情感表現得單純而又雋永，如《送元二使安西》：

> 渭城朝雨浥輕塵，客舍青青柳色新。勸君更盡一杯酒，西出陽關無故人。

此詩在唐代被配樂後作為送別曲演唱，又稱《陽關三疊》，可見其感人之深。

王維是唐代影響最為深遠的大詩人之一。不僅山水田園詩在他手中得到一次總結和顯著的提高，後代凡追求詩歌「妙悟」、「神韻」之境的詩人，大抵皆以他為宗。

當時和王、孟風格比較接近的，還有儲光羲、常建等人。儲光羲寫有多篇田園詩，而傳誦較廣的則是寫景小詩《釣魚灣》，「潭清疑水淺，荷動知魚散」之句頗為細巧。常建善寫山水景物，其《題破山寺後禪院》一篇很有名：

> 清晨入古寺，初日照高林。竹徑通幽處，禪房花木深。山光悅鳥性，潭影空人心。萬籟此都寂，但餘鐘磬音。

雖說在蘊涵佛理方面較王維而言稍嫌外露，但還是成功地寫出了幽寂的意境；中二聯之精工，尤非尋常。

高適、岑參　高適和岑參都曾廁身戎幕，均擅長以古詩尤其是七古的形式來寫邊塞題材，而且詩中多慷慨之氣，所以自唐宋以來就有「高岑」的並稱。

高適（約704—765）字達夫，渤海蓨縣（今河北景縣）人，早年困頓

不遇，約五十歲時至河西節度使幕中掌書記。安史之亂發生後他才開始受到重用，代宗朝累官至刑部侍郎，進封渤海縣侯。《舊唐書》說「有唐以來，詩人之達者，唯適而已」。但其現存詩篇大都作於未發達時。

高適抱負遠大，狂放不羈，卻長期沉淪，故詩中情緒激憤而高昂。《九月九日酬顏少府》寫道：

> 簷前白日應可惜，籬下黃花為誰有？行子迎霜未授衣，主人得錢始沽酒。蘇秦憔悴人多厭，蔡澤棲遲世看醜。縱使登高只斷腸，不如獨坐空搔首。

這是一首通篇對仗的七律，內容又是自歎不遇，卻寫得氣勢翻騰，雄渾有力。這力量來自詩人內心的高傲。雖然無衣無錢，但這只是蘇秦、蔡澤一類英雄人物的「憔悴」與「棲遲」；既然世人無識，他也只好獨坐搔首，任白日空馳，黃花枉開。其實高適在去河西幕府之前也曾擔任過封丘縣尉，但不久便辭去了，《封丘縣》一詩坦率地自陳心跡：「我本漁樵孟諸野，一生自是悠悠者。乍可狂歌草澤中，寧堪作吏風塵下。只言小邑無所為，公門百事皆有期。拜迎官長心欲碎，鞭撻黎庶令心悲⋯⋯」個人尊嚴和小官僚職務的卑瑣與不自由發生了嚴重的衝突，這樣的生活令他難以忍受。殷璠《河岳英靈集》說：「適詩多胸臆語，兼有氣骨，故朝野通賞其文。」表達感情直率而強烈，確是高適詩的明顯特點，加上始終自信的豪邁性格，使得他的詩歌形成雄健的風格。

高適的詩以七言古體最為著名，代表作除上引《封丘縣》，另有邊塞題材的《燕歌行》：

> 漢家煙塵在東北，漢將辭家破殘賊。男兒本自重橫行，天子非常賜顏色。摐金伐鼓下榆關，旌旆逶迤碣石間。校尉羽書飛瀚海，單于獵火照狼山。山川蕭條極邊土，胡騎憑陵雜風雨。戰士軍前半死生，美人帳下猶歌舞。大漠窮秋塞草腓，孤城落日鬥兵稀。身當恩遇常輕敵，力盡關山未解圍。鐵衣遠戍辛勤久，玉箸應啼別離後。少婦城南欲斷腸，征人薊北空回首。邊風飄飄那可度，絕域蒼茫更何有？殺氣三時作陣雲，寒聲一夜傳刁

斗。相看白刃血紛紛，死節從來豈顧勳。君不見沙場征戰苦，至今猶憶李將軍。

類似以戰爭的艱苦和征人思婦相思之情為主要素材的七言歌行自梁代以來絡繹不絕，而此篇卻仍能出類拔萃。它在形式上大體為四句一轉韻，每節前兩句散行，後兩句用對偶，一弛一張，節奏感很強；而內容的抒寫則避免舒緩的鋪陳，場景迅疾變換，並且將相互衝突的情緒如將士的勇武、軍中的苦樂不均、征人思婦的彼此思戀等直接組合在一起，這不僅大大開拓了歌辭的內涵，而且顯得動盪捭闔，更具有衝激力。這種整練中見頓宕、縱橫馳騁的藝術特色，給後人以很多啟發。

岑參（715—769），江陵（今屬湖北）人。和唐代一般邊塞詩作者相比，他有着遠為豐富的實際生活經驗。自三十歲應舉及第後，岑參曾兩度出塞，在今新疆一帶任幕僚之職多年。他的邊塞詩多具體描述親身經歷的事件、親眼所見的風光，而很少用概括性的寫法。岑參性本好奇，其詩中充滿異域情調的習俗、事物、景色斑斕紛呈，給邊塞詩開拓了瑰麗異常的境界。如「琵琶長笛曲相和，羌兒胡雛齊唱歌。渾炙犁牛烹野駝，交河美酒金叵羅」（《酒泉太守席上醉後作》）是別具風味的飲筵，「曼臉嬌娥纖復穠，輕羅金縷花蔥蘢。回裙轉袖若飛雪，左旋右旋生旋風」（《田使君美人舞如蓮花北旋歌》）是另有風情的舞蹈，而「北風卷地白草折，胡天八月即飛雪。忽如一夜春風來，千樹萬樹梨花開」（《白雪歌送武判官歸京》）則是常人不得見的景觀。在這嚴酷而奇麗的自然環境中，軍旅生活既是豪邁的也是艱辛的。《走馬川行奉送出師西征》寫道：

君不見，走馬川行雪海邊，平沙莽莽黃入天。輪台九月風夜吼，一川碎石大如斗，隨風滿地石亂走。匈奴草黃馬正肥，金山西見煙塵飛，漢家大將西出師。將軍金甲夜不脫，半夜軍行戈相撥，風頭如刀面如割。馬毛帶雪汗氣蒸，五花連錢旋作冰，幕中草檄硯水凝。虜騎聞之應膽慴，料知短兵不敢接，車師西門佇獻捷。

岑參詩中也常常直接呈露個人的情感，它和局外觀察者的擬想是有所不同的，如《涼州館中與諸判官夜集》：

　　　　彎彎月出掛城頭，城頭月出照涼州。涼州七里十萬家，胡人半解彈琵琶。琵琶一曲腸堪斷，風蕭蕭兮夜漫漫。河曲幕中多故人，故人別來三五春。花門樓前見秋草，豈能貧賤相看老。一生大笑能幾回，斗酒相逢須醉倒。

　　這是一群中層官員的宴集，他們因不甘貧賤而遠來塞上，卻又深感人生苦長歡短，唯有借酒作樂，一醉方休。

　　岑參詩以奇峭壯麗著稱。這不僅是因為它的內容不同尋常，而且其體式亦有刻意求奇的特色。上引二詩，前一首詩以三句為一用韻單位，句句用韻，造成一種拗峭而急迫的節奏；後一首兩句一韻，最後四句為一韻，十二句共換了五韻，詩中又多用接字法緊密連接，造成復沓迴旋的聲情。這種不拘常規的節奏、格調和富於跳躍性的情思可謂相得益彰。

　　李白其人　李白（701—762）字太白，出生於碎葉（唐安西四鎮之一，治所在今吉爾吉斯斯坦境內）。李陽冰《草堂集序》等早出的文獻均謂其為隴西成紀人，然陳寅恪先生之考證，則提出其家族實為漢化的西域胡人。幼年隨家遷居綿州昌隆（今四川江油）。開元十三年李白二十五歲時離蜀漫遊，經湖北、湖南而至江浙一帶。後寓居郢城（今湖北安陸），娶故相許圉師孫女為妻。之後他仍不斷出遊，足跡遍及中原各地及山東，並一度到達長安。在漫遊過程中，李白廣泛交接文人雅士、名宦巨公，詩名遠播。

　　天寶元年（742），李白被唐玄宗徵召入京，供奉翰林。他入京時受到玄宗隆重的禮遇，躊躇滿志，頗有心作一番事業。但不久就因遭到宮廷權貴的嫉恨與讒毀而萌生去意。天寶三載春，李白被放還鄉。離長安後，他在洛陽與杜甫相識，結為知交。繼而仍四處浪遊，漂泊在河南、山東和吳

越一帶。

天寶十四載（755），安史之亂爆發。李白隱居於廬山時，永王李璘率師由江陵東下，邀請他參與其戎幕。肅宗李亨恐李璘成割據之勢，發兵征討，李璘軍敗被殺，李白也因此獲罪下獄，不久被長流夜郎（今貴州銅梓一帶）。至巫山時遇赦放還。寶應元年，李白病死於當塗其族叔李陽冰家。

在中國古代文士中，李白是一個生平、個性、思想都很獨特的人。他是否為胡人後裔雖無定論，但其家非屬仕宦而富裕逾常，這也是頗為奇怪的，所以人們猜想其父李客可能是一位鉅賈。李白自幼所受教育也不同一般，所謂「五歲誦六甲，十歲觀百家」（《上安州裴長史書》），「十五觀奇書」（《贈張相鎬》），這裏完全沒有格外看重儒家文化的意味；在其他作品中，倒是常能見到對儒生乃至對孔子本人嘲弄的態度。

李白是一個生活興趣極其廣泛，而且無法僅僅在現實中就獲得充分滿足的人，他渴望積極地行動，追求一切可能的成功和享受。他「十五遊神仙，仙遊未曾歇」（《感興》），而著名的道士司馬承禎在江陵初次遇到他，便誇許他「有仙風道骨，可與神遊八極之表」（李白《大鵬賦·序》），遊仙問道的生活體現着超越凡俗的嚮往，也寄託着永生之夢想；他常年漫遊，幾乎遍歷全國的名山大川，這既與求仙訪道有關，也是因為自然的美景令生命感受到快慰；他縱酒豪飲，宣稱「百年三萬六千日，一日須傾三百杯」（《襄陽歌》），因為醉酒的境界神氣格外飛揚；他又有很強烈的任俠作風，魏顥說他「眸子炯然，哆如餓虎……少任俠，手刃數人」（《李翰林集序》），他也曾回憶自己「東遊維揚，不逾一年，散金三十餘萬，有落魄公子，悉皆濟之」（《上安州裴長史書》），足見其為人之輕財好施，豪蕩使氣；當然，李白在政治上也慷慨自負，「願為輔弼，使寰區大定，海縣清一」（《代壽山答孟少府移文書》），這是壯麗人生所需要的舞台；另外，魏顥《李翰林集序》還提及他「駿馬美姜」的出遊，那也是一種古昔的風流俊賞。

總之，李白是一個充滿夢想的非凡的天才，其個性之活躍和解放在中

國古代詩人中無人可及。因此,李白也就很自然地為其同時代的人們所心儀,並永久地為後人所欽仰。

李白詩歌的藝術　崇尚自由與個人尊嚴,熱愛生活,熱愛自然,對親友乃至廣大的人群常懷着真摯感情,是李白詩歌中最突出也是最可貴的內涵。魏晉以來重視個人價值的精神,盛唐文化中的英雄主義的氣質,都融會在他的詩中,並且更注入了某些帶平民色彩的意識。他正是在新的歷史環境中繼承和發揚了古典詩歌的優秀傳統,積極發揮基於其強大生命力的藝術天才,而成為中國詩壇上耀眼的巨星。

李白所期望的是壯麗的人生,而這必須通過建立奇功偉業來實現;李白所期望的又是自由的人生,而這意味着不能夠向權勢者屈服。在他的時代中,這兩者完全是不可能統一的,但李白就其人生態度而言,從沒有放棄這種理想的結合。

在詩歌中,李白喜歡讚美在動盪變亂的非常時期叱咤風雲的人物,因為在那樣的歷史舞台上英雄的行動更為主動和自由,他們的身姿格外光彩照人。而他總是隨着自己的願望來描述這些英雄,使他們成了自己的替身或陪襯。如《古風》其十寫戰國時的魯仲連:「明月出海底,一朝開光曜。卻秦振英聲,後世仰末照。意輕千金贈,顧向平原笑。」這裏魯仲連退秦兵是那樣瀟灑而輕快,大約李白想像自己排難解紛的身姿便是如此。又如《梁甫吟》中的酈食其:「君不見高陽酒徒起草中,長揖山東隆準公;入門不拜騁雄辯,兩女輟洗來趨風。東下齊城七十二,指揮楚漢如旋蓬。——狂客落魄尚如此,何況壯士當群雄!」酈食其原不是楚漢之爭中的決定性人物,但李白要把他寫成如此模樣。他還進一步推想,像他這樣的「壯士」應該比酈食其那樣的「狂客」更高一籌。

李白無法忍受俯首在權力的階梯上費力攀升,他為自己設想的從政道路是由布衣直取卿相,做一番安國濟民的大事業,然後是「功成拂衣去,搖曳滄洲旁」(《玉真公主別館苦雨》)。當他來到長安的官場之後,當然

也不能夠為了遵守等級秩序的固有規則而屈膝向人。「揄揚九重萬乘主，謔浪赤墀青瑣賢」（《玉壺吟》），對皇帝他無妨加以稱讚，至於群臣也就是彼此玩笑一番罷了。當發現自己不能為官僚們所容忍時，他寧可拋棄皇家的榮寵。他詫異且憤怒地指斥這個世界的荒唐：「雞聚族以爭食，鳳孤飛而無鄰。蝘蜓嘲龍，魚目混珍；嫫母衣錦，西施負薪。」（《鳴皋歌送岑征君》）而在《夢遊天姥吟留別》中，他更高聲呼喊：「安能摧眉折腰事權貴，使我不得開心顏！」他把「開心顏」看得那麼重要，因為他不能夠壓抑自己。但要李白從此高臥雲山成為隱士，卻還是不能夠。在加入永王李璘的幕府後，他又興奮地嚮往着一出手便能扶顛濟危，猶如謝安之於東晉：「但用東山謝安石，為君談笑靜胡沙。」（《永王東巡歌》）其實，李白是否具有在複雜的權力結構中從事政治活動的能力是可疑的。然而作為詩人，他為世人描繪了在當時而言是瑰麗非凡的人生圖景。

對李白來說，生命的快樂也不只是寄託在政治上的成功，它需要各方面充分的滿足，譬如飲酒：

> 君不見黃河之水天上來，奔流到海不復回；君不見高堂明鏡悲白髮，朝如青絲暮成雪。人生得意須盡歡，莫使金樽空對月。天生我材必有用，千金散盡還復來。烹羊宰牛且為樂，會須一飲三百杯。岑夫子，丹丘生，將進酒，杯莫停。與君歌一曲，請君為我傾耳聽。鐘鼓饌玉不足貴，但願長醉不復醒。古來聖賢皆寂寞，惟有飲者留其名。陳王昔時宴平樂，斗酒十千恣歡謔。主人何為言少錢，徑須沽取對君酌。五花馬，千金裘，呼兒將出換美酒，與爾同銷萬古愁。（《將進酒》）

從無人將喝酒的事情說得如此義正辭嚴、慷慨熱烈。大抵一般人總要為享樂生活找到在其之上的較為高尚的理由，但李白覺得享樂就是生命的權利，並不需要作甚麼掩飾。何況，酒還能將自然的人性從禮俗的拘禁中解放出來，恢復其本有的真誠。李白的飲酒詩總是洋溢着童真般的情趣，像本篇中「主人何為言少錢」云云，又如《山中與幽人對酌》：「兩人對

酌山花開，一杯一杯復一杯。我醉欲眠卿且去，明朝有意抱琴來。」人們喜愛這些詩，也正是因為從中可以感受到李白的坦誠性格和熱烈的人生之戀。

大自然對李白來說是親密的朋友，因為他常常把自己的性情融化到自然景物中去，然後又從自然中尋回另一個自我。例如他初出蜀時寫的《渡荊門送別》：

> 渡遠荊門外，來從楚國遊。山隨平野盡，江入大荒流。月下飛天鏡，雲生結海樓。仍憐故鄉水，萬里送行舟。

李白離開自幼生長的西蜀，躊躇滿志，振翅欲飛。此時來到荊門山下，但見天宇曠寥，平野無涯，一路被兩岸高山緊緊夾持的長江歡暢地流向遼闊的大地，這不正象徵着一個廣大的世界將屬於他嗎？

熱愛自由和豪邁奔放的個性，使得李白尤其喜愛描繪雄壯的山川及其有力的動態。他筆下的黃河、長江，沖騰奔放，不可阻擋：「黃河萬里觸山動，盤渦轂轉秦地雷……巨靈咆哮擘兩山，洪波噴流射東海」（《西嶽雲台歌送丹丘子》）；「登高壯觀天地間，大江茫茫去不還。黃雲萬里動風色，白波九道流雪山」（《廬山謠寄盧侍御虛舟》）。他筆下的山峰峻拔崢嶸，氣勢磅礴，像著名的《蜀道難》以「噫吁嚱，危乎高哉！蜀道之難難於上青天！」這樣的驚歎開頭，而後以大量篇幅從各種角度描繪和渲染蜀山的高峻艱險，令人有驚心動魄之感。當然李白也善於寫意境優美的山水詩，但由性格所決定，前一種才是最具特色的。

當然，李白的感情更多地是投向他周圍的人們。他珍愛自我，由此也珍愛他人。我們先看他的《久別離》詩：

> 別來幾春未還家，玉窗五見櫻桃花。況有錦字書，開緘使人嗟。至此腸斷彼心絕，雲鬟綠鬢罷梳結，愁如回飆亂白雪。去年寄書報陽台，今年寄書重相催。東風兮東風，為我吹行雲使西來。待來竟不來，落花寂寂委青苔。

據魏顥《李翰林集序》，李白初娶許氏，後「合於劉」而「劉決」，此後他還有過兩次婚姻。上引詩正是李白在河南收到劉氏從吳地寄來訣別書信後寫的[1]。從詩中可以看出，李白曾兩次致書要求並急切等待劉氏到他身邊來，但劉氏不知為甚麼不能來，還決定與他分手。而李白儘管對此有「腸斷」之痛，但在詩中對她不僅毫無指責，而且更多地想到她的痛苦，好像看見她愁苦不堪的模樣。這是一首十分動人的詩篇。尤其是在婦女的社會地位很低的古代中國，李白能夠這樣對待主動提出離異的女方，更為難能可貴。他對貴者是高傲的，對弱者卻富於同情。

李白那些歌唱友誼的詩篇，更有很多是久來膾炙人口的，如《黃鶴樓送孟浩然之廣陵》、《聞王昌齡左遷龍標遙有此寄》是為兩位名詩人而作，《贈汪倫》則是寫給一個普通的老百姓：

> 李白乘舟將欲行，忽聞岸上踏歌聲。桃花潭水深千尺，不及汪倫送我情。

李白的這一類贈別詩總是寫得一往情深而又清爽暢快，纏綿悲切不是他的愛好。

自由活躍的性格，等級觀念的淡薄，使李白能夠饒有興味地看待各種人的生活，隨處發現人情之美。如《宿五松山下荀媼家》表達了因一個農婦對他的款待而生的感激之情，《秋浦歌》描繪了冶煉工人在月夜中煉礦時火光熊熊、歌聲動地的熱烈景象，而《越女詞》則寫下了對江南赤足少女的瞬間的感動：「長干吳兒女，眉目豔星月。屐上足如霜，不着鴉頭襪。」生活對於他是如此富於吸引力，他的詩意感覺永遠那麼新鮮。

儘管盛唐時代社會文化之開放在中國歷史上是不多見的，李白的詩歌創作也確實離不開這一大背景，但當時仍然找不到與李白風格近似的詩人；而在整個中國詩史上，李白也幾乎是獨一無二的。作為詩人的李白，

1　有關此詩的解釋係據章培恆先生考證，見其《獻疑集·李白婚姻生活、社會地位與氏族》。

實有其不可企及之處：他有特別強烈的自我意識，一般人在世俗生活中無法保持的童心與天真，旺盛的生命活力和非凡的天賦，還加上足夠的文學修養，這一切實難匯集於一身。

從詩歌體式來説，李白除了七律寫作較少，可説是眾體兼長。其中為人稱道也最具個人特色的是以樂府體為主的古詩，尤其是傳統上歸為「七古」而實為雜言體的歌行。由鮑照所開創的這一詩體，在李白那裏比前人更為放縱自由，在句式的起伏無端而舒捲自如的變化中呈現着感情的激越跳蕩、倏忽變幻。七言絕句也是李白特別擅長的詩體，寫來或輕快流利，或飄逸飛動，公認代表着唐代七絕的最高水準。而五言古體、律詩、絕句，無不各有佳妙之作。

李白的詩歌極富於想像力。當尋常的形象無法容納他的活躍而強烈的感情時，詩人就展開天馬行空式的想像和幻想，創造出奇幻的形象與意境。如《陪侍郎叔遊洞庭醉後》：「剗卻君山好，平鋪湘水流。巴陵無限酒，醉殺洞庭秋。」先是把洞庭穠麗的秋色與酒醉聯想在一起，而後又設想把君山削去，讓湘水一無遮攔地流瀉，便能夠使洞庭的秋色「醉」得更透更動人。又如《梁甫吟》中的：「我欲攀龍見明主，雷公砰訇震天鼓，帝旁投壺多玉女。三時大笑開電光，倏爍晦冥起風雨。閶闔九門不可通，以額扣關閽者怒……」用幻想中天界異常詭奇激烈的情景表現了自己與昏憒的統治集團的衝突。而《月下獨酌》寫平常的生活內容卻有着常人夢想不到美妙：

> 花間一壺酒，獨酌無相親。舉杯邀明月，對影成三人。月既不解飲，影徒隨我身。暫伴月將影，行樂須及春。我歌月徘徊，我舞影零亂。醒時同交歡，醉後各分散。永結無情遊，相期邈雲漢。

同樣，李白詩歌在風格上也是兼具各色。情緒熱烈、富於氣勢、境象奇麗固然是其重要的特點，但他也善於寫或清幽或樸素的詩境。像「床前明月光，疑是地上霜。舉頭望明月，低頭思故鄉」（《靜夜思》）這樣樸

實無華的小詩，也是十分動人的。

「清水出芙蓉，天然去雕飾」，李白的這兩句詩常被人們用來形容他自己詩歌的語言特色。他很喜愛南朝樂府，有不少詩篇的用語直接脫化於此（如《靜夜思》係從《子夜秋歌》「秋風入窗裏」一篇化出），而其他許多詩篇雖不是直接由此改造而來，卻同樣具有率真自然、清淺明朗的歌謠風韻。但是他的「天然」又並不僅僅是除去雕飾，淺顯明白，而是在學習歌謠特點、廣泛吸納新鮮活潑的生活語言的同時，也廣泛汲取了前代文人詩歌的精華，形成通俗而又精煉、明朗而又含蓄、清新而又明麗的特色，語近情遙，自成高格。

在文學史上，初、盛唐詩歌繼承了六朝詩歌所蘊含的多種可能性而獲得大幅度的提高。儘管，追求文學的生氣和抒情的解放，強調「風骨」，提倡「自然」，要求語言的雅俗結合，這些主張在六朝就先後被提出，但由於社會文化等歷史條件和藝術經驗積累的限制，至盛唐詩歌，前人的這些審美理想才真正得到充分的體現，而李白在這方面又正是一個傑出的代表。

三 初、盛唐散文的變化

我們在這裏說的「散文」是一個廣義的概念，駢體文和散體文都包括在內。初、盛唐是一個詩歌的時代，散文的成就相形遜色得多。但這時的文章正醞釀着一些變化，還是很值得注意的。

初唐承南朝餘緒，流行四六駢體。「四傑」中駱賓王、王勃尤以擅長駢文著名。

駱賓王留下的文章數量不少。他呈給上級官員的書、啟一類，雕琢很重，但寫給親舊的書信，則有明顯不同。如《與親情書》的開頭，「風壤一殊，山河萬里。或平生未展，或睽索累年。存歿寂寥，吉凶阻絕。無

由聚泄，每積淒涼」，寫出了無奈地勞瘁於仕路時回顧人生、眷懷親友的濃厚傷感，顯得十分感人，文辭也較為簡潔。大體這一類文字較南北朝的駢文已經少了些矜持。他代徐敬業起草的《討武氏檄》是唐代駢文中的名作。文字中灌注了熱烈的感情，極富於煽動性。像「一抔之土未乾，六尺之孤安在」，雖是從君臣大義來發論，卻是令人由悲哀而生憤慨。

王勃寫有多篇駢體序文，其中《滕王閣序》尤為著名。描摹秋色的一節，畫面宏闊而景象明麗：

> 雲銷雨霽，彩徹區明。落霞與孤鶩齊飛，秋水共長天一色。漁舟唱晚，響窮彭蠡之濱；雁陣驚寒，聲斷衡陽之浦。

這一小節用三組不同的對句構成，堪稱精工。但駢文雖然也可以寫得既精美又切情，然而由於形式的講求太多，並不容易寫好。實際上初唐像《滕王閣序》這樣的文章已不多見了。

對於盛唐時代一些性格自由無羈的文士來說，過於嚴格的文章形式是他們不願接受的。典型的如李白，他的書信體散文無不是駢散兼用而揮灑自如，即使像《春夜宴從弟桃李園序》這種慣例用駢體的文章，他也寫得相當鬆散：「夫天地者，萬物之逆旅；光陰者，百代之過客。而浮生若夢，為歡幾何？古人秉燭夜遊，良有以也。況陽春召我以煙景，大塊假我以文章……」這是說人生當及時行樂的道理，文字淺顯而屬對不十分嚴整，遂容易表達活躍的情緒。而王維的《山中與裴秀才迪書》更具代表性：

> 北涉玄灞，清月映郭。夜登華子岡，輞水淪漣，與月上下。寒山遠火，明滅林外；深巷寒犬，吠聲如豹；村墟夜舂，復與疏鐘相間。此時獨坐，僮僕靜默。多思曩昔，攜手賦詩，步仄徑，臨清流也。當待春中，草木蔓發，春山可望，輕鯈出水，白鷗矯翼，露濕青臯，麥隴朝雊，斯之不遠，儻能從我遊乎？非子天機清妙者，豈能以此不急之務相邀？然是中有深趣矣！無忽。

寫景抒情，文辭清麗，趣味雋永，非常富於詩意。此文明顯繼承了六朝書信體寫景小品傳統，但它雖多用四字短句，亦間有對偶，卻有意避免過分嚴整，更見輕快自由。

　　從以上簡單的引證，可以看到唐代散文在中唐以前就有了從駢體向散體變化的趨勢。值得提出的是：單純從文學範圍來說，雖然某一種體式會因風習的關係而特別盛行，但作家基於個人對美的追求的寫作終究是自由的，如果某一體式使人們感到不適，便自然會發生改變，實無須乎嚴辭厲色的批判與呼籲。所謂「古文運動」之所以有一種莊嚴峻厲之相，正因它是一種思想與意識形態的運動；換句話說，單就文學而言，古文運動並不像人們以前所推崇的那麼重要。

第十章

中、晚唐詩文

在尚維持着表面繁盛的玄宗天寶後期，唐代社會已埋伏着危機。天寶十四載（755）安史之亂爆發，使這個強盛的王朝迅速地轉入衰亂。安史之亂給唐代社會乃至整個中國歷史造成的影響是相當深遠的：一方面，地方軍閥割據勢力不斷擴張，中央政權對全國的控制受到嚴重削弱；另一方面，從隋代以來就逐漸受到抑制的貴族階層（包括傳統士族與新起的貴族）由於莊園經濟受到戰亂的掃蕩而從此一蹶不振，出身於普通官僚、地主家庭的文化人在政治上越來越活躍。從總體上來說，中國社會的結構開始走向轉型階段。

政治的變亂使得一部分文化人渴望皇權的強大，對南北朝直到盛唐因城市經濟的發展而形成的追求享樂的傾向也提出了嚴厲的批評，並進而考慮調動意識形態的力量來積極維護封建倫理秩序。因此出現了復興儒學的努力；這種努力包含了對儒學的改造，其方向是通向宋代理學的。反映在文學領域，首先可以看到文學與時事政治的關聯加強了，進一步是儒學傳統中以文學為政治、教化之工具的觀念得到系統的闡發，並表現於一部分作家的實際創作。一般說的「古文運動」和「新樂府運動」就是這一背景下不約而同的產物。

但中晚唐文學並不是說因這種束縛而出現全面的退縮，它只是變得更複雜。儘管社會處於持續的動盪中，城市經濟卻仍舊趨向繁盛，與城市生活相適應的俗文學以及跟它關係密切的傳奇小說興盛起來，這我們將在另外的章節中介紹。而就是純屬雅文學傳統的詩文，也是處於分化的狀態，即一部分朝着為政教服務的方向轉變，一部分繼續朝着表現個人生活情懷和注重審美的方向發展。而且同一個作家的文學態度、文學品格也並不總是統一的。像韓愈在散文領域是倡導「文以明道」的領袖，而他的詩歌則很少跟這一主張發生關聯；白居易的詩歌則在兩個方向上都有突出的表現。

還有一點值得注意的是，自魏晉至盛唐，文學的趣味是偏向於高雅的，這跟貴族文化的影響有關；到了中唐以後，因此而產生的許多忌諱被打破了，尤其在詩歌方面，呈現的心理活動內容、審美趣味要比前人更為豐富複雜。所以，中晚唐詩歌藝術風格的多樣化、各種不同風格之間的差異，甚至比初盛唐詩給人的印象還要強烈。

一　中唐詩歌

杜甫的生平與創作歷程　在《唐詩品彙》中杜甫被列為盛唐詩人，現代研究者中早有人提出這不妥當。因為杜甫詩歌的主導風格是在安史之亂的前夕開始形成而滋長於其後數十年動盪不已的形勢中的，儘管在杜甫的詩歌創作中仍然體現着盛唐詩歌的一些重要特徵，如愛好雄偉壯大之美等等，但許多新的特點，如關切政治和民生疾苦，注重寫實，從朝廷的利益考慮而抑制自我內心的激情等等，都已經出現，並相應帶來的語言表現形式方面的一系列變化。杜詩的創作傾向不僅標誌了唐詩內容與風格的重大轉折，也對中唐以後直至宋代詩歌的發展造成了深刻的影響。

杜甫（712—770）字子美，生於鞏縣（今屬河南）。先祖杜預為西晉名將和名學者，祖父杜審言為武后時的名詩人。這一家族歷代仕宦不絕，但到杜甫的父輩已顯衰落之象。所以杜甫一方面自豪地誇詡其家族「奉儒守官，未墜素業」，同時又感歎「近代陵夷，公侯之貴磨滅」（《進雕賦表》）。唐人重門第，重詩名，追求仕途事業和詩歌的成就，成為杜甫的兩大人生目標。

杜甫早慧，自稱七歲便能寫詩，十四五歲時便「出遊翰墨場」（《壯遊》）。二十歲以後十餘年中，杜甫過着漫遊的生活。他先到了吳越一帶，二十四歲時赴洛陽應試未第，又「放蕩齊趙間」，過着「裘馬頗清狂」的日子（《壯遊》）。三十三歲時，杜甫與已是名震天下的李白相識於洛陽，又在梁、宋一帶為豪俠之遊。這些年是杜甫一生中生活最為放浪無拘的時期。

三十五歲左右，杜甫來到長安求取官職，滯留十餘年。由於缺乏有力的援手，他不斷碰壁，生活也越發艱困。他不得不乞求權貴的薦引，這又使他深感羞辱。到天寶十四載，杜甫因曾向玄宗獻賦，獲得右衛率府胄曹參軍這樣一個掌管兵器甲仗和門禁鎖鑰的卑微官職，這已是安史之亂的前夕。

安史之亂爆發後，杜甫一度被困於叛軍佔據下的長安。後來隻身逃出，投奔駐在鳳翔的唐肅宗，被任為左拾遺。但不久就因上疏申救房琯的罷相而觸怒肅宗，於乾元初被貶斥為華州司功參軍。由於戰亂和饑荒，杜甫無法養活他的家庭，便在乾元二年（759）丟棄了官職，經過艱苦跋涉進入在當時尚為安定富足的蜀中，寄居成都。

在成都杜甫度過兩年多安逸的時光。後又因軍閥的叛亂而攜家逃難。廣德二年（764）他回到成都，此時他的故交嚴武在任劍南節度使，請他擔任了節度參謀，並為他謀得檢校工部員外郎的虛銜。但第二年他就辭去了使署中的職務，而後離開成都，流寓於雲安、夔州等地。到五十七歲那年，終於乘舟出三峽，卻仍是在湖北、湖南一帶的水路上漂泊，最後於大曆五年、五十九歲上，在耒陽附近客死旅舟。他的後半生幾乎完全是在動盪的形勢中帶着全家過着艱難漂泊的生活。

杜甫年輕時代性格中有着頗為張狂高傲一面，其《壯遊》詩回憶往事，自稱「性豪業嗜酒，嫉惡懷剛腸」，「飲酣視八極，俗物都茫茫」，這跟李白的自我表述頗有近似之處。但他又是自幼就接受了儒家正統文化的薰陶，後來經歷重重苦難，把一切希望寄託在唐王朝的「中興」上，於是儒家思想對他的人生態度發生了重要的作用，他在詩中也自稱「乾坤一腐儒」（《江漢》）。但他也並不是完全變成了另外一個人，《舊唐書》本傳說他「性褊躁」、「無拘檢」、「傲誕」，不會毫無根據。而這種內在的易激動和高傲的性情，對於詩人而言乃是不可少的。

杜甫的詩歌創作大體可分作三個時期。其早期之作和盛唐詩歌的普遍風氣相一致，如《畫鷹》以「何當擊凡鳥，毛血灑平蕪」寫鷹，表現出充滿自信的情調和英雄主義的傾向；又像《今夕行》寫「家無儋石輸百萬」的豪傑式的賭徒，《飲中八仙歌》寫李白、張旭等人任情縱酒的風姿，也散發着盛唐社會的浪漫氣氛。但杜甫的早期作品留存數量很少，其詩歌的顯著特點也尚未顯現出來。

安史之亂前夕，杜甫本人的生活陷入困境，而社會的危機也日益突

出，他的詩歌創作發生了明顯的變化。作於天寶十一載（752）的《兵車行》，記錄下人民被驅往戰場送死的悲慘圖景，它標誌着杜甫詩歌轉向嚴肅的寫實和具有批判性的方向；而長詩《自京赴奉先詠懷五百字》又把這種創作精神推進到更為深刻和尖銳的程度。這是杜甫於天寶十四載由長安赴奉先探家後寫成的，詩中寫到他到家中才得知幼子已經因飢餓而死，這使他感到巨大痛苦；而正是由於個人的不幸，他對人民的不幸也有了深切的體驗：「入門聞號咷，幼子餓已卒。吾寧舍一哀，里巷亦嗚咽。……生常免租稅，名不隸征伐。撫跡猶酸辛，平人固騷屑。默思失業徒，因念遠戍卒。憂端齊終南，澒洞不可掇！」也正是因此，杜甫在表示自己對王朝和君主忠誠如「葵藿傾太陽」一般不可改移的同時，寫下了如此具有震撼力的詩句：

> 彤庭所分帛，本自寒女出，鞭撻其夫家，聚斂貢城闕。……朱門酒肉臭，路有凍死骨！

從安史之亂爆發到杜甫入蜀前的數年，他的詩歌在上述方向上進一步發展，內容則更為豐富。叛軍的殘暴、社會的殘破、人民的災難、個人的不幸都成為其詩歌的題材，以強烈的感情和正視人生苦難的精神為基礎切入社會政治現實的傑作，從詩人浸滿憂患的筆下不絕湧出，這些作品奠定了杜甫在文學史上的特殊地位。

在這些詩作中，有的着重從自身的處境出發抒發戰亂帶來的痛苦，如《春望》寫他被迫困守長安時的焦慮，《月夜》寫對相隔異地的妻兒的思念，這些詩感情明晰而深邃，十分感人。而另一類作品則描述了戰亂給廣大民眾帶來的災難，感情就較為複雜。從歷來被稱揚為「憂國憂民」的杜詩名篇「三吏」、「三別」中，我們可以清楚地理解這一點。這些詩作於乾元二年杜甫從華州去洛陽時。此前不久，唐軍在鄴城圍攻安史叛軍遭到大敗，形勢危急，因而在民間拚命抓丁，連未成年人和老人都不能倖免。杜甫以敍事詩的形式描述了他親眼所見的悲慘情形。首先看他的《新安

吏》的前半部分：

> 客行新安道，喧呼聞點兵。借問新安吏：「縣小更無丁？」「府帖昨夜下，次選中男行。」「中男絕短小，何以守王城？」肥男有母送，瘦男獨伶俜。白水暮東流，青山猶哭聲。「莫自使眼枯，收汝淚縱橫，眼枯即見骨，天地終無情！」

至此我們感受到詩人對受難的人民的深切的悲憫之情。「眼枯即見骨，天地終無情」這樣悲憤的話指出了一個慘痛的事實：民眾在這個世界上走到了絕路。但沿着這個方向追問下去，會出現嚴重的問題：安史之亂的爆發乃至攻鄴之戰的失敗根本是由統治集團的腐朽無能造成的，已經被迫犧牲到盡頭的人民有無義務繼續為大唐王朝放棄他們最後的生存希望？而詩人就在這危險關頭收剎了他的筆，轉到另外的方向：

> 我軍取相州，日夕望其平，豈意賊難料，歸軍星散營。就糧近故壘，練卒依舊京，掘壕不到水，牧馬役亦輕。況乃王師順，撫養甚分明，送行勿泣血，僕射如父兄。

如果杜甫真的相信所謂官軍中勞役輕、官長愛惜士兵，並且似乎沒有甚麼危險，他在前面根本就無須那樣悲憤。這只能是一種矯飾，並因此使詩中不可避免地產生了前後矛盾。還有《新婚別》，寫一位結婚才一天就送丈夫從軍的新娘，《垂老別》寫一位「子孫陣亡盡」而自己又被征去當兵的老人，詩人在用充滿同情的筆調寫出他們的淒慘至極的遭遇和深切的悲哀之後，都讓他們說出「深明大義」、為國忘私的豪言。但是，既然杜甫自己在寫出這些詩篇之後不久就為了躲避禍亂而棄官入蜀了，那些平民怎能在人生的絕境中對冷酷的統治者毫無怨尤？這顯然也是矯飾之筆。而根本原因在於杜甫寄希望於李氏王朝的「國」，不能不對它設法維護，因而他有意縮小了人民和政權的矛盾，也削弱了揭露與批判的鋒芒。

總之，杜甫「憂國」，卻不能因此而泯滅良知，迴避眼見的事實；他

「憂民」，卻又不能因此捨棄李唐王朝的根本利益，只能在尖銳的矛盾中勉強地尋找折中的途徑，這使詩中表現出的情緒顯得十分痛苦。如果不苛責杜甫，應該承認像「君今往死地，沉痛迫中腸」（《新婚別》）、「幸有牙齒存，所悲骨髓乾」（《垂老別》）這樣淒慘的描述，像「眼枯即見骨，天地終無情」這樣悲慨的呼喊，仍是充滿激情地寫出了生活在社會底層的孤弱的個體受國家力量驅迫的巨大不幸，這樣的詩終究是難能可貴的。

入蜀以後是杜甫詩歌創作的晚期，留下的作品有一千餘首，佔其存詩總數的三分之二以上，其內容也較前一時期更為廣泛。

在杜甫晚年，唐王朝爆發性的危機轉化為反覆不已的動亂，而他對自身的前景也日覺灰暗，因此詩歌創作與中期相比也有所不同。像《兵車行》和「三吏」、「三別」那樣懷着急迫的心情描述社會現實狀況的作品已經很少見，但他對軍閥、官僚的橫暴、腐敗，態度有時更為尖銳嚴峻。如《三絕句》中寫官軍的殘暴：

> 殿前兵馬雖驍雄，縱暴略與羌渾同。聞道殺人漢水上，婦女多在官軍中。

而杜甫晚期抒發個人情懷的詩篇，常呈現為兩種不同的格調：一類多寫平凡的日常生活和恬靜的自然風光，情味悠閒，如《水檻遣心》中「澄江平少岸，幽樹晚多花。細雨魚兒出，微風燕子斜」的優美景色，《江村》中「老妻畫紙為棋局，稚子敲針作釣鉤」的生活場景，這大抵是生活較為安定、心境較為平靜時的產物；另一類則多以雄壯闊大的自然景色與悲涼的情緒相結合，反映了詩人對命運不甘而又無奈的激蕩心情，如《登高》中「無邊落木蕭蕭下，不盡長江滾滾來」和「萬里悲秋常作客，百年多病獨登台」的配合。另外，杜甫晚年還寫作了不少追懷一生經歷或吟詠歷史事件與人物的詩作，他似乎常常沉入過去的時間中作一種深沉的思考。

詩歌藝術成為杜甫晚年生活的重要寄託。他自稱「晚節漸於詩律細」（《遣悶戲呈路十九曹長》），對詩歌中語言、意象、聲律、節奏諸要素的運用都作了精深的探究，從而為中國古典詩歌藝術形式的發展積累了寶

貴的經驗。

杜甫詩歌的藝術成就　杜甫是一位感情深摯的詩人。他和李白交往的時間並不長，但當李白遭遇危險時，他卻魂牽夢繞，再三寫下了《夢李白》、《天末懷李白》等感人至深的詩篇；他在夔州離開一處住所時，還不能忘記常來自己院中打棗的鄰家老婦人，特意寫了《又呈吳郎》詩，囑託新主人對她多加體諒。他對親歷的憂患生活的記述，也以篤於情為最突出的特點，如《羌村》三首之一：

> 崢嶸赤雲西，日腳下平地。柴門鳥雀噪，歸客千里至。妻孥怪我在，驚定還拭淚。世亂遭飄蕩，生還偶然遂。鄰人滿牆頭，感歎亦歔欷。夜闌更秉燭，相對如夢寐。

此詩作於杜甫從長安逃至鳳翔而後去鄜州探家時。在那一場突發的大戰亂中，家破人亡是尋常事情，骨肉重聚反而似乎是不可思議的了。杜甫以準確生動的語言，把他們一家人重新相見時，彼此如在夢中、亦驚亦悲亦喜的複雜心情清晰地呈現出來。千百年來，它不知引發了多少人內心的共鳴！而他的反映大眾苦難的詩篇，儘管有時難免有些矯飾成分，但其中由己及人的感情卻是真實而深厚的。後世學杜甫反映民生疾苦的詩人很多，但他們往往只是從官員的責任感出發去寫這類詩，甚或只是自我表白，所以很少能達到杜甫的成就。

杜甫詩中的感情雖然也有奔瀉而出的，但更多是在理智的控制下成為屈折而有力度的湧動，這直接影響了其詩歌藝術的特點。一般而言，杜詩的藝術風格雖說多種多樣，但較少像李白詩那樣以天然湧發、飄逸飛動見長，而常是苦心尋求恰當合度的表達；他又特別注重藝術技巧的創新，嘗自稱「語不驚人死不休」（《江上值水如海勢聊短述》），其詩因而顯示出不平凡的功力。

杜甫在詩歌語言的運用上作了大力開拓。概括而言，就是盡力向精麗

巧致和粗拙鄙俗兩端伸展，從而獲得廣闊的空間。文人詩傳統上用語偏於溫雅典麗，而杜甫則跳出了這種狹隘觀念的束縛，經常使用看上去顯得粗俗的口語或簡陋的散文化句式，如「樓頭吃酒樓下臥」（《狂歌行》）、「二月已破三月來」（《絕句漫興》）之類；其《杜鵑行》開頭四句，因為太不像詩，甚至被後人誤認為是詩題下的注語。這種對既成詩歌用語規則的破壞，打開了新生面，深刻影響了中唐以後直至宋代的詩歌創作。而從精麗巧致的一面來說，杜甫不僅比前人更擅長錘煉詩句中的關鍵字即所謂「詩眼」，還特別善於利用漢語詞性可變、句子中各成分之間語法關係沒有明確標誌的特點，有意識地造成詩句的歧義或多義性，擴展詩歌的內涵並凸顯意象效果。像「叢菊兩開他日淚，孤舟一繫故園心」（《秋興》），動詞「開」與「繫」均關聯句中前後兩項事物。又像「麒麟不動爐煙上」（《至日遣興寄北省舊閣老兩院故人》），「不動」意在說「爐煙」，卻關聯麒麟狀的香爐。而且杜甫常把不同風格的語言配合使用，如《絕句》「兩個黃鸝鳴翠柳，一行白鷺上青天」淺顯如白話，而「窗含西嶺千秋雪，門泊東吳萬里船」則精警有力，因而產生了特別的效果。

杜詩的意象構造也是向兩端——壯闊渾浩與纖巧細微——伸展，而獲得廣大的變化空間。前者如「吳楚東南坼，乾坤日夜浮」（《登岳陽樓》）、「江間波浪兼天湧，塞上風雲接地陰」（《秋興》）之類，後者如「鳴雨既過漸細微，映空搖颺如絲飛」（《雨不絕》）之類。細緻才能豐富，所以杜甫寫詩不以纖巧為嫌。而特點不同的意象也常被配合使用，如《旅夜書懷》開頭的兩聯：「細草微風岸，危檣獨夜舟。星垂平野闊，月湧大江流。」

杜詩中自然景物的描寫及寫景與抒情的結合也有新的特點。詩中的自然景物總是在一定程度上意象化了的；在前人的詩中，其呈現狀態通常和詩人的情緒相一致。這種情況在杜甫那裏當然也很常見，他有時甚至完全依照主觀情緒營造景色。但杜詩中還有另一種情況。如《春望》開頭兩句「國破山河在，城春草木深」，自司馬光（見其《溫公續詩話》）以來

一直解釋為詩人忠愛之心的含蓄表達；但其實它和《傷春》的開頭兩句「天下兵雖滿，春光且自濃」一樣，都是寫自然與人情的不一致。豈但自然，人心也常常互不相通：「野哭初聞戰，樵歌稍出村。」（《刈稻了詠懷》）而杜甫將人世的混亂、人心的凄涼與自然的「欣欣物自私」（《江亭》）之態對映，內涵着相當複雜的感受。總之，杜詩中寫景與抒情結合的表現較前人顯得更為豐富多變。

杜詩在聲律、節奏方面亦有精深的講究。自古詩格律化以來，律詩以及受律化進程影響的古體詩（後者對聲律的要求不嚴格），常規是通過平仄聲的交錯與對立求得聲調的和諧，而杜甫對聲律的運用則要複雜得多。他的古體詩有多例是連用平聲或仄聲的，像「峽形藏堂隍，壁色立積鐵」（《鐵堂峽》），前句四平，後句五仄，先揚後抑之感十分強烈。而在有定格的律詩中，一方面杜甫對聲調的辨別比常人更為精細，而在需要的時候，他又經常打破定式，形成所謂「拗句」乃至「拗體」。對五、七言詩句慣用的上二下三、上四下三的音步，杜甫也常用特殊句法來打破它，以避免通篇的平滑流利而形成有力的頓挫。像「碧知湖外草，紅見海東雲」（《晴》），就是把表示色形的單字置於句首，形成一個停頓，而強化了詩的意象化特徵。他的《白帝城最高樓》是拗律的代表作，聲律和句法的特殊性都表現得很突出：

> 城尖徑仄旌旆愁，獨立縹緲之飛樓。峽坼雲霾龍虎臥，江清日抱黿鼉游。扶桑西枝對斷石，弱水東影隨長流。杖藜歎世者誰子？泣血迸空回白頭。

從聲律來説，這首詩每一句第五字的平仄都和律詩規定的平仄相反，而且對仗的三、四句和五、六句，句尾都是三仄聲對三平聲，起伏感很強；從句法來説，這首詩第二句和第七句語法完整，不避虛詞、代詞，是古體詩的散文化句式，尤其第七句是上五下二的節奏，在第五字「者」處形成很強的停頓，然後引出悲愴而有力的末句。這樣，作者打破了律詩

固有的平衡、和諧，於拗折中求得獨特的韻味，藉以表達自己不平靜的心情。這種借聲調和句法的拗折來抒發某種特殊情緒的手段，後來在宋詩人黃庭堅那裏被廣泛運用。

杜甫善於運用各種詩歌體式。他的五、七言律詩和五、七言古體詩，在唐代都是第一流的。其中有幾種類型特別具有獨創性：一類是用五言古體形式寫成的自敍性的詩篇，《自京赴奉先詠懷五百字》、《北征》是其中最著名的代表作。這類詩大都篇幅較長，往往是融寫景、敍事、抒情、議論於一體，能夠表達相當複雜的內容。一類是以《兵車行》、《麗人行》、「三吏」、「三別」為代表的既有七言古體、又有五言古體的敍事詩。這一類詩實際是古代樂府民歌的流變，但杜甫打破慣例，不襲用古題而「即事名篇」，這樣就更貼近現實，更富於生活氣息。這一創造直接啟迪了稍後白居易等人的「新樂府」詩。再有一類是七律。杜甫在這方面的成就，對中國詩歌藝術作出了巨大貢獻（這恰好是李白用得最少的詩型）。

在杜甫以前，七律尚未脫盡歌行的風調，且多用於宮廷應制唱和，佳作不多，語言大多過於平緩。到了杜甫，不但完善了它的聲律體制，更重要的是充分發展了它的藝術表現力，使之能包含相當大的容量，成為一種既工麗嚴整又開合動盪的詩型。試看他的名作《秋興八首》之一：

> 玉露凋傷楓樹林，巫山巫峽氣蕭森。江間波浪兼天湧，塞上風雲接地陰。叢菊兩開他日淚，孤舟一繫故園心。寒衣處處催刀尺，白帝城高急暮砧。

詩寫巫峽的秋聲秋色，美麗而蕭瑟，壯闊而陰鬱，以此襯托出孤獨的詩人形象。整首詩層次豐富，既有力度，又非常精緻。再如《聞官軍收河南河北》：

> 劍外忽傳收薊北，初聞涕淚滿衣裳。卻看妻子愁何在，漫卷詩書喜欲狂。白日放歌須縱酒，青春作伴好還鄉。即從巴峽穿巫峽，便下襄陽向洛陽。

此詩動詞和具有動作感的形容詞用得超常地多，且所表現的動作是有連貫性的，全詩顯得去勢迅疾，一氣流注而下，充分表現了作者欣喜若狂的心情。如果用五律的話，就難以寫得如此波瀾奔湧，淋漓盡致。再有，從本節所選錄的三首詩，我們還能看到杜甫的七律因情緒而變化的多樣的風格。

總結來說，杜甫是一位善於汲取前人經驗而又富於創造性的詩人。他打破了許多陳規慣例，開拓了詩歌的表現領域，對詩歌的語言和藝術形式作了精深的探究，從而給後人留下了廣闊的發展餘地。不過，由於杜甫常用詩歌代替散文（像人物述評、書信、政論、詩文評一類性質的東西，他也用詩的形式來寫），部分作品難免偏於理性化而造成「以文為詩」的毛病。還有，杜甫詩歌切近社會現實、反映民生疾苦的努力當然是值得肯定的，但與此同時，也出現了詩人對個體意識的抑制和對皇權國家的依附性的加強。這些特點對後人也留下了深遠的影響。

和杜甫同時、作品也注重反映社會情況的詩人是元結（719—772），字次山。他在任道州刺史時，作有《舂陵行》、《賊退示官吏》兩詩，前者寫道州經過兵亂後衰敗破敝的景象，和不忍再在這些處境艱辛的人民身上搜括錢糧的心情；後者則勸告道州官吏，「城小賊不屠，人貧傷可憐」，不要再在這些百姓身上橫徵暴斂。在這兩首詩裏，表述了作者憐憫貧苦百姓的心情和作為官吏必須履行職責而引起的內心矛盾，最終表示「誰能絕人命，以作時世賢？」即寧可棄官也不願將百姓趕向死路。這種同情百姓的人格，受到杜甫由衷的稱讚，特為作《同元使君舂陵行》詩。

這兩首詩確也有感人之處。但作者主要是從官吏的良知這一立場來說話，對百姓的苦難並沒有杜甫那種深切的體驗，在藝術上也是粗糙的。這種缺陷與元結對詩歌功能的看法有關。他認為詩歌應起到「上感於上，下化於下」（《系樂府序》）的作用，應「系之風雅」（《劉侍御月夜宴會詩序》），總之首先要發揮政治功能。在這種思想指導下，加上他對老

百姓的同情畢竟是居高臨下的，感情不可能非常強烈，詩的成就也就有限了。從中唐詩的變化來說，元結具有一定代表性；他對儒家詩教說的張揚，可視為白居易等「新樂府運動」的先聲。

劉長卿與「大曆十才子」　肅宗大曆五年杜甫去世，之前王維、李白、高適、岑參已相繼去世，至此，自開元、天寶時期就活躍於詩壇的大詩人都已離開人間。這以後的代宗大曆、德宗貞元年間沒有出現大詩人，是唐詩史上相對岑寂的時期。但這一時期的詩人們在藝術上仍有積極的嘗試，延續了唐詩發展變化的脈絡，也留下了不少為後世傳誦的佳篇。

在當時詩壇上活動的詩人首先可以說及劉長卿與「大曆十才子」。他們中多數人在盛唐時代度過青春時光，又目睹了安史之亂及戰亂之後的破敗蕭條。盛唐詩的激昂風發之氣、由杜甫所開創的寫實精神在他們詩中都有所顯露，但這些並不是他們詩歌的主調；他們更多抒寫了對國家、社會的失望，對人生的黯然惆悵之情，以及為了擺脫這種痛苦，在山水、在佛理中所追尋的恬靜、幽遠的趣味。胡應麟說唐詩至錢起、劉長卿「氣骨頓衰」（《詩藪》），大體是指這些詩人的作品缺乏激情和力度而言。

劉長卿（約727—約790）字文房，是這群詩人中年輩較早的一個。他性格剛傲，進士及第後步入仕途，兩被誣謗而遭貶謫，晚年才起為隨州刺史。時代變亂加上身世坎坷，使劉長卿詩中的情緒總顯得消沉而灰暗。如《感懷》所寫「愁中卜命看《周易》，夢裏招魂讀《楚詞》」，而《小鳥篇上裴尹》則以卑微無依而又深恐「鷹鸇搏」的小鳥自況，哀歎「自憐天上青雲路，吊影徘徊獨愁暮」。這和李白以扶搖直上九萬里的大鵬自喻正是相反的對照。但這種消沉的情緒是和對唐政權的不信賴相聯繫的，它也意味着對現實更清醒的認識。所以劉長卿的邊塞詩很少詠唱將士為國捐軀的激情，而更多表達從軍者的失望與哀傷，如「萬里飄颻空此身，十年征戰老胡塵」（《疲兵篇》）、「報國劍已折，歸鄉身幸全」（《從軍》）等等。

劉長卿的詩特別五言律絕寫得相當精緻，一個顯著的特點是構境意識特別強烈。他善於寫山水景物，但其優長之處並不在於對客觀景物的細緻刻畫，而在於將觀察所得的景物元素重新營造為能夠最充分地體現主觀情緒的意境。像「蒼山隱暮雪，白鳥沒寒流」（《題魏萬成江亭》），山和鳥在畫面上淡化、消失的瞬間，世界呈現出一種深有意味的空茫。又像「寒渚一孤雁，夕陽千萬山」（《秋杪江亭有作》），「一孤雁」和「千萬山」不可能是真實視野裏的對照，而是詩人對景物元素強化、再造的結果。如果說這種對山水景物的主觀化營造是對前人經驗的進一步發展，那麼劉長卿對生活中的真實人物的活動作構境式的描繪，則更具有個人獨創性。如《送靈澈上人》：

> 蒼蒼竹林寺，杳杳鐘聲晚。荷笠帶夕陽，青山獨歸遠。

靈澈是劉長卿的一位僧侶朋友。作為一首送別詩，本篇沒有關於雙方關係、相見與作別過程的任何說明，一切都被淘洗乾淨，只留下一幅清雅淡遠而又饒有情味的畫面。更為人熟知和喜愛的是《逢雪宿芙蓉山主人》：

> 日暮蒼山遠，天寒白屋貧。柴門聞犬吠，風雪夜歸人。

讀這首詩，我們甚至不再會考慮歸者與「芙蓉山主人」是誰，詩中的一切元素都只為一個生命中的境界服務：在艱難與淒寒中跋涉的人，遙遙看到一個小小的溫暖的等待。這真是令人動情的場面。

唐高仲武《中興間氣集》批評劉長卿「大抵十首已上，語意稍同」，這也是事實。如他詩中的色彩，也是以「青」、「白」為最多，未免有些單調。

所謂「大曆十才子」是指在大曆、貞元年間一度頗為活躍而成就卻不甚高的一批詩人。這十人是誰眾說不一，可見所謂「十才子」原是後人所加的籠統的歸納。依《新唐書·盧綸傳》之說，則十人為錢起、盧綸、吉

中孚、韓翃、司空曙、苗發、崔峒、耿湋、夏侯審、李端。要對此十人的詩風加以總結當然很困難，大約說來，他們的詩一是酬唱應和之作較多，一是多通過描繪自然山水表現個人的心境；藝術上有向六朝尤其是二謝詩風回歸的趨向，追求寫景之句的清麗秀美、精巧雅致，而意象以偏於幽暗靜謐的居多。

十人中錢起與不在此十人之列的郎士元生前頗有聲名，高仲武《中興間氣集》謂當時京中高官出掌地方要職，若無二人作詩送行，則「時論鄙之」。然而他們的詩實無性情。倒是盧綸的邊塞詩較具個人特色，其中一部分富於雄渾之氣，與盛唐的同類作品相近，如《和張僕射塞下曲》；而《逢病軍人》則別有感人之處：

> 行多有病住無糧，萬里還鄉未到鄉。蓬鬢哀吟古城下，不堪秋氣入金瘡。

這是一個生命活力被統治者以國家名義榨取殆盡的士兵，如今哀吟於荒途，飢寒與戰爭留下的創傷橫堵在他歸鄉的路上。它對社會的冷酷無情是有力的控訴。

順帶可以提到生活年代與上述諸人相仿的張繼。他留下作品不多，但《楓橋夜泊》卻是唐詩中傳誦極廣的名篇：

> 月落烏啼霜滿天，江楓漁火對愁眠。姑蘇城外寒山寺，夜半鐘聲到客船。

詩中以豐富的意象組合成優美而富於含蘊的意境。可以注意到第一、二句各三組意象均是平列式的呈現，完全省略了表示語法關係的詞語，從而達到使意象密集化的效果；但由於組合妥帖，讀來仍是順暢自然。

韋應物　在大曆、貞元間的詩壇上，韋應物（約737—約791）是一位重要詩人。他是長安人，出身貴族，少年時曾任玄宗的宮廷侍從，後任滁州、江州及蘇州刺史，一生仕途大抵平順。他的詩涉及範圍頗廣，或追憶自己少年時代任俠放蕩的生活和安史亂前的「盛世」景象，具有濃厚的傷

感氣息；或反映社會危亂及下層百姓的疾苦，表現了他的社會責任感；但同時他也受佛道思想影響，企慕一種淡泊脫俗、遠離塵世的生活，每在詩中抒寫嚮往田園山水的隱逸之趣。而其詩最為人稱道的是後一種類型，白居易稱「其五言詩又高雅閒淡」（《與元九書》），司空圖謂其詩「澄淡精緻」（《與李生論詩書》），即由此而言。如《寄全椒山中道士》：

> 今朝郡齋冷，忽念山中客。澗底束荊薪，歸來煮白石。欲持一瓢酒，遠慰風雨夕。落葉滿空山，何處尋行跡？

詩雖是為懷念友人而作，然詩中那位道士孤高峻潔、飄逸無跡的世外生活，實是作者自身的心靈影像。韋氏自稱他案牘盈前，卻能和山僧一樣，「出處似殊致，喧靜兩皆禪」（《贈琮公》），所以此時的懷人成了對另一個自我的懷戀。《滁州西澗》亦是他的名作：

> 獨憐幽草澗邊生，上有黃鸝深樹鳴。春潮帶雨晚來急，野渡無人舟自橫。

這裏所描繪的清幽空寂的自然景象，是從世俗生活的時間之鏈上解脫出來的孤立境界，它表達了一種幽邃的人生情懷。

韋應物是一位較早明確標榜慕效陶淵明之人格與詩風的詩人。其作品在題目上標明是學陶的就有十餘首；同時他又在遣詞用字上注意錘煉推敲，結合了大小謝山水詩的精緻與明麗。其優秀之作大抵以意境的恬淡澄明、自然秀麗見長。

顧況、李益　顧況（？—806以後）字逋翁，是大曆年間一個較有特點的詩人。他為人性格剛傲，「雖王公之貴與之交者，必戲侮之」（《舊唐書》本傳），仕途上屢受挫折。但其詩在表達內心痛苦的同時，較之劉長卿更多幾分倔強之氣。

顧況豪放不羈的個性，也表現在詩歌的藝術風格上。皇甫湜在《顧況詩集序》裏說他的詩「偏於逸歌長句，駿發踔厲，往往若穿天心，出月

脅，意外驚人語，非尋常所能及。」稍仔細地説，顧況的古體歌行主要有如下一些特點：想像豐富而奇特，而且常帶有怪誕的意味；句式、節奏變化多端，如《范山人畫山水歌》三、七、六、四言均有，而且有時故意地寫得不那麼流暢，顯得跳躍動盪；常夾雜俚俗化的口語，令人讀來既親切又陌生。這些特點當然有承襲前人的地方，但以上諸種因素結合在一起，使得詩歌的主觀性更強，在當時的詩壇上顯得頗為怪異不常。

這一類詩中有相當數量是通過想像來描述欣賞繪畫或音樂的感受。如《李供奉彈箜篌歌》中「大弦似秋雁，聯聯度隴關；小弦似春燕，喃喃向人語」，比擬生動，白居易《琵琶行》中大、小弦對照的比擬寫法大約是從這裏變化而來的。不過這不是怪誕的例子，像《鄭女彈箏歌》説美妙的音樂使「赤鯉露鬐鬣」、「白猿臂拓頰」，就有點匪夷所思了。又如《范山人畫山水歌》寫自己觀畫入神，「忽如空中有物物有聲，復如遠道望鄉客，夢繞山川身不行」，突出表現了畫對人的吸引力。此外，詩人描繪自然景物，意象也常有奇異之處，如《廬山瀑布歌送李顧》中的瀑布是「應從織女機邊落」，又如「火雷劈山珠噴日」。從缺陷來説，顧況的這類詩有時顯得跳躍太大，而且他的想像有時較為表面化，只是給人以奇異的印象，在深入地表達複雜的心理與情感內容上尚覺不足。但他確實在努力開拓新的境界，這對以後韓愈、李賀等人的創作不無啟迪。

李益（748—829）字君虞，在大曆、貞元年間也是一位有特色的詩人。他少有才名，早年沉淪下僚，又曾五次在邊地幕府任職，有漫長的軍旅生活經歷。五十多歲以後仕途順達，最終以禮部尚書銜致仕。但其詩歌成就主要是在前期取得的。

李益是中唐最重要的邊塞詩人。就氣質來説，他的邊塞詩雖也有少部分寫得雄壯而豪邁的，但更多的是描述戰爭的慘酷，反映將士的淒苦心情，總體上與盛唐之作有了明顯的不同。如《從軍夜次六胡北飲馬磨劍石為祝殤辭》，在相當長的篇幅中以起伏動盪的節奏，訴説了戰死者無窮的悲恨，而《夜上受降城聞笛》則以精悍的絕句形式，表現從軍者厭戰思鄉

之情：

> 回樂峰前沙似雪，受降城外月如霜。不知何處吹蘆管，一夜征人盡望鄉。

從這一類詩篇裏，可以看到在唐王朝衰亂的過程中，詩人對事物的認識變得更為冷靜。在李益的《過馬嵬》詩中，還可以看到他對楊貴妃之死的清醒而富於正義感的評說：

> 漢將如雲不直言，寇來翻罪綺羅恩。託君休洗蓮花血，留記千年妾淚痕。

在杜甫詩中，殺楊貴妃尚被視為挽救國家命運的值得歌頌的行為，而在李益此詩中，那成了永遠也洗刷不淨的卑鄙舉動。後人對楊貴妃冤死的同情態度，可説是肇始於此。

孟郊、韓愈　自德宗貞元後期始，以憲宗元和年間為中心，唐詩又進入一個新的高潮，其各方面的特點與初、盛唐詩的差異更為明顯，故詩史上有「元和詩風」之説。不過這一時期實有取向相反的兩大詩派，一是孟郊、韓愈等人的奇崛險怪，一是白居易、元稹等人的淺俗明暢。

孟郊（751—814）字東野，湖州武康（今浙江德清）人，早年屢次參加科舉而不得中，直到四十六歲才進士及第，又過了四年才當上溧陽尉，其後又擔任過一些其他低微官職，元和九年得暴疾而死，可説是一生窮困潦倒。孟郊要比韓愈年長十七歲，他其實是所謂「韓孟」詩派的先驅。不過他們之間也有區別：孟郊所作，多為句式短截的五言古體，用語雕琢而不尚華麗，韓愈謂之「橫空盤硬語，妥帖力排奡」（《薦士》）；而韓愈的七言古體最具特色，氣勢雄放而怪奇瑰麗。他們的詩都很有力度，但韓愈的力度是奔放的，孟郊的力度則是內斂的。

孟郊詩以辭淺情深的短篇《遊子吟》傳誦最廣，但這顯然不是他的主導風格。他的詩首先有一個十分顯著的特點，就是以異常敏鋭的感受和尖鋭的方式表達窮寒之士對自身境遇和社會的不公平的憤怨之情。有些

詩是從廣闊的社會現象着眼的，如《寒地百姓吟》以「高堂捶鐘飲，到曉聞烹炮」與「霜吹破四壁，苦痛不可逃」兩相對照，揭示了貧富之間的不平等，但像「寒者願為蛾，燒死彼華膏」之句，實已包含了深刻的心理體驗，非泛泛記述民間疾苦者可比。而在述寫自身的孤獨與悲哀時，則更明顯地表現出個人與社會環境的衝突，如《秋懷》之二：

> 秋月顏色冰，老客志氣單。冷露滴夢破，峭風梳骨寒。席上印病文，腸中轉愁盤。疑懷無所憑，虛聽多無端。梧桐枯崢嶸，聲響如哀彈。

詩表面上只是寫秋日的自然景象，但在這裏，風、月、露之類不僅是冰涼不可親的，而且成為侵害生命的力量，周圍的一切都帶着威脅向人擠壓過來。毫無疑問，這是詩人對他的生存環境的感受。而他之所以有這樣的感受，又同強烈的自我意識和基於此的性格上的敏感分不開。雖然杜甫也描寫過自己困窘的生活，但總有一些其他因素（如對王朝命運的關心、對自我政治才能的期許）能使之有所化解，而這些因素在孟郊那裏已經不存在了。

由於心情的壓抑和低沉，也由於刻意求工，孟郊的詩歌運用了以前很少見的藝術手法，即喜歡使用生僻詞語、生冷意象，而且一般都偏向於冷澀、荒寞、枯槁的色彩和意味，將尋常事物刻畫得令人驚聳。上引詩篇就有這樣的特點，此外還有如「老蟲干鐵鳴」（《秋懷》之十二）、「黑草濯鐵髮，白苔浮冰錢」（《石淙》之四）、「厚冰無裂文，短日有冷光」（《苦寒吟》）之類，相當普遍。以明麗、鮮妍為美的傳統審美意識在孟郊詩中幾乎沒了蹤影。這很突出地表現了以主觀情感營造詩境的創作態度，宋人許顗《彥周詩話》謂其「能殺縛事實，與意義合，最難能之」，就是指這一點而言。

韓愈（768—824）字退之，或以其郡望稱為韓昌黎，河陽（今河南孟州市）人，貞元八年（792）中進士，貞元十八年授四門博士，歷遷監察御史，後兩度因上書言事遭貶謫，穆宗時歷任國子監祭酒、吏部侍郎等要

職。韓愈在中唐時期從多種意義上說都是重要的人物。在散文領域，他所倡導的「古文運動」強調發揮文章的政治與道德功能，力圖重建儒家思想對社會人心的統治；而在詩歌領域，他卻以極大的才力把孟郊所開創的那種奇崛的詩風推向遠為恣肆險怪、顯示出極強悍的個人意志力量的境界，從而給古典詩歌的面貌帶來顯著改變。兩者的趨向不同，但對當代及後世的文學都造成了很大影響。而這種詩、文異趣的現象，又典型地反映了中唐以後文學的複雜化。

韓愈身上的這種矛盾，和他的個性有關。他自視甚高，但直到晚年仕途順達之前，人生經歷卻多坎坷艱難，而且據其自述，他的身體情況也很差。他一方面以上追孟子、繼承道統自命，一方面在官場中費力爬升（其《醉留東野》詩嘗自嘲以「狡黠」得官），內心所積蓄的壓力是很大的，這需要一個宣泄的途徑。韓愈自稱「多情伴酒杯，餘事作詩人」（《和席八十二韻》），這並非表明輕視詩歌，而是將之保留為從政、衛道之外的私人空間。也正因如此，他的詩寫得格外自由；他的豐富的想像力、活躍的性格、激烈的內心衝突，都在詩歌中得到了表現。

如果說自六朝形成的文人詩的規範在杜甫那裏開始被打破，經顧況、孟郊諸人而愈甚，那麼到了韓愈手裏真正是造成了一場顛覆。他的詩沒有甚麼東西是不可以寫的，華麗壯大的景象固然宜於詩，恐怖的、陰慘的、醜陋的事物也照樣用作詩的素材（譬如他寫過腹瀉拉肚）；他喜歡用自由的古體寫作，句式、節奏任意變化，而且他並不像杜甫那樣總還是要尋求某種均衡，在運用散文句法或賦體的排比句式時，他可以故意推到極端（如《南山詩》連用五十多個「或」和「若」）；他運用詞語也毫無顧忌，生澀拗口、突兀怪誕的語彙層出不窮。總之，韓愈的詩常常令人感到驚訝、陌生，甚至顯得光怪陸離、匪夷所思。這些特點表現在具體作品中未必都是成功的，但總體上是對古典詩歌藝術的大膽開拓。

至於韓愈詩歌最成功的地方，是以奇異的想像、磅礴的氣勢，描繪出具有巨大力量感的、激烈沖蕩的意境。司空圖說其詩「驅駕氣勢，若掀雷

挾電，奮騰於天地之間」（《題柳柳州集後》）。而這種渴望着力與力的格鬥的藝術趣味，正顯示了詩人剛崛而不無乖張的性情。如《盧郎中雲夫寄示送盤谷子詩兩章歌以和之》寫瀑布是：「是時新晴天井溢，誰把長劍倚太行。衝風吹破落天外，飛雨白日灑洛陽。」《陸渾山火和皇甫湜用其韻》描繪一場山火是：「天跳地踔顛乾坤，赫赫上照窮崖垠，截然高周燒四垣，神焦鬼爛無逃門。」《貞女峽》寫江水是：「江盤峽束春湍豪，雷風戰鬥魚龍逃。懸流轟轟射水府，一瀉百里翻雲濤。」至於《雉帶箭》只是寫圍獵一頭野雞，竟然也緊張無比：

> 原頭火燒靜兀兀，野雉畏鷹出復沒。將軍欲以巧伏人，盤馬彎弓惜不發。地形漸窄觀者多，雉驚弓滿勁箭加。衝人決起百餘尺，紅翎白鏃隨傾斜。將軍仰笑軍吏賀，五色離披馬前墮。

在這場圍獵中，雙方——將軍和他所率領的軍隊與一頭野雞——的力量對比是遠遠不相稱的，作者卻仍要寫出力與力的衝突，巧妙在於所有的力量不斷凝聚，到了最後的瞬間才爆發。所以，儘管不過是殺一頭野雞，這卻是一場強大的、決絕的、雷霆萬鈞的殺戮。這是一首非常感性的詩，詩中「蓄力」的過程是製造心理緊張的過程，這種緊張由於瞬間的宣泄而變為快感。

韓愈其他風格的詩也有寫得相當好的。如《早春呈水部張十八員外》自然流暢、平易明白：「天街小雨潤如酥，草色遙看近卻無。最是一年春好處，絕勝煙柳滿皇都。」而著名的《山石》採用一般山水遊記散文的敍述順序，從行至山寺、夜觀壁畫、夜臥所聞所見、清晨離寺一直寫到下山，娓娓道來，讓人如歷其境。全篇於流暢中見奇崛，有精心的雕琢而不甚着痕跡，很有特色。

韓愈寫詩好逞奇矜博，喜用生澀語詞，好發議論，有的題材選擇讓人討厭，都是可以批評的地方。但他是富於創造力的大詩人，有些毛病也是無妨的。宋代一些詩人沒有他那樣的才華，卻去學這些東西，也就難免東

施效顰之譏了。

當時在韓愈周圍有一批詩人，如盧仝、劉叉、賈島、李賀等，在詩歌語言、形式、風格上與韓愈、孟郊有一定的相同或相近之處，他們聲氣相通，在當時造成了一定的影響。

李賀、賈島等　在韓愈周圍的詩人中，藝術成就最高的是李賀（790—816）。他字長吉，生於福昌（今河南宜陽），是皇家譜系很遠的宗室，這種出身除了帶來一點血統上的自豪，別無利益。因為父名「晉肅」，遂因需避諱而不得考與之諧音的「進士」，只當上個從九品的奉禮郎。他家境困窘，身體病弱，其貌不揚，卻是個敏感而早熟的天才，尤其容易感受到人生的不幸，最終僅二十七歲就怏怏而死。

李賀心中有過豪邁的理想，《南園》詩中說：「男兒何不帶吳鉤，收取關山五十州。請君暫上凌煙閣，若個書生萬戶侯？」但在冷酷的現實面前，這種豪情暢想只是偶然地閃過，從他內心所感受到的世界的景象冷漠而恐怖、天昏地暗：「天迷迷，地密密。熊虺食人魂，雪霜斷人骨。嗾犬狺狺相索索，舐掌偏宜佩蘭客。」他說那些善良正直的人（「佩蘭客」）陷入不幸，是因為「天畏遭銜齧，所以致之然」，也就是說兇惡的力量不僅勝過人，也勝過天。這是一種絕望的心情。但那些不幸的人們卻也沒有徹底被粉碎，他們的悲恨化為永恆的存在，如《秋來》所詠唱的：

桐風驚心壯士苦，衰燈絡緯啼寒素。誰看青簡一編書，不遣花蟲粉空蠹。思牽今夜腸應直，雨冷香魂弔書客。秋墳鬼唱鮑家詩，恨血千年土中碧。

總之，從個人命運出發，感受、體驗和對抗自然與社會對人的壓抑，是李賀詩的基調。

李賀早衰，他似乎對死亡有一種預感，他也以多寫幽冥中的鬼魂而被人稱為「鬼才」；同時李賀又是一個生命慾望極其強烈的詩人，所以他

總是在荒涼中追尋斑斕的色彩，在死寂中表現生命的活動。於是，濃暗與豔麗、衰殘與驚聳、幽冷與華美，共同構成了李賀詩歌意象的特殊美感。如他寫一場悲壯的決死之戰是「角聲滿天秋色裏，塞上燕脂凝夜紫。半卷紅旗臨易水，霜重鼓寒聲不起」（《雁門太守行》），寫巫山神女的遺跡是「瑤姬一去一千年，丁香筇竹啼老猿。古祠近月蟾桂寒，椒花墜紅濕雲間」（《巫山高》），他所見的田野，既有「冷紅泣露嬌啼色」，又有「鬼燈如漆點松花」（《南山田中行》）。上引《秋來》詩，也具有這種特點。

美麗的異性是李賀向慕的對象，而虛無縹緲的神仙世界，則被李賀想像成一個脫離了時間因而也脫離了死亡之威脅的所在；在有關這兩個主題的詩作中，就會較多地呈現或是豔麗或是恍惚迷離的美感。前者如《洛姝真珠》中美女的形象：「真珠小娘下青廓，洛苑香風飛綽綽。寒鬢斜釵玉燕光，高樓唱月敲懸璫。蘭風桂露灑幽翠，紅弦嫋雲咽深思。花袍白馬不歸來，濃蛾疊柳香唇醉。」後者如《夢天》：

老兔寒蟾泣天色，雲樓半開壁斜白。玉輪軋露濕團光，鸞珮相逢桂香陌。黃塵清水三山下，更變千年如走馬。遙望齊州九點煙，一泓海水杯中瀉。

但這些詩中仍是有陰影的。李賀寫男女歡愛，總是被甚麼力量阻隔、破壞；寫永恆的仙界，其實是因為不能忘記凡世的一切脆薄易碎。他清楚地知道他追逐的只是美麗的幻影。

李賀詩和韓愈一樣富於想像力，具有反常規的特點。但韓愈的想像以人力追求的痕跡很明顯，而李賀的想像更近於一種病態的天才的幻想，是常人的思維很難進入的。一切虛幻的感受、迷亂的情緒，在他的詩裏都能轉化具體而鮮明的感官特徵。單以聲音為例，他寫敲擊太陽會發出玻璃的聲音（《秦王飲酒》），瘦馬的骨頭很硬，所以敲上去發出的是銅聲（《馬詩》），銀河裏的雲流動着，會發出水聲（《天上謠》），等等。

這種幻覺性的想像層出不窮，而且總是出人意表，實非常人思索可得。再則，李賀詩中的思路也是跳躍跌宕、飄忽不定，不遵守邏輯規則，也缺少連續的脈絡，這也不斷給閱讀者帶來意外。加上他的詩歌素材多離異於日常生活經驗，用語又很奇特，所以杜牧說：「鯨吸鰲擲，牛鬼蛇神，不足為其虛荒誕幻也。」（《李長吉歌詩敍》）

總結來說，李賀的詩較前人更注重表現內心的情緒、感覺，而忽視事物固有的客觀特徵和邏輯關係，打亂了人們所習慣的思維程式。唐詩表現的主觀化在李賀那裏更深入了一層，由此，他給中國詩歌開闢了一種新的境界。

賈島（779—843）字浪仙，早年為僧，法名無本，後還俗應進士試，但一直未中。做過長江主簿等低級官職。他的生活頗為潦倒，詩中訴窮說愁之處甚多。不過中唐詩中這種情況很普遍，這和詩歌本身的變化也有關。

賈島雖然和韓愈的關係頗密近，但詩風已經相去較遠。從詩體說，他喜好並擅長五律，而五律的一般特點是均衡、平穩、精緻；他的詩歌題材大抵出於日常生活經驗範圍，很少想入非非；他的詩歌語言也並不是很怪特。賈島愛好寫詩，自稱「一日不作詩，心源如廢井」（《戲贈友人》），那麼他的特點在哪裏呢？韓愈曾稱其詩為「奸窮怪變得，往往造平淡」（《送無本師歸范陽》），相對韓愈一派的怪異詩風而言，可以說是如此；但這也絕非孟浩然那一路的自然平淡。賈島作詩主要的特點是愛好苦吟，他善於在日常生活中、甚至是在一些很瑣細的地方尋求到詩歌的素材，加以精心錘煉，造成新巧但也並不怪誕的詩句；他在一首詩裏最用心的地方也就是中間對仗的兩聯。像「獨鶴聳寒骨，高杉韻細颸」（《秋夜仰懷錢孟二公琴客會》）可說較偏於尖新，而「雪來松更綠，霜降月彌輝」（《謝令狐相公賜衣九事》）則稍為自然，但都不是不經意所得。賈島最得意的一聯乃《送無可上人》中的「獨行潭底影，數息樹邊身」，他特意作注說：「二句三年得，一吟雙淚流。知音若不賞，歸臥故山秋。」其刻苦與自重可見。前一句寫孤獨者在潭水邊縈縈孑立、形影相弔，後一

句寫疲憊的孤獨者倚樹小憩，又在寂寞之中增添了悵然無依的氣氛。兩句的確對偶工巧，但要說怎樣了不起實也不見得。

在唐代，詩歌寫作成為文士越來越不可缺的素養。但才華、想像力以及生活經歷的缺乏，會使很多人感覺到寫詩的困難。而賈島這種從最平凡最瑣細之處搜求詩材，從苦吟造就詩境的努力，實際上宣告了在任何條件下都可以寫出詩來。所以賈島在後世影響之大，並不下於唐代的幾位大詩人。因為他才真正是小詩人的榜樣。

當時寫作風格與賈島相近的還有一位姚合，他們被並稱為「姚賈」。

元稹、白居易及新題樂府詩　憲宗元和四年（809）前後，元稹、白居易等人有意識地運用新題樂府的形式來反映社會問題，針砭政治弊端，以期達到實際的社會效果；圍繞自己的創作，他們還提出了一系列比較完整的理論主張。以前人們曾把這一新詩潮稱為「新樂府運動」，並將張籍、王建、李紳等創作傾向與之相近的人包括在內。這一詩潮的高峰期為時不很長，但這些詩人還寫過很多其他類型的詩作，在他們——尤其元、白——不同的詩作中呈現出明顯的分化現象。

張籍（約766—約830）字文昌，貞元十五年（799）進士，曾任水部郎中、國子司業。他交遊很廣，與以韓愈、白居易為代表的兩個詩人群體都有密切的關係。他自稱「學詩為眾體」（《祭退之》），白居易則稱讚他「尤工樂府詩，舉代少其倫」（《讀張籍古樂府》）。在《上韓昌黎書》中，張籍對捍衛儒道並以此改良政治及社會風俗表現出積極的態度，他寫出眾多針對現實問題的樂府詩篇當與此有關。這些詩題材很廣泛，其中最突出的一類是批評官府的賦稅過重，造成百姓生活困苦，《促促詞》、《野老歌》、《山頭鹿》等均是，最後一篇如下：

　　山頭鹿，角芟芟，尾促促。貧兒多租輸不足，夫死未葬兒在獄。早日熱熱蒸野岡，禾黍不收無獄糧。縣家唯憂少軍食，誰能令爾無死傷。

如果說這種詩在政治上是有意義的，那麼作為詩而言作者並未顯現多少感情，當然也不能給讀者帶來多大感動。張籍有些淺易而委婉的抒情詩篇，讀來更覺有味，如《秋思》：

　　洛陽城裏見秋風，欲作家書意萬重。復恐匆匆說不盡，行人臨發又開封。

　　王建字仲初，與張籍是朋友，年歲相仿，曾任縣丞、縣尉等低級官職，後任陝州司馬。他的詩風與張籍相似，史稱「張王樂府」。但王建的樂府詩題材要顯得更廣泛些，在作為社會批評的手段的同時，他的詩對下層民眾的生活情形的描述也更為具體。如《水夫謠》寫被官府徵發從役的縴夫的悲慘境況：「逆風上水萬斛重，前驛迢迢後渺渺。半夜緣堤雨和雪，受他驅遣還復去。夜寒衣濕被短蓑，臆穿足裂忍痛何！」在這裏能夠感受到詩人自身的情感，而不只是正義的立場。

　　另外，王建還以《宮詞一百首》著名。這是一種大型的組詩，每一篇都只是片斷的場景，而總合起來則涉及宮廷生活的各個方面。其中一部分反映了宮女的生活境況，如：

　　未承恩澤一家愁，乍到宮中憶外頭。新學管弦聲尚澀，側商調裏唱《伊州》。

　　辭意雖然平緩，卻令人體會到宮女內心的無聊賴和人生的渺茫。

　　從杜甫作《兵車行》、《麗人行》等運用樂府風格而擺脫古題的詩篇以便更直接地針砭現實開始，新題樂府的寫作漸漸形成風氣。到李紳的《樂府新題》二十首出現，遂正式形成了「新樂府」的概念。李詩已佚，但從尚可知道的詩題來看，其內容特點是清楚的。他的創作引起元稹、白居易的熱烈響應，並由他們把新樂府的創作推向高潮。

　　如果說以前的詩人寫作新題樂府也有政治方面的用意，那畢竟還是因一時一事的感觸而發；對於這些詩會由甚麼途徑發生何種作用，大抵也並無清楚的計劃。元、白則有所不同。他們於元和初開始擔任負有建議、監

察責任的中級官職，作為新進官員，具有較高的政治熱情和積極表現自己的願望，新樂府創作在他們來說已成為其實際政治活動的一部分，這類詩歌是被他們有計劃地當作政治工具來使用的。

元稹（779—831）字微之，河南河內（今河南洛陽）人，元和元年（806）登才識兼茂明於體用科第一名，授左拾遺，歷仕監察御史，因敢於直言觸怒宦官被貶。中年後仕途漸順達，曾一度任宰相（工部侍郎同平章事）。

元和四年，元稹看到李紳所作的《樂府新題》二十首，深有感觸，依其部分詩題作《和李校書新題樂府十二首》。在詩序中，他說明自己的寫作動機是「遭理世而君盛聖，故直其詞以示後」，即這種寫作首先是從政治目的出發的。其中像《上陽白髮人》寫民間女子被囚禁深宮，空耗青春年華；《華原磬》以兩種樂器作對比，要求君主辨別正聲邪聲；《五弦彈》借五弦比五賢，希望君王徵召賢人，調理五常；《法曲》寫安史之亂前後習俗變化，痛惜雅正習俗的消失……這些詩所涉及的都是元稹心目中重要的政治與社會問題。但元稹並不是真正具有儒家政治熱情的人，他的這些詩多空洞議論而少藝術形象，語言也顯得誇飾浮靡。此後他還寫過另一些樂府詩，或沿用古題或自立新題，仍然以「刺美見事」為原則（《樂府古題序》），內容較前稍為具體，但由理念出發而導致的毛病依然存在。如《田家詞》寫農民苦於重賦力役，到了最後卻說：「願官早勝仇早覆，農死有兒牛有犢，不遣官軍糧不足。」這真是為官家想得久遠。

元稹的新樂府創作總體上是一個失敗的紀錄。但他早年就因詩傳唱宮中而被宮中人稱為「元才子」（《舊唐書》本傳），他真正愛好和費心創作的抒發自身生活情感的詩，有不少是寫得很出色的。如《春曉》：

半欲天明半未明，醉聞花氣睡聞鶯。狌兒撼起鐘聲動，二十年前曉寺情。

這詩當與元稹在《鶯鶯傳》中涉及的戀愛經歷有關，它把詩人在似夢非夢的回憶中迷茫的情懷刻畫得十分感人。而元稹最為人稱道的是悼亡

詩，寫得情深思遠、哀婉動人。如《遣悲懷》三首之一：

> 謝公最小偏憐女，自嫁黔婁百事乖。顧我無衣搜藎篋，泥他沽酒拔金釵。野蔬充膳甘長藿，落葉添薪仰古槐。今日俸錢過十萬，與君營奠復營齋。

白居易（772—846）字樂天，下邽（今陝西渭南）人。元和三年至五年任左拾遺，是其從事新樂府創作的高潮時期。元和十年任太子左贊善大夫時，因越職言事而得罪，貶為江州司馬。在江州時作《與元九書》，系統總結了他的詩歌理論，但同時也結束了他所主張的那一類政治詩的創作，其人生態度逐漸向佛教靠攏。此後，他又任過忠州、杭州、蘇州刺史，秘書監、河南尹、太子少傅。越到晚年，他受佛教的浸染就越深，最後閒居洛陽，與香山寺僧人結社，捐錢修寺，自號香山居士。七十五歲時卒於洛陽。

無論從創作還是從理論上說，白居易都是新樂府詩潮中影響最大的詩人。

還在元和初年，白居易在他與元稹「揣摩當代之事」而寫成的《策林》中，就有一篇《采詩以補察時政》，系統地談到了詩的功能與作用。他強調從詩歌中可以瞭解社會問題，觀「國風之盛衰」、「王政之得失」，所以國君應當效法古人，建采詩之官；在元和四年所作的《新樂府序》中，白居易更明確地提出詩應「為君為臣為民為物為事而作，不為文而作也」。這裏「為君」是第一位的，「文」則處於絕對依附的地位；在《讀張籍古樂府》中，他通過表彰張籍來宣揚自己的觀點，認為具有「風雅比興」內涵的詩，能夠感化「放佚君」、「貪暴臣」乃至兇惡的女人——「悍婦」。在《與元九書》中，白居易還對當時人們最為推崇的李白、杜甫這兩位大詩人提出尖銳的指責，說李詩「索其風雅比興，十無一焉」，而杜詩雖勝過李，但像《新安吏》、《石壕吏》等符合「風雅比興」標準的詩在其一千餘首傳世之作中「亦不過三四十首」。在這裏白居易表現了很大的驕傲，而驕傲的根據並非因為他是更有才華的詩人，而是因為他的

詩在政治上更有價值。

　　白居易的詩歌理論大體上是漢儒詩說的推衍。他主要是從對於政治與教化的作用來看待詩歌的功能，實際上是把詩歌當作政治與道德的工具，最終目的是要借此幫助國君實現良善的政治秩序與良善的社會風俗。這種理論與同時期韓愈在散文領域所倡導的「古文運動」的理論，都是儒家以倫理為本位的文學觀在長期受到冷淡以後在新的歷史條件中的再興，如果認真奉行起來，對詩歌的發展將會產生嚴重的束縛。當然，放在具體條件下，也不能說白居易的詩歌理論在當時毫無積極意義。因為在這裏面包含着重視社會寫實的精神；而當詩人認真看待社會現實時，他的情感會從他所信奉的政教立場上發生某種偏離。

　　白居易把他的具有政治和社會批判意義的詩編為「諷喻詩」，其中最主要的是創作於元和初至元和四年的《秦中吟》十首、《新樂府》五十首。這些詩的藝術成就明顯高於元稹的同類之作，情況也顯得複雜些。有一部分作品也是說教氣味很重，讀起來索然無趣的，這是第一種類型。但在說教性的詩作中，有時作者表現出前後矛盾的態度。如《井底引銀瓶》，作者在小序中標明的宗旨是「止淫奔也」，而詩中具體描寫一對青年男女的戀愛故事卻不乏美麗動人之處，以至使人產生與作者立意相反的感受（元代白樸正是根據這一素材寫成了歌頌自由戀愛的雜劇《牆頭馬上》）。這種情況雖然不多，但也可算作一種類型。還有不少詩篇以大膽尖銳的態度廣泛揭示了社會的不公正和民眾生活的艱難。如《輕肥》在鋪排官僚宴飲時「樽罍溢九醞，水陸羅八珍」的奢侈景象後，以百姓生活的水深火熱為對照：「是歲江南旱，衢州人食人！」《杜陵叟》寫長吏在災害之年仍然「急斂暴徵求考課」，逼得百姓無路可走，篇末詩人憤怒地詛咒道：「剝我身上帛，奪我口中粟，虐人害物即豺狼，何必鉤爪鋸牙食人肉！」這種詩顯然包含着對不幸者真實的同情和社會正義感，可惜作者政治上的功利目的太強烈，使這種悲憤像是粗糙的呼喊。這可以算是第三種類型。也有少數幾篇雖也與政治上的功利目的有關，但由於滲透情感而深入的寫實，

使之產生了強烈的藝術感染力，這是第四種類型。如著名的《新豐折臂翁》寫一位老人回憶在天寶年間唐王朝發動對南詔的戰爭時，他「偷將大石捶折臂」而得以逃過兵役，留得殘生。詩中老翁說道：

> 此臂折來六十年，一肢雖廢一身全。至今風雨陰寒夜，直到天明痛不眠。痛不眠，終不悔，且喜老身今獨在。不然當時瀘水頭，身死魂孤骨不收。應作雲南望鄉鬼，萬人塚上哭呦呦。

這位老人不幸成為殘廢，卻以欣喜口吻自慶僥倖，讓人讀來更覺得悲哀。白居易在此詩小序中標明的宗旨是「戒邊功也」，但作品客觀上令人更多地感覺到個人在統治力量驅迫下不幸的命運。

白居易的新樂府創作只維持了不長的時間。作為唐代最重要的詩人之一，他在此前後還有許多其他的創作；而最能代表了其詩歌藝術成就的，是敘事長詩《長恨歌》和《琵琶行》。白居易將它們列在「感傷」一類中。

《長恨歌》作於元和元年。據陳鴻的《長恨歌傳》，白居易寫《長恨歌》的本意是在「懲尤物，窒亂階，垂於將來」，這可以說也有「諷喻」的意味。所以，《長恨歌》從寫楊貴妃入宮到安史之亂，都對君主的耽色誤國和貴妃的專寵有所諷刺。但是，這一意圖並不十分強烈，也沒有貫穿到底。白居易在描述楊、李愛情悲劇本身時，又抱着深厚的同情態度，這樣就出現了雙重主題彼此糾纏的現象。特別是詩中對玄宗與貴妃二人夢魂縈繞、生死相戀的情感反復渲染，用了許多動人的情節、包括帶神話色彩的虛構，把這場悲劇寫得異常纏綿悱惻，更把前一個主題大大地沖淡了。如詩中寫到楊貴妃死後，玄宗的對景傷情：「蜀江水碧蜀山青，聖主朝朝暮暮情。行宮見月傷心色，夜雨聞鈴腸斷聲。」之後又以濃重的筆調繼續寫玄宗回長安後的孤寂：「夕殿螢飛思悄然，孤燈挑盡未成眠。」盼望夢中相會，卻是「悠悠生死別經年，魂魄不曾來入夢」。把生死間的苦戀之情寫到了極致。最後終於有一位道士為玄宗找到了死後歸仙的楊貴妃，為

他們溝通了生死懸隔的戀情；楊貴妃請道士帶去當年的定情物給玄宗，重溫舊日盟誓，並在結尾處點出全詩的主旨：

> 但令心似金鈿堅，天上人間會相見。臨別殷勤重寄詞，詞中有誓兩心知：七月七日長生殿，夜半無人私語時，在天願作比翼鳥，在地願為連理枝。天長地久有時盡，此恨綿綿無絕期！

所以《長恨歌》最終留給讀者的並非「懲尤物」式的道德教訓，而是因人間的幸福脆薄易碎而引發的傷感，和以永不滅絕的愛情超越一切阻隔的美麗的幻想。

中唐是一個虛構性的敘事文學獲得高度發展的時期，文人的傳奇小說和民間的變文、話本小說等開創了中國文學史上的新生面，它們有一共同特點：文學趣味的世俗化。白居易的《長恨歌》同這一背景是有關聯的，而且其趣味同樣存在世俗化的傾向。對普通人來說，帝王與貴妃的生活本身就具有一種神秘的誘惑，而《長恨歌》所描繪的實際上又是基於普泛人性的愛情，它在兩個不同的方面都投合了世俗心理的需要。所以此詩不僅在當時就受到人們廣泛的喜愛，並且為後世文學提供了再創作的重要母題。

元和十一年白居易貶謫江州時寫下的《琵琶行》，則圍繞作者所經歷的一件小事展開，具有敘事詩的構架，又充滿抒情氣氛。開頭記述詩人秋夜在江州潯陽江頭送客，偶遇一彈琵琶女子並請她演奏，然後寫那女子自訴其由繁華而淒涼的身世遭遇，令作者油然而生同病相憐之感：「同是天涯淪落人，相逢何必曾相識！」最後那女子重彈一曲，詩人和她都深深地沉浸在傷感的樂聲中。

《琵琶行》所寫的事件非常簡單，而敘事結構卻十分精緻。作者從對對方的同情而引入自身，在相似的命運中漸漸忘卻了身份地位的差別，寫出一種具有普遍性的人生失落之感，如陳寅恪所言「主賓俱化」（《元白詩箋證稿》）。詩中細緻描繪音樂的一節十分精妙，它不僅通過富於創造力的巧妙的比喻使音樂的節奏變化極其生動地呈現在讀者面前，而且還由此

顯示了演奏者情緒的起伏變化。「轉軸撥弦三兩聲，未成曲調先有情」，它開始是零散的，像是欲語還休的情態；繼而「低眉信手續續彈」，流暢的節奏表明情緒漸漸活躍；此後樂聲由慢而快，「大弦嘈嘈如急雨，小弦切切如私語；嘈嘈切切錯雜彈，大珠小珠落玉盤」，喻示了各種複雜情緒的交錯湧動；最後經過一個小小的迴旋跌宕而進入了高潮：「銀瓶乍破水漿迸，鐵騎突出刀槍鳴。」接着這驚天動地之後又突然煞住：「曲終收撥當心劃，四弦一聲如裂帛。東舟西舫悄無言，唯見江心秋月白。」歸於一片寂靜。這種描寫和下文琵琶女自訴身世的內容相互呼應，以暗示手法發揮了抒情作用。

白居易編為「閒適詩」和「雜律詩」的部分包含着較多的抒寫日常生活情懷的作品。這些詩不以精警見長，更無險怪痕跡，其中的佳作善用淺易流暢的語言表達略帶理蘊而又自然活潑的人生情趣，如《錢塘湖春行》：

> 孤山寺北賈亭西，水面初平雲腳低。幾處早鶯爭暖樹，誰家新燕啄春泥。亂花漸欲迷人眼，淺草才能沒馬蹄。最愛湖東行不足，綠楊陰裏白沙堤。

早春時節西湖邊富於生機、正處於變化中的景物，隨着詩人行動和目光的變化而漸次呈現，這雙層的變化融為一體，詩境顯得格外活潑流麗。在七律中，這種寫法是很難得的。

白居易詩在語言上有明顯的特點，就是淺白。不僅新樂府為了便於流佈、有利於達到宣傳目的而有意識地寫得「直而切」，其他的詩也大多偏向通俗平易，而且意緒流貫，不喜生澀、跳躍。這種語言特點和白氏詩中頗多見的世俗化趣味是很好的配合。這使得白居易的詩贏得了最廣泛的讀者。但這裏面也有優劣之分，一些差的作品是寫得俗氣而絮叨的。

劉禹錫、柳宗元　中唐詩歌在藝術上出現了多元化的趨向。有些詩人儘管對詩壇的影響不那麼大，卻仍有自己獨特的建樹，劉禹錫和柳宗元就

是這種情況。

劉禹錫（772—842）字夢得，洛陽（今屬河南）人，貞元末任監察御史時，與柳宗元等人參與了由王叔文領導而很快宣告失敗的政治變革活動，因此被貶為朗州司馬，此後長期在外地任職。至大和二年（828）才回到長安，官至太子賓客。

劉禹錫從早年起就受到佛教的影響，一生的經歷又頗多坎坷，這使得他經常以一種具有哲理性的眼光從廣闊的空間和時間範圍來看待事物的變化；因為一切都在不可避免的變化之中，萬事萬物都有其成與滅的過程，那麼對個人所經歷的榮辱得失就可以不那麼執著。但劉禹錫又是一個性格倔傲孤高、決不肯向外來壓迫力量低頭的人，所以他也並不因此而變得心懷空漠或頹唐自放。視野闊大，感悟深沉，具有通脫的態度卻不失激情，成為劉禹錫詩重要的特點。

劉禹錫的詠史詩素來為人稱道，上述特點在這類詩中也有明顯的體現。在詠史詩中劉禹錫有時也會發出唐人慣常的議論，像《台城》所謂「萬戶千門成野草，只緣一曲《後庭花》」，看似尖銳，其實沒有多少意義。倒是那些並沒有給出結論的詩篇，更能表現他閱盡滄桑變化之後的沉思，如《西塞山懷古》：

> 王濬樓船下益州，金陵王氣黯然收。千尋鐵鎖沉江底，一片降幡出石頭。
> 人世幾回傷往事，山形依舊枕寒流。今逢四海為家日，故壘蕭蕭蘆荻秋。

當運勢已去時，吳人的一切努力固然悲慘地崩碎，可是時過境遷，晉人當年雄猛的氣概也同樣蕩然無存。如今只有蘆荻蕭蕭，只有默默無言的大自然似乎永遠也不會改變。這詩內涵着對人的存在意義的不安，因此透出一種蒼涼的意緒。又如《烏衣巷》：

> 朱雀橋邊野草花，烏衣巷口夕陽斜。舊時王謝堂前燕，飛入尋常百姓家。

東晉王、謝這些顯赫士族的舊跡都已湮滅，人們不禁會歎息一切繁華

與高貴都會被時間洗刷淨盡；但歷史仍然在變遷中延續，燕子作為自然的永恆性的象徵，依舊年年歸來。

劉禹錫多次貶官南方，對那裏盛行的民歌表現出濃厚的興趣，所作模仿民歌體的詩篇如《竹枝詞》、《楊柳枝詞》、《堤上行》、《踏歌詞》等也極有特色，以下兩首尤為傳神：

> 江南江北望煙波，入夜行人相應歌。《桃葉》傳情《竹枝》怨，水流無限月明多。（《堤上行》三首之二）

> 楊柳青青江水平，聞郎岸上唱歌聲。東邊日出西邊雨，道是無晴還有晴。（《竹枝詞》二首之一）

詩的語言樸素而輕快，散發着民歌的濃郁的生活氣息，但前一首意象的運用和後一首雙關語的運用，卻還是相當精巧的。

柳宗元（773—819）字子厚，河東（今山西永濟）人，他與劉禹錫同樣因參與永貞革新而遭貶謫，先後任永州司馬、柳州刺史，四十七歲時死於柳州任所。

柳宗元詩僅存一百四十餘首，多作於被貶之後。柳氏自稱「自幼好佛」（《送巽上人赴中丞叔父召序》），在永、柳二州期間，他也常與禪僧往來，所謂「萬籟俱緣生，窅然喧中寂。心境本同如，鳥飛無遺跡」（《巽公院五詠·禪堂》），「澹然離言説，悟悦心自足」（《晨詣超師院讀禪經》），表明他試圖從佛理中得到解脱。但政治上的失敗和長久被放逐邊地所造成的悲憤和怨艾並不那麼容易消除，他的詩中有時會表現出唐詩中並不多見的尖銳的痛苦和絕望的心情，如「海畔尖山似劍鋩，秋來處處割愁腸」（《與浩初上人同看山寄京華親故》），「零落殘魂倍黯然，雙垂別淚越江邊。一身去國六千里，萬死投荒十二年」（《別舍弟宗一》），正如宋人蔡啟所説，其「憂悲憔悴之歎，發於詩者，特為酸楚」（《蔡寬夫詩話》）。不過柳詩中更多的是一種空曠孤寂的意境，雖然也

有傷感的底色，但情緒不像前一類詩表現得那麼刻露，如《中夜起望西園值月上》：

> 覺聞繁露墜，開戶臨西園。寒月上東嶺，泠泠疏竹根。石泉遠逾響，山鳥時一喧。倚楹遂至旦，寂寞將何言。

這是一個清冷靜寂的寒夜，人因為不能融入自然而獲得平靜，格外地感受到內心的孤獨，遠處的泉聲和山鳥偶爾的一鳴也會引起內心的驚動。又如著名的《江雪》：

> 千山鳥飛絕，萬徑人蹤滅。孤舟蓑笠翁，獨釣寒江雪。

這首詩本質上和陳子昂《登幽州台歌》相通，都是把世界描繪為一片空茫，以之襯托自我或象徵自我的形象，藉以表現孤傲的心境。但兩者相比，陳詩在蒼涼中帶有雄邁的情緒，而柳詩更突出了孤絕的感受。

至於空靈淡泊的意境在柳詩中也時有所見，如《漁翁》：

> 漁翁夜傍西岩宿，曉汲清湘燃楚竹。煙銷日出不見人，欸乃一聲山水綠。回看天際下中流，岩上無心雲相逐。

世間的一切都會消散，人也可以活得脫略形跡，縹緲若虛。其實這詩中也有孤獨感存在，但由於佛學哲理的作用，它變得輕淡無跡。不過這恐怕不能說是柳宗元詩的主調，前人或過於誇大柳詩所謂「淡泊」的一面，將他與陶淵明、韋應物相提並論，是不合適的。柳宗元其實始終是一個敏感的、不能忘懷世情的人。

二 晚唐詩歌

這裏說的「晚唐」是指文宗大和以後的約八十年（828—907）時間。其中前三十年為晚唐前期，主要詩人有杜牧、李商隱等。這一時期唐王朝進一步走向衰敗，時代把一層失望與沮喪的陰影投射在文人的心中，他們的作品和以雄壯、奔放、自信為特點的所謂「盛唐」氣象相隔更遠了。但這也是一個再度擺脫儒家功利文學觀約束的時期，詩人們在表現內心情感體驗方面往往更為充分，藝術形式上也有新鮮的創造，所以它仍然足以代表唐詩發展的一個新階段。這以後約五十年為晚唐後期，是唐王朝全面崩潰的時期。這一時期沒有出現能夠在唐詩史上佔取第一流地位的大詩人，詩歌創作的情況也變得比較紛雜，既出現了不少反映社會問題的作品，也有許多借吟詠山水求得心理平靜的詩篇；同時，與詞的興起相聯繫，豔情詩的寫作也頗為引人注目。這些現象與後代文學的變化有直接關係。

杜牧、許渾等 杜牧（803—853）字牧之，京兆萬年（今陝西西安）人，大和二年（828）進士，早年長期為地方大員的幕僚，四十歲以後相繼在黃、池、睦諸州任刺史，也曾短期任京職，官至中書舍人。杜牧出身於仕宦名門，祖父杜佑為三朝宰相兼名學者，著有《通典》二百卷。這種出身是杜牧一直很自豪的，他也非常渴望在政治上有大的建樹，並且寫過不少政治與軍事方面的論著，如《罪言》、《孫子兵法注》等等。但一方面其仕途經歷跟他的自我期許相比是很不如意的，另一方面唐王朝的衰敗之勢也實難有挽救的辦法，這使得他的心境常處在強自振作與頹唐自放不斷交替的狀態。

杜牧早年為人作幕僚時，常以一種落魄公子、風流文人的姿態流連於酒市妓樓，他的一部分詩作描述了這種生活情形，在舊時有人喜愛有人反感，但總之是很出名。例如《遣懷》：

落魄江湖載酒行，楚腰纖細掌中輕。十年一覺揚州夢，贏得青樓薄倖名。

這詩帶着點自嘲，卻又不無風流自賞的意味。從中可以感受到由於在王朝衰微的情勢下社會的道德壓力會有所減輕，文人在表露自我心理時往往更為坦然。

杜牧詩作中最著名的則是懷古詠史一類。他是一個志向遠大而又相當自負的人，當感覺到沒有機會在實際政務中施展身手時，不禁會對歷史發生深沉的感慨。如《赤壁懷古》：

折戟沉沙鐵未銷，自將磨洗認前朝。東風不與周郎便，銅雀春深鎖二喬。

「東風」在這裏是歷史機緣的象徵。杜牧的言下之意是：自己未必不如年紀輕輕就獲得巨大成功的周瑜，幸與不幸，只取決於個人無法把握的「東風」而已。當然杜牧也體會到這並不純粹是他個人命運的問題，整個時代都處於無可奈何的頹勢中，所以在《將赴吳興登樂遊原一絕》中他會說：「欲把一麾江海去，樂遊原上望昭陵。」——說要從此逍遙江海，卻又戀戀不捨地回望唐太宗的陵墓，那是多麼遙不可及的輝煌！

把現實的人生與社會問題放在歷史中來觀看，固然可以借時空的擴大而沖淡了它的陰影，同時卻也會因為更強烈地感受到歲月倏忽變幻，引起另一種人生的惆悵，如《題宣州開元寺水閣》所寫：

六朝文物草連空，天澹雲閒今古同。鳥去鳥來山色裏，人歌人哭水聲中。
深秋簾幕千家雨，落日樓台一笛風。惆悵無因見范蠡，參差煙樹五湖東。

朝代興亡變化，古今相續，一切舊有的繁華與悲歡都消失了它痕跡，而現在的一切亦將如是。第二聯的時間感覺是很特別的，似乎自然和人世的變化被壓縮成迅疾而單調的重複鏡像，讀來令人驚悚。而當心理的壓迫變得難以忍受時，杜牧也常常以一種帶有超越感的曠達來尋求解脫，在《湖南正初招李郢秀才》中他說到「高人以飲為忙事，浮世除詩盡強名」，在

《九日齊山登高》中又說:「塵世難逢開口笑,菊花須插滿頭歸。但將酩酊酬佳節,不用登臨恨落暉。」這些詩中一面顯着灑脫無羈和看破紅塵似的高逸情致,一面又透出詩人內心其實是不可解脫的痛苦。

當然,杜牧的性格終究是比較豪爽開朗的,他的眼界又高,從前面舉出的詩中可以看到那種頹唐的情緒並不顯得侷促陰暗,而是多少透出幾分意氣風發、俊逸明麗的氣格。至於單純的寫景抒情之作,有時更顯出明亮和高朗的感情色彩,如《山行》:

> 遠上寒山石徑斜,白雲深處有人家。停車坐愛楓林晚,霜葉紅於二月花。

從詩型來說,杜牧最擅長七絕和七律,而七絕尤其為人稱道。他是極富於才華的詩人,七絕的集中與明快,最宜於表現其敏捷機警的才思。杜牧詩的語言既是輕快流暢的,卻又並不是元白詩那樣趨向淺俗的類型,而是寫得精緻而俊逸飛動,毫無生澀感,這也是才氣過人的表現。

許渾字用晦,是杜牧的朋友,大和六年(832)進士,當過睦州、郢州刺史。他擅長近體詩,也以懷古之作著名,如《金陵懷古》:

> 玉樹歌殘王氣終,景陽兵合戍樓空。松楸遠近千官塚,禾黍高低六代宮。
>
> 石燕拂雲晴亦雨,江豚吹浪夜還風。英雄一去豪華盡,惟有青山似洛中。

詩中也是以自然的永恆和人事的短暫相對照,第二聯尤其突出地表現出一種繁華歸於寂滅的荒涼感。這種寫法在許渾其他詩中也很常見,如「荒台麋鹿爭新草,空苑鳧鷖佔淺莎」(《姑蘇懷古》),「行殿有基荒薺合,陵園無主野棠開」(《凌歊台》)之類。從技巧來說,許渾詩也是堪稱圓熟的,但與杜牧相比,可以發現那裏面缺乏一種從特殊的個人境遇、個體生命感受中發出的熱烈衝動,多少有些泛泛而論的感覺。前人譏刺許詩用語、意境屢屢重複,尤其愛寫水,有「許渾千首濕」之說(見《苕溪漁隱叢話》引《桐江詩話》),就是因為他喜歡寫漂亮的詩卻又缺乏興奮點,因而缺乏特異的感受吧。

另外，張祜也是一位與杜牧相友善的詩人。他的《題金陵渡》寫得很動人：

> 金陵津渡小山樓，一宿行人自可愁。潮落夜江斜月裏，兩三星火是瓜洲。

尋常景物在特殊情形下會有特殊的意義，詩歌常常就是發現這種意義並用恰當的藝術手段來表現它。

李商隱、溫庭筠等　李商隱（813—858）字義山，號玉谿生，懷州河內（今河南沁陽）人，唐文宗開成二年（837）進士，少年得志，卻長期沉淪，一生中除了幾度在京任低級官職，大部分時間都是在地方上為人作幕僚。當時所謂「牛李黨爭」十分激烈，李商隱被捲入漩渦，他仕途上的不順利與此有關。李商隱的情感生活也多有挫折，據學者研究，他有過一些違於常規的戀愛經歷，但都沒有結果；婚後他與妻子感情很好，然而妻子又在他三十九歲時去世。他生活在一個頹敗的缺乏希望的時代，加之個人境遇困厄落魄，內心情感屢遭創傷，遂造成精神上濃重的失落感。

李商隱詩中有一部分與時政直接相關。如大和九年甘露之變發生後，他曾寫了《有感二首》、《重有感》，感慨在那場企圖誅殺宦官的行動中朝臣的無謀和宦官集團報復的兇虐；在主張清除宦官勢力的劉蕡遭貶斥而去世時，又接連寫了《哭劉蕡》等數首詩再三為之歎息；而《行次西郊作一百韻》則歷數了唐王朝由盛趨衰的重要原因，憫歎民不聊生，哀傷自己對這一切無能為力。同時他也寫過不少詠史懷古類的詩篇，或寄慨於往事，或借古諷今，但都有現實的感受在內。這類詩常寫得辭面溫婉而內在的鋒芒異常銳利，如《賈生》中「可憐夜半虛前席，不問蒼生問鬼神」，《龍池》中「夜半宴歸宮漏永，薛王沉醉壽王醒」等等。《吳宮》一篇就意境而言尤為精美：

> 龍檻沉沉水殿清，禁門深掩斷人聲。吳王宴罷滿宮醉，日暮水漂花出城。

這是想像吳王夫差宮中宴飲的情形。醉生夢死似乎也是一個永恆，然而時間仍然在流動着，水浮載落花漂出宮來就是證明。在這時間的流動裏，危機正在生長，衰亡即將降臨。

　　不過，李商隱詩最具特色的還是抒發個人情思的一類作品。他在思想上有着反傳統的傾向，對周公、孔子的「道」不那麼欽佩；對於詩歌，他在《獻相國京兆公啟》中說：「人稟五行之秀，備七情之動，必有詠歎以通性靈，故陰慘陽舒，其途不一，安樂哀思，厥源數千。」這裏強調了詩歌的作用主要在於抒發性靈，表達情感。沿承中唐詩已有的趨向，李商隱在表現個人情思方面更為深入、細緻；他特別擅長用精美華麗的語言，含蓄曲折的表述方式，構成朦朧幽深的意境，來呈現心靈深處的不易言說的人生體驗與情緒。這種向內心深處的開掘和與之相應的藝術創造，使李商隱成為唐詩的最後一位大家，同時也使得晚唐詩以一種強烈的特徵與以前的詩歌相區別，從而構成唐詩發展的一個新的階段。

　　在李商隱的無題詩（包括以篇首數字為題而實際仍為無題的詩）中，上述特點尤其顯著。關於無題詩各篇的主旨雖向來多有異說，但其中一部分寫的是男女戀情應是無疑的。這些詩之所以在中國詩史上格外引人矚目，是因為在以前的文人詩傳統裏真正的愛情詩並不多，很少有人以當事人的立場將它當作一種刻骨銘心、生死無休的情感來描述。比較多的其實是對女性的表示欣賞的所謂「豔情」詩；如果是寫夫妻關係，則詩中的情感表現通常偏於端謹莊重，更具有倫理意味。而讀李商隱詩，令人感覺到深厚的戀情已經被視為生命中最有價值的東西。他的藝術表現方法也與此有關。這類詩多用七律寫成，七律的結構通常是以跳躍性的步調展開的，大抵每一聯各為一意蘊不同的層次，逐層鋪展，而李商隱的詩則往往全篇都是吟詠一種情緒，在不同角度上疊加復重，顯得更為深入和細密，感情氣氛十分濃郁動人。如《無題》：

　　　　相見時難別亦難，東風無力百花殘。春蠶到死絲方盡，蠟炬成灰淚始乾。
　　曉鏡但愁雲鬢改，夜吟應覺月光寒。蓬山此去無多路，青鳥殷勤為探看。

這是寫一對被阻隔的戀人之間的固執而又痛苦的情感。從別離之苦，到戀情的糾纏固結，而後是兩地為相思而憔悴的傷感情景，最後又以仙家蓬山譬喻兩人雖近在咫尺卻又遠過萬里，唯有借「青鳥」傳書卻無法見面，更增添了一層愁苦。全詩始終圍繞戀情的無法捨棄又無法滿足來寫，而「春蠶」、「蠟炬」一聯寫情幾於淒厲，令讀者的心靈受到震撼。又如《促漏》一詩：

　　　促漏遙鐘動靜聞，報章重疊字難分。舞鸞鏡匣收殘黛，睡鴨香爐換夕熏。
　　　歸去定知還向月，夢來何處更為雲。南塘漸暖蒲堪結，兩兩鴛鴦護水紋。

前半部分寫一女性的居處，這裏幽緲隱秘，閃爍着穠豔而淒涼的色澤和氣息，給人以虛幻和神秘的感覺。而後點出一場幽會已經過去，歸去之人卻仍在月下徘徊難眠，來日悠悠，更不知這樣的雲雨幻夢在何時重現。最後畫面轉為明亮，寫南塘中蒲草結，鴛鴦游，水波蕩漾，更令人觸目傷心。這也是一層又一層地渲染，烘托出寂寞和孤單之情。

　　其實我們無法弄明白李商隱的那些關於愛情的詩篇究竟是寫自身的具體經歷還是虛擬，更無法知道詩中所寫的對象是誰，只能推斷這總是同他的情感經驗有關係。而且，不僅是與戀情有關的詩，他的其他主題的詩篇也有不少寫得意境朦朧迷幻，形成了一種顯著特徵。這些朦朧詩篇常常是既不大容易讀「懂」，卻又傳達了強烈的情緒，使人為之吸引並受到感染。這裏再以他的《錦瑟》詩為例，分析這種朦朧詩的「晦」與「明」：

　　　錦瑟無端五十弦，一弦一柱思華年。莊生曉夢迷蝴蝶，望帝春心託杜鵑。
　　　滄海月明珠有淚，藍田日暖玉生煙。此情可待成追憶，只是當時已惘然！

這首詩到底寫甚麼，從古到今聚訟無已，恐怕只能承認它的有些背景是無法確認的，讀者惟有憑自己的人生經驗和情感趣向去體味。但它也並不是沒有提供引發讀者去體味的線索：開頭兩句，至少提示了這是追憶

「華年」而生的情懷，而「無端」二字，則有猛然一驚之感。中間兩聯連用四個典故：第三句用《莊子·齊物論》中莊生夢蝶的故事，呈現了一種人生恍惚之情；第四句用《華陽國志》中蜀王望帝化為杜鵑，每到春天便悲啼不止、直至出血的故事，包含了一種苦苦追尋而又毫無結果的悲哀；第五句用《博物志》裏海中鮫人泣淚成珠的故事，在這裏具有濃厚的傷感意味；第六句雖不知出自何典，但中唐人戴叔倫曾以「藍田日暖，良玉生煙」，形容可望而不可即的詩景（見司空圖《與極浦書》），這裏大致也是指一種朦朧虛幻的感覺。到末尾兩句，進一步點明「此情」並非在追憶之中才轉為「惘然」，早在當年已是如此。總之，全詩雖有幽晦難明之處，但它反復渲染的人生之虛緲、迷惘、傷感的情味卻十分濃郁，而且有關意象十分鮮明，所以讀者不會覺得詩人是在無意味地故弄玄虛。

上述各詩中程度不等的幽晦現象，可能與作者出於某種原因而故意迴避有關；但更應該注意到，詩歌終究是一種藝術創造活動，一定的藝術特色總是和詩人的有意追求分不開的。至少，李商隱並不把清楚地記述具體的人物事件看作是詩歌寫作的必要條件，他也不是直接抒發單純明瞭的喜怒哀樂之類的情感，而是着重用象徵手段對自己內心的流動不定的情感體驗作印象式的表現。他證明了詩歌並不一定需要表述明白的事實，而可以用朦朧的形態表現複雜變幻的內心情緒，這種詩有利於激發讀者在閱讀時的創造性參與，從豐富中國古典詩歌的面貌來說是一大貢獻。

李商隱當然也寫過許多抒發日常生活情感的詩篇，像著名的短詩《樂遊原》：

　　　向晚意不適，驅車登古原。夕陽無限好，只是近黃昏。

此篇常被當作唐王朝趨向沒落的象徵來使用。詩人本意是否如此難以斷定，但李商隱詩中多用衰殘意象如夕陽、殘花、枯荷之類則是前人早已注意到的。個人命運與時代氣氛，確實容易使他產生一種無奈的蕭瑟情緒。

李商隱的詩廣泛吸取了前人的藝術成就，如南朝宮體詩的綺豔，駢文的用典精巧，杜甫近體詩音律的嚴整和語言的精煉，李賀詩用語的瑰奇新穎和色彩穠麗，都是比較明顯的。但作為大詩人，他有自己獨創性的追求，前人的特點已經被融會再造為自己獨特的風格。因而，他也成為後人學習的重要典範。從詩型來說，他對近體詩最為擅長，尤其七律，可與杜甫並稱為唐代兩大宗匠。

　　溫庭筠（？—866）字飛卿，太原（今屬山西）人，素有才名，卻因性格狂傲、行為不檢而一生坎坷。他是唐代最重要的詞人，後面還將述及。其詩與詞風相通，尤其樂府類，在描摹女性的美貌以及表現男女之情方面顯得非常突出。大抵色彩穠麗，帶有南朝豔情詩的氣息。他與李商隱並稱「溫李」，但從藝術創造性來說，似相去較遠，僅有個別佳篇可以相提並論，如《瑤情怨》：

　　　　冰簟銀床夢不成，碧天如水夜雲輕。雁聲遠過瀟湘去，十二樓中月自明。

　　詩寫一女子的孤獨與愁怨，但並不點明是何緣故，只以月夜景色為襯托，意境優美而朦朧。「十二樓」為用典，原指仙女居處，此處藉以暗示女主人公。

　　另外在溫庭筠描述自己生活經歷的詩中，也有些以寫景抒情見長的佳作，像人們熟知的《商山早行》：

　　　　晨起動征鐸，客行悲故鄉。雞聲茅店月，人跡板橋霜。槲葉落山路，枳花明驛牆。因思杜陵夢，鳧雁滿回塘。

　　第二聯純粹用若干意象平列組合而成，是唐詩中的名句。這種寫法始於南朝後期，在唐詩中已經很多見。但這兩句因為意象的特徵性很強，組合也自然，所以仍然極為受人稱讚。

　　晚唐前期不太著名的詩人中，李群玉、趙嘏兩人值得一提，他們的詩雖然成就不很高，但有些佳作傳世，語言則比較清新流暢。如李群玉的

《黃陵廟》：

> 黃陵廟前莎草春，黃陵女兒茜裙新。輕舟短棹唱歌去，水遠山長愁殺人。

詩帶有歌謠的特點，色彩與音節都很明快。趙嘏有《長安秋望》：

> 雲物淒涼拂曙流，漢家宮闕動高秋。殘星幾點雁橫塞，長笛一聲人倚樓。
> 紫艷半開籬菊靜，紅衣落盡渚蓮愁。鱸魚正美不歸去，空戴南冠學楚囚。

第二聯據說杜牧曾「吟味不已，因目嘏為『趙倚樓』」（《唐詩紀事》）。全詩表現羈旅生活的失意與傷感，也是比較成功的。

晚唐後期的詩歌　晚唐後期詩歌沿着李商隱、溫庭筠一路，以寫男女之情的綺麗詩歌出名的有韓偓（842—923）。韓是以《香奩集》為人熟知的，這部集子的內容與風格正如其名，帶有豔情詩的特徵。其中有的寫得比較直露或穠豔，像《半睡》中「四體着人嬌欲泣」，《意緒》中「臉粉難勻蜀酒濃，口脂易印吳綾薄」之類，也有一些則寫得較為含蓄，如《聞雨》：

> 香侵蔽膝夜寒輕，聞雨傷春夢不成。羅帳四垂紅燭背，玉釵敲着枕函聲。

寫一女子春夜中的孤獨，有着細膩的體驗。晚唐豔情詩與正在興起的詞的關係相當密切，這在《香奩集》中尤其顯得突出。像《偶見》：「鞦韆打困解羅裙，指點醍醐索一尊。見客入來和笑走，手搓梅子映中門。」辭意很淺，不重在對言外之味的追求，而着力把一個日常生活的細節描摹得生動。後來李清照的詞《點絳唇》（「蹴罷鞦韆」）就是從這首詩脫化而出的。韓偓在《香奩集》的自序中也說，他的那些綺麗詩篇，往往被「樂工配入聲律」。只不過到了再晚些時候，詩人寫豔情就索性用詞體而不用傳統的詩歌體式了。

與之相反的一個方向，是一部分詩人在唐帝國陷入全面崩潰的形勢

下，再度試圖把詩歌當作政治的工具來使用。這方面的代表有皮日休、聶夷中、杜荀鶴等人。皮日休對白居易非常佩服，曾仿照其新樂府作《正樂府》十首，期望有益於王者治國；杜荀鶴也稱自己所作「言論關事務，篇章見國風」（《秋日山中》）。但他們的創作成就實在連白居易也及不上。如皮日休的《橡媼歎》，通過寫一拾橡實為食的農婦的苦辛，反映賦稅的沉重，但因立足點主要在宣傳「輕賦」的政治主張，所以對農婦形象的描寫就頗為乾枯。又如杜荀鶴的《亂後逢村叟》也寫了一個被戰爭、賦稅逼得無以為生的八十衰翁，同樣由於急於發表政治議論，在藝術上表現得比較粗糙。再以聶夷中的《詠田家》為例：

> 二月賣新絲，五月糶新穀。醫得眼前瘡，剜卻心頭肉。我願君王心，化作光明燭。不照綺羅筵，只照逃亡屋。

和前二例一樣，你不能說詩人對貧苦農民的生活沒有同情，但政治議論成為詩歌的中心，使得詩中對農民生活的描寫成為簡約化的狀態，也缺乏激情。這種以表現政治主張為目的而反映民生疾苦的詩作在宋代變得更普遍。

但上述類型的詩歌並不是那些詩人唯一的創作興趣所在，從數量上來說，他們所作關於山水風月、贈酬送別以及抒寫自身傷感情懷的詩要更多一些，在藝術上也更為講究。其中杜荀鶴受姚、賈詩風影響較深，嘗自稱「苦吟無暇日」（《投李大夫》），而他的名句「風暖鳥聲碎，日高花影重」（《春宮怨》），正是苦吟的顯例。

在晚唐後期，韋莊（836—910）是一位比較重要的詩人，其創作特點情況與前述諸人也有所不同。莊字端己，曾任右補闕，後為西川節度使王建掌書記，前蜀建國，官至宰相。他的許多詩篇抒發了對唐末王朝衰亡、社會動亂的感慨，如《憶昔》「今日亂離俱是夢，夕陽唯見水東流」，《與東吳生相遇》「老去不知花有態，亂來唯覺酒多情」等等。長篇歌行《秦婦吟》尤其值得重視。

《秦婦吟》曾傳誦一時，後世失傳，直到近代才又從敦煌遺文中發現。詩寫一個上層婦女在黃巢軍隊攻入長安以後的遭遇，並借她的口描述了在這一場歷史大動盪中社會所遭受的嚴重破壞。詩中既寫到黃巢軍隊入長安後居民所經受的殘害，也寫到與之作戰的官軍對民間的掠奪；而對士大夫階層來說，王朝秩序慘酷的粉碎更是巨大的震恐：

> 含元殿上狐兔行，花萼樓前荊棘滿。昔時繁盛皆埋沒，舉目淒涼無故物。內庫燒為錦繡灰，天街踏盡公卿骨。

《秦婦吟》無疑表現着作為士大夫階層一員的作者對黃巢軍隊的仇視態度，但它所描述的許多具體情形卻不能說是沒有根據的。作為是唐代最長的敘事詩（共一千三百六十九字），《秦婦吟》以宏大的規模、詳盡的筆法描述了一樁歷史大事件，在詩歌史上是不多見的；從敘事技巧來說，詩中女主人公同時也是敘事人，其個人命運與整個歷史事件的過程完全結合在一起，突出了一種現場感，這也是敘事藝術的明顯進步。

三　中、晚唐散文

關於「古文運動」　所謂「古文」，是針對「時文」即魏晉以來形成、至初盛唐仍舊流行的駢體文而提出的一個概念，指先秦兩漢時單行散句、沒有規定形式的文體。但韓愈他們提倡古文，雖也包含文體變革的要求，其根本的目標卻並不在文體上。

文的駢儷化與詩的格律化同是六朝文學的結晶和主要特徵。尤其駢文的興盛，對於提出「文」、「筆」之分，區別文學與非文學有重要的意義。但駢文的興盛也帶來一系列不同性質的問題：一是駢文的寫作過度膨脹，被推進到各種實用文的領域，使得後者的實用功能受到削弱；二是從

文學性散文來看，由於駢文的形式要求越來越嚴格，對偶、藻飾、用典、聲律都成為其必備的要素，給大多數作者自由地抒寫思想感情造成了困難。這種情況從盛唐時期開始發生了較明顯的改變，在一些作者筆下，實用性散文如奏疏、論說、書劄等在形式上已經逐漸變得鬆動，文學性散文也趨向輕快自由，並取得了一定的成績。簡單地說，如果單純從實用功能或審美功能出發看問題，在駢文高度興盛以後，文章再度由駢入散、駢散結合是一個自然的過程，也並不存在駢、散的截然對立。但駢文興盛的現象還具有另外一層意義，即它對形式的講究和唯美傾向，隔斷了以政治、教化功用為根本目標的儒家文學觀對文學的支配，同時，這種現象也正反映着魏晉以來儒學獨尊地位的失落。而提倡「古文」者之所以對駢文提出嚴厲的批判，主要的原因也在於此。

從儒學復興的立場反對駢文和六朝文風由來已久，我們在《南北朝與隋代文學》一章中就做過簡要的介紹，進入唐代，這種努力也仍然在繼續，如《隋書‧文學傳序》就從歷史興衰的角度批評六朝文風「意淺而繁，文匿而彩」。但在社會文化心理和審美習慣還沒有發生大的改變時，其效果是很有限的。到安史之亂爆發以後，一部分士大夫把重建儒家傳統的社會規範作為挽救衰世的方案，為了發揮文章寫作在樹立和維護儒學權威方面的作用而要求進行文體與文風變革的呼聲變得更為強烈，其代表人物有蕭穎士、獨孤及、梁肅、柳冕等。如梁肅提出：「文之作，上所以發揚道德，正性命之紀；次所以財（裁）成典禮，厚人倫之義；又其次所以昭顯義類，立天下之中。」（《補闕李君前集序》）柳冕則更明確了文的教化作用，認為「文章之道，不根教化」，則為「君子」所恥（《謝杜相公論房杜二相書》）。總之在他們看來，只有把倫理教化意義放在首位，文章才有存在的價值。以此為準則，文學性愈強的作品就愈應該加以否定，如柳冕就說：「魏、晉以還，則感聲色而亡風教，宋、齊以下，則感聲色而亡興致。」（《與滑州盧大夫論文書》）因而文體與文風變革的途徑，首先又在於復古。

但「古文」的復興，還有賴於韓愈的出現。這一方面是因為到了韓愈活動的年代，文章由駢入散的趨勢更加明顯了，另一方面則因為韓愈比他的前輩們更擅長於散文的寫作，他的身邊又聚集了不少同道之人，具有更大的號召力。柳宗元雖然並不屬於韓愈那個作家群體，而且由於他長期貶謫在南方，離當時的文學中心較遠，在當時的實際影響沒有韓愈那麼大，但他的古文理論與韓愈是一致的，彼此間有一種相互呼應的作用。

韓、柳的古文理論的核心觀念，用柳宗元《答韋中立論師道書》中的一句話來概括就是「文者以明道」（這一說法到了宋代演變為「文以載道」，進一步突出了文的工具性）。如韓愈在《題歐陽生哀辭後》一文中說：「學古道則欲兼其辭；通其辭者，本志乎古道者也。」在《重答張籍書》中他又聲明自己所奉行的「道」乃是「夫子、孟軻、揚雄所傳之道」，而《上宰相書》則強調自己所作的「文」乃是「歌頌堯舜之道」的文，內容「皆約六經之旨」。因為六朝文是背離「道」的，所以韓愈自稱「非三代兩漢之書不敢觀」（《答李翊書》）。柳宗元同樣認為「文」是附屬於「道」的，他在《報崔黯秀才論為文書》中指出：「聖人之言，期以明道，學者務求諸道而遺其辭。辭之傳於世者，必由於書。道假辭而明，辭假書而傳，要之之道而已耳。」總之，寫文章的目的是「明道」，讀文章的目的是「之道」，文辭只是傳達「道」的手段、工具。基於這樣的認識，柳宗元推崇的也是先秦兩漢之文，主張寫文章要「本之《書》以求其質，本之《詩》以求其恆，本之《禮》以求其宜，本之《春秋》以求其斷，本之《易》以求其動」（《答韋中立論師道書》），又認為「文之近古而尤壯麗，莫如漢之西京」（《柳宗直西漢文類序》），而對駢文持嚴厲的批判態度。所以，嚴格意義上的「古文」在內容方面有其特定的要求，並非散體文就是「古文」，清代桐城派古文家對此就很強調。

從根本上說，古文運動的理論對文學的發展是有害的。由於它強調道對文的支配性，這就取消了文學的獨立地位，從而也抹殺了魏晉南北朝時期形成的對實用性文章與藝術性作品的區分；由於古文運動的核心思想是

倡導以文學為維護封建政治秩序服務，這必然導致作家個性的收斂，從而對文學的自由創造加上沉重的束縛，封建專制愈是強化，這一種束縛就愈是嚴重，同時「古文」也愈是表現出濃厚的封建說教色彩。

但同時也要注意到：如果撇開「文以明道」的原則，則古文運動也是文章由駢入散過程中的一個環節。尤其是，韓、柳的文章實際上並非都是「明道」之作，有些主要是從抒發個人情感出發的。而且，在比較寬泛地談論詩文時，韓愈的文學觀中也包含了「大凡物不得其平則鳴」（《送孟東野序》）這種重視抒發個人鬱悶憤怨之情的意見，他提出：「夫和平之音淡薄，而愁思之聲要妙；歡愉之辭難工，而窮苦之言易好也。是故文章之作，恆發於羈旅草野。」（《荊潭唱和詩序》）這跟「文以明道」的原則存在着矛盾，也因此會給他們的散文創作帶來一些生氣。

韓愈、柳宗元的散文　韓愈的《原道》、《原性》、《論佛骨表》、《師說》等說理文過去很受一般古文家的稱賞，但並不屬文學性的作品。另有一些以議論為中心的短文，如《送孟東野序》、《送董邵南序》、《送李願歸盤谷序》等，由於文中包含着對友人的同情與慰解，發泄了對不合理的社會現象的不平之氣，有較多的感情色彩，寫得頗有動人之處。此外，還有一些近乎寓言的雜感，借生動的形象抒寫自己懷才不遇的感慨或窮愁寂寞的歎息，情緒更顯得尖銳，如著名的《說馬》：

> 世有伯樂，然後有千里馬。千里馬常有，而伯樂不常有，故雖有名馬，只辱於奴隸人之手，駢死於槽櫪之間，不以千里稱也。馬之千里者，一食或盡粟一石。食馬者不知其能千里而食也，是馬也，雖有千里之能，食不飽，力不足，才美不外見，且欲與常馬等不可得，安求其能千里也。策之不以其道，食之不能盡其材，鳴之而不能通其意，執策而臨之曰：「天下無馬！」嗚呼！其真無馬邪？其真不知馬也！

在韓愈的散文中，悼念其侄韓老成的《祭十二郎文》尤其具有濃厚

的抒情色彩。哀弔之文前人多用駢體或四言韻文寫作，在整齊的格式中求得一種莊肅之感。而此文全無格式、套語，而且不像韓愈其他文章那樣講究結構。全文以向死者訴說的口吻寫成，哀家族之凋落，哀自身之未老先衰，哀死者之早夭，疑天理疑神明，疑生死之數乃至疑後嗣之成立，極寫內心之辛酸悲慟。中間一段寫初聞噩耗時將信將疑、不甘相信又不得不信的心理，真實而動人；結末一節歎生死永別，尤其哀切：

> 嗚呼！汝病吾不知時，汝歿吾不知日。生不能相養以共居，歿不得撫汝以盡哀。斂不憑其棺，窆不臨其穴。吾行負神明，而使汝夭。不孝不慈，而不得與汝相養以生，相守以死。一在天之涯，一在地之角。生而影不與吾形相依，死而魂不與吾夢相接。吾實為之，其又何尤。彼蒼者天，曷其有極！

這一段文字中其實也包含不少對偶的成分。但這種對偶跟情緒的波動非常密合，顯得相當自然，不同於一般駢文所追求的精緻與緊密。從全文來看，語意反復而一氣貫注，體現了在特定情景下散體文相對於駢體文的優長。而把韓文上述幾種類型加以比較，又可以看出大體愈是具有文學價值的作品脫離「明道」原則愈遠，這也從反面說明了古文運動核心理論對文學的束縛。

韓愈還寫過一些詼諧性的或帶有遊戲色彩的散文，當時人裴度就說他「恃其絕足，往往奔放，不以文立制，而以文為戲」（《寄李翱書》），這也反映了韓愈個性活躍和富於想像力的一面。這類文章有《毛穎傳》、《鱷魚文》、《石鼎聯句詩序》、《送窮文》等，其優劣高下大抵取決於作者人生感受、生活情感投入的深淺。如《石鼎聯句詩序》以一種近乎小說的情節描述道士軒轅彌明與劉師服、侯喜二人聯詩的戲劇性過程，把兩個文人酸文假醋的模樣、前倨後恭的心理和道士不拘小節、放蕩機智的形象寫得十分生動，這裏面顯然包含着韓愈對詩的自得之情。《送窮文》則虛設「主人」具柳車草船送「窮鬼」離去反被窮鬼和他的朋輩教訓了一番

的情節，對自己久來陷於窮困而難於自拔的遭遇加以嘲戲，以一種幽默的態度求得心理壓力的釋放。文章開頭是主人致窮鬼的莊肅的送別辭，結束處卻是五鬼以滑稽的腔調說出一番堂皇的大道理，在荒唐悠謬中顯出無奈的心情。茲錄最後一小節：

> 言未畢，五鬼相與張眼吐舌，跳踉偃仆，抵掌頓腳，失笑相顧，徐謂主人曰：「子知我名，凡我所為，驅我令去，小黠大癡。人生一世，其久幾何？吾立子名，百世不磨。小人君子，其心不同，惟乖於時，乃與天通。攜持琬琰，易一羊皮；飫於肥甘，慕彼糠糜。天下知子，誰過於予？雖遭斥逐，不忍子疏。謂予不信，請質《詩》、《書》。」主人於是垂頭喪氣，上手稱謝，燒車與船，延之上座。

中國古代詼諧幽默之文不多，這種生動有趣的文章在文學史上是應有一席之地的。

韓愈在散文寫作的技巧方面很費心血。其文章之結構佈局根據立意的需要各各不同，有時以重筆陡然而起，有時則從遠處迂迴而來，有時層層推進；他又很講究句式的設計，善於交錯運用各種重複句、排比句、對仗句，來增加文章的變化與氣勢，造成與駢體文不同的自由多變的節奏感；尤其值得稱道的是韓愈散文在語彙上的創新，他從當時的口語中提煉，從前代的文籍中改造，創造出不少新穎的語彙，使文章常常閃現出妙語警句，增添了不少生氣。前引《送窮文》中寫鬼「張眼吐舌，跳踉偃仆，抵掌頓腳，失笑相顧」，顯得十分生動。韓文中許多新創的詞語，如「面目可憎，語言無味」、「垂頭喪氣」、「動輒得咎」、「佶屈聱牙」、「不平則鳴」、「俯首帖耳」、「搖尾乞憐」等，後來都成為常用的成語。

韓愈是很有才華的作家。但由於重視「文以明道」，他所創作的文學性散文為數並不多。而就是這樣，在思想束縛更嚴重的宋代，還是有人指責他過於好文，如張耒說他「以為文人則有餘，以為知道則不足」（《韓愈論》），大儒朱熹則責怪他「裂道與文以為兩物」（《讀唐志》）。不

過，既然韓愈他們主張「文」只是依附於「道」的工具，將這種原則貫徹到底，對他提出那樣的批評也是符合邏輯的。

柳宗元散文的情況也與韓愈相類。在其全部作品中，文學性散文佔的比例不大；而且一般來説，具有文學價值的作品大抵並不體現「明道」的作用。這種性質的散文主要有兩類：寓言和山水遊記。寓言如著名的《蝜蝂傳》借小蟲諷刺那些「日思高其位，大其祿」而不知死之將至的貪心者；《三戒·黔之驢》則借驢比喻那些外強中乾、實無所能的龐然大物，想像豐富，語言犀利，篇幅雖短而寓意深刻。但柳宗元散文中寫得最好的是山水遊記。

散文中描摹山水的內容自六朝以來就很興盛，一些名家的書信差不多就是寫山水的小品，酈道元《水經注》中更保留了許多精彩的片斷。但山水遊記成為一種單獨的文章類型，則是從柳宗元才開始的。柳氏的這類散文大抵均作於他貶居西南邊地時，遊山玩水是他孤寂生活中的精神寄託。所以他並不是單純地描摹景物，而是將感情投射於自然，通過對山水的描寫呈現自己的心境。像《鈷鉧潭西小丘記》所説其處「清泠之狀與目謀，瀯瀯之聲與耳謀，悠然而虛者與神謀，淵然而靜者與心謀」，正是一種物我合一的境界。因而，他筆下的山水總是體現出人格化的孤潔清雅、淒清幽怨的情調。如《至小丘西小石潭記》：

> 從小丘西行百二十步，隔篁竹，聞水聲，如鳴珮環，心樂之。伐竹取道，下見小潭，水尤清冽。全石以為底，近岸卷石底以出，為坻為嶼，為嵁為岩。青樹翠蔓，蒙絡搖綴，參差披拂。潭中魚可百許頭，皆若空游無所依，日光下澈，影布石上，怡然不動。俶爾遠逝，往來翕忽，似與遊者相樂。

> 潭西南而望，斗折蛇行，明滅可見。其岸勢犬牙差互，不可知其源。坐潭上，四面竹樹環合，寂寥無人，淒神寒骨，悄愴幽邃。以其境過清，不可久居，乃記之而去。

> 同遊者吳武陵，龔古，余弟宗玄。隸而從者，崔氏二小生：曰恕己，

日奉壹。

柳宗元的山水遊記寫景部分喜用短句，像《袁家渴記》寫風，「振動大木，掩苒眾草，紛紅駭綠，蓊勃香氣，沖濤旋瀨，退貯溪谷，搖颺葳蕤，與時推移」，連用八個四字句，明顯是保留了辭賦與駢文的特點。

柳宗元有一類以敘事與說理相結合的散文，如《捕蛇者說》、《種樹郭橐駝傳》、《梓人傳》等，對後來的「古文」影響很大（某些現代散文實亦承此一脈而來）。這種文章其實是運用一些文學因素來幫助說理、「明道」，不過其中也有些區別：如果敘事的部分比較真實且滲入了作者的強烈的情感，也能給讀者帶來文學的感動，《捕蛇者說》近於這種情況；如果理念的因素太強，敘事完全遷就說理，也就談不上有多少文學性，《種樹郭橐駝傳》和《梓人傳》近於後一種情況。總體而言，在「古文」傳統和相類的現代散文中，後一種情況更為突出。

晚唐散文　韓愈所倡導的古文運動曾造成較大的聲勢，但也並沒有能夠使得散體文取代駢體文成為主要的文體。晚唐前期駢文仍然相當流行，李商隱《樊南甲集序》說到自己初學韓氏的古文，後入令狐楚諸人幕府，乃改習四六「今體」，這既說明當時古文對讀書人已經有一定的吸引力，但常用的公私文書仍以駢體為重。李商隱的駢文精於藻飾和用典，後代有人對之評價甚高，不過這些文章大多是代他人而作的應用文，在文學方面也沒有多大意義。在詩歌方面與李商隱齊名的杜牧也能文，他的《阿房宮賦》傳誦很廣。這篇賦在文體上顯得很特別，前半部分以華麗的駢體作想像性的描寫，後半部分則以散體發議論，有着古文的氣息，它對宋代散文體的賦不無影響。這也表明晚唐前期是一個文體混雜和醞釀着變化的時期。

晚唐後期伴隨着詩教說的再度興起，散文領域內類似「文以明道」的主張也再度被提出。如皮日休寫過《請韓文公配享太學書》，要求將韓愈

配享於孔子廟堂，在《皮子文藪‧序》中又自稱他的各種文章「皆上剗遠非，下補近失，非空言也」，顯然以繼承韓愈的事業為己任。但在晚唐後期的亂世中，這種主張顯得非常無力，持這種主張的人也寫不出韓、柳那樣的尚有自信因而也還有氣勢的「明道」文章。倒是他們在失望與憤慨之下寫出的一些諷刺性的短文，還略有特色。這類文章的作者除皮日休外，尚有羅隱、陸龜蒙等。

這種諷刺性的短文篇制非常短小，通常僅二三百字，也有數十字的，所以從文章形態來看是相當新穎的，對宋元以降的短文有開啟先河的作用。不過皮日休、陸龜蒙所作實過於切露且議論太盛，並沒有真正發掘出短文可能具有的優長。羅隱所作則強於前二人，蓋緣少作基於儒家道統而不宜於短文的宏大議論。如其集中列為賦類《秋蟲吟》連序在內也僅有數十字：

> 秋蟲，蜘蛛也，致身羅網間，實腹亦羅網間。愚感其理有得喪，因以言賦之曰：物之小兮，迎網而斃，物之大兮，兼網而逝。而網也者，繩其小而不繩其大，吾不知爾身之危兮，腹之餒兮，吁！

強者捕食弱者，又為更強者所食，這就是作者勾勒出的社會圖景。又如《越婦言》虛構朱買臣富貴後仍與妻共同生活，朱妻想到他以前常說待通達後要「匡國致君」、「安民濟物」，如今一無所行，不過是以其富貴通達「矜於一婦人」，遂「閉氣而死」，也是顯出思想尖銳、文筆乾脆利落的特色。

第十一章

唐代的傳奇與俗文學

唐代文學發展的一個重要現象，是虛構性敘事文學的繁盛，這在中唐以後尤其顯得突出。這裏面既包括前面已經作了介紹以白居易《長恨歌》為代表的敘事詩，也包括本章將要介紹的文人創作的傳奇小說和近代從敦煌石窟發現的話本、俗賦、變文等俗文學作品。其作者分屬於不同的社會階層，作品的流傳範圍也有所不同，但相互之間卻有着密切的關聯。唐代城市經濟與城市文化生活的興旺是其共同的背景，在文學趣味上它們程度不等地都有世俗化的趨向；而且，這些不同類型的作品在寫作特點上也有很實在的相互影響的關係。孟棨《本事詩》記述張祜對白居易說：「『上窮碧落下黃泉，兩處茫茫皆不見』，非《目連變》何耶？」表明唐人就已經注意到俗文學對文人創作的影響。

　　唐代虛構性敘事文學的繁盛在中國文學史上有着重大的意義。它以更為自由的形式在較為宏大的篇幅中具體而生動地反映了人們的生存狀態、內心世界和對生活的想像，有力地拓展了文學的審美內涵與情感空間，也為後代文學的發展演變提供了新的樣式與母題。

一　唐傳奇

　　「傳奇」最初被唐人用為單篇小說或單部小說集的題目，如元稹的《鶯鶯傳》原名「傳奇」，今名是宋人將此篇收入《太平廣記》時改題，另外裴鉶所著小說集也叫《傳奇》。後世遂將唐人那種故事性較強的文言短篇小說通稱為「傳奇」。需要順帶說明的是，「傳奇」一名稱應用的範圍很廣，不但後代說話、講唱中有「傳奇」一類，南戲在明以後也叫「傳奇」。

　　唐以前小說的主要類型為志怪。前面說及六朝志怪發展到後期，有些優秀之作情節變得較為曲折，並且較偏重於現實的人生情趣。但總體來

説，志怪作為藝術創作的意識還不明確，所以明人胡應麟説：「至唐人乃作意好奇，假小説以寄筆端。」（《少室山房筆叢》）魯迅《中國小説史略》承其意而更明確地指出，傳奇與志怪相比，「其尤顯者乃在是時則始有意為小説」。正因如此，唐傳奇在情節、結構、敍事手法及人物形象的塑造等小説藝術的各個方面都有了顯著的提高。由此，唐傳奇宣告中國古典小説開始進入成熟階段。

從唐傳奇的發展過程來看，它與六朝志怪有直接的淵源關係，但也受到其他因素的影響。以前我們就説到：中國古代的歷史著作主體雖非虛構，但常常運用文學手段來追求鮮明生動的效果，以《史記》為代表的歷史人物傳記，在敍述故事和刻畫人物性格方面取得了相當高的成就，為後人提供了良好的榜樣。唐傳奇的重要作家中有不少人是歷史學家，他們很容易將這一傳統更自由地運用於小説創作。唐傳奇中凡以寫人物為主的，幾乎一概題為「××傳」，這就是來自史傳的明顯痕跡。另外，在唐代城市生活中產生了多種面向市井民眾的俗文學形式，它們也引起文人士大夫的興趣，如根據各種史料記載，在唐代的宮廷內和士大夫家中，都有專門請藝人「説話」的情況。俗文學的興起必然也會給文人創作帶來刺激，並提供新鮮的素材。

初、盛唐時期的傳奇　如果借用唐詩的分期概念，那麼詩歌方面所説的初、盛期，在傳奇方面都屬於初期。這一時期的小説有些還完全停留在志怪的範圍，也有些則顯示了新的特點。而一般認為最早可歸之於「傳奇」的唐人小説，是《古鏡記》和《補江總白猿傳》。

《古鏡記》自中唐顧況的《戴氏廣異記序》起即明題王度（文中子王通之弟）撰，文字亦以王度自述的口吻寫成。然也有些研究者對此表示懷疑，今尚難定論，不過它的產生年代大概是比較早的。

此文記王度得一古鏡以之制服妖精等靈異事蹟，以若干小故事串聯而成。它以真實的人物作為小説中的人物，似乎那些靈異事蹟也是真實的，

就此而言有很明顯的六朝志怪的特徵。但它篇制規模已遠遠超出一般的志怪小說，而且文辭華美，描寫也較具體生動。如文中述一老狐所化女子鸚鵡為古鏡所照，自知必死，乞一醉，醉後奮衣起舞而歌曰：「寶鏡寶鏡，哀哉予命！自我離形，於今幾姓？生雖可樂，死不必傷，何為眷念，守此一方！」實際上表達了人對生的留戀和對死的哀傷，頗有感人之處。就此而言，則作者又顯然是有意識地運用了藝術性的虛構手段。在結構上此文以王度的敘述為主線，又穿插其家奴的敘述，其弟王勣的敘述，較之六朝志怪稍趨複雜和完整。

《補江總白猿傳》的作者已不可考。此文寫梁將歐陽紇攜妻南征，途中其妻於戒備森嚴的密室中突然失蹤。歐陽紇經一番歷險，終於在其他被竊去的婦女幫助下擒獲妖物，乃一大白猿。猿精被殺死前告歐陽紇：「爾婦已孕，勿殺其子，將逢聖帝，必大其宗。」後其妻果生一子（即歐陽詢），貌似猿猴而聰敏絕倫。歐陽紇死後，由江總將此子撫養成人，「文學善書，知名於時」。前人或認為這篇小說是唐人為誹謗歐陽詢而作（見宋晁公武《郡齋讀書志》）。

此篇文字較《古鏡記》為簡潔，故事的敘述卻曲折有致，佈局嚴謹，在藝術技巧上顯得更講究一些。所寫白猿雖是妖物，卻神異而風雅，如寫它現時情形是：「日晡，有物如匹練自他山下，透至若飛，徑入洞中。少選，有美髯丈夫長六尺餘，白衣曳杖，擁諸婦人而出。」這裏的描繪是相當生動的，可以感覺到作者的文學趣味。

產生年代較早的小說還有《遊仙窟》。此篇在國內久已失傳，卻保存於日本，近代才重新傳回國內。據研究，其傳入日本約在唐開元年間。因卷首題「甯州襄樂縣尉張文成作」，故一般認為是高宗時代著名文士張鷟（字文成）所作。

《遊仙窟》的內容和體制均有些特殊之處。它以第一人稱自述於奉使河源途中，投宿「仙窟」，與神女十娘邂逅交結的故事。但除了開頭的情節略有受六朝志怪中劉晨、阮肇遇仙之類故事影響的痕跡，基本內容完

全是世俗化的男女間的調笑戲謔，且帶有一定程度的色情傾向；全文以駢體文寫成，而大量的主客對答則是詩體，語言既有華麗的成分，又多用俗諺口語。它顯然和主要源於六朝志怪的一般唐傳奇作品不同，而更多地受到俗賦的影響。俗賦雖然過去不受注意，但現在看來，從漢代的《神烏傳（賦）》到六朝的《龐郎賦》以及敦煌文獻中保存下來的可能是產於隋以前的《韓朋賦》和產生於唐開元年間的《燕子賦》等，這一種俗文學形式在很長時間裏其實一直延綿不絕。而《遊仙窟》所描寫的內容和駢麗浮豔的文字及其用詩體寫對話的結構，都顯示了它與俗賦的承接關係。

中唐時期的傳奇　中唐是傳奇發展的盛期。在這一時期，許多著名的文人投入了小說創作，因而顯著地提高了它的藝術性；當時頗流行的以歌行與傳奇相互配合的寫作風氣（如白居易的《長恨歌》和陳鴻的《長恨歌傳》，白行簡《李娃傳》和元稹的《李娃行》），也刺激了傳奇的興旺。以題材而言，這一時期的作品中，諷世小說和關於男女之情的小說取得了最大的成功；尤其後者，可以說代表了唐傳奇的最高成就。

陳玄祐的《離魂記》是產生較早的愛情小說，據篇末作者自述，當作於大曆以後不久。故事寫倩娘與表兄王宙相愛，父親卻將她許配他人，倩娘的生魂於是隨王宙遠去，身體則臥病閨中，後倩娘回家探親時，二者重合為一。這篇小說脫胎於南朝《幽明錄》中的《石氏女》，但突出了女主人公對婚姻自主的要求，描述也更細緻一些，作為過渡性的作品，它預示着以後大量優秀愛情小說的興起。

唐傳奇盛期首先崛起的重要作家是沈既濟（約750—797），曾任史館修撰，《舊唐書》本傳稱其「史筆尤工」。所撰《枕中記》和《任氏傳》均是唐傳奇中的名作。

《任氏傳》寫因貧窮而託身於妻族韋崟的鄭六，邂逅狐精所化的女子任氏，娶為外室。韋崟本富貴而落拓不羈，愛任氏絕色，欲強行佔有，而任氏終不屈服。韋崟為之感動，從此二人結為不拘形跡的朋友。後鄭六攜

任氏往外縣就一武官之職，途中任氏被獵犬咬死。

《任氏傳》標誌了唐傳奇小說藝術的成熟。以往小說中的神怪形象，作者所強調的是其詭異的一面，而在本篇中除了開頭和結尾，任氏的言行及情感都是充分人性化的；小說借用人物傳記的形式，使主要人物任氏始終處於中心地位，但在細節的展開上，卻比一般史傳更為豐富，這使得任氏的形象顯得十分生動可愛。如任氏力拒韋崟的一節寫道：

> ……崟愛之欲狂，乃擁而凌之，不服，崟以力制之。方急，則曰：「服矣。請少迴旋。」既從，則捍禦如初。如是者數四。崟乃悉力急持之。任氏力竭，汗若濡雨，自度不免，乃縱體不復拒抗而神色慘變。崟問曰：「何色之不悅？」任氏長歎息曰：「鄭六之可哀也。」

其後寫任氏感歎鄭六因貧窮不能不依附於韋崟，以致「生有六尺之軀而不能庇一婦人」，這實際上也是指責韋崟自恃有恩於鄭六才敢如此霸道。韋崟不願被她如此看待，遂表示謝罪，放棄了佔有她的念頭；而任氏知道韋崟深愛自己，在「不及於亂」的前提下同他保持了不同尋常的親昵關係。這種深入人物心理的細膩描寫，是以前的小說不曾有過的。

李朝威的《柳毅傳》約作於元和年間，它既有濃厚的神話色彩，又刻畫出鮮明的人物形象。故事寫洞庭龍女嫁涇河小龍，受到厭棄虐待，落第返鄉的舉子柳毅為之傳書洞庭龍宮，龍女的叔父錢塘君飛赴涇川，吞食了涇河小龍，救回龍女並作主將她嫁給柳毅。但柳毅因錢塘君的態度帶有強迫的意味，遂嚴辭峻拒。然柳毅與龍女實有相慕之心，所以龍女後來抗拒了父母讓她再婚的安排，設法與柳毅結成夫婦。在這篇極富於浪漫色彩的神話愛情故事中，寄託了人們對自由美好生活的熱烈嚮往，三個主要人物，亦各具個性。

由著名詩人元稹作於貞元末的《鶯鶯傳》，則是第一篇完全不涉及神怪情節、純粹寫人世男女之情的作品。故事大略述張生寓蒲州普救寺，適其表姨鄭氏攜女崔鶯鶯同寓寺中。當地軍隊發生騷亂時，張生設法庇護了

她們母女。在鄭氏所設答謝宴上，張生認識並傾心於鶯鶯，因通過婢女紅娘，以詩求私通，始遭嚴拒，但最終鶯鶯不能自持，以身相許，二人幽會累月。後張生赴京應舉、遂與之絕。據學者研究，此故事與元稹的實際經歷有關。小說寫到張生完全有機會正式娶鶯鶯為妻，卻以種種理由推託，最終還解釋說，鶯鶯是一個具有誘惑性的「尤物」乃至「妖孽」，自己「德」不足以勝之，「是以忍情」。實際的背景，則是因為「鶯鶯」的原型家庭的社會地位較低，而唐代士人在婚姻上十分看重門第，故元稹本無意與之結為婚姻。

所以《鶯鶯傳》其實是寫一個士人為一寒門女子的美色所動，始亂終棄的故事；小說為張生的行為所作的辯護，充滿偽善氣息。但另一方面，元稹對自己曾有過的那一與小說情節類似的經歷顯然頗懷留戀，因而將崔鶯鶯的形象描繪得十分動人。她端莊溫柔而美麗多情，在猶豫中與自己所愛慕的男子冒險結合，而終於成為封建勢力和自私的男子的犧牲品。她的渴望和幽怨中，埋藏着深深的痛苦。由於這個故事包含着青年男女嚮往自由愛情、由彼此慕悅而自相結合的因子，它後來被改造為《西廂記諸宮調》和《西廂記》雜劇。但必須注意到在情節與人物形象方面，後者已有根本性的變化。

與《鶯鶯傳》的人物關係相類的小說有蔣防的《霍小玉傳》。故事寫淪落娼門的女子霍小玉與士子李益相愛，自知不能與之相伴始終，只求李益與自己共度八年歡愛時光，而後才另選高門。然而李益雖聲稱誓不相負，卻很快就因奉母命定親，銷聲匿跡。小玉求一見而不可得，以至臥床不起。後一黃衫豪俠強挾李益來見，小玉怒斥其負心無情，憤然死去。

唐傳奇中以愛情小說最有情致，而《霍小玉傳》尤為精彩動人。霍小玉與李益立八年相守之誓，是在不幸的命運中想要抓住自己的生命的一種苦苦掙扎，然而這一點希望也被自己所愛的人破壞，使她墜入黑暗的深淵，這會令人感受到社會是何等不合理和無情。小說的悲劇性結局、小玉愛和恨都極端強烈的性格，都給人以強烈的震撼。它在反映生活的深刻性

和表達感情的強度上，超過了其他同類題材的作品。下面是小說中寫霍小玉與李益最後相見的一節：

> 玉沉綿日久，轉側須人，忽聞生來，欻然自起，更衣而出，恍若有神。遂與生相見，含怒凝視，不復有言，羸質嬌姿，如不勝致，時復掩袂，返顧李生。感物傷人，坐皆歔欷。……玉乃側身轉面，斜視生良久，遂舉杯酒酬地，曰：「我為女子，薄命如斯；君是丈夫，負心若此。韶顏稚齒，飲恨而終；慈母在堂，不能供養；綺羅弦管，從此永休。徵痛黃泉，皆君所致。李君李君，今當永訣！我死之後，必為厲鬼，使君妻妾，終日不安！」乃引左手握生臂，擲杯於地，長慟號哭數聲而絕。

《李娃傳》也是寫妓女與士子的愛情的名作，作者為詩人白居易之弟白行簡（776—826）。小說略述天寶中滎陽公子某生赴京舉秀才時戀上娼妓李氏，資財耗盡後被李氏假母設計拋棄，淪為唱輓歌的歌郎。其父發現後，責其玷辱家門，鞭打至昏死而棄之。生渾身潰爛，淪為乞丐。一日雪中哀叫，為李氏所聞，乃悲慟自咎，自贖身而與生同居，勉其讀書應舉。生終於步入仕途，並與父親相認，後漸至顯達，李氏也被封為汧國夫人。

這篇小說取材於民間說話[1]，又經著名文士用心改造，在小說藝術上具有相當高的成就。首先，它在虛構方面富於想像力，故事情節比以往任何小說都要複雜，波瀾曲折，充滿戲劇性的變化。它的「大團圓」結局完全是異想天開，但這也顯然反映市井社會中人們的一種善良願望和心理需要。而在展開這一複雜的故事時，小說的結構非常完整、敘述十分清楚，很能夠吸引人。其次，雖然這篇小說的虛構性特別強，但在敘述故事的過程中，卻有很多真實動人、描寫細膩的細節，如關於東肆、西肆賽歌的描寫，令人如見唐代城市生活的景象。這反映了小說作者構造具有真實感的

1　元稹《酬翰林白學士代書一百韻》「光陰聽話移」句下注言及他曾和白居易一起聽人說《一枝花》，而明陳耀文《天中記》引唐陳翰《異聞集》稱「娃後封汧國夫人，夫人舊名一枝花」，則《李娃傳》故事當源於《一枝花》。

場景的意識和能力。再有，主要人物李娃的性格也比較豐富。她開始參與對滎陽生的欺騙乃是由其營生性質所決定，後來又把他從悲慘的境地中拯救出來，則顯示了其固有的善良天性。這種描寫是有一定合理性的。

唐傳奇中關於男女之情的小說多寫士子與妓女的關係。這一方面與唐代城市經濟發達、士人常流連於青樓的社會特點有關，另一方面也是由於「正常」的婚姻關係大抵並非因兩情相悅而形成，所以文學中所表現的較為自由的戀愛反多在婚姻以外。這同南朝民歌的情況相似，但小說的表現力則要強得多。

中唐傳奇中諷世主題的作品以沈既濟的《枕中記》、李公佐的《南柯太守傳》最為著名。《枕中記》所寫即「黃粱美夢」故事：熱衷功名的盧生，在邯鄲旅舍借道士呂翁的青瓷枕入睡，在夢中身歷仕途風波，也實現了他「建功樹名，出將入相，列鼎而食，選聲而聽，使族益昌而家益肥」的人生理想。一旦夢中驚醒，身旁的黃粱飯猶未蒸熟。他因此大悟，表示接受呂翁借此夢而施的「窒慾」之教。《南柯太守傳》命意與《枕中記》略同，述遊俠之士淳于棼醉後被邀入「槐安國」，招為駙馬，出任南柯郡太守，守郡二十年，境內大治。孰料禍福相倚，先是與鄰國交戰失利，繼而公主又罹疾而終，遂遭國王疑憚，被遣返故鄉。這時他突從夢中醒來，方知前事皆醉夢中幻象，而所謂「槐安國」者，乃庭中大槐樹穴中的一大蟻巢。因「感南柯之浮虛，悟人世之倏忽，遂棲心道門，絕棄酒色」。

上述兩篇小說，中心完全是對現實的人生意義的思考，故事的奇異情節也主要起到使主題更為顯豁的作用。它們一方面表現出佛道思想所宣揚的以俗世榮辱為虛幻的人生觀，同時也反映出士大夫階層中一些人試圖疏離於群體生活及其價值觀的願望。這種生活態度在後來的戲曲小說中有進一步的發展。從藝術性來說，《枕中記》偏向於史家的簡潔文筆，主題固然鮮明，情節未免簡化。《南柯太守傳》則更為小說化，作者把夢中的一切情景盡可能寫得真切別致、饒有趣味，還每有細瑣的閒筆，所以更富於從生活本身形成的對讀者的感染和啟發。

中唐時期的傳奇除了上述兩大類型，還有一些其他內容的作品。如陳鴻的《長恨歌傳》是兼及政治與男女之情的歷史小說，李公佐的《謝小娥傳》記述謝小娥為外出行商而遇害的父親與丈夫報仇的故事，塑造了一個機智勇敢的女性形象，在當時的小說中別具一格。

　　晚唐時期的傳奇　晚唐時期，單篇的傳奇創作大為減少，小說集的創作卻興旺起來。較重要的有牛僧孺《玄怪錄》、李復言《續玄怪錄》、袁郊《甘澤謠》、皇甫枚《三水小牘》等，而裴鉶所作《傳奇》尤為突出。在題材方面，豪俠小說的興起最為引人注目。

　　《虬髯客傳》在豪俠小說中享名最盛，舊題杜光庭作，近年研究者多認為它原為裴鉶《傳奇》中的一篇。小說寫隋末天下紛亂，楊素的寵妓紅拂私奔李靖，又在客店中遇到意在圖王的「虬髯客」，與之結為兄妹。後虬髯客見到「李公子」即李世民，知其「真天子也」，遂將資財盡贈李靖夫婦，脫身遠去，後在海島稱王。這是一篇藝術性很強的作品。首先它描繪人物極富英雄氣概，如紅拂一侍女耳，視權重天下的楊素為「屍居餘氣」，見李靖可嫁，即從容投去；虬髯客雖自知不能勝過李世民，也絕不願俯首稱臣，為其驅使。這種文學形象作為平庸人生和卑瑣人格的反面，代表着人們對於自由豪邁的人生境界的嚮往，有其獨特的感染力。同時，所謂「風塵三俠」，各有其個性和風采，在彼此映襯中更顯得生氣勃勃，這也是很好的構圖式的配置；而小說於英雄豪邁之氣中，穿插兒女之情的旖旎，讀來尤覺深有情趣。

　　裴鉶《傳奇》中另有《崑崙奴》，寫一老奴武藝高強，為其少主竊得他所愛的豪門姬妾，使二人如願以償；《聶隱娘》寫聶隱娘自幼為一女尼攜去，習得武藝近於神異，後世武俠小說實濫觴於此。這類小說中的人物不僅技藝超群，行止亦不循常規，難以常情揣測，顯示出想像世界中人生的奇妙，給人以閱讀的快樂。又袁郊《甘澤謠》中的《紅線》和《懶殘》，也有近似的趣味。

愛情題材的小說在晚唐已告衰微，可以一提的有《三水小牘》中的《步飛煙》。此篇寫武公業之妾步飛煙厭惡丈夫粗悍，與鄰家少年趙象私通，事發，被毒打至死。故事情節與描寫均不甚佳，唯寫步飛煙為維護自己的情人堅不吐實，但云「生得相親，死亦何恨」，其身嬌弱，其性剛烈，令人感動。而男兒趙象則「自竄於江浙間」矣。

二 唐代的俗文學

十九世紀末在敦煌石窟發現的文獻中，包含許多久已失傳的俗文學資料，根據原有的題目，其類型主要有變文、話本、講經文、詞文、俗賦等；有些則沒有明確的標題，在歸類上研究者的看法會有所不同。其中話本大體上沒有韻文，大概只是用來講說的；其餘的或韻、散兼行或純為韻文，大概或說唱並重或以唱誦為主。這些俗文學資料的發現，不僅豐富了人們對唐代文學的認識，在文學史上的地位越來越重要的通俗小說與講唱文學的起源情況，也由此變得較為清楚了。

俗賦及詞文 西漢俗賦《神烏傳（賦）》的出土，令我們瞭解到一種非常古老的俗文學樣式的存在，而敦煌寫本中的俗賦，更證明了它的源遠流長。如《燕子賦》是一則動物寓言，寫燕子因自己的巢被黃雀強佔，向鳥王鳳凰控訴，鳳凰遂拘來黃雀杖責囚禁。將《神烏傳》同曹植的可以認為是源於俗賦的《鷂雀賦》以及本篇放在一起考察，能夠看出三者之間的傳承與變化。

《韓朋賦》是敦煌俗賦中的優秀作品。故事源於晉干寶《搜神記》，原作甚簡略，賦中增添了許多具體細節，並對結尾作了重要改變。大略述韓朋夫婦恩愛，宋王騙奪韓妻，兩人殉情而死。原故事寫兩人死後化為連

理樹、鴛鴦，賦中加入鴛鴦飛去時落下一片毛羽，宋王以之「摩拂項上，其頭即落」的情節。不僅歌頌了他們對愛情的堅貞，並且表達了強烈的復仇精神。此賦多用古韻，研究者或認為是隋以前流傳下來的。

「詞文」應是民間說唱文學的一種，基本上用韻文寫成，很可能是從俗賦分化而來。其中最重要的一篇是《季布罵陣詞文》，述項羽部將季布在戰陣上痛罵劉邦，楚亡後歷盡艱險，終於依靠自己的才智與口辯獲得赦免，還當了喬州太守。這種揭露「貴人」本來的貧賤和無賴面目以羞辱之的故事，滲透了濃厚的民間智慧與民間趣味，後來元散曲中還有類似的創作。全篇為一韻到底的七言詩，長四千四百多字，鋪敍細緻周密，是敦煌說唱文學中藝術性較強的作品。另有《下女夫詞》，寫一男子月夜投宿，與女主人言辭挑逗而終成好合的故事，通篇以兩人的對答、詩歌構成，情節和言辭與《遊仙窟》頗相類似，可見這種寫男女調情的作品在唐代頗受人們歡迎。

講經文與變文　講經文是寺院中舉行「俗講」（對經義作通俗講演）時所用的底本，現存有《佛說阿彌陀經講經文》、《妙法蓮華經講經文》、《維摩詰經講經文》、《父母恩重經講經文》等等。文中每引一段經文而後講解一段，講解時有說有唱。佛經中原有帶文學性的內容，而講經人又加以一定的發揮，使得這種宗教宣傳活動也有藝術魅力。而且，這種宣講形式對變文的產生應該也是起了促進作用的。

變文是民間曲藝「轉變」所用的底本。其文辭大多韻、散相雜，這表明藝人在轉變時通常是說一段唱一段。轉變還有一個基本特徵是表演時以相應的圖畫配合，隨着故事的進展，說唱者捲動畫卷，變換畫面。晚唐詩人吉師老《看蜀女轉〈昭君變〉》詩描繪了一個女藝人表演《王昭君變文》時的情景：「檀口解知千載事，清詞堪歎九秋文。翠眉顰處楚邊月，畫卷開時塞外雲。說盡綺羅當日恨，昭君傳意向文君。」其內容則可分為講佛經故事與世俗故事兩大類。

但「轉變」這種演藝形式是從何而來的？「變」字應作何解釋？歷來有多種不同的見解和推測。一種比較通行的看法認為「變」是梵文citra（圖畫）的音譯，「轉變」源於「俗講」，所以變文中有較多佛經故事。但相反的意見則認為「變」即是漢語原有的「變化」之意，而世俗內容的變文可能比佛經故事的變文出現更早。這牽涉到唐代多種講唱文學形式的相互關係問題，尚有待深究。但不管怎樣，唐代的「轉變」表演看來很早就是世俗化的了，唐詩裏偶有提及的藝人均為女性，就可以證明這一點。

演唱佛經故事的變文，著名的有《大目乾連冥間救母變文》（簡稱為《目連變》）和《降魔變文》等。這類變文不像講經文那樣拘於佛經文本，而是注重於故事的生動有趣，顯示了豐富奇特的幻想。如《目連變》述佛門弟子目連入地獄救母的故事，對地獄的情狀作了許多恐怖的描寫；《降魔變文》敍述佛門弟子舍利弗與邪魔外道六師鬥法，雙方變化出各種奇異的事物，充滿匪夷所思的描寫，對後世神魔小說有顯著的影響。

世俗題材的變文多取材於歷史故事和民間傳說。主要有《王昭君變文》、《漢將王陵變》、《伍子胥變文》、《孟姜女變文》[1]等。這些作品均對簡單的歷史資料作了大量敷演，為後來相同母題的創作建立了基本的模式。如《王昭君變文》用了許多細節述寫昭君懷念故國的感情，《伍子胥變文》也在《吳越春秋》有關記載的基礎上增飾了大量民間傳說性質的內容，情節和人物性格都顯得相當豐富。

前述俗賦、詞文、講經文和變文，雖早已絕跡，但在後來的文學藝術中卻留下了深刻的痕跡。特別是那種韻散相間、有說有唱的體制，通過後來的詞話、諸宮調、寶卷、彈詞、鼓詞等等說唱文學一直延續下來，至今仍是我國許多曲藝中常見的形式。

話本小說　唐代有多種文獻言及「說話」這種民間演藝流行的情

1　後兩篇原無標題，且文中亦無顯著的屬於變文的標誌，此處暫且按通行的劃分，將其歸屬於變文一類。

況，然所用的話本散失殆盡，幸而在敦煌石窟中又重新發現了《廬山遠公話》、《韓擒虎話》、《葉淨能話》[1]及《唐太宗入冥記》等。這些小說的語言文白相雜，口語的成分已經相當多。以現存的資料而言，可以說代表了中國民間通俗小說最初的形態。

《葉淨能話》敍述唐玄宗朝道士葉淨能的神奇事蹟，由十多個小故事綴連而成，情節新奇有趣，語言淺俗通順。其中既寫到葉淨能懲處佔人妻女的岳神和崇人女兒的妖狐，又寫到葉淨能依仗法術霸佔玄宗寵愛的宮女，顯示民間文學在道德觀上不那麼講究的態度。《廬山遠公話》則是述東晉高僧慧遠故事的，它的文字要比《葉淨能話》老練，但其演說教義的態度比較認真，故事反不如前者有趣，這裏多少也可以看出佛教徒與道教徒的區別。

《韓擒虎話》是一篇值得注意的話本。它敍述隋代武將韓擒虎滅陳等事蹟，雖然在大背景上有所依托，具體故事的描述則全出於虛構與想像，情節稚拙而生動，體現了民間對歷史和歷史人物特殊的理解方式，後世的歷史演義小說與此一脈相承。

唐代話本小說留存數量有限，藝術上也較粗糙，但表現出的想像力是非常活躍的。在小說史的研究上，它更是有着重要的價值。

1　原題作《葉淨能詩》，研究者多認為「詩」為「話」之訛。

第十二章
唐五代及北宋詞

温庭筠

菩薩蠻

小山重疊金明滅，鬢雲欲度香顋雪。懶起畫蛾眉，弄妝梳洗遲。 照花前後鏡，花面交相映。新帖繡羅襦，雙雙金鷓鴣。

在唐代詩歌繁盛的同時，作為廣義詩歌的一個分支的詞也在逐漸形成。在其孕育發展的過程中，詞體現出與傳統詩歌顯著不同的特質，因而產生了「詩」、「詞」並立的意識。而在後世，唐詩、宋詞、元曲，更被認為各自代表了一代文學的最突出的成就。

從晚唐五代至北宋，文學的發展變化在詞與詩文兩方面有不同的情況：從詞來說，其前後延續的脈絡頗為明顯；而從詩文來看，後者則是在反撥前者的基礎上建立了自己的軌道。換言之，北宋的詩文與詞存在着分化現象。考慮到這一點，把唐五代與北宋詞放在一起來介紹大概是比較合適的。

一　唐代的詞

詞的形成與特色　詞本來是一種歌曲的歌辭，就此而言，它和《詩經》、漢魏六朝樂府等配樂演唱的詩並無區別。只不過它所配合的是一種新的音樂——燕樂，這種音樂是由原產於西域的「胡樂」（尤其是龜茲樂）與漢族原有的以清商樂為主的各種音樂相融合而產生的。「燕樂」的名目在隋代就有，至唐代大盛，宋郭茂倩《樂府詩集·近代曲辭》論唐代燕樂，說它「盛於開元、天寶，其著錄者十四調二百二十二曲」。其歌辭就是詞的雛形，當時叫做「曲子詞」。

唐代與燕樂相配合的歌辭在體制上本來沒有嚴格的規定，不少文人詩歌（尤其七絕）被伶伎直接用來演唱。如《樂府詩集》所錄《水調》的第七段為杜甫七絕《贈花卿》，《明皇雜錄》所載《水調》為李嶠七古《汾陰行》的末四句，或許就是這種情況。但以詩入曲必然也有不相合的，為了適應曲調格式，就需要作一定的變動處理，如破句、重疊等；據宋人沈括、朱熹等的解釋，在唱這些齊言的歌辭時，還需要加入「和聲」、「泛聲」，才能與長短不齊的曲拍相合。後來歌辭的寫作與樂曲進一步密合，

要求依樂章結構分片，依曲拍為句，依樂聲高下用字，其文字遂形成一種句子長短不齊而有定格的形式。這種情況是過去的樂府歌辭所沒有的，「詞」的基本格式大體就此而成立。

但詞與詩的區別，並不只是表現於音樂和句式的變化上。從文學角度來說，詞在抒情表現上的某些特徵也許更重要。一般說來，詞通常被用來抒發更具有個人性的、與日常生活更貼近的情感，如男女歡愛、相思別離、感時傷春之類，傳統詩歌中偏於嚴肅、沉重、激烈的情感則較少用詞來寫，而且詞的寫作也不像詩那樣經常被當作社交手段來使用；在語言方面，詞的表達通常較詩更為淺顯和委婉曲折，意脈的流動較為連貫，不大使用詩歌中常見的高度壓縮和跳躍性的筆法。總之，詞就其主流而言可以說是「軟性」的文學，總體上比傳統詩歌要更為單純地偏向於抒情和娛樂，唯美的意味也更濃。所以王國維說詞的特點是「要眇宜修」。而詞的長短句格式的形成，也不能只看到它與音樂的關係，參差錯落的節奏也正是適應了上述抒情偏向的需要。雖然，宋代以蘇軾、辛棄疾為代表的「豪放」風格給詞的面目帶來很大改變，但至少在詞體形成的過程中，上述特徵是非常明顯的。

但儘管可以作出如上大概的描述，關於詞的起源仍然是一個爭執不下的問題。這是因為詞的特徵和填詞的基本規則並不是一下子確立的。借用達爾文的自然選擇原理來說，詞的若干特點最初出現時相當於物種的變異現象，它顯示出傳統詩歌更複雜的分化，而由於這種變異適合於社會環境和文學發展的需要，逐漸完善並定型，才最終形成了被稱為「詞」的新的詩體。中唐時自覺按曲譜作詞的文人不斷增多，藝術表現上與詩的區別也變得明顯起來，至少，到這時詞應該說已正式成立為一體。

一般認為，詞體的形成與唐代的民間歌謠也有密切關係，而且這種為曲而配的歌辭可能很早就是長短不一的。近代在敦煌發現了一批曲子詞的鈔本，其中唐人寫本《雲謠集雜曲子》含作品三十餘首，除此以外還有很多其他歌辭。但對哪些應列入「詞」的範圍，則各說不一，故一般將這些

作品泛稱為「曲子詞」。

現存唐代民間曲子詞產生年代早晚不等，其中有一部分是玄宗時代的作品；其形式較為鬆動，在字數、平仄、叶韻等方面似尚無嚴格規定。它們的作者可能包括了樂工、歌女、普通百姓以及無名文人，歌辭的內容十分龐雜，有寫日常生活的，也有記述政治大事的，乃至「佛子之讚頌，醫生之歌訣」亦容納在內（王重民《敦煌曲子詞集敍錄》），這和文人詞作集中於寫日常生活有所不同。但作為一種娛樂的藝術，曲子詞中仍以寫男女歡愛、離愁別恨的作品最為出色，所佔比重也較大，這和詞在題材上的基本偏向還是一致的。

現存的敦煌曲子詞大多是民間創作，感情直率、語言自然樸實是其顯著的優點。如《鵲踏枝》借思婦與喜鵲的對話表現征夫之妻盼望親人回歸的心情，在輕快風趣的調子中透出苦澀。而一首《望江南》則顯然是反映了妓女內心怨懟的情緒：

> 莫攀我，攀我太心偏。我是曲江臨池柳，者人折了那人攀，恩愛一時間。

在簡短直率的辭句中有一種震撼人心的力量。

敦煌曲子詞中也包含小部分文字頗為穠麗的作品，如《雲謠集》中的《天仙子》，王國維稱「當是文人之筆」，但其中「五陵原上有仙娥，攜歌扇。香爛漫，留住九華雲一片」云云，語意還是偏於淺俗的。這大概是無名文人為歌女寫作的歌辭吧。

中唐的文人詞　傳說李白寫過《菩薩蠻》（「平林漠漠煙如織」）、《憶秦娥》（「簫聲咽」）兩首，那是藝術水準很高的作品。但兩詞究竟是否李白作，很早就有人表示懷疑，現代研究者亦多認為盛唐時不太可能出現那樣的詞作。可以確定地說，文人從事詞的創作形成風氣，是始於中唐。其重要作者，有張志和、韋應物、王建、戴叔倫、白居易、劉禹錫等。

張志和（生卒年不詳），曾待詔翰林，後退隱山林，自稱「煙波釣

徒」。有《漁父》五首，其中第一首最為人傳誦：

> 西塞山前白鷺飛，桃花流水鱖魚肥。青箬笠，綠蓑衣，斜風細雨不須歸。

白、紅、綠等明麗的色彩及富於江南特色的鷺鳥、鱖魚、桃花水、斜風細雨，構成了一幅精美的畫面。從體式來看，三、四兩個短句如果合成一個七言句，這首詞就會成為一首淺顯的七絕。但正是在這裏作了分拆，就形成了比七絕更顯得輕盈而富於流動感的節奏。再看韋應物的《調笑》二首之一：

> 胡馬，胡馬，遠放燕支山下，跑沙跑雪獨嘶，東望西望路迷。迷路，迷路，邊草無窮日暮。

詞中通過一匹駿馬焦躁不安的形象，烘托出一種迷惘而蒼涼的情緒。它的藝術效果與作者善於運用詞調的急促節奏和反復重疊句式是密切相關的。

白居易、劉禹錫兩人也寫了不少小詞，他們的唱和之作《憶江南》很值得注意。劉禹錫在其《憶江南》兩首題下注明：「和樂天春詞，依《憶江南》曲拍為句。」在現存作品中，可以確定是按曲調作詞，這幾首是最早的。白氏兩首中的一首如下：

> 江南好，風景舊曾諳。日出江花紅勝火，春來江水綠如藍，能不憶江南。

中間兩句把春日江岸與江水景色寫得極其明麗鮮豔，而整篇語氣的連貫，顯然和詩的寫法有所不同。

中唐的文人詞總體而言，運用曲調的範圍還比較狹窄，較常用的是有限的十幾個曲調，體制短小，結構也比較簡單，情感表現的深度相當有限。如果說詞在這時已經開始顯示出其不同於詩的特點，但在藝術上要達到堪與傳統詩歌並駕齊驅的水準，還須後人付出很大的努力。

溫庭筠與晚唐詞　晚唐不少詩人如杜牧、皇甫松、韓偓等都填過詞，

但真正花大力氣在詞的藝術創造上，從而對後世文人詞的語言、題材、風格產生了重大影響的，唯有溫庭筠。人們向來認為溫詞標誌了文人詞的成熟，這是不錯的。

現存有六七十首詞作，所含曲調達十九種，其中如《訴衷情》、《荷葉杯》、《河傳》等，句式變化大，節奏轉換快，與詩的音律特點差別很大，從中可以看出他對詞的特殊聲律模式有精心的推敲。溫詞中常運用唐詩中習見的精緻的意象與語言，如「江上柳如煙，雁飛殘月天」（《菩薩蠻》之二）、「花落子規啼，綠窗殘夢迷」（同前之六）等等，這對詞擺脫俚俗的語言風格起了很大作用，但更重要的是他同時也努力尋求跟詩完全不同的語言，如《更漏子》下半闋：

> 梧桐樹，三更雨，不道離情正苦。一葉葉，一聲聲，空階滴到明。

在一個細節上充分展開，使感情得到淋漓盡致的表現，這在詩的傳統中是罕見的；這也是詞能夠獨立為一體的重要理由。而在題材方面，溫庭筠詞集中於描寫美麗的女子和她們的感情生活，這是對晚唐詩風的承襲，以後成為詞的一種重要特徵。

溫詞有些是單純描摹女性之美的，如下面這首《菩薩蠻》：

> 小山重疊金明滅，鬢雲欲度香腮雪。懶起畫蛾眉，弄妝梳洗遲。
> 照花前後鏡，花面交相映。新帖繡羅襦，雙雙金鷓鴣。

末句以「雙雙金鷓鴣」含蓄曲折地反襯了女子的孤單。但從全篇來看，這並不突出，它的主要特點是以豔麗細膩的筆調描畫了一個慵懶嬌媚的女子晨起梳妝的情景，顯示出一種以女性美為觀賞對象的態度。但也有一部分詞作力圖深入地呈現女性的內心世界，並獲得不錯的效果。前舉《更漏子》便是一例，另一首《菩薩蠻》也是很好的例子：

> 夜來皓月才當午，重簾悄悄無人語。深處麝煙長，臥時留薄妝。
> 當年還自惜，往事那堪憶。花落月明殘，錦衾知曉寒。

詞中細節寫得精緻而富於暗示性（如「麝煙長」的「長」字深堪體味）。這個深夜不眠、似有所待，同時又在回憶往事而自惜當年的女子，她的痛苦是令人同情的。類似意境在李商隱及溫氏本人的詩中也可以看到，但詞顯然有更為細緻的特點。

二　五代詞

溫庭筠之後，寫詞的文人越來越多，到五代十國時期，倚聲填詞更蔚為風氣。而西蜀與南唐兩地，軍事力量雖弱小，經濟文化卻是全國最發達的，因而成為詞人薈萃的基地。

西蜀詞人與《花間集》　趙崇祚於廣政三年（940）編成《花間集》，收錄了唐代溫庭筠、皇甫松以及韋莊、薛昭蘊、牛嶠、張泌、毛文錫、牛希濟、歐陽炯等十六位由唐入五代的詞人的近五百首詞。後十六人中十四人曾仕於蜀，所以《花間集》差不多就是西蜀詞的彙編。

《花間集》以溫庭筠為首，歐陽炯在《序》中也對他表示了特別的尊崇，而西蜀詞人的創作總體上正是延續了溫詞的方向。其題材大抵以女性及男女之情為中心，語言則力求豔麗精美。不過，西蜀詞人在描寫男女情愛時，其大膽露骨的程度要遠超過溫庭筠，它因此常受到後代具有正統意識的人們的嚴厲批評。這一特點，既與詞在當時主要作為供歌妓演唱的娛樂性藝術的性質有關，同時也反映了自晚唐以來文人與正統思想的疏離。

在上述以直露的筆法描摹女性、表現男女之情的作品中，有些只是流於表面，重在追求官能的刺激，有些則雖說是觸犯了中國傳統的審美習慣，但其內在的情感是強烈而真實的，如牛嶠的《菩薩蠻》：「玉樓冰簟

鴛鴦錦，粉融香汗流山枕。簾外轆轆聲，斂眉含笑驚。　　柳陰煙漠漠，低鬟蟬釵落。須作一生拚，盡君今日歡。」這首詞也有堆砌華麗辭藻的毛病，但它所表現女子對於性愛的狂熱，從文學意義上說是有生氣的。

在《花間集》中也有一些詞作，內容的表現較為約制，對女性的情感和心理有着細膩的理解，寫得柔婉真摯。如牛希濟的《生查子》：

春山煙欲收，天淡稀星小。殘月臉邊明，別淚臨清曉。　　語已多，情未了。回首猶重道：記得綠羅裙，處處憐芳草。

寫女子與情侶別離時難捨難分、愁腸縈繞的情形十分生動。末兩句尤其回味無窮。

西蜀花間詞人中，成就最高、風格也較為特別的是韋莊。自溫庭筠以來，文人詞大都偏於綿密穠豔，韋莊雖也有這一類型的作品，但他最擅長的是以清朗的語言、連貫流暢的意脈，深入地表現人物的情感。況周頤《歷代詞人考略》說他「尤能運密入疏，寓濃於淡」，就是指這一特點而言。如《荷葉杯》：

記得那年花下，深夜，初識謝娘時。水堂西面畫簾垂，攜手暗相期。　　惆悵曉鶯殘月，相別，從此隔音塵。如今俱是異鄉人，相見更無因。

從「謝娘」一語來看，作者所思念的應是一位歌女。他們曾經相愛並有所期許，卻因時代的動亂而各去異鄉，回首往事，惆悵難言。韋莊詞常寫自身實在的情感經歷，文筆深婉而具有真實感，這對文人詞多以豔麗的辭藻從普泛的感受描述意想中的男女之情帶來明顯的改變。也許正是因為他富於感情氣質、對情愛看得重，當他以虛構的態度來寫詞時，也同樣注重對人物心理的體會，以淺白的語言呈現物件的內心活動，如《思帝鄉》：

春日遊，杏花吹滿頭。陌上誰家年少，足風流。妾擬將身嫁與，一生

休。縱被無情棄，不能羞。

　　這裏完全從女子的角度來寫一個愛情的幻想，直率的表達，緊湊的節奏，恰好地體現了一份濃烈的情感。總體來說，在創造新的語言風格方面，韋莊與李煜起到了相似的作用。

　　南唐詞人與李煜　南唐是建立在富庶的長江中下游地帶的小朝廷。自晚唐以來，這裏的環境比較安定，出現了當時少有的繁榮氣象，它為文人的風雅生活提供了條件。北宋陳世修為馮延巳《陽春集》所作序中說：「公以金陵盛時，內外無事，朋僚親舊，或當燕集，多運藻思為樂府新詞，俾歌者倚絲竹而歌之。」由此可以略見當時的風氣和詞在社會上層的娛樂作用。

　　也許是因為沒有專門總集傳世的關係，現在所知的南唐詞人與詞作數量均不及西蜀。但以南唐詞人中最為出色的馮延巳、李璟和李煜而言，其文化修養和詞作的質量都超過西蜀大多數詞人。這裏順帶要說明一點：李煜的代表性詞作實際是寫於亡國以後，只是習慣上人們仍把他視為南唐作家。

　　馮延巳（903—960）字正中，廣陵（今江蘇揚州）人，南唐中主時為宰相。王國維《人間詞話》說他「雖不失五代風格，而堂廡特大，開北宋一代風氣」。北宋重要詞人晏殊、張先、歐陽修都曾受他的影響，他的一些詞作也每與北宋詞人的相混淆，這都說明他確實帶來一些重要的變化。

　　以前溫庭筠一派的詞豔麗而意淺，韋莊詞善於寫情而文辭質樸，馮延巳詞與兩家均有異，他寫得更為精緻優雅。在字面上馮詞頗為清新，極少有耽迷於辭藻之感，卻又是精心錘煉、距口語很遠的；在結構上，馮詞層次豐富，轉折和連接十分細緻；而從整體來看，馮詞又很講究意境，善於通過自然意象喻示人物的情感與心理變化。如《謁金門》：

　　　　風乍起，吹皺一池春水。閒引鴛鴦香徑裏，手挼紅杏蕊。　　鬥鴨闌干獨倚，碧玉搔頭斜墜。終日望君君不至，舉頭聞鵲喜。

對嬌慵的女性的描摹是前人詞中常見的，但這一首卻更顯精緻。風吹皺春水像是閒筆，其實是借寫景為暗喻，卻又避免太落實；下面寫女子的閒引鴛鴦好像並無心思，直到最後才點出「望君」這一層，卻又是用「喜」來說愁。人物心理被表現得相當細緻。

　　文人詞一向多寫女性和男女之情，但馮詞已不再局限於此。如《歸國遙》寫送別：

　　　　寒山碧，江上何人吹玉笛，扁舟遠送瀟湘客。　　蘆花千里霜月白，傷行色，來朝便是關山隔。

　　這是一幅江上送客圖。山碧水清，蘆花含霜，月色皎潔，笛聲悠揚，構成完美的意境。而詞中的情緒，又似超出於送別本身。

　　在馮詞中最引人注目的是他稱為「閒情」、「閒愁」一類情懷的表現。這是一種無端的、難以言說的人生的孤獨與惆悵之感，是敏感的、富於藝術氣質的士大夫對人生的莫名憂傷，而馮氏極善於將其呈現於詞的意境中。如《鵲踏枝》：

　　　　誰道閒情拋擲久？每到春來，惆悵還依舊。日日花前常病酒，不辭鏡裏朱顏瘦。　　河畔青蕪堤上柳，為問新愁，何事年年有？獨立小橋風滿袖，平林新月人歸後。

　　既謂「閒情」自應是無關緊要的，但卻縈繞心頭永不能排遣，因為這是與生俱來的傷感。最後「獨立小橋風滿袖」的形象寫出一種寂寞孤零之態，極富感染力。

　　大體在馮延巳這裏，可以看到詞的內涵有了一些重要的擴展，語言表現也更加精微了。

　　李璟（916—961）字伯玉，是南唐第二代國君，他治國軟弱無能，卻有很高的文藝修養。詞作傳世甚少，但《浣溪沙》兩首卻是詞史上的名篇。

其一如下：

> 菡萏香銷翠葉殘，西風愁起綠波間。還與韶光共憔悴，不堪看。
>
> 細雨夢回雞塞遠，小樓吹徹玉笙寒。多少淚珠何限恨，倚闌干。

從「雞塞」（漢有雞鹿塞，此處代指邊塞）一語來看，詞表面上是寫思婦懷遠，但通過所謂「美人遲暮」的哀傷，人們更多地感受到一種對生命的珍惜和由此引發的人生易逝的無奈。篇中意象較密集，視境轉換也較快，但組合得很精細，情緒變化的過程表現得很自然，所以並無滯塞破碎之感。同詞牌的另一首也有同樣特點，其中「丁香空結雨中愁」與本篇中「小樓吹徹玉笙寒」都是傳誦的名句。

李璟的兒子李煜（937—978）即李後主，字重光，二十五歲即位，三十九歲時南唐為宋所滅，李煜被押到汴京，過了兩年多被宋太宗毒殺。他是一位具有多方面修養與才華的藝術家，卻並無治國的才能，南唐的軍事力量也根本不能與宋相提並論，所以亡國是必然的。但正是這種由國君而淪為降虜的辛酸經歷，使他對「人生愁恨」有了深刻的體驗，由此成就了他作為詞史上一流大家的地位。

李煜在亡國以前的生活相當豪華奢侈。他的早期詞作或寫宮廷生活及歌舞宴飲，或沿襲傳統題材寫男女戀情，未見有格外特別之處。但在語言藝術上，則已經表現出較高的才華，某些特點與後期詞作是一致的。如《清平樂》：

> 別來春半，觸目柔腸斷。砌下落梅如雪亂，拂了一身還滿。　　雁來音信無憑，路遙歸夢難成，離恨恰如春草，更行更遠還生。

用淺顯的語言、完整連貫的結構來抒情，意象較少，而且選擇的是日常習見之物，但關鍵是在比喻、象徵的關係上，表現出新奇而又巧妙的想像力——這是天才型詩人的共通之處。前半部分用如雪花般飛舞、拂之不去的落梅，暗喻相思之情令人煩亂惆悵，無從擺脫，後半部分用一望無

際、隨處而生的春草，比喻離恨的無窮無盡、鋪展於遙遙相隔的每一寸路途，兩者前後呼應，都生動而新鮮，令人讀之喜愛。

代表李煜最高成就的是他的後期詞。這類詞中所抒發的情感有些僅與其特殊身份有關，對一般讀者而言是隔膜的，如《破陣子》所寫的「最是倉皇辭廟日，教坊猶奏別離歌，垂淚對宮娥」那種悲苦。但更多的詞作所寫，乃是由個人特殊的經歷中體驗到的更具普遍意義的「人生愁恨」。王國維比較李後主詞與宋徽宗《燕山亭》詞，以為同是經歷亡國而作，後者「不過自道身世之戚」，而前者則「儼有釋迦、基督承荷人類罪惡之意」，意似指後主詞有一種為人類的生存感到悲哀的內涵。李煜是否想到那麼深實也難說，但他寫的「人生愁恨」確是普通人同樣能夠理解和被打動的。

這裏面寫得最多的是對美好事物容易凋零的感慨和失去它之後由追憶所引起的哀傷，如《相見歡》：

> 林花謝了春紅，太匆匆，無奈朝來寒雨晚來風。　　胭脂淚，留人醉，幾時重？自是人生長恨水長東。

以及《虞美人》：

> 春花秋月何時了，往事知多少？小樓昨夜又東風，故國不堪回首月明中。　　雕欄玉砌應猶在，只是朱顏改。問君能有幾多愁，恰似一江春水向東流。

前一首完全不涉及他曾有過的帝王身份，後一首雖說到非尋常人家所能有的「雕欄玉砌」，但這裏主要作為易改之「朱顏」的對照物。林花春紅，禁不得朝雨晚風苦苦相逼，而人生的美好光景，也同樣脆薄易碎，不經意間就化成了幻影。換一種角度看，則春花秋月是無窮循環的，而往事卻不重現於春花秋月之下。人生是那樣充滿缺憾，所以說恨如流水，愁滿春江。

李煜詞的特點，首先是抒情的熱烈感人。詞作為供歌女演唱的作品，原本距作者自身的感情較遠，它的抒情是在擬想中完成的。韋莊、馮延巳

詞雖有所改變，但他們抒寫自身感情也還是有所抑制的，表現得較為平靜。李煜詞則多是直率地傾吐情懷，將人生的悲哀、痛悔充分地展示於文字中，令讀者可以走近他的內心世界。而起伏變化的情緒，成為貫穿詞篇始終的主脈。與此相應的是語言的清新自然，沒有過分的雕琢、過分的羅列造成讀者注意力的分散。而同時，憑藉着久已蓄積的藝術修養與天賦才華，作者又能夠似乎是不很費力地選擇恰當的意象，使抽象的情緒化為可見可感的形象，造就透明的、和諧完整的意境。李煜詞在詞史上帶有某種特殊性，所以儘管它寫得清淺，卻很少有人風格上與之相近，大約清代的納蘭性德可以算是遙相承續吧。

三　北宋詞

　　宋王朝建立以後，從對外部政權的關係來看，力量顯得薄弱，但它以高度中央集權為特徵的內部統治卻始終是穩定的。在宋代，不僅農業及手工業生產有顯著的發展，城市與商業經濟的發達也超過前代，這僅僅通過紙幣的使用（在世界史上也是最早的）、通過《清明上河圖》的描繪，就能夠感覺得到。同時，由於印刷業開始真正發生重大的作用，文化傳播也更為普及。這也是一個於生活享受更為考究的時代，在上層，士大夫得到朝廷優渥的待遇，歌筵酒會是他們生活中不可缺少的內容，而且還有政府專門蓄養的官妓為他們提供娛樂性的服務；在下層，市井社會也同樣盛行各種各樣的娛樂形式，尤其是妓女的歌舞。這些都產生了對詞的大量需求。

　　在中央集權強化的同時，士大夫對國家政權的依賴性和他們自覺維護既存社會體制與價值準則的意識也強化了。這對文學產生了相應的要求。在士大夫看來是「正宗」文學體式的詩歌和散文，從北宋立國不久便明顯朝着雅正的、偏於理性化的方向發展（這一點在下一章中將作詳細的介

紹）。但他們並非只有端謹莊肅的一面，他們的個人化的和世俗性的情感也需要宣泄和表現的途徑。而詞就其一般性質而言是提供給歌妓演唱的歌辭，是與教化、與治國平天下向無關係的「小道」，士大夫無須用嚴肅的態度來看待它。但是正因如此，當詩歌開始收斂時，詞彌補了它的不足。這也是北宋詞興旺的原因。

從北宋開始出現的詩與詞的分趣，造成兩者不同的面貌。儘管，在多數文人看來，詩是更重要，也是他們投入精力更大、寫作數量更多的文學樣式，儘管宋詩也有它可觀的成就，但詞卻更能顯示北宋文學的創造力；在自由抒情的意義上，它更符合廣義的「詩」之特質。人們慣常說「唐詩宋詞」，不是沒有道理的。

晏殊、柳永及張先　前面說及李煜最有代表性的詞實際是作於他被押解到汴京以後，但這似乎只是他孤獨的吟唱，與整個詞壇並無關係。可能是因為立國不久吧，北宋前期數十年，大概說是到仁宗朝以前，詞的寫作頗為寂寥，流傳至今的作品僅有幾十首小令。經常被提及的詞作者有王禹偁、寇準、潘閬、林逋等。他們的作品也有寫得不錯的，但由於數量少，很難說有何特色。

至仁宗朝詞開始興盛，並出現了晏殊、張先、柳永這三位名家。有意思的是三人年歲相仿，而晏殊以高級士大夫的雅趣為主調，柳永以體現市井社會的趣味為特色，張先則介於二人之間。

晏殊（991—1055）字同叔，臨川（今屬江西）人，少年時以「神童」之目被薦於朝，遍歷顯職，官至宰相。他喜招賓客宴飲，例以歌樂相佐，主賓常作詞讓歌女演唱。他那裏其實成了一個與填詞有關的文藝沙龍。

晏殊的人生境遇，在封建士人中可算得志，他的詞中常滲透着一種滿足的心態及雍容閒雅的氣質。然而官場的生活必然有其難以明言的緊張性，它會造成精神上的壓力，所以晏殊詞又常滲透着一種傷感。劉攽《中山詩話》說晏殊「尤喜江南馮延巳歌辭，其所自作，亦不減延巳」。他的

修養、地位原本和馮延巳有相似之處，藝術趣味便更容易相通。和馮詞一樣，晏殊詞也喜歡用清麗疏淡的語言、精緻的意象，抒寫微妙的「閒情」、「閒愁」，抒寫那種好像沒有來由、卻是時時會從內心深處散發出來的孤寂與惆悵，所謂「乍雨乍晴花自落，閒愁閒悶日偏長」之類的感受。——這是《浣溪沙》中的句子，同詞牌的另一首更為人熟悉：

> 一曲新詞酒一杯，去年天氣舊亭台。夕陽西下幾時回？　　無可奈何花落去，似曾相識燕歸來。小園香徑獨徘徊。

沒有任何事件發生，生活是正常的而且有一種安適的氣息。天氣和去年一樣，亭台如舊，花依然落去，燕重又歸來。但其實一切都不同了，每一天夕陽帶走的時光都不再回來，生命也就在這安適而平淡的生活中漸漸流去。再如《踏莎行》：

> 小徑紅稀，芳郊綠遍，高台樹色陰陰見。春風不解禁楊花，濛濛亂撲行人面。　　翠葉藏鶯，朱簾隔燕，爐香靜逐游絲轉。一場愁夢酒醒時，斜陽卻照深深院。

這也是寫春暮的景色與情思。詞中大部分內容是不動聲色的景物描摹，到「爐香」一句，進入到一種極凝靜的境界，世界的運動和變化緩慢到似乎停止的狀態。而時光在靜謐中不知不覺地流逝，結末兩句以愁夢醒來斜陽滿院的情景，表現主人公在一剎那間對時光流去的驚覺和無奈，表露了深深的愁緒。

晏殊詞和馮延巳詞相比，結構要單純些，意脈的展開比較自然；他也喜歡用些華麗的辭藻，但常常又同清淡自然的語言結合起來，有時更以白描為主，因此總體面貌顯得清麗疏淡。他的長處尤在於以特別細膩的心理感受從某些司空見慣的景象中發掘深長的人生意味，其中包含着一些哲理性的因素。像「無可奈何花落去，似曾相識燕歸來」一聯，語言淺近卻很精緻，內涵豐富而微妙，其藝術境界是很難得的。

晏殊的詞是五代尤其南唐詞與北宋詞之間的連接，它進一步奠定了疏淡清麗、精緻柔婉的風格在宋詞中的地位。

　　柳永字耆卿，原名三變，崇安（今屬福建）人，生卒年不詳，大約與晏殊、張先同時，主要生活在真宗、仁宗時代。早年屢試不第，晚年才中進士，之後也只是輾轉下僚，終於屯田員外郎。柳永年輕時長期廝混於市井，與許多歌妓相熟，為她們同時也以她們為對象寫作歌詞。傳說柳永曾拜訪晏殊，晏殊問他：「賢俊作曲子麼？」他回答：「只如相公亦作曲子。」晏殊不屑地說：「殊雖作曲子，不曾道：『彩線慵拈伴伊坐。』」（張舜民《畫墁錄》。又按，通行版本此句中「彩線」作「針線」）不管這故事的真實性如何，總之是反映了兩位詞人間雅、俗的對立。

　　雖說寫女性及男女之情在文人詞中是習見的，柳永詞卻別有一種特色。一方面他寫得非常袒露和大膽，像《菊花新》有「須臾放了殘針線。脫羅裳，恣情無限。留取帳前燈，時時待、看伊嬌面」這樣肆無忌憚的生活場景的描摹。另一方面，他對歌妓的態度有一種市民化的平等而非士大夫的居高臨下，因而寫她們的情感往往真實而熱烈。在柳永詞中，歌妓不是士大夫優雅生活中風流美麗的裝飾，她們有自己哀痛、夢想，和對平常的世俗生活與誠摯愛情的渴望。如《迷仙引》寫一個歌女渴望擺脫強顏賣笑的生涯：「已受君恩顧，好與花為主。萬里丹霄，何妨攜手同歸去，永棄卻，煙花伴侶。免教人見妾，朝雲暮雨。」再看被晏殊嘲笑過的《定風波》：

> 　　自春來，慘綠愁紅，芳心是事可哥。日上花梢、鶯穿柳帶，猶壓香衾臥。暖酥消，膩雲嚲，終日懨懨倦梳裏。無那！恨薄情一去，音書無個。　　早知恁麼，悔當初、不把雕鞍鎖。向雞窗、只與蠻箋象管，拘束教吟課。鎮相隨，莫拋躲。針線閒拈伴伊坐。和我，免使年少，光陰虛過。

　　這首詞寫一位女子對情人的抱怨，其身份雖未說明，應亦是歌妓舞女一類人物。她所希望的只是一種庸常的幸福，而這也是不可得的。

　　柳永寫情的詞作多有鮮活的氣息。為了達到這種效果，他有意避免過

多使用精雅的書面化的文辭，而多用民間化的「淺近卑俗」的語言（王灼《碧雞漫志》），並且常結合對具體的生活事件、場景的敍述來表現人物的心理與情感，使讀者容易產生親切感。所以他的詞在民間很受歡迎，以致有「凡有井水飲處即能歌柳詞」之說（《避暑錄話》）。

柳永還寫過多篇描繪都市繁華景象的詞作，這也反映出他所染受的市民社會意識。士大夫詩詞中出現最多的是山野鄉村、溪澗林泉。這既是他們在都市的仕宦生活的一種補償，更是他們所着意強調的高雅曠逸的人生情趣的寄託，所以自然山水幾乎成了士大夫文學的傳統標誌。而柳永則對都市生活表現出興奮與迷戀，汴京、杭州、蘇州、成都，這些重要都市都曾出現在他的詞中；這些詞無不讚美繁華，渲染歡鬧，期慕風流，乃至誇耀奢侈的消費，有着濃郁的世俗氣息。其中以寫杭州城市景象和西湖風光的《望海潮》最為著名：

> 東南形勝，三吳都會，錢塘自古繁華。煙柳畫橋，風簾翠幕，參差十萬人家。雲樹繞堤沙，怒濤捲霜雪，天塹無涯。市列珠璣，戶盈羅綺，競豪奢。　　重湖疊巘清嘉，有三秋桂子，十里荷花。羌管弄晴，菱歌泛夜，嬉嬉釣叟蓮娃。千騎擁高牙，乘醉聽簫鼓，吟賞煙霞。異日圖將好景，歸去鳳池誇。

在這類與傳統士大夫文學標準相去甚遠的詞作中，潛藏了一種富有生命力的人生意識和審美情趣。

當然，柳永詞中也有一些表現出士大夫的雅致趣味，如向來很受稱道的感慨人生失意、抒寫羈旅行役情思的作品。但即使是這一類詞，柳永仍然常常表現出某些特別之處。如《雨霖鈴》：

> 寒蟬淒切，對長亭晚，驟雨初歇。都門帳飲無緒，留戀處，蘭舟催發。執手相看淚眼，竟無語凝噎。念去去，千里煙波，暮靄沉沉楚天闊。　　多情自古傷離別，更那堪、冷落清秋節！今宵酒醒何處？楊柳岸、曉風殘月。此去經年，應是良辰好景虛設。便縱有、千種風情，更與

何人說？

這是寫與情人的告別。上闋是秋日風物中的送別情形，下闋是想像酒醉醒來時的淒涼景色和內心的孤苦，語言頗雅麗，「楊柳岸、曉風殘月」一句尤以精美著稱。但那種重重疊疊地渲染氣氛，務必將纏綿悱惻之情表現得淋漓盡致的寫法，在之前的文人詞的傳統中還是很少見。

以抒情的活潑、袒露與充分為特徵的柳詞，在體制方面也有兩項與之相關的突破，那就是採用了許多新曲調和多用長調詞。北宋中葉歌曲繁興，新聲流行，而當代的文人詞，仍習於沿用晚唐五代以來的舊調。柳永則不同，他的創作與社會中流行的音樂關係緊密，據研究者統計，在其現存二百十數首詞作中共使用了一百二十七個詞調，其中大多數是新曲調。有些還是他自己創製的，如《秋蕊香引》、《臨江仙引》等。而在其所有詞作中，字數較多的長調佔一半以上。這樣，柳永就打破了長期以來文人詞以傳統的小令為主的習慣。柳永詞一個重要的貢獻，就是成熟地運用了長調詞適於鋪敍、層次豐富、變化多端的特點，在詞中融抒情、敍事、寫景於一體並能比較細緻加以展開。前錄《定風波》、《望海潮》、《雨霖鈴》都具有這樣的特點。同時，這也為後人開拓了新路。

柳永是文學史上較早出現的一個與市民社會關係密切、在作品中較多表現出城市中世俗生活氣息的文人，但他因此也遭到許多指責。後來不少人批評他的詞「格調卑下」，那就是從士大夫傳統出發所作的評價。

張先（990—1078）字子野，烏程（今浙江湖州）人，出身於發達未久的小官僚家庭，中年考取進士後歷任州郡地方官職，雖非顯達卻也平順，以尚書都官郎中致仕。他又是生性開朗、至老喜好風流的人，所以他的詞既不像晏殊那麼優雅，又不像柳永那麼市井化，自成一種格調。

張先同樣與歌妓有很多交往並為她們寫作歌詞。這些以女性的美貌和男女戀情為主題的詞作常表現出浪漫的想像，頗有動人之處。如《更漏子》寫一個年少歌女的情態：「黛眉長，檀口小。耳邊向人輕道：柳陰

曲，是兒家。門前紅杏花。」《訴衷情》寫戀人的情意：「此時願作，楊柳千絲，絆惹春風。」《千秋歲》寫一女子對愛情的怨癡：「天不老，情難絕。心似雙絲網，中有千千結。」不過這大抵是旁觀式的虛擬，作者自身的感情並不強烈，有時讓人覺得輕巧。把詞作為一種唯美的藝術，追求婉媚的風格，在張先這一類作品中表現得比較突出。

張先另有一類作品則抒寫了士大夫式的閒情，如他的名作《天仙子》：

> 《水調》數聲持酒聽，午醉醒來愁未醒。送春春去幾時回？臨晚鏡，傷流景，往事後期空記省。　　沙上並禽池上眠，雲破月來花弄影。重重簾幕密遮燈，風不定，人初靜，明日落紅應滿徑。

這是作者五十多歲時所作，「往事後期」之迷惘，有一層人生無據的意味。它和晏殊的感歎年華易逝的傷春之作是同樣情調。不過張先所寫，意思要更淺露些，語言也更顯得巧麗。詞的唯美傾向，在這裏同樣存在。

張先雖不算是特別富於獨創性的詞人，論才情卻是出眾的，作品中常有精巧尖新的佳句，當時即盛傳於人口，給他帶來名聲。時人曾據其三個寫「影」的佳句，譽之為「張三影」。而實際可以標舉的例子還不止三個。除上錄詞中「雲破月來花弄影」，另如《青門引》中「那堪更被明月，隔牆送過秋千影」，《木蘭花》中「中庭月色正清明，無數楊花過無影」，《剪牡丹》中「柳徑無人，墮風絮無影」，都是體會很細、用力很深的。

在體制上，張先詞以小令為主，同時他也是當時除柳永外寫作長調慢詞最多的詞人。長調的詞宜於鋪陳，宜於細緻化和多層次地進行描摹，這使得詞得以擺脫詩歌傳統所尊崇的高度的精煉，更具有不同於詩的面貌。

歐陽修與晏幾道　晏殊、柳永分別開創了北宋詞的雅、俗二派，但在文人群中，畢竟是雅的一派更有影響。所以，晏殊被尊為北宋詞的「初

祖」（馮煦《六十一家詞選例言》），不是沒有道理的。在晚一輩的詞人中，作為晏殊門生的歐陽修及其子晏幾道的詞，主要都是沿承了晏殊一路，不過各有變化。尤其歐陽修，除了「雅」調的詞，還有十分俚俗化而又與柳永之風格有所不同的詞作。

歐陽修（1007—1072）字永叔，吉水（今屬江西）人，出身於低級官吏家庭，父早亡，幼時家貧。天聖八年（1030）進士，多歷仕途風波，至嘉祐年間擢升至樞密副使、參知政事等權要職位。他是北宋中期文壇的領袖人物，在詩文領域內，對具有宋文化特徵的文學趣味與風格（學者或稱為「宋調」）的形成起了主要作用，有關情況，下一章再作介紹。不過，他的詞的創作，卻與他在詩文領域所主導的變革無甚關係。因為詞在他看來只是消遣性、娛樂性的東西，無關緊要，所謂「聊佐清歡」而已（《采桑子·西湖念語》）。但也正因如此，他的詞就寫得比較放鬆，部分作品與他的詩文的雅正面目簡直難以相信是出於同一人之手。從這裏也可以看到中唐以後文學現象漸趨複雜的情況。

實際上，歐陽修的詞也是明顯的分成兩類。主要的一類即大多數詞作，是承晏殊一路，以典雅精緻的語言、含蓄的風格，描摹山水景物，抒寫傷時之感，以及男女戀情中細膩的心理，這同當代文人詞的基本傾向一致。此類詞作中，一首《蝶戀花》非常有名：

> 庭院深深深幾許，楊柳堆煙，簾幕無重數。玉勒雕鞍遊冶處，樓高不見章台路。　　雨橫風狂三月暮，門掩黃昏，無計留春住。淚眼問花花不語，亂紅飛過秋千去。

這是擬寫女性的悲哀。深院、柳煙、簾幕一重又一重地關閉着孤獨的少婦，而她所思念的人正在她翹首高樓也難以望及的地方尋覓浪漫的豔遇；下闋拓開，以風雨中的暮春黃昏烘托傷春懷人的情緒，又暗示女子美好年華被不幸的命運所摧殘，而末二句寫亂紅飛去，不僅本身是撩人情思的景物，也是無法把握自身命運的弱者的象徵。詞對女主人公內心的痛

苦寫得相當深刻，但這種內涵是通過一層層渲染、一步步暗示來表現的，是很典型的文人「雅」調。又如《踏莎行》寫離別相思，也是同樣格調。上闋結尾「離愁漸遠漸無窮，迢迢不斷如春水」是從行者着筆，下闋結尾「平蕪盡處是春山，行人更在春山外」是從居者着筆，兩相對映，取象精美而情味悠長，顯示了不尋常的文學才華。而這種濃郁的情感在歐陽氏詩中是比較少見的。

而另一類就很特別。不妨先舉一首《醉蓬萊》為例：

> 見羞容斂翠，嫩臉勻紅，素腰嫋娜。紅藥闌邊，惱不教伊過。半掩嬌羞，語聲低顫，問道「有人知麼？」強整羅裙，偷回波眼，佯行佯坐。　　更問「假如，事還成後，亂了雲鬟，被娘猜破。我且歸家，你而今休呵。更為娘行，有些針線，諸未曾收囉，卻待更闌，庭花影下，重來則個。」

這是年輕人的熱烈的幽會，寫少女對愛情又羞怯又渴望的複雜心情，尤為傳神。另外像《南歌子》描繪一對新婚夫妻的家庭生活，那女子「弄筆偎人久，描花試手初。等閒妨了繡功夫，笑問：『雙鴛鴦字怎生書？』」神態也是活潑而嬌憨。這類詞的顯著特點是具有簡單情節、多用對話來表現，語言生動而淺俗。在表現所謂「豔情」時，它比典雅含蓄的詞更具有魅惑性。

就寫情的袒露和語言的淺俗來說，歐陽修這類詞作與柳永詞顯有相似之處。不同的是：柳永詞有作者自身的生活經驗與情感在內，而歐陽修詞則看不出那樣的內涵。他大抵只是在模仿市井的詞風；也許在他看來，這只是一種遊戲之作，可以怡情取樂，同自己的人品並無關聯。然而事實上這仍反映出他的趣味和內心情感世界的一部分。後世有些文人懷疑這類詞並非歐陽修所作，甚至認為是仇家特地偽造用來栽贓的，但這種懷疑與猜測實無根據。這表明在那些文人心目中，上述詞作與歐陽修作為「一代文宗」的身份不相符。而實際上，這正反映出自中唐以來不少文人文學人格

的分裂現象。

晏幾道（約1030—約1106）字叔原，號小山，晏殊之子。他雖出於相門，但少年時代父親就已去世，在仕途上並不得意，僅做過開封府推官等下層官吏。他又是一個性格高傲的人，不喜歡借父親的餘蔭攀附當權者，後半生過着貧困潦倒而又任意疏狂的生活。

晏幾道在詞史上與其父並稱「二晏」。他的詞作多為小令，語言精雅，這些特點均與晏殊相似；但由於社會地位、生活經歷的不同，作為宰相的父親的那種雍容閒雅在他的詞中是看不到的，而多了幾分磊落疏狂之氣。他在《小山詞自序》中說到因為「病世之歌辭不足以析醒解慍」，所以自己來寫詞，「期以自娛」。這一婉轉說法真實的意思是指當代詞作在情感上缺乏震撼力。他的詞多寫他與歌妓舞女間的戀情，但並不像一般文士只是將戀情視為浪漫的文學題材，這對於他是人生的慰藉，在其中投入了相當深的感情。因而他不僅寫得美，而且寫得入骨，其悽楚傷感的情調有較強的感染力。如下面兩首《鷓鴣天》：

> 小令尊前見玉簫，銀燈一曲太妖嬈。歌中醉倒誰能恨？唱罷歸來酒未消。　　春悄悄，夜迢迢，碧雲天共楚宮遙。夢魂慣得無拘檢，又踏楊花過謝橋。

> 彩袖殷勤捧玉鍾，當年拚卻醉顏紅。舞低楊柳樓心月，歌盡桃花扇底風。　　從別後，憶相逢，幾回魂夢與君同。今宵剩把銀釭照，猶恐相逢是夢中。

前一首寫主人公在酒宴上愛慕上一個歌女而不能自制的情態，和歸來後不能忘卻的相思；後一首寫主人公與情人別後重逢對往事的回憶，和重逢之夜猶懷驚疑的心理。所呈現的感情熱烈而縱放，真是有着一種文士的「狂」態。前一首「夢魂」兩句以夢魂的自由無拘反襯現實中的阻隔，寫出內心的渴望；後一首「舞低」兩句寫出雙方情感在歌舞中的深深沉溺，

都是很動人的。

晏幾道的詞作語言華麗，每有精巧新穎的詞句，卻又富於起伏流動之感，絕無平板凝滯之病，是很見才華的。

蘇軾　蘇軾（1037—1101）字子瞻，號東坡，出身於眉山（今屬四川）一個比較清寒的文士家庭。父蘇洵、弟蘇轍均為北宋著名文學家，世稱「三蘇」。蘇軾是北宋文學成就最高的一人，關於他的詩歌與散文，將在下一章介紹。在詞的領域，他帶來了最為顯著的變化，開創了全新的風格，在整個中國詞史上都有着特殊的地位。

蘇軾年輕時就深受歐陽修賞識，並在其知貢舉時考取進士。在他步入仕途時，北宋政治與社會危機開始暴露，士大夫因政見不同以及黨派之爭而分化為不同政治集團，蘇軾也捲入了這一漩渦。他主張以平緩的方式改革弊政，與歐陽修等一批官員一起對王安石激進變革的新法表示反對。在王安石執政期間，蘇軾主動要求外放，先通判杭州，後又做過密州、徐州、湖州等地知州。可是在元豐二年（1079），他仍以在詩文中攻擊新法的罪名被捕下獄，後貶為黃州（今湖北黃岡）團練副使，實際處於被監管的狀態。到了神宗去世、高太后主政時，舊黨上台，新法被逐一廢除，而被召入京任職的蘇軾卻又因不同意司馬光等人一味「以彼易此」的做法，與當權者發生分歧，只得自求調離京城，出知杭州，此後繼續輾轉於地方官任所。至高太后去世、哲宗親政時，時局再度倒轉過來，蘇軾卻還是被當作「舊黨」受到懲處，一貶再貶，最後貶到嶺南、海南島。直到元符三年（1100）宋徽宗即位，大赦元祐舊黨，他才北歸，次年到達常州，病逝於此。

在所謂「新黨」與「舊黨」之爭中，蘇軾總是兩頭不討好，他說自己「受性剛褊，黑白太明，難以處眾」（《論邊將隱匿敗亡憲司體量不實劄子》），但這正反映出他不願將政見分歧與黨派之爭相混淆的正直態度。不過在另一方面，蘇軾又是一個思想豁達開放的人，他固然以儒者自居，但對老莊及佛學思想都有濃厚的興趣，又喜好各種「雜學」，胸襟很開

闊。這些為人的特點與他的文學創作的特點有密切關係。

如前所述，從晚唐五代到北宋中葉，詞一直是一種「軟性」的文學，它主要是讓歌妓唱來侑酒的，中心主題總是離不開男女之情、離合悲歡、感時傷春之類。雖然它以重情和唯美的特色奠定了自身的價值，但範圍過窄卻不能不說是一病。在蘇軾之前，詞中也有些蒼涼剛健之作，尤其像范仲淹的《漁家傲》寫雄壯的邊關景色和將士深沉的憂傷，是很有力度的，但這只是個別現象。真正的改變直到蘇軾出現在詞壇才發生。

前人對蘇軾詞核心的評價是「以詩為詞」，與蘇氏年代相近的陳師道在《後山詩話》、李清照在《詞論》中都說過類似的話。它的意思就是蘇軾詞打破了傳統上詩與詞的分界。實際上蘇軾也寫過不少與傳統文人詞風相合的作品，只是他不以此為囿而已。在他的詞中，田園風情、山水景物、人生志趣、懷古感今以及詠物紀事，「無意不可入，無事不可言」（劉熙載《藝概》）。而在開拓了詞的題材與情感內容的同時，他也因此而豐富了詞的語言、意境和風格。

蘇詞在北宋名家中是留存數量最多的，很難加以簡單的概括，這裏只能對幾篇最具特色的名作略加介紹。如《江城子》是為悼念二十七歲就去世的妻子而作：

> 十年生死兩茫茫，不思量，自難忘。千里孤墳，無處話淒涼。縱使相逢應不識，塵滿面，鬢如霜。　　夜來幽夢忽還鄉，小軒窗，正梳妝。相顧無言，惟有淚千行。料得年年腸斷處，明月夜，短松岡。

以前的詞雖多涉戀情，卻少寫悼亡，蓋因悼亡之情過於沉重，戀情詞的習慣卻是寫得柔綿。但蘇軾這首詞卻是極佳之作。它充分利用了長短句體式，長句的曼婉和短句的簡截，構成強烈的起伏頓挫，恰好表現出一份濃重而蒼涼的感情，令人感覺不到這是附和着詞調的固定格式寫成的。

蘇軾最著名的兩首詞作，都是在處境很不順利時，寫出一種面對自然、感懷今昔、傷感與曠達相融、帶有哲理性的人生感受：

明月幾時有？把酒問青天。不知天上宮闕，今夕是何年。我欲乘風歸去，惟恐瓊樓玉宇，高處不勝寒。起舞弄清影，何似在人間！

轉朱閣，低綺戶，照無眠。不應有恨，何事長向別時圓？人有悲歡離合，月有陰晴圓缺，此事古難全。但願人長久，千里共嬋娟。（《水調歌頭·丙辰中秋》）

大江東去，浪淘盡、千古風流人物。故壘西邊，人道是、三國周郎赤壁。亂石穿空，驚濤拍岸，捲起千堆雪。江山如畫，一時多少豪傑！

遙想公瑾當年，小喬初嫁了，雄姿英發。羽扇綸巾，談笑間，檣櫓灰飛煙滅。故國神遊，多情應笑我，早生華髮。人生如夢，一樽還酹江月。（《念奴嬌·赤壁懷古》）

前一首作於蘇軾因反對熙寧變法而出知密州時，那時他在政治上遭受到挫折；後一首作於他經歷「烏台詩案」後被貶黃州團練副使時，更是剛蒙受了極大羞辱並且經歷了生命危險之後。為了擺脫現實力量的打擊，作者試圖從宏大的時空意識中尋求超越。《水調歌頭》的開頭把酒問天，乃是把個體生命放到永恆的時間中觀照；在這永恆存在的對映下，不可避免地變化着月的陰晴圓缺，人的離合悲歡。認識到生命的不完滿是必然的，那麼就不如放棄無益的夢想和自怨自艾，而愛惜生活中總會有的一些值得珍愛的東西。《念奴嬌》也是一開始就在上下幾千年、綿互數千里的宏大境界上展開，它既表達了對風流英雄的追慕，同時也借着浩渺的時空框架看到生命終究的虛幻，而消釋了內心的懊喪。這種人生哲學雖然缺乏激烈抗爭的力量，卻也反映了蘇軾不甘沉淪的高傲性格。詞中的意境宏闊無比，情緒呈現為大幅度的起伏，那真是詞史上從來未見之物。

除上述數篇之外，像《卜算子》（「缺月掛疏桐」）借吟詠「縹緲孤鴻影」表現一種獨處於清幽之境的高潔而又不安的精神狀態，是典型的詩歌式的象徵與意境。而屬於傳統詞風的《水龍吟》（「似花還似非花」），

將春日思婦的形象與飄舞的楊花相互映襯，層層渲染一種哀怨的情緒，又寫得特別地輕柔細巧。還有一些寫日常瑣事雜感或田園風情、生活習俗的小詞，則別具蘇軾特有的幽默風趣。總之，蘇軾對詞最重要的貢獻，是開創了一種與詩相通的、雄壯豪放、開闊高朗的藝術風格，但同時他也寫過各種不同類型的詞作。由於題材、風格的多樣，也由於蘇軾不受羈勒的個性，他的詞在語言方面也帶來很大變化。詩語、文語、口語，都可以熔鑄在詞的體式中，這對詞向更自由的方向發展，同樣起了不可輕視的作用。

蘇軾對詞的創造性發展，具有多方面的意義。首先，「以詩為詞」其實也可以說是「以詞代詩」：當宋詩總體上趨於理性化、崇尚「平淡」的藝術風格之後，蘇軾把他需要表現的強烈和動盪的情感轉移到詞這一體式中來了，並且使詞成為表現這類情感的恰當形式，換言之，蘇軾對詞的貢獻也是對廣義的詩的貢獻；由此，他也發掘出詞這一體式在表現情感方面所具有的潛能，使詞不再僅僅作為「豔科」而存在，為詞家指出一條新路；再有，因為蘇詞的出現，詞開始不完全依附於音樂，它也可以成為一種提供誦讀的書面文學。——這裏需要說明的是：關於蘇詞是否可以歌唱的問題，歷來有爭議，而焦點大抵集中於它是否「協律」的問題上。但關鍵並不在此。蘇軾的時代，詞是由歌妓演唱的，它的音樂必然也是「軟性化」的，所以蘇詞中那些激越豪放之作即使在字面上協律也不合適演唱。有個故事傳誦很廣：蘇軾問他的門客己詞與柳永詞相比如何，門客說柳詞只合十七八女郎執紅牙板唱「楊柳岸曉風殘月」，蘇詞卻須關西大漢執銅琵琶、鐵綽板歌「大江東去」。這是很好的對比，說出了蘇詞與傳統文人詞的顯著區別——但當時為士大夫服務的歌者中，多的是「十七八女郎」，那種「關西大漢」卻實不易找到。所以「大江東去」一類詞恐怕是不合適演唱的，也並非是作為唱詞來寫的。

秦觀、黃庭堅及賀鑄　秦觀、黃庭堅和賀鑄均是北宋後期各有特色的詞人。其中秦、黃二人被列入「蘇門四學士」，但就詞風而言，倒是賀鑄

與蘇軾更多相近之處。

秦觀（1049—1100）字少游，高郵（今屬江蘇）人，元豐八年（1086）進士，元祐年間當過秘書省正字，兼國史院編修，紹聖年間因與蘇軾的關係被一貶再貶，流放到郴州、雷州，後來在赦還途中，卒於藤州。

秦觀性格柔弱，情感細緻，對政治鬥爭並不熱心，卻因受牽連而陷入困苦的境遇，所以內心常沉浸於悲愁哀怨，不能自解。王國維《人間詞話》說他的詞「最為淒婉」，下面這首《踏莎行》就是明顯的例子：

> 霧失樓台，月迷津渡，桃源望斷無尋處。可堪孤館閉春寒，杜鵑聲裏斜陽暮。　　驛寄梅花，魚傳尺素，砌成此恨無重數。郴江幸自繞郴山，為誰流下瀟湘去？

這是通過寫景來抒情的名作。外界的物色音聲，經過作者悲苦心境的投射，無不蒙上一種迷濛、淒寒的氣氛，然後再度與心中情緒相互迴環纏繞，借助清麗的語言呈現為動人的意境，極細緻地表現了身處逆境的文人對於不能自主的命運的哀傷。

秦觀不乏與歌妓交往的浪漫經歷，男女戀情是其詞中寫得最多的題材。個別幾篇帶有一種「香豔」氣，如《河傳》中有這樣的句子：「丁香笑吐嬌無限。軟聲低語、道我何曾慣。」不過還是那些既纏綿又真摯的詞篇，更能代表他的成就，像著名的《鵲橋仙》：

> 纖雲弄巧，飛星傳恨，銀漢迢迢暗渡。金風玉露一相逢，便勝卻人間無數。　　柔情似水，佳期如夢，忍顧鵲橋歸路？兩情若是久長時，又豈在朝朝暮暮！

藉着七夕牛郎織女相會的古老傳說，寫出人間一種執著深沉的愛情。末了兩句拗轉之筆，成了後人經常引用的關於愛情的警句。

上面這首詞中「纖雲弄巧」四字，也正好可以借來象徵秦觀詞的藝術特徵。他的詞大多寫得纖細、輕柔，語言優美而巧妙，善於把哀傷的情

緒化為幽麗的境界。像「自在飛花輕似夢，無邊絲雨細如愁」（《浣溪沙》），「山抹微雲，天黏衰草」（《滿庭芳》）之類為人傳誦的佳句，都有這種特點。他似乎不愛寫力量太重的東西，宋詞婉麗的風格，在他那裏表現得最為明顯。

黃庭堅（1045—1105）字魯直，號山谷道人，分寧（今江西修水）人。他與蘇軾關係密切，仕途生涯也和新舊黨之爭糾結在一起，幾度沉浮，而以遭貶斥之日居多。晚年被監管於今廣西境內的宜州，最終客死異鄉。在詩歌領域，他是宋代影響最大的「江西詩派」的開創者，下面還會說及。

黃庭堅也有些豔詞或俚俗詞調，比較特別的地方，是他常用純粹的白話來寫作，乃至用重沓式的口語來表現戀愛中人的癡情，這在文人詞中是很少見的。如「怨你又戀你，恨你惜你，畢竟教人怎生是」（《歸田樂引》），「拚了又捨了，定是這回休了，及至相逢又依舊」（同前又一首），作為歌詞而言是很生動的。這些俚俗化的作品讀上去淺易，實際上語言也有它的講究，如《沁園春》的上闋：

> 把我身心，為伊煩惱，算天便知。恨一回相見，百方做計，未能偎倚，早覓東西。鏡裏拈花，水中捉月，覷著無由得近伊。添憔悴，鎮花銷翠減，玉瘦香肌。

它的精巧靈動，同後來元曲的語言有幾分相似。這類作品雖未必能列入上乘，卻別具一格，豐富了北宋詞的面貌。

至於自述情志之作，則是另一種格調。這類作品有接近蘇軾的地方，像《念奴嬌》（「斷虹霽雨」）、《水調歌頭》（「瑤草一何碧」），都試圖勾勒一個清幽開朗的境界，表現一種宕放曠達的情懷，文字雅潔，間用典故或前人成語以深化詞中的內涵。但受其作詩方法的影響，語意緊縮並帶有跳躍性，讀起來不那麼明快流暢。對這類詞古來評價不一，但大抵不是很有創造性的。

賀鑄（1052—1125）字方回，出身於外戚之家，又娶宗室之女，算是近

於「貴族」身份，但實際上與當世皇室關係又不密切。他長得奇醜，個性剛直倔強，在官場總是受到冷遇。晚年退居蘇杭一帶，自稱慶湖遺老。

賀家世為武臣，鑄本人亦從武官出身，加之性格耿介高傲，他的一部分詞寫得意氣慷慨；它繼承了蘇軾所開創的偏於「豪放」的風格，又比蘇詞要多些凌厲奇崛的味道，在北宋詞中自具一格。像《六州歌頭》描述他的「少年俠氣」的交遊，是「推翹勇，矜豪縱。輕蓋擁，聯飛鞚，斗城東。轟飲酒壚，春色浮寒甕，吸海垂虹。閒呼鷹嗾犬，白羽摘雕弓」，寫得狂放不羈；轉而抒發不遇的感慨，是「劍吼西風。恨登山臨水，手寄七弦桐，目送歸鴻」，還是傲然自重身份。這種急促奔放的風格對南宋一些詞人有較大的影響。

賀鑄另一類詞以精緻的語言寫男女之情和人生愁緒，則屬於文人詞傳統的路子。下錄《青玉案》是他的名作：

> 凌波不過橫塘路，但目送、芳塵去。錦瑟華年誰與度？月橋花院，瑣窗朱戶，只有春知處。　　碧雲冉冉蘅皋暮，彩筆新題斷腸句，試問閒愁都幾許？一川煙草，滿城風絮，梅子黃時雨。

上闋寫目送一女子身影遠去並想像她生活的情形，下闋由此抒發一種難以言狀的「閒愁」。辭面優雅華美，而意境則顯得縹緲，似乎是寫情，但女子的身份卻是不清楚的，她只出現了一個背影。這和俚俗化的「豔詞」的取向正背反，在宋詞中也有點特別。

賀鑄詞總體上有一種重視鍛煉辭面、追求富豔典雅的傾向。他還常化用前人的詞句或詩意，甚至直接運用前人詩歌原句。同時的秦觀、黃庭堅也有這種苗頭，只是未有如此之甚。這種現象表明詞在越來越受到文人重視的同時，也更多地滲入了文人的學養。此後詞和俚俗風格越發隔遠了。

周邦彥　周邦彥（1056—1121）字美成，號清真居士，錢塘（今浙江杭州）人，精通音律，徽宗時任徽猷閣待制、提舉大晟府（國家音樂機

構）。他是北宋後期最重要的詞人。

周邦彥的詞在題材上大抵屬於傳統類型，沒有甚麼特別之處。他的主要成就是把詞的形式發展得更加精緻細密，使之在情感的表現上能夠更加深入細膩。蘇東坡一些詞呈現出與音樂分離而成為單純的書面作品的趨向，周邦彥詞則完全是它的反面；他極端重視詞與音樂的配合，使詞的聲律模式進一步規範化、精密化，詞中用字不僅分平仄，連同為仄聲的上、去、入都不容混用。而在詞的結構、用語上，周邦彥詞也特別講究，即使讀上去感覺淺易的作品，實際也是精心構撰而成。讀周邦彥的詞，令人想起北宋宮廷中極其精細而又富麗的工筆畫。

周邦彥詞就體制而言，小令、長調均有，小令常寫得清新靈動，如《蘇幕遮》：

燎沉香，消溽暑。鳥雀呼晴，侵曉窺簷語。葉上初陽乾宿雨，水面清圓，一一風荷舉。　　故鄉遙，何日去？家住吳門，久作長安旅。五月漁郎相憶否？小楫輕舟，夢入芙蓉浦。

上闋描繪出一幅江南水鄉的動人圖景。「水面清圓，一一風荷舉」，那種動態的、疏朗而秀拔的風姿，是有情感的觀察，所以動人。而轉入下闋的「故鄉遙」，你才發現那原來是追憶中的景象，至「五月漁郎相憶否」再度回到追憶之中，渲染出濃郁的懷鄉之情。這樣一首短小之作，也是曲折迴環，既清楚又雅致。而長調的詞作，更是極精緻工巧，如著名的《蘭陵王·柳》：

柳蔭直，煙裏絲絲弄碧。隋堤上、曾見幾番，拂水飄綿送行色。登臨望故國，誰識京華倦客？長亭路，年去歲來，應折柔條過千尺。　　閒尋舊蹤跡，又酒趁哀弦，燈照離席。梨花榆火催寒食。愁一箭風快，半篙波暖，回頭迢遞便數驛，望人在天北。　　淒惻，恨堆積！漸別浦縈迴，津堠岑寂，斜陽冉冉春無極。念月榭攜手，露橋聞笛。沉思前事，似夢裏，淚暗滴。

這是一首三疊的詞，其主題只是客中送別，但層次安排極富匠心，情緒的表現十分細膩。第一節由春日柳色引出懷鄉與倦遊之情，而後又通過屢屢折柳送客的往事，寫足客居京華的百無聊賴；第二節由追思舊遊起筆，很快以「又」字接上昨夜別宴場景，繼而轉入對別後彼此在相隔中相望之情景的想像；第三節以兩個短句起頭，在急促的節奏中湧出一腔哀怨，隨後節奏放慢，描繪離舟去後斜陽日暮，自己猶徘徊不忍去的情形，再展開往日溫馨友情的追思，最後用「淚暗滴」的現實收束。這種反復迴環、層層渲染的章法，使得情緒的展開細緻而複雜。此外，這首詞的聲韻格律也很複雜，而周邦彥寫來十分工穩妥貼，所以尤為樂師所愛。在周詞中，如《瑞龍吟》（「章台路」）、《六醜·薔薇謝後作》等許多長調詞，大抵都有這樣的特點。

周邦彥詞又以善於化用典故和前人詞句著名，像《西河·金陵懷古》甚至隱括了劉禹錫的《石頭城》、《烏衣巷》兩首七絕和古樂府《石城樂》，卻顯得天衣無縫，絕無生硬湊合之感。文人的學養和詞藝的精湛，在這裏被完美地結合為一體。

總之，周邦彥的詞在藝術形成、技巧方面堪稱北宋詞的又一個集大成者，為後人提供了許多經驗。因此，南宋以後的姜夔、張炎、周密、吳文英等人均對其深表推重。就連近代學者王國維，也把周邦彥比作「詞中老杜」（《清真先生遺事》）。但詞的極度精緻化，同時卻也是它的生氣衰減的表現。

第十三章

北宋詩文

餘音嫋嫋，不絕如縷。舞幽壑之潛蛟，泣孤舟之嫠婦。蘇子愀然，正襟危坐，而問客曰：何為其然也？客曰：月明星稀，烏鵲

在北宋，詞這一體式受士大夫重視的程度雖漸有增長，但總體上它還是被當作「末枝小道」一類東西來看待的，而真正能夠代表北宋士大夫文化之主流的，仍是傳統的詩文。

和北宋差不多同時存在的由契丹族建立的遼王朝，並用契丹文與漢文，也產生了一些詩文作品，道宗皇后蕭觀音（1040—1075）所作《回心院》十首等詩篇，在後世還頗有好評。但從總體情況來看，遼詩文的水準不高，而且留存也少。作為一部文學簡史，對它不再作具體介紹，僅在此簡單提及。

一　北宋詩文的文化背景

政治狀況與文人的處境　趙宋是在經過晚唐和五代十國多年的地方軍事力量的割據狀態之後建立起來的統一王朝，歷史的教訓使得統治者自開國始就高度重視中央集權。太祖「杯酒釋兵權」是有名的歷史故事，太宗也曾說：「國家若無外憂，必有內患。外憂不過邊事，皆可預防；惟奸邪無狀，若為內患，深可懼也。帝王用心，常須謹此。」（《續資治通鑑長編》卷三二）他們甚至不惜以邊防的弱化來換取政權內部的穩定。以軍權為核心，宋代皇帝進一步實現了行政權力、財權和司法權的高度集中。由此，宋成為一個過去的歷史上未曾有過的以成熟的文官制度為基礎、君主專制和中央集權空前強化的王朝。

中央集權的實現並不只是取決於帝王的意志和精明的措施，宋立國時，一個重要條件已經存在：在很長時期裏在政治上具有頑強勢力的士族階層，經過安史之亂以來的反復戰亂和地方軍事力量的掃蕩，已徹底退出歷史舞台。也就是說，當地方軍事力量被消除以後，在國家的社會結構中不再存在多少能夠與皇權相抗衡的政治勢力。

因此到了宋代，完備的科舉制度才得以建立。唐代不僅科舉的規模小，選拔官員的途徑多，而且連科舉的成敗也並不完全是（甚至並不主要是）由考試成績決定的。而宋代科舉由於實行了彌封制度，家庭背景、社會關係等因素在考試中所起的作用要少得多了。作為文官制度的核心機制，宋代科舉每科所取的人數常超過唐代十倍。除了開國初，科舉幾乎成了士人進入政治舞台、獲取社會地位以及優越的物質生活的唯一途徑。

　　從積極的方面來看，上述變化可以說實現了政治權力對平民階層的廣泛開放。一個人只要其家庭具備基本的經濟和文化條件，不管其門第、鄉里、貧富如何，都可能「學而優則仕」，由科舉逐步攀升，成為高官。在宋代的名臣和著名文人中，像歐陽修、梅堯臣、蘇氏父子、黃庭堅等等，都是出身於寒微的家庭。而像唐代還存在的諸如一個家族中數十人中進士乃至居高官的情況，在宋代根本就找不到。這無疑是一種歷史的進步。

　　但從另一面來看，上述特點也強化了文人士大夫對於國家政權的依賴性。唐代文人進入仕途、求取聲名的方法可謂五花八門，而宋代文人可以選擇的自我價值實現之路卻狹窄得多。因此，像唐代文人那樣廣泛的社會活動，多姿多彩的生存方式在宋代漸漸消失了。用最明顯的例子來說，宋代著名文學家的生活經歷，比起唐代王維、李白、杜甫、高適、岑參等人，都要簡單得多。

　　與之相應，宋代文人士大夫的思想也受到很大的束縛。這一方面緣於統治者對知識階層的籠絡與挾制，如決定文人一生前途的科舉考試，其內容自真宗以後由詩賦、策論轉變為集中於儒學，立論必須依據儒家經典，諸子書不合儒學的都不許採用，到仁宗以後，進一步在各州縣建立學校講授儒學，作為培養士子的基地，更深化了官方思想對讀書人精神生活的控制；另一方面，思想的束縛也來自宋代文人士大夫自覺的努力。君權的高度強化固然決定了文人只能在忠於君主、報效國家的位置上確定自我的角色，而作為政府官員或準備成為政府官員的人，他們也把建設和守衛社會的倫理價值系統視為自己義不容辭的責任。自中唐以來，統一的中央政權

反復經歷危機，而經濟的發展、城市的繁榮所帶來的享樂傾向也不斷地消蝕着傳統道德的力量，因而韓愈、李翱等人就已意識到重建倫理綱常與維護中央集權對於恢復封建社會秩序具有同等的重要性，並且意識到這種重建需要通過道德的內化即內心中對道德的自覺來實現。從北宋的周敦頤、張載、二程到南宋的朱熹、陸九淵，正是沿承這一方向構築了一套新的龐大的儒家意識形態體系，它被稱為「道學」或「理學」，近代或稱之為「新儒學」。其特點是預設了一種不證自明的「天理」的存在，它貫通自然、社會與人性，而生命的意義即被規定為向着源於「天理」的純善的人性的歸復。其實際效用則在於要求人心自覺地順應倫常規範。雖然理學在宋代並未成為官方學說，有時甚至因為特殊的原因受到政府的抑制，但它的強大的勢頭，清楚地表現了宋代士大夫的思想趨向。

並不能證明上述變化對宋代文人的內在人格和個人行為的根本動機影響有多麼重大，但至少在公眾性場合，在顯示個人人格形象的範圍內，與唐人相比，他們多了些成熟老練、冷靜內斂，少了些才情飛揚、異想天開。而所謂「顯示個人人格形象的範圍」，也包括詩文這種宋人認為具有莊肅性的文字的顯示。

文學主張與意識形態　一個時代的文學主張受佔主導地位的社會意識形態的影響，這在中國歷史上本是很常見的事情，但宋代的情況顯然比前代嚴重得多。

在由朝廷支持的重建儒學權威的過程中，不少士大夫顯示了意識形態上的高調姿態，而強調「文」為「道」服務，對不合儒道之文展開攻擊，是一個重要方面。宋初時，柳開（947—1000）就明確以尊韓和文道合一為號召，指斥五代與宋初的文風「華而不實，取其刻削為工，聲律為能」（《上王學士第三書》），並宣稱他的「道」與「文」，都是承自孔子、孟軻、揚雄、韓愈一脈（《應責》）；換言之，「道統」與「文統」完全是合一的東西。與之持相似文學觀的，還有比他稍後的穆修（979—

1032）。而到了北宋中期，曾任國子監直講的石介（1005—1045）再度挺身而出，發出尖銳的聲音。他攻擊的對象是宋初西崑派的領袖楊億。本來西崑派的文學不過是一種富麗典雅的館閣文學，石介卻派楊億一頂「名教罪人」式的帽子，說他「欲以文章為宗於天下」，故意使天下人「不聞有周公、孔子、孟軻、揚雄、文中子、吏部（韓愈）之道」，因此耳聾目盲，然後「使天下惟見己之道」（《怪說》）。那麼好文章是甚麼樣的呢？據他說，須要與兩儀、三綱、五常、九疇、道德、孝悌、功業、教化、刑政、號令相合或體現這些東西。這種荒誕的鋪排正顯示出意識形態的亢奮症狀。

北宋中期理學逐漸興起，理學家們對文與道的關係同樣提出了苛嚴的、在崇道意義上也可說是更透徹的看法。周敦頤首先把韓、柳所說「文者以明道」之意改變為「文所以載道也」的明確口號，把文比喻為載貨的車子，更徹底地說明了文對於道的工具性（《文辭》）。程顥、程頤進一步對無益於道的文學作出根本的否定。如柳開、石介等人將崇道與尊韓合為一體，二程則從更純粹的道學立場指出韓愈的崇道是不徹底的，並不值得做傚：「退之晚來為文，所得處甚多。學本是修德，有德然後有言，退之卻倒學了。」不但韓愈，杜甫的「穿花蛺蝶深深見，點水蜻蜓款款飛」一類詩，程頤也責問道：「如此閒言語，道出做甚？」（《二程遺書》）

這一類觀點並不只是出於柳開、石介等不善於為文的文人和周敦頤、二程等理學家，事實上將「道」置於「文」之上，重視文對於政治與教化的服務作用，是北宋文人普遍接受的立場。著名文士中，范仲淹曾發出「敦諭詞臣，興復古道」的呼籲（《奏上時務書》），梅堯臣曾感慨「邇來道頗喪，有作皆言空」（《答韓三子華、韓五持國、韓六玉汝見贈述詩》），蘇舜欽宣稱「文之生也害道德」（《上孫沖諫議書》），歐陽修也認為「道勝者文不難而自至」（《答吳充秀才書》），「勤一世以盡心於文字間者皆可悲也」（《送徐無黨南歸序》）。總之，道統文學觀的盛張，在北宋達到了空前的地步。

當然，並不是說整個北宋文學完全為這種道統文學觀所籠罩。前面介紹的詞就被文人們闢為一片可以較自由地抒發個人生活情感的「自留地」，更不必說宋代民間戲劇、小說的盛興預示了整個中國文學史將會發生重大改觀。而且，即使同在道統文學觀的原則支配下，作家的具體創作還是因人、因時、因地而異的。但不能不看到，與官方意識形態密合的文學主張無疑會對傳統詩文造成相當大的壓力。以前對北宋文學評價特別高的一個方面，是歐陽修所領導的新「古文運動」，後世評選出的所謂「唐宋八大家」中，北宋佔了六位。北宋古文不是沒有它的成就，但實際分析來說，文學性散文在其中所佔比例是很低的。這原本無足為怪，因為「古文」就其產生的宗旨而言，首先是為了「明道」、「載道」，它是依附於意識形態的東西。宋詩也走上了與唐詩不同的道路。除了在民族衝突給宋政權帶來危機的形勢下反映民族感情（這大抵屬於群體性、公眾化的感情）的作品，它通常少見恣肆縱放、直率熱烈的情感表現。一般說來，宋詩有愛好知性的偏向，而「平淡」被許多詩人尊為最高的境界。日本學者吉川幸次郎在其《宋詩概說》中論宋詩的特點，強調了「悲哀的消退」，正是因為在知性的觀照中，悲哀成了幼稚和令人羞恥的感情。其實不僅僅是悲哀，一切激情和表現這種激情的華麗語言，在知性的觀照中都顯得幼稚，因而通常為宋詩所避忌。無疑，宋詩有它特別的趣味，其優秀之作往往在看似平淡的風貌中包含了深刻的心思、複雜的心境，對語言的細膩的感覺以及帶哲理性的人生感悟。所以，大致激情發越者多喜唐詩，性格沉潛者多愛宋詩。但要說到憑藉活躍的情感、富有個性的自由創造，去衝擊社會已形成的規制，引發人們對生活的渴望，這種力量在宋詩中顯然是貧弱的。明代有些文人屢屢說「詩死於宋」（如祝允明《祝子罪知錄》），自然是偏激之論，但還得承認他們看到了一些問題。

二 北宋前期的詩文

　　北宋前期就詩歌來說，以效仿前代名家為多，方回把這一時期的詩歌分為「白體」、「晚唐體」、「昆體」三派（《送羅壽可詩序》），雖不很精確，大致可以成立。其中學李商隱的西昆派後來遭到嚴厲抨擊，而學白居易的王禹偁的詩，則和「宋調」詩主流的形成有更多的關聯。散文方面，柳開已經打起復古的旗幟，但影響不大，文章較有特色的仍數王禹偁。

　　王禹偁與「白體」　　《蔡寬夫詩話》說，宋初「士大夫皆宗樂天詩，故王黃州（王禹偁晚年曾任黃州地方官）主盟一時」。這說明了北宋最初一個階段詩壇的風氣和王禹偁在此中的地位。

　　不過在王氏之前，自後周入宋的李昉（925—996）和自南唐入宋的徐鉉（916—991）就已經是以效仿白體而出名的了，後者聲譽尤高。吳之振《宋詩鈔》引馮延巳語，稱徐詩「具元和風律」，又說它「率意而成，自造精極」，不像一般人以奇語求勝。白居易詩其實有兩種不同類型的作品，即表現對政治關懷的和寫日常生活中閒適心情的，前一類型在五代文人那裏並不受重視，徐鉉的詩也主要偏於閒適一類，但他本是南唐的重臣，後隨李後主降宋，雖然做到散騎常侍，心情不可能是輕鬆的。所以他的詩常帶着一種索寞與悵惘的情緒，在表面的平靜下隱藏着莫名的哀傷。如《登甘露寺北望》：

> 京口潮來曲岸平，海門風起浪花生。人行沙上見日影，舟過江中聞櫓聲。
> 芳草遠迷揚子渡，宿煙深映廣陵城。遊人相思應如橘，相望須含兩地情。

　　全詩大半部分只是在寫一片蕭索迷濛的景色，語言也平淡，看不出有甚麼強烈的情緒。但末兩句用「橘遷於淮北則化為枳」的典故，由此不僅可以推斷這詩是寫於南唐覆滅以後，而且可以看出作者對江南故國的依戀。再回

頭體味詩中對揚子渡、廣陵城迷濛景色的描寫，則似乎亦非閒筆。只是一切都並不顯露，末兩句也是借「遊人相思」着筆，不正面寫自己。

王禹偁（954—1001）字元之，巨野（今屬山東）人，宋太宗太平興國八年（983）進士，當過翰林學士，三任知制誥，又三次受黜外放。他懷有士大夫來自儒家傳統的使命感，經常提醒自己作為官員應負的社會責任，所以不僅學白居易的閒適詩，也學其詩關懷政治的一面。如他在京任諫官時所作《對雪》，從寒冬大雪無公務、一家團聚飲酒落筆，寫到自己因此而想起「輸挽供邊鄙」的「河朔民」和「荷戈禦胡騎」的「邊塞兵」，在此酷寒天氣中會是如何艱辛，最後歸結到自責：自己身為諫官，卻並未充分盡責，實是「深為蒼生蠹」。這種構架在白居易詩歌中是常見的，如《新製綾襖成感而有詠》，就是從寒雪時節自己新做了一件溫暖的綾襖而想到「百姓多寒無可救，一身獨暖亦何情」。作為官員，王禹偁的想法當然是正確的。但「正確」的想法未必能造就好詩。因為這種詩並非從生活的實際感受而是從理念出發，表達「意義」的慾望比抒發情感的要求更強烈；而且作者的自譴中顯示出很強的自我表白意味，實際上這成了詩歌的重心。因為重「意義」，這類詩在藝術上往往比較粗糙，並不能給讀者多少感動。

能夠反映王禹偁詩歌藝術造詣的，還是那些描繪山水景物、抒發個人生活情懷的作品，如《村行》：

> 馬穿山徑菊初黃，信馬悠悠野興長。萬壑有聲含晚籟，數峰無語立斜陽。棠梨葉落胭脂色，蕎麥花開白雪香。何事吟餘忽惆悵？村橋原樹似吾鄉。

這首詩作於王禹偁被貶商州時。政治上的挫折所帶來的苦悶被消融在觀賞自然的「野興」中，詩中因而呈現出悠閒的意趣。結末因看到「村橋原樹似吾鄉」而生的「惆悵」，其實並非普通的懷鄉之情，但悲哀被淡化到似有似無的狀態。全篇語言淺切，敍述從容連貫，層次清楚，沒有突兀驚人的意象，也沒有跳蕩的表現，正是白居易「閒適」詩的一般特點；

但「數峰無語立斜陽」一句以擬人手法寫景物，卻有着唐詩中不多見的新巧，在以後的宋人詩詞中漸漸多起來，所以值得注意。

從上述兩種特點——一方面強烈地關注政治，而在抒發個人感情時則從容輕淡——來看，《宋詩鈔》說王禹偁「開有宋風氣」是有道理的。其實王禹偁也很推崇杜甫，他稱讚「子美集開詩世界」（《日長簡仲咸》），作品中也可以看到學杜詩的痕跡，如《新秋即事》中「鬢裏鬢毛衰颯盡，日邊京國信音稀。風蟬歷歷和枝響，雨燕差差掠地飛」兩聯就是非常明顯的例子。但杜詩因內在的緊張造成的沉鬱而壯闊的風格，卻是王詩不易接近的。連帶來說，杜甫在宋代逐漸受到遠超過李白的極高評價，但也正是由於缺乏那種內在的緊張性，宋詩總體上與杜甫並不接近。

關於散文，王禹偁在《答張扶書》和《再答張扶書》中談了他的意見。原則上他認為：「夫文，傳道而明心也。」這裏也有崇道的傾向，但「傳道」與「明心」並論，畢竟給抒寫個人的性情留下一些餘地。在具體寫作方面，他反對「語皆迂而艱也，義皆昧而奧也」，而主張「使句之易道，義之易曉」，這和後來歐陽修的主張是一致的。

王禹偁的散文以《黃州新建小竹樓記》最為出色，王安石甚至認為在歐陽修《醉翁亭記》之上（見金王若虛《文辨》）。作此文前，王氏兩度遭遷謫，「四年間奔走不暇」，故文中以描寫「謫居之勝概」為自慰。文章以散體為主，同時吸收了駢文整齊而容易上口、具有聲韻之美的優點，寫得自由流暢又有音樂感，如下面一節：

> ……遠吞山光，平挹江瀨，幽闃遼夐，不可具狀。夏宜急雨，有瀑布聲；冬宜密雪，有碎玉聲；宜鼓琴，琴調和暢；宜詠詩，詩韻清絕；宜圍棋，子聲丁丁然；宜投壺，矢聲錚錚然，皆竹樓之所助也。

這種文字頗有柳宗元在謫居生活中所作山水記的風情，但意境不像柳文那樣幽深，蓋因情緒較為平和之故。

「晚唐體」　方回所説的宋初三體之中，「晚唐體」的概念比較含混。它指「九僧」（希晝、保暹、文兆、行肇、簡長、惟鳳、惠崇、宇昭、懷古）及林逋、魏野、寇準、潘閬諸人之詩，大體因為他們偏重以苦吟的方法描繪格局不大的自然景象，藉以表達清高脱俗的人生情趣，這與唐代賈島、姚合一派的作風較近似。如九僧之一惠崇的《池上鷺分賦得明字》中「照水千尋迥，棲煙一點明」兩句，據説他曾「默繞池徑，馳心杳冥以搜之」（《湘山野錄》），這就很像賈島寫詩的故事。

　　在這一群詩人中，以林逋（968—1028）最為著名。他中年以後獨居西湖孤山，據説足跡從不入城市，因而受到官府和名流的敬重，成了有名的隱士，死後仁宗賜諡「和靖」，表彰他的清高。《梅花》（一作《山園小梅》）詩是他的代表作：

　　　　眾芳搖落獨暄妍，佔盡風情向小園。疏影橫斜水清淺，暗香浮動月黃昏。霜禽欲下先偷眼，粉蝶如知合斷魂。幸有微吟可相狎，不須檀板共金尊。

　　詩中第二聯素來被譽為「警絕」。據説這是脱胎於南唐江為的詩句，只改「竹影」為「疏影」、「桂香」為「暗香」，而江詩實已不存。但不管怎樣，林逋所寫的仍是值得讚賞。一則兩句均是寫梅，水中的倒影，空中的浮香，又均是從虛處着筆，不僅畫面完整，而且更能呈現出朦朧清幽的情味；一則在古典文化的審美習慣中，梅代表清雅超逸的品格，比竹、桂之類更合適於作這樣的渲染。但全詩並不見佳，不僅格局狹小，「霜禽」之「偷眼」、「粉蝶」之「斷魂」，均是俗筆，後面自命清高的標榜，也實在有惟恐不為人知的味道。

　　「昆體」　真宗時期，以楊億（974—1021）、劉筠（971—1031）、錢惟演（977—1034）為首的一批在館閣、翰苑任職的文人，常以詩歌唱和應酬。至大中祥符二年（1009），楊億將這一類詩編成《西昆酬唱集》，於是有「西昆體」之名，或簡稱「昆體」。傳説中古代帝王藏書冊於西方崑

崘群玉之山，詩集的命名即標示了作者們作為朝廷詞臣的身份。因為這是一些高級官僚帶有社交性、娛樂性的寫作，顯示雍容華貴的生活氛圍和高雅的文化素養成為其顯著的特點。詩歌風格則效仿李商隱一路，辭面深婉綺麗而多用典故。但這主要是表面特徵的效仿，李商隱詩那種由熾熱的情感、痛苦的經歷蘊涵於語言而形成的詩歌的張力，就不是容易學到的。

《西昆酬唱集》中詩少有性情發露之作，有些更只是堆垛麗藻，但也並不像以前有些批評者所說，完全是內容空泛的。北宋文人政治意識較濃，楊億等位居清要，有些作品還是委婉地表現了他們對現實的批評，如楊億等七人以《漢武》為題的唱酬詩，即含有對真宗妄信符瑞、東封泰山之事借古諷今的意思，劉筠一首結末云：「相如作賦徒能諷，卻助飄飄逸氣多。」諷刺的意味很明顯。另外，一些傳統的抒情題材，他們也寫得既有美感且不乏情味，如楊億的一首《夕陽》：

> 夕籟起汀葭，秋空送目賒。綠蕪平度鳥，紅樹遠連霞。水闊迷歸棹，風清咽迴笳。高樓未成下，天際玉鈎斜。

這詩意境開闊，對秋日晚景的描繪相當細膩，雖乏激情，但還是有動人之處。宋初「白體」流行，這一派詩每有俚俗滑易之弊，而昆體之長，如《四庫總目提要》所稱，在「取材博贍，練詞精整」，對前者應不無糾正的效用。

西昆體一度在詩壇上影響很大，歐陽修《六一詩話》說：「自《西昆集》出，時人爭效之，詩體一變。」但這種館閣酬唱之作弊病是明顯的，終究難有持久的影響力；它的娛樂性傾向和北宋日漸強化道統文學觀也不相容，所以在下一階段就受到嚴厲的攻擊。到了北宋中期，西昆體便在詩壇上消退了。

三 北宋中期的詩文

約當於仁宗、神宗年間的北宋中期，是北宋詩文最為興盛的時期，也是具有宋文化特徵的所謂「宋調」詩文真正形成的時期。這一時期文學變化的樞紐人物是歐陽修，而創作成就最高的則是蘇軾。

北宋中期又是一個圍繞政治、經濟及思想文化問題發生廣泛爭論乃至激烈鬥爭的時期。而當時的著名文人，要麼是政治舞台上的核心人物（如歐陽修、王安石），要麼與政治活動有很深的牽連（如梅堯臣、蘇舜欽、蘇軾等），因此，像詩文這類被認為具有嚴肅意義的文學體式受政治及倫理觀念的影響之深為前所未有，這對它的發展造成了較多的約束。

梅堯臣、蘇舜欽的詩　梅堯臣和蘇舜欽都是受到歐陽修高度讚譽，視為前驅者的人物，一般評論者也都認為宋詩的新格調是從他們（尤其是梅氏）的創作開始形成的。

梅堯臣（1002—1060）字聖俞，宣城（今屬安徽）人，早年做過幾任低級地方官，後遷至尚書都官員外郎。他一度和西昆派的錢惟演等關係甚密，後來則對這一派詩歌的娛樂、遊戲傾向提出了尖銳的批評，同時也提出了運用詩來維護「道」並為政教服務的理論主張。如《答韓三子華、韓五持國、韓六玉汝見贈述詩》所云：「邇來道頗喪，有作皆言空。煙雲寫形象，葩卉詠青紅。人事極諛諂，引古稱辯雄。經營唯切偶，榮利因被蒙。」而《寄滁州歐陽永叔》詩對此說得更淺白：「不書兒女書，不作風月詩。唯存先王法，好醜無使疑。」這些議論並沒有多少新的東西，但在宋代詩人中，是梅堯臣最早用一種強烈的態度重新提出來的，它對宋詩的走向起了一定的作用。

根據上述詩歌主張，梅堯臣寫了不少關涉社會問題、反映民生疾苦的作品。如《田家》、《陶者》是普泛地詠唱勞者無所獲的古老主題，而

《田家語》、《汝墳貧女》則是針對當時具體政令措施而提出的批評，後一首如下：

> 汝墳貧家女，行哭音淒愴。自言有老父，孤獨無丁壯。郡吏來何暴，縣官不敢抗。督遣勿稽留，龍鍾去攜杖。勤勤囑四鄰，幸願相依傍。適聞閭里歸，問訊疑猶強。果然寒雨中，僵死壞河上。弱質無以托，橫屍無以葬。生女不如男，雖存何所當！拊膺呼蒼天，生死將奈向？

詩歌寫作的背景是當時北宋與西夏作戰，朝廷從民間徵調弓箭手。而詩中說「縣官不敢抗」，則同作者的身份有關——當時梅堯臣正任河南襄城縣令。在這裏我們確實可以看到一個下層官吏對時政的不安和對民眾的同情，但很奇怪的是，被認為應承擔責任的既非發出政令的朝廷（在因同樣事件而作的《田家語》的小序中，作者還明確說「聖上」本有「撫育之意」），也不是執行政令的縣官，一切罪過集中於「郡吏來何暴」。由此可以意識到作為低級官員的尷尬處境。而作為詩歌，由於出發點是用恰當的態度來批評時政，激情的湧發自然會受到限制，所以詩中不僅沒有像杜甫《三吏》、《三別》那樣具體描繪出受害者的形象，連試圖表達出悲憤的結末數句，語言也是概念化、一般化的。倘與作者為悼念夭亡的幼女而寫下的「慈母眼中血，未乾同兩乳」（《戊子三月二十一日殤小女稱稱》）這樣的詩句相比，兩者的區別十分清楚。

梅堯臣詩對宋詩發展影響的另一個方面，是有意識地尋找前人未曾注意的題材，或在前人寫過的題材上翻新，由此開了宋詩好為新奇、力避陳熟的風氣。這種努力當然不無意義，但它和宋詩由於激情消退而帶來的無奈有關。而在尋求新的詩材時，梅堯臣有時會走向破壞詩歌的美感的途徑，譬如他寫蝨子、跳蚤，甚至寫烏鴉啄食廁中的蛆，這不能不說是無聊和趣味惡劣的表現。

梅詩的擴大題材包含對瑣碎平常的生活內容的描述。而為了避免凡庸無趣味，作者常以哲理性的思考和議論貫穿在其中，以加深詩歌的內涵。譬如

《范饒州坐中客語食河豚魚》，從河豚的珍貴，寫到它的面目可憎、劇毒可怕，而人們卻「皆言美無度，誰謂死如麻！」最後歸結為「甚美惡亦稱，此言誠可嘉」，把食河豚這一日常生活的現象，與「至美與至惡相隨」這一人生哲理聯繫在一起，詩的份量就顯得比較重。這也是宋詩在熱情減弱以後向其他方向發展的一個途徑。從後代的情況來看，宋詩中帶哲理性的作品也有寫得情趣盎然的，不過在梅堯臣手裏，似乎還沒有找到好的方法。像舉例的這首詩，用平鋪的敍述加上過多的議論，散文化傾向格外突出。

梅堯臣詩歌的藝術風格，歐陽修謂之「古硬」（見《水谷夜行寄子美、聖俞詩》），又謂之「平淡」（見《梅聖俞墓誌銘》）。梅氏自己也認為：「作詩無古今，唯造平淡難。」（《讀邵不疑學士試卷》）所謂「古硬」，大抵是指梅詩用語樸拙或怪僻，句式常顯得拗澀，節奏不那麼輕快，總體上給人生新的感覺。「平淡」其實是從另一個角度來說，大抵是指其避免激情的表現、濃重的色彩，與「古硬」不一定是矛盾的。

梅堯臣寫得最好的詩，是一種雖「平淡」卻並不枯槁，在似乎鬆散的結構、淺白的文字中帶着精緻和細膩之感的寫景抒情之作。像《魯山山行》前半節，「適與野情愜，千山高復低。好峰隨處改，幽徑獨行迷」，似乎隨口道來，卻寫得很美。又如著名的《東溪》：

行到東溪看水時，坐臨孤嶼發船遲。野鳧眠岸有閒意，老樹著花無醜枝。
短短蒲茸齊似剪，平平沙石淨於篩。情雖不厭住不得，薄暮歸來車馬疲。

詩中情緒平靜，與之相聯繫，詩句寫得語氣連貫，節奏舒緩，語言流暢，但這並不是白體中一種輕滑之作，它其實經過細密的琢磨。「野鳧」、「老樹」一聯，句式是平常無奇的，但意趣卻很新奇，這裏能夠體會到梅堯臣作為詩人的敏感。這種內斂的、令人心境平靜的美，後來也成為宋詩的一種特點。

宋詩的某些具有特徵性的弊病和優長都是從梅堯臣開始的，將他稱為宋詩的「開山祖師」（《後村詩話》），確實沒有說錯。

蘇舜欽（1008—1048）字子美，開封（今屬河南）人，做過縣令，後因范仲淹引薦任集賢殿校理，因捲入高層的政治衝突，被敵對一方借細故指控而罷職，遂在蘇州修築了有名的園林滄浪亭，過着閒居生活。

蘇舜欽與梅堯臣合稱「梅蘇」，而歐陽修論二人之別，謂「子美力豪雋，以超邁橫絕為奇；聖俞思精微，以深遠閒淡為意」（《六一詩話》）。蘇氏為人性格偏於豪放開張。他的詩有時帶有唐人氣息，如早年所作《對酒》，劈頭就是「丈夫少也不富貴，胡顏奔走乎塵世！」中間以「長歌忽發淚迸落，一飲一斗心浩然」為自解，到了結尾卻又呼喊：「讀書百車人不知，地下劉伶吾與歸！」雖沒有李白的意氣飛揚，多少有幾分近似。

但蘇舜欽的才華和功力似乎不足以支撐長篇，他寫得最好的詩是七言絕句，如《和淮上遇便風》：

> 浩蕩清淮天共流，長風萬里送行舟。應愁晚泊孤喧地，吹入滄溟始自由。

語言率真，感情奔放，很見個性。而《夏意》則寫得輕巧別致，情趣盎然：

> 別院深深夏簟清，石榴開遍透簾明。樹蔭滿地日當午，夢覺流鶯時一聲。

至於葉燮說他與梅堯臣同「開宋詩一代之面目」（《原詩》），則主要不是表現於上述風格的作品。在對詩歌的政治作用的認識上，蘇舜欽與梅堯臣一致，這是一點。而作為一個渴望在政治上大有作為的人，蘇舜欽的詩也常常觸及一些嚴峻的現實問題。如《慶州敗》之痛心於宋朝對西夏戰爭的失敗，《吳越大旱》寫在饑荒病癘使「死者道路積」的同時官府仍無情搜刮糧食，《城南感懷呈永叔》也反映了民間由於饑荒而出現的慘狀，並感歎自己沒有權勢，無法救助那些飢困之民。由於個性的關係，在反映時弊、揭露社會矛盾方面，蘇舜欽往往比梅堯臣來得尖銳直截；不過論詩的粗糙，他也超過梅氏。此外，在詩歌的語言方面，蘇舜欽也喜歡多用散文化的句子，喜歡發議論。

歐陽修與宋詩文主流風格的確立　雖然梅、蘇被認為是開創宋詩新風氣的詩人，雖然柳開、穆修、石介相繼不絕地提倡以尊韓崇道為基本主張的古文，但前者地位不高，後者不僅地位不夠高，而且也不怎麼會寫文章，所以影響力都頗為有限。必須有一位具備足夠的政治地位、充分的文學修養，並且具有一定的人格號召力的人物，才能真正確立一種代表宋文化特徵的主流性的詩文風格，它既符合宋王朝思想文化建設的需要，又能在前者的籠罩與挾制下為詩文的文學性生存找到合適的立足點，並足以垂範將來。歐陽修適時地充當了這樣一個重要角色。

歐陽修早年在文學領域就相當活躍，至和年間入朝任職後逐漸陞遷至執政要位，並多次知貢舉，直接掌握為朝廷選拔人才的權力。他利用自己的地位和影響，於志同道合者則竭誠予以勉勵和獎拔，如梅堯臣、蘇舜欽的詩因歐陽修的鼓吹而聲譽大張，曾鞏、蘇軾、蘇轍均在歐陽修知貢舉時被錄取為進士，王安石的詩，蘇洵的文章，都曾受歐陽修的盛讚，因此在他周圍形成了集團性的力量。而另一方面，歐陽修也曾在嘉祐二年主持科舉時，對當時國子學中流行的風格怪誕的所謂「太學體」毫不容情地加以黜斥，使「場屋之習，從是遂變」（《宋史》本傳）。所以說，歐陽修對其所認定的良好文風的倡導，不僅顯示了個人的好惡，而且也代表了官方的意志並動用了政府的行政力量。

當然，歐陽修在北宋中期文壇上獲得領袖地位，還有其他因素的作用。他不僅本身具有相當高的文學修養，他的文學主張也較有調和性和包容性。如前所言，北宋立國以來，以道統文、以道代文的理論盛張到空前的地步，歐陽修對這種佔主流地位的文學思想在原則上是贊同的，尊韓崇道也是他最基本的文學主張，但他終究不是柳開、石介那樣的意識形態亢奮症患者。他批評石介對西崑詩人的極端態度是「好異以取高」，「以驚世人」（《與石推官第一書》），頗能說明這一點；他也並不簡單地反對駢文，以為「偶儷之文，苟合於理，未必為非」（《論尹師魯墓誌》）；

而「英雄白骨化黃土，富貴何止浮雲輕。唯有文章爛日星，氣凌山嶽常崢嶸」（《感二子》）之類的表述，也顯示着他對文學成就的嚮往。若以理學家的標準來看，歐陽修與韓愈一樣，其衛道立場均遠不夠純粹（可參見朱熹《讀唐志》《朱子語類》中有關評述）。而正是這種不純粹，在當時的環境下多少維護了文學作為藝術創造活動的存在。

通過以歐陽修為首的文學集團的努力，確立了宋代「正宗」文學的基本特點和主導風格。大概而言，散文方面，由於「古文」崇道意識的強化，抒情特徵強烈的文章為數甚少，文體上雖以散體為主，實融合駢體，可以説結束了駢體與散體的截然對立；文字以淺易流暢為多，節奏徐緩婉轉，較少激烈跳蕩的表現。詩歌方面，情感的力度減弱，所反映的心理狀態比較平衡，相應地色彩和意象都比較疏淡，而對事物觀察和體驗比前人更細膩。總體上帶有重理智的特點，特別在古體詩中，散文化的敍述和説理成分往往佔很大比例。宋代詩文有其自身的特點，但要説華麗的美感、自由熱烈的情感特徵，無疑是處於衰退之中。

歐陽修本人的創作也表現出上述基本特點。

歐陽修的一部分古體詩作好發議論，好鋪排敍事，以文為詩的傾向非常嚴重。打開《歐陽文忠公集》的第一篇，《顏跖》詩其實就是一篇「顏回盜跖論」，而《洛陽牡丹圖》則像是一篇「洛陽牡丹記」。這些還是句式較整齊的，至於《鬼車》以「嘉祐六年秋九月二十有八日」開頭，中間又有「不見其形，但聞其聲，其初切切淒淒，或高或低……」，連句式都跟散文一樣。究其意是為了以新異的面貌打破詩歌常規體制，但實在找不到多少詩趣。

不過歐陽修是一個愛好遊覽、親近自然的人，在各處地方官任上，他也寫了不少以近體短篇為主的寫景抒情詩，面目與上述一類不同。其特點是語言淺近自然，意脈流暢，讀起來感覺很親切。這類詩有的寫得隨意，有的則寫得淺顯而優美，如《初至潁州西湖，種瑞蓮黃楊，寄淮南轉運呂度支、發運許主客》：

平湖十頃碧琉璃，四面清陰乍合時。柳絮已將春去遠，海棠應恨我來遲。啼禽似與遊人語，明月閑撐野艇隨。每到最佳堪樂處，卻思君共把芳卮。

詩意是連綿而下的，不像唐代近體詩多有跳躍性。中二聯的寫景，那種人與自然的親切是很動人的；而像「柳絮已將春去遠」這樣的句子，則是宋人詩中語意平易而意趣新奇的佳例。至若《三橋詩》，如畫的詩境中還帶一點難得的浪漫性：

朱欄明綠水，古柳照夕陽。何處偏宜望，清漣對女郎。

在歐陽修的各項創作中，前人對其散文成就的評價最高，但他的一些「古文」名篇如《朋黨論》、《五代史伶官傳論》屬於政論性質，至於他為父親所寫的墓表《瀧岡阡表》，前人或與韓愈《祭十二郎文》相提並論，然而氣質並不相類：歐陽修之文重在頌先人之德並列述自己榮宗耀祖的成就以告慰先人，不重在抒情。所以他留下的文學散文數量實為有限，其中最著名又最能代表宋代散文特點的是《醉翁亭記》。

《醉翁亭記》作於慶曆六年歐陽修謫知滁州時。文章用語淺顯，其主脈為散體句，中間寫景部分穿插字數不同的駢偶句，既紆徐流轉又富於韻律感。全篇結構細緻綿密：從「環滁皆山」的掃視開始，視線轉向西南諸峰，推近到琅琊山，入山中溪泉旁，隨峰迴路轉，見泉上小亭，引出作此「醉翁亭」、自號「醉翁」的太守，和「醉翁之意」在乎山水的議論，趁勢導向山中四時之景，再轉回寫「醉翁」的酒宴，酒宴散後的情景，最後點明太守為「廬陵歐陽修」。全文既縈迴曲折，又連綿不絕，無一句跳脫。文中每一個意義完足的句子都用歎詞「也」結束，共出現二十一次，構成詠歎的聲調。總之，這是一篇寫得十分用心的文章。它的明顯缺點是有些做作：滁州周圍除「西南諸峰」就沒有甚麼山，説「環滁皆山也」只因它對文章而言是個好開頭（據說這是作者反復修改的結果）；連用二十一個「也」字，也讓人感到不自然。至於十分綿細的意脈，實際是情

感受理智控制、表現得平緩有分寸的狀態，它對讀者情感的激活力量也相應地比較薄弱。

《秋聲賦》是歐陽修的另一名篇。它上繼杜牧《阿房宮賦》的一些特點，開創了宋代「文賦」的體式，而啟迪了蘇東坡的前後《赤壁賦》。其首節如下：

> 歐陽子方夜讀書，聞有聲自西南來者，悚然而聽之，曰：異哉！初淅瀝以蕭颯，忽奔騰而砰湃，如波濤夜驚，風雨驟至。其觸於物也，鏦鏦錚錚，金鐵皆鳴；又如赴敵之兵，銜枚疾走，不聞號令，但聞人馬之行聲。余謂童子：「此何聲也？汝出視之！」童子曰：「星月皎潔，明河在天，四無人聲，聲在樹間。」

其後是對秋景的描繪，突出了所謂「秋氣」摧殘萬物的力量，借此抒發自身的人生悲哀。文章保留了賦的某些基本特點，同時又把早已高度駢偶化的賦體改變為吸收駢文之長的散文體式，使這一古老的文體再一次煥發出新的生機。

多讀歐陽修的詩、詞、文，會不斷地感受到作者的才華和以正統意識形態為基點的理性對這種才華的抑制，這或許就是宋代文學的命數吧。

當時受歐陽修延譽推舉而走上仕途或獲得文名的一批文學家，也同時活躍在文壇上，除王安石、蘇軾將在後面作專門介紹，其他一些人在此附帶提及：蘇洵（1009—1066），字明允，蘇軾、蘇轍之父，人稱「老蘇」。擅長於史論、政論，文章風格略帶縱橫家氣，文筆老練而簡潔，《六國論》為其名篇。蘇轍（1039—1112），字子由。他將自己的文章與兄蘇軾相比，稱「子瞻之文奇，余文但穩耳」（《欒城遺言》）。《黃州快哉亭記》為其名篇。曾鞏（1019—1083），字子固，他的思想比較正統，文章以政論為主，風格醇正厚重，文學色彩很淡薄。但後世重視文章的倫理價值的人對他特別推重，如朱熹就認為他的文章比蘇東坡的好。

王安石　王安石（1021—1086）字介甫，晚號半山，臨川（今江西撫州）人，慶曆二年（1042）進士，神宗初年以其改革主張受到重用，主持了歷史上著名的熙寧變法。但他的一套激烈變革的政策措施不僅觸犯了許多人的利益，執行中也產生很多流弊，遂招致強有力的反對，幾起幾落。後期退居江寧。在司馬光全面廢除新法後不久，憂憤而卒。

王安石很早就以太平宰相自許，其理想決不是要做一個「文人」。他對「文」的看法，是主張「貫乎道」（《上邵學士書》）而「有補於世」（《上人書》），沒有實用價值的文章在他看來是不用作的。所以他雖名列「唐宋八大家」，卻幾乎沒有文學性的散文傳世。其名篇如《上仁宗皇帝言事書》、《答司馬諫議書》，本是與變法有關的政論，而即使像《讀孟嘗君傳》、《書刺客傳後》、《傷仲永》這樣的小品，立意也不在表現人生情趣，而是要説明某種道理；甚至像《遊褒禪山記》這種應屬遊記類散文的作品，也用了近半的篇幅來討論人生哲理，結果既不像遊記，又不是純粹的議論文。

王安石詩歌的情況則不那麼單一。他寫過不少反映社會問題的作品，表達了他對時政的批評，如《感事》、《兼併》、《收鹽》、《河北民》等，這種詩着眼點在於「意義」而不在藝術；他也和當時其他詩人一樣，喜歡寫一些高度散文化的、以議論為主的古體詩，也同樣沒有多少藝術性。但除此而外，王安石還寫有許多偏重於抒情、具有相當藝術水準的詩篇，晚年所作尤為精緻。當政治上遭受挫折之後，詩歌成為他抒發內心鬱悶的重要方式；他又是一個性格倔強、在歷史上以「拗」著稱的人，所以那些詩雖然表達比較含蓄，卻並不平淡。

王安石的個性其實在一些詠史之作中也可以看出來。如著名的《明妃曲》二首，結尾分別是「家人萬里傳消息，好在氈城莫相憶。君不見咫尺長門閉阿嬌，人生失意無南北」，「漢恩自淺胡恩深，人生樂在相知心。可憐青塚已蕪沒，尚有哀弦留至今」。他不覺得像王昭君這樣的一個命運任由他人支配的女子一定要回到故國才算幸福，認為得與知心人相處才是

人生真正的快樂，在「胡」在「漢」卻是其次。這裏可能蘊涵着作者自己的人生感慨，但他對王昭君的同情是真實的，並且，按照他的看法，個人有權根據自己是否受尊重來選擇生活道路。在「夷夏之辨」成為社會意識形態核心內容的宋代，這顯示了不同於流俗的識見，也激起了「道義」之士的憤怒，南宋初范沖就曾在高宗面前痛斥此詩，謂：「以胡虜有恩而遂忘君父，非禽獸而何？」（見李壁《王荊文公詩箋注》）

在罷職閒居的日子裏，王安石寫了不少寫景抒情的詩作，有時可以從中看到他的孤傲的形象，如《寄蔡天啟》：

> 杖藜緣塹復穿橋，誰與高秋共寂寥？佇立東崗一搔首，冷雲衰草暮迢迢。

與北宋中期梅、蘇、歐等人特別推崇韓愈不同，王安石非常敬重杜甫。杜甫晚年的詩，常把自我的形象孤零零地置於肅殺的秋色中（如《登高》），以表現心境的悲涼，王安石這首詩與之有些相像。只是他作了些淡化的處理，譬如詩中自然景象不像杜詩中那麼廣闊而湧動不息，從而避免了情緒的擴張，但通過那蕭索蒼涼的詩境，作者內心的不平和隱痛還是可以感受到的。而在另一些詩中，詩人的自我形象卻又表現得似乎從容閒淡，如《北山》：

> 北山輸綠漲橫陂，直塹回塘灩灩時。細數落花因坐久，緩尋芳草得歸遲。

在「細數」、「緩尋」的動作中，詩人的神態是那樣蕭散而從容不迫。然而一個英銳而固執的政治家如今有盡多的時間消磨在「細數落花」上，一種百般無聊的寂寞情懷也是可以感受到的。「解玩山川消積憤」（《寶應二三進士見送乞詩》），他對自己的流連光景之舉作了最明白的解釋。

宋詩對語言的精細講究，王安石可算是一個代表。他的詩對語言常常是反復錘煉，以求達到精練而圓熟的狀態；因其工巧，能看得出用力之處，但很少生硬的感覺。上引《北山》詩中的後二句就是很好的例子，又

如《泊船瓜洲》中的名句「春風又綠江南岸」，據說這個「綠」字，改了十幾次才確定下來。王安石也是一位勤奮而淵博的學者，他對詩歌語言的講究，還表現在喜歡和善於化用前人的語彙，他甚至說：「用漢人語，止可以漢人語對。」（見《石林詩話》）像《書湖陰先生壁》中「一水護田將綠繞，兩山排闥送青來」兩句，據說都是用了《漢書》中的材料。這種借助才學寫詩的方法，也是宋詩轉向知性化的表現。不過王安石能夠用典而不留痕跡，算是很難得的。

在體式方面，王安石最擅長的是七絕，晚年寫作尤多。一般認為他的七絕在宋代是最出色的。

蘇軾　蘇軾的詩文代表了北宋詩文的最高成就。而他之所以能取得這樣的成就，不僅僅因為他是一位天才。在當時的文人中，蘇軾是最富於浪漫氣質和自由個性的人物。他對儒、道、釋三家學說都很熟悉並各有所取，他的思想通達而平易，不喜歡過於玄虛、過於亢奮、過於偏執的論調。宋代各種筆記裏記載了許多蘇軾的幽默談論，這種幽默的個性即來自於對人性容易陷入虛妄與偏執的清醒認識。

作為士大夫集團的成員，蘇軾抱着強烈的社會責任感積極地參與了國家的政治活動，並體現出不肯隨波逐流以取利的良好品格，但另一方面，經歷了多年的宦海風波和人生挫辱，蘇軾對政治鬥爭中不可避免的陰暗、卑瑣和險惡有着切身的感受。他雖然並不能夠像李白那樣對壓迫自己的社會力量表現出傲然的抗爭，而只是從老莊哲學、佛禪玄理中追求超越的途徑，但同時他也每每走向對一切既定價值準則的懷疑、厭倦與捨棄。在他身上所表現出的灑脫無羈與無可奈何，隨緣自適與失意徬徨，深刻地反映了知識者在封建專制愈益強化時代的內心苦悶。

在文學思想方面，蘇軾所崇奉的原則與歐陽修等人一樣是「明道」和「致用」，他也正是歐陽修親自從科舉考試中選取的並極為欣賞的後輩才士。但他的文學氣質要更濃厚一些，因而並不完全為這一原則所拘囿。譬

如李白在當時受到一些人的苛評，蘇軾則讚美他「雄節邁倫，高氣蓋世」（《李太白碑陰記》），有神往之意在。他也較為重視文學作為一種藝術創造的價值。前人每引用孔子「辭達而已矣」一語，反對在文章寫作中的藝術追求，蘇軾《答謝民師書》則說：

> 夫言止於達意，即疑若不文，是大不然，求物之妙，如繫風捕影；能使是物了然於心者，蓋千萬人而不一遇也，而況能使了然於口與手者乎？是之謂辭達。

這裏公然對孔子加以曲解。孔子所謂「辭達」，原只是指用文字清楚地表述事實與思想，而蘇軾卻把「繫風捕影」般的「求物之妙」這種以個人內在感受為基礎的很高的藝術境界作為「辭達」的要求。這些地方，他比也具有藝術愛好的歐陽修走得更遠了。

蘇軾對自己的文風有一段評說：「吾文如萬斛泉湧，不擇地而出，在平地滔滔汩汩，雖一日千里無難；及其與山石曲折，隨物賦形而不可知也。所可知者，常行於所當行，常止於不可不止。」這恐怕不無自炫，但確確實實，蘇軾的文章在所謂「古文」的系統中，無論與早期的韓、柳之文相比，還是與同時的歐、曾之文相比，都要少一些格局、構架、氣勢之類的人為講究，卻如行雲流水一般，姿態橫生，並且吻合他自己的情感基調與個性特徵。而正是由於隨「意」變化，蘇軾的文章結構蹈襲前人或自相雷同的情況很少。

他散文品類眾多，其中有不少是史論或政論，如《上神宗皇帝書》、《范增論》、《留侯論》、《韓非論》、《賈誼論》、《晁錯論》等。以性質而言，這些文章並不屬文學散文，但從中可以感受到蘇軾的個性與才華。其議論往往就常見的事實翻新出奇，從別人意想不到的角度切入，得出意料之外的結論，文筆在自然流暢中又富於波瀾起伏，有較強的力度和感染力。

蘇軾的文學性散文，主要見於隨筆、遊記、雜記、賦等文體中。這類

散文常打破各種文體習慣上的界限，把抒情、狀物、寫景、說理、敍事等多種成分糅合起來，以胸中的感受、聯想為主，在似乎鬆散的結構中貫穿了意脈，顯得自然、飄逸和輕鬆。如《石鐘山記》先是對酈道元、李渤就石鐘山命名緣由所作的解釋提出懷疑，而後自然地轉入自己的遊覽探察過程，最後引發出「事不目見耳聞」則不可「臆斷其有無」的議論，提出一個有普遍意義的道理。文章雖也表現出宋人好說理的性格，但並不像王安石作《遊褒禪山記》那樣長篇大論，姿態強硬。

在語言風格方面，蘇軾的散文較歐陽修為緊湊，更注意修辭的新穎醒目，較韓愈則顯得平易些，沒有那樣拗折奇警。他更善於通過景物的描摹，在聲音、色彩的組合中傳達自己的主觀感受，句式則是駢散文交集，長短錯落。如《石鐘山記》中的一節：

> 至暮夜月明，獨與邁乘小舟至絕壁下。大石側立千尺，如猛獸奇鬼，森然欲搏人，而山上棲鶻，聞人聲亦驚起，磔磔雲霄間；又有若老人咳且笑於山谷中者，或曰：此鸛鶴也。……

夜深人靜，月照壁暗，山石矗立，棲鳥怪鳴，幾筆之間，便是一個陰森逼人的境界。

《前赤壁賦》是蘇軾最著名的散文作品。它雖是承《秋聲賦》而作，但已完全擺脫了過去賦體散文呆滯的形式與結構。全文在自夜及晨的時間流動中，貫穿了遊覽過程與情緒的變化，寫景、對答、引詩、議論水乳交融地匯為一體，而文字之清朗秀美，不可多得。下引開頭部分：

> 壬戌之秋，七月既望，蘇子與客泛舟遊於赤壁之下。清風徐來，水波不興。舉酒屬客，誦「明月」之詩，歌「窈窕」之章。少焉，月出於東山之上，徘徊於斗牛之間。白露橫江，水光接天。縱一葦之所如，凌萬頃之茫然。浩浩乎如馮虛御風，而不知其所止；飄飄乎如遺世獨立，羽化而登仙。
>
> 於是飲酒樂甚，扣舷而歌之。歌曰：「桂棹兮蘭槳，擊空明兮溯流光。渺渺兮予懷，望美人兮天一方。」

其後是主客的對答，通過自然的永恆性正是體現於萬物之變化的宏觀眼光，消解了人生短暫而渺小的悲哀。這種認識固然構成了對激情的消融，卻也引導了對逆境的超越（其時蘇氏貶謫黃州），使人不至於沉陷於一時一地的遭遇而無從自拔。

此外，蘇軾還有一些小品文也是獨具風韻的妙品。如《在儋耳書》寫自己初到海南島時環顧四面大海的心境：

> 覆盆水於地，芥浮於水，蟻附於芥，茫然不知所濟。
>
> 少焉水涸，蟻即徑去，見其類，出涕曰：「幾不復與子相見，豈知俯仰之間，有方軌八達之路乎？」念此可以一笑。

在表面的詼諧中有深沉的悲哀，在深沉的悲哀中又有開朗的情懷，使人讀後感慨萬千。嚴格說來，唐宋古文與晚明小品本屬性質不同的兩個系統，但不僅蘇軾本人深受明代具有異端思想的文人的喜愛，他的這一類文章對晚明小品文也有直接的影響，這一現象對理解蘇軾是饒有意味的。

蘇軾的詩題材廣闊，數量眾多，各體兼備，尤擅七言古體和律、絕。宋詩偏向知性所帶來的一些顯著特點，如散文化、好議論或包蘊道理，好顯示才學等，在蘇軾詩中也有突出的表現，並且也造成某些缺陷，但他畢竟才華橫溢，人生感受極其豐富，因而能夠更多地保留詩的趣味。

蘇軾詩讓人最愛讀的有兩類。一類是以親切愉快的心情看待生活，以靈妙的想像和活潑的語言描繪生活中生機盎然、富有情趣的事物，讓人感覺到他那富於智慧而又溫厚的人格，像《新城道中》：

> 東風知我欲山行，吹斷簷間積雨聲。嶺上晴雲披絮帽，樹頭初日掛銅鉦。
>
> 野桃含笑竹籬短，溪柳自搖沙水清。西崦人家應最樂，煮葵燒筍餉春耕。

這裏所寫的都是尋常景象，但在作者愉悅的眼光中，一切都變得善解人意，諧趣而快樂。嶺上的雲似棉帽，樹頭的日像銅鉦，那是兒童畫的風

味；野桃含笑，柳枝輕搖，田頭傳來葵筍的香味，樸素的生活真是很好的享受。又如《惠崇春江晚景》：

> 竹外桃花三兩枝，春江水暖鴨先知。蔞蒿滿地蘆芽短，正是河豚欲上時。

　　這本是一首題畫詩，但詩人的描繪是富於動態的。在作者對季節物候的敏銳感覺中，傳達了對春天初臨的欣喜，它帶給我們一份感動。

　　另一類是包含着人生哲理的詩。好說理是宋詩的普遍現象，很有些作品因此而變得乾硬枯燥，但蘇軾的詩較少給人以這樣的感覺。他的一部分優秀之作，善於從具體經歷、具體景物中觸發思考，把哲理與抒情寫景融為一體，善於通過親切妥帖、富於才思的比喻表現哲理，因而既有深厚的內涵，又不乏詩意情趣。如著名的《題西林壁》：

> 橫看成嶺側成峰，遠近高低各不同。不識廬山真面目，只緣身在此山中。

　　這是從自然景物中得到的悟解。也許蘇軾的本意，是說只有超越人生所陷落的狹小的境遇，才能看清世事的真相。但人們也可以作別樣的理解，他只給出一個形象的喻示。再如《和子由澠池懷舊》：

> 人生到處知何似？應似飛鴻踏雪泥；泥上偶然留指爪，鴻飛那復計東西。
> 老僧已死成新塔，壞壁無由見舊題。往日崎嶇還記否？路長人困蹇驢嘶。

　　生命如飛鴻掠過，它的過程短暫，它的歸向渺茫；在生命的過程裏只留下偶然的、稀微的痕跡，而這痕跡也很快被時間所沖淡。這比喻極為新穎妥切，更重要的是它富於情感，打動人心，這才是詩化的哲理。

　　蘇軾是一個具有自由個性和天才氣質的人，對人生的無奈、世事的可悲，他有着比別人更敏銳更強烈的感受。只是面對所處的環境，他找不到可以克服那種無形而又無處不在的壓迫力量的途徑。他不願總是咀嚼那些痛苦，所以凡事寧願作退一步想，希望在「如寄」的人生中尋求到可以令人自慰的東西。譬如他被貶到當時為遠惡之地的嶺南時，吟道：「日啖

荔支三百顆，不辭長作嶺南人。」（《食荔支》）正是這種人生態度的表
現。這種心理使他的文學創作削弱了激情的強度。但並不是說蘇軾能夠全
然忘卻人生的痛苦，像《倦夜》所寫「孤村一犬吠，殘月幾人行。衰鬢久
已白，旅懷空自清」之類，仍然流露出心底深深的哀傷。

四　北宋後期的詩

　　北宋後期在散文方面沒有再出名家。詩歌方面的作者大多與蘇軾有
較親近的關係，其中黃庭堅開創了一種新的風格，它在藝術特徵上與從前
的宋詩有非常明顯的區別，稍後的陳師道詩風也與之相近。這種詩以其
語言、聲律的新奇而引起許多人的追隨，幾乎籠罩了北宋後期至南宋前期
的詩壇，以後也繼續保持着一定的影響。因黃庭堅是江西（宋時的江南西
路）人，人們就把這一派稱為「江西詩派」[1]。

　　黃庭堅　黃庭堅被列為「蘇門四學士」之一，但也因與蘇軾關係密近
在新舊黨之爭中屢經波折。黨爭中言論不慎也會成為禍由，熙寧年間蘇軾
就因有在詩文中譏諷朝廷的嫌疑被捕受審，險些喪命，而黃庭堅也牽連在
內。這種經歷給他一個教訓，就是寫詩作文要小心。他在《答洪駒父書》
中教導其外甥：「東坡文章妙天下，其短處在好罵，慎勿襲其軌也。」
在《書王知載朐山雜詠後》一文中，他對因詩中「發為訕謗侵陵」而導致
「引頸以承戈，披襟而受矢」的下場，也深表戒懼。所以黃庭堅詩中涉及
時政的內容相當少，他已無意像前輩詩人那樣藉此表現自己的社會責任

1　北宋末年，呂本中作《江西詩社宗派圖》，自黃庭堅以下，列陳師道等二十五人為「法嗣」，
　　於是文壇上有了「江西詩派」這個名稱（其實這些人中有一半以上不是江西人，稱「江西詩
　　派」主要是因黃庭堅的關係）。

感。他對詩歌的關注主要在形式和技巧方面，與上述心理是有關的。但這並不意味着他內心的憤慨不平被完全消解了。其詩歌奇峭的風格，多少也表現了被抑制的情緒的潛在湧動。清代方東樹《昭昧詹言》謂黃詩「於音節尤別創一種兀傲奇崛之響，其神氣即隨此以見」，也看到他的詩歌語言形式與抒情需要有內在的關係。

當然，黃庭堅的詩歌藝術風格的形成，更多是出於在詩歌的發展過程中作出新的創造的考慮。這種詩風在抑制激情、偏向知性等方面與之前宋詩的主流風格有一致之處，但對後者的散文化傾向以及與之相關的意脈流貫的表現方法，則是一種反撥。可以說黃庭堅更多地考慮到詩歌語言形式的特殊性。同時，他還提出了一整套可供效行的「詩法」，這也是許多詩人翕然相從的重要原因。這種「詩法」和由此引導出的詩歌面貌。主要有如下幾個特點：

首先，黃庭堅倡導以豐富的書本知識作為寫詩的基礎。他非常推崇杜甫[1]，認為杜詩韓文「無一字無來處」，而「古之善文章者，真能陶冶萬物，雖取古人之陳言入於翰墨，如靈丹一粒，點鐵成金也」（《答洪駒父書》）。圍繞這種「點鐵成金」論，又有「奪胎」、「換骨」二法，前者指「不易其意而造其語」，即襲前人之意而自創新詞，後者指「規摹其意而形容之」，即對前人之意加以擴展、更新（見惠洪《冷齋夜話》）。這種理論從作者角度來說，是依托文化遺產啟迪自己的創作，豐富詩歌的修辭；從接受者的角度來說，則是通過調動知識的庫藏，意會到詞語、典故經翻陳出新而顯示的神妙。

在黃庭堅看來，所謂「點鐵成金」、「奪胎換骨」決非陳詞濫調的展覽，詩歌語言仍須去陳反俗。所以他用典喜歡從一些冷僻的書籍中取材；如果是人們熟悉的，他則盡量用得出人意料。如有《次韻劉景文登鄴王台見思》「公詩如美色，未嫁已傾城」二句，把出於李延年《李夫人歌》的

1　後來形成的江西詩派「一祖三宗」之說，還把杜甫追認為「祖」，「三宗」即黃庭堅、陳師道、陳與義。見方回《瀛奎律髓》。

「傾國傾城」這樣無人不曉的成語，用得頗有新鮮感。

其次，在句法上，黃庭堅詩通常避免平順流滑，而喜歡用使人感到陌生的特殊修辭，以增強表現的力度。如「詩人畫吟山入座，醉客夜臥江撼床」（《題落星寺》），寫山色與人相親，夜來濤聲驚耳，都很警醒，而「心猶未死杯中物，春不能朱鏡裏顏」（《次韻柳通叟寄王文通》），不僅「死」與「朱」的用法反常，「一──二──三」的音步節奏也是很奇兀的。同時，在章法即在全詩的結構上，黃庭堅也多有奇變，句與句、聯與聯之間有時跳躍，有時反折，很少一路連綿銜接而成的；而且有時相互間的意義距離很大，「每每承接處中互萬里，不相聯屬」（《昭昧詹言》），其間的關係須反復思索才能明白。

再次，黃庭堅多作律詩，而在格律上喜用「拗體」。這種詩體原是杜甫所創，但只是偶一為之，而在黃庭堅手中，變得很常用。其方法是改變近體詩久已定型的平仄格式，與詩句的語序組織的改變相結合，使音節和文氣不順暢，有意地造成一種不平衡不和諧的效果，猶如書法中生硬屈折的線條，給人以奇峭倔強的感覺。

黃庭堅詩每每生澀不易懂，下面舉他的較明白也很有名的《寄黃幾復》為例：

> 我居北海君南海，寄雁傳書謝不能。桃李春風一杯酒，江湖夜雨十年燈。持家但有四立壁，治病不蘄三折肱。想得讀書頭已白，隔溪猿哭瘴溪籐。

一、二句暗用了《左傳》僖公四年「君處北海，寡人處南海」的典故和雁南飛至衡山回雁峰而止的傳說寫二人的相隔。三、四句不僅和前二句之間有跳脫，而且二句之間也有跳脫。這二句完全用習見的辭彙構成，但構成對句以後卻很新鮮，不僅因為它是純粹以名詞性意象組合而成的，而且兩句彼此反襯，間距很大，所以張力就強。五、六句再轉寫黃幾復的處境，先用《史記·司馬相如列傳》中「家徒四壁立」的典故寫他的貧寒，

再反用《左傳》定公十三年「三折肱，知為良醫」的成語，感歎他久沉下僚。這兩句的聲律都是「拗」的，尤其前句二平五仄，給人以逼促之感。最後再借想像描繪一幅淒涼圖景，並化用了李賀《南園》「文章何處哭秋風」的詩意，表現自己的不平。

綜合各個方面的因素，黃庭堅的詩以講究法度、刻意求深求異的寫作方法，和生新、瘦硬、陡峭的風格為主要特點，給宋詩帶來了一種新的變化。它的長處既是通過運用典故、古語擴大了語言的涵量，同時其力避陳俗、逞奇出新的追求，實際就是通過強化詩歌語言的陌生感來刺激閱讀上的興奮，這也是對詩歌特質的追求。而它的弊病，則是每有過分艱奧和生硬的情況，這不僅在理解上造成困難，而且在審美感受上也帶來一種壓抑和扭曲的感覺。所以蘇軾一面稱讚他的詩「格韻高絕」，一面又說這種詩讀多了會令人「發風動氣」（《東坡題跋》）。至於「點鐵成金」、「奪胎換骨」之法，弄得不好也很可能變成無意義的賣弄才學，乃至靠剽竊古人過活，這些都是前人早已指出過的。

黃庭堅詩也有些是寫得比較明白流暢的，如《雨中登岳陽樓望君山二首》之一：

> 投荒萬死鬢毛斑，生出瞿塘灩澦關。未到江南先一笑，岳陽樓上對君山。

詩中表現了他的倔強性格，還有他的苦澀和沉痛，既保持着勁峭的風格，卻並不晦澀。

陳師道、韓駒　陳師道（1053—1101）名無己，又字履常，號後山，彭城（今江蘇徐州）人，由蘇軾舉薦而擔任過徐州教授等低級官職。為人孤傲，一生貧病困頓。

他也極力主張學習杜甫，同時對黃庭堅非常欽佩，自言「及一見黃豫章，盡焚其稿而學焉。」（《答秦覯書》）。他以寫詩刻苦著稱，黃庭堅稱之為「閉門覓句陳無己」（《病起荊江亭即事》），而寫詩的方法，

他認為應該是「寧拙毋巧，寧樸毋華，寧粗毋弱，寧僻毋俗」（《後山詩話》），所以他的詩絕無華飾，錘煉得很深，語意減縮，加之生活境況和個性的關係，情緒也有些壓抑。下面這首《春懷示鄰里》是他的名作：

> 斷牆著雨蝸成字，老屋無僧燕作家。剩欲出門追語笑，卻嫌歸鬢著塵沙。風翻蛛網開三面，雷動蜂窠趁兩衙。屢失南鄰春事約，只今容有未開花。

詩中寫出貧寒窘迫的文人那種既羞澀尷尬又不甘寂寞的心理。五、六兩句運用典故寫景，表面只是說風吹破蛛網，蜂列隊喧鬧，但是否有暗寓的深意，卻不易推究。

韓駒（？—1135）字子蒼，曾受到蘇軾的賞識，後來又結識了黃庭堅，也是被呂本中列入《江西詩社宗派圖》的詩人。他的詩一部分琢磨精巧，用心深刻，具有江西詩派的特點，但晚年對蘇、黃都有些不滿，詩風也變得比較平順流暢。《和李上舍冬日書事》是他的代表作：

> 北風吹日晝多陰，日暮擁階黃葉深。倦鵲繞枝翻凍影，飛鴻摩月墮孤音。推愁不去如相覓，與老無期稍見侵。顧藉微官少年事，病來那復一分心。

「倦鵲」一聯是極精巧的寫景名句，而且抒情意味頗濃。和陳師道上舉《春懷示鄰里》相比，雖說在刻苦錘煉上是一致的，但此篇詩意要顯得清楚些，辭采也比較清麗。

另外，韓駒有《十絕為亞卿作》詩一組，寫友人葛亞卿與一妓女的感情糾葛，完全用女方口吻寫成，這在宋代是詞的選材，而在詩中是少見的。最後一首道：「強整雙鬟說後期，相盟不在已相知。來時休落春風後，卻漫嘲儂子滿枝。」寫出了女方對這種一時濃情的不信賴，也是難得的。

秦觀等　秦觀以詞著名，但詩作數量遠多於詞。他的詩色彩明麗，語

言精緻，描寫景物很細膩，如下面兩首絕句：

> 一夕輕雷落萬絲，霽光浮瓦碧參差。有情芍藥含春淚，無力薔薇臥曉
> 枝。（《春日》）

> 霜落邗溝積水清，寒星無數傍船明。孤蒲深處疑無地，忽有人家笑語
> 聲。（《秋日》）

由於秦觀詩與宋詩主流，尤其與當時盛行的江西詩派風格相去甚遠，
所以評價不高。前人普遍認為他的詩與詞的格調相近，如《後山詩話》謂
「秦少游詩如詞」，而上引《春日》詩更被元好問譏為「女郎詩」（《論
詩三十首》）。這反映了宋代詩詞分道揚鑣以後形成的一種對詩的習慣意
識。其實秦觀的詩雖然氣魄不大，卻也自成一格。在宋詩中論抒情性是比
較突出的，而且就從上面兩首也可以看出，其詩並不都是柔婉的風格。

被列為「蘇門四學士」的除黃庭堅、秦觀，還有晁補之和張耒。張耒以
平易樸素的語言寫了不少反映民間疾苦、針砭社會現實的詩篇，有追蹤唐代
張籍的意味，但寫得較為粗率。晁補之則又遜於張耒。此外與蘇軾、蘇轍兄
弟並稱為「二蘇三孔」的孔文仲、孔武仲、孔平仲三兄弟亦有詩名，其中孔
平仲詩勝於二位兄長，風格與蘇軾有些近似，但缺乏蘇軾那種妙趣橫生的才
思。在此簡單提及這些詩人，可以略見北宋後期詩歌的概況。

第十四章

南宋與金代文學

從此善陸營見光
更多好的詩篇
趨役可知凡此
羊村的為當
可奴自庄然為余
猶而氣盈弄里
如鍾元荒荒新春
狼居育翁海志空小街
四十三年望中猶記路四萬
火場路海而遠四方
佛程祠八廓神將
社設免謹詞殘盧芳
空身好版空策亲亲
庚詞一马 丁亥合春明堂

南宋與金是差不多同時並存、分據中國南北的政權。女真族的金王朝建立於一一一五年，十多年中先後攻滅了遼和北宋。一一二七年，金兵南下佔領北宋都城汴京，徽宗、欽宗被俘，北宋宣告滅亡；康王趙構即位後輾轉南遷，最後落腳在臨安（今浙江杭州），延續了宋王朝的統緒，史稱南宋。宋、金間時戰時和，但大體維持了沿淮河一線相對峙的局面，終了，金、宋又相繼亡於蒙古族的元王朝。

南宋與金雖由不同的民族掌握着統治權，但都以中國文化傳統的承擔者自居；南北兩地的文人文學和通俗文藝，也都在北宋原有的基礎上發展，並各自取得一些新的成果。在通俗文藝方面，金文學的新異因素要更為明顯，不僅金後期出現的《西廂記諸宮調》在中國文學史上有着重要的意義，而且元初的幾位雜劇大家如關漢卿等都是由金入元的，這也證明在金後期文學中孕育着重要的變化。——順帶說明，由於資料不充分，很難細辨戲劇、小說從北宋到南宋及金的演化，所以都放在本章作一交代。

一 南宋初期的詩詞

南宋初期的詩詞作者，生活經歷多橫跨北宋與南宋。時代巨變的衝擊，使他們的作品表現出北宋詩詞所缺乏的強烈的情感；同時，由於抒情的需要，這一時期許多作者對詩與詞的界限也不再分得那麼嚴格。

陳與義等　南宋初最出色的詩人是陳與義（1090—1138），字去非，號簡齋，洛陽人，北宋政和年間入仕，金兵南侵，他從陳留向南流亡，經數年顛沛，才抵達南宋都城臨安，歷仕至參知政事。

陳與義被方回列為江西詩派的「三宗」之一，而現代研究者或表示不贊成。他推重蘇軾、黃庭堅、陳師道的詩，並以「涉老杜之涯涘」為寫

詩的最高目標（見《簡齋詩外集》），他的詩很講究字面的研煉和構思的奇巧，這可以看出他跟江西詩派至少有重要的相通之處；但他作詩，既注意到「不可有意於用事」（見徐度《卻掃編》），而且雖「用心亦苦」，「意不拔俗，語不驚人，不輕出也」（葛勝仲《陳去非詩集序》），但很少是寫得艱深拗硬的，他的奇巧主要依賴於敏銳的感受和活躍的想像力而不依賴於學問，這是他和黃庭堅等人的明顯區別。

在兩宋之際，陳與義的詩給人們帶來了一種新鮮感。他寫景抒情，常常兼有新穎精巧與自然清麗的特點，如「牆頭語鵲衣猶濕，樓外殘雷氣未平」（《雨晴》），非常細緻地寫出雨後初晴時的變化，語意新奇卻毫不怪特；「客子光陰詩卷裏，杏花消息雨聲中」（《懷天經智老因訪之》）寫客居他鄉的寂寞心情，看似平淡而實為工巧。又如《雨》：

> 蕭蕭十日雨，穩送祝融歸。燕子經年夢，梧桐昨暮非。一涼恩到骨，四壁事多違。袞袞繁華地，西風吹客衣。

此詩是陳與義早年沉淪下僚、在汴京等待授職時所作。三、四句不直說秋風引發客愁，而託情於物，寫燕子在秋日即將南去，感覺前跡虛渺如夢，梧桐在雨中凋零，已非昨日之態，從中透露出一種失落感，用意頗曲折，語言卻很清俊。五、六句層層透入來寫，江西派的味道尤重，但仍然不晦澀。

在經歷「靖康之難」後，陳與義詩除了保持早年的若干特點而外，其感懷世變之作多蒼涼悲慨之氣，則是早年所未有的。作於逃難途中的《正月十二日自房州城遇虜至》詩自言「但恨平生意，輕了少陵詩」，表明他從情感上與杜甫有了直接的契合，也更親切地理解了杜詩的精神內涵。因而他南渡以後所寫的詩，每每有近似杜甫的風格，如《登岳陽樓》「萬里來遊還望遠，三年多難更憑危。白頭弔古風霜裏，老木滄波無限悲」；《除夜》「多事鬢毛隨節換，盡情燈火向人明。比量舊歲聊堪喜，流轉殊方又可驚」，都是把個人命運與國家命運錯綜在一起，寫得慷慨悲涼。下

面再錄其《牡丹》詩為例：

一自胡塵入漢關，十年伊洛路漫漫。青墩溪畔龍鍾客，獨立東風看牡丹。

牡丹是陳與義故鄉洛陽的名花，離鄉十年，人已老去，故鄉猶收復無期，所以當他凝視着異鄉的牡丹時，心中的痛苦難以言說。詩中沒有直接的議論，但在鮮明的形象中，人們能夠體會到詩人深深的家國之念。

兩宋之際被歸為江西詩派的詩人尚有呂本中和曾幾。和陳與義相似，他們也都有詠歎亂離之悲、感傷國運艱危的詩作，如呂本中《兵亂後雜詩》「後死翻為累，偷生未有期」之句，極為沉痛；曾幾《寓居吳興》「相對真成泣楚囚，遂無末策到神州。但知繞樹如飛鵲，不解營巢似拙鳩」二聯，寫出了很深的無奈。在詩歌理論上，呂本中提倡所謂「活法」，要求寫詩既不背於規矩而又能出於規矩之外（見《夏均父集序》），讚賞「胸次圓成」（《別後寄舍弟三十韻》），宗旨雖不出黃庭堅、陳師道之範圍，卻有某種糾偏的意義。曾幾接受了呂本中求變的思想，常有些寫得清新活潑的詩作，論者或以為開了楊萬里「誠齋體」的先聲（錢鍾書《宋詩選注》）。如《三衢道中》：

梅子黃時日日晴，小溪泛盡卻山行。綠陰不減來時路，添得黃鸝四五聲。

李清照　李清照（1084—約1151）號易安居士，章丘（今屬山東）人，出身於富有文化氣氛的仕宦之家，自小多才藝。長成後嫁給亦屬仕宦之家、愛好金石學的趙明誠，婚後夫婦在一起常常詩詞唱和，購置圖書，欣賞金石。總之，這是典型的高級士大夫家庭才女的生活經歷。

北宋覆亡之際，李清照避難至南方追隨任建康知府的丈夫，然而不久趙即病逝。在金兵深入南下、南宋政權尚未穩定的數年間，她一直過着輾轉流離、坎坷不盡的生活。後來定居臨安，境況也一直都很艱難。據說她還有過一次失敗的再婚經歷。與前期相對照，她的後期生活顯得格外孤獨淒涼。

李清照以詞名世，但在其少量傳世詩文中也有佳作。著名的《金石錄後序》以他們夫婦所搜羅的金石器物及書畫的聚散過程為線索，反映了時代動亂造成的文物喪亡和個人身世之悲苦，情意真切，有些細節相當動人。而《夏日絕句》之慷慨雄邁，即使宋代男性詩人筆下亦不多見：

生當作人傑，死亦為鬼雄。至今思項羽，不肯過江東。

關於詞的藝術，李清照在其《詞論》提出了比較完整的看法。文中強調詞「別是一家」；批評柳永的詞「詞語塵下」，表明她反對過於俚俗化和帶有市民情趣的傾向；批評蘇軾等人的詞「皆句讀不葺之詩爾，又往往不協音律」，表明她反對詞的風格與詩相混及音律上的不嚴格；批評晏幾道的詞「苦無鋪敘」，秦觀的詞「專主情致而少故實」，表明她主張詞既要有鋪敘，有情致，也要有比較深厚的文化內涵。這些批評顯示這位女詞人心氣甚高，也表達了她自己對詞的追求。其作品與理論大體是一致的。

由於生活的劇烈變化，李清照前後期詞的情感表現也有顯著區別。前期詞中常有一種貴族化的生活氣息。如《如夢令》寫傳統的惜春題材，非常巧妙地通過對答，藉着使女的粗率、漫不經意，襯托出女主人的慵懶、嬌貴和對時光流逝的敏感：

昨夜雨疏風驟，濃睡不消殘酒。試問捲簾人，卻道海棠依舊。知否，知否？應是綠肥紅瘦。

「綠肥紅瘦」是很新穎又非常感性的造句。又如《醉花陰》之「莫道不消魂，簾捲西風，人比黃花瘦」，都顯示了作者運用語言的才思。在這些詞裏浮動着難言的惆悵，它也是作者情感豐富、感受敏銳之個性的表現。

愛情尤其離別相思之情，是李清照前期的詞中最重要的題材。這也屬於詞的傳統題材，但過去大多是男性作者以女性口吻來寫這一類詞，是擬想的產物。而李清照是把自己的親身感受與內心體驗寫在詞中，它的真摯

細膩、委婉動人是一般詞人難以達到的，如《一剪梅》：

> 紅藕香殘玉簟秋，輕解羅裳，獨上蘭舟。雲中誰寄錦書來，雁字回時，月滿西樓。　花自飄零水自流，一種相思，兩處閒愁。此情無計可消除，才下眉頭，卻上心頭。

美麗的形象、清雅而靈動的語言，構成感人的風情。「輕解羅裳，獨上蘭舟」，那一種輕盈；「才下眉頭，卻上心頭」，那一種纏綿，呈現出女性特有的細膩和嬌柔。

而在南宋所作的詞，感受的敏銳依然在，卻充滿了愁苦悲涼之情。《永遇樂》寫元宵佳節，回憶「中州盛日」的情形之後，對照着這樣的寂寞與酸辛：「如今憔悴，風鬟霧鬢，怕見夜間出去。不如向、簾兒底下，聽人笑語。」而《武陵春》寫到「聞說雙溪春尚好，也擬泛輕舟」的念頭之後，結果卻是：「只恐雙溪舴艋舟，載不動、許多愁。」久經飄零，獨在異鄉，生命成為追懷往日幸福和在此追憶中感受一切美好盡皆毀滅的載體。有時候，她的愁緒表現得非常沉痛乃至淒厲，如《聲聲慢》：

> 尋尋覓覓，冷冷清清，淒淒慘慘戚戚。乍暖還寒時候，最難將息。三杯兩盞淡酒，怎敵他、晚來風急！雁過也，正傷心，卻是舊時相識。
>
> 滿地黃花堆積，憔悴損，如今有誰堪摘？守着窗兒，獨自怎生得黑？梧桐更兼細雨，到黃昏、點點滴滴。這次第，怎一個愁字了得！

開首連用七個疊詞，為素來未有之創格。但這並不是表面的奇巧，它切實地傳達着心境。而從讀者來說，一下子就被引入到一種很特殊的感情氛圍。此後一層層鋪寫，直到用對「愁」的否認，把愁寫到極頂。在李清照這類詞中，很少從正面涉及民族危亡的背景，但人們卻能夠從她的個人遭遇、她心靈深處的傷痕，意識到它的巨大陰影。

李清照作為一個女性作者，可以無愧地躋身於宋詞一流大家的行列，並且具有獨特的個人特色。她的詞和李後主一樣，具有非常單純的抒情

性，發自內心的情感流動總是居於詞的中心。但在詞已經有了多年的藝術積累之後，她比起李後主這樣的早期詞家，在技巧上又有着更為精細的講究。按照詞「別是一家」的主張，李清照極其注意詞與詩歌的不同抒情方式，而女性的性格又份外加深了它的細膩深婉。她善於通過生動的別出心裁的細節來傳達情感的狀態，而且善於通過多層次的起伏轉折表現情感的微妙變化。李清照也極其注意詞在語言上的特殊性。她的詞中的語言經過精心錘煉，但又不像周邦彥那樣雕刻得用力，而是盡量以淺易自然的面貌出現。她喜歡把典雅的語言用得自然，把俚俗的語言用得雅致，兩者相融，別有風致。一些精巧而又活潑的口語的運用，使得她的詞洋溢着活力。總之，人們在李清照的詞中，看到了詞在形成之初時的某些本色和成熟的藝術技巧的結合。

張元幹、張孝祥　由於詞的形式上的特點，它比詩更適宜於表達跳蕩的和變化不定的情緒。在靖康之變的巨大衝擊下，文人的悲憤心態和詞的藝術形式得到契合，由蘇軾所開創的豪放詞風遂在一些詞人手中獲得發揚，張元幹、張孝祥更是其中的代表。

張元幹（1091—約1161）字仲宗，號蘆川居士，北宋末為太學生，曾被抗金名將李綱闢為屬官。紹興年間，胡銓上書請斬秦檜，遭到流放，張元幹作《賀新郎·送胡邦衡待制赴新州》為他送行並抒發不平之慨，當時即廣為傳播：

> 夢繞神州路。悵秋風、連營畫角，故宮離黍。底事崑崙傾砥柱，九地黃流亂注？聚萬落千村狐兔。天意從來高難問，況人情易老悲難訴。更南浦，送君去。　　涼生岸柳催殘暑。耿斜河、疏星淡月，斷雲微度。萬里江山知何處？回首對床夜語。雁不到、書成誰與？目盡青天懷今古，肯兒曹恩怨相爾汝？舉大白，聽《金縷》。

民族危亡的形勢和主戰人士被嚴厲壓制的遭遇造成了作者激烈的悲

慨。崑崙傾倒、黃河漫流、千村狐兔，這是對危亡局勢的描述，也是表現強烈的情緒所需要的巨大空間和激盪的動態。而說到別後之情，也是用「萬里江山」、「青天」、「今古」這些時空跨距大的概念來描述。因為作者要表達的是在歷史大變局下共通的志趣與悲慨。儘管這詞佈局未免簡率，但飽滿的感情和流貫的氣勢，仍舊造成強勁的震撼。

情緒熱烈，境界闊大，波瀾起伏，是張元幹這一類詞的基本特點。像另一首《賀新郎‧寄李伯紀丞相》是為李綱而作，一開頭便是「曳杖危樓去，斗垂天、滄波萬頃，月流煙渚」，再由「悵望關河空弔影」和「正人間、鼻息鳴鼉鼓」的對映，引出深深的孤獨：「誰伴我，醉中舞！」雖然有許多無奈，卻總不肯淪入頹靡。這種激盪的英雄氣，構成了蘇軾與辛棄疾之間的橋樑。

張孝祥（1132—1170），字安國，號於湖居士，紹興二十四年（1154）中進士後，成為主戰派陣營中的活躍人物。他比張元幹小一輩，但由於寫作背景與詞風相近，人們習慣將二人並列論述。

張孝祥感懷時事的詞作以《六州歌頭》最為著名，這個詞調幾乎全是短句，節奏急促，作者特意選擇它來表達一種激憤不平的心情。「征塵暗，霜風勁，悄邊聲」，是淮水邊界令人傷懷的景象；「念腰間箭，匣中劍，空埃蠹，竟何成？時易失，心徒壯，歲將零」，是志士失意的悲慨；「冠蓋使，紛馳騖，若為情？」是對妥協主義者尖銳的譏刺，而最終歸於：「聞道中原遺老，常南望，翠葆霓旌。使行人到此，忠憤氣填膺，有淚如傾。」以中原民眾的失望來激發讀者的共鳴。詞在寫法上較平直，卻也有淋漓暢快的好處，在當時感動了許多人。但從藝術上看，張孝祥吟詠人生情懷的詞作《念奴嬌‧過洞庭》更為出色：

洞庭青草，近中秋、更無一點風色。玉鑒瓊田三萬頃，著我扁舟一葉。素月分輝，明河共影，表裏俱澄澈。悠然心會，妙處難與君說。

應念嶺表經年，孤光自照，肝膽皆冰雪。短髮蕭騷襟袖冷，穩泛滄溟空闊。盡吸西江，細斟北斗，萬象為賓客。扣舷獨嘯，不知今夕何夕。

泛舟在一片晶瑩澄澈、浩渺無垠的世界中，詩人的心靈也變得與自然一樣廣大而澄澈；自我的精神形象脫出瑣屑的人間，獨對宇宙，怡然自得。詞中可以明顯看到蘇軾前後《赤壁賦》與《水調歌頭》詞的影響，但一種孤傲之態卻是蘇軾所沒有的。畢竟張孝祥更為年輕氣盛。

二　南宋中期詩詞

南宋中期，宋與金之間形成相持不下的對峙狀態，孝宗隆興年間的北伐雖告失敗，但「隆興和議」的條件卻較之前的「紹興和議」有所改善，事實上也是對這種狀態的確認。

社會轉向安定促進了經濟的發展，由於江南優越的地理條件，臨安在原來基礎上成長為規模宏大、消費活躍的城市，上層和民間的遊樂都很熱鬧，一位不出名的士子林升對此留下了一首很出名的詩：「山外青山樓外樓，西湖歌舞幾時休。暖風熏得遊人醉，直把杭州作汴州。」

但這首詩的諷刺性質，在說明有人已忘卻中原的失陷的同時，也正說明了有人對此無法忘懷。在南宋中期的詩詞中，呼籲洗雪恥辱、收復中原，渴望建功立業、在實現民族使命的同時成就個人的英雄之夢，仍然是重要主題；當這一切無法實現時，湧發的悲憤也依然濃重。只是文人的情感不僅貫注於這一面，在社會相對安定的條件下，各種題材都引起他們的興趣，人們也有暇對文學的藝術形式和技巧從事深入的探討，嘗試打破前人的模式。

總之，這一階段是南宋文學最興盛的時期。詩歌方面，所謂「中興四大家」中的陸游、楊萬里、范成大（還有一位是尤袤），詞領域的辛棄疾，都各有特色；陸游和辛棄疾在整個中國文學史上也佔有相當重要的地位。

范成大與楊萬里　范成大（1126—1193）字致能，號石湖居士，曾數任地方大吏，陞遷至參知政事。晚年退職閒居於家鄉的石湖畔（在今蘇州郊外）。

范成大一生經歷很廣，其詩涉及的社會生活面也相當廣泛，較多反映農民的處境和生活狀態是一個顯著的特點。從藝術風格來説，其詩的面貌也較複雜，有學中晚唐諸家的，也有受江西派詩風影響的，而最受人們注意的，則是用七絕形式寫成的反映社會風情的詩篇，其中他於乾道六年（1170）出使金國時所作七十二首絕句和晚年退職閒居時所作《四時田園雜興六十首》最有名。

使金絕句記錄了他在北方的見聞與感想。其中寫到在金人統治下一些歷史遺跡和北宋時代的名勝之地的情形，漢族民眾的生活及他們對南宋收復中原的期望，金國落後的風俗習慣（這裏也包含着一些民族偏見）等等。范成大完全是在北宋滅亡後生長起來的，但從這些詩來看，卻有一種舊地重遊、不勝滄桑之感的味道。因為這裏表達的是民族情緒，是一個漢族士大夫對本民族文化發源地陷於異族統治的憂患意識與悲憤情感。其中有些寫得相當感人，如《宿州》：

狐鳴鬼嘯夜茫茫，元是官軍舊戰場。土伯不能藏碧磷，三三兩兩照前岡。

雖然不作議論，但對戰爭的殘酷的慨歎、對死者的哀憫卻溢於言表。又如《州橋》：

州橋南北是天街，父老年年等駕回。忍淚失聲詢使者：幾時真有六軍來？

這是寫往日北宋都城汴京的百姓對宋王朝的眷懷和對南宋統治者的失望。在北伐無望的情勢下，作為南宋的使者，「幾時真有六軍來」的追問對於他的內心是極大的衝擊。

《四時田園雜興六十首》是范成大晚年退居石湖時所作。以前寫農

村的詩，或以歌詠鄉村風光和農人樸素的勞作生活為中心，或以揭露農村現實的痛苦、斥責官吏豪強對百姓的盤剝壓迫為中心，各成一個系列，范氏這組詩則是兩者的結合。在前一種主題上，他不作過分理想化的描述；在後一種主題上，他也不是寫得很尖銳激烈，語調比較平靜。作者在組詩的小序中說，這些詩是他「野外即事，輒書一絕」而成，也就是由親身經歷、親眼觀察所得，所以生活氣息濃厚，比較完整地反映了田園鄉村的生活面貌。下面略錄數首為例：

> 雨後山家起較遲，天窗曉色半熹微。老翁欹枕聽鶯囀，童子開門放燕飛。

> 晝出耘田夜績麻，村莊兒女各當家。童孫未解供耕織，也傍桑陰學種瓜。

> 采菱辛苦廢犁鋤，血指流丹鬼質枯。無力買田聊種水，近來湖面亦收租。

以七絕形式記錄各地風物民情是范成大的一種喜好，除上述兩大組詩外，還有不少相似的作品。這類詩語言樸素，筆調自然流暢，其中的佳作有一種觸興而發的天然情趣。但它的紀實意味太重，對詩的藝術、對詩歌的語言特殊性並不用心關注。許多篇合在一起看，猶如風俗長卷，給人以新鮮感，但作為單篇來讀，好詩卻不多。這未免是個缺憾。

楊萬里（1127—1206）字廷秀，號誠齋，吉水（今屬江西）人，歷任太常博士、寶謨閣直學士等職，後因與當權的韓侂冑政見不合，隱居多年。他是一位對理學很有興趣的人物，《宋史》將他列入《儒林傳》；他所開創的「誠齋體」，則是宋詩在江西派詩風盛興之後的一大變化。

在《荊溪集序》中，楊萬里自述其學詩的過程是「始學江西諸君子」，而後學陳師道的五律、王安石的七絕，而後又學唐人絕句，但「學之愈力，作之愈寡」，即感覺作詩很難；到了淳熙五年（1178）的一日，於詩「忽若有寤」，以前效仿的對象都不再學了，「口占數首，則瀏瀏焉無復前日之軋軋矣」。而且，從此「步後園，登古城，採擷杞菊，攀翻花

竹，萬象畢來，獻予詩材」，寫詩變得非常容易。

這一描述非常像一位習禪者對佛理的「證悟」過程，由此可以看到，楊萬里和南宋的許多理學家一樣，在思想方法上同禪宗的關係密切。實際上他對詩學的根本看法也是與他對禪學和理學的理解一致的，《題唐德明建一齋》中「平生剌頭鑽故紙，晚知此道無多子。從渠散漫汗牛書，笑倚江楓弄江水」數句，本是說求真知之道，但用來說他作詩的態度也很恰當。大概而言，楊萬里詩學主張的要點是輕視書本知識，主張親近日常生活、親近自然，由此獲得詩的素材；反對刻意為詩，認為詩應該自然而然地產生於「是物是事適然觸乎我，我之意亦適然感乎是物是事」的過程中（《致徐達書》），即所謂「老夫不是尋詩句，詩句自來尋老夫」（《晚寒題水仙花並湖山》）。這同江西詩派「點鐵成金」、「奪胎換骨」的主張和刻意求深求異的作風正是一種反動。

「誠齋體」的優長之處，首先是能夠從極平凡的生活和自然景象中發現詩意，這種特點其實在楊萬里自稱於詩「忽若有寤」的淳熙五年之前的創作中就可以看到，如《小池》：

> 泉眼無聲惜細流，樹蔭照水愛晴柔。小荷才露尖尖角，早有蜻蜓立上頭。

這是一首風趣輕快的小詩，表現出作者對自然之美的一種突發的感受和在詩中如攝取瞬間鏡頭般呈現這種美感的能力。不過，從平凡的日常生活中覓詩，也很容易導致瑣細無趣，所以楊萬里又常常在這些俗常景象中融入自己的帶哲理性的體悟，這樣寫成的詩，不僅保持了自然與生活的盎然生機，而且富於理趣，像下面兩首詩：

> 莫言下嶺便無難，賺得行人錯喜歡。正入亂山圈子裏，一山放出一山攔。（《過松源晨炊漆公店六首》之五）

> 碧酒時傾一兩杯，船門才閉又還開。好山萬皺無人見，都被斜陽拈出來。（《舟過謝潭三首》之三）

由於楊萬里的詩注重從尋常的自然景物與日常生活中發現詩趣、表現自己的人生體驗，力圖以淺求真，他在語言形式方面不太用力，詩中多採用自然的口語、俗語，且句子大多寫得完整而連貫，以求在日常化的形態中求得新穎、生動、輕快與風趣的效果。這構成了「誠齋體」的一個基本特徵。

「誠齋體」的出現打破了江西派詩風的籠罩，從一個相反方向開闢了宋詩的新路數。但從楊萬里本人的創作來看，其弊病也是很明顯的。禪學或理學的思維方式對詩來說有從日常平凡處啟發詩趣的益處，也有消解詩歌激情的害處，與此相關，楊萬里詩極少有寫得感情激昂奔放或沉鬱深厚的，偶一為之，也總是不得體。譬如《重九後二日同徐克章同登萬花川谷，月下傳觴》一詩，他「自謂彷彿李太白」（見羅大經《鶴林玉露》），詩中寫飲酒時月影落杯中，而後「舉杯將月一口吞，舉頭望月猶在天。老夫大笑問客道：月是一團還兩團？」其實是粗劣的假裝猖狂。再則，由於楊萬里相信詩是隨興而發、信口而成的東西，而實際上自然天成之作並不那麼易得，所以在留下一部分佳作的同時，也留下不少粗率滑易、淺俗無味的作品。後之不肖者循着他不好的一面，直把「誠齋體」變成了打油詩的幌子。所以對「誠齋體」的評價，往往褒貶相距甚遠，這跟批評者着眼於哪一面大有關係。

陸游　陸游（1125—1210）字務觀，中年自號放翁，出身於山陰（今浙江紹興）的一個名宦之家，祖陸佃、父陸宰均至高位。陸游生長於憂患之秋，他記憶幼年時常看到長輩在一起談論國事，「或裂眥嚼齒，或流涕痛哭，人人自期以殺身翊戴王室」（《跋傅給事帖》），這一家庭氛圍自小給他以民族意識的熏陶。

但陸游在仕途上一直不大順利。二十九歲那年他曾在省試中名列第一，然而在次年的禮部試中卻被秦檜一黨黜落。孝宗即位後主戰派佔了上

風，陸游也受到孝宗的賞識，特賜進士出身。後任鎮江、隆興二府通判。但張浚主持的北伐失敗，隆興和議簽訂，導致主和勢力抬頭，陸游也遭罷黜，歸鄉閒居了數年。

乾道六年（1170）陸游四十六歲時被起用為夔州通判，後應四川宣撫使王炎之請入幕裏理軍務，抵達漢中的南鄭。這裏是南宋與金相對抗的西部前線，軍旅生活令陸游感到非常興奮。他騎馬走遍漢中一帶的軍事要塞，考察形勢，並積極向王炎「陳進取之策」（《宋史》本傳）。同時這也是他詩歌創作的重要階段。但僅僅八個多月後，王炎即被調回臨安，陸游也轉至成都任職。之後數年中，他在四川擔任過一些閒散官職或代理地方官。感到挫折的陸游常放浪醉酒，又因此遭到攻擊，受到處分。他也索性自號「放翁」。至淳熙五年（1178），陸游奉調還朝。

離川東歸後，陸游曾任提舉福建、江西二地常平茶鹽公事，不久又遭彈劾而罷職。此後三十年中他雖斷斷續續幾度復出，但大部分時間賦閒在鄉。寧宗嘉泰初權臣韓侂冑力主北伐，已七十多歲的陸游最後一次復出，官至秘書監、寶謨閣待制。但他終究也沒有盼到北伐的勝利，八十五歲那年一病不起，在臨終前留下了一首《示兒》詩：

> 死去元知萬事空，但悲不見九州同。王師北定中原日，家祭無忘告乃翁。

陸游是古代名詩人中留下作品最多的一位，其《劍南詩稿》收詩九千餘首。他享年高而經歷廣，詩歌所涉及的內容十分豐富。其中最引人注目的主題，是渴望投身於抗金事業並由此實現個人的功業理想。而由於南宋在與金人的軍事對抗中處於劣勢，妥協求和的主張通常佔據上風，這類詩總是既熱情奔放，又充滿悲憤。而與此相對應，陸游也寫了許多描繪鄉村風情、自然景物，表現日常生活的詩篇，這類詩大抵呈現出閒適恬和的情調。這種特徵，固然與士大夫文學的傳統趣味有關，同時也因為陸游一生中有很長時間罷職閒居，沉浸於恬靜的鄉村生活成為他內心的安慰。上述兩類風格不同的詩作，合成了陸游詩的基本面目。

前一個主題的詩歌在很大程度上反映着自北宋滅亡以來民族的共同情緒，但和同時代的同樣也關注民族憂患的詩人楊萬里、范成大等不同，陸游的這類詩作一是更直接地代表了主戰派的心聲，對於統治階層中主張妥協求和的一派，常常發出尖銳的抨擊；一是更富於行動的慾望，從早年的「戰死士所有，恥復守妻孥」（《夜讀兵書》），到晚年的「一聞戰鼓意氣生，猶能為國平燕趙」（《老馬行》），都表達了直接投入抗金戰事的渴望。因而這類詩有着很強烈的英雄主義色彩，如下二例：

> 和戎詔下十五年，將軍不戰空臨邊。朱門沉沉按歌舞，廄馬肥死弓斷弦。戍樓刁斗催落月，三十從軍今白髮。笛裏誰知壯士心，沙頭空照征人骨。中原干戈古亦聞，豈有逆胡傳子孫。遺民忍死望恢復，幾處今宵垂淚痕。（《關山月》）

> 早歲那知世事艱，中原北望氣如山。樓船夜雪瓜洲渡，鐵馬秋風大散關。塞上長城空自許，鏡中衰鬢已先斑。《出師》一表真名世，千載誰堪伯仲間！（《書憤》）

宋詩長期存在抑制激情的傾向，而在陸游這類詩中上述傾向得到了改變。這不僅因為洗雪民族恥辱、恢復中原終究是公認的道德正義，激情迸發的背後有可以預見的社會支持，而且也和詩人的個性相關。對於軍旅生活的想像總是容易引起陸游的興奮，投身壯烈的戰爭實際也被理解為對凡庸人生的超越。像《金錯刀行》所寫「黃金錯刀白玉裝，夜穿窗扉出光芒。丈夫五十功未立，提刀獨立顧八荒。京華結交盡奇士，意氣相期共生死」一類詩句中，可以清楚看到個人形象的浮凸。中年在南鄭服務於王炎軍幕的短暫經歷在陸游心中留下了深刻的烙印，他自陳自己的詩風由此而大變。然而《自述》詩對「四十從戎駐南鄭」的具體回憶，卻集中於軍中生活的豪宕不羈，包括「酣宴」、「縱博」乃至「寶釵艷舞光照席」，這很能說明陸游對士大夫傳統中充滿拘謹、虛飾的生活程式的厭倦。不過

話說回來，陸游雖然自號「放翁」，其實又並不能真正擺脫正統觀念的拘束，在謳歌自己的英雄理想的時候，他還是常常要向着符合正統觀念的立場擺動一下，以防脫軌。就像《金錯刀行》中說到「千年史冊恥無名」之後，馬上又補上「一片丹心報天子」。總之，若與宋代一般文人相比，陸游詩較富縱放豪宕的氣概，若與辛棄疾詞相比，還是多了一點迂腐氣味。

另一類型的作品常常是陸游在報國無門的情況下一種無奈的寄託。不過，水光山色，田園風情，終究也是陸游所喜愛的，他能細心地體會出其中的生機和情趣，不少詩都寫得很有情致。像《遊山西村》：

> 莫笑農家臘酒渾，豐年留客足雞豚。山重水復疑無路，柳暗花明又一村。簫鼓追隨春社近，衣冠簡樸古風存。從今若許閒乘月，拄杖無時夜叩門。

這詩作於陸游在孝宗乾道初年於隆興府通判任上被罷職還鄉時。詩中將他家鄉的一個小山村寫得既像是陶淵明筆下的桃花源，卻又更樸實平凡一些。在對農家淳厚簡樸的生活的讚美中，詩人設想着這或許可以成為心靈的安頓。但「從今若許閒乘月」云云，實際還是透露了一種寂寞和不甘，只是寫得很淡，不易察覺而已。第二聯寫景之句既樸素又精巧，且寓含超越詩歌本身內容的普泛性哲理，深得讀者的喜愛。陸游詩中寫自然風光、日常生活的精美對句頗多，堪與此聯媲美而同樣有名的例子，是《臨安春雨初霽》中的「小樓一夜聽春雨，深巷明朝賣杏花」。

陸游早年學詩於曾幾，江西詩派的作風對他有一定影響。對詩歌語言的精細考究，喜歡運用典故、化用前人的詩句的習慣，其實到老也未完全消除，只是他並不肯把自己禁錮在這一圈牢中，尤其中年以後，他的詩風有很大的變化。一方面他廣泛學習了前人之長，從他詩中可以看到李白的奔放、杜甫的深沉和精練，也可以看到白居易閒適詩的輕快的調子；另一方面，如他的名言「工夫在詩外」（《示子遹》）所表示的，他強調詩的妙處來自於豐富的生活經歷和對現實世界的深切感受，而不主張模擬古人，所以在廣泛

汲取他人之長的同時更注意從自身的需要出發靈活運用。因而，陸游詩歌的風格具有多樣化的面貌。大體說來，他的好詩以七言為多。其中七言古體往往寫得熱情奔放，而七言律詩尤為人稱道，或以深沉鬱勃的氣格抒發報國之志、悲憤之情，或以簡淡清麗的筆調描述自然景物和日常生活，前面所錄的《書憤》和《遊山西村》，可以作為兩種類型的代表。

前人經常説及的陸游詩毛病，是他有時寫得太快太多，不免有粗率滑易之作（晚年尤甚），這種不精心而作的詩往往自相蹈襲，令人生厭。所以陸游詩保存得那麼多，對於其作為詩人聲譽，未必是幸事。

陸游亦能詞，雖然他對詞沒有對詩那樣看重，但還是留下了一些佳作，如《釵頭鳳》：

> 紅酥手，黃縢酒，滿城春色宮牆柳。東風惡，歡情薄，一懷愁緒，幾年離索。錯、錯、錯。　　春如舊，人空瘦，淚痕紅浥鮫綃透。桃花落，閒池閣，山盟雖在，錦書難託。莫、莫、莫。

這首詞舊傳是為他的被迫離異的妻子唐琬而作，近年有研究者提出與此無關。後説近是。不管怎樣，詞中把一對被阻隔的有情人的心理寫得很感人。此外《訴衷情》寫壯志難酬的悲憤，《卜算子·詠梅》以梅的形象自喻，表現一種清高孤傲的情懷，也都給人以鮮明的印象。

辛棄疾　辛棄疾（1140—1207）字幼安，號稼軒，出生於金人統治下的歷城（今山東濟南）。祖父辛贊仕於金，卻一直以恢復中原為志，並以此教育辛棄疾。紹興三十一年（1161）宋金交戰時，二十二歲的辛棄疾參加了耿京領導的一支反金義軍，並代表耿與南宋朝廷聯絡。在北歸途中得知耿京被叛徒張安國所殺、義軍潰散，隨即率領少數精鋭突襲敵營，把叛徒擒拿帶回建康。這一壯舉給他帶來極高的聲譽。

此後辛棄疾開始了在南宋的仕宦生涯。起初他並未受重用，但自三十三至四十二歲的十年間，他從知滁州始，以後接連在江西、湖北、

湖南等地擔任提點刑獄、轉運使、安撫使一類重要的地方官職，這表明統治集團的高層對其才能並非沒有認識。然而作為一個從北方歸來的人，他的仕途經歷在官場中是不合常規的；他的豪邁倔強的性格和執著北伐的熱情，也使他難以在畏縮而圓滑的官場中牢牢立足。淳熙八年（1181）冬，他終於因受到彈劾而被免職，而後在上饒自築的帶湖別墅閒居了整整十年。

至紹熙二年（1191），辛棄疾才被再度起用，由福建提點刑獄遷為安撫使，然而僅僅二年光景，他又一次遭彈劾而罷職，這以後他遷居鉛山，又閒居了八年。到嘉泰三年（1203）主張北伐的韓侂冑起用主戰派人士，已六十四歲的辛棄疾出知紹興府兼浙東安撫使，繼而轉為鎮江知府。然而韓侂冑主持下的倉促北伐遭到可悲的大潰敗，辛棄疾也一再受到攻擊。這位一生以英雄自詡的詞人最後在悲痛與失望中度過衰病晚景。

辛棄疾小於陸游十五歲，他的經歷和文學作品的氣質與陸游多有相似之處。但從兩人不同的方面去看，或許更容易認識辛棄疾。首先，如辛棄疾自言「家本秦人真將種」（《新居上梁文》。按辛氏祖籍為甘肅狄道），其家世不具有深厚的士大夫文化傳統，他又是在金人統治下的北方長大，也較少受到使人一味循規蹈矩的傳統文化教育。在他身上，有一種濃郁的英雄豪傑之氣，或者以正統眼光來看，他實是一個「梟雄」式的人物[1]。諫官對辛棄疾的彈劾，指控他「用錢如泥沙，殺人如草芥」（《宋史》本傳），這雖然是惡意誇大，但仍可看出他的行為不守官場規則。陸游有妻親愛，迫於母命而休棄之，遂傷怨至老，這在辛棄疾身上恐怕是不可想像的。再則，作為一個具有實幹才能的政治家，辛棄疾多次主持「路」（相當於現在的省）一級地方軍政實務，在湖南安撫使任上還曾親自訓練了一支「飛虎軍」，他對抗金事業的追求，更強烈也更切實地包含着英雄之士乘風而起的志向。把辛的「了卻君王天下事，贏得生前身後名」（《破陣子》）與陸的「千年史冊恥無名，一片丹心報天子」相比，前者的自傲之

---

[1] 陳廷焯《白雨齋詞話》即云，辛氏「變則為桓溫之流亞」。

態是十分明顯的。辛棄疾不喜歡寫詩而把全部精力投入詞的創作，也正是因為這一體式更宜於表達激盪多變的情感。

宋詞到辛棄疾手中得到又一次大改造。談到詞的所謂「豪放」風格，前人慣以蘇辛並稱。但蘇軾詞雖然境界開闊，卻並不以熱烈的情感表現為特徵；基於老莊哲理的曠達，使他的詞中的感情通常是由衝動歸於平靜。而辛棄疾詞則總是充滿熾熱的感情，其基調即是英雄的豪情與英雄失志之悲。「道男兒到死心如鐵。看試手，補天裂」（《賀新郎》），「算平戎萬里，功名本是，真儒事，公知否？」（《水龍吟‧甲辰歲壽韓南澗尚書》）這種勇毅和自信令人激動。而挫折引起的心潮湧動也是有力的，像《八聲甘州》借李廣自喻：「漢開邊，功名萬里，甚當時、健者也曾閒！」縱使失望到頹廢，他也並不能把衝動的感情化為平靜，「身世酒杯中，萬事皆空。古來三五個英雄，雨打風吹何處是，漢殿秦宮」（《浪淘沙》），這些看似曠達的句子，仍然傳達出作者內心中極高期望破滅成為絕望時無法消磨的痛苦。永遠不能在平庸中度過人生的英雄本色，伴隨了辛棄疾的一生，也始終閃耀在他的詞中。它奏響了宋詞的最強音。下面所錄《水龍吟‧登建康賞心亭》是辛棄疾南歸的第十二年重遊當年南歸的首站建康時所作：

> 楚天千里清秋，水隨天去秋無際。遙岑遠目，獻愁供恨，玉簪螺髻。落日樓頭，斷鴻聲裏，江南遊子，把吳鈎看了，欄杆拍遍，無人會，登臨意。　　休說鱸魚堪膾，盡西風、季鷹歸未？求田問舍，怕應羞見，劉郎才氣。可惜流年，憂愁風雨，樹猶如此！倩何人，喚取紅巾翠袖、搵英雄淚。

這是對山河破碎的悲哀，對壯志成空的悲哀；懷着這樣的悲哀看歲月無情地流去，令人更覺得怵目驚心。然而即使詞人毫不掩飾地寫他的人生失望，寫他的痛苦和眼淚，也毫無柔弱之感，我們看到的是一個英雄絕不甘沉沒的心靈。而直到他晚年出任鎮江知府時所作《永遇樂‧京口北固亭

懷古》，仍然是壯懷激烈：

> 千古江山，英雄無覓、孫仲謀處。舞榭歌台，風流總被、雨打風吹去。斜陽草樹，尋常巷陌，人道寄奴曾住。想當年，金戈鐵馬，氣吞萬里如虎。　　元嘉草草，封狼居胥，贏得倉皇北顧。四十三年，望中猶記、烽火揚州路。可堪回首，佛狸祠下，一片神鴉社鼓。憑誰問：廉頗老矣，尚能飯否？

　　當時辛棄疾一面為將要爆發的宋金間的戰爭作準備，同時內心頗多憂慮。詞中結合着京口的史跡、自己的往事和當下的處境抒發情懷，孫權、廉頗、南朝宋武帝劉裕、文帝劉義隆，這些古往人物和作者一起出現在詞的空間中，訴說着歷史曾經有過的壯觀，曾經有過的「倉皇」，凝視着歷史又將揭開的一幕。它的內涵之渾厚，精神之鬱勃，令人無從讚美。

　　以上兩篇在辛詞中可說是最著名和最有代表性的，但我們說辛棄疾對宋詞的改造，還不只是指他寫了許多這種類型的作品。詞到了辛棄疾手中，題材拓寬到幾乎沒有限制的程度，軍國大事、人生哲理、田園風光、民俗人情、日常生活、友情或者戀情，甚至讀書體會，任何別人用其他文學樣式寫的東西，他都可以用詞來寫。有的也許並不合適，但總體說來，他繼蘇軾之後開拓了詞的更為廣闊的天地。而辛詞的風格雖說以雄偉奔放為最明顯的特徵，卻也不止於此；隨着內容、題材的變化和感情基調的變化，辛詞的藝術風格也有各種變化。所以劉克莊《辛稼軒集序》說：「公所作，大聲鞺鞳，小聲鏗鍧，橫絕六合，掃空萬古，自有蒼生以來所無。其穠纖綿密者，亦不在小晏、秦郎之下。」如著名的《摸魚兒》以傳統的婉媚風格寫惜春與宮怨，又藉此為象喻表現自己屢受打擊的怨憤，用筆極為細膩。他的許多描述鄉村風光和農人生活的作品，又以樸素清麗、活潑靈動見長。「城中桃李愁風雨，春在溪頭薺菜花」（《鷓鴣天》），「七八個星天外，兩三點雨山前」（《西江月》），此種樸實而爽利的筆調，是不易到的境界。下錄其《清平樂》：

茅簷低小，溪上青青草。醉裏吳音相媚好，白髮誰家翁媼？

大兒鋤豆溪東，中兒正織雞籠，最喜小兒無賴，溪頭臥剝蓮蓬。

　　這是非常動人的一幅田園風情圖畫。南朝樂府有《三婦豔》一題，以「大婦」、「中婦」之舉止襯出「小婦」的可愛，而辛棄疾翻用為鄉人家三兒，尤為生趣盎然，人幾不識其由來。

　　辛棄疾在詞的語言運用上也作了有力的開拓。前人說蘇軾是以詩為詞，辛棄疾是以文為詞，這並不準確，但確實也看到辛詞的語言更加自由解放，略無拘束。它的第一個特點是形式鬆散，語義流動連貫。辛棄疾很少有意識地把句子寫得特別緊縮，而喜歡在流貫的文脈中表現出情緒的起伏與律動。如《水龍吟》中「落日樓頭，斷鴻聲裏，江南遊子，把吳鉤看了，欄杆拍遍，無人會，登臨意」，雖習慣上按韻腳句斷，其實意義和語氣是一路連貫而下的，構成了很長的句子，讓人感覺到情緒不可阻遏的奔湧。它的第二個特點是語言的成分多樣，從淺俗的到優雅的，從民間俚語到夾雜許多虛詞語助的文言句式，無施而不可。它的第三個特點是喜歡化用典故以及前人詩文中的語彙和成句。許多運用得恰到好處、渾成自然的例子，使詞的內涵由此大為擴展。如前舉《水龍吟·登建康賞心亭》的下闋，連用張翰、劉備、桓溫的故事，借古人的形象從不同角度展示了作者的內心，意味非常豐厚。同時，這種寫法也體現着辛棄疾的歷史感。

　　概括說一句就是：詞到辛棄疾，真正進入了自由的境界，為後人留下了廣闊的發展餘地。

　　當時與辛棄疾有私人交往的陳亮與劉過詞風也與辛棄疾相近，他們加上另外一些作者，常被稱為「辛派詞人」。不過，他們的藝術水準距辛棄疾相當遠。

三　南宋後期詩詞

　　南宋中期的著名詩人和詞人范成大、楊萬里、辛棄疾、陸游在一一九三至一二〇九年的十餘年間相繼去世，這標誌了一個文學時代的終結。

　　在這期間所發生的政治大事件也對文學變化的動向有着相當的影響。其一是韓侂胄於寧宗開禧二年（1206）發動的北伐戰爭遭到慘敗，南宋以更為屈辱的條件獲得暫時的苟安，這使得朝野士大夫恢復中原的夢想日益暗淡下去。辛、陸那種富於英雄主義精神的激昂聲調雖然還有人繼承，卻終究是不那麼響亮了。一是這以後史彌遠擅權，鉗制言論，製造文禍，也促使社會思想文化趨向消沉。南宋後期的文學家大多社會地位較低，流連光景，吟詠風情，自然更容易成為他們創作的中心。

　　從生活年代來說，年輩雖比辛、陸諸人為低而去世時間與之相近的姜夔，本也可以視為中期作家，但其詞作以日常生活、自然風光為主要題材，抒情風格委婉而低沉，語言形式講究工麗精巧的特點，卻引導了南宋後期詞的方向。活動年代稍後的「四靈」在詩的領域內，也強化了對形式美的追求。

　　南宋後期詩歌創作成就不高，卻顯示了一個重要動向，即擺脫往日宋詩的主流而試圖向着唐詩的傳統歸復，這已開元明詩復古尊唐傾向的先聲。正是在這種背景下，出現了文學理論史上的重要著作——嚴羽的《滄浪詩話》。

　　嚴羽論詩立足於它「吟詠性情」的基本性質，而《福建文苑傳》亦以「掃除美刺，獨任性靈」總括嚴氏詩論。《滄浪詩話》全書完全不涉及詩與儒道的關係及其在政治、教化方面的功能，而重視詩的藝術性和由此造成的對人心的感發，這與理學家的文學觀恰成對立。根據上述宗旨，嚴羽針對江西詩派的「以文字為詩，以才學為詩，以議論為詩」提出了尖銳的

批評，並由此涉及了宋詩的具有普遍性的弊病，認為「本朝人尚理而病於意興」，對蘇軾、黃庭堅都表示了相當的不滿。在揭示宋詩的主要弊病方面，嚴羽的批評是很有力的。

同時，他借用禪宗的思想方法和語言，提出「詩有別材，非關書也；詩有別趣，非關理也」，認為作詩之道，在於「妙語」──即超乎理性認識、邏輯分析的直覺體驗，並以盛唐詩為最高標準，要求達到一種「羚羊掛角，無跡可求」即不能從具體文字去追尋而必須從整體上去體味、富於言外之韻的渾然高妙的境界。他敏銳地意識到詩歌的構思與欣賞都與邏輯思維不同，既不是知識積累的結果，也不是理論分析的結果；詩歌的語言，在根本上不是說明性的，而是暗示性的。《滄浪詩話》比較前人在更深的層面上觸及了詩歌理論方面最具核心意義的問題，對後世創作實踐和詩歌理論都產生了很大影響。

姜夔與吳文英　姜夔（約1155—約1209）字堯章，號白石道人，鄱陽（今江西波陽）人，出身於一個小官僚家庭，少有才名卻屢試不中。他精於書畫，擅長音樂，能詩詞，善文章，一生漂泊江湖，依傍於愛好文藝的高級士大夫，靠他們的資助度日，其身份介乎友人與門客之間。他曾自言「凡世之所謂名公巨儒，皆嘗受其知矣」（周密《齊東野語》），似乎頗為自豪，但在那樣的生涯裏要說暢心快意總是難的，而幾分矜持與清高則為維護尊嚴所必需。

這種特殊的生活方式造就了姜夔的個性也影響了他的詞的藝術。范成大謂其「翰墨人品，皆似晉宋之雅士」（周密《齊東野語》），這顯然是指其具優雅氣質，至於晉宋間士人貴族化的放任，則是與他無緣的。而對他的詞，過去人常用「清空」二字評價，這大致由四個方面的因素構成：一是詞中的情感，多屬於文人士大夫那種高潔清雅的意趣，即很少有世俗的香豔繁雜，也很少有豪壯激烈的情懷：二是表現手法，多追求言外之意，空靈的神韻，而避免質實粗重的筆觸：三是詞中的語言、意象，多數

不是色彩鮮麗或雍容華貴的，而是偏向於淡雅素淨；四是詞的意境，一般都避免過於狹小逼仄或密集擁擠，而以疏朗開闊居多。所以張炎《詞源》中以「野雲孤飛，去留無跡」形容他的詞風，而周濟《宋四家詞序論》則說他「清剛」、「疏宕」。

姜夔寫過一些表現民族憂患的詞作，但即使這類詞也大致不脫其基本的風格。如他在淳熙三年（1176）路過揚州所寫的《揚州慢》：

> 淮左名都，竹西佳處，解鞍少駐初程。過春風十里，盡薺麥青青。自胡馬窺江去後，廢池喬木，猶厭言兵。漸黃昏，清角吹寒，都在空城。　　杜郎俊賞，算而今重到須驚。縱豆蔻詞工，青樓夢好，難賦深情。二十四橋仍在，波心蕩、冷月無聲。念橋邊紅藥，年年知為誰生！

詞中寫出揚州這一名城在金兵南侵後的荒涼景象和人們對戰爭的厭懼，並引入杜牧讚美揚州的浪漫與繁華的詩意作為反襯，格外增添了傷感。是年姜夔二十多歲，但詞中並無年輕人的昂奮的情調，而只有無奈的感慨、哀愁的歎息。意境是衰涼的，又帶着幾分虛渺，這是戰爭留下的精神創傷，也是作者個性的反映。

姜夔三十七歲那年作客范成大的石湖別墅，作《暗香》、《疏影》二曲，獲范氏激賞，遂將家伎小紅賜嫁於他。歸途中姜夔《過垂虹橋》詩，有「自作新詞韻最嬌，小紅低唱我吹簫」之句。由這一文學史上有名的風流故事可以見到姜氏的生活樣態，而那兩首詞也是姜詞中具有代表性的名作。茲錄《暗香》：

> 舊時月色，算幾番照我，梅邊吹笛？喚起玉人，不管清寒與攀摘。何遜而今漸老，都忘卻、春風詞筆。但怪得、竹外疏花，香冷入瑤席。　　江國，正寂寂。歎寄與路遙，夜雪初積。翠尊易泣，紅萼無言耿相憶。長記曾攜手處，千樹壓、西湖寒碧。又片片吹盡也，幾時見得？

詞的內容大致是對梅懷舊兼以梅喻人，但寫得比較朦朧，所懷之人

究為實有所指還是詞境中的虛構，也無從判斷。全篇結構細膩精巧。上闋先通過月色和梅花，勾連現在和過去，然後轉入同「玉人」月下摘梅的回憶，隨即又轉到現在，自比何遜，表示對美景無從下筆，後面卻又說梅香不斷沁入，撩人情思，欲罷不能。下闋開頭宕開一筆，馬上再切入對故人的思戀之情，然後寫出回憶中的另一幅景象——西湖攜手賞梅，最終回到現在，惋惜梅花片片零落，不知何時再開，暗暗綰合相憶之人不知何時重逢的意思。全篇不斷在過去、現在之間作往復搖曳，又在這種往復搖曳中不斷拓開，寫得清麗委婉而又空靈縹緲。這種把詠物與抒情密切結合、虛實相生的詞作在姜詞中佔有不小的比例，亦為後人所喜愛和效仿。

《暗香》篇變化跌宕、錯落有致的結構，是姜詞一種特色的表現。另外，講究字句的錘煉也是姜詞的特色。《揚州慢》中「波心蕩、冷月無聲」寫荒城的空寂之感，《暗香》中「千樹壓、西湖寒碧」，寫雪後一片梅花低垂的幽姿，另如《點絳唇》中「數峰清苦，商略黃昏雨」寫黃昏中幾座寥落的山峰間雲霧繚繞雨欲來的氣氛，無不精深微細，動詞的運用尤其新異而深切。

姜夔精通樂律，不僅能夠按詞律填詞，還能修正舊譜，並用各種方法創製新曲來填詞，這樣就比一般詞人更多了一層自由，可以在保持音節諧婉的條件下相對自由地選擇句式長短及字的平仄，因而更便於他寫出好詞來。上舉《揚州慢》和《暗香》都是自度曲。

姜夔也有詩名，後來被列入「江湖詩派」中。他善於錘煉字面，使字句精巧工致而不落痕跡，一些絕句寫得清妙秀遠，與其詞有相近的風韻，如《除夜自石湖歸苕溪》：

> 細草穿沙雪半銷，吳宮煙冷水迢迢。梅花竹裏無人見，一夜吹香過石橋。

南宋後期詞的又一名家是比姜夔約晚一輩的吳文英（生卒年不詳），字君特，號夢窗，四明（今浙江寧波）人，他和姜夔一樣終生未入仕途，做過賈似道、吳潛、史宅之等顯貴的門客。詞中不少應酬唱和之作甚無意

味，而寫得較好的則是一些懷念舊時戀情的作品。

吳文英也精通樂律，十分注重詞的音樂特性，能作自度曲，但其詞風與姜夔有很大不同，如果說姜夔的詞以清雅疏宕為特色，那麼吳文英的詞則以密麗深曲為特色。大致說來，吳文英的詞有如下一些特點：色彩比較穠麗明豔，意象比較密集，喜用代字（如下例中「片繡」代指落花），語意緊縮，意脈斷續跳躍，因而不是很容易讀懂。這與李商隱等人的詩風有某種關聯，在詞史上則是沿溫庭筠、周邦彥一緒而加以變化。茲以《渡江雲·西湖清明》為例：

> 羞紅鬖淺恨，晚風未落，片繡點重茵。舊堤分燕尾，桂棹輕鷗，寶勒倚殘雲。千絲怨碧，漸路入、仙塢迷津。腸漫回，隔花時見，背面楚腰身。　　逡巡。題門悵悵，墮履牽縈，數幽期難准。還始覺、留情緣眼，寬帶因春。明朝事與孤煙冷，做滿湖、風雨愁人。山黛暝，澄波澹綠無痕。

這首詞回憶他與杭州一歌女相識時的情形，字面十分華麗，但時間、空間的關係以及人、景、情的過渡、轉換都不太清楚，未免令人感到晦澀。但細讀細想，卻也能從閃爍跳躍的辭采中感受到豐富的情感內容。

後人對於吳文英詞的評價，往往褒貶不一，相互衝突。張炎《詞源》謂其「如七寶樓台，眩人眼目，碎拆下來，不成片段」，而周濟《宋四家詞選》則稱許「夢窗詞奇思壯采，騰天潛淵，返南宋之清泚，為北宋之穠摯」。吳文英寫詞的手法，長處是能夠鍛煉出很精煉的句子，容納較大密度的內涵，造成色彩繽紛的境界和撲朔迷離的氣氛；而且正如周濟所論，這種詞字面上的穠麗與抒情的深摯是有關係的。但從吳詞脈絡過於隱晦，有時令人感覺一片光怪陸離，在理解字面上太耗費精力這些毛病來說，張炎的批評也不是毫無道理，只是未免貶之太甚。

吳文英喜作長調，他的三首《鶯啼序》均為四疊二百四十字，是詞中前所未有的宏大篇制，這不僅顯示了作者善於鋪敘的能力，也表現了在抒

情上追求充分的傾向。

永嘉四靈與江湖詩派　南宋寧宗、理宗年間，杭州書商陳起成為詩壇
上的一個核心人物，是文學史上引人注目的現象。作為富商兼詩人，陳起
喜歡結交文人雅士，喜歡刻印詩集，又常借書、送書給人，他的書舖遂成
為許多詩人來來往往的聯絡樞紐。葉茵《贈陳芸居》詩說他「得書愛與世
人讀，選句長教野客吟」，又稱讚他「江湖指作定南針」，可見其在所謂
「江湖詩人」心目中的地位。

在南宋後期重要的詩人群體中，陳起刻印了葉適所編的《四靈詩
選》，又搜集選擇了一部分詩人的集子以《江湖集》的總名刻印，以後又
續刻了《江湖後集、續集》，前人或通稱為《江湖詩集》。分別來說，
「永嘉四靈」與「江湖派」不是同一概念，但在廣義上前者也被歸為「江
湖詩人」。

「永嘉四靈」指趙師秀、徐璣、徐照、翁卷四人。他們都是古永嘉郡
地域（今浙江溫州周圍）人，字或號中都有一個「靈」字，遂有斯稱。四
人或僅為薄宦，或終生未仕。他們詩歌主張與江西派針鋒相對，反對依據
書本知識來作詩，但也並不走「誠齋體」輕快滑易的路子，而是以賈島、
姚合作為楷模，崇尚「苦吟」。所以他們的詩作體式上以五律為主，題材
上多寫自然景物，喜歡在清遠幽寂的意境中表現淡泊脫俗的人生情趣。

「四靈」寫詩苦心雕琢推敲，有些詩句寫得很精巧，像趙師秀的「地
靜微泉響，天寒落日紅」（《壕上》），徐璣的「殿靜燈光小，經殘磬韻
空」（《宿寺》），翁卷的「數僧歸似客，一佛壞成泥」（《信州草衣
寺》），徐照的「千峰經雨後，一雁帶秋來」（《山中即事》），都能寫
出細緻的感覺。但他們的詩大多情感收斂，境界狹窄，意境、詞語常有雷
同重複，難以有傑出的創造。「四靈」本因葉適的表彰而出名，但葉適後
來也批評他們是「斂情約性，因狹出奇」（《題劉潛夫南嶽詩稿》）。

四人中以趙師秀享譽最高，他的詩面目略為豐富，七絕《約客》尤以

富於韻味而廣為傳誦：

> 黃梅時節家家雨，青草池塘處處蛙。有約不來過夜半，閒敲棋子落燈花。

「四靈」只是一個小詩人的小群體，但在當時影響卻頗廣。因為他們代表了一種反撥宋詩主流風格、向唐詩復歸的努力；他們對詩歌形式美的高度重視，也具有隔斷道統文學觀之侵蝕的意義。所以儘管成就有限，在整個詩史的演變中卻是一個值得注意的環節。

所謂「江湖詩派」是由陳起刊行《江湖集》而得名的。這些詩人其實是一個關係非常鬆散的群體，其中如姜夔不僅年輩較早，而且與陳起等人並無交往；他們也沒有明確提出過大家公認的詩學主張，所以並不是嚴格意義上的詩歌流派。大概而言，這些詩人大多有過漂泊江湖的經歷，一般都不大喜歡江西派的作風，是他們共同的特點。在這一詩人群中最著名的為戴復古和劉克莊。

戴復古（1167—？）字式之，號石屏，一生以布衣的身份遊歷四方。他的詩有不少反映民間疾苦和抨擊朝政之作，像《織婦歎》、《庚子荐饑》等，指責時弊都很尖銳。而在詩歌藝術方面，他主張「須教自我胸中出，切忌隨人腳後行」（《論詩十絕句》），取式較廣而不專主一家一派。從體式來看，他雖然五律寫得最多，但也並不專注於此，歌行體，五古，五、七言近體都有。他對詩歌語言更不像「四靈」那樣用力雕琢，反而是常用口語和俗語（其《望江南·自嘲》詞有「杜陵言語不妨村」之句），雖有時顯得粗糙，但有時則能夠在淺白中寫出渾厚的韻味，達到相當高的境界。如《三山宗院趙用父問近詩……》篇中「利名雙轉轂，今古一憑欄。春水渡旁渡，夕陽山外山」二聯，就是這種佳例。又像下面這首《夜宿田家》：

> 簦笠相隨走路歧，一春不換舊征衣。雨行山崦黃泥阪，夜扣田家白板扉。身在亂蛙聲裏睡，心從化蝶夢中歸。鄉書十寄九不達，天北天南雁自飛。

詩中寫漂泊浪遊的生活和情感都非常真實，這種題材本來很容易走到杜甫的套路上去，但此詩卻毫無模仿的痕跡，讓人感到親切有味。

劉克莊（1187—1269）字潛夫，自號後村居士，莆田（今屬福建）人，早期多年任低級官職或為人作幕僚，淳祐間賜同進士出身，官至工部尚書。在以「江湖」為名稱的詩人群中，他是少有的達到顯達地位的一個。其詩最初學「四靈」，後來嫌他們的格局太小，於是廣泛汲取唐宋各家。劉克莊對詩的看法似乎很通達，感覺唐人的詩很好，「本朝」各名家的也很好，沒有偏好偏惡。他自己的詩從好處來說是格局較大，氣勢較開闊，題材較豐富並較多觸及社會重大問題，從缺點來說是沒有自己的個性特徵；由於他貪多務得，草率之作也不少。下面所錄《烏石山》詩回憶兒時生活並由此感慨人生，寫得樸素而有情趣：

> 兒時逃學頻來此，一一重尋盡有蹤。因漉戲魚群下水，緣敲響石斗登峰。熟知舊事惟鄰叟，催去韶華是暮鐘。畢竟世間何物壽，寺前雷仆百年松。

劉克莊也有詞名，風格頗受辛棄疾影響。但和一般學辛詞的人一樣，有以粗率為豪爽的毛病。

作為「江湖派」核心人物的書商陳起有些詩也寫得很不錯，譬如《買花》：

> 今早神清覺步輕，杖藜聊復到前庭。市聲亦有關情處，買得秋花插小瓶。

文字不夠精緻，但通過一件日常瑣事所表現的生活情趣卻真實而有味；寫「市聲關情」令人想到作者的商人身份，這也頗有意思。另外，葉紹翁在江湖詩人中不算出名，但他的《遊園不值》清麗而帶有理趣，是婦孺皆知的名作：

> 應憐屐齒印蒼苔，小扣柴扉久不開，春色滿園關不住，一枝紅杏出牆來。

周密、張炎、王沂孫　周密、張炎、王沂孫都是由宋入元的詞人，他們以一種清婉而淒楚的調子吟唱出宋詞最後的聲音。

　　周密（1232—1298）字公謹，號草窗，曾當過義烏令，入元後不仕。他和吳文英並稱「二窗」，但其詞風實遠於吳文英而更接近姜夔；不過他雖有姜夔詞清麗低婉的特色，卻寫不到那麼精微。下錄其《玉京秋》：

　　　　煙水闊。高林弄殘照，晚蜩淒切。碧砧度韻，銀床飄葉。衣濕桐陰露
　　　　冷，采涼花時賦秋雪。歎輕別，一襟幽事，砌蛩能說。　　客思吟商還
　　　　怯。怨歌長、瓊壺暗缺。翠扇恩疏，紅衣香褪，翻成消歇。玉骨西風，恨
　　　　最恨、閒卻新涼時節。楚簫咽，誰倚西樓淡月。

　　此篇為宋亡前的作品，寫秋時客居臨安的愁緒。詞中能感受到人生失意的哀怨，但盡可能寫得含蓄委婉，主要通過景物來映襯。與姜夔詞相比，它的層次顯然不夠曲折豐富，像上闋的寫景，雖然很漂亮，但只是在單一層面上延展。宋亡以後的詞作，則較多表現了亡國之恨，情緒要顯得濃厚一些，內涵也比較清楚，《一萼紅》：「回首天涯歸夢，幾魂飛西浦，淚灑東州。故國山川，故園心眼，還似王粲登樓。最負他、秦鬟妝鏡，好江山、何事此時遊！」不過這種感慨不是化為激情噴湧而出，更多的是一種無奈的傷感。

　　張炎（1248—？）字叔夏，號玉田，又號樂笑翁，其家世代名宦，早年過着貴公子的優遊生活；宋亡後不仕，漂泊四方，潦倒而終。

　　張炎作有《詞源》，為詞學名著。他論詞推重姜夔，標榜「騷雅」、「清空」，所作也較能得姜夔之長處，善於把淺白的語言寫得精巧，善於用象徵的手法、在虛實不定的意境中抒發感情。他現存的詞大多作於宋亡之後，因為家世的關係，寫景抒情中常帶有深沉的亡國之痛，情調淒涼。如《高陽台》寫西湖春暮，用很傳統的惜春筆調開頭，而後一層層渲染出一片淒涼衰颯的氣氛，終了歸結於「無心再續笙歌夢」，甚至「怕見飛

花，怕聽啼鵑」，寫出很深的哀痛。而《解連環‧孤雁》則是以詠物為象徵的寫法：

　　　　楚江空晚。悵離群萬里，恍然驚散。自顧影、欲下寒塘，正沙淨草枯，水平天遠。寫不成書，只寄得、相思一點。料因循誤了，殘氈擁雪，故人心眼。　　誰憐旅愁荏苒。謾長門夜悄，錦箏彈怨。想伴侶、猶宿蘆花，也曾念春前，去程應轉。暮雨相呼，怕蓦地、玉關重見。未羞他、雙燕歸來，畫簾半捲。

　　這形單影隻、驚恐交集、思慕群侶的孤雁，正是作者在時代的巨變中一種無依無靠、不知何終的心境的寫照。

　　王沂孫（生卒年不詳）字聖與，號碧山，入元後曾任慶元路學正。他的詠物詞最為著名，現存詞作亦以此類為最多。王氏詠物有強烈的特點，他總是將自身的情緒滲透在關於對象的描摹或有關典故的鋪寫中，通過暗示關係使那些片斷組合成完整的意境；他所表達的情緒又很微妙複雜，所以詞的結構特別曲折，語言也特別精細。下以《齊天樂‧蟬》為例：

　　　　一襟餘恨宮魂斷，年年翠蔭庭樹。乍咽涼柯，還移暗葉，重把離愁深訴。西窗過雨，怪瑤珮流空，玉箏調柱。鏡暗妝殘，為誰嬌鬢尚如許？　　銅仙鉛淚似洗，歎移盤去遠，難貯零露。病翼經秋，枯形閱世，消得斜陽幾度？餘音更苦，甚獨抱清商，頓成淒楚？漫想薰風，柳絲千萬縷。

　　在這詞中寄託了故國之思和對個人身世的哀痛，同時融合了世事無常、興亡盛衰不由人意的滄桑感，但字面上始終不離蟬的形象和有關典故，寫得時隱時顯。這種筆法恐怕主要不是緣於環境的壓力（元朝統治者對這類文學作品並不在意），而是緣於矛盾和憂鬱的情懷。語言在訴說故國懷思和內心的憂傷時，也成為解脫的力量。

文天祥及汪元量　在南宋覆滅的日子裏，文天祥作為殉國者，汪元量作為遺民，以不同的聲調寫下了宋詩最後的篇章。

　　文天祥（1236—1283）字宋瑞，別號文山，廬陵（今江西吉安）人，二十歲中進士第一名，蒙古大軍進逼臨安時，被委為右丞相兼樞密使。隨後即至元軍中談判，被扣押。後脫險南逃，繼續從事復國活動，再度因兵敗被俘，押到大都（今北京）囚禁四年，因不肯屈降，終於被殺。

　　對南宋的覆亡無可逆轉這一嚴酷事實，文天祥是有認識的；甚至，他也並不反對自己的親人出仕元朝，認為這在道義上也是各有所取[1]。但即便如此，他仍然堅持自己的人生選擇，鞠躬盡瘁，繼之以死。這種高貴的人格精神在其相關的詩篇中有着強烈的表現，如著名的《過零丁洋》：

　　　　辛苦遭逢起一經，干戈寥落四周星。山河破碎風拋絮，身世飄搖雨打萍。惶恐灘頭說惶恐，零丁洋裏歎零丁。人生自古誰無死，留取丹心照汗青。

　　詩中將個人身世之悲與國家危亡之悲融為一體，交織着悲愴、哀婉、激奮、絕望等種種複雜的心情，給人以很深的感動。他的《正氣歌》以一系列歷史人物的事蹟讚譽威武不能屈、富貴不能淫的凜然氣節，表明自己要以此「正氣」抵禦獄中種種邪氣的侵襲，保持人格的完整，也成為詩史上傳誦的名篇。

　　汪元量是供奉內廷的琴師，元滅宋後，跟隨宋王室被擄至北方，後來當了道士，南歸錢塘，不知所終。在這種特殊經歷中，他的《醉歌》十首、《越州歌》二十首、《湖州歌》九十八首，用七絕聯章的形式，每一首寫一事，分別記述了南宋皇室投降的情形、戰亂對江南社會的破壞，和他北上途中所見所聞，有「宋亡之詩史」（李珏《湖山類稿跋》）之稱。

1　如他贈二弟文璧（璧仕宋而降元）的《聞季萬至》詩，以「三仁生死各有意」指他們兄弟的不同選擇，又其《獄中家書》也說這是「惟忠惟孝，各行其志」。

這類詩多以樸素的語言白描敍事，卻每每內涵着深重的傷痛，如《醉歌》中的一篇：

> 亂點連聲殺六更，熒熒庭燎待天明。侍臣已寫歸降表，臣妾僉名謝道清。

　　詩中據實直書謝太后屈辱地簽署降書一事，而譏刺之意，悲憫之情，以及作為宋人的恥辱感，盡在其中。此外，他還有許多詩篇以懷古傷今的方式抒寫了心中的悲哀，如《彭州》之感慨「歧路茫茫空望眼，興亡滾滾入愁腸」，《戲馬台》之悲歎「欲弔英靈何處在，髑髏無數滿長洲」等等。汪元量本非修養深厚的詩人，所作並不以修辭的精深見長，但詩中那種滄桑感和亡國之痛，沒有親身經歷這一切的人是難以感受到的。

四　宋代的小説與戲曲

　　宋代城市與商業的發達，對文學產生了多方面的影響。在前面我們曾説及城市中歌妓的演唱與詞的傳播的關係，書商選刻詩集與詩歌風氣的關係，而更明顯的則是由此刺激了市民文學的興盛。據宋人筆記記載，在以北宋都城汴京和南宋都城臨安為中心的城市中，普遍建有被稱為「瓦舍」的娛樂場所，「瓦舍」中又分設若干「勾欄」，演出各種各樣的伎藝，雜劇和「説話」是其中最重要的兩項，它們有力地促進了古代戲曲和白話通俗小説的成長。而文人所作的文言小説，也因受市民文學的影響產生了一些新的變化。

　　宋代的説話藝術與通俗小説　　「説話」即講故事的伎藝在唐代就有了，而從宋代文獻來看，當時説話藝術已經廣泛流行於民間。孟元老《東京夢華錄》和耐得翁《都城紀勝》都記載了宋代説話的各種分類名目，其

中最重要的是「小説」和「講史」[1]，而周密《武林舊事》記臨安一地講小説的名家就有五十二人，講史的名家亦有二十三人。

説話人所用的底本以及仿照這種文本寫成的小説便是話本小説。由於現在能夠看到的話本最早刻行於元代（以前認為保存有宋話本的《京本通俗小説》，許多研究者認為係「發現者」繆荃孫偽造，這基本上可以確定），所以很難對宋代白話小説的情況作出具體評價。但根據文獻記載，元代所刻講史話本的內容有些在宋代就已流傳，這是毫無疑問的；明人所編小説類話本集中，有些作品標明源出於宋人之作，也可以作為間接的考察途徑。如《警世通言》中《崔待詔生死冤家》一篇，題下注：「宋人小説題作《碾玉觀音》。」《醒世恆言》中《十五貫戲言成巧禍》一篇，題下注：「宋本作《錯斬崔寧》。」即使小説的文字已經被改寫過了，但主要人物和基本情節該是原來就有的（否則就無須作那種説明）。而從這兩種故事的人物與情節，就可以看出濃厚的市井生活趣味。特別是《碾玉觀音》寫一個王府中的「養娘」果敢地追求府中的玉匠，被打死後鬼魂仍尋來與自己所愛之人同居，到了極無奈時，寧可抓住他同去做鬼，那種熱烈的個性是十分感人的。總之，雖然我們現在不太清楚宋代白話通俗小説的實際情況，但它對這類小説的發展無疑起過相當大的作用。

宋代的文言小説　宋代文人所作文言小説大體仍可分為志怪與傳奇兩類。明胡應麟《少室山房筆叢》論唐宋文言小説之區別，謂：「唐人以前記述多虛，而藻繪可觀；宋人以後論次多實，而彩豔殊乏。」大致，想像力較弱，文字過於平實，又多寓教訓之意，是宋代文言小説較普遍的弱點。論其原因，魯迅謂是「士習拘謹」（《中國小説史略》）。如樂史所作《綠珠傳》，雖是傳奇之體，但故事情節相當簡單，而教訓的議論卻不少，且如魯

1　《都城紀勝》將「説話」分為四家，但由於原文不甚明晰，對另二家的名目多有爭議；依魯迅《中國小説史略》的劃分，則為「説經」和「合生」。

迅所言態度「嚴冷」（同前）。

但宋代文言小說中的一部分作品有向「說話」靠攏的傾向，這仍值得重視。如寫隋煬帝故事的《大業拾遺記》、《隋煬帝海山記》、《煬帝開河記》、《隋煬帝迷樓記》四篇就是明顯的例子。這些小說作者不明，或託名唐人，而魯迅《中國小說史略》判斷為宋人作品。小說主要描述煬帝縱恣失政以至敗亡的事蹟，但情節多為虛構，立意也並非嚴肅的政治批判。魯迅說：「帝王縱恣，世人所不欲遭而所樂道，唐人喜言明皇，宋則益以隋煬。」對想像中的帝王生活的興趣，才是這些小說的核心；而在描寫煬帝面臨敗亡的哀傷時，小說也滲透了具有普遍意義的人生無常的傷感。如《迷樓記》寫到煬帝在江都聽到宮人夜中唱喻示楊氏當滅、李氏將興的童謠時，飲酒自歌曰：「宮木蔭濃燕子飛，興衰自古漫成悲。他日迷樓更好景，宮中吐豔戀紅輝。」這種預知迷樓必將易主、來日雖有「更好景」卻盡屬他人的悲哀，是很深重的。

由於注重趣味，這些小說在細節的描寫上每有出色之處，如《大業拾遺記》中的一節：

> 長安貢御車女袁寶兒，年十五，腰肢纖墮，騃冶多態，帝寵愛之特厚。……時虞世南草《征遼指揮德音敕》於帝側，寶兒注視久之。帝謂世南曰：「昔傳飛燕可掌上舞，朕常謂儒生飾於文字，豈人能若是乎？及今得寶兒，方昭前事。然多憨態。今注目於卿，卿才人，可便嘲之。」世南應詔為絕句曰：「學畫鴉黃半未成，垂肩軃袖太憨生。緣憨卻得君王惜，長把花枝傍輦行。」上大悅。

如魯迅所評，這種描寫堪稱文筆明麗而情致綽約（見《中國小說史略》）。

從總體上說，上述幾篇小說跟民間「講史」的興盛應有密切的關係。後來的《隋唐志傳》、《隋唐演義》也正是在這一基礎上增飾而成的。

宋代文言小說中描述普通民眾生活的作品，也有不少具有跟話本小

説相通的特點。如《青瑣高議》所收的《張浩·花下與李氏結婚》[1]便是一例。小說作者不明，敍張浩慕李氏女美色，與之私結婚姻之約，李女向張索其親筆所寫詩為憑證；後張浩的叔父為張另謀聘娶，李女即持所得憑證訟於官府，獲得認可而與張浩成婚。這篇小說寫得比較粗糙，情節也不大合理，但它把男女雙方私下訂立的婚約作為婚姻的合理甚至是合法的根據，卻是後來俗文學中常見的婚姻觀念，也是一種市井趣味的反映。在體式上，這篇小說於敍事過程中多夾雜詩詞，也與傳世話本小說相似。《青瑣高議》中有好多篇是這種體式的，研究者或徑稱為「話本體小說」，當否不論，這類小說與「說話」、話本關係密切是可以肯定的。

要之，宋代文言小說雖然藝術水準不高，但其與俗文學相互滲透而呈現出某些新的特點，在文學史上卻是重要的現象。也正因此，後代通俗文學每每在這裏尋取素材，如羅燁《醉翁談錄》中的《蘇小卿》、《王魁傳》所敍故事，在元以後戲曲中久演不衰。

宋代的戲曲　從文學史的角度來看，成熟的戲曲文學要到元代才出現，但在整個中國古代戲曲的發展過程中，宋代也是一個重要的時期。

在宋代以前，唐五代的「參軍戲」已經具備某些戲劇成分。參軍戲有「參軍」、「蒼鶻」一正一副兩種角色，通過對話、動作表演詼諧滑稽的內容，現代的相聲、獨腳戲等曲藝與之尚有某種相似之處；有些參軍戲也用歌唱形式演出。宋代的戲曲被稱為「雜劇」，周密《武林舊事》記其名目則為「官本雜劇」，和「說話」一樣，是瓦舍勾欄中最重要的演出內容，在宮廷內和官員的宴集中也有演出。「雜劇」之謂「雜」本就是紛雜之意，其形態是多樣化的，主要的大致有兩類，一是沿襲參軍戲而發展的滑稽戲，一是歌舞戲。後者雖也與參軍戲有某種關聯，但變化已經很大，並且逐漸成為宋雜劇的主要樣式。《武林舊事》錄宋代官本雜劇戲目

1　《青瑣高議》每篇正題下均標有七字俗語的副題，研究者多認為與俗文學的影響有關。

二百八十種，據王國維《宋元戲曲史》考證，其中用大曲的佔一百多種，而大曲本是歌舞相兼的大型樂曲；另外又有數十種是用諸宮調、法曲、詞調的，可能也有一部分是歌舞戲。不過歌舞戲的表演也帶有滑稽成分，故吳自牧《夢粱錄》言「雜劇全以故事，務在滑稽」。因為這是以娛樂為目的的藝術，使人看得有趣是很重要的。實際上直到元雜劇，滑稽性質的插科打諢仍是必不可少。

　　宋雜劇沒有劇本留傳下來，所以我們對它的演出內容不太清楚，僅有個別的劇目可以從名稱上作大概的推測，如《崔護六幺》當是演崔護「桃花人面」詩的本事。但據《夢粱錄》等文獻記載，它演出時有四或五個固定角色，必要時還可添加，這表明宋雜劇應有略豐富的情節，與參軍戲那種簡單的滑稽表演是不同的。代言體的特徵雖還不明確，但正在向這一方向轉化。

五　金代的文學

　　金是一個由遊牧部落迅疾崛起而建立的王朝，完顏阿骨打稱帝後始有女真文字，可見其本來的文化基礎之薄弱。但在統治中原的一百多年中，女真族統治階層和漢族士大夫逐漸融合，形成了一種以漢文化為主體而又包含多元因素的文化，與同時的南宋文化相比，它具有不同的特色。從文學方面來說，雖然由於文獻缺乏而無法充分瞭解其全貌，但它的某些特點在整個中國文學史上的重要意義仍然是顯而易見的。

　　元好問與金代的詩、詞　　金代文人有別集傳世的不多，其詩詞主要是通過元好問所編《中州集》及所附《中州樂府》保存下來的。

　　《中州集》中所收金前期文士均為由宋入金者，其中以詩著名的有宇

文虛中、高士談,詩、詞兼長的有吳激,而蔡松年則最擅長於詞。他們經歷了北宋亂亡,仕於異族的王朝,內心難免有許多痛苦,所作每每滲透了悲涼的情調。如宇文虛中的《春日》詩:

> 北渲春事休嗟晚,三月尚寒花信風。遙憶東吳此時節,滿江鴨綠弄殘紅。

吳激《人月圓》詞是因在一金朝官員的宴席上見到一位被擄的北宋宮女,感慨而作:

> 南朝千古傷心事,猶唱《後庭花》。舊時王謝,堂前燕子,飛向誰家? 恍然一夢,仙肌勝雪,宮髻堆鴉。江州司馬,青衫淚濕,同是天涯。

這首詞在北、南兩朝流傳甚廣,它所表達的哀傷牽動了許多人的心情。

至金中期以後,北、南媾和,社會漸趨穩定,漢族文士的處境也得到改善。作為在金的統治下出生和成長的一代人,他們不再有前期文人所感受到的悲哀與痛苦,詩詞遂多綺麗風雅之章。北宋名家蘇、黃對其時詩人影響頗大,但金代文人的思想本較南宋為自由,整個詩壇風氣也並不是那麼褊狹,不少人主張更廣泛地向前代吸收,逐漸形成尊古的趣尚。尤其值得注意的是在金中後期的詩論中,存在一種不滿於江西派詩歌的知性化傾向而強調任情的意見,如王若虛在《滹南詩話》中提出:「哀樂之真,發乎情性,此詩之正理也。」李純甫為劉汲《西嵓集》作序說:「三百篇……大小長短,險易輕重,惟意所適。雖役夫室妾悲憤感激之語,與聖賢相雜而無愧,亦各言其志也已矣。」(《中州集‧劉西嵓汲》引)而到了金末的元好問,無論在理論還是創作上,都走向一條與宋詩主流完全不同的道路。

元好問(1190—1257)字裕之,號遺山,秀容(今山西忻縣)人,生活在金王朝受蒙古勢力壓迫而衰亡、崩潰的時代,曾任縣令等地方官職,仕

至行尚書省左司員外郎，金亡不仕，致力於詩歌創作和金代文獻的編理。

元好問是金代最傑出的詩人，後世對他的評價甚高。他寫了不少論詩的文字，《論詩》絕句三十首尤為著名。他對前代詩人，如曹、劉之慷慨，阮籍之深沉，陶潛之真淳，均極表讚賞，而對宋詩多有不滿，且明確宣稱「論詩寧（豈）下涪翁拜，不作江西社裏人」。《四庫提要》以「高古沉鬱」評元好問的文學風格，大體其詩學趣味偏向於一種由內在的熱情所決定的渾厚雄放。

金亡前後反映戰亂苦難的詩作是元好問詩中最出色的一類，清代趙翼盛讚「唐以來律詩之可歌可泣者，少陵十數聯外絕無嗣響，遺山則往往有之」（《甌北詩話》），即指此而言。如《岐陽》三首之二：

> 百二關河草不橫，十年戎馬暗秦京。岐陽西望無來信，隴水東流聞哭聲。野蔓有情縈戰骨，殘陽何意照空城。從誰細向蒼蒼問，爭遣蚩尤作五兵？

這首詩以正大八年元軍破鳳翔戰事為背景。在凝練嚴整的形式中，悲憤的感情以強大的力量向外擴張。尤其五、六二句的象徵寫法，野蔓繞枯骨的多情而柔弱和殘陽照空城那種巨大冷漠的籠罩兩相對映，令人深刻地感受到戰爭的慘酷和詩人內心巨大的痛苦。而結末兩句，又跳出「敵」、「我」對立的立場，對人類的戰爭這一現象提出指控式的責問，也是震撼人心的。元好問是早已漢化了的鮮卑族拓跋氏後裔，仕於女真族的金朝，而面對着蒙古族的狂暴力量，這種複雜的民族背景，恐怕是造成其超越性立場的重要原因。而正是直接從個體的感受出發指控戰爭，增加了詩歌的情感力量。另如《壬辰十二月車駕東狩後即事》五首之二的開頭，「慘淡龍蛇日鬥爭，干戈直欲盡生靈」，也同樣是直截地把戰爭本身看成是可詛咒的事情。

元好問的詞也很出色，他對兩性間真情的讚美，較宋人同樣主題的詞更顯明朗熱烈，如《摸魚兒》，據詞前小序乃是為「大名民家小兒女有

以私情不如意赴水者」而作，作者對這一對年輕人不僅毫無指責，而且借二人化為並蒂蓮的傳說頌讚其精神永存：「海枯石爛情緣在，幽恨不埋黃土。」另一首《摸魚兒》詞也寫「情」，詞前亦有小序：

> 乙丑歲赴試并州。道逢捕雁者云：「今日獲一雁，殺之矣。其脫網者悲鳴不能去，竟自投於地而死。」予因買得之，葬之汾水之上，累石為識，號曰「雁丘」。時同行者多為賦詩，予亦有《雁丘辭》。舊所作無宮商，今改定之。

> 恨人間、情是何物，直教生死相許！天南地北雙飛客，老翅幾回寒暑。歡樂趣，離別苦，是中更有癡兒女。君應有語，渺萬里層雲，千山暮景，隻影為誰去？　　橫汾路，寂寞當年簫鼓。荒煙依舊平楚。招魂楚些何嗟及，山鬼自啼風雨。天也妒，未信與、鶯兒燕子俱黃土。千秋萬古。為留待騷人，狂歌痛飲，來訪雁丘處。

元好問買雁而為之下葬的故事應該是真實的吧。「恨人間，情是何物，直教生死相許！」由雁的故事，激起如此優美的愛情讚歌。

《西廂記諸宮調》及院本　和南宋一樣，金代通俗文學也有顯著的發展，尤其諸宮調與院本，直接奠定了元雜劇的基礎。

諸宮調是一種以唱為主而兼有講說的曲藝，因其用多種宮調的曲子聯套演唱而得名。表演時敍述與代言兼用，同現在的評彈相似。據《夢粱錄》載，係北宋中期藝人孔三傳所創，最初流行於汴京，至金代進一步繁興。但諸宮調作品保存下來的僅有兩種，一種是已殘缺的《劉知遠諸宮調》，另一種就是著名的《西廂記諸宮調》。不過《西廂記諸宮調》開頭部分在說到將要演唱的故事時，以「也不是」甚麼、「也不是」甚麼的方式一口氣提到八種故事名目，可見當時流行的諸宮調種類並不少。

《西廂記諸宮調》作者董解元，是金中期人。「解元」是當時對讀書人泛用的美稱（《武林舊事》記臨安說書人，也有叫「張解元」的），

其名字、身世均不詳。惟董解元在作品開頭部分曾作過一些自我介紹，如「秦樓謝館鴛鴦幄，風流稍是有聲價，教惺惺浪兒每都伏咱」，「一回家想麼詩魔多，愛選多情曲。比前賢樂府不中聽，在諸宮調裏卻著數」之類，大概可以知道他是一個放浪不羈、以創作諸宮調為專業的市井才人。

元稹所作傳奇《鶯鶯傳》描述了一個青年男女自相愛悅的故事，同時留下了一個以偽善的理由掩飾男主人公自私行為的破壞性的結局。這故事中包含着相互衝突的因素。至宋代圍繞這一故事產生了一些新的作品，其中趙德麟以說唱形式寫的《商調蝶戀花》最為重要，它在情節上雖並無大改動，但對張生拋棄鶯鶯的行為採取指責的態度，更多地渲染了故事的悲劇氣氛，這代表了人們對原故事所持人生態度的不滿。

而至《西廂記諸宮調》，故事的性質發生了根本的改變。張生和鶯鶯成為一對彼此愛悅、至死不渝而歷經磨難、終於結合的情侶，在原作中並沒有多少主動行為的鶯鶯的母親則成為家長威權和禮教的代表，故事中的基本矛盾變為私情與禮教的衝突。

這種變化有着深厚的思想文化背景。從一般意義上說，「私情」即青年男女間自由的戀愛是一種動人的文學主題，但在傳統禮教的抑制下，它卻很難得到肯定的表現。而隨着城市經濟與市民文化的興盛，這種阻遏才逐漸被打破。在前面關於宋、金文學的介紹中，可以看到肯定私情的作品正在不斷增多。尤其在金人統治的北方，由於女真族尚保存着某些寬鬆的婚配習俗，它對漢族的禮教文化也起到一定的衝擊作用。在《西廂記諸宮調》開頭部分所提及的其他諸宮調作品雖未傳世，但通過文獻記載以及後世沿承其題材的戲曲作品來考察，像「井底引銀瓶」、「雙漸豫章城」、「離魂倩女」等篇，應當均是肯定和讚美男女私情的。所以《西廂記諸宮調》並不是孤立地出現的。但同時我們也不能不注意到：就目前所能看到的資料而言，《西廂記諸宮調》是中國文學史上第一部以宏大的規模、複雜的結構、深入細緻的描述，從正面反映私情與禮教的衝突，肯定愛情與婚姻自由的文學作品，在這基礎上又產生了元雜劇《西廂記》這一中國古

代愛情文學的經典。

　　進一步説，肯定愛情與婚姻的自由，實際上又是肯定個人普遍的自由權利的基礎和起點，從金元文學直至「五四」新文學，眾多表現這一主題的作品或深或淺地隱含着上述意義，所以《西廂記諸宮調》實可視為中國古典文學向近代方向進展的標誌性作品。

　　從《鶯鶯傳》三千餘字的篇幅，發展到《西廂記諸宮調》五萬餘字的規模，情節變得大為豐富，其中的張生鬧道場，崔、張月下聯吟，鶯鶯探病，長亭送別，夢中相會等場面都是新加的。因此，作品對人物性格以及因為性格因素而產生的相互衝突可以作出充分細緻的描寫，能夠較好地揭示人物與其生存環境的複雜關係。譬如鶯鶯對張生的愛慕之情態度，從猶豫到堅決，由被動變為主動，最終不惜以自己的生命殉愛情，整個過程寫得相當曲折。同時，作者又用了大量篇幅來刻畫人物的思想感情，如張生赴應試時在旅舍思念鶯鶯的一節，表現其心理活動的曲詞長達六七百字，寫得十分細膩，這在過去的敍事文學作品中是沒有過的。

　　總的來説，《西廂記諸宮調》雖然還存在諸如枝蔓過多、有些部分顯得鬆散、個別地方人物的言行表現得不盡合理等缺陷，但在發揚敍事文學的長處方面，它作出了可貴的努力，為後人提供了重要的經驗，對中國文學的發展起到了不可忽視的作用。

　　金人統治北方後，北方的雜劇又改稱為「院本」，而據元末陶宗儀的《南村輟耕錄》説，「院本，雜劇，其實一也」。其書並記錄了金院本戲目近七百種。金院本也沒有劇本傳下來，但從這些戲目來看，金院本中故事性較強的作品所佔比例似乎高於宋雜劇。如《莊周夢》、《赤壁鏖兵》、《杜甫遊春》、《張生煮海》等，均為元雜劇所承襲。

　　值得説明的是，元雜劇一些重要的作家如關漢卿、白樸等是由金入元的，所以不少研究者認為成熟的戲曲形態應該在金末就已出現，只是現在無法判斷這些作家哪些作品在金代寫成。這種推斷是合理的。而且，不管怎麼説，諸宮調和金院本的多種特點，都為戲曲的成熟提供了條件。

第十五章 元代文學

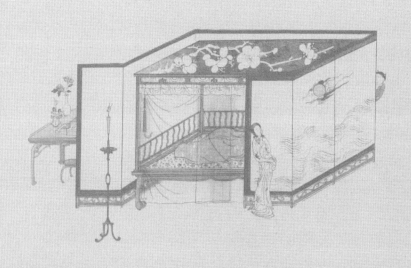

元王朝是中國歷史上第一個由少數民族建立的統一政權。元代的一百多年，是經濟文化十分活躍的時期。

　　元朝的蒙古族統治階層一向看重實利，鼓勵商業，明方孝孺稱：「元以功利誘天下⋯⋯而宋之舊俗微矣。」（《贈盧信道序》）工商業的發展使一些原有的和新興的重要城市呈現空前的繁榮，這在《馬可波羅行紀》對元大都等城市充滿羨慕的描繪中可以看到。同時，元也奉行積極的對外政策，不僅沿襲宋制建有市舶司，至元年間世祖忽必烈還指示制定了規範海上貿易、保護民間舶商的《市舶則法》。正是在政府的支持下，元代中外貿易往來異常興盛，超越前代。元是一個擴張性的王朝，也是一個富於商業精神和冒險精神的王朝。

　　當然，自蒙古統治者進入中原始，就越來越多地接受了漢族傳統文化。忽必烈即位後改國號為「元」，就是取《周易》「大哉乾元」之義。正如許衡向忽必烈提出的，「必行漢法乃可久」（《元史》本傳），這是實行統治的需要。但在中國歷代統一王朝中，元代文化中「異質」因素的滲透仍然是最為顯著的。在元代，儘管官方也試圖利用儒學，但蒙古民族粗獷豪放的性格和重視實利的習慣，同這種抑制性的思想學說總是很隔膜，所以實際上在元代儒家思想作為精神統治的力量是相當薄弱的；社會中所謂「九儒十丐」的說法（見謝枋得《送方伯載歸三山序》），也正道出儒生的困窘。同時，在宋代已經完全成熟的科舉制度到元代也受到嚴重破壞，不僅元初數十年間一度廢除科舉，而且即使後來得到恢復，由於仕出多途，它也遠沒有像在宋代那樣重要。

　　對漢族文化人來說，即使不涉及元朝統治者針對漢人的惡劣的民族歧視政策——所謂「四等人制」，其統治亦有許多令人灰心的地方。但與此同時，元代特殊的社會狀態卻也引發出一系列具有積極意義的後果——儘管那未必出於統治者的意願。首先，由於統治者輕忽思想控制，形成了文人思想較為自由活躍的局面，一些異端精神也得到容忍。其次，隨着大批文化人失去仕途希望，他們也擺脫了對國家政權的依附。而由於城市經濟造就了具有

相當規模的文化消費需求，他們可以通過向社會出賣自己的智力創造謀取生活資料，因而既加強了個人的獨立意識，也獲得對真實人生的親切的理解。就這樣，元代社會造就了一群傑出的非傳統類型的文人，他們開始具備自由職業者的某些特徵。

元代文學正是因此而呈現出異常的活力。像雜劇、說話、講唱等通俗性、大眾化的市井文藝形式，在民間已經流行了很久，它雖然內蘊着生機，但在尚未有傑出的文人參與創作時，並不能產生優秀的作品。如果說金末董解元作《西廂記諸宮調》是一個標誌，那麼到元代，我們看到更多富於天才的作家投入到雜劇的創作中來。中國戲曲文學因此而大放光芒。

當元雜劇出現以後，作為虛構性敘事文學的戲曲、小說，成為最能夠代表中國文學成就的類型，文學史的面貌也從此發生了改變。因為虛構性敘事文學在反映人與環境的複雜關係、表現人對生活的意慾與想像方面有着特殊的優長，而富於原創力量的作家使這一優長獲得了實現。

一　元代前期雜劇

用簡單的劃分方法，元雜劇可以大德年間（1297—1307）為界，分為前後兩期。前期作家主要活動於以大都為中心的北方城市，後期雜劇作家大都活動於東南沿海城市。這種變化與南北統一以後東南沿海城市經濟發展迅速而北方城市的地位明顯降低有關。但從創作成就來說，前期才是元雜劇的全盛期。

元雜劇的體制　元雜劇是在宋、金雜劇的基礎上糅合了諸宮調的多種特點，並從其他民間伎藝中吸取了某些成分而形成的，它是完全的代言體。

元雜劇的基本結構形式，是以四折、通常外加一段楔子為一本，表演一個劇目；只有極少數劇目是多本的。一「折」意味着一個故事單元，同時也是音樂單元；每一折用同一宮調的一套曲子組成（元代流行的宮調有九種：仙呂宮、南呂宮、正宮、中呂宮、黃鐘宮、雙調、越調、商調、大石調）。「楔子」是對劇情起交代或連接作用的短小的開場戲或過場戲，通常只有一、二支曲子。

元雜劇就其性質來說是一種歌劇，它的核心部分是唱詞。通常限定每一本由正旦或正末兩類角色中的一類主唱；正旦所唱的本子為「旦本」，正末所唱的本子為「末本」。一人主唱的規定對合理安排劇情和塑造眾多人物形象造成了一定的限制。

元雜劇的角色，可分為旦、末、淨、外、雜五大類，每大類下又分若干小類，以此把劇中各種人物分為若干類型，以便於帶有程式化的表演。

關漢卿的雜劇　一種新的文藝樣式需要偉大的作家將它提高和定型。對於元雜劇來說，關漢卿不僅是創作年代最早的作家之一，而且作品數量和類型最多，藝術成就也最為傑出，他無疑是元雜劇最重要的奠基人。

關漢卿的生平情況，只能以現存的一些片斷材料推知大概。元末鍾嗣成《錄鬼簿》中說他是大都（今北京）人，「太醫院戶（一本「戶」作「尹」），號已齋叟」，將他列為有劇作傳世的「前輩已死名公才人」之首。而元末朱經的《青樓集序》則把他和杜善夫、白樸都明白列為「金之遺民」。他由金入元當是可以肯定的。另外，關漢卿作有《南呂一枝花·杭州景》，證明他到過杭州，因而當是卒於元統一全國以後。

關漢卿的《南呂一枝花·不伏老》套數，對自己的生活方式和為人作了一番描述（參見後文散曲部分）。他自稱「一世裏眠花宿柳」，是「蓋世界浪子班頭」，「通五音六律滑熟」，可以見出他常年流連於市井和青樓，以自己的才藝謀生。對這種生涯，他覺得很自豪。

關漢卿雜劇見於載錄的共六十六種，現存十八種，其中十三種是無疑

問的：《竇娥冤》、《單刀會》、《哭存孝》、《蝴蝶夢》、《詐妮子》、《救風塵》、《金線池》、《望江亭》、《緋衣夢》、《謝天香》、《拜月亭》、《雙赴夢》、《玉鏡台》；另有《魯齋郎》等五種是否關作，尚有爭議。下面選擇《竇娥冤》、《救風塵》、《單刀會》三種主題和風格均有明顯區別的作品稍加分析。

《竇娥冤》的全名是《感天動地竇娥冤》，它以強烈的悲劇特徵，揭示了社會的不公正。作者從兩方面加以強化，使這一點顯得極其尖銳：一方面，是主人公竇娥的弱小、善良、毫無過失——她是個孤女，因父親欠下高利貸無力償還，被賣給蔡家作童養媳，年紀輕輕就守了寡，盡心盡力地侍候着同是寡婦的婆婆；在公堂上，因不忍見婆婆被拷打而承擔了被誣陷的罪名，臨赴刑場時，還怕婆婆見到傷心，特意請劊子手繞道而行。在這些情節中，也表彰了竇娥的「貞節」和「孝道」，但根本上是為了表現竇娥具有社會所贊同的一切德行，來強調她的善良無辜。而另一方面，則是各種各樣的社會因素，造成她一重又一重的不幸。從孤兒到童養媳到寡婦，她的悲慘遭遇已經令人十分同情，卻偏偏又遇上地痞惡棍張驢兒父子的脅迫與誣害；當她自信清白大膽走上公堂時，等在那裏的是一個昏憒愚蠢、視人命如蟲蟻的太守。實際上，整個劇本中所出現的每一個人物，包括竇娥的父親和她所孝敬的婆婆，都或多或少、或間接或直接地造成了竇娥無盡的不幸，而地痞惡棍加上昏庸貪婪的官僚，最後把她送上了斷頭台。這一結果徹底顛倒了普通老百姓所信奉所要求的善惡各有所報的法則，無論在劇情本身還是在觀眾心理上，都已掀起了巨大的感情浪濤，而最終從竇娥憤怒的呼喊中噴泄而出：

> 有日月朝暮懸、有鬼神掌著生死權。天地也，只合把清濁分辨，可怎生糊突了盜跖、顏淵！為善的，受貧窮更命短；造惡的，享富貴又壽延。天地也，做得個怕硬欺軟，卻元來也這般順水推船。地也，你不分好歹何為地？天也，你錯勘賢愚枉做天！哎，只落得兩淚漣漣。（《滾繡球》）

在這個故事裏，善良的被粉碎是絕對化的，這引導人們以超越具體事件的態度來看待人類社會的秩序，感受到極大的震撼。就此而言，王國維認為將《竇娥冤》放在世界偉大的悲劇中也毫不遜色（《宋元戲曲史》），並不是誇張之談。只是作者沒有能夠把悲劇的力量維持到底，最後她的經科舉做了官的父親平反了冤案，使得劇中的激情和尖銳的矛盾衝突平息下去。

《救風塵》則是一種結構巧妙的喜劇。劇中三個主要人物性格鮮明，配合得恰好：同是風塵女子的宋引章和趙盼兒，前者天真輕信、貪慕虛榮，後者飽經風霜、世情練達；而另一角色周舍，則是個輕薄浮浪又狡詐兇狠的惡棍。宋引章被周舍所騙，趙盼兒利用周舍好色的習性，以身相誘，將她救出火坑。劇中周舍作為惡勢力的代表被放在受愚弄的地位上，他由於自身的卑劣品格而受到誘騙，終於大倒其霉，這無疑給普通觀眾帶來很大的快感。而通常為社會道德所不贊同的色相欺騙，成為代表正義一方的必要和合理的報復手段，這顯然反映出市民社會的道德觀念，劇情也因此變得十分活躍。像趙盼兒對周舍指責她違背咒誓時的回答：「遍花街請到娼家女，那一個不對着明香寶燭，那一個不指着皇天后土，那一個不賭着鬼戮神誅，若信這咒盟言，早死的絕門戶。」那真是理直氣壯，潑辣得很。另外，《望江亭》寫譚記兒面臨楊衙內企圖殺害她丈夫、強娶她為妾的險境，機智地利用酒色將他愚弄，使之淪為階下囚的故事，也有相似的特點。

《單刀會》是一歷史題材的抒情詩劇，它的劇情很簡單：魯肅設宴約關羽過江，企圖強迫他交出荊州，關羽明知其意，卻不肯示弱，單刀赴會，復安然歸去。作為戲劇來看，這一作品的故事性、動作性未免薄弱，但在抒情性方面卻有很好的效果。關漢卿本人的性格無疑是很高傲的，藉着描繪歷史上的英雄人物，他抒發了自己對人生的慷慨豪情。如關羽過江時那一段膾炙人口的唱詞，對於劇情發展並不重要，卻以濃郁而蒼涼的情感打動人：

水湧山疊，年少周郎何處也？不覺的灰飛煙滅，可憐黃蓋轉傷嗟。破曹的檣櫓一時絕，鏖兵的江水由然熱，好教我情慘切！（云）這也不是江水，（唱）二十年流不盡的英雄血！（《駐馬聽》）

歷史的行程是慘烈的，而慘烈的歷史轉首成空，這是令人感到悲涼的地方；但是，即使如此，英雄也不能放棄他們在歷史中的行動，而必須在歷史中建樹自己的業績，這是令人感到亢奮的地方。所以，這一段唱詞從古至今一直為人們所喜愛。

關漢卿雜劇的題材、內容、風格是多樣化的，水準也並不齊一。但總的說來，它顯示了根源於作者自由的個性與博大的胸懷的活躍而強大的藝術創造力。他的劇作涉及多個社會層面中各式各樣的人物，這些人物大多寫得生動、鮮活，具有實際生活中人物性格的多面性，很少有從乾巴巴的概念出發去理解的；他集中反映了弱者的生活遭遇和生活理想，既揭示了社會對他們的不公平，也反映出他們頑強、機智的鬥爭精神，有力地豐富了中國文學的內涵。

作為中國戲曲發展初期出現的劇作家，關漢卿對與舞台演出密切相關的戲曲文學的特徵已經有了出色的理解。他的一部分優秀之作，善於在激烈的矛盾衝突中營造戲劇氛圍，善於在清晰的敍述步調中展開抒情，結構單純明快而又變化多姿。

在語言方面，關漢卿被認為是元雜劇「本色派」的代表。這種語言較少文飾，既切合劇中人物的身份與個性，也貼近當時社會活生生的口頭語言，更能把觀眾感情引入到劇情和戲劇人物的命運中。而另一方面，正如王國維評關漢卿「一空倚傍，自鑄偉詞」（《宋元戲曲史》），它是藝術創造的產物而非簡單地搬用日常口語。能夠把質樸淺俗的口語錘煉得委曲細緻，而又始終新鮮活潑，生氣蓬勃，是其基本特點。元雜劇對中國文學轉向以白話為主起了重要作用，從根本上影響了後代許多人對於文學語言的認識，而關漢卿作為元雜劇的奠基人和典範作家，他的貢獻是值得歌頌的。

白樸的雜劇　白樸（1226—？）字太素，號蘭谷；原名恆，字仁甫，出生於金的末年。父白華是金朝著名詩人。白樸幼年經歷顛沛流離，長成後家世淪落，不復有仕進之意，長年漂泊於大江南北。晚歲乃定居金陵。他是元代最早以文學世家的名士身份投身於戲劇創作的作家，其劇作見於著錄的有十六種，完整留存的有《牆頭馬上》與《梧桐雨》。

《牆頭馬上》的素材源自白居易新樂府詩《井底引銀瓶》。原作寫一名少女與情人私奔而最後遭遺棄的故事，其主題在詩的小序中明言為「止淫奔」，是為道德教化而作的。但詩中又將私情故事寫得頗為動人，所以這詩猶如元稹的《鶯鶯傳》，內涵有矛盾的因素。《西廂記諸宮調》提及諸宮調中有寫「井底引銀瓶」的作品，雖不存世，但從作者介紹的語氣來看，其主旨與原詩相比應當已有變化。白樸的《牆頭馬上》可能是從諸宮調進一步演變而來，情節與白詩略有相似之處：洛陽總管李世傑的女兒李千金在花園牆頭看到騎在馬上的裴尚書之子裴少俊，兩人一見鍾情，李當夜隨裴私奔，在裴家後花園暗住七年，生一兒一女。裴尚書發覺後，逼裴少俊休了她。後裴少俊中狀元，以母子之情打動李千金，夫婦才得重聚。但雜劇的主題，則完全與白居易原詩相背，是熱情讚美男女間的自由結合，從「止淫奔」變成了「讚淫奔」。

李千金是劇中最重要和最具有個性的人物。她一出場的唱詞便大膽表述對於滿足情慾的要求：

> 我若還招得個風流女婿，怎肯教費工夫學畫遠山眉。寧可教銀缸高照，錦帳低垂，菡萏花深鴛並宿，梧桐枝隱鳳雙棲。這千金良夜，一刻春宵，誰管我衾單枕獨數更長，則這半床錦褥枉呼做鴛鴦被。（《混江龍》）

在見到裴少俊後，她不但一開始就主動約他幽會，而且自始至終，都是理直氣壯地為自己的私奔行為辯護，用潑辣的語言回擊裴尚書等人對於

自己的指責。在「大團圓」的慶宴上，她還這樣唱道：「只一個卓王孫氣量捲江湖，卓文君美貌無如。他一時竊聽求凰曲，異日同乘駟馬車，也是他前生福。怎將我牆頭馬上，偏輸卻沽酒當壚。」總之，通過李千金這一人物的行動和語言，劇本對自由的愛情、非禮的私奔、男女的情慾都作出率直袒露、毫無畏怯的肯定和讚美，這個形象是過去文學中所沒有的。

《梧桐雨》取材於白居易的詩《長恨歌》，在描述唐明皇與楊貴妃之愛情悲劇的過程中，着重刻畫了唐明皇的內心世界：由於政治上的失敗，他從權力的頂峰跌落，失去繁華輝煌的生活，失去美如天仙的楊妃和如癡如迷的愛情，在孤獨與蒼老中感受着往日如夢消逝以後的寂寞與哀傷，一種對盛衰榮枯無法預料和把握的幻滅感。幸福是脆弱的，生命最終歸於悲哀，這是劇中所傳達的主要情調，它無疑滲透了作者因個人身世而發的滄桑與悲涼之感。

《梧桐雨》是一部抒情詩劇，比之《牆頭馬上》的世俗化傾向，它更多地表現出文人化的趣味，尤其以典雅優美、富於抒情詩特徵的曲詞著名。特別是第四折，全部二十三支曲子幾乎都是唐明皇的內心獨白，寫他的憶舊、傷逝、相思、愧悔、孤獨、哀愁等種種心情。其中後十三支曲子，通過對秋雨梧桐的描寫，反覆地以淒涼蕭瑟的環境與人物的心境相互映照，彼此交融，獲得強烈的抒情效果。這裏僅取最後一曲《黃鐘煞》的末節為例：

> 斟量來這一宵，雨和人緊廝熬。伴銅壺點點敲，雨更多淚不少。雨濕寒梢，淚染龍袍，不肯相饒，共隔着一樹梧桐直滴到曉。

馬致遠的雜劇　馬致遠，號東籬，大都人。生卒年不詳，年輩略晚於關漢卿、白樸。曾任江浙行省省務提舉。劇作見於著錄的有十五種，今存《漢宮秋》、《青衫淚》、《薦福碑》、《岳陽樓》、《陳摶高臥》、《任風子》六種。

《漢宮秋》是馬致遠雜劇中最著名的一種，敷演王昭君出塞和親故

事。這故事原本帶有許多傳說成分，馬致遠在此基礎上再加虛構，把昭君出塞的原因，寫成匈奴引兵攻漢，強行索取；把元帝寫成一個軟弱無能、為群臣所挾制而又多愁善感、深愛王昭君的皇帝；把昭君的結局，寫成在漢與匈奴交界處投江自殺。這樣，《漢宮秋》成了一種假借歷史故事而加以大量虛構的宮廷愛情悲劇。

《漢宮秋》是末本戲，主要人物是漢元帝。劇中寫皇帝都不能主宰自己、不能保有自己所愛的女人，那麼，個人被命運所主宰、為歷史的巨大變化所顛簸的這一內在情緒，也就表現得更強烈了。事實上，在馬致遠筆下的漢元帝，也更多地表現出普通人的情感和慾望。當臣下以「女色敗國」的理由勸漢元帝捨棄昭君時，他忿忿地説：「雖然似昭君般成敗都皆有，誰似這做天子的官差不自由！」灞橋送別時，他感慨道：「早是俺夫妻悒怏，小家兒出外也搖裝。」對夫妻恩愛的平民生活流露出羨慕之情。

《青衫淚》由白居易《琵琶行》敷演而成，虛構白居易與妓女裴興奴愛情故事，中間插入商人與鴇母的欺騙破壞，造成戲劇糾葛。在士人、商人、妓女構成的三角關係中，妓女終究是愛士人而不愛商人，這也是文人的一種自我陶醉吧。

馬致遠的雜劇寫實的能力不強，也缺乏緊張的戲劇衝突，其長處在善於寫優美的抒情性曲辭。其語言不像《西廂記》、《梧桐雨》那樣華美，而是樸實自然與典雅精緻的結合，前人對此評價甚高。下以《漢宮秋》第三折中寫元帝自述與昭君別離之苦的一節為例：

> 呀！俺向着這迥野悲涼，草已添黃，兔早迎霜，犬褪得毛蒼，人搣起纓槍，馬負着行裝，車運着餱糧，打獵起圍場。他他他，傷心辭漢主，我我我，攜手上河梁。他部從入窮荒，我鑾輿返咸陽。返咸陽，過宮牆；過宮牆，繞回廊；繞回廊，近椒房；近椒房，月昏黃；月昏黃，夜生涼；夜生涼，泣寒蜇；泣寒蜇，綠紗窗；綠紗窗，不思量。（《梅花酒》）

> 呀！不思量除是鐵心腸，鐵心腸也愁淚滴千行。美人圖今夜掛昭陽，我那裏供養，便是我高燒銀燭照紅妝。（《收江南》）

王實甫與《西廂記》　　王實甫，大都人，《錄鬼簿》列為「前輩已死名公才人」而位於關漢卿、白樸、馬致遠等人之後。一般認為他是由金入元的作家，生活年代與關漢卿相仿或稍後。從元末明初的賈仲明為他寫的弔詞來看，他也是關漢卿那樣的一個風流落拓的文人。其劇作見於載錄的有十四種，現存的除《西廂記》外，尚有《麗春堂》、《破窰記》。

　　《西廂記》取材於董解元的《西廂記諸宮調》，依戲曲的要求進行了重新創作，並在一些重要環節上彌補了原作的缺陷，這主要表現在：一方面刪減了許多不必要的枝葉和臃腫部分，使結構更加完整，情節更加集中；另一方面，也是更重要的，是讓劇中人物更明確地堅守各自的立場──老夫人在嚴厲監管女兒，堅決反對崔、張的自由結合，維持「相國家譜」的清白與尊貴上毫不鬆動，張生和鶯鶯在追求愛情的滿足上毫不讓步，他們加上紅娘為一方與老夫人一方的矛盾衝突於是變得更加激烈。這樣，不僅增加了劇情的緊張性和吸引力，也使得全劇的主題更為突出、人物形象更為鮮明。

　　元雜劇以四折一本表演一種劇目和只允許一個角色唱的體制，對劇情的充分展開和多個人物形象的刻畫造成了很大限制。《西廂記》則是一種規模宏大的多本劇，共五本二十一折（其中第五本係王實甫本人所作還是他人續作，尚有爭議），各本由不同的人物主唱，它因而突破了上述限制。

　　在情節上，全劇波瀾起伏，矛盾衝突環環相扣。從一開始崔、張邂逅於普救寺而彼此相慕，就陷入一種困境；而後張生在老夫人許婚的條件下解脫孫飛虎兵圍普救寺的危局，似乎使這一矛盾得到解決；然而緊接着又是老夫人賴婚，再度形成困境。此後崔、張在紅娘的幫助下暗相溝通，卻又因鶯鶯的疑懼而好事多磨，使張生病臥相思床，眼見得好夢成空；忽然鶯鶯夜訪，兩人私自同居，出現愛情的高潮。此後幽情敗露，老夫人發威大怒，又使劇情變得緊張；而紅娘據理力爭並抓住老夫人的弱點加以要

挾，使得她不得不認可既成事實，矛盾似乎又得到解決。然而老夫人提出相府不招「白衣女婿」的附加條件，又迫使張生赴考，造成有情人的傷感別離。在可能是後人續作的第五本中，直到大團圓之前，還出現同鶯鶯原有婚約的鄭恆的騙婚，再度橫生枝節。這樣山重水復、縈迴曲折的複雜情節，是一般短篇雜劇不可能具有的。它不僅使得故事富於變化、情趣濃厚，而且經過不斷的磨難，使得主人公的愛情不斷得到強化和淋漓盡致的表現。

劇中主要人物張生、崔鶯鶯、紅娘，各自都有鮮明的個性，而且彼此襯托，相映成輝。張生的性格，是輕狂兼有誠實厚道，灑脫兼有迂腐可笑。他大膽妄為，一味癡情，成為劇中矛盾的主動挑起者。張生的劇中身份是一介書生，其形象實際上滲透了市民社會的趣味。鶯鶯的形象在《西廂記》中也得到較小說和諸宮調更為精細的刻畫。她始終渴望着自由的愛情，只是由於受到家庭的壓制和身份及教養的約束，她總是若進若退地試探獲得愛情的可能，並常常在矛盾的狀態中行動：一會兒眉目傳情，一會兒裝腔作勢；才寄書相約，隨即賴個精光……因為她的這種性格特點，劇情變得十分複雜。但是，她終於以大膽的私奔打破了疑懼和矛盾心理。而作者以讚賞的眼光描述其對愛情的主動追求，使得這個劇本極富於生氣和光彩。紅娘在諸宮調中才成為重要的角色，到了雜劇中變得尤為活躍。她機智聰明，熱情潑辣，又富於同情心，常在崔、張的愛情處於困境的時候，以其特有的機警使矛盾獲得解決。她雖只是個小小奴婢，卻代表着健康的生命，富有生氣，所以她在精神上總是充滿自信，居高臨下，無論張生的酸腐、鶯鶯的矯情，還是老夫人的固執蠻橫，都逃不脫她的諷刺、挖苦乃至嚴辭駁斥。她不受任何教條的約束，世上甚麼道理都能變成對她有利的道理。在她身上反映着市井社會從實際利害上考慮問題的人生態度。

優美的語言也是《西廂記》獲得成功的重要因素。和關漢卿雜劇的「本色」風格不同，《西廂記》有一種華美的詩劇風格。它的曲詞廣泛融入源於古典詩詞傳統的語彙、意象，與鮮活的口語巧妙地結合起來，將一

個浪漫的愛情故事描述得風光旖旎，情調纏綿，聲口靈動，格外動人。像一開場鶯鶯所唱的一段：

> 可正是人值殘春蒲郡東，門掩重關蕭寺中。花落水流紅，閒愁萬種，無語怨東風。（《賞花時么篇》）

寫出了生活在壓抑中的女性的青春苦悶和莫名的惆悵。又像「長亭送別」一折中鶯鶯的兩段唱：

> 碧雲天，黃花地，西風緊，北雁南飛。曉來誰染霜林醉？總是離人淚。（《端正好》）

> 見安排着車兒、馬兒，不由人熬熬煎煎的氣；有甚麼心情花兒、靨兒，打扮得嬌嬌滴滴的媚；準備着被兒、枕兒，只索昏昏沉沉的睡；從今後衫兒、袖兒，都搵做重重疊疊的淚。兀的不悶殺人也麼哥？兀的不悶殺人也麼哥！久已後書兒、信兒，索與我淒淒惶惶的寄。（《叨叨令》）

第一支曲化用范仲淹《蘇幕遮》詞句，以秋天之景襯托離人之情，文辭雅致，第二支曲改用口語，一瀉無餘地傾訴了別離的愁悶。兩種曲辭的配合，把感情表現得更細膩。

從唐傳奇《鶯鶯傳》到《西廂記諸宮調》再到《西廂記》雜劇，展示了以愛情為主題的文學創作的不斷發展。《西廂記》雜劇的藝術成就尤為傑出，它在相當長的年代中持續地影響了後代的文學的進步乃至人們的生活觀念。

《趙氏孤兒》、《李逵負荊》及其他　紀君祥的《趙氏孤兒》和康進之的《李逵負荊》，都是元代前期雜劇中的名作。

《趙氏孤兒》主要根據《史記·趙世家》所記春秋晉靈公時趙盾與屠岸賈兩個家族矛盾鬥爭的歷史故事敷演而成。劇中的屠岸賈被描繪為極其兇狠殘暴的「權奸」式人物，他不僅殺害了趙氏全家三百口人，連剛出生

的孤兒也不放過。趙朔門客程嬰將趙氏孤兒偷帶出宮，奉命把守宮門的韓厥不忍小兒被殺，遂放走程嬰，自刎而死。繼而屠岸賈竟下令殺死全國出生一個月至半歲的嬰兒，程嬰與趙盾友人公孫杵臼商定計策，以己兒冒充趙氏孤兒，然後出面揭發公孫收藏了他。公孫與假孤兒被害，真孤兒得以保全，長成後程嬰向他說明真相，終於報了大仇。

《趙氏孤兒》突出描寫了一群具有正義感的人對殘暴勢力的反抗。他們或殺身成仁，或忍辱負重，以最大的犧牲履行自覺選擇的使命，使人格在高尚的境界中得到完成。如韓厥發現程嬰偷帶趙氏孤兒，他覺得自己若是通過加害這無辜的弱小者而獲取榮利，是可恥的事情，所以寧可自殺也不願損害自己的人格；年老的公孫杵臼覺得救孤而死，比無聊賴的生更令人歡喜和興奮，高唱：「大丈夫何愁一命終？況兼我白髮蓬鬆！」而程嬰為了救孤撫孤，不惜犧牲自己的兒子，毀棄名譽，承擔了更大的危險和精神壓力。總之，劇中主要人物是在與強大的外部力量的對抗中實現其個體意志的，因而戲劇衝突尖銳激烈，矛盾連續不斷，氣氛始終緊張，呈現出典型的悲劇美感。所以王國維認為它與《竇娥冤》一樣，即使與世界悲劇名作放在一起也毫不遜色。《趙氏孤兒》也是最早傳入西方的中國古典戲劇作品，伏爾泰曾將它改編為《中國孤兒》。

元雜劇中出現了一大批以水滸故事為題材的作品，至今存目的有三十餘種，其中完整傳世的有六種：《李逵負荊》、《燕青博魚》、《黃花峪》、《雙獻功》、《爭報恩》、《還牢末》。這些劇作一般的特點，是敍述權豪勢要、貪官污吏、豪強惡棍（尤其是「衙內」式的人物）欺壓善良，迫害無辜，劫奪婦女，謀取財物，而由梁山好漢作為正義力量的代表，對這些邪惡勢力加以審判和懲罰。戲劇中的梁山好漢，既是反抗政府的造反者，又似乎是在代替失職的地方政府執行其應有的功能，乃至維護社會的道德風化，像《還牢末》中所唱的「將姦夫淫婦都殺壞，方顯義氣仁風播四海」。這反映出封建時代普通民眾的思想特點。

《李逵負荊》是元代水滸戲中最著名的一種，作者康進之，生平事蹟

不詳。劇中紋惡棍宋剛、魯智恩冒充宋江、魯智深，擄走酒店主王林的女兒滿堂嬌。李達聞知此事勃然大怒，回山大鬧忠義堂，指斥宋江、魯智深玷辱梁山名譽。後知是歹徒冒名作惡。李達深悔莽撞，負荊請罪，並協同魯智深擒獲歹徒，將功補過。

　　這是一齣用「誤會法」構成的喜劇。作者用了較細緻的筆法描繪出李達是非分明、愛憎強烈而又天真魯莽的形象，令人覺得既可笑又可愛。如一開始李達聽了王林的哭訴，回到山寨不由分說便拔斧砍旗，又與宋江以腦袋為賭，立下軍令狀，顯示他火暴而不顧後果的個性；在與宋江和魯智深下山對質的過程中，他因先入為主的成見，對二人的一舉一動都表示懷疑，憨直之人的自以為「精明」顯得格外有趣；真相大白後，他勇於認錯，但為了保住腦袋，卻又裝糊塗耍無賴；最終抓住了歹徒，他覺得自己為宋江、魯智深洗刷了壞名聲，終究很得意。全劇寫得緊湊而饒有風趣，語言也很老練。

　　元代前期的雜劇作品數量很多，比較著名的尚有：尚仲賢的《柳毅傳書》和李好古的《張生煮海》都是關於愛情的神話劇；楊顯之的《瀟湘雨》和石君寶的《秋胡戲妻》，都反映了婦女在婚姻生活中的不幸；元代的包公戲是頗為流行的題材，除了前面提到的關漢卿的《魯齋郎》、《蝴蝶夢》之外，李潛夫的《灰闌記》也是一部優秀的作品，劇中寫金錢對封建家庭的破壞，寫世人倚強凌弱，都很真實有力。《灰闌記》曾被譯成英、法、德等多種文字，德國著名劇作家布萊希特曾據此改編成《高加索灰闌記》。

二　元後期雜劇

　　元統一全國後，北方雜劇作家紛紛漫遊或遷居南方，南方籍文人也

紛紛染指雜劇創作。大致到大德末年以後，雜劇創作活動的中心逐漸由大都轉移到杭州。由此到元末是元雜劇的後期階段。元後期雜劇傑出作家和優秀作品的數量難以和前期相比，但還是產生了一些具有新特點的重要作品；同時，在北雜劇的影響下，南戲也開始興盛起來。

鄭光祖的雜劇　鄭光祖，字德輝，《錄鬼簿》說他是平陽襄陵（今屬山西）人，「以儒補杭州路吏」，周德清《中原音韻》把他與關漢卿、白樸、馬致遠並列，後人稱為「元曲四大家」。《錄鬼簿》著錄其劇作十七種，今存七種，以《倩女離魂》、《王粲登樓》、《㑇梅香》三種最為著名。

《倩女離魂》是鄭光祖的代表作，據唐人陳玄祐傳奇《離魂記》改編而成，寫王文舉與張倩女原係「指腹為婚」，彼此相愛，文舉因張母嫌其功名未就，被迫上京應試，倩女之魂化而為二，其一離開軀體去追趕王文舉，與之相伴多年。王文舉中狀元後，攜倩女魂歸至張家，離魂與留在家中的倩女重合為一。

這一劇作在繼承前人的基礎上，利用荒誕的情節更深入地寫出舊時代女子在禮教扼制下的精神生活。一方面，倩女的離魂為追求愛情，違背禮教，大膽地追隨情人，表現得十分堅強和勇敢。可以說，離魂代表了這一類婦女內在的慾望和情感的力量。而另一方面，留在家中的倩女輾轉病床，苦苦煎熬，當王文舉寄信到張家，說要和妻子（即倩女的離魂）一同回來時，她以為他另有婚娶，不由得悲慟欲絕。這一倩女形象則反映了婦女在婚姻方面受制於人的事實。

《㑇梅香》是一部模仿《西廂記》的愛情劇，虛構裴度之女裴小蠻與白居易之弟白敏中的戀愛關係；《王粲登樓》根據王粲《登樓賦》而作，抒發了文士懷才不遇的感慨。

鄭光祖雜劇在立意、結構方面沒有很大的創造性，上舉三劇情節均有所依傍。其長處主要在曲詞語言精美、抒情色彩濃郁，顯示了較高的文學

才華。如《倩女離魂》寫離魂月夜追趕王文舉，寫景抒情融為一體，意境十分優美。茲舉一例：

> 我驀聽得馬嘶人語鬧喧嘩，掩映在垂楊下，唬的我心頭丕丕那驚怕。原來是響瑣瑣鳴榔板捕魚蝦。我這裏順西風悄悄聽沉罷，趁着這厭厭露華，對着這澄澄月下，驚的那呀呀呀寒雁起平沙。（《小桃紅》）

秦簡夫的雜劇　秦簡夫，大都人，後流寓杭州，生平不詳。劇作見於著錄的有五種，今存三種：《東堂老》、《剪髮待賓》、《趙禮讓肥》。

《東堂老》寫富商趙國器因兒子揚州奴不肖，臨終前向人稱「東堂老」的好友李實託子寄金。後揚州奴交結無賴、肆意揮霍，終於淪為乞丐。李實用趙國器所留下的銀錢買進揚州奴賣出的家產，又對他屢加教誨，使浪子回頭，而後將家產交還給他，讓他重振家業。

在中國古代的傳統觀念中，由於商業對建立在農業經濟基礎上的政治秩序具有一定的腐蝕作用，所以一直提倡重農抑商。反映到文學中，商人也總是受鞭撻的，似乎他們都是不勞而獲。元代商業經濟的發展，造成社會觀念的變化，這在本劇中表現得十分明顯。如東堂老的一段唱詞，對商人通過艱辛經營積聚財富表示了充分的肯定：

> 想着我幼年時血氣猛，為蠅頭努力去爭，哎喲！使的我到今來一身殘病。我去那虎狼窩不顧殘生，我可也問甚的是夜甚的是明，甚的是雨甚的是晴。我只去利名場往來奔競，那裏也有一日的安寧？投至得十年五載，我這般鬆寬的有，也是我萬苦千辛積攢成，往事堪驚。（《滾繡毬》）

在元雜劇中，《東堂老》是一部寫實性特別強的作品。劇中只是以合理的情節、樸實的語言，敷演一個商人社會中常見的故事，很少有傳奇的因素。這一浪子敗家和悔悟改過的故事，包含道德勸誡意味，但它所表現的，不是「重義輕利」的士大夫道德，而是更具有真實性的、與追求物質利益相聯繫的商人道德；作者對此也並不重在理性的闡釋，而是在寫實

中自然地反映出來。所以，無論從審視生活的態度還是從寫作藝術來看，《東堂老》都代表着戲曲文學的重要進步。

喬吉、宮天挺的雜劇　喬吉（？—1345），字夢符，號笙鶴翁，又號惺惺道人，山西太原人，流寓杭州。劇作存目十一種，今傳三種：《兩世姻緣》，寫韋皋與妓女韓玉簫的戀愛；《揚州夢》，寫杜牧與歌女張好好的戀愛；《金錢記》，寫韓翃與王柳眉的戀愛。這三種劇都假託歷史上的著名文人，是典型的才子佳人戲。喬吉是享有盛名的散曲家，他的雜劇中的曲文，寫得精巧而華麗，與劇中所寫才子的風流豔事成為恰好的配合。

宮天挺（生卒年不詳）字大用，曾為浙江釣台書院山長，後為權貴中傷，雖獲辯明，終不見用。劇作存目六種，今存兩種：《范張雞黍》，寫漢代范式、張劭因憤恨權奸當道而絕意仕進，結為生死之交；《七里灘》，寫嚴子陵拒絕漢光武帝劉秀之召，隱居七里灘以垂釣為樂。這兩種劇都有借古諷今的意味，反映了作者的人生理想。如《七里灘》中嚴子陵對劉秀說道：

> 你也不是我的君，我也不是你的卿。咱兩個一尊酒罷先言定：若你萬聖主今夜還得去，我便七里灘途程來日登。又不曾更了名姓。你則是十年前沽酒劉秀，我則是七里灘垂釣的嚴陵。

這裏藉着對歷史的想像，表現了對帝王權威的輕蔑態度，希望得到生活於等級化的政治秩序之外的權利。這種對個人尊嚴的重視，是元以後文學的基本趨向。

三　元代南戲

南戲的形成和發展　自宋室南渡以後，北方的宋雜劇轉化為金院本，然後產生了元雜劇，這是古代戲曲中成熟較早的一支；而在南方，宋雜劇則演變為南戲，這是古代戲曲中成熟稍遲的另一分支。

南戲舊稱「戲文」，因最初產生於永嘉（今浙江溫州一帶），故又稱「永嘉雜劇」或「永嘉戲曲」。關於它的產生年代，僅有的幾種記載出入甚大，祝允明《猥談》說是北宋「宣和之後，南渡之際」，舊題徐渭作的《南詞敘錄》則說始於南宋光宗朝，兩者相差六七十年。近年胡忌先生在元初人劉塤的《水雲村稿》中發現了一種以前未被注意的資料，即卷四《詞人吳用章傳》所說：「至咸淳，永嘉戲曲出，潑少年化之。而後淫哇盛，正音歇。」咸淳（1265—1274）是宋度宗年號，時當南宋末年。劉塤生活年代與之相近，所言當更為可信。據此，「永嘉戲曲」大概最初只是在今溫州一帶流行，到南宋末才比較普遍地流行於南方各地，到元代仍繼續盛興。

在《猥談》和《南詞敘錄》中著錄的最早的南戲劇目是《趙真女蔡二郎》和《王魁》，這兩種與現存早期南戲《張協狀元》均出於溫州，且都是寫男子富貴變心的故事。這體現了早期南戲的一個特點。這種劇作有其具體的社會背景：在科舉制度下，許多「寒士」有了一舉成名、步入仕途的機會，這容易造成原有婚姻的不穩定。但讀書求官，並不只是個人的行為，它常常需要一個家庭乃至家族付出努力。相應地，人們也要求這些讀書人對家庭和家族利益承擔相應的義務。早期南戲以指責男子負心為重要主題，既反映了在宋元時溫州這一地域民間的道德觀，也是南戲本身民間氣息濃厚的表現。

南戲劇目現存約有二百三十多種，絕大多數產生於元代，可見元代南戲之盛。但早期南戲有劇本流傳下來的僅有保存於《永樂大典》殘卷中

的《張協狀元》、《小孫屠》、《宦門弟子錯立身》三種。其中《張協狀元》研究者多認為是南宋的作品，但其實際年代仍值得深入探究；後兩種一般認為是元代作品。從劇作的形態來看，《張協狀元》無疑是三劇中最為古老的，它的開頭是以局外人的說唱來敍述故事，然後才進入角色的表演；《小孫屠》則已經出現「南北合套」的形式，反映出南戲受北雜劇影響的面目。

南戲的體制在各方面都要比北雜劇來得自由。它的曲調配合，雖有一定的慣例，卻沒有嚴密的宮調組織，可以根據劇情需要作較為自由的選擇；它的劇本結構，也不像雜劇那樣因為受音樂限制而形成「四本一楔子」的固定模式，而是以人物的上下場的界線分場，變化靈活，全劇可長可短，但大都比雜劇的一本來得長；它也不像雜劇那樣每本戲規定只能由一個角色主唱，而是任何角色都可以唱，而且有接唱、同唱、多人合唱等各種形式，能把曲、白、科有機地結合起來。

南戲的成熟原本緩於北雜劇，當關漢卿等名家創作出大批傑作時，南戲中尚無值得一說的作品。此正如《南詞敍錄》所說，蓋緣「名家未肯留心」。元統一全國後，北方的雜劇作家紛紛南下，南戲較之已經高度成熟的雜劇顯然相形遜色。但這也造成了南北劇交流的機會，南戲得以向北雜劇學習，發生了一些重要變化。如改編雜劇的劇目，採用雜劇的一些曲調等等，而更重要的是戲劇藝術在整體上得到了提高。到了元末，出現了《琵琶記》、《拜月亭記》等優秀的作品，標誌着南戲達到了成熟的階段。

當南戲發展成熟以後，其自由的體制更便於展開複雜的劇情、塑造豐滿的人物形象等優長便充分體現出來，最後在南戲體制的基礎上形成了合南北劇之長的戲曲形式，即明以後所流行的傳奇。

高明的《琵琶記》　高明（？—1359）字則誠，自號菜根道人，其家鄉瑞安屬古永嘉郡範圍，正是南戲的發源地。他於至正五年考取進士，曾任處州錄事、福建行省都事等職。亦能詩文，但以南戲《琵琶記》最為著名。

早期南戲有《趙真女蔡二郎》，寫趙五娘和蔡伯喈的故事。蔡伯喈即蔡邕，東漢末著名文人。但在民間傳說中，蔡伯喈只是借用歷史人物之名。陸游《小舟游近村舍舟步歸》詩說：「斜陽古柳趙家莊，負鼓盲翁正作場。死後是非誰管得，滿村聽說蔡中郎。」由此可知蔡伯喈故事在南宋已成為民間講唱文學的流行題材，蔡已被描述成反面人物。而《趙真女蔡二郎》一劇，想必就是由「盲翁」說唱之類演變過來的，《南詞敍錄》謂此劇所演，「即伯喈棄親背婦，為暴雷震死」，是早期南戲寫得最集中的關於寒士富貴變心的故事。高明《琵琶記》是對這一故事的改編，但他在劇中徹底改變了蔡伯喈的形象。正如本劇「題目」所概括的，「有貞有烈趙真女，全忠全孝蔡伯喈」，男女主人公都被刻畫為道德典範。當然高明作此劇不只是為了做翻案文章，而是另有宣揚「貞烈」、「忠孝」之類正統道德的用意。但劇作描述蔡、趙夫婦在成為這種道德典範的過程中，卻蒙受各種精神壓迫和生活災難，這顯示作者對真實生活的理解和他信奉的道德觀有着內在的矛盾；他的描述，讓人看到了現存道德秩序的不合理乃至違背人性。這些構成了本劇真正的價值。

　　《琵琶記》所寫的蔡伯喈，是一個愛父母、愛妻子、喜好田園生活的文士，本來他的家庭幾乎是和諧完滿的。但父親以事君盡忠、立身揚名為「大孝」為理由逼他赴京應考，他不得不忍痛拋下家庭；考中狀元以後，因為有皇帝的聖旨，他又不得不答應牛丞相招他入贅的要求；他要求辭官還鄉侍奉父母，也被皇帝以「孝道雖大，終於事君」的理由駁回。辭考不從、辭婚不得、辭官不允，使得蔡伯喈既不能與妻子團聚，又無法奉養父母，結果父母在饑荒中死去。這些情節針對「伯喈棄親背婦」的原故事而作，寫得並不是很合理。但它凸顯了蔡伯喈為了實踐「忠」與「孝」的道德，不得不放棄個人意志，受制於外部權威性的力量，不得不承受因此而帶來的災難，這卻是具有普遍意義的；不管作者是否意識到，他客觀上揭示了那些強制性的道德要求是不合情理的，有可能對個人造成大災難。

　　趙五娘的遭遇更是充滿了苦難：她被丈夫遺棄卻必須奉養公婆，家

境貧寒而又遭遇災年，竭力盡「孝」仍被婆婆猜疑。最後，儘管她受盡艱辛，甚至自己吃糠度日，公婆還是悲慘地死去了；在埋葬了他們之後，她只得懷抱琵琶，一路乞討去尋找丈夫。從作者的本意來說，將趙五娘置於極端艱困的處境，是為了把婦女以自我犧牲來維持家庭的美德表現得更為強烈；他甚至借趙五娘之口說：「索性做個孝婦賢妻，也得名書青史。」這顯然是對觀眾的道德誘勸。但劇中很多具體情節的描寫是富於真實感的，它集中反映了舊時代婦女身受的非人的磨難。在趙五娘悲痛的傾訴中，真正動人的東西決不是她的「貞烈」、「孝賢」，而是她的不幸。雖然《琵琶記》有一個大團圓的結尾：趙五娘被「深明大義」的牛小姐所接受，當蔡伯喈為父母守孝期滿後，他們一夫二婦過上了和睦的生活。但趙五娘以及蔡伯喈所經歷的一切精神痛苦與生活災難，並不能由此被抹殺。

　　《琵琶記》代表了南戲在進入明清「傳奇」階段之前所達到的較高的藝術成就。整部劇情以趙五娘和蔡伯喈不同遭遇的雙線並行發展：一面是蔡伯喈滿心苦悶地處於一片繁華富貴的氣氛中，一面是趙五娘拚命掙扎在滿目荒涼蕭條的境地。由於南戲的換場很自由，又不限一人主唱，上述兩條線的許多場面不斷交錯出現，兩人的抒情歌唱彼此交替，相互對映，效果非常強烈。而這是北雜劇無法做到的。劇中的語言大都本色自然，能夠比較深入地寫出人物的心理和感情活動。《糟糠自厭》一齣中趙五娘兩段唱詞非常有名：

　　　嘔得我肝腸痛，珠淚垂，喉嚨尚兀自牢嘎住。糠那！你遭礱被舂杵，篩你簸揚你，吃盡控持。悄似奴家身狼狽，千辛萬苦皆經歷。苦人吃著苦味，兩苦相逢，可知道欲吞不去。（《孝順歌》）

　　　糠和米，本是相倚依，被簸揚作兩處飛。一賤與一貴，好似奴家共夫婿，終無見期。（白）丈夫，你便是米呵，（唱）米在他方沒處尋。（白）奴便是糠呵，（唱）怎的把糠來救得人飢餒？好似兒夫出去，怎的教奴，供膳得公婆甘旨？（《前腔》）

曲子寫趙五娘觸物生情，從糠的難嚥想到自己和糠一樣受盡顛簸的命運，又從糠和米想到自己和丈夫的分離，引起對丈夫的思念和埋怨。以口頭語寫心間事，委婉盡致。

四大南戲——《荊》、《劉》、《拜》、《殺》　　元代較著名的南戲另有《荊釵記》、《劉知遠白兔記》、《拜月亭記》、《殺狗記》，習慣上簡稱為《荊》、《劉》、《拜》、《殺》，凌濛初《譚曲雜札》稱之為「四大家」。這些劇作的傳世劇本大多經過明人的修改加工。

四劇中歷來評價最高的是《拜月亭記》（又名《幽閨記》），一般認為是元人施惠（字君美）作。此劇係改編關漢卿的《拜月亭》，原劇寫尚書之女王瑞蘭在戰亂流離中與書生蔣世隆結為夫妻，後被父親強行拆散。多年後王尚書招新科狀元為女婿，卻正是蔣世隆，夫妻終得團圓。《拜月亭記》人物、情節與關漢卿劇作大略相同，但二劇相比較，最能顯示出南戲在體制上的優越性。關作在四折的短小體制中寫了一個涉及社會生活面相當廣闊的故事，顯示了出眾的才力，但畢竟難以充分展開。而到了南戲中，由於擴大了規模，因而得以增添出許多生動的細節、細緻的描寫、委婉的抒情，使劇情的發展更顯得起伏跌宕、波瀾層疊。此劇的語言往往在平易自然中顯露出文采，歷來受人們讚賞。李卓吾認為它超過《琵琶記》，可與《西廂記》媲美，並說：「《拜月》曲白都近自然，委疑天造，豈日人工！」（《李卓吾批評幽閨記拜月亭》）

《荊釵記》一般認為是元人柯丹邱所作。劇本敍窮書生王十朋和大財主孫汝權分別以一支荊釵和一對金釵為聘禮，向錢玉蓮求婚，錢愛王的才學，與之成婚。後王赴京考中狀元，因拒絕萬俟丞相的逼婚，被調至邊地任職。他的家書被孫汝權截去，改為「休書」，玉蓮不受欺騙，堅拒繼母要她改嫁孫汝權的威逼，投江自殺，被人救起。王十朋聞知玉蓮自殺，設誓終身不娶。後夫妻仍以荊釵為緣，得以團聚。

《劉知遠白兔記》是「永嘉書會才人」在《五代史平話》和《劉知

遠諸宮調》等的基礎上編撰而成的，寫五代後漢開國皇帝劉知遠「發跡變泰」以及他和李三娘悲歡離合的故事。《殺狗記》寫富家子弟孫華結交無賴之徒，趕走胞弟孫榮，其妻楊月殺狗扮為人屍放在門外，使他在一場假造的橫禍中認識到唯有骨肉兄弟才真正可靠。此劇與元後期雜劇作家蕭德祥的《殺狗勸夫》情節相同，但孰為先後難以推斷。其作者前人多稱是元末明初人徐畖，但現代研究者一般認為他實際上可能只是改編者。這兩種劇作都比較質樸，每有粗糙之處，但劇情頗為生動有趣，保留了源於民間的藝術特色。

四　元代散曲

散曲的體式和特點　一般所說的「元曲」包括性質不同的兩大分支：一是戲曲（這裏主要指北雜劇），一是散曲。前者是劇中人物所唱的歌曲，後者是廣義的詩歌的一種。就音樂特點、格律形式來說，這二者是一致的，曲牌系統也完全相同。只是戲劇中的歌曲是整個戲劇結構的一部分，散曲則是獨立的。

散曲又分為小令和套數兩類。小令一般用單支曲子寫成，也可以用兩三支曲子組成一首，稱為「帶過曲」；套數用同宮調的多支曲子組成較長的一篇，和雜劇中的套曲相似。散曲原來只用北曲，後來才有少數用南曲或南北合套的。

散曲與音樂密不可分，文字上屬於有固定格律的長短句形式，這和詞的形態最為接近，而且元曲曲牌出於唐宋詞牌的也不少。但散曲和詞又確有很大差別。從重要的方面來說，一是散曲的韻部區分和詩詞不同，詩詞的韻部和已發生變化的口語的情況已有所脫離，散曲則是按當時北方口語劃分韻部，這表明散曲是一種更為生活化的東西。二是散曲可以在規定

的曲譜之外添加襯字，字數從一字到十數字不等。所以散曲的寫作享有更大的自由；也正因此，散曲的句式更富於變化。三是散曲的語言更為通俗化，特別是早期散曲，常大量運用俗語和口語，包括「哎喲」、「咳呀」之類的語氣詞。這正如凌濛初《譚曲雜札》所說的「方言常語，沓而成章，着不得一毫故實」。

上述特點，使散曲成為更自由、輕靈的形式，更適宜於表達即興的、活潑的情感。所謂「尖歌倩意」（芝庵《唱論》），即一種前所未有的尖新感、靈動感，構成了散曲的主要藝術特徵。而且這與詩詞中通過特殊的修辭手段而呈現出的新異感並不相同，它是一種恣肆率直的情感表現，完全有違於中國詩歌傳統裏典雅的、情感收斂的美學觀念。以一首無名氏的《塞鴻秋·村夫飲》為例，我們很容易看出這種特徵：

> 賓也醉主也醉僕也醉，唱一會舞一會笑一會，管甚麼三十歲五十歲八十歲。你也跪他也跪恁也跪，無甚繁弦急管催，吃到紅輪日西墜，打的那盤也碎碟也碎碗也碎。

散曲本是一種通俗活潑的民間娛樂歌曲，它的興起與詞在文人手中越來越變得精雅有關。當元代一些文人擺脫了對政權的依賴而與市民社會接近，從而也在相當程度上擺脫了傳統倫理的束縛時，散曲為他們提供了一種能夠更自由更充分地表達其思想情感的工具；他們的世俗化的、縱恣而少檢束的人生情懷，找到了一種恰當的表現形式。同時，也是由於大量文人參與寫作，散曲在元代走向繁盛，成為一種與詩、詞並立的新的詩歌樣式。

元代散曲始終與雜劇保持着同步的節律。和雜劇一樣，它也可以大致分為前後兩期。前期散曲創作的中心在北方，後期則轉到南方。由於受南方文化影響，散曲的語言風格也有一個從淺俗向精雅轉變的過程。

元代前期散曲　最早的散曲作家是金元之際的名詩人元好問。其後作家如關漢卿、王和卿、白樸、馬致遠等，是與市民社會、市井文藝關係

密切的文人；而盧摯、張養浩、王惲等，則是在官場中取得較高地位的文人，這兩群作者的散曲既有相通之處，又有較明顯的差異。

隨着傳統信仰的失落，早期作家們對封建政治的價值普遍採取否定態度。在元好問的《人月圓·卜居外家東園》中，就明白宣稱：「憑君莫問，清涇濁渭，去馬來牛。」所謂「風雲變古今，日月搬興廢」（盧摯《沉醉東風·退步》），「蓋世功名總是空」（白樸《喬木查·對景》），政治被描繪成一場虛空。「興，百姓苦；亡，百姓苦」（張養浩《山坡羊·潼關懷古》），朝代興廢也不過是少數人的鬧劇。代表着為政治為君主獻身精神的屈原，經常被人嘲弄，所謂「何須自苦風波際」（陳草庵《山坡羊·無題》），「屈原清死由他恁」（馬致遠《撥不斷·無題》），作為儒家倫理信條之根基的「忠君」觀念亦已發生動搖。

在這種意識下，後一個類群的文人喜歡把隱士式的灑脫生活作為理想的人生境界來描繪，這和士大夫階層的傳統情趣是一致的。如盧摯《沉醉東風·閒居》中寫道：「共幾個田舍翁，說幾句莊稼話。瓦盆邊濁酒生涯，醉裏乾坤大，任他高柳清風睡煞。」張養浩《朝天曲·無題》則云：

> 柳堤，竹溪，日影篩金翠。杖藜徐步近釣磯，看鷗鷺閒遊戲。農父漁翁，貪營活計，不知他在圖畫裏。對着這般景致，坐的，便無酒也令人醉。

而前一個類群的文人，則更多把世俗的享樂、情愛包括性的滿足視為人生的必需與合理的追求，美和快樂的根源。就創立散曲的富於時代特徵的風貌神韻而言，他們的貢獻尤為重要。

關漢卿的散曲同他的雜劇多有相通之處：豪爽而帶老辣，富有熱愛生活的激情，對世事具有一種智慧的洞察力，常表現出詼諧的個性。

關漢卿散曲中有一部分是抒寫自身的人生情懷的，其中以《南呂一枝花·不伏老》套數最為著名。前已提及，在本篇中關氏描述了他的浪子風流生涯，而對此他不僅毫無慚色，在結尾一段，更驕傲地自誇：

> 我是個蒸不爛煮不熟捶不區炒不爆響璫璫一粒銅豌豆，恁子弟每誰教

你鑽入他鋤不斷斫不下解不開頓不脫慢騰騰千層錦套頭。我玩的是梁園月，飲的是東京酒，賞的是洛陽花，攀的是章台柳。我也會圍棋會蹴踘會打圍會插科，會歌舞會吹彈會嚥作會吟詩會雙陸。你便是落了我牙歪了我嘴瘸了我腿折了我手，天賜與我這幾般兒歹症候，尚兀自不肯休！則除是閻王親自喚，神鬼自來勾；三魂歸地府，七魄喪冥幽。天哪，那其間才不向煙花路兒上走！

自述性的作品總是牽涉到對人生價值的判斷，如屈原《離騷》之不忘君國，陶潛《五柳先生傳》之淡泊遺世，都各有時代特徵。而關漢卿的這一套散曲，則是新的宣言。這裏固然有屬於士大夫傳統的「任誕」作風，但它並不指向超脫，而是指向對市井化的俗世生活的充分享受。就像對《離騷》和《五柳先生傳》之類一樣，沒有必要將《不伏老》看作是完全真實的生活記錄，它的真正意義是傾訴了在擺脫對政治權力和傳統價值觀的依附之後，一個熱愛自由而又能以自己的才華保障這種自由的人所感受到的快樂，所以它的語調是那麼昂揚、詼諧。

關漢卿散曲中寫得最多是男女情愛。這類作品多帶有敍事成分，善於在短小的情節中把人物情態寫得活靈活現，如《一半兒·題情》：

碧紗窗外靜無人，跪在床前忙要親。罵了個負心回轉身。雖是我話兒嗔，一半兒推辭一半兒肯。

還有像《雙調新水令·無題》套數，寫一對青年男女的幽會過程，其中包括性行為的片斷。在關漢卿看來，這本來是值得讚賞的事情，所以他能夠寫得坦然而優美。這種態度為古典文學的拓展提供了活力。

王和卿是關漢卿的朋友，性格詼諧，善於嘲謔。他的《醉中天·詠大蝴蝶》非常有名：

彈破莊周夢，兩翅駕東風。三百座名園，一采一個空。誰道風流種，唬殺尋芳的蜜蜂。輕輕飛動，把賣花人搧過橋東。

蜂蝶採花通常暗喻男女風流情事。但在這首小令裏，用誇張之筆描繪成的縱恣的意象，更多地體現了生命力的擴張。

白樸出身於文學世家，他的散曲既受市井趣味的影響，又與傳統文學保持着較多的關聯。前者如《陽春曲·題情》，用通俗的語言寫女性對生活的歡娛的珍愛：

> 笑將紅袖遮銀燭，不放才郎夜看書，相偎相抱取歡娛。止不過趕應舉，及第待何如？

後者如《天淨沙·冬》，用精緻的語言描繪出優美的自然意境：

> 一聲畫角譙門，半庭新月黃昏。雪裏山前水濱。竹籬茅舍，淡煙衰草孤村。

馬致遠是元代前期作家中留存散曲數量最多的一個，其作品內容也較為紛雜。以一種虛無的眼光看待歷史興亡，感慨浮生若夢，是他寫得較多也最引人關注的主題。如小令《撥不斷》有這樣的追問：「王圖霸業有何用？」而《雙調夜行船》套數更以鄙薄的口氣描述人類社會的紛爭，下面是它的收尾曲《離亭宴煞》：

> 蛩吟罷一覺才寧貼，雞鳴時萬事無休歇，爭名利何年是徹？看密匝匝蟻排兵，亂紛紛蜂釀蜜，鬧攘攘蠅爭血。裴公綠野堂，陶令白蓮社。愛秋來時那些，和露摘黃花，帶霜烹紫蟹，煮酒燒紅葉。想人生有限杯，渾幾個重陽節？人問我頑童記者，便北海探吾來，道東籬醉了也。

在「密匝匝蟻排兵」等數句中，透露出作者對政治歷史的憎惡感與虛幻感，前人所看重的政治功業當然更是毫無意義。而接着對隱逸生活的頌美，也不具有堅持某種道德節操的意義，而只是希望將短暫的人生化為富於審美趣味的享受。這種脫離政治站在個人立場上對人生價值的思考，對

以後的文人很容易引起內心的共鳴。

舊題馬致遠作的《天淨沙・秋思》向來膾炙人口，但元人盛如梓《庶齋老學叢談》提到這首小令時稱是「無名氏」作，看來它的著作權尚有問題。暫且仍抄錄在此處：

> 枯藤老樹昏鴉，小橋流水人家。古道西風瘦馬。夕陽西下，斷腸人在天涯。

白樸也曾用《天淨沙》曲牌寫四季景色，其寫法與本篇頗相似，上面所舉的《冬》可供比照。這首是否馬致遠作固有疑問，但可以看出這種寫法當時曾一度流行。

元代後期散曲　元代後期，許多出生於北方的文人來到南方生活，其中以散曲著名的有貫雲石、喬吉等；一些南方文人也積極參與散曲創作，其中張可久享譽最高。

散曲原本與詞有密切的親緣關係。後期散曲以喬吉、張可久為代表，進一步向清雅工麗發展，向詞的風格接近。他們雖也兼用俚語，卻加以精心錘煉，這使散曲與市井文藝的趣味有所脫離。

貫雲石（1286—1324），本名小雲石海涯，號酸齋，維吾爾族人。出身高貴，仕途顯達，卻很早就退出官場，浪跡於江、浙一帶。

貫雲石性情豪放，散曲也寫得十分爽利，有一種與眾不同的風格，如辭官後作的《清江引》：

> 棄微名去來心快哉！一笑白雲外。知音三五人，痛飲何妨礙？醉袍袖舞嫌天地窄。

曲中寫出一種放浪不羈的傲態，有點李白詩的味道。朱權《太和正音譜》評貫雲石之作「如天馬脫羈」，於此可見。

貫雲石也善於寫自然景物，文筆清雅，有天然風韻，如《清江引・詠

梅》：

> 芳心對人嬌欲說，不忍輕輕折。溪橋淡淡煙，茅舍澄澄月。包藏幾多春意也。

喬吉《綠幺遍·自述》云：「時時酒聖，處處詩禪。煙霞狀元，江湖醉仙。」他的散曲今存小令二百零九首，套數十一首，大抵圍繞其四十年漂泊的生涯，呈現出一個江湖才子灑脫不羈的精神面貌。有時可以看到對自由人生的盡情想像和放曠的豪情，如《殿前歡·登江山第一樓》：

> 拍闌干，霧花吹鬢海風寒。浩歌驚得浮雲散。細數青山，指蓬萊一望間。紗巾岸，鶴背騎來慣。舉頭長嘯，直上天壇。

而有時則是寂寞蕭瑟的況味，如《憑闌人·金陵道中》：

> 瘦馬馱詩天一涯，倦鳥呼愁村數家。撲頭飛柳花，與人添鬢華。

這是不同的意境，卻都是真實心情的起伏之態。

喬吉的散曲通常形式較整飭，節奏明快；他在語言的錘煉上也很下功夫，像「山瘦披雲，溪虛流月」（《折桂令·泊青田縣》）之類的寫景句，顯得很精緻。這些都有向詞接近的傾向。但喬吉又常把俚語、口語與工麗精緻的語言捶打成一片，從而保持散曲語言淺俗活潑的特點，像《水仙子·憶情》中「擔着天來大一擔愁，說相思難撥回頭。夜月雞兒巷，春風燕子樓，一日三秋」，就是典型之例。

張可久（約1270—1348後）字小山，《錄鬼簿》稱其為慶元（今浙江寧波一帶）人，做過「路吏」和「首領官」等低級職務，而從他的散曲來看，他又經常過着隱居和遊蕩江湖的生活。今存小令八百五十多首，套數九首，是元人留存散曲最多的。內容多寫隱居生活的閒情逸志，男女風情，尤擅於描摹山水風光。

張可久的散曲多為單支曲的小令，少用襯字，避免俚俗語彙，而更多

地融化詩詞語彙和意境，比起喬吉來更接近於詞。只是比傳統的文人詞仍顯得靈動活躍，在這方面尚保持着散曲的特徵。明人朱權稱讚其作「清而且麗，華而不豔，有不吃煙火食氣」（《太和正音譜》），這樣的風格在士大夫中能獲得更多的好感，所以前人對張可久散曲的評價很高。

描繪江南景色是張可久的特長，如《普天樂·暮春即事》：

> 老梅邊，孤山下。晴橋蟬蜍，小舫琵琶。春殘杜宇聲，香冷茶蘼架。淡抹濃妝山如畫，酒旗兒三兩人家。斜陽落霞，嬌雲嫩水，剩柳殘花。

這是張可久眾多寫西湖風光的作品之一。對景物的描寫非常注意畫面感，末二句「嬌雲嫩水」與「剩柳殘花」的對照，用矛盾的元素組合，頗有藝術趣味。「且將詩做畫圖看」（《紅繡鞋·虎丘道上》），作者是很喜歡將詩情畫意相溝通的。

而寫男女風情的小曲大多比較活潑，如《朝天子·春思》：

> 見他，問咱，怎忘了當初話？東風殘夢小窗紗，月冷鞦韆架。自把琵琶，燈前彈罷，春深不到家。五花，駿馬，何處垂楊下。

以才士自視、風流自賞卻長期擔任吏職的張可久，看待仕途生涯甚黯淡而極無奈。《殿前歡·客中》寫仕途艱難說：「青泥小劍關，紅葉滿江岸，白草連雲棧。功名半紙，風雪千山。」這也使得他的散曲中經常有一種拂之不去的傷感氣氛。在《人月圓·客垂虹》中，他為自己繪了這樣的自畫像：「黃花庭院，青燈夜雨，白髮秋風。」

元代後期作家睢景臣留下的作品甚少，但一篇《般涉調哨遍·高祖還鄉》套數卻極有名。它通過一個鄉民的眼光，以諧謔的筆調，將漢高祖「威加海內兮歸故鄉」的場面寫得滑稽可笑。這可以理解為元代文人借歷史故事表現的對皇權的嘲弄，但其所隱含的一種頗有深意的思考尤其值得注意：同一事物用不同的方法來描述，其結果是完全不一樣的。譬如，在鄉民的眼光裏，皇帝的儀仗原來是「紅漆了叉，銀錚了斧，甜瓜苦瓜黃金

鍍」，「一面旗雞學舞，一面旗狗生雙翅」，一堆亂七八糟。這看起來是因為鄉民的無識，但願意思考的人們卻會由此想到：許多神聖與莊嚴的事物，本來不過是故弄玄虛而已。

五　元代詩文

最能代表元代文學的創造性和成就的，無疑是戲曲與小說。但對多數文人而言，最具歷史傳統的詩歌仍然是抒發人生情懷的主要文學樣式。元詩不僅反映了百年間動盪、複雜的社會狀況，呈現了不同時期中知識階層的精神面貌，而且對於認識中國詩歌的發展趨勢及其與新興文學樣式之間的關係，都有重要的價值。

作為元詩的前驅，北方以元好問為代表，南方以「四靈」、嚴羽等人為代表，對宋詩長期以來重理智而輕感情的傾向進行了反撥。隨着元朝勢力的拓展，南北潮流合而為一，這種對宋詩的反撥也就成為元詩的主流。回到唐代乃至漢魏六朝，在元代詩人中是相當普遍的主張，其實際意義乃是恢復唐詩所代表的重視抒情的傳統。也許他們的詩歌未必寫得有宋詩那麼精深，但正如明胡應麟《詩藪》所謂「元人力矯宋弊」，這一導向對詩歌的發展是有重要意義的。到了元代末期，以商業經濟發達的東南城市為主要基地，以楊維楨等人為主要代表，詩歌中更出現與市民文藝相融合、突出個人價值與個人情感、在美學上打破古典趣味等種種新的現象，體現出向近現代方向靠攏的動向。本節將主要介紹元代詩歌，兼及散文和詞。

元代前期的北方詩人　自元王朝統治北方至統一全國不久的一段時期，出身於北方的詩人主要有耶律楚材、郝經、劉因等。這一時期的元詩成就有限，但北方的詩人們仍然表現了自己的特色。

耶律楚材（1190—1244）是這些詩人中生活年代最早的一位。他字晉卿，號湛然居士，是遼皇族的子孫，仕於金，後為成吉思汗召用，終成元初的名相。他是一個經歷複雜的人，在投身於歷史大變局的同時，內心常懷着對平凡生活的嚮往。這類感情往往寫得樸素而真實。如《過燕京和陳秀玉韻》其四，由「余生不得樂林丘」的感慨而追憶年輕時「幾帙殘編聊快眼，一張納被且蒙頭」的光景，覺得那是快樂的生活，而在西域所作《思親有感》其二，也相當動人：

> 伶仃萬里度西陲，壯歲星星兩鬢絲。白雁來時思北闕，黃花開日憶東籬。
> 可憐游子投營晚，正是嬬親倚戶時。異域風光恰如故，一銷魂處一篇詩。

《四庫總目提要》稱耶律楚材的詩「語皆本色，惟意所如，不以研煉為工」，説得不錯。其詩雖然不算特別精美，但寫得相當自如，在元代多民族文化混融的過程裏，是值得注意的存在。

郝經（1223—1275）字伯常，陵川（今山西晉城）人，元世祖忽必烈即位前就對他很器重，後作為國信使去南宋，遭拘禁達十數年，始終不屈。他是一個信奉儒學的人，以儒家的氣節奉事元主，而為元人所敬重，對於研究中國文化而言這是很值得注意的例子。

郝經的詩可以看出受韓愈、李賀影響的痕跡，他喜歡寫富於起伏變化、夾雜議論的古體詩，喜歡用險怪的語詞，詩中常是充滿向外擴張的力量。而十分引人注目的是：他喜歡用這種風格的詩讚頌北人的勇毅兇猛，表現對武力的崇拜，有時甚至帶有血腥氣息。由此可以看出強悍的蒙古文化氣質對漢族文人影響，和由此產生的對漢詩的滲透。如《北嶺行》：

> 中原南北限兩嶺，野狐高出大庾頂。舉頭冠日尾插坤，橫亙一脊繚絕境。五台南望如培塿，下視九州在深井。上有太古老死冰，沙埋土食光炯炯。盤磴滑硬草無根，枯石摩天墮生礦。南人上來不敢前，撲面欲倒風色猛。坡陀白骨與山齊，慘淡萬里殺氣冷。嶺北乾坤士馬雄，雪滿弓刀霜滿頸。稀星如杯斗直上，太白似月人有影。寄語漢家守城將，莫向

沙場浪馳騁。

　　詩人完全是站在蒙古王朝的立場上說話，有些內容帶有政治色彩。不過，單純從寫景來說，其雄強有力是古詩裏不多見的。

　　劉因（1249—1293）字夢吉，號靜修，曾任右贊善大夫等職，不久即辭官。他是一位理學家，但個性豪邁，有些詩寫得頗有超邁之氣。如《渡白溝》的後半自述孤獨無遇，卻意氣高昂：「黃雲古戍孤城晚，落日西風一雁秋。四海知名半凋落，天涯孤劍獨誰投！」又如《寒食道中》：

　　　　簪花楚楚歸寧女，荷鍤紛紛上塚人。萬古人心生意在，又隨桃李一番新。

　　對生與死的循環交替，詩人關注的是生的可喜，表現出豁達的情懷。

　　趙孟頫、戴表元等　元統一全國以後，由南宋入元的詩文作家，主要有趙孟頫、戴表元以及仇遠等人。

　　趙孟頫（1254—1322）字子昂，號松雪道人，湖州（今屬浙江）人，宋皇室後裔。宋亡家居，三十三歲時應徵出仕於元，官至翰林學士承旨。從趙的特殊身份來說，這一境遇既非所願，亦無從逃脫，所以他內心總是充滿愧疚和苦悶。而對歷史的回顧，成為他試圖掙脫現實恥辱的努力。

　　在趙孟頫最為著名的《岳鄂王墓》一詩中，抒寫了對宋亡的感慨和由此而生的悲哀：

　　　　鄂王墳上草離離，秋日荒涼石獸危。南渡衣冠輕社稷，中原父老望旌旗。英雄已死嗟何及，天下中分遂不支。莫向西湖歌此曲，水光山色不勝悲。

　　自南宋後期岳飛冤案得到平反以來，這位主戰派將領成為人們想像歷史的另一種可能的焦點。這詩中下筆便寫岳墓的荒蕪，正是呈現出希望徹底毀滅所留下的淒涼；而忘卻卻又是仍處於歷史巨變過程中的人們做不到

的，所以他們只能承受自己無力承受的哀傷。

然而從岳飛引出的想像並無多少根據，中國歷史上的南北對峙總是以南方的失敗告終，背後有更深的玄機。趙孟頫北上以後所寫的《聞搗衣》把對歷史的回顧延伸到更遠：「苜蓿總肥宛要裏，琵琶曾泣漢嬋娟。」而當個人陷落在歷史的漩流中時，他無法解釋自己為甚麼要承擔不可解釋的歷史：「人間俯仰成今古，何待他年始惘然！」趙孟頫的詩大都寫得秀麗而委婉，情感的表達以深厚的文化修養為憑依。清顧嗣立《元詩選》說：「趙子昂以宋王孫入仕，風流儒雅，冠絕一時……而詩學又為之一變。」即由於趙的北上，元詩在藝術上得到了提高，向着雅致方向發展了。

戴表元（1244—1310）字帥初，奉化（今屬浙江）人，宋末曾任建康府教授，宋亡後隱居，晚年被薦為信州教授，未幾辭歸。《元史》中說他於至元、大德間，在東南一帶「以文章大家名重一時」。

在元早期詩人中，戴表元是鼓吹「唐風」、力矯宋詩之弊的有力人物。其《洪潛甫詩序》對宋詩變唐詩之風總體上表示否定；據袁桷《戴先生墓誌銘》，他對理學給文學造成的破壞也深表不滿，「力言後宋百五十年理學興而文藝絕」。

南宋破滅之際，戴表元顛沛流離於浙中一帶，一度避兵禍於四明山中，他的詩有相當一部分記載了這種困苦的生活，以及戰爭給民眾帶來的災難，頗有特色。如《南山下行》記戰亂年代人命難保，驚心動魄，而《辛巳歲六月三日書事》以「情懷經苦思平世，顏貌緣愁似老人」之句寫人們避禍時焦慮的心情，平實而又真切。至於《茅齋》這樣的小詩，卻又寫出春日山齋的另一種情趣：

　　　　紅杏園林雨過花，遠陂深草亂鳴蛙。春風不問茅齋小，自向階前長筍芽。

《元詩選》評戴氏五、七言近體詩為「詩律雅秀」。一般來說，戴詩以詩格調清新、形象鮮明見長，辭意較淺，不像傳統的宋詩那樣曲折或帶有理趣，但頗有韻致。這體現着對於新的藝術規範的追求。

戴表元也以文章著名。如《送張叔夏西遊序》，記詞人張炎少年時代作為貴遊公子的翩翩風姿，和中年漂泊潦倒的境遇，以及酒中高歌、忘懷窮達的神態，文辭簡潔，感情親切自然，卻沒有多少堂皇的議論。

仇遠（1247—1326）字仁近，入元後做過溧陽教授，晚年優遊湖山以終。他的《酒邊》寫道：「卻有一尊春釀在，醉眠猶勝楚三閭。」和元代許多散曲一樣，否定了以屈原為象徵的「忠」的傳統信條。於詩自言「近體吾主於唐，古體吾主於《選》」（見方鳳《山村遺集序》），亦以宗唐和復古作為對宋詩的反動。

他的詩作以七律較著名，多寫對世事變遷的感慨，如《次胡葦杭韻》：

> 曾識清明上巳時，懶能遊冶步芳菲。梨花半落雨初過，杜宇不鳴春自歸。雙塚年深人祭少，孤山日晚客來稀。江南尚有餘寒在，莫倚東風褪絮衣。

「元四家」 到了元代中期，社會趨向穩定，蒙古統治者對漢文化表示了更多的尊重，文人的心態逐漸從戰爭和改朝換代的衝擊中擺脫出來。自趙孟頫北上，帶來「風流儒雅」的詩歌趣味，此時在以京師為中心的詩壇進一步擴大了影響。其時主要作家是有「元四家」之稱的虞集（1272—1348，字伯生）、楊載（1271—1323，字仲弘）、范梈（1272—1330，字亨父，一字德機）、揭傒斯（1274—1344，字曼碩）。他們先後在京城擔任翰林等館閣職務，常相互唱和切磋，遂成為宗師式的人物。四家的詩歌取向仍以宗唐復古為主導，而與宋詩相背。如楊載主張「詩當取材於漢魏，而音節則以唐為宗」（《元史》本傳），就是頗有代表性的意見。

《元詩選》稱四家詩「為有元一代之極盛」，後世沿襲此評價的頗多。就對詩藝的講究和寫作的精緻來說，他們確實是元代最突出的。但這四人作為館閣文人，所作難免受到正統美學趣味的限制，在個性的表現方面實不及元末詩人。

虞集自成帝大德時入仕，歷數朝皆受優寵。他主張詩歌當溫厚平和而不失聲韻光彩之美，詩作也是循這一條路數。但除了一些歌頌朝廷盛德之作，其詩在雅正的面貌下，仍有重抒情的特點。如《院中獨坐》：

何處他年寄此生，山中江上總關情。無端繞屋長松樹，盡把風聲作雨聲。

這是於仕宦中期望退居山水的心情。後二句說風吹過松樹的聲音猶如雨聲，增添了內心的蕭瑟之感，故以「無端」二字以表驚悸。但這很可能是象徵寫法，宦場中無端地將「風」作「雨」，所以令人思退，情繫「山中江上」。而致仕以後所作詩，較以前的詩多幾分綺麗多幾分風情，如一組題畫詩中的《海棠》篇：

睡起多情思，依稀見太真。一枝紅淚濕，似憶故宮春。

在四家中楊載較多浪漫的詩人氣質，范梈為其詩集所作序中說，其詩「傲睨橫放，盡意所止」。像「放浪天地間，無今亦無昔。古人得意處，相與元不隔」（《遣興偶作》）之抒懷，「北風海上來，大雪何壯哉，上下九萬里，洗淨無纖埃」（《雪軒》）之寫景，都可以見出他個性中縱恣的因素。而且，楊載作詩不像虞集等人主要由現實的人事而發生感想，他每有憑空想像，如《宗陽宮望月分韻得聲字》詩中著名的「大地山河微有影，九天風露寂無聲」一聯，似從天界俯視人間的景象，意境浩渺，《紀夢》也有一種奇幻華麗：

四面青山擁翠微，樓台相向闢天扉。夜闌每作遊仙夢，月滿瓊田萬鶴飛。

范梈喜作歌行體，在聲調、結構上頗用心，但總顯得創造力不夠。他的一些絕句頗有情致，如《潯陽》一詩：

露下天高灘月明，行人西指武昌城。扁舟未到心先到，臥聽潯陽樵鼓聲。

揭傒斯出身貧寒，詩中情感有較接近平民的一面。如《臨川女》寫一

個盲女被母兄遺棄，得到善人的救助，自述「我母本慈愛，我兄亦艱勤。所驅病與貧，遂使移中情」，很深入地揭示了貧困者的無奈。不過其詩最突出的風格，乃是《四庫總目提要》所說的「清麗婉轉」。如《重餞李九時毅賦得南樓月》：

> 娟娟臨古戍，晃晃辭煙樹。寒通雲夢深，白映蒼梧暮。胡床看逾近，楚酒愁難駐。雁背欲成霜，林梢初泫露。故人明夜泊，相望定何處？且照東湖歸，行送歸舟去。

楊維楨與元代後期的詩　　元代後期實為元詩真正的高峰，清顧嗣立《元詩選·凡例》稱，「迨至正之末，而奇材益出焉」。其時主要詩人有薩都剌、楊維楨、高啟[1]、顧瑛等，他們活動的地域主要在東南一帶的城市。

元後期，東南一帶城市的經濟發展很快，市民階層也遠較前代為壯大。在崇尚「功利」的社會氛圍中，市民中的上層人物往往在地方上有很大影響，這種影響並且滲透到文化領域。如詩人顧瑛、畫家倪瓚，均是富豪。明王世貞《藝苑卮言》說他們憑藉自身的資財與才能，「風流豪賞，為東南之冠，而楊廉夫（維楨）實主斯盟」。商人與文藝關係如此之深，在過去是沒有過的。

他們的詩因為與市民社會、市民文化的密切關聯，而形成某些獨特面貌。一個特點是富於世俗生活的情調，常以讚賞的態度描述城市的繁榮、人生的享樂，另一個特點是自我意識較為強烈，如楊維楨的《大人詞》、高啟的《青丘子歌》、顧瑛的《自題像》等，都直接描繪了自身的精神形象，表現了尊重自我個性的要求。同時，他們的詩在藝術風格上也多有突破傳統規範之處；楊維楨的詩更被人攻擊為「文妖」。從另一角度來看，元代後期詩歌在生活情趣和題材、語彙等諸多方面，都受到新興的市井文

1　本書按習慣把高啟放在明代介紹，但實際上他主要活動於元末，所以在論及元末文學的一般特徵時，又不能不提到他。

藝——小説、戲劇、散曲的影響，所謂「雅」文學和「俗」文學的界限變得模糊了。而這一切意味着古典詩歌正在尋求新的歷史變化。

薩都刺（約1300—？）字天錫，號直齋，回族人，出生於武臣之家，曾在南方任各種地方官職，晚年寓居杭州。

薩都刺是虞集的門生，虞集説他的詩「最長於情，流麗清婉」（《傅與礪詩集序》）。他的詩集中寫女性之美和男女之情的作品為數不少，有的近似竹枝詞的風格，而情調頗為熱烈，如《遊西湖》：「惜春曾向湖船宿，酒渴吳姬夜破橙。驀聽郎君呼小字，轉頭含笑背銀燈。」寫出一個活潑的生活場景，有散曲那種輕靈的味道。一些長篇歌行則往往接近宮體詩的氣息，如《鸚鵡曲題楊妃繡枕》中有如下的描繪：「美人春睡苦不足，夢隨飛燕遊昭陽。覺來粉汗濕香臉，一線新紅枕痕淺。」這和中期「四家」以典雅為主的風格顯然有別。

薩都刺另一類有特色的詩是滲透了歷史感的抒懷之作。他性格磊落，自視甚高，詩中語言流暢，情感舒張，顯示出豪邁的氣概。如《九日》：

> 北固山前逢九日，小涼天氣入青袍。湘江水落玄霜下，吳地秋深白雁高。落帽看花憐我輩，呼鷹戲馬憶兒曹。孫劉事業今何在，斗酒聊舒太白豪。

薩都刺也是元代重要的詞人，其《念奴嬌·登石頭城次東坡韻》是追和蘇詞的名作：

> 石頭城上，望天低吳楚，眼空無物。指點六朝形勝地，唯有青山如壁。蔽日旌旗，連雲檣櫓，白骨紛如雪。一江南北，消磨多少豪傑。
>
> 寂寞避暑離宮，東風輦路，芳草年年發。落日無人松徑裏，鬼火高低明滅。歌舞尊前，繁華鏡裏，暗換青青髮。傷心千古，秦淮一片明月。

這首詞和前引《九日》詩在惋惜生命的無情流失方面有相近的情調，但它從宏闊的時空落筆，氣象更顯高遠；和蘇詞追慕古昔英雄而自悲不

遇的主旨相比，它更多着眼於歷史的破滅與人生的痛苦，別有一種蒼涼意味。

給元後期詩歌帶來更大變化的是楊維楨[1]（1296—1370）。他字廉夫，號鐵崖、鐵笛道人、東維子等，諸暨（今屬浙江）人。曾任錢清鹽場司令、建德路總管府推官等職，晚年隱居於松江。明初應召至南京，纂修禮樂書，不久歸里。楊維楨詩在元末東南地帶有很大影響，宋濂為他寫的墓誌銘說：「吳越諸生多歸之，殆猶山之宗岱，河之走海，如是者四十餘年。」在他的周圍還形成了一個詩人群體，他自稱「吾鐵門稱能詩者，南北凡百餘人」（《可傳集序》）。

楊維楨論詩的要點，一是強調源於情性，認為「有性此有情，有情此有詩」（《剡韶詩序》），二是在提倡「復古」的同時反對模擬，提出「摹擬愈逼，而去古愈遠」（《吳復詩錄序》），三是重視詩的藝術特徵，主張「詩有情、有聲、有象、有趣、有法、有體」（《來鶴亭集序》）。這些見解對明人有較明顯的影響。在詩體方面，他不喜格律森嚴的近體而多作樂府體，其詩集即名為《鐵崖古樂府》。但這種「古樂府」不僅風格與傳統的樂府詩有異，範圍也更寬，近於七絕的竹枝詞、宮詞、香奩詩等都包含在內。所以，楊氏所謂「古樂府」實際就是一種自由體。

楊維楨詩內涵複雜，但主要的特徵仍是很明顯：以個人生命意欲為核心，顯示自我精神的張揚，讚美世俗享樂，表現對美麗的異性的渴望。

在楊維楨詩中，有多篇描述自我精神形象的作品，如《大人詞》、《道人歌》、《五湖遊》等均是。這種精神形象跨越時空、獨立天地、馳騖八極、孤傲無侶。它雖是源於陸象山「吾心即宇宙」的哲學觀（陸氏之說則源於佛學），主旨卻不在表現哲理，而是傳達了個人意志的擴張，正是這種擴張帶來詩中人物恣肆飛揚的神情，如《五湖遊》：

　　鷗夷湖上水仙舟，舟中仙人十二樓。桃花春水連天浮，七十二黛吹落

1　「楨」字或作「禎」，古籍所見參差不一，今暫從《明史》。

天外如青漚。道人謫世三千秋，手把一枝青玉虬。東扶海日紅桑欐，海風約住吳王洲。吳王洲前校水戰，水犀十萬如浮鷗。水聲一夜入台沼，麋鹿已無台上游。歌吳歈，舞吳鉤，招鷗夷兮狎陽侯。樓船不須到蓬丘，西施鄭旦坐兩頭。道人臥舟吹鐵笛，仰看青天天倒流。商老人，橘幾弈？東方生，桃幾偷？精衛塞海成甌窶，海蕩邛山漂髑髏，胡為不飲成春愁？

「道人臥舟吹鐵笛」直接點出作者的號——鐵笛道人。在此呈現的詩人自我的精神形象，逍遙於仙境與塵世，縱覽古今，賞玩歷史與自然的變遷，而又始終不失去凡俗的享樂。詩中有李白、李賀遊仙詩那種奇思異想影響的痕跡，卻沒有他們憤世嫉俗、遠離凡塵的情緒。而《大人詞》所寫的「大人」，也既是「天子不能子，王公不能儔」，又是「男女欲不絕，黃白朮不修」，這些都意味着精神的超越無須以放棄粗鄙的世俗生活為條件。

美女是楊維楨詩中不斷出現的人物，她們使人生變得快樂。像《城西美人歌》寫道：「美人有似真珠漿，和氣解消冰炭腸……美人兮美人，吹玉笛，彈紅桑，為我再進黃金觴。舊時美人已黃土，莫惜秉燭添紅妝。」有意思的是，過去詩中的美女大抵給人以纖弱、慵懶、哀怨之類的感覺，楊維楨詩中所寫卻大多體態矯健，充滿活力。像如下兩首詩：

> 齊雲樓外紅絡索，是誰飛下雲中仙？剛風吹起望不極，一對金蓮倒插天。（《續奩集二十詠·鞦韆》）

> 鹿頭湖船唱報郎，船頭不宿野鴛鴦。為郎歌舞為郎死，不惜真珠成斗量。（《西湖竹枝歌九首》之二）

前一首，女子蕩鞦韆，在前人筆下多是「隔牆送過鞦韆影」這樣隱約的寫法，而楊維楨卻盡力寫出其恣狂的情狀；後一首則寫出女子豪爽熱烈的情感，她們都不再是溫柔而嬌弱的。

楊維楨詩的審美情趣違背詩歌傳統的「雅正」要求，而與元代小說、

戲劇、散曲等市井相通。胡應麟《詩藪》說他的《香奩八詠》「是曲子語約束入詩耳。句稍參差，便落王實甫、關漢卿」。他的眼光很敏銳。不過，這一特點實以《續奩集二十詠》最為明顯。作者用一組詩寫一個少女自訂私約而如意成婚的過程，並從多方面讚美她的美麗，就從《相見》、《相思》、《的信》、《私會》這些標題來看，就很有情節性，像是雜劇的縮略。

楊維楨詩在藝術上不能說怎麼精美，有些也寫得過於古怪，但確實很有生氣。它體現了元末東南沿海地區的文化變異對中國古典詩歌發展演變的要求，這是其真價值所在。

顧瑛（1310—1369）字仲瑛，別名阿瑛，昆山人（今屬江蘇），由經商而成為吳中巨富。其園林「玉山草堂」人稱「園池聲伎之盛甲於天下，四方名士，常主其家」（《元明事類鈔》），實為東南地區文士聚會的沙龍，楊維楨亦多出入於此，並為文會盟主。顧瑛還編輯了《玉山草堂雅集》，錄存與會者的詩作，當日流傳頗盛。文人雅集向來帶有貴族氣息，玉山草堂中的集會，則反映了商人在獲得財富以後對文化價值的追求和在文化領域的勢力，這是值得注意的現象。

顧瑛的詩因其生活經歷不同於一般文人而顯示出一些特色。如他有一首題《雪景盤車圖》的詩，描述商人從事長途販運的艱辛和面對的風險，並表達了商人對官僚的憤慨，這在古詩中是少見的。他的《自題像》一詩則寫出了自己的某些個性特徵：

> 儒衣僧帽道人鞋，天下青山骨可埋。若說向時豪俠處，五陵鞍馬洛陽街。

前二句表現自己思想態度和人生觀念的隨和，後二句寫出自己作為商人而堪與貴族相比的豪邁。

六　元代小説

　　元代文學最突出的成就在於虛構性文學的長足進展，雜劇和小説是其輝煌代表。不過，由於通俗小説作者的情況大多不很清楚，又常在流傳過程中受到出版者的修改，其產生年代的問題變得很複雜。譬如在元代刊刻的作品，可能是當代產生的，也可能是從前代流傳下來的；而確知元代已經出現的作品如果只存有明代的刻本，也很難説刊刻時經過了多大程度的修改。對此，我們將盡量作些説明。

　　話本小説　宋代盛行的説話藝術在元代仍然流行，並仍以「小説」、「講史」二類最為重要，但早期的話本小説哪些屬於宋，哪些屬於元，現在已難以分清，所以研究者常籠統地稱之為「宋元話本」，這是不得已但也是比較穩妥的態度。

　　元代早期羅燁的《醉翁談錄》中著錄了許多小説話本的名目，其中少數幾篇的內容尚可見於《警世通言》。但「三言」中雖有不少篇取材於前代，包括前面提及的在題下注明出於「宋人小説」的，都經過相當大的修改，僅可以作為考察宋元小説的資料，而不適宜徑直視為宋元小説了。

　　另外，錢曾《述古堂藏書目》及《也是園書目》也有「宋人詞話」的著錄。其中有五篇見於《清平山堂話本》（明嘉靖時洪楩所編刊《六十家小説》的殘本），即《簡帖和尚》、《西湖三塔記》、《柳耆卿詩酒玩江樓記》、《風月瑞仙亭》、《合同文字記》。但據章培恆先生考證，這五篇均編定於元代[1]。比較「三言」中取材於前代的小説，這五篇文字顯為粗樸，當是較接近宋元小説的原貌。

　　這些小説結構、描寫都比較粗糙，而情節大多離奇。想必「説話人」

1　《關於現存的所謂「宋話本」》，載《上海大學學報》1996年第1期。

在説書時會有許多發揮，所以在文本上只需故事性強就行。另一顯著特點是富於市井趣味，而在道德觀上常是馬馬虎虎。像《簡帖和尚》寫皇甫殿直因受騙誤以為妻子跟別人有私情，將她休了，後來在相國寺遇見她與新丈夫在一起，卻又同她彼此凝視，內心很留戀；及至知道自己原是被騙，又和妻子重圓。這裏包含着市井民眾的人情味。當然市井趣味也可能是粗鄙的趣味。如《柳耆卿詩酒玩江樓記》寫柳耆卿（即詞人柳永，但實為假託）做餘杭縣宰，喜歡上妓女周月仙卻被拒絕，遂命一舟子對她施暴，然後又在酒宴上當周的面歌唱她被辱後所作的詩，令她羞愧惶恐。對這種惡劣的行為作者並不持指責態度，而是讓周月仙就此被「征服」，甘心侍奉耆卿。作者顯然並不拿現實生活的規則來要求小説中的人物，而只是在投合讀者（聽眾）的某種潛在慾望。

講史類話本，目前尚有多種元刊本存世。包括《五代史平話》，《全相平話五種》即《新刊全相平話武王伐紂書》、《新刊全相平話樂毅圖齊七國春秋後集》、《新刊全相秦並六國平話》、《新刊全相平話前漢書續集》、《至治新刊全相平話三國志》；另有一種《大宋宣和遺事》，係抄撮舊籍而成，其中有幾個部分屬於講史性質。

上述小説中以《五代史平話》較為出色。在宋代説話中，説「三分」即三國故事和説五代史都是很受歡迎的節目，元刊《五代史平話》或是源於宋人説話的底本。歷史上三國與五代都是「亂世」，也是梟雄人物際會風雲、大有作為的時代，他們的故事容易引發聽眾的興奮；五代帝王又多為平民出身，其「發跡變態」的經歷更能給市井民眾帶來幻想的快樂。從小説藝術來説，《五代史平話》雖然也寫得比較簡略，但文字較《全相平話五種》明顯來得清通，有些部分已經寫得相當細緻生動，能夠吸引人閱讀。這意味着原來作為説話人所用底本的「話本」向着真正的小説文本發展，有了長足的進步。

另有一種與後來的《西遊記》有着淵源關係的《大唐三藏取經詩話》，學界有宋刊、元刊兩種意見。在「説話」的分類中，以前多列入

「說經」。但它和「說經」為敷演佛經故事的本義不甚相符。其實說話人的門戶之限未必那麼嚴格，後人也未必需要將所有話本明確歸類。

上述話本雖然藝術成就不是很高，但對於古代小說的成長，意義卻很重要。

文言小說《嬌紅記》　　元代文言小說佳作甚少，但卻出現了一部小說史上非常特別的作品——《申王奇遘擁爐嬌紅記》，簡稱《嬌紅記》。它長達一萬七千餘字，在文言小說中是空前的。

明代高儒《百川書志》著錄此書，署為元虞集著，而另一文獻記載為元宋梅洞（名遠）著。研究者或認為這兩種署名都不一定可據。

這篇小說的故事並不新奇，也算不上複雜：書生申純至其舅父王通判處作客，與表妹嬌娘相戀，以至私通。申生家請媒人至王家求親，遭到王通判的拒絕。其後申純考取進士，王通判也同意兩人結合，但帥府的公子得知嬌娘美麗，前來求親，王通判又把嬌娘許給了他。見事已無望，嬌娘遂絕食而死，申生亦自縊身亡，兩人死後成仙。以前最長的文言小說數《遊仙窟》，不足九千字，卻已包含許多拖沓、堆砌的內容，而《嬌紅記》卻並無旁出枝蔓，它形成如此宏大的篇幅，完全是因為作者對故事發展過程寫得十分深細；它的情節之曲折，細節之豐富，描述之細膩，都是過去的文言小說從未有過的。舉例來說，單是寫兩人從相識到確定彼此的愛情，就約有四千字，作者通過一系列瑣細的事件，來呈現他們怎樣互生好感、相互試探、逐步走近，直至兩顆年輕的心熱烈地融合在一起。在這以後，轉入兩人為維護自己的愛情而與壓迫勢力反復的抗爭，也同樣是委曲周至。

這種寫法其實已經包含了對小說的一種理解：小說不僅要敍述一個完整的故事，而且需要虛構活生生的生活場景；不僅要寫出人物的行動，而且要深入人物的心理。唯有如此，小說才能真正發揮其藝術上的優長，通過想像表現人的生活意欲與環境的矛盾，使讀者在虛構的真實中不知不覺

地受到感染。就此而言，《嬌紅記》已開了《紅樓夢》的先河。

但也正是因為這種努力，暴露了《嬌紅記》不可克服的缺陷。文言是一種與日常生活語言脫離的書面語，用文言寫那種簡潔而精緻的小說是合適的，但是當用文言作十分細膩的描述時，由於閱讀和心理反應不能同時完成，它產生了一種抵抗力，使讀者無法沉入到小說的虛構世界中去。在此情況下，語言反而顯得冗雜累贅。由此我們也可以看到：中國古典小說朝着白話方向轉化，從表層原因看是由通俗性的需要造成的，從深層原因看，實際是由小說藝術自身的特點決定的。

《三國演義》　《三國演義》與《水滸傳》這兩部長篇小說的出現，標誌着中國古代小說發展到了新的高峰。和元雜劇一樣，這種成就是優秀文人的文化素養與民間藝術活力相結合的結果。

《三國演義》原名《三國志通俗演義》。作者羅貫中，生平不詳，現在一般據賈仲明（或謂無名氏作）《錄鬼簿續編》等書提供的材料，認為他名本，字貫中，號湖海散人。祖籍太原，在杭州生活過。其生活年代主要應在元末，是否活到明代則不可知。此書現存最早的版本刊於明嘉靖元年，二十四卷，二百四十則；後有一種假託的「李卓吾評本」將之合併為一百二十回。清康熙年間，毛綸、毛宗崗父子對此書作了加工整理，修改了回目，對情節和文字也作了些增刪，但仍基本上保存了全書的原貌。這種簡稱為《三國演義》的一百二十回本後來最為通行。不過此書在明中葉就有人用簡稱，見於汪珂玉《珊瑚網》引莫雲卿《筆麈》，毛氏父子也是沿襲前人。

三國是一個社會動亂、英雄輩出而激動人心的時代。關於這一時代的歷史與人物，陳壽的《三國志》提供了相當豐富的史料，而裴松之為之作注，又有很大擴充；由於體例不受限制，裴注的資料有不少是富於趣味性和故事性的。如作為文學人物形象的曹操，其某些特點在裴注所引《曹瞞傳》中就已經可以看到。所以三國歷史與人物向來就是文人詩詞詠唱的

對象，有關故事也很早就流傳於民間。據杜寶《大業拾遺錄》，隋煬帝觀水上雜戲，有曹操譙水擊蛟、劉備檀溪躍馬的節目。蘇軾《東坡志林》也記載了「塗巷中小兒」頑皮討嫌，家中給了錢讓他們聽人說三國故事的情形。

宋代說話中，有「說三分」的專門科目和專業藝人。現存早期的三國講史話本，有元至治年間所刊《全相三國志平話》。同時，元代戲劇舞台上也大量搬演三國故事，現存劇目即有四十多種。羅貫中的《三國演義》是對以「講史」為主的民間藝術的繼承與發揮，但與之又有相當大的區別。相比於《全相三國志平話》的粗糙簡略以及史實多有謬誤的面貌，《三國演義》顯示出作者對史料的高度熟悉和嫻熟運用，而民間傳說的內容則是巧妙地穿插在以史料為主幹的框架內。

關於三國的歷史，主要是在宋代形成了一種以蜀漢為「正統」的評價，這也影響到民間流傳的三國故事。《三國演義》承襲了這一傾向，顯示出尊劉貶曹的基本態度。與此同時，它也引入了在民間文藝中就很強烈崇尚「義」的道德觀，這從一開始寫劉、關、張桃園三結義就很明顯。這裏的所謂「義」其實是一種市井道德，它強調人與人之間的相互扶助以及知恩圖報的原則，幫助人們在政治集團、血緣聯繫之外建立強有力的共同利害關係。小說中，封建正統道德和市井道德相結合，構成了一種解釋歷史、評價人物的大概尺度。

但絕沒有必要過分認真地看待《三國演義》的道德意識，它雖然提供了作者敍事所需的立場，而小說的文學活力與之並無多大關係。只要想到小說中寫得最為血肉豐滿、令人難忘的人物竟是「漢賊」曹操，就能理解這一點。《三國演義》真正吸引讀者的，是它在一個宏大的敍事結構中描繪了極其壯闊的、波譎雲詭的歷史畫面，描繪了從秩序崩潰到秩序重建的過程中各種力量的相互衝突、分化組合，而作者尤其關注的，是人在歷史中的慾望與行動。作者幾乎無法抑制他的英雄主義觀念，常常把自己織就的道德薄紗拋棄不顧，不拘在政治上屬於哪一方，只要是具備勇敢、智

慧、尊嚴、毅力這些高貴氣質，即顯示出生命力量的人物，都得到熱情的讚頌。在這樣的歷史鬥爭中，弱者和愚者被毫不留情地逐出，不管其本來的身份多麼高貴（如可憐的漢皇室），原有的勢力多麼強大（如袁紹、袁術兄弟）。

小說中虛構成分最多的赤壁之戰故事是很好的一例：這場決定三國鼎立之勢的關鍵性戰爭，在《三國志》中僅有簡略的記載，作者將其鋪排為整整八回的篇幅，寫得波瀾壯闊、高潮迭起，始終充滿戲劇性的變化。而三方主要人物，都被當作英雄來描寫。曹操橫槊賦詩時的自我陶醉和幾分蒼涼，諸葛亮遊說東吳的深察人心與從容不迫，孫權不甘屈服於強敵、斷案立誓的激動，周瑜設計誘敵的才智和機敏，無不給讀者留下深刻印象。歷史在這裏被描繪成英雄展示其生命激情、意志與才華的舞台。明人王圻說羅貫中是「有志圖王者」（《稗史彙編》），並沒有提出任何根據，恐怕是從小說中得來的感受吧。

英雄人物也會遭遇失敗，但因為在失敗中仍然不喪失尊嚴，他們仍然是英雄。像龐德為關羽所擒，對關羽的勸降，大罵「豎子」，稱「劉備乃庸才耳」，遂不屈而死，書中引詩讚他為「烈烈大丈夫，垂名昭千載」；關羽為東吳所擒，孫權親自勸降，他厲聲痛罵「碧眼小兒，紫髯鼠輩」，自稱「有死而已」，書中引詩讚他「氣挾風雷無匹敵，志垂日月有光芒」。還有像禰衡那樣的文士，本是游離於歷史大局之外，言行也頗顯得浮誇無實，但他不屈於權勢、使本欲羞辱他的曹操卻當眾受到羞辱的「擊鼓罵曹」故事，也同樣寫得非常有生氣。

作為中國第一部長篇小說，《三國演義》也建立了中國文學的第一座人物長廊。雖然，《三國演義》寫人物的筆墨還不夠細緻，人物的性格層次也不夠豐富，但各種具有鮮明個性差異的人物形象彼此映襯，仍然初步顯示出人性的多樣面貌。譬如「關羽溫酒斬華雄」的一節：

紹曰：「可惜吾上將顏良、文醜未至！得一人在此，何懼華雄！」言未畢，階下一人大呼出曰：「小將願往斬華雄頭，獻於帳下！」眾視之，

見其人身長九尺，髯長二尺，丹鳳眼，臥蠶眉，面如重棗，聲如巨鐘，立於帳前。紹問何人。公孫瓚曰：「此劉玄德之弟關羽也。」紹問現居何職。瓚曰：「跟隨劉玄德充馬弓手。」帳上袁術大喝曰：「汝欺吾眾諸侯無大將耶？量一弓手，安敢亂言！與我打出！」曹操急止之曰：「公路息怒。此人既出大言，必有勇略；試教出馬，如其不勝，責之未遲。」袁紹曰：「使一弓手出戰，必被華雄所笑。」操曰：「此人儀表不俗，華雄安知他是弓手？」關公曰：「如不勝，請斬某頭。」操教釃熱酒一杯，與關公飲了上馬。關公曰：「酒且斟下，某去便來。」出帳提刀，飛身上馬。眾諸侯聽得關外鼓聲大振，喊聲大舉，如天摧地塌，岳撼山崩，眾皆失驚。正欲探聽，鸞鈴響處，馬到中軍，雲長提華雄之頭，擲於地上。——其酒尚溫。

和《三國演義》全書風格的一致，這裏的文字也是相當簡略的。但仔細閱讀，還是頗有趣味。當時身份只是「馬弓手」的小人物關羽針對袁紹「上將未至」的歎息挺身「大呼」而出，足見他的驕傲；袁氏兄弟作為世代貴族出身的軍閥看不起這等低賤之徒，他們的表現卻仍有區別：袁術極為浮躁，袁紹則有意讓關羽一試，卻又擔心被華雄所笑，見出他的虛榮和缺乏決斷。而曹操始終表現出他的識力與機警。最後關羽提頭擲地的動作，再一次證明他是勇武的，也是無禮的。他們的行為均與自身的品性相關，而各人的結局也在這裏就有了預兆[1]。

進一步説，《三國演義》所寫個別重要人物，作者還是注意到了其品格的複雜性。如曹操就是突出的例子。關於曹操的多種史料原有相互矛盾之處，這在小説中被處理成可以理解的多面化人格。他一出場就被稱讚為「好英雄」，卻又不斷在道德上受到指斥；他常常是豪邁而果斷的，卻又有多疑的一面；他通常器度恢宏，卻也屢有心胸狹隘的舉動。曹操實是中

1　這一節分析參考了夏志清的《中國古典小説史論》。

國文學中第一個性格豐富的形象，而且這一形象具有很大的闡釋空間。只是這樣的例子不多，全書還沒有把人物形象的塑造放到主要地位。

從上面的引文可以看到《三國演義》的語言風格，這是一種文白相間的語言。之所以如此，可能因為作者常需在書中直接引用史料，如用純粹的白話就難以諧調；也可能因為白話作為文學語言在當時尚未充分成熟。但不管怎樣，它還是體現着小說語言的演化趨勢。

長篇小說的出現，顯示了一種新的文學意識：需要以宏大的眼光，在廣闊的時空範圍和複雜的人物關係中理解人類的生活。這背後根本的動力，是人對自我存在的關心。無疑的，我們可以說《三國演義》是中國文學發展史上具有劃時代意義的作品。

《水滸傳》　　在《宋史》等史籍中，曾簡略記載了以宋江為首的一支反叛武裝的情況，這支武裝有首領三十六人，一度「橫行齊魏」，「轉略十郡，官軍莫敢攖其鋒」，後在海州被張叔夜伏擊而降。

宋江等人的事跡很快演變為民間傳說。宋末元初人龔開《宋江三十六贊》的序文中說及「宋江事見於街談巷語」。羅燁的《醉翁談錄》記載宋元說話名目，已有「石頭孫立」、「青面獸」、「花和尚」、「武行者」等。《大宋宣和遺事》有一部分內容，從楊志等押解花石綱、楊志賣刀，依次述及晁蓋等智劫生辰綱、宋江殺閻婆惜、九天玄女廟受天書、張叔夜招降宋江等情節，雖然內容簡單，卻已有了略為系統的面目。另外，前已述及元雜劇中也有相當數量的水滸戲。要之，宋江等人的故事自宋元之際始，以說話、戲劇為主要形式，在民間愈演愈盛。正是在這樣的基礎上，形成了長篇小說《水滸傳》。

關於《水滸傳》的最早著錄見於明嘉靖時高儒的《百川書志》：「《忠義水滸傳》一百卷，錢塘施耐庵的本，羅貫中編次。」據此，則是書原作者為羅貫中，而經過施耐庵的修改——所謂「的本」，意謂真本、最好的本子。施耐庵生平不詳，僅知他是元末明初人，曾在錢塘（今浙江

杭州）生活。由於《水滸傳》的語言與《三國演義》差別甚大，可以認為施耐庵修改的程度是很大的。但事情還不是如此簡單：在元末明初，找不到像《水滸傳》一樣用純熟的白話寫成的其他作品，所以我們現在見到的《水滸傳》，很可能在明嘉靖年間刊行時再一次經過重大修改。

《水滸傳》的版本問題非常複雜，爭議也很多。簡單説，它有繁本和簡本兩個系統，後者是前者的節本，但在省略描寫細節的同時，又增添了新的故事內容。在繁本系統中，現存天都外臣序本和容與堂刊本（均為一百回）較接近原貌。另有一種一百二十回的袁無涯刻本，將簡本系統才有的平田虎、王慶故事重寫後增入了進去，稱為《忠義水滸全傳》。明末金聖歎將繁本的《水滸傳》砍到梁山大聚義為止，成為七十回本。因為它保存了原書最精彩的部分，文字也有所改進，遂成為最流行的版本。

明末有一種將《水滸傳》與《三國演義》合刻的本子，稱為《英雄譜》，這道出了兩書最基本的共同點。但和《三國演義》以史料為主幹不同，《水滸傳》雖也依托歷史，其實除了「宋江」這個人名和梁山武裝的反叛性質外，小說中的人物和故事與史實無關而全出於虛構；再則，《三國演義》所寫的大多是歷史上的著名人物，屬於社會上層，《水滸傳》中人物則多屬於社會中下層，是平民英雄。這些人物形象更直接地反映着市井社會的趣味。

和《三國演義》一樣，《水滸傳》也有敍事的道德立場，梁山一杆杏黃旗上繡着的「替天行道」四字，梁山議事大廳匾額所標榜的「忠義」二字，就是作者為梁山事業所設立的道德前提。「替天行道」表明了這一群好漢蔑視現實秩序的正當性來源於「天」這一居於人間權力之上的最高意志。因為中國文化傳統中存在着這樣的意識：當一個時代的政治發生了極大混亂時，便意味着「天道」不彰，這時由政權以外的力量出來「替天行道」，至少在表面上可以説得通──《水滸傳》對北宋末政治黑暗狀況的描述，提供了梁山好漢「替天行道」的現實根據。而「忠」則意味着「替天行道」與對皇帝、朝廷的最終忠誠在根本上相一致，換句話説，「天」此時並未發出改朝

換代的指示，梁山軍隊的責任是在山寨中幫助皇帝，使政權的行為回到「天道」所要求的軌道——「酷吏贓官都殺盡，忠心報答趙官家」。「義」作為普泛的正義概念，內容則複雜得多，它是梁山好漢處理相互關係以及與其他人群之間關係的準則，其中市井道德意識的成分更多。

上述原則為梁山英雄的反叛行為蒙上一層按照社會傳統觀念至少是勉強可以解釋的道德掩飾。但實際上《水滸傳》內在的道德意識是相當混雜和模糊的。小說的核心內容，是描寫了市井英雄不平凡的人生。他們的行為有時可以包容在正統觀念的範圍內，但更多情況下是與之相衝突的。而且，說到底，一夥「強人」無論怎樣自稱「替天行道」，都是對既存權力秩序的狂烈挑戰。

梁山聚義始於晁蓋等人劫奪生辰綱。而事前吳用勸阮氏三兄弟入伙，目標首先不是反政府，而是「大家圖個一世快活」。而「大塊吃肉，大碗喝酒，大盤分金銀」，幾乎是梁山好漢的口頭禪。這種平民化的豪放而粗俗的語言，表達了對通過佔有物質財富而獲得自由快樂的生活的嚮往。把口腹之慾與恣肆的自由浪漫精神結合在一起，這在魯智深大鬧五台山的故事中演示得堪稱轟轟烈烈。因為避禍而不得已做了和尚的魯智深耐不得寺廟裏寡淡的禁慾生活，下山喝得爛醉，而後懷揣一條熟狗腿上得山來，打坍了涼亭，砸碎了金剛，追着打着逼和尚吃肉嚇得滿堂和尚驚散。把人的世俗生活慾望寫得如此慷慨豪華是《水滸傳》不同凡響的地方。

英雄遭受壓迫時生命的力量由聚斂而爆發，越發驚人。武松欲為兄伸冤，卻狀告無門，於是拔刃雪仇，繼而在受張都監陷害後，血濺鴛鴦樓；林沖遇禍一再忍讓，被逼到絕境，終於復仇山神廟，雪夜上梁山；解珍、解寶為了索回一隻他們射殺的老虎，被惡霸毛太公送進死牢，而引發了顧大嫂眾人劫獄反出登州……這些都是《水滸傳》中壯麗的故事。肯定復仇的權利，讚美復仇的行為，構成《水滸傳》的一大特色。與不能忍受自身受欺凌相應，不能忍受他人尤其弱者受欺凌，也是英雄氣質的表現。魯智深為了與己無干的金翠蓮拔拳打死了鄭屠，從此由軍官而流落江湖；武松

宣稱「我從來只要打天下硬漢不明道德的人」，他痛打蔣門神，為施恩奪回快活林，也是因為對方恃強凌弱。如果說這些行為伸張了正義，那麼它首先是伸張了好漢的意志。

至於像魯智深倒拔楊柳、武松景陽岡打虎這一類與社會矛盾無關的情節，則是從另一種角度歌頌了英雄的勇力。這種故事因為不涉及人與人對抗的緊張感，在粗獷豪邁之中又有幾分優美，它調節了小說的氣氛。

有必要指出《水滸傳》包含了不少對野蠻暴力的認可，如張青夫婦開黑店宰殺旅客做人肉饅頭，李逵為了逼迫朱仝上梁山而隨手劈死了由他照看的知府的四歲小兒，諸如此類，所在多有，作者寫得輕鬆而似不甚經意。好漢行走「江湖」的故事，原本和民間秘密幫會的背景有聯繫，所以「替天行道」不知不覺地就會帶上一種盲目的破壞性。還有，《水滸傳》是一部男性中心意識特別強烈的小說，輕視女性，尤其仇視「淫婦」，也成了英雄氣概的證明，西方的騎士精神在這裏是完全看不到的。

但儘管有這些缺陷存在，儘管對「正義」的確認有種種矛盾，《水滸傳》的主體仍然是試圖在某些具有新鮮意味的正義原則下讚美生命的自由與快樂。普通人的日常生活終究是平庸的，人們不能不忍受它而又無法不感到煩倦。梁山好漢卻是另一種人物，他們是傳奇式的理想化的，比起《三國演義》中的人物又更接近於平民。在他們身上表現出的個性、力量、情感的奔放，給人以生命力舒張的快感，使讀者獲得很大的心理滿足。

《水滸傳》是文學史上第一部用純粹的白話寫成的長篇小說。白話文學絕不是「怎麼說就怎麼寫」就能成功的，白話作為文學語言來運用有其發展的歷程。從唐代變文和話本開始就運用白話，宋元話本又有明顯進步，但文白相雜、粗糙簡樸仍是普遍情況。而到了《水滸傳》，白話才真正成為流利純熟、生動活潑的文學語言，就「繪聲繪色、惟妙惟肖」而言，其效果是文言所不可能達到的。有了《水滸傳》，白話文體在小說創作方面的優勢得到了完全的確立；就此而言，它堪稱是里程碑式的作品。

《水滸傳》作為長篇小說的結構不如《三國演義》那麼宏大而完整，

但在人物形象的塑造方面付出了更大的努力，也取得較後者更為突出的成就。它原本形成於民間說話和戲劇故事的基礎上，在長篇框架內仍保存了若干具有獨立意味的單元，一些最重要的人物，在有所交叉的情況下，各自佔用連續的幾回篇幅，其性格特徵得到集中的描繪，表現得淋漓酣暢。這顯示了人物形象的塑造在小說中佔有主要地位。而且，《水滸傳》中的人物，作者每因其身份、經歷之異寫出他們不同的個性，像武松的勇武豪爽，魯智深的嫉惡如仇、暴烈如火，李逵的純任天真、戇直魯莽，林沖的剛烈正直，無不栩栩如生。金聖歎說書中「人有其性情，人有其氣質，人有其形狀，人有其聲口」（《〈第五才子書施耐庵水滸傳〉序三》），這固然有些誇大，但就其中幾十個主要人物而言，是可以當之無愧的。就是小說中着墨不多的次要人物，有時也寫得十分好看。像楊志賣刀所遇到的牛二，那種潑皮味道真是濃到了家。

《水滸傳》所寫的英雄人物，性格傾向十分強烈，性格的複雜性和前後變化較少，這和它傳奇性有關：用濃墨重彩來顯示英雄的非凡氣質，更容易強烈地打動讀者。但這並不意味着簡單粗糙。譬如李逵，作者常常從反面着墨，通過似乎是「奸猾」的言行來刻畫他的淳樸。又譬如魯智深性格是暴烈的，卻常在關鍵時刻顯出機智。再則，作者雖然寫的是傳奇性人物，卻常常能夠考慮到具體的生活環境對他們的影響，將他們的行為寫得真實可信。如林沖見妻子被人調戲，頓時憤怒，「恰待下拳打時，認的是本管高太尉螟蛉之子高衙內……先自軟了」。因為他身為禁軍教頭，生活優裕，不得不思前顧後，想到一拳之下，「太尉面上須不好看」。總之，由於白話語言的純熟運用和小說內容向着以人物為中心轉移，《水滸傳》代表了通俗文學新的發展高度，並預示了古典小說的發展方向。

第十六章
明代詩文

明代約二百八十年的歷史（1368—1644），在世界範圍來說，差不多正好相當於歐洲的文藝復興時代，也就是從中世紀向「現代」過渡的時代。長久以來，關於明中後期是否已經出現資本主義萌芽的問題有過很多爭論，但不管在中國的土壤上有無可能自然生發歐洲式的資本主義生產方式，明代社會經濟與思想文化發生的一系列變化也是引人注目的，這種變化甚至可以追溯到元代。中國東南沿海城市的手工業和商業經濟在元末已相當繁榮，經歷明初的衰退以後，到明中期與後期，重新得到恢復和進一步的發展，研究者注意到在一些紡織工場開始出現具有數十人規模的僱傭勞動現象。在思想領域，產生於明中葉的王陽明學說以「心即理」的哲學命題對程朱理學提出修正，它潛涵着承認個人認識真理的權利、承認個性尊嚴而反對偶像崇拜的意味，在士大夫中曾經盛行一時。到了明後期，李贄的思想在王學基礎上更向前邁進，他不僅對人慾表示充分的肯定，反覆論說為自身謀利益是人的天性的合理表現，而且提出了從根本上擺脫對歷史「元典」的依賴而重新建設社會思想文化的要求。稱他為中國古代的啟蒙思想家並非過分。

和歐洲文藝復興運動相似，明中後期思想文化的發展趨向，也可以歸之於一種人本主義內涵。只是在前者，人本主義指向個人從神的權威下的解放，在後者，人本主義指向個人從以維護封建專制體制與等級秩序為目的的群體意志與群體道德的約束下的解放。正像目前學界普遍承認的，晚明思潮的核心就是個性解放。

「五四」新文學運動的兩位重要的理論家胡適和周作人在追溯新文學的源流時發表了不同的意見，前者認為金元文學是新文學的源頭，後者則更強調晚明文學對新文學的啟導意義。他們的看法各有偏重，在此不作詳析。也許應該說，中國古代文學早在金元時期就已出現了向着現代方向轉化的苗頭，而到了晚明這種轉化表現得愈為強烈和鮮明，並且上升為具有哲學基礎的文學理論。因而，明中後期文學在伸張個人意志、表現人與環境的衝突和人的生存困境方面，出現了過去所沒有的廣度與深度。

但正如人們所熟知的，明代也是封建專制體制空前強化的時代。相比於

元末以來以東南沿海城市為主的社會變化而言，封建政治體制在全國範圍有着遠為廣大深厚的農業經濟與鄉村社會基礎，而它的代表者對於歷史挑戰的反應，是強烈遏制有可能危及自身存在的力量，加強以奴化人性為目的的思想統治。因此，向現代轉化的歷史進程在中國顯得極其艱難，而這一種複雜的背景，也造成了明代文學的複雜性。

一　明代前期詩文

　　明王朝具有雄才大略而果毅殘暴的開國皇帝朱元璋，堪稱是一位有着歷史性敏感的人物。立國以後，他不僅以暴虐手段建立了前所未有的個人獨裁，在社會經濟方面，也強烈地貫徹「重農抑末」的政策。在鼓勵墾荒、扶植農業的同時，他用軍隊封鎖海上交通，禁止民間的對外貿易；在最富於活力的東南沿海地區，大批地方富豪或被抄沒家產，或被迫遷徙，中心城市蘇州一度呈現荒涼景象。這一切根本上是為了剷除對王朝統治可能構成威脅的基礎。

　　在思想文化方面，朱元璋也實行了嚴厲的控制。他宣稱：「胡元以寬而失，朕收平中國，非猛不可。然歹人惡嚴法，喜寬容，謗罵國家，扇惑非非，莫能治。」（《太師誠意伯劉文成公集》存《皇帝手書》）這顯示了他對自由言論的憎厭。明初發生過多起看來莫名其妙的文字獄，如有數名府學教官同時因他們執筆的表章中有歌頌皇帝為天下「作則」字樣，被認為「則」是影射「賊」，統統處死。或以為這是心胸褊狹所致，其實另有深刻用意：唯有這種無從辯解的「誅心」式的殺戮，才徹底顯示出皇權的絕對性，而造成巨大的威懾。在中國的文化傳統中，士向來有「隱」的權利，並以此為榮，而朱元璋欽定的《大誥》卻規定，「寰中士夫不為君用」者，有抄家殺頭之罪，從而徹底取消了士大夫與政權游離的選擇。

如果說，宋代的文化專制已相當發展，那麼至少士大夫的人格在表面上還是得到了尊重，所以他們多少能夠維持士以求「道」為最終人生目標的理想。而明朝自其立國之初，就試圖從根本上塑造文人的奴性品格。

在明代，程朱理學被以一種強烈的態度尊奉為官方學說，這一學派的儒家經典注本被當作士子日常的功課和科舉考試的依據。而在科舉中，自明初至成化年間逐漸形成固定程式、規定字數、要求只能「代古人語氣為之」（《明史・選舉志》）而絕不許自由發揮的八股文，更強化了對文人思想的禁錮而影響深遠。

因而，元代末年所形成的自由活躍的文學風氣到明初戛然而止，由此到成化末年（1368—1487）的一百多年，成為文學史上一段相當漫長的衰微冷落的時期。

高啟等　肇始於元末的吳中詩派到明初仍維持了短暫的聲勢。其時楊維楨年衰，高啟（1336—1374）成為首要人物。啟字季迪，號青丘子，生長於蘇州，元末動亂時隱居鄉里。明初應召赴南京參與修撰《元史》，後任翰林院編修，繼授戶部侍郎的高職，他堅辭不受，仍歸田里。洪武七年，朱元璋借他案將其牽連斬決，年僅三十九。高啟之死，《明史》說緣於他有詩諷刺了朱元璋，這未必可靠也未必那麼重要，根本原因在於他的不肯合作。由於他的名望，朱元璋向不願順從的士人所發出的警告顯得分外有力。

高啟敏感而富於詩人氣質，內心世界非常豐富，對不自由的生存環境難以忍受。他其實並非沒有參與政治的念頭，但政治與他的個性顯然不相適應，因而決心安於做一個詩人。在表現自我人格的《青丘子歌》中，他說自己「不肯折腰為五斗米，不肯掉舌下七十城」，「不問龍虎苦戰鬥，不管烏兔忙奔傾。向水際獨坐、林中獨行」，表明了對當時正在進行的群雄奮爭的厭倦。而讀《過奉口戰場》一詩，我們更能理解其厭倦的理由。詩中在描述戰爭所造成的慘狀後，發出這樣的慨歎：「年來未休兵，強弱事併吞。功名竟誰成，殺人遍乾坤！愧無拯亂術，佇立空傷魂。」

詩歌成為高啟快樂的源泉。友人楊基回憶說:「季迪在吳時,每得一詩,必走以見示,得意處輒自詫不已。」(《夢故人高季迪》詩小序)其神情可以想像。這是因為創作讓他感受到生命力獲得發揚的興奮。《青丘子歌》中寫道:「斫元氣,搜元精,造化萬物難隱情。冥茫八極游心兵,坐令無象作有聲。」主觀精神作為主宰的力量統攝和再造萬物,令世界呈現其本來未顯示的意態。「妙意俄同鬼神會,佳景每與江山爭」,在詩的世界裏,詩人成了造物主,堪與鬼神、自然媲美。對自我的創造能力的欣賞,令詩人擺脫了現實的壓迫,獨享創造的欣喜:「世間無物為我娛,自出金石相轟鏗。」詩在高啟這裏沒有任何外在的目的,而只是詩人自身內在的需要。他對詩的純藝術和個人性的認識,是過去極少見的。

　　但高啟還是被朱元璋召去了南京,自由是不可能的。在短暫居京的日子裏所作的詩總是有一種高壓下的惶恐與哀傷。像《池上雁》以一頭「野性不受畜」卻「偶為弋者取」的大雁自喻,它儘管被豢養在「華沼」,卻「終焉懷慚驚,不復少容與」,只是望着遠鄉,「哀鳴每延佇」。又如《夜聞謝太史誦李杜詩》:

　　　　前歌《蜀道難》,後歌《逼仄行》,商聲激烈出破屋,林烏夜起鄰人驚。我愁寂寞正欲眠,聽此起坐心茫然,高歌隔舍與相和,雙淚迸落青燈前。李供奉,杜拾遺,當時流落俱堪悲,嚴公欲殺力士怒,白首江海長憂飢。二子高才且如此,君今與我將何為?

　　這詩裏看不出背後的事件是甚麼,但能夠感受到難以名狀的悲慨,和詩人一旦捲入官場就容易被淹沒的預感。

　　高啟在元代長期過着隱居生活,這種生活通常被描寫成恬適安寧的樣子,但高啟的心境卻顯得異常紛擾複雜,他的精神難以得到安頓。而在明代的高壓政治下,心理感受敏銳的他更被焦慮和驚惶所籠罩。就是在辭官回鄉以後,他仍然不能擺脫抑鬱的心情,如《步至東皋》所寫:

　　　　斜日半川明,幽人每獨行。愁懷逢暮慘,詩意入秋清。鳥啄枯楊碎,

蟲懸落葉輕。如何得歸後，猶似客中情？

　　詩中毫無優遊山林的閒適，而是充滿了陰暗幽淒。五、六兩句所寫是全詩的核心意象：枯楊被鳥啄碎，蟲子用一根細絲懸蕩在半空，落葉飄零，這似乎是生命遭摧殘而且毫無着落與安全感的象徵。

　　在《孤鶴篇》中高啟借鶴的形象幻想着自由而美麗的世界：「蔭之長林下，濯之清澗隈。圓吭發高唳，華月中宵開。」但這離他遙不可及。他的詩告訴人們的是覺醒的自我精神在嚴酷的環境下的悲哀，自由因為被懷念而顯出它的分外可貴。正統詩論愛說高啟開明初雅音，以說明「文運」與「時運」相盛衰，這對高啟毋寧是一種狎弄。

　　高啟與吳中楊基、張羽、徐賁一起被後人稱為「明初四傑」。楊基與高啟關係甚密，詩名亦僅次於高。他性格較溫和，詩以普通的寫景抒懷之作為多，沒有顯著特色，感受細膩、意象新巧是其所長。此外，楊維楨弟子貝瓊以及袁凱均是吳中有名的詩人。

　　吳中作為元末經濟文化特別活躍的地區和張士誠的根據地，是朱元璋着重打擊的對象。因政治原因致死的吳中名士先後達十餘人，上述「四傑」盡在其內。一度十分興盛的吳中文學由此式微，直至明中葉才得復興。

　　在明初幾個地方性詩派中，以林鴻為首的「閩中十子」也有值得注意之處。吳中詩派一般而言以崇尚古樂府為主流，楊維楨甚至說：「詩至律，詩家之一厄也。」（《蕉窗律選序》）林鴻則提倡學盛唐詩，且實以律詩為中心。《唐詩品彙》記其言，在略述前代詩之不足後說道：「唯李唐作者，可謂大成……開元天寶間，神秀聲律，粲然大備，學者當以是楷式。」這一觀點經高棅《唐詩品彙》的系統闡釋，對明詩後來的演變產生了較大影響。而林鴻的詩作，《四庫總目提要》亦評為「以格調勝」。

　　宋濂、劉基　在遏制元末思想文化風氣的同時，官方也運用政治力量

努力把文學納入意識形態的統治之下，貫徹這一意志的代表人物主要是宋濂。

宋濂（1310—1381）字景濂，號潛溪，至正二十年（1360）為朱元璋所徵召，明開國後為《元史》總裁，官至翰林學士承旨、知制誥。他是明代禮樂制度的設計人，被稱為「開國文臣之首」（《明史》本傳）。

宋濂將朱熹學說作為明王朝文化建設的支柱，他對於「文」的見解完全是遵循這一前提展開的，其核心也就是宋代理學家早已提出過的「文道合一」論。只是在明初暴虐的政治氛圍中，其表述愈發顯出亢奮與誇張。如《文原》中說：「嗚呼！吾之所謂文者，天生之，地載之，聖人宣之。本建則其末治，體著則其用章，斯所謂乘陰陽之大化，正三綱而齊六紀者也！」《徐教授文集序》說：「立言者必期無背於經始可以言文，不然不足以與此也。」接着用一長串排比句指出各種各樣的內容、風格均「非文也」，總括而言之，是孟子之後「世不復有文」，自賈誼、司馬遷至韓愈、歐陽修均不夠格，只有到了宋代幾位理學家才稱得上「六經之文」。這論調帶給人一種恐怖感。

宋濂所表述的是官方立場而非個人見解，這一點從奉朱元璋詔命修撰而由他任總裁的《元史》的體例也可以證明。自范曄《後漢書》分立《儒林》、《文苑》兩傳以區分經學之士與文章之士，後代官修正史多沿襲之。《元史》卻取消了這種區分，單立《儒學傳》，並於該傳中解釋說：「經藝文章，不可分而為二。」「文不本於六藝，又烏足謂之文哉！」

其實宋濂本來的思想頗駁雜。他雖出於儒門，卻一度信奉道教，又好佛；他在元代就與楊維楨相交甚篤，後來為之作墓誌銘，還為其「玩世」的行徑辯解。他的上述論調，既是為了迎合朱元璋，也是以新朝的思想指導者自居。但可悲的是朱元璋根本不承認他是甚麼「大儒」，而帶有侮辱性地稱之為「文人」（見《明史·桂彥良傳》）。因為在朱元璋的政治體制中，已不能夠允許有「大儒」——社會的思想指導者存在，皇帝本人就是思想指導者。宋濂最後因其孫宋慎受胡惟庸一案牽連，全家謫徙茂州，

途中病死於夔州，成了明初酷政的犧牲品。

　　與宋濂同為明開國功臣的劉基（1321—1375），字伯溫，文學思想與宋濂有相近之處。他論詩對元末流行的「詩貴自適」的態度表示不滿（《王原章詩集序》），認為《詩經》之作「美刺風戒，莫不有裨於世教」（《照玄上人詩集序》），才值得效慕。但他與宋濂仍有許多不同。一是劉基的思想主要以傳統儒學為基礎，並不特別偏向於程朱理學，持論沒有那麼苛嚴；一是從作品的面貌來看，宋濂的文集中很少保存他追隨朱元璋以前的作品，呈現的完全是一「明臣」的腔調，劉基現存詩文（尤其詩）大多作於元末，所以要顯得活潑得多。

　　劉基的散文以短篇寓言著稱，但其文學成就主要還在詩歌方面。他的詩題材很廣，既有站在儒者的立場反映民生疾苦的，也有從個人角度感時傷亂、自歎不遇的，描繪山水、吟弄風月的詩篇也不少，其實正屬於「自適」一類。他的詩語言不重雕琢，卻也不乏清麗之感；一些詠懷詩流露出豪傑氣概，頗有特色，如《感懷》：

　　　　結髮事遠遊，逍遙觀四方。天地一何闊，山川杳茫茫。眾鳥各自飛，喬木空蒼涼。登高見萬里，懷古使心傷。佇立望浮雲，安得凌風翔！

　　台閣體　「台閣體」是指永樂至成化上層官僚中流行的詩體（擴大來說也兼指散文），主要人物是「三楊」：楊士奇、楊榮、楊溥，他們先後都官至大學士。

　　此時明王朝建立已歷多年，社會漸趨繁榮，需要一種「盛世之音」來配合。但成祖朱棣以武力政變取帝位，對群臣的鉗制之峻刻不下高祖；其後政治的嚴酷雖趨緩解，人心卻依然惶恐。《明史》以三楊合傳，讚語有「均能原本儒術，通達事幾」，直白說就是嚴守程朱理學的規條，行事謹小慎微，以求迎合君主專恣而難測的意志。故明初的台閣文學，言其產生的動力，是大臣欲「以其和平易直之心發而為治世之音」（楊士奇《玉雪齋詩集序》），內容多反映上層官僚的生活，尤多應制、唱和之作，在表

達一己的感情時，則要求「適性情之正」，抒寫「愛親忠君之念，咎己自悼之懷」（楊榮《省愆集序》）。總之，這是一種由壓抑的道德和平庸的人格出發的文學，甚至在藝術上也缺乏創造的熱情，而這種詩風一度成為明詩的主流。

沈德潛《論明詩十二斷句》說：「三楊以後詩卑靡，崛起西涯號中興。」認為李東陽給明初詩風帶來了轉折。李東陽（1447—1516）字賓之，號西涯，或以籍貫被稱為「茶陵」，並有「茶陵詩派」之目。他在成化、弘治年間以台閣大臣的身份主持詩壇，其詩風大致仍在台閣體的範圍。但他論詩，一是推崇唐音，強調宗法杜甫，並認為「宋詩深，卻去唐遠；元詩淺，去唐卻近」（《懷麓堂詩話》），一是重視詩歌語言的藝術，在其《懷麓堂詩話》中，對詩的聲律、音調、結構、用字等方面的問題均作了細緻的分析，這表達了恢復詩歌的抒情功能與審美特徵的意圖。

二　明代中期詩文

從弘治到隆慶（1488—1572）的近百年為明代文學的中期。

在這一時期，隨着農業生產得到恢復和顯著增長，手工業和商業有了超越前代的發展，尤其東南地區的城市再度顯現其強大的生機。如明初受打擊最嚴重的蘇州，王錡《寓圃雜記》中說到它的變化，稱明初的景象是「邑里蕭然，生計鮮薄」，正統、天順間「稍復其舊，然猶未盛」，到了成化年間，已經是「迥若異境」；到了他寫這一段文字的弘治年間，則「愈益繁盛」，「闤闠輻輳，萬瓦甃鱗，城隅濠股，亭館佈列，略無隙地」不但恢復了舊日的繁華，並且再度成為東南一帶的經濟中心。

到了明中期，高層的政治氣氛已不再像明初那樣嚴酷，官僚階層在國家政治生活中的作用顯然有所提高，文網亦有所鬆弛。而與此同時，隨着城市

工商業發展、社會財富增長，以道德信條為基礎的國家統治機器迅速顯現出它的脆弱性，貪慾滋長、奢靡風行、政治腐敗，漸漸成為普遍的現象。

作為官方意識形態的程朱理學顯示出它與社會發展、現實生活之間嚴重的不協調。事實上，要求統治階層「存天理，滅人慾」是困難的，以權力為佔有財富的憑依這一封建體制的基本法則也根本無從改變，而對於享樂的追求，也不可能永遠被限制在一個狹小的範圍。道德規則既不可奉行也不受信賴，必然造成社會危機。在這種情況下，道德的重建成為迫切的問題。明代中期出現的王陽明的學說，就是企圖從儒學內部進行一次深刻調整的努力。但他以「心」為「理」之本源、主張由個人的內省體驗來達到對真理的認識與把握的理論，本意雖在強調道德內化，以克服「知」、「行」不一的矛盾，其所包含的尊重自我、否定外在權威的意識，卻可以導致異端的闡釋。而另外一些政治地位不高卻與市民社會關係更深的文人，則並不以重新設計國家意識形態為己任，而更關心如何解脫陳舊的價值體系對個性的束縛。與王守仁生活年代相仿的祝允明的《祝子罪知錄》，就是明代較早出現的具有異端色彩的思想著作，其中最突出的兩點，一是反對程朱理學，抨擊道學為「偽學」；一是強烈地懷疑權威、反抗舊傳統，厭惡人言亦言、缺乏生命活力的精神惰性。他說：「言學則指程朱為道統，語詩則奉杜甫為宗師……凡厥數端，有如天定神授，畢生畢世不可轉移，宛如在胎而生知，離母而故解者，可勝笑哉，可勝歎哉！」

明中期作家在反對宋代理學的同時，亦對宋代文學乃至整個宋代文化加以排斥。在《罪知錄》中，祝允明不僅斥責宋濂基於程朱理學的《文原》為「腐煩爛吻，觸目可憎」，而且直指「詩死於宋」，又專作《學壞於宋論》。而李夢陽也説「宋儒興而古之文廢」（《論學》），「宋無詩」（《缶音序》）。對這些帶有偏激性的言論，需要放在特定的時代心態下來看待。在「宋人日是，今人亦日是；宋人日非，今人亦日非」（楊慎《文字之衰》）的迂腐卑弱的思想文化風氣中，這種論點不僅有糾偏的意義，實際上也是以一種迂迴的方法反抗明初建立的官方學説。

大致説來，明中期是文學從前期的衰落狀態中恢復生機、逐漸走向高潮的時期。當然，這種轉變經歷了許多曲折。

　　吳中四子　明中期文學的復甦，首先表現於兩個文學集團：「吳中四才子」和「前七子」。前者是一個地域性的集團，其成員政治地位都不高，影響範圍較小。但他們活躍於蘇州這一城市經濟特別繁盛的環境，與市民階層的思想文化息息相通，其文學創作具有很多新鮮的內涵。前七子則大多科第得志，並以京師為活動中心，其影響遍佈於全國。而吳中四子中的徐禎卿考取進士後成為前七子之一，溝通了兩個群體之間的聯繫。

　　「吳中四才子」指祝允明、唐寅、文徵明和徐禎卿。其中祝允明（1460—1526）實為魁首。他字希哲，號枝山，出身於世代官宦之家，弘治間中舉人後，七次應進士考試而不第，遂以舉人身份入仕，任廣東興寧知縣，遷應天府通判，不久辭官。其為人「傲睨冠紳」，「玩世自放，憚近禮法之儒」（《國寶新編・祝允明傳》）。

　　祝氏在傳統文化方面具有深厚的根底，人稱「貫通百家，縱橫群籍」（劉鳳《續吳先賢贊・祝允明傳》）。他愛好哲理的思索，對傳統思想的批判雖被指為「狂誕」，其實頗具理性鋒芒。他論文説：「觀宋文無若觀唐文，觀唐文無若觀六朝、晉魏。大致每如斯以上之，極乎六籍。」（《祝子罪知錄》）這好像是一種「復古」論調，且也拿「六籍」即六經做幌子，但用意在推崇六朝文學是明顯的。而唐宋以來在儒學原則下總體上被否定的六朝文學，實具有鮮明的純文學特徵，它在明代自祝氏始越來越受到重視，反映了文學史觀的重要變化。

　　祝允明詩文的一個顯著特點，是表現出自我覺醒的意識和向外拓張的強烈要求。《大游賦》劈頭一句，就説：「允明以為宇宙之道，於我而止矣！」《和陶淵明飲酒詩》則云：「遐覽天地間，何物如我貴？」而《丁未年生日序》中描述自我的精神形象，則是：「激義而氣貫白日，廓量而心略滄海。思詣遠也，通八遐之表；願處高也，立千仞之上。洗滌日月，

披拂風雲。谷雉之死而靡它，山雞顧景而自愛。一履獨往，千折弗撓者矣。」這些表述顯然與元末的吳中文學有一種相通，而較楊維楨的類似表述更具理性內涵。

作為先覺者，不能不感受到環境的強大壓力，何況祝允明也無法在現實社會中為自我拓張的要求找到出路，這造成了苦悶的心情。《短長行》寫道：

> 昨日之日短，今日之日長。昨日雖短霽而暄，今日雖永陰復涼，胡不雨雪為歲祥？胡不稍暖開初陽？徒為蔽天氛曀日黯黮，人物慘懍無精光！物情望有常，造化誠叵量。氣候淑美少，君子道難昌。陰晴長短不可問，古來萬事都茫茫！獨憐窮海客臥者，魂繞江南煙水航。

此詩作於祝允明五十多歲在廣東興寧任知縣時。他一生自負，卻到僻遠之地做一個小官僚，內心是不快的。但詩的重點卻並不落在「不遇」的傷感上，而是從一個陰天令人不適的感受，聯想到社會的沉悶，感慨暗淡的世界使得眾人萬物失去了自身的光彩，並引發到對整個歷史的懷疑。我們看到龔自珍的諸如「萬馬齊喑究可哀」（《己亥雜詩》）之類的社會批判，在這裏已經有了兆頭。

祝允明的文章思想性較強，從文學性來看佳作不多。其詩《四庫提要》評以「風神清雋，含茹六朝」，多以哲理和抒情相結合，修辭則不甚求精美。

唐寅（1470—1524）字伯虎，一字子畏，號六如居士、桃花庵主等，其家世代為商人，他是這個家庭中第一個走讀書求仕道路的子弟。弘治年間中鄉試第一名，會試中受一樁科場舞弊案的牽連，被逮下獄，繼遭罰黜，失去仕進的希望。回蘇州後以賣畫為生，「益放浪名教外」（王世貞《像贊》）。

唐寅的詩文在表現城市生活、世俗情趣和抒情的坦白直露方面有着鮮明的特點。如《閶門即事》詩開頭即宣稱「天下樂土是吳中」，繼以「翠袖

三千樓上下，黃金百萬水西東。五更市買何曾絕，四遠方言總不同」兩聯寫出商業中心城市蘇州的繁華，透露出一個商人子弟快樂而自信的心情。據稱他早期創作「頗崇六朝」（袁袠《唐伯虎集序》），但也並非只是追慕古調。如《金粉福地賦》以極其鋪張的詞藻描摹了奢靡享樂的場景，實是對當時東南城市中追求物質生活的社會氛圍的一種誇耀性的渲染。

科場案不僅打碎了唐寅的仕進夢想，而且使他蒙受極大恥辱。但在選擇賣畫為生以後，他成為商品社會中的自由職業者，心理的壓迫因而獲得解脫。《言志》詩說：「不煉金丹不坐禪，不為商賈不耕田。閑來寫就青山賣，不使人間造孽錢。」這裏顯示了游離於社會主流之外的快樂乃至驕傲。對科舉、權勢、榮名這些為士大夫階層所尊奉的價值體系，他也一概加以蔑視，並有意識地強化了自己「狂誕」的形象。

與此相應，唐寅後期的許多詩歌，如《一年歌》、《桃花庵歌》、《把酒對月歌》、《醉時歌》等，也完全脫離了傳統文人詩的規範，用盡可能淺俗的語言、輕快自由的音調，描述自己凡庸的生活和對這種生活的熱愛。茲以《桃花庵歌》為例：

> 桃花塢裏桃花庵，桃花庵裏桃花仙。桃花仙人種桃樹，又摘桃花換酒錢。酒醒只在花前坐，酒醉還來花下眠。半醒半醉日復日，花落花開年復年。但願老死花酒間，不願鞠躬車馬前。車塵馬足貴者趣，酒盞花枝貧者緣。若將富貴比貧者，一在平地一在天。若將貧賤比車馬，他得驅馳我得閑。別人笑我忒風顛，我笑他人看不穿。不見五陵豪傑墓，無酒無花鋤做田。

這種詩對向來的文人詩歌傳統是一種破壞，所以王世貞嘲笑它「如乞兒唱《蓮花落》」[1]（《藝苑卮言》）。但在這裏可以注意一種力圖在精神上、語言形式上走出古典傳統的嘗試。

---

1 有意思的是，胡適的新詩最初也曾遭到梅光迪完全相同的譏諷。

470　簡明中國文學史

前七子　所謂「前七子」是以李夢陽、何景明為中心、包括康海、王九思、邊貢、王廷相、徐禎卿的文學群體。七人皆為弘治間進士，以才氣自負，在政治上對他們所不滿的人事每每採取挑戰姿態。尤其李夢陽，因與權宦、皇戚作對，數次入獄，終不悔改。他們相聚倡和，在文學上提出具有震撼力的主張，同樣表達了年輕的新進官僚群體引導文學潮流、改變社會文化狀態的意圖。

　　李夢陽（1473—1530）字獻吉，號空同子，慶陽（今屬甘肅）人，弘治六年中進士，官至江西提學副使。其家數世行商，父習儒，曾任封丘王府教授，但夢陽有兄長仍以經商為業。因而他與商人多有交往，並為他們寫傳、作序。

　　李夢陽的文學主張中有兩點最為突出：一是重情，一是倡言復古。

　　重情的理論着重對詩而言。在《梅月先生詩序》中，李夢陽提出詩歌創作的原動力在於情，情遇外物而動，心有所契，形諸聲音、文字，乃有詩。《鳴春集序》言詩為「情之自鳴者」，説得更簡明。因為重視情，所以對真情流露、天然活潑的民間歌謠格外推崇。《詩集自序》中説：「今真詩乃在民間。」有人向李夢陽學詩，他教人效仿《瑣南枝》——當時流行的市井小調（見李開先《詞謔》）。在這種理論框架內，將詩作為「政教」工具的主張便難以立足。

　　李夢陽的「復古」理論，主要是在詩文兩方面提出最好的典範、效仿的榜樣。大體文崇先秦、兩漢，古體詩崇漢、魏，近體詩崇盛唐。《明史》本傳中概括為「文必秦漢，詩必盛唐」，是簡化而不甚準確的説法。復古的動機，首先是以漢唐文化的宏大氣象，改造因程朱理學的鉗制和八股文的流行而導致衰弱無生氣的明詩文。這裏包含着一種認識：各種詩、文體式，在其臻於成熟階段時，總是最完美和最富於生命力的。同時這種理論也意味着對唐宋古文和宋詩的排斥。

　　復古的途徑是學習古人的「格調」、「法式」。這些概念缺乏精確的

辨析，大概説來，是指格式、聲調、結構、句法等因素。提倡這些是為了使他們的理論具有可操作性，而可操作是領袖人物吸引大眾的條件。

重情和摹擬在李夢陽看來似乎並不矛盾，因為可以「以我之情，述今之事，尺寸古法，罔襲其辭」（《駁何氏論文書》）。但實際上這裏是有問題的：思想情感是文學中最活躍的因素，它需要語言形式與之作相適應的不斷調節變化。強調「古法」，容易造成形式的封裏，在缺乏創造力的作者那裏，更會催生假模假式的贗品。但不可否認，李夢陽所發起的復古運動對扭轉當時的文學風氣是強有力的，如《四庫提要》所稱：「學者翕然從之，文體一變。」自此宋濂等人的「文道合一」論以及「台閣體」可謂一蹶不振。

李夢陽的詩有些寫得偏於粗豪、生硬，而一些佳作則蒼勁雄壯，《秋望》是他的名篇：

> 黃河水繞漢邊牆，河上秋風雁幾行。客子過壕追野馬，將軍韜箭射天狼。黃塵古渡迷飛輓，白月橫空冷戰場。聞道朔方多勇略，只今誰是郭汾陽？

何景明（1483—1521）字仲默，號大復，弘治間進士，河南信陽人，官至陝西提學副使。

在文學復古的基本原則上，何景明與李夢陽並無歧異，但在創作方法問題上，他卻曾與李夢陽發生爭論，彼此書信往復，各執己見。何景明以「捨筏登岸」（《與李空同論詩書》）説反對李氏「尺寸古法」的主張，其意在強調學古只是走向獨創的過程，就像渡過河不能還守着筏子。在理論上説何的意見較為合理，但在引導一種新潮的實際作用上，其效果卻不如李説。

何景明的詩以俊逸秀麗著稱，語言流暢，音調委婉，意境和諧，是普遍的情況；而李夢陽所熱衷的雄強有力的表現，在他詩裏是難以找見的。二人的趣味差異如此明顯。下錄其《沅水驛》，此詩當作於何氏於正德初

出使南方時。

　　　　小驛孤城外，陰森草木幽。晚涼憑水榭，秋雨坐江樓。絕域鴻難到，

　　空山客獨愁。夜深歸渡少，漁火照汀州。

　　唐宋派及歸有光　當前七子和吳中四子所掀起的第一個文學高潮過

去之後，在嘉靖、隆慶時期，出現了以唐順之（1507—1560）、王慎中

（1509—1559）為首的「唐宋派」與以李攀龍、王世貞為首的「後七子」之

間的對峙。

　　明嘉靖間，社會危機繼續加深。士大夫階層中相當一部分人在對朝

廷、對國家政治秩序越來越感到失望的情況下，唯以奢靡享樂為意，這意

味着他們以明顯的消極態度對待皇權和它所代表的國家。唐、王諸人則屬

於尚以積極態度看待自己的社會責任的一部分人，他們對形勢深感痛心。

當時王學開始流行，唐順之、王慎中都跟王陽明的幾位重要弟子有交往，

對王學甚有興趣。不過他們從王學中主要汲取其與封建正統文化、程朱理

學相一致的內涵，認為它的內省修養方式可以幫助個人「懲忿窒慾、克己

復禮」（《與胡柏泉參政》），從而成為道德意義上的「真正英雄」。

　　所謂「唐宋派」在文學觀上，主要是強調唐、宋古文和宋詩中所體

現的尊道精神，來反對前七子的復古運動所造成的文學與道統的疏隔。而

且，嚴格說來，王慎中和唐順之實際上是宗宋派——說得更清楚些，是道

學派，因為他們真正推崇的，首先是宋代理學而不是文學。唐氏認為「程

朱諸先生之書」「字字發明古聖賢之蘊」（《與王堯衢書》），又說：

「三代以下之文，莫如南豐（曾鞏）；三代以下之詩，未有如康節（邵

雍）者。」（《與王遵巖參政》）王氏也說：「由西漢而下，（文章）莫

盛於有宋慶曆、嘉祐之間，而粲然自名其家者，南豐曾氏也。」（《曾南

豐文粹序》）曾鞏之文、邵雍之詩，即使在宋人中，文學氣息也最為淡

薄。所以這裏雖在論詩說文，評價的基準卻是道學。他們儘管能夠指出文

學復古運動的某些弊病，但譏訾「近時文人說秦說漢說班說馬」（唐順之

《與陳兩湖》）的目的，並非為了糾正文學復古的流弊，而是努力使文與道重新合一。唐氏就明白說：「文與道非二也。」（《答廖東雲提學》）這種論點對於文學的發展具有更大的危害。至於唐順之主張為文當「直攄胸臆，信手寫出」（《答茅鹿門知縣第二書》），「開口見喉嚨」（《又與洪方洲書》），看起來與晚明文學中「性靈」派的文論相似，但兩者的前提是完全不同的。「性靈說」所重視的人的「喜怒哀樂嗜好情慾」（袁宏道《敘小修詩》），正是唐順之他們力圖克服、消除的東西。

唐宋派中的茅坤以編選《唐宋八大家文鈔》著稱。他在理論上附和唐、王，但不那麼極端，態度常有些游移，他的「文人」氣也比較重些。

至於過去也被歸入「唐宋派」的歸有光（1507—1571）的情況則有所不同。因出仕較晚，他在文壇發生的影響比唐順之、王慎中等人要遲。歸有光批評攻擊的對象，主要是嘉靖後期聲勢煊赫的「後七子」。他既對文學復古的主張不滿，對模擬的文風尤其斥之甚厲，主張為文根於六經，宣揚道德，這是人們把他列入「唐宋派」的主要原因。但歸有光不是一個道學味道很重的人。他在散文方面酷好司馬遷，愛講「龍門家法」，同時對宋、元文也不排斥；再有，他對文學的抒情作用也比較重視，曾說：「夫詩者，出於情而已矣。」（《沈次谷先生詩序》）又認為「聖人者，能盡天下之至情者也」，而「至情」就是「匹夫匹婦以為當然」（《泰伯至德》）。這和唐、王的觀點有一定距離。

在歸有光的文集中，大量的文章散發着迂腐的說教氣息，但與肯定「匹夫匹婦」的「至情」有關，他一部分散文如《先妣事略》、《寒花葬志》、《項脊軒志》等，寫得相當感人。如《寒花葬志》：

> 婢，魏孺人媵也。嘉靖丁酉五月四日死。葬虛丘。事我而不卒，命也夫！
>
> 婢初媵時，年十歲，垂雙鬟，曳深綠布裳。一日天寒，爇火煮荸薺熟，婢削之盈甌，予入自外，取食之，婢持去不與。魏孺人笑之。孺人每令婢倚几旁飯，即飯，目眶冉冉動。孺人又指予以為笑。回思是時，奄忽

已十年。吁，可悲也夫！

在日常生活中捕捉印象深切的感受，娓娓道來，卻寄託着感慨和深情，是歸有光這一類散文的長處。

後七子　「後七子」是繼「前七子」之後再度興起的一個倡導文學復古的集團，形成於嘉靖中期以後，以李攀龍、王世貞為首，另有徐中行、梁有譽、宗臣、謝榛、吳國倫。這是一個社會聯繫十分廣泛的群體，當時另有「後五子」、「廣五子」、「末五子」等，與之聲氣相連，「翕張賢豪，吹噓才俊」（錢謙益《列朝詩集小傳》），聲勢十分浩大。

王世貞之弟王世懋曾說到「後七子」集團形成的一種背景：「嘉靖時，海內稍馳騖於晉江（王慎中）、毗陵（唐順之）之文，而詩或為台閣也者，學或為理窟也者。（李）于鱗始以其學力振之，諸君子堅意倡和，邁往橫厲，齒利氣強，意不能無傲睨。」（《賀天目徐大夫子與轉左方伯序》）可見李攀龍、王世貞等人重振復古運動實與唐宋派造成的文學倒退現象有關。但在他們的文學活動中，不僅文學復古運動固有的弊病（尤其藝術形式上的模擬傾向）顯得更加突出，他們的宗派意識、門戶之見也遠比「前七子」嚴重。當時代思潮進一步朝有利於個性自由的方向演變時，後七子的理論和創作就顯得落後於時代。因而，在嘉靖後期，徐渭從與「唐宋派」完全不同的另一個立場上對後七子提出嚴厲的批判，要求拋棄「復古」的理論旗幟，這就揭開了晚明文學的序幕。

李攀龍（1514—1570）字于鱗，號滄溟，山東歷城人，嘉靖二十三年進士，官至河南按察使。李攀龍的文學觀主要沿襲李夢陽，但又更推進一步。如一般復古論者視《史記》、《漢書》為古文的典範，而李攀龍則從更古的《戰國策》、《呂氏春秋》等書中汲取「古法」，似乎這樣格調就愈高。在這種觀點影響下，李氏以及其他一些古文家的文章裏常常充塞着在歷史上久已廢絕的語言和上古時代的修辭方式，讀來十分吃力。

李攀龍的詩對語言的推敲很用心，也自有其人生情懷在內，但其風格，總是接近於某一種典範，如《塞上曲四首·送元美》：

> 白羽如霜出塞寒，胡烽不斷接長安。城頭一片西山月，多少征人馬上看。

這是盛唐絕句的味道，但也過於依傍唐人了。

「後七子」中各方面成就最高的是王世貞（1526—1590）。他字元美，號鳳洲、弇州山人，出身於太倉（今屬江蘇）官宦世家。嘉靖二十六年進士。嚴嵩當權期間因其父被殺，一度棄官家居，隆慶初復出，官至南京刑部尚書。王世貞才學宏富，著作甚多，《四庫全書提要》在評說他的文集《弇州山人四部稿》與《續稿》時稱：「自古文集之富，未有過於世貞者。」

王世貞是一位重要的批評家，他不僅伸張了李夢陽以來文學復古運動的宗旨，在《藝苑卮言》等著作中，還對詩歌「法式」問題作了具有系統性的闡釋。他強調「有物有則」，認為離開了法則就談不上文學，這實在是一個很重要的觀點。他的具體見解既包含着崇古的偏見，但也有很多精闢的看法，豐富了古代形式批評的理論，很受後人重視。另外，他晚年對文學的看法也有些變化，基本宗旨雖未變，但更具有包容性。

王世貞對古體詩的節奏、聲調有很多講究，今取一首《短歌自嘲》為例：

> 我不能六翮飛上天，又不能攢眉折腰貴人前。為郎五載，偃蹇不遷，訊牘再過心茫然，但曉月費司農錢。移書考功令，願賜歸田，考功笑謂：「汝猶鬢眉在人面，留之何益去不全。」西山山色青刺眼，為我擁鼻賦一篇。乃公調笑亦常事，有酒且逐東風顛。

詩作於王世貞嘉靖年間在北京任刑部郎職時。他本是貴公子兼才士，當然自視很高。入仕後才知官場污濁，京城不易居。這首詩以「自嘲」為名而

為對現實的嘲弄。另有一首五古的《德州渡口》寫女子送別，頗有韻致：

> 月細僅如鉤，疑升復疑沒。美人沙間坐，白露濕羅襪。低頭怨去船，舉頭愁殘月。

以上大體可以看出王世貞的詩在學古和自創之間的調和。

徐渭　徐渭在詩歌、散文、戲曲諸方面，均是晚明文學的先驅。但他地位低卑，生時名不出鄉里，去世十餘年後才因袁宏道的表彰而聲名大盛。而這一事實，卻更有力地說明了到明中期末季，隨着個性解放的思潮逐漸高漲，文學復古運動本身的弊病已經成為文學進一步發展的障礙，對此提出批判、加以廓清乃是文學發展自身的需要。

徐渭（1521—1593）字文長，號天池山人、青藤道人，出身於山陰（今浙江紹興）一個破落的官僚家庭。他富於天才，少有神童之名，卻從未考中舉人，一生經歷充滿坎坷。晚年為精神病所苦，多次自殺，最終窮困潦倒而死。

徐渭思想上受王陽明心學影響較深，但引申的方向則趨於異端。他把朱熹比為酷吏，認為「君君臣臣父父子子」的等級觀念是儒學中粗淺的東西；他提出：「自君四海、主億兆，瑣至治一曲之藝，凡利人者，皆聖人也。」（《論中》）表現了對物質生產中的創造者的極大尊重。這些地方反映出明代社會思想的歷史性進步。

在文學方面，徐渭把情感和個性的不受束縛的表現放在了首要地位，因而對在當時佔主導地位的「後七子」流派深感不滿。如《葉子肅詩序》說：

> 不出於己之所自得，而徒竊於人之所嘗言，曰某篇是某體，某篇則否，某句似某人，某句則否，此雖極工逼肖，而己不免於鳥之為人言矣。

這顯然是針對李、王的。他自己的詩文創作，在適己之需的前提下取

前人之長，無所專主。以散文言，像《豁然堂記》等略近於宋人，有些短文則開晚明小品之先聲，如《與馬策之》：

> 髮白齒搖矣，猶把一寸毛錐，走數千里道，營營一冷坑上，此與老牯跟蹌以耕，拽犁不動，而淚漬肩瘡者何異？噫，可悲也！每至菱筍候，必兀坐神馳，而尤搖搖者，策之之所也。廚書幸為好收藏，歸而尚健，當與吾子讀之也。

這是徐渭晚年在宣府做幕僚時寄給門人的一封短札，文字隨意而精警，極生動傳神地寫出了他在落魄生涯中的悲苦心境，同時也顯示出不甘寄人籬下的個性。

徐渭在詩歌方面喜愛中唐，尤推崇韓愈、李賀，正與李、王異趣。這是因為中唐那種險怪、幽絕的詩風更適宜表現他激動不寧的心態。在懷古類型的詩中，他常發出蔑視君臣名分、等級秩序的議論，如《嚴先生祠》說嚴光事，有「一加帝腹渾閒事，何用他人說到今」之句，《伍公祠》說伍子胥事，有「舉族何辜同刈草，後人卻苦論鞭屍」之句。而抒發自我人生情懷的詩作，亦時時表現出「胸中又有勃然不可磨滅之氣，英雄失路託足無門之悲」（袁宏道《徐文長傳》），即頑強地宣示對社會壓抑的反抗。如《少年》詩：

> 少年定是風流輩，龍泉山下韝鷹睡。今來老矣戀胡猻，五金一歲無人理。無人理，向予道，今夜逢君好歡笑。為君一鼓姚江調，鼓聲忽作霹靂叫。擲槌不肯讓漁陽，猛氣猶能罵曹操。

詩中寫一個老年塾師，也曾狂放風流，如今晚歲潦倒，遭人白眼。他和同樣潦倒的徐渭彼此傾吐胸中塊壘，並為之擊鼓，表達對世道的不平和生命中的激情。此詩節奏急促奔放，帶有主觀宣洩的意味。

從徐渭這些詩文中可以知道：「古格」、「古調」之類的審美趣味，確實已經不能適應文學發展的需要了。

三　晚明詩文

　　自萬曆到明末（1573—1644）為明代文學的後期。這是明王朝的統治走向崩潰的時期，又是明代文學全面進入高潮的時期。

　　晚明時代社會充滿激烈的矛盾衝突。在工商業經濟不斷增長的同時，封建政權對它的壓制和掠奪也日益嚴重。萬曆時「國用大匱」，神宗派遣大批太監充當稅使、礦監，直接從民間工商業搜刮財富。水陸交通要道上，「層關疊徵」，稅使礦監胡作非為。這激起民間聲勢浩大的暴力反抗。萬曆三十年前後的幾年中，湖廣、山東、蘇州、江西景德鎮諸地所發生的驅逐稅使礦監的行動都有數千甚至數萬人參加。而農村由於大規模的土地兼併而產生的遊民也不斷增加社會的動盪力量。

　　而國家機器的效能卻從內部受到根本性的破壞。由於「富民」的大量出現，政治地位、權力與財富大致相對應的社會結構已很難維持，這導致權力階層佔取超常財富的慾望不斷膨脹。研究者指出，當時即使在士紳階層內部，財富聚散無常也是普遍的現象，一個官宦之家如果其子孫未能進入仕途，原有的家產很快就會被新興的權勢者侵奪殆盡。這清楚表明官僚階層承擔公共事務的職能被嚴重削弱，國家機器正在因腐敗而失去它的有效性。

　　晚明思想界的鬥爭也顯得格外尖銳。在這一時代，以抑制人性、否定人欲為主要特徵的封建正統道德，既不為統治者自身所遵行，更不為市民階層和受到商品經濟熏陶的文化人所信奉，它僅僅是強加於社會的統治力量，是封建統治的具有道義合理性的虛偽說明。而社會本身的歷史性進步，已經到了對這種舊的價值體系從根本上提出挑戰的時候。但這種挑戰同時也是艱難和危險的，因為改變中國社會結構的機緣尚遠未出現。

　　在這種複雜的環境裏，文學以充滿矛盾的狀態繁興着。

李贄與晚明文學　　晚明文學一個重要的特點，是理論上的自覺性，而這種自覺性又是和牽涉更深更廣的對社會對人性問題的思考聯繫在一起的。在思想上對晚明文學的發展起了重大推動作用的人物首數李贄。

　　李贄（1527—1602）字卓吾，號宏甫，別號溫陵居士。曾任雲南姚安知府，後辭官講學，終以「敢倡亂道，惑世誣民」的罪名被逮下獄，自刎而死。李贄的學說吸收了陽明心學和禪宗思想的若干成分，但遠不能為這兩家所包容，它鮮明地代表了社會變革的要求。李贄公然以「異端」自居，正面地對孔子的權威提出懷疑，嘲弄「人皆以孔子為大聖」，並非真的知道孔子是怎麼回事，只不過代有此言，大家「蒙聾而聽之」罷了（《題孔子像於芝佛院》）。又説：「夫天生一人，自有一人之用，不待取給於孔子而後足也。」（《焚書·答耿中丞》）他還輕蔑地評説六經和《論語》、《孟子》，説這些書要麼是史官、臣子的過分褒美，要麼是迂闊懵懂的弟子的胡亂記錄。雖然李贄沒有展開對傳統文化的系統批判，但至少已經明確提出了這種要求。李贄思想的另一個重要內容，是對人慾的充分肯定。「人必有私」，「此自然之理、必至之符」（《藏書·德業儒臣後論》），所以人為自己謀利益無可非議，好色好貨也很正常。至於歷來之「政、刑、德、禮」，皆是少數人「強天下使從己」（《李氏文集·道古錄上》）。這些論點之所以使統治階層感到恐慌，是因為它淺明而尖鋭，其鋒芒指向了封建體制的根基。上述論點從打開思想禁錮的意義上促進了文學的自由創造，而李贄在《童心説》所闡述的則是一種從人性理論出發的文學理論，對晚明文學的影響更直接。所謂「童心」，李贄解釋為「絕假純真，最初一念之本心」，指的由人的自然本性所產生的未經假飾的真實情感；與之對立的東西，則是由耳目而入的「聞見道理」——即社會教給人們的知識與價值體系。他提出：「天下之至文，未有不出於童心者也。」而接受「聞見道理」愈多，則「童心」愈受障蔽，由此產生的文學就愈是虛偽。這已不再是泛泛談論真情對文學的重要性，而是指出了只有把人性從既存知識與價值體系的束縛下解放出來，真情才能顯露，「至

文」才能產生。

李贄相信文學樣式的更代本身即體現了文學的發展，對戲曲與小說表示高度重視。他以士大夫從未有過的熱情讚美優秀的戲曲、小說作品，還親自對《水滸傳》、《西廂記》、《琵琶記》等作進行評點和修改。由於李贄在一大批文化人中享有崇高威望，戲曲、小說在文人心目中的地位也獲得顯著提高。

總之，李贄在一些具有根本意義的環節上影響了晚明的文人和他們的創作。而他因為鼓吹異端學說而被捕，最終自殺，也證明儘管晚明社會思想控制久已鬆懈，守舊勢力的忍耐還是有限度的。他的遭迫害是一個警告，相應地，晚明文學的發展勢頭也由此受到阻遏。

公安派的文學革新理論　晚明最重要的文學流派公安派，因主要作家袁氏三兄弟為湖廣公安（今屬湖北）人而得名：袁宏道（1568—1610）字中郎，號石公，萬曆二十年進士，做過吳縣令、吏部郎中等。他是公安派的首要人物。袁宗道（1560—1600）字伯修，萬曆十四年會試第一，授翰林庶吉士，官至右庶子。袁氏三兄弟中，他年居長而才氣較弱，性格也比較平和。袁中道（1570—1623）字小修，號鳧隱居士，年輕時以豪俠自命，任情放浪。萬曆四十四年，四十六歲時才中進士，曾任國子監博士、南京禮部郎中等職。另外，陶望齡、江盈科等都是與三袁關係密切的文人。袁氏三兄弟均與李贄有密切交往，李贄也曾對袁宏道極表讚賞。

公安派的文學觀集中表現於袁宏道倡導的「性靈說」。「性靈」一辭早在南北朝時就屢見用於文學評論，如顏之推稱「文章之體，標舉興會，發引性靈」（《顏氏家訓》），其意義大致與「性情」相近。但袁宏道的「性靈說」是從李贄「童心說」的基礎上發展出來的，它和「理」、和「聞見知識」——即社會既存的行為準則、思維習慣處於對立的地位，有着明確的個性解放的精神。

在中郎看來，「性靈」外現為「趣」或「韻」，而「趣得之自然者

深，得之學問者淺」。所以童子是最有生趣的，品格卑下的「愚不肖」，只知求酒肉聲伎之滿足，「率心而行，無所忌憚」，也是一種「趣」；恰恰是講學問做大官的人，「毛孔骨節俱為聞見知識所縛，入理愈深，然其去趣愈遠矣」（《敘陳正甫會心集》）。總之，保持人性的純真和活潑是首要的，真實的卑下也比在封建教條壓抑下形成的虛偽的高尚要好。從評價文學作品來説，情感和慾望不受束縛的真實表現，便成為首要標準。他在《敘小修詩》中説，較之文人詩篇，「閭閭婦人孺子所唱」的歌謠更有流傳的價值，因這些歌謠「任性而發，尚能通於人之喜怒哀樂嗜好情慾」。

其實，無論「童心」或「性靈」，都不可能是甚麼絕不受社會意識的熏染而純出於天然的東西，但就其作為人性未加掩飾、扭曲的真實狀態來説，總是與社會意識存在距離和衝突，在社會發生深刻演變的時候，這種距離和衝突會變得越來越大。在向來的正統文學觀中，詩文的首要義務是載道明志，有益於教化，雖不反對性情的表露，卻要求它符合於由社會的道德戒條所設定的「雅正」規範。袁中郎他們標舉「性靈」時有意地將它與「理」和「聞見知識」相對立，其實際意義正在於打破對於文學所加的種種束縛，為與封建道德不很合拍的「喜怒哀樂嗜好情慾」大量進入文學提出根據。

以「性靈」為標誌的文學，在語言形式上也需要更大的自由，以充分適應獨特的個性表現的需要。這構成了公安派在理論上與文學復古運動——主要是後七子——的衝突。袁宏道竭力表彰徐渭，就是因為他不為李、王的聲威所動，其詩雖「體格時有卑者，然匠心獨出，有王者氣，非彼巾幗事人者所敢望也」（《徐文長傳》）。他抨擊在後七子宗派習氣下形成了以擬古為復古的惡劣詩風，「有才者詘於法，而不敢自伸其才，無之者拾一二浮泛之語，幫湊成詩……一唱億和，優人騶子，皆談雅道」（《雪濤閣集序》）。而《敘小修詩》評其弟之作，則説：

　　大都獨抒性靈，不拘格套，非從自己胸臆流出，不肯下筆。有時情與

境會，頃刻千言，如水東注，令人奪魄。其間有佳處，亦有疵處；佳處自不必言，即疵處亦多本色獨造語。然予則極喜其疵處，而所謂佳者，尚不能不以粉飾蹈襲為恨，以為未能盡脫近代文人氣習故也。

值得注意的是，袁宏道如此明確地提出：詩若蹈襲前人，縱「佳處」亦不足稱賞；相反，倘屬本色獨造，則「疵處」也令人喜愛。這裏包含了哪怕破壞經典傳統也要走出新路的革新意識。事實上，從唐寅（袁宏道對他也頗有好感）到公安派，對中國古典詩歌傳統確實是作出了帶破壞性的嘗試，儘管他們沒有找到更好的出路，這種嘗試在文學史上的意義仍是不可低估的。至於「獨抒性靈，不拘格套」，則可以視為代表公安派主要文學主張的一個總括性的口號。周作人曾提出，胡適倡導「文學革命」的「八不主義」，要義實已包含在此中，這雖不很確當，卻是看到了新文學運動與歷史上的文學革新要求具有內在關聯。我們在一部文學簡史中以較大篇幅來介紹公安派的文學理論，也是因為它在中國古代文學朝現代方向轉化的過程中具有顯著的代表性。

但另一方面，公安派的理論也存在明顯的局限和前後矛盾。袁宏道等人本不像李贄那樣具有反叛精神，他們對守舊的政治與社會勢力頗多畏懼。還在李贄遭迫害前幾年，袁宏道就已感覺他的見解「尚欠穩實」——實即太過偏激（見袁中道為他寫的行狀），並憂念「今時作官，遭橫口橫事者甚多」（《答黃無淨祠部》）。至李贄死後，他們以之為戒的畏禍之心更重（見袁中道《李溫陵傳》、陶望齡《辛丑入都寄君奭弟書》等）。所以公安派的文學理論雖以個性解放的精神為底蘊，但「獨抒性靈」必然會遭到的個人與群體的正面抗爭，則是他們較少涉及的。而且，袁宏道早期對「勁質而多懟，峭急而多露」的詩風很表讚賞（《敍小修詩》），後來卻又提出：「凡物釀之則甘，炙之則苦，唯淡也不可造；不可造，是文人真性靈也。」（《敍咼氏家繩集》）這變化說到底實是人生態度一步步退縮的結果。

公安派的詩歌與小品散文　袁宏道説自己寫詩的態度是「信心而出，信口而談」（《張幼於》），袁中道自論其詩亦言：「頗厭世人套語，極力變化，然其病多傷率易，全無含蓄。」（《寄曹大參尊生》）大致説，寫詩每多衝口而出，淺易率直，寧取俚俗，不取陳套，是袁家三兄弟共同的特點。因此在語言風格上，他們也很自然地傾向於白居易、蘇軾等人。但三人才情、個性有異，詩作的特點與成就也有所不同。

袁宏道的詩優於其兄弟。他在詩中常常發出尖鋭的議論，如《湖上別同方公子賦》之二，以「曷為近湯火，為他羊與雞」責難岳飛的忠節，其大膽實屬少見；《顯靈宮集諸公以城市山林為韻》之二自稱「詩中無一憂民字」，緣由則是「自從老杜得詩名，憂君愛國成兒戲」，説得也很深刻。在這種議論中顯示出與皇權疏離的態度。

袁宏道詩一般不甚精煉，但由於思想新穎、感受敏鋭，有些作品寫得輕快而優美。如民歌風調的《江南子》：

> 鸚鵡夢殘曉鴉起，女眼如秋面似水。皓腕生生白藕長，回身自約青鸞尾。不道別人看斷腸，鏡前每自銷魂死。錦衣白馬阿誰哥，郎不如卿奈妾何？

這是一個已婚的美麗女子不滿於自己的丈夫，為那不相識的「錦衣白馬」人怦然心動的瞬間。在詩人看來，這心情無可非議，所以他把這一瞬間描繪得美麗而動人。

也有像《東阿道中晚望》這樣精警有力的詩篇：

> 東風吹綻紅亭樹，獨上高原愁日暮。可憐驪馬蹄下塵，吹作遊人眼中霧。青山漸高日漸低，荒園凍雀一聲啼。三歸台畔古碑沒，項羽墳頭石馬嘶。

作者的自我形象獨立高原，俯視人世。「遊人」之眼迷於富貴者所乘之馬揚起的灰塵，這是大眾生活的隱喻；荒園凍雀一聲淒厲的啼叫，則傳

達出這昏沉世界中的不安和驚悸。而想像項羽墓前石馬猶在發出無聲的長嘶，則表達着對歷史中不死的英雄精神的嚮往。但一切都沉沒於暮色裏。

袁中道的詩感情強烈，其入仕前的作品，常表述失意之憤和任俠之情，如《風雨舟中示李謫星、崔晦之，時方下第》中「早知窮欲死，恨不曲如鈎」，憤激的情緒溢於言表，那種大膽的自白，也令人震驚。另如《感懷詩》之五：

> 少時有雄氣，落落凌千秋。何以酬知己？腰下雙吳鈎。時兮不我與，大笑入皇州。長兄官禁苑，中兄宰吳丘。小弟雖無官，往來長者遊。燕中多豪貴，白馬紫貂裘。君卿喉舌利，子雲筆札優。十日索不得，高臥酒家樓。一言不相合，大罵龍額侯。長嘯拂衣去，飄泊任滄洲。

這詩頗有李白式的狂傲，下筆隨意，卻也淋漓痛快。又有像《夜泉》這樣的小篇，頗顯出作者的靈氣：

> 山白鳥忽鳴，石冷霜欲結。流泉得月光，化為一溪雪。

無論中郎還是小修，都有相當數量的詩寫得過於輕率，像大白話，打油詩。如前者的「疾疾愁愁三日雨，昏昏滑滑一年秋」（《病中見中秋連日雨，束江進之》）、後者的「一峰綠油油，忽出青藍外」（《感懷詩》）之類詩句，實無詩味可言。中國古典詩歌的傳統是強大的；袁氏兄弟使用的詩歌形式仍然是古典的形式，在這範圍內，不可能因為大量運用俚俗和平易的語言就取得令人誠服的成就，卻會給人以不倫不類的感覺。所以袁中道後期論詩又主張「以三唐為的」（《蔡不瑕詩序》），再度向傳統回歸。

袁宗道詩較少強烈的情緒，明白、淺顯，語言時有囉唆，有些像白居易後期的隨意之作，感染力較弱，不多論説。

公安派在文學創作方面更顯著的成就表現在被稱為「小品」的散文領域，它在文學史上也具有更重要的意義。

「小品」原是佛家用語，指大部佛經的略本，明後期才用來指一般文章。今存有明末書商陸雲龍編選的《皇明十六家小品》。這以前，袁中道在《答蔡觀察元履》一文中雖未明確提出「小品」的名目，卻已指出了這一類型散文的主要特徵：

> 近閱陶周望祭酒集，選者以文家三尺繩之，皆其莊嚴整栗之撰，而盡去其有風韻者。不知率爾無意之作，更是神情所寄，往往可傳者。託不必傳者以傳，以不必傳者易於取姿，炙人口而快人目。班、馬作史，妙得此法。

> 今東坡之可愛者，多其小文小說，其高文大冊，人固不深愛也。使盡去之，而獨存其高文大冊，豈復有坡公哉！

> ……偶檢平倩及中郎諸公小札戲墨，皆極其妙。石簣所作有遊山記及尺牘，向時相寄者，今都不在集中，甚可惜。後有別集，未可知也。此等慧人，從靈液中流出片語隻字，皆具三昧，但恨不多，豈可復加淘汰，使之不復存於世哉！

文中用以與「高文大冊」相對立的「小文小說」、「小札戲墨」之名目，以及關於這一類文章的特點的解說，基本上已點明了小品概念的內涵。大致而言，晚明小品體制通常比較短小，文字喜好輕靈、雋永；多表現活潑新鮮的生活感受，講究情緒、韻致；偏重於思想的機智，而避免從正面論說嚴肅的道理。還有，袁中道所說「託不必傳者以傳」——其內容未必重要，作品卻以其藝術價值得以傳世，也從寫作態度上說明了小品的特點。此外，它並不專指某一特定的文類，尺牘、遊記、傳記、日記、序跋等均可包容在內。

廣義的小品文可以追溯到很遠，《世說新語》可以算是較早的名作，蘇軾的短文更被認為是晚明小品的不祧之祖。但只有到了公安派提出「性靈說」，寫作了較多數量靈便鮮活、真情流露的新格調的散文，並有意識將其與從前散文的主流相區別，這一種文類才真正形成，「小品」概念才得以確立。它標榜「性靈」，與唐宋古文宣揚「道統」，恰好是對立的；

它對道統的背離，使散文得到了一次解放。

在尺牘《丘長孺》中，袁宏道用自嘲的口吻述為縣令之苦：

> 弟作令備極醜態，不可名狀。大約遇上官則奴，候過客則妓，治錢穀則倉老人，諭百姓則保山婆。一日之間，百暖百寒，乍陰乍陽，人間惡趣，令一身嘗盡矣。苦哉！毒哉！

在一連串尖刻的譬喻中寫盡低級官員的苦惱，也活脫顯示出一個愛好自由的文人與官場不相適應的個性。由此文可以知道袁宏道為何總是逃官。

個性舒張的要求在社會環境中得不到滿足，這使晚明文人把精神轉託於山水與日常生活的情趣，因而在小品中產生大量的也是佔主導地位的自我賞適、流連光景之作。袁宏道《西湖》一文中寫道：「山色如娥，花光如頰，溫風如酒，波紋如綾，才一舉頭，已不覺目酣神醉。此時欲下一語描寫不得，大約如東阿王夢中初遇洛神時也。」這是把西湖當作女郎來依偎了。但也並不是說晚明小品只是閒逸之情的產物。在袁宏道的名篇《徐文長傳》中，就通過徐渭一生坎坷而痛苦的經歷，抒發了這一時代敏感的文人對於個性難以舒張的共同苦悶。下面是其中一節：

> 文長自負才略，好奇計，談兵多中，視一世事無可當意者，然竟不偶。文長既已不得志於有司，遂乃放浪麴糵，恣情山水，走齊、魯、燕、趙之地，窮覽朔漠，其所見山奔海立，沙起雷行，風鳴樹偃，幽谷大都，人物魚鳥，一切可驚可愕之狀，一一皆達之於詩。其胸中又有勃然不可磨滅之氣，英雄失路托足無門之悲，故其為詩，如嗔如笑，如水鳴峽，如種出土，如寡婦之夜哭，羈人之寒起。雖其體格時有卑者，然匠心獨出，有王者氣，非彼巾幗而事人者所敢望也。

文中把徐文長描繪成一種新的時代英雄。他與世異調，屢遭不幸，卻永不肯俯首向人，而寧願承擔悲劇的命運。

袁中道的散文足以與中郎相敵，或雄快，或尖新，或簡潔，或閒淡，

大抵性情流露,能打動人心。其《壽大姊五十序》屬於比較正規的文字,但在排斥慣常套語、直抒胸臆的特點上,與小品是相通的。前半述兒時光景,因早失母,姐弟相憐,十分感人:

> 冀氏舅攜姊入城鞠養,予已四歲餘,入喻家莊蒙學。窗隙中,見舅抱姊馬上,從孫岡來,風飄飄吹練袖。過館前,呼中郎與予別。姊於馬上泣,謂予兩人曰:「我去,弟好讀書!」兩人皆拭淚,畏蒙師不敢哭。已去,中郎復攜予走至後山松林中,望人馬之塵自蕭岡滅,然後歸,半日不能出聲。

袁中道有《遊居柿錄》,是關於日常見聞的札記隨筆,二十世紀三十年代曾以《袁小修日記》之名印行。此書因是不經意之作,尤其顯得散淡灑脫,全無「文章」的格式腔調,在古代散文中頗為少見。擇其較短的一則如下:

> 夜,雪大作,時欲登舟至沙市,竟為雨雪阻。然萬竹中雪子敲憂,錚錚有聲;暗窗紅火,任意看數卷書,亦復有少趣。自歎每有欲往,輒復不遂,然流行坎止,任之而已。魯直所謂「無處不可寄一夢」也。

小品散文自公安派以後,又陸續出現了許多作家,他們共同創造了散文史上全新的局面。

竟陵派　竟陵派的得名是因為這一派的主要人物鍾惺、譚元春均為竟陵(今湖北天門)人。鍾惺(1574—1624)字伯敬,號退谷,萬曆三十八年進士,官至福建提學僉事。譚元春(1586—1637)字友夏,少慧而科場不利,崇禎十年死於赴進士考試的旅途中。鍾、譚曾編選《詩歸》(單行稱《古詩歸》、《唐詩歸》),在序文和評點中宣揚他們的文學觀,風行一時,竟陵派因此而成為影響很大的詩派。

公安派詩歌之弊在於俚俗、淺露、輕率,至其末流愈甚,所以又有竟

陵派的新變。鍾、譚在理論上接受了公安派「獨抒性靈」的口號，同時提出以一種「深幽孤峭」的風格來糾正前者的弊病。鍾惺《詩歸序》談如何求「古人真詩」，有云：「真詩者，精神所為也。察其幽情單緒，孤行靜寄於喧雜之中，而乃以其虛懷定力，獨往冥遊於寥廓之外。」

在重視自我精神的表現上，竟陵派與公安派是一致的，但二者的審美趣味迴然不同，這背後又有着人生態度的不同。公安派詩人雖然也有退縮的一面，但他們敢於懷疑和否定傳統價值標準，敏銳地感受到社會壓迫的痛苦，畢竟還是具有抗爭意義的；他們喜好用淺露而富於色彩和動感的語言來表述對各種生活享受、生活情趣的追求，呈現內心的喜怒哀樂，顯示着開放的、個性張揚的心態。而竟陵派所追求的「深幽孤峭」的詩境，則表現着內斂的心態。他們的詩偏重心理感覺，境界小，主觀性強，喜歡寫寂寞荒寒乃至陰森的景象，語言又生澀拗折，常破壞常規的語法、音節，使用奇怪的字面，每每教人感到氣息不順。如譚元春的《觀裂帛湖》：

> 荇藻蘊水天，湖以潭為質。龍雨眠一湫，畏人多自匿。百怪靡不為，喁喁如魚濕。波眼各自吹，肯同眾流急？注目不暫捨，神膚凝為一。森哉發元化，吾見真宰滴。

這詩不大好懂。大致是寫湖水寒冽，環境幽僻，四周發出奇異的聲響，好像潛藏着各種怪物。久久注視之下，恍然失去自身的存在，於是在森然的氛圍中感受到造物者無形的運作。鍾、譚詩類似於此的很多，他們對活躍的世俗生活沒有甚麼興趣，所關注的是虛渺出世的「精神」。他們標榜「孤行」、「孤情」、「孤詣」（譚元春《詩歸序》），卻又侷促不安，無法達到陶淵明式的寧靜淡遠。這是自我意識較強但個性無法向外自由舒展而轉向內傾的結果，由此造成他們詩中的幽塞、寒酸、尖刻的感覺狀態。

竟陵派詩風在明末乃至清初十分流行，其影響遠比公安派來得久遠，這是晚明個性解放的思潮遭受打擊以後，文人心理上的病態在美學趨向上

的反映。

竟陵派的散文一反公安派的清麗舒展，在文章的立意和組織上特別費心，不過各人的情況略有不同。鍾惺較擅長議論，常有新穎之説，其文字陸雲龍稱為「工苦之後，還於自然」（《鍾伯敬先生小品序》），注重轉折之致，但不怎麼生澀。譚元春的文章喜歡故意寫得屈奧不平順，又喜描摹蕭寒景象，與他的詩相近。大致竟陵派的文章讀起來多數比較拗口，也是所謂「深幽孤峭」，但在追求語言的特殊表現方面，他們給人們提供了有益的借鑒。

王思任、張岱　王思任和張岱是晚明小品散文的重要作家。需要説明的是，被尊為晚明小品集大成者張岱現存的散文名作完全是作於清初，把他放在這裏介紹，主要還不是為了遵從習慣，而是為了更方便地顯示自公安派以來一段時期中小品散文的總體概貌。

王思任（1574—1646）季重，號謔庵，萬曆進士。清兵攻破其家鄉紹興時絕食而死。

王思任的散文具有特異的語言風格。用語尖新拗峭，與竟陵派有相似處，然意態跳躍，想像豐富機智，往往出人意表，並富於詼諧之趣，又常在瑰麗之辭中雜以俗語、口語，是明顯的不同。如《小洋》中寫景：「山俱老瓜皮色。又有七八片碎剪鵝毛霞，俱黃金錦荔，堆出兩朵雲，居然晶透葡萄紫也。」極見靈秀之氣。下錄《天姥》：

> 從南明入台，山如剝筍根，又如旋螺頂，漸深遂漸上。過桃墅，溪鳴樹舞，白雲綠坳，略有人間。飯斑竹嶺，酒家胡當壚豔甚。桃花流水，胡麻正香，不意老山之中，有此嫩婦。過會墅，入太平庵看竹，俱汲桶大，碧骨雨寒，而毛葉離菽，不啻雲鳳之尾。使吾家林得百十本，逃幘去禪其下，自不來俗物敗人意也。行十里，望見天姥峰，大丹鬱起。至則野佛無家，化為廢地，荒煙迷草，斷碣難捫。農僧見人輒縮，不識李太白為何物，安可在癡人面前說夢乎！……

說山水極為靈動。又像「老山」「嫩婦」之喻，對映成趣，表現出作者詼諧的性格。

張岱（1597—1679）字宗子，一字石公，別號陶庵，出身於山陰世代官宦之家。未曾入仕，如其自述，早年乃一「極愛繁華」的「紈袴子弟」（《自為墓誌銘》），明亡後入山著書，生活艱苦，然始終隱跡不出。

張岱天資聰穎，經歷豐富，愛好享樂，性情放達，守大節而不拘泥。散文集《陶庵夢憶》、《西湖夢尋》兩書中，都是憶舊之文，所謂「因想余生平，繁華靡麗，過眼皆空，五十年來，總成一夢」（《陶庵夢憶》序），心緒是頗為蒼涼，但着眼處仍是人世的美好、故國鄉土的可愛，洋溢着人生情趣。《西湖七月半》寫道：

> 西湖七月半，一無可看，止可看看七月半之人。看七月半之人，以五類看之。其一，樓船簫鼓，峨冠盛筵，燈火優傒，聲光相亂，名為看月而實不見月者，看之；其一，亦船亦樓，名娃閨秀，攜及童孌，笑啼雜之，環坐露台，左右盼望，身在月下而實不看月者，看之；其一，亦船亦聲歌，名妓閒僧，淺斟低唱，弱管輕絲，竹肉相發，亦在月下，亦看月，而欲人看其看月者，看之；其一，不舟不車，不衫不幘，酒醉飯飽，呼群三五，躋入人叢，昭慶、斷橋，嚤呼嘈雜，裝假醉，唱無腔曲，月亦看，看月者亦看，不看月者亦看，而實無一看者，看之；其一，小船輕幌，淨几暖爐，茶鐺旋煮，素瓷靜遞，好友佳人，邀月同坐，或匿影樹下，或逃囂裏湖，看月而人不見其看月之態，亦不作意看月者，看之。

> 杭人遊湖，巳出酉歸，避月如仇。是夕好名，逐隊爭出，多犒門軍酒錢，轎夫擎燎，列俟岸上。一入舟，速舟子急放斷橋，趕入勝會。以故二鼓以前，人聲鼓吹，如沸如撼，如魘如囈，如聾如啞，大船小船，一齊湊岸，一無所見，止見篙擊篙、舟觸舟、肩摩肩、面看面而已。少刻興盡，官府席散，皂隸喝道去，轎夫叫船上人，怖以關門，燈籠火把如列星，一一簇擁而去。岸上人亦逐隊趕門，漸稀漸薄，頃刻散盡矣。吾輩始艤舟

近岸，斷橋石磴始涼，席其上，呼客縱飲，此時月如鏡新磨，山復整妝，湖復頰面，向之淺斟低唱者出，匿影樹下者亦出，吾輩往通聲氣，拉與同坐。韻友來，名妓至，杯箸安，竹肉發。月色蒼涼，東方將白，客方散去。吾輩縱舟，酣睡於十里荷花之中，香氣拘人，清夢甚愜。

各色人等彙聚在七月半的西湖內外，有炫耀富貴的，有欣喜好奇的，有賣弄風情的，有裝瘋賣傻的，有故為矜持的，無不顯着些可笑，又無不顯着些可愛。而西湖獨於喧嚷紛擾之後，呈其秀美予鍾情之人。這一幅世俗風情畫帶給人們的，是睿智、幽默與愉悅情趣的混合。文章不著議論，亦無深意可尋，卻令人遐想，確實是美妙的文字。

在晚明時期由公安派開始同時推行的詩文變革中，小品文能夠取得較大的成功，是因為散文不像詩歌那樣依賴於特殊的語言表現形式，容易轉向自由的抒寫；以往散文受「載道」文學觀的影響也比詩歌來得嚴重，一旦向「性靈」一面偏轉，容易顯現出新鮮的面目。儘管在傳統觀念影響下，許多人習慣把所謂「唐宋八大家」所代表的「古文」系統視為中國古代散文的正宗，但從文學的意義來說，背離這一系統的晚明小品散文是更接近於現代散文的。也正因如此，新文學運動時期的散文從這裏得到更多的借鑒。

四　明代散曲與民歌

明代散曲與民歌都是當時所唱的歌曲。不同的是前者為文人士大夫所作，多在家庭或友朋宴集時用來助興（明代士大夫蓄養家伶的情況頗普遍），有固定的宮調格式。民歌則主要出於無名作者之手，雖有一些基本的調式，但音樂的要求比較簡單，沒有太多的格律上的講究。其中很多是

歌樓妓院中演唱的。

但明代文人與市井生活原本有密切的關聯，許多人也喜愛民間俗曲。明代的民歌看起來潑辣拙樸，下層社會的氣息較濃，但元明以來，雅俗混融，文人從事這一類創作而流於民間也不是甚麼稀罕之事。如馮夢龍所輯《山歌》中，有些就注明是他本人或他的朋友所作。

明代的散曲　散曲從元代興起以後，很大程度上取代了詞的功能，明代仍延續這個方向，曲盛而詞衰。雖然明代散曲不像元代散曲那樣給人以耳目一新之感，但作家作品的數量要超過元代（據任訥《散曲概論》統計，明代作有散曲的有三百三十人），一些名家的優秀之作，在發掘新的生活內容和深入表現人情世態方面，也有所發展。

明前期相當長的時間中，散曲和其他文學類型一樣，處於衰退狀態。當時影響最大的散曲作者是宗室貴族朱有燉，有《誠齋樂府》。他的曲作以音律諧美著稱，流傳久遠。語言風格追蹤馬致遠、貫雲石的豪放一派。所寫內容，以賞花、題情及宴遊、應酬為多，散發着一種富貴閒適的情調。

弘治、正德年間，明代散曲有了顯著的發展。當時北方的知名作者有康海、王九思等，南方的知名作者有王磐、陳鐸、唐寅等。

前七子中的康海（1475—1540）、王九思（1468—1551）同時也是戲曲和散曲作家。他們都是陝西人，都因為被指與劉瑾同黨而遭黜退，隱居鄉里，常在一起宴遊。兩人的散曲，也都有大量對現實政治表示不滿、對自身的遭遇感到憤慨以及在無奈中以閒居生活的安適為自我慰勉的作品。如康海的《水仙子・酌酒》：

> 論疏狂端的是我疏狂，論智量還誰如我智量。細尋思往事皆虛誑，險些兒落後我醉春風五柳莊。漢日英雄、唐時豪傑，問他每今在何方？好的歹的一個個盡攛入漁歌樵唱，強的弱的亂紛紛都埋在西郊北邙，歌的舞的受用者休負了水色山光。

這是失意之後的牢騷。對政治生活、英雄功業的否定，對日常生活的讚美，與元散曲一脈相承。

同時期南方散曲家的作品帶有更多的市井氣息，內容要顯得寬廣。

王磐（約1470—1530）字鴻漸，號西樓，一生未仕。他的散曲，王驥德《曲律》曾評為北曲之冠，文辭爽利俊朗，是其所長。其中多數是寫閒適的生活情趣，另一些作品則反映了社會生活景象。如套曲《嘲轉五方》挖苦不停趕場子做法事的和尚，而小令《朝天子·詠喇叭》諷刺太監的作威作福，尤為著名：

> 喇叭，鎖哪，曲兒小腔兒大。官船來往亂如麻，全仗你抬聲價。軍聽了軍愁，民聽了民怕，那裏去辨甚麼真共假？眼見的吹翻了這家，吹傷了那家，只吹的水淨鵝飛罷。

散曲特有的尖新潑辣的語言風格，在這裏得到很好的發揮。

陳鐸（1469以前—1507）字大聲，號秋碧，生活在南京。世襲指揮使，然不守官職，醉心於詞曲，當時南京教坊中人稱「樂王」。所作內容以寫男女風情最多，文辭流麗。他有一種《滑稽餘韻》的小集，收曲一百三十六首，用當時以城市為主的各種社會職業為題，寫形形色色的人情世態，是散曲中別開生面之作。因對象的不同，作者的態度有同情、有挖苦、有指斥，但偏重於戲謔嘲諷，也以這一類寫得較為成功。如寫里長「小詞訟三鍾薄酒，大官司一個豬頭」，寫巫師「手敲破鼓，口降邪神。福雞淨酒嗯一頓，努嘴胖唇」，寫蒙師「抹朱塗墨幾十年，野史歪文四五篇，詩云子曰千百遍」，都很傳神。下面錄一首完整的例子：

> 尋龍倒水費慇勤，取向僉穴無定準，藏風聚氣胡談論。告山人須自忖：揀一山葬你先人，壽又長身又旺，官又高財又穩，不強如干謁侯門？（《水仙子·葬士》）

嘉靖前後，為明代散曲最為興盛的時期，出現了眾多的名家，作品

的風格也更為多樣化。從樂曲來說，在崑腔興起以前，雖也有兼用南北曲的，但以北曲為盛；這以後，北曲衰落，南曲愈盛，因而有所謂南詞一派。這一時期中著名的曲家，有沈仕、楊慎、金鑾、馮惟敏、梁辰魚等，其中馮惟敏的成就最為卓著，梁辰魚則是南詞的代表。

沈仕（1488—1565）字懋學，號青門山人，是杭州的著名畫家，散曲專寫豔情，描寫刻露而生動，有「青門體」之稱。如《鎖南枝·詠所見》：

> 雕欄畔，曲徑邊，相逢他驀然丟一眼。教我口兒不能言，腳兒撲地軟。他回身去一道煙，謝得蠟梅枝把他來抓個轉。

這種曲子帶有情節性，和元曲的精神及當時民歌的特點相通。

楊慎（1488—1559）字用修，號升庵，四川新都人，正德間試進士第一，授翰林修撰。嘉靖初謫戍雲南永昌，此後即長期生活於家鄉四川和戍所雲南之間。楊慎在明代以博學著稱，也能詩，他與妻黃娥的散曲近人合編為《楊升庵夫婦散曲》。楊慎的散曲格律不很精確，王世貞譏為「多川調，不甚諧南北本腔」（《曲藻》）。內容多寫心中的不滿與愁怨，注重意境，稍帶有詞的風格。如《黃鶯兒·春夕》：

> 一水隔盈盈，峭寒生日暮情。梨花小院人初靜。玉簫懶聽，金盃懶傾，月明閒殺鞦韆影。夢難成，村春相應，疑是棹歌聲。

金鑾（約1495—約1584）字在衡，號白嶼，原是甘肅人，中年隨父宦遊南京，後即長期居留。一生未仕，而多與達官名士交往，心中常感不平。但他性情豪爽，善於把這種苦悶化作嘲謔，如套數《北雙調新水令·曉發北河道中》自嘲說：「干了些朱門貴，謁了些黃閣卿，將他那五陵車馬跟隨定。把兩片破皮鞋磨得來無蹤影，落一個腳跟乾淨。」可以體會到豁達與苦澀的交織。在藝術上，他的散曲以格律精工著稱，善於融口語與麗辭為一體，既婉轉又暢達，兼有詼諧之趣。只是應酬之作較多，是其一病。他的一些寫妓院中生活情景的曲子，不作浪漫的美化，真實而生動。如

《北胡十八．風情嘲戲》：

> 尋思的意兒癡，作念的口兒破，睜着眼跳黃河，甜言甜語謊兒多。弄殺你小哥，圖甚麼養活？吃的虧做一堆，識的破忍不過。

馮惟敏（1511—約1580）字汝行，號海浮，山東臨朐人，以舉人授淶水知縣，升至保定通判。他是明代最重要的散曲家，其成就可與元代名家相比。所作除了寫景抒情、宴遊酬唱，還有不少篇章慨歎民生疾苦，揭露社會弊端、諷刺官場醜惡，是散曲中少見的。套數《正宮端正好．呂純陽三界一覽》是比較特別的作品。一方面，作者把冥司寫得一片陰暗昏亂，具有諷刺封建政治的用意；另一方面，通過冥司的荒唐判案，也寓含了古今是非一筆糊塗賬的意味。譬如判「二十四孝」中郭巨埋兒是「佯慈悲」、王祥臥冰是「假孝順」，判秋胡妻投江為「潑賴」等等，就是在遊戲之筆中表現了明中期文人對傳統價值觀念的嘲笑。凡此種種，都擴大了散曲的內涵。

馮惟敏散曲的語言不事雕飾，活潑自然，有元代早期散曲的豪爽磊落之氣。如《玉江引．閱世》：

> 我戀青春，青春不戀我。我怕蒼髯，蒼髯沒處躲。富貴待如何？風流猶自可。有酒當喝，逢花插一朵。有曲當歌，知音合一夥。傢俬雖然不甚多，權且糊塗過。平安路上行，穩便場中坐，再不惹名韁和利鎖。

這是馮氏辭官歸田以後所作，意思並不新鮮。但一般士大夫寫來，未免透露着不得志的牢騷，馮氏筆下，則呈現爽朗明快的情趣。

馮惟敏也善於描摹世情。他不乏出入秦樓楚館的風流經歷，《朝天子．贈田桂芳》八首等表明他和這類女子的感情也很誠摯委婉，但他刻畫妓院中的虛偽欺詐，卻又入木三分，《仙子步蟾宮．十劣》十首就是這方面的代表，另外，《南鎖南枝．盹妓》也寫得很出色：

> 打趣的客不起席，上眼皮欺負下眼皮，強打精神扎掙不的。懷抱着琵

琶打了個前拾，唱了一曲如同睡語，那裏有不散的筵席？半夜三更路兒又蹺蹊，東倒西歪顧不的行李。昏昏沉沉來到家中，睡裏夢裏陪了個相識，睡到了天明才認的是你。

這曲子中本有嘲諷的意思，但卻真實地描繪出妓女生活的無奈和身心的困頓，令人生出同情。而馮惟敏散曲最可貴之處，就在於它的自然和真實。

梁辰魚（約1521—約1594）字伯龍，號少白、仇池外史，昆山人。他失意於功名，寄情於聲樂，平生任俠好遊。因用昆山腔作傳奇而名震一時，散曲也很有影響。梁氏作曲，聲律精整而文辭工麗，喜化用詩詞中的名句，口語成分減少，因而接近詞的體格。《仙呂入雙調夜行船序·擬金陵懷古》套數是典型的例子，「徙倚，故國秋餘，遠樹雲中，歸舟天際。山勢，還依舊枕寒流，閱盡幾多興廢？」聲調頗為雄壯，截取前人成句，也還錘煉得渾成，但離曲的韻味實遠。他的一些寫情之作，則不完全如此。如《玉抱肚·囑魚》：

魚兒生受，傍江來略說個意由。你趁春潮切莫稽遲，好留心不宜差謬。郎今移住在剡溪頭，直到門前溪水流。

聲調穩切，句式也比較工整，但保留了口語的神氣，仍有散曲活潑靈動的特點。

對梁辰魚散曲的評價分歧極大。尊之者稱為「曲中之聖」（張楚叔選輯《吳騷合編》），貶之者則說因為他倡導的工麗之習，使得「不惟曲家一種本色語抹盡無餘，即人間一種真情話，埋沒不露已」（凌濛初《譚曲雜札》）。客觀地說，作為個人創作，梁氏散曲有他的特色和成就，但由他引出的風氣導致了散曲本色的消失，則也是事實。

晚明文學繁盛，同時民歌越來越受到重視，但文人散曲較前一階段反呈衰退之勢。其時最重要的作者是施紹莘（1588—約1630）。他字子野，號峰泖浪仙，華亭（今上海松江）人。科舉不利，遂絕意仕進，流連山水，

放浪青樓。作品多抒寫個人日常生活的情懷，以山水風光、四時景物及友朋贈酬、男女風情最為集中，間有懷古傷今之作。自梁辰魚倡導工麗，以詞格為散曲，後來沈璟又特別強調音律的精細，一般作者於文辭宗梁，於音律宗沈，從兩方面對散曲造成束縛。施紹莘通音樂，也愛好麗詞，但不過分追求形式的工巧，而能出以才情，以自然新警之句，寫種種真實的生活感受，因此成為明散曲最後的名家。施作最大的特點是情深。他寫豔情而不覺庸俗輕薄；風花雪月，最容易寫成陳詞濫調，他卻能給人以新鮮之感，如《南商調二郎神·惜花》中一曲《三段子》：

> 空中似塵，淡濛濛是誰人夢魂？苔前似鱗，點疏疏是誰人淚痕？平明一陣寒差甚，繡簾不卷風尤緊。正酒暈扶頭，倦妝時分。

但元曲的爽朗活潑，到施紹莘畢竟所餘無幾了。

明代的民歌　明代民歌在明代文學中有特殊的意義。從明中期以來，自李夢陽、何景明至李卓吾、袁中郎、馮夢龍、凌濛初等，都不僅由於個人的興趣而喜愛民歌，也把民歌富於真情實感、奇思異想和靈動活潑、無所忌諱的特點，奉為文學的審美理想。李夢陽教人學詩當以《鎖南枝》為榜樣，馮夢龍說民歌有「借男女之真情，發名教之偽藥」（《山歌序》）的功效。由此可以瞭解明代文學的某種基本特點。

關於民間俗曲在明代各時期流行的情況，沈德符《萬曆野獲編》中有較詳細的記述：

> 元人小令行於燕趙，後浸淫日盛。自宣、正至成、弘後，中原又行《鎖南枝》、《傍妝台》、《山坡羊》之屬，李崆峒先生初自慶陽徙居汴梁，聞之，以為可繼「國風」之後。何大復繼至，亦酷愛之。今所傳《泥涅人》及《鞋打卦》、《熬髻髻》三闋，為三牌名之冠，故不虛也。自茲以後，又有《耍孩兒》、《駐雲飛》、《醉太平》諸曲，然不如三曲之盛。嘉、隆間乃興《鬧五更》、《寄生草》、《羅江怨》、《哭皇天》、《乾

荷葉》、《粉紅蓮》、《桐城歌》、《銀紐絲》之屬，自兩淮以至江南，漸與詞曲相遠。不過寫淫媟情態，略具抑揚而已。比年以來，又有《打棗竿》、《掛枝兒》二曲，其腔調約略相似，則不問南北，不問男女，不問老幼良賤，人人習之，亦人人喜聽之，以至刊布成帙，舉世傳誦，沁入心腑。其譜不知從何而來，真可駭歎！又《山坡羊》者，李、何二公所喜，今南北詞俱有此名。但北方惟盛愛《數落山坡羊》，其曲自宣、大、遼東三鎮傳來。今京師技女，慣以此充弦索北調，其語穢褻鄙淺，並桑濮之音亦離去已遠。而羈人遊婿，嗜之獨深，丙夜開樽，爭先招致。

就沈氏所述來看，大致可以知道這些民間俗曲先是起於北方，而後流傳至南方，在明中葉以後，愈演愈盛，乃至「舉世傳誦」。在這過程中，又始終有文人士大夫的參與，因他們的褒揚和輯集刊布，加速了它的流播。這些曲子多是妓女所唱，樂調比較簡單，而內容則以寫男女之情為主，其放恣的程度，也是愈來愈甚。這種情況和明代社會風氣及文人文學的變化，大體有相同的步調。

現存最早的明代民歌集，為成化年間金台魯氏所刊《新編四季五更駐雲飛》等四種。雖尚無顯著特色，但其中寫怨男癡女心情的作品語氣頗為活潑。如下面一首：

> 富貴榮華，奴奴身軀錯配他。有色金銀價，惹的傍人罵。嗏，紅粉牡丹花，綠葉青枝，又被嚴霜打，便做尼僧不嫁他！

這是寫一個女子因貪圖榮華富貴而錯嫁惡人之後的悔恨心情，由此肯定了真摯愛情對於人生的重要。

在正德刊本的《盛世新聲》、嘉靖刊本的《詞林摘豔》和《雍熙樂府》中，都收有一些較早的民間歌曲，較之後期之作，尚較為拘謹。不過較早的民歌中還是有些絕佳之作流傳下來。如陳所聞《南宮詞紀》中所收「汴省時曲」兩篇，其中一篇就是沈德符稱為《鎖南枝》一曲之冠的《泥

捏人》：

> 傻俊角，我的哥！和塊黃泥兒捏咱兩個。捏一個兒你，捏一個兒我，捏的來一似活托，捏的來同床上歌臥。將泥人兒摔碎，着水兒重和過，再捏一個你，再捏一個我。哥哥身上也有妹妹，妹妹身上也有哥哥。

如此天真爛漫、異想天開，難怪引起文人雅士的驚歎。

萬曆時期出現許多輯錄散曲、時調（或兼收戲曲）的選本，其中收民歌較多的，有黃文華編輯的《詞林一枝》、熊稔寰編輯的《徽池雅調》、龔天我編輯的《摘錦奇音》。這裏面的民歌，仍以寫男女之情的最為集中，而以感情的大膽真率、語言的尖新俏巧為特徵，與前面所提到的選本中的民歌有不同的面貌。當然，選本的年代不一定就是所選作品的年代，但從所用的曲調來看，當以嘉、隆以後的為多。舉《羅江怨》一首為例：

> 紗窗外月正高，忽聽得誰家吹玉簫。簫中吹的相思相思調，訴出他離愁多少，反添我許多煩惱。待將心事從頭從頭告，告蒼天不肯從人，阻隔着水遠山遙。忽聽天外孤鴻孤鴻叫，叫得奴好心焦。進繡房淚點雙拋，淒涼訴與誰知誰知道。

晚明時期通俗文學專家馮夢龍對於民歌也表現了極大的興趣，編輯了《掛枝兒》（又名《童癡一弄》）和《山歌》（又名《童癡二弄》）。前者已略有殘缺，今共存四百三十五首；後者收作品三百八十首，其中包括一些上千字的長篇。「掛枝兒」是萬曆時流行南北的時調，馮夢龍所輯，據小注說明，其中有些出於文士之手；《山歌》則是用吳語寫成的吳地民歌的專集。在幾種重要的俗曲集中，這兩種所收作品年代最遲，對情感的表現大膽甚而放肆，反映出晚明時代的社會氣氛。

《掛枝兒》中的情歌常寫得熱烈而曲折深細，生活的真實感極強，如《做夢》：

> 我做的夢兒到也做得好笑，夢兒中夢見你與別人調，醒來時依舊在我

懷中抱，也是我心兒裏丟不下，待與你抱緊了睡一睡着，只莫要醒時在我身邊也，夢兒裏又去了。

還有些帶有詼諧色彩的，表現出晚明文學普遍的特點，如《送別》：

送情人直送到丹陽路，你也哭，我也哭，趕腳的也來哭。趕腳的，你哭是因何故？道是：去的不肯去，哭的只管哭；你兩下裏調情也，我的驢兒受了苦。

在《掛枝兒》中已經有些牽涉情慾的內容，《山歌》則更甚，相當一部分作品含有對性行為的暗示及直接描寫。在這裏，市井生活的粗俗氣息和追求自由幸福的慾望是混雜在一起的。而有些篇則寫得俏麗動人，如《模擬》表現小兒女的癡情，真是活靈活現：

弗見子情人心裏酸，用心模擬一般般。閉子眼睛望空親個嘴，接連叫句「俏心肝」。

《山歌》中的長篇大多是故事性的，説白和唱相雜，語氣生動、情緒活潑的特點比那些短篇表現得更加充分，是研究吳地民間文藝的極好材料。

第十七章

明代戲曲與小說

在前一章中，我們以詩文為中心，對明代文學演變的社會與政治背景作了必要的說明，這種說明也對戲曲、小說同樣有效。和詩文一樣，明代的戲曲、小說也經歷了前期的萎縮、中期的復甦、晚期的高潮這樣三個階段。而且，這種同步狀態，又很好地說明了明代傳統文學樣式與通俗文學之間關係的密切。

一　明代前期到中期的戲曲與小説

《剪燈新話》　《剪燈新話》是明初的一部文言短篇小説集，四卷二十篇，附錄一卷。作者瞿佑（1341—1427），字宗吉，有詩名，曾為楊維楨所賞識。據日本《剪燈新話句解》本所存作者《重校剪燈新話後序》，此書成於「洪武戊午歲」（1378）。

在文言小説系統裏，《剪燈新話》是志怪與傳奇體的結合；書中一部分作品反映了市井民眾生活及其思想感情，則又與話本小説的影響有關。在明初嚴酷的文學環境中，此書則較多保留了元末文學的精神，是難得的。

《剪燈新話》中大約有一半以上的故事寫男女愛情，描寫中對感情的真摯與否看得很重要。如《翠翠傳》寫「淮安民家女」翠翠與同學金定私相愛慕，當父母為她議婚時，她竟公然宣稱：「必西家金定，妾已許之矣。若不相從，有死而已。」後夫婦二人遭遇戰亂而離散，翠翠被人擄為姬妾，作者對她的「失身」也毫無譴責，仍然讚頌她和金定之間的愛情，這顯然不把禮教當一回事。又如《聯芳樓記》則是一個富於浪漫色彩和世俗化歡快情調的故事：一個年輕的商販鄭生在船頭洗澡時，被河邊高樓上一家富商的兩個女兒——薛蘭英、薛蕙英窺見並喜歡上，她們便「以荔枝一雙投下」，表示愛慕。晚間鄭生立於船頭，二女用一竹兜把他從窗口吊上去，「既見，喜極不能言，相攜入寢，盡繾綣之意焉」。薛家的父親雖

然「大駭」，最終還是成全了他們。以如此明朗的筆調描寫青年男女對自由愛情的追求，這在以前的小說中是很少見的。

在語言風格方面，《剪燈新話》仍存在好用駢儷、多引詩詞的缺陷，但它的敍述已經完全是淺近的文言，這顯示了文言小說的發展趨向。

至永樂年間，又有李昌祺仿《剪燈新話》而作的《剪燈餘話》。其內容及一般特點亦與《新話》相似。作為附錄的《賈雲華還魂記》明顯受元代小說《嬌紅記》的影響，但加上了女主人公死後還魂的大團圓結尾。《剪燈新話》和《餘話》在明前期的文學中具有獨特的面目，但在當時缺乏與之相呼應的創作。到了明後期，兩書中有不少故事被白話小說和戲劇所吸收。

明代前期的戲曲　明初的文化專制主義也籠罩了戲曲領域，按法律規定，民間演劇不准妝扮「帝王后妃、忠臣烈士、先聖先賢」，但「神仙道扮及義夫節婦、孝子順孫、勸人為善者不在禁限」（《昭代王章》），這是要求戲曲為封建政教服務。在此情況下，戲曲創作中最盛的是點綴昇平的娛樂之作和宣揚封建道德的作品。

在這種特殊的環境下，皇室貴族朱有燉（1379—1439）成為明初影響最大的戲曲作家。他是明太祖之孫，襲封周王，諡「憲」，故世稱周憲王。作有雜劇三十一種，總稱《誠齋樂府》。其中大多為供富貴人家消遣娛樂的遊賞慶壽、歌舞昇平、神仙道化之類內容，而牽涉社會生活的劇作，也有意識地灌注了統治者所要求的道德思想。如《香囊怨》寫妓女劉盼春鍾情於秀才周恭，因鴇母逼其接待富商陸源，自殺明志，屍體火化後，她所佩藏有周恭寄贈情詞的香囊完好無損。這是元雜劇就有的士子、富商、妓女三角關係的老套，但在表彰女子貞節時運用了神話手段，使道德主旨更突出。

朱有燉的劇作主要還是以娛樂為目的，只是注意到思想要正確。成、弘年間，身為理學大儒和高級官僚的丘濬在利用戲曲為教化手段方面，態

度更為積極。他的《五倫全備忠孝記》傳奇，主角為兄弟倆，名喚「五倫全」、「五倫備」，內容是演他們如何做到「五倫全備」，道德主旨之鮮明，罕有其匹。丘濬官至禮部尚書、大學士，而染指正統文人向來輕視的戲曲，就是為了「使世上為子的看了便孝，為臣的看了便忠」。這可以看作是以道德理念為核心的台閣文學的強有力的擴展。

明中期雜劇　至弘治以後，戲曲創作開始出現轉機。雖然表彰忠孝的意識依然存在，但作品取材漸有生活氣息，不再是着意演繹統治階級的道德觀念；而到了徐渭的《四聲猿》，則已顯著地表現出反抗精神和新的時代意識。

到了明中期，雜劇在戲曲中已不佔主導地位，但仍有作者喜歡這種較為短小的體制。只是這種雜劇和元雜劇差別很大，一種戲不一定是四折，也不一定由一人主唱，而且常有南北曲混用的。

王九思的《杜甫遊春》、康海的《中山狼》均是明中期較早出現的雜劇名作。兩劇都有諷世之意，和二人因與劉瑾的關係被罷黜有關。《杜甫遊春》寫杜甫春遊長安城郊，見村郭蕭條，宮室荒蕪，痛罵李林甫等權奸誤國，又於酒肆質典朝服買醉，決心隱身避世。或言劇中李林甫係指當朝權臣李東陽。《中山狼》的情節出於馬中錫的寓言故事《中山狼傳》，寫東郭先生救狼而幾為狼所害，幸得一老人設計解救，劇中刻畫狼的詭詐甚用力。結尾處借老人的話，指世人多負恩，「卻不個個都是中山狼麼？」流露出很深的憤世嫉俗情緒。也有人認為此劇係譏刺李東陽，因康海曾救李氏出獄，然難斷確否。這兩種劇作作為藝術作品來看，都未免單薄，但和前期雜劇相比，因較多寓涵了作者的人生經驗和情感，尚能給人一定的感染。

至馮惟敏的雜劇《僧尼共犯》，情趣漸濃。此劇寫僧明進與尼惠朗結下私情，被鄰人捉至官司，鈐轄司吳守常將兩人打了一頓板子，斷令還俗成親，並說：「成就二人，是情有可矜。情法兩盡，便是俺為官的大陰騭

也！」馮氏為人好戲謔，他讓明進和惠朗挨一頓打再歡歡喜喜結為夫妻，算是於情於法都有了交代，也是他的個性的表現。這和晚明戲劇強烈而嚴肅地為情慾爭權利雖態度有別，畢竟還是有人情味的。劇中明進的唱詞說：「都一般成人長大，俺也是爺生娘養好根芽，又不是不通人性，止不過自幼出家。一會價把不住春心垂玉箸，一會價盼不成配偶咬銀牙。正諷經數聲歎息，剛頂禮幾度嗟呀。」對禁慾戒律所造成的人性痛苦表示了同情。

徐渭有雜劇集《四聲猿》，包含《狂鼓史》一折，《翠鄉夢》二折，《雌木蘭》三折，《女狀元》五折。長短無定制，所用曲調也不拘南北，形式很自由。在明中期包括傳奇在內的戲劇中，它是閃耀着新的思想光彩的傑作，和徐渭的詩歌一樣，代表了明中期文學與晚期文學之間的過渡。

《雌木蘭》和《女狀元》都是寫女扮男裝的故事：木蘭代父從軍，馳騁疆場；黃崇嘏考取狀元，為官精幹。這兩種劇都突出了女子的才能，「裙釵伴，立地撐天，說甚麼男子漢」，對男尊女卑的傳統思想提出針鋒相對的挑戰。《狂鼓史》虛構禰衡、曹操死後，在冥司的安排下重演當日罵座的情景。「罵曹」的內容，不外乎歷史記載和故事傳說中曹操的狠毒偽善、狡詐奸險、草菅人命等罪惡。但徐渭通過禰衡之口，主要是為了宣泄由巨大的社會壓迫所帶來的精神痛苦和憤懣不平之氣。這一劇作在當時受到許多文人的喜愛和高度評價，也正是因為它並不是就歷史而寫歷史，或借歷史諷喻現實政治；它的感人之處，是那種恣狂的個性和烈火般的激情。

《翠鄉夢》寫高僧玉通苦修數十年而未成正果，卻在一夕之間就被妓女紅蓮破了色戒；他的後身化為柳翠，淪落風塵，卻一經點明，立時頓悟。這個故事有禪宗思想的背景，但提出的道理是有普遍性的：人不可能通過禁慾的手段達到道德完善，這種戒律脆弱而不堪一擊；倒是經歷過人世的沉淪，反而能領悟人生的真諦。玉通破戒以後同紅蓮有一段對話，紅蓮作為情慾的象徵力量，表現得恣悍潑辣，而玉通的自我辯解，卻顯得蒼白無力，十分可憐。比起馮惟敏《僧尼共犯》，這裏對禁慾主義的批判是正面而更為強烈的；圍繞僧侶、宗教、情慾、道德，作者展開的思考也很

具吸引力。

《四聲猿》的曲辭不假塗飾而才氣飛揚，錘煉純熟而接近口語，故王驥德謂其「追躡元人」（《曲律》）。下舉《雌木蘭》中《寄生草么篇》為例：

> 離家來沒一箭遠，聽黃河流水濺。馬頭低遙指落蘆花雁，鐵衣單忽點上霜花片，別情濃就瘦損桃花面。一時價想起密縫衣，兩行兒淚脫真珠線。

明中期傳奇　明初以來，傳奇以改編元代劇作為多，創作頗為凋敝。明中葉則有了明顯改變，李開先的《寶劍記》、無名氏（或謂王世貞）的《鳴鳳記》、梁辰魚的《浣紗記》代表了明傳奇的興起。

李開先（1502—1568）字伯華，號中麓，山東章丘人，嘉靖進士，官至太常寺少卿。曾罷官閒居二十餘年。《寶劍記》敍林沖被逼上梁山的故事，但情節、主旨與《水滸傳》所寫有很大不同。在《寶劍記》中，林沖是因二度上疏彈劾高俅、童貫敗壞朝政而遭到迫害，後帶了梁山大軍包圍京師，終於為朝廷消除了奸佞。劇本的主旨如開首《鷓鴣天》曲所言：「誅讒佞，表忠良，提真託假振綱常。」劇中雖然不免有許多說教的成分，但敢於動用反叛武裝迫使朝廷改正錯誤，這種想像到底是豪氣的。《夜奔》是全劇最好的一齣，曲辭寫得蒼涼渾厚，具有濃厚的抒情性，如下《沽美酒》曲：

> 懷揣着雪刃刀，行一步哭號咷。拽長裾急急蕡羊腸路繞，且喜這燦燦明星下照。忽然間昏慘慘雲迷霧罩，疏喇喇風吹葉落，振山林聲聲虎嘯，繞溪澗哀哀猿叫。嚇的我魂飄膽消，百忙裏走不出山前古廟。

產生於隆慶年間的《鳴鳳記》是一部關切當代政治事件的劇作。作者把以嚴嵩父子及趙文華為一方的「奸黨」和以楊繼盛、董傳策等人為一方的「忠臣」向兩個方向作極端化的描繪，所以矛盾衝突顯得格外激烈，在當時的戲劇中很少有。但也正因此，劇中人物、尤其作為「忠義」的化身

來寫的楊繼盛顯得缺乏普通人的思想感情，令人感到僵硬。寫忠奸鬥爭的戲，都容易染上這樣的毛病。

梁辰魚的《浣紗記》是第一部用昆腔演出的戲曲。據《南詞敍錄》記載，明中葉南方流行範圍較廣的聲腔有弋陽腔、餘姚腔、海鹽腔；另有昆山腔，「止行於吳中」。大約到了嘉靖中後期，以魏良輔為首的一批藝術家對昆山腔進行了改革。這種經過改良的昆山腔清柔而婉折，富於跌宕變化，其聲調「恆以深邈助其淒唳」（余懷《寄暢園聞歌記》），具有很強的藝術表現力。梁辰魚本是昆山人，他在魏良輔的幫助下首先將這種新腔推向戲曲舞台，對它的傳佈起了很大作用。此後傳奇的演唱，昆腔便佔了主導地位。

《浣紗記》試圖把政治和愛情相結合來寫，故事梗概是：起初范蠡與西施相愛，以一縷溪紗為定情之物，後越國面臨危亡，范蠡以國事為重，勸說西施到吳國去承擔使吳王惑亂的任務。滅吳之後，范蠡功成身退，兩人在太湖舟中成婚。在這個故事的政治性情節中，西施不過是所謂君國利益的工具，這和愛情主題根本上是矛盾的。作者顯然意識到這一點，所以用較多的篇幅渲染了西施在成為政治的犧牲品時所感受到的深深悲哀。如《迎施》齣中《金落索》曲的一節：「溪紗一縷曾相訂，何事兒郎忒短情，我真薄命！天涯海角未曾經，那時節異國飄零，音信無憑，落在深深井。」又《思憶》齣中《二犯漁家傲》曲：

> 堪羞，歲月遲留。竟病心淒楚，整日見添憔瘦。停花滯柳，怎知道日漸成拖逗。問君早鄰國被幽，問臣早他邦被囚，問城池早半荒丘。多掣肘，孤身遂爾漂流，姻親誰知掛兩頭！那壁廂認咱是個路途間霎時的閒相識，這壁廂認咱是個繡帳內百年的鸞鳳儔。

西施的悲劇命運並未被看作是理所當然的事情，作者寫她的哀怨還是令人感動的。這和一味宣揚封建倫理而輕忽人情的劇作有明顯的區別。

《浣紗記》的語言研煉工麗，受到主張「本色」的曲評家的指責。但

也應該看到，由於作者的才情，這些工麗的文辭並不顯得僵板。

《西遊記》　明代中期，順應着市民階層文藝需求的增長，小說的出版空前繁榮，《水滸傳》和《三國志通俗演義》就在嘉靖時期開始廣泛地刊刻流傳，而文學史上另一部偉大的長篇小說《西遊記》差不多也在這一段時期問世。

《西遊記》的故事源於唐僧玄奘隻身赴印度取經的史實。關於取經事蹟、西行見聞，先有玄奘口述而由弟子辯機寫成《大唐西域記》，繼而有玄奘另兩名弟子慧立、彥悰所撰《大唐大慈恩寺三藏法師傳》；後者並含有部分誇張性的描繪和帶神話色彩的異域傳聞。此後，取經故事逐漸成為民間文藝的重要素材。在戲曲系統中，金院本、宋元南戲都存有與此相關的劇目，雜劇則有元吳昌齡的《唐三藏西天取經》、元末明初楊景賢的《西遊記》等。在小說系統中，元刊話本《大唐三藏取經詩話》雖篇幅不大，也比較粗糙，但已具備了《西遊記》故事的粗淺輪廓。書中有猴行者化為白衣秀士，為唐僧保駕，這就是孫悟空的雛形。而比較完整的小說《西遊記》，至遲在元末明初已經出現。原書已佚，但《永樂大典》一三一三九卷「夢」字條下引《夢斬涇河龍》故事，標題即為《西遊記》，其內容與現存百回本第九回前半部分基本相同。古代朝鮮的漢語教材《朴通事諺解》中有八條注文，介紹了取經故事的主要情節，與今傳百回本《西遊記》十分接近。據此可以推測，元人的《西遊記》已具有相當規模，並奠定了百回本《西遊記》的基本骨架。

明萬曆二十年金陵唐氏世德堂刊《新刻出像官版大字西遊記》為這部小說現存最早的版本，二十卷一百回。是書既謂「新刻」，陳元之序又提到「舊有敍」，可見在它以前已有舊本存在。推測而言，《西遊記》的最後完成當在嘉靖中後期。現代以前的《西遊記》版本沒有署吳承恩名的，但因明天啟《淮安府志》著錄山陽人吳承恩（約1500—約1582）的著作有《西遊記》一書，清人吳玉搢、阮葵生等據此推斷吳即是小說《西遊記》

的作者，後魯迅、胡適對此作了進一步的肯定。近數十年來，國內外已有不少研究者懷疑《淮安府志》所著錄的吳承恩《西遊記》並非百回本小說《西遊記》。

《西遊記》是一部馳騁幻想、詼諧有趣的小說。魯迅在《中國小說史略》中駁斥了清人關於它的各種穿鑿附會的解釋，提出此書「實出於遊戲」，這是很平實的看法。但一部小說不包含深隱的特別用意，並不意味着它的內涵就是膚淺的。在《西遊記》用詼諧的筆調寫成的離奇的神話故事中，滲透着作者對人性的透徹的理解，和豁達而富於智慧的看待人生的眼光。它給讀者帶來娛樂，也引發讀者活躍的聯想和思考。

《西遊記》有一個「歷險記」式故事框架。這種故事結構在古今中外的虛構性文學中最為常見，它除了便於展開驚險離奇的情節，也常常成為生命過程的象喻——雖然未必出於有意。

取經故事的主角，理所當然應該是唐僧，但在經過長期演變最終形成的《西遊記》中，卻是孫悟空佔據了這一歷險記故事的中心地位。甚至，開始七回只是這猴王獨自的表演。這種變化包含着一種選擇：如果是以「聖僧」為中心，小說的氣質將是另一種樣子，它難免會有更多的宗教氣息，會變得更嚴肅一些。這顯然不符合以市井民眾為主的讀者的口味。而以孫悟空為中心，馳騁想像的空間就廣闊得多了。從破石而生，這猴子就是誰也管不着的精靈；繼而遠遊學藝、闖龍宮、鬧冥司、大鬧天宮，他把整個世界的秩序攪得一塌糊塗；他在花果山上自在稱王的日子，無憂無慮，無法無天，歡歡喜喜。這一系列描寫極富於童話氣息，是對恣野的人性擺脫一切束縛而獲得徹底自由的天真想像。當然，就人性的處境而言，約制的力量永遠大於獲得自由的能力，所以孫悟空終於被天界秩序的維護者所鎮壓，被引導到無上崇高的佛門。但即使說孫悟空從一個野神歷經取經路上的九九八十一難而最後成為「鬥戰勝佛」是一條自我完成的「正道」，作者也不願以過分改變其基本的性格特徵為代價。在取經路上，他仍然以「齊天大聖」自居，動輒向人們誇耀自己搗亂鬧禍的光榮歷史；他

照舊桀驁不馴，對玉皇大帝、太上老君等尊神放肆無禮，有時甚至對觀音菩薩、如來佛祖撒潑；而妖精們只要對他恭恭敬敬，叫他一聲「外公」，他大抵都肯原諒。總之，儘管自由是受限制的，作者還是通過孫悟空這個神話英雄，表現了人的天性中對自由的最大渴望。

而豬八戒的形象則代表着人性貪戀實實在在的世俗享樂的一面。對他說來，擁有女人、過得去的財富以及可以充分享用的食物是重要的，他也願意以辛苦的勞作來獲得這些；若有另外的女人肯同他「耍子」，則屬於意外的收穫。因為好色，他不斷受到女妖甚至菩薩的戲弄，這讓人感到可憐和憂傷。他的人生哲學與取經這一趨向理想主義和精神至上原則的行動有天然的衝突，因為那純然是不可理解的荒謬。所以在取經路上一旦發生問題，他總是急於建議「把白馬賣了，給師父買一口棺木」，這是取消取經行動的最徹底的方法。但儘管豬八戒有那麼多的毛病，他還是屬於「好人」的隊伍，對他的嘲謔也仍然是善意的。因為他身上的毛病實是人類普遍存在的弱點的放大。這一種文學形象是過去未曾有過的，他的出現，顯示中國文學對人性的弱點有了更為寬容的態度，也預示着中國文學中的人物類型會向日常化和複雜多樣的方向發展。孫悟空和豬八戒的形象構成了鮮明的對照，但儘管粗蠢得更像一個俗漢的豬八戒總是遭到機智的英雄孫悟空的調侃和捉弄，他們在取經路上的爭吵還是很有味道，因為他們都有李贄所説的「童心」。

其實，就是《西遊記》中諸多妖魔鬼怪，也並不盡然是醜惡恐怖的。作為一部娛樂性很強的神話小説，作者顯然不取一種嚴厲的道德評判態度。所以，神佛有時也可笑，妖魔有時也可愛。好些妖魔原本是從天界逃脱出來的，到了人間逍遙上一陣，做些惡事，或完成其風流宿緣，仍又回天界勤修苦煉，這與豬八戒、沙僧的經歷並無根本的區別。像黃袍怪愛百花羞公主，羅刹女因母子分離而痛恨孫悟空，都很可以理解；就是牛魔王一面在外拈花惹草，一面又還費心討好元配夫人，他的辛苦也應該同情。所以這些妖魔鬼怪的故事，也讓人讀得饒有趣味。

在中國文學史上，以神話為素材的文學創作一向不夠發達，《西遊記》以豐富的藝術想像力，描繪出一個光怪陸離的神話世界，在一定程度上彌補了上述缺陷。這部小說帶給人們無窮的快樂，因為它是那樣想入非非而又真實可信，那樣海闊天空而又活潑可愛，它的文字也靈動流利，體現了中國文學在一旦擺脫思想拘禁以後所產生的活力，這在文學史上具有相當重要的意義。

二　晚明小説

晚明戲曲、小説的創作高度興盛，因此有必要將其分別介紹。

以《金瓶梅詞話》為代表，晚明小説出現了一種重要的發展，就是開始從傳奇轉向寫實，由不平凡的英雄的故事轉向普通人的日常性生活。小説由此在更為深入和充分的程度上顯示了它的重要功能——在虛構和想像的世界中審視人的生存狀態和人性的困境，進而表達人對生活的渴望。在白話短篇小説集——馮夢龍編撰的「三言」和凌濛初編撰的「二拍」中，我們同樣感受到十分濃郁的市井生活氣氛。

白話小説無疑代表了晚明小説的主要成就，但因此而疏忽了文言小説的發展卻也是不恰當的。宋懋澄所著《負情儂傳》、《珠衫》為「三言」中最出色的兩篇——《杜十娘怒沉百寶箱》、《蔣興哥重會珍珠衫》——提供了重要基礎，就是典型的例子。這種情況再次説明雅、俗混融是中國後期文學發展的重要動力。

《金瓶梅詞話》　《金瓶梅詞話》是古代第一部以普通家庭的日常生活為素材的長篇小説。書名由小説中三個主要女性（潘金蓮、李瓶兒、春梅）的名字合成。它借用《水滸傳》中西門慶與潘金蓮的故事做開頭，寫

潘金蓮未被武松殺死，嫁給西門慶為妾，由此轉入西門慶家庭內發生的一系列事件，以及與這家庭相聯繫的社會景象，直到西門慶縱慾身亡，其家庭破敗，眾妾風雲流散。故事以北宋為背景，但實際反映的是具有晚明時代特徵的社會面貌。

這部小說的成書及早期流傳情況和之前幾部著名的長篇小說有所不同。在它問世以前，並沒有內容相近的雛形作品存在。《萬曆野獲編》的作者沈德符是位博聞多識、留心民間文藝的人，但他在讀到小說以前，完全不知道這是怎樣的一本書。從書中借用了屠隆的《祭頭巾文》這一情況來看，小說的完成應該不早於萬曆初，而它很快在幾位名流間輾轉傳抄。據袁中郎於萬曆二十四年（1596）寫給董其昌的信，他曾從董處抄得此書的一部分；又據《萬曆野獲編》，沈德符在萬曆三十七年從袁中道處抄得全本。種種跡象表明，它應是一位文人獨立創作的成果，最初的流傳範圍也是在文人群中。

現在所能看到的《金瓶梅》的最早刻本，是卷首有萬曆四十五年東吳弄珠客序及欣欣子序的《金瓶梅詞話》，共一百回。其後有崇禎年間刊行的《新刻繡像批評金瓶梅》，清康熙年間張竹坡評點的《金瓶梅》，均有程度不等的修改。小說作者以「蘭陵笑笑生」為化名，他究為何人，自明代起就有各種猜測性的説法，現代研究者也提出種種推考，但迄無定論。

《金瓶梅詞話》因為有較多性行為的描寫，長期被看作是一部淫穢小說。確實這種描寫過於暴露而且缺乏美感上的考慮，它與晚明較為放縱的社會風氣有關。從藝術方面來看，小說也多有粗糙之處，如細節不甚嚴密，誇張和寫實不夠協調等等；在文體上，作者喜歡運用説唱文學的手段，文中大量插入詞曲之類韻文，也頗顯得累贅。但現代研究者還是對它在中國小說史上的地位給予很高的評價。

過去的長篇小說主要以歷史故事、民間傳說為素材，在民間的「説話」和戲曲表演中經過長期的醞釀、改造而形成，富於傳奇性是普遍特徵。如《三國演義》、《水滸傳》、《西遊記》，可以說都是寫非凡人物的非

凡經歷。《金瓶梅詞話》則不同，它的人物是凡俗猥瑣的，沒有甚麼超常的本領和業績；它的故事也是凡俗猥瑣的，沒有甚麼驚心動魄的地方。而且，它以一種冷峻的嘲戲的態度，對人性的醜陋、生存的可悲表現了更多的關注；中國文學裏最常見的詩情畫意式的描繪、對善惡有報的廉價的信賴在這裏幾乎不存在，縱慾和死亡卻成為小說中人物生命的基調。但正因對人的真實平常的生活狀態的深入考察與描繪，它成為我國第一部真正意義上的社會小說，或如魯迅在《中國小說史略》中所說的「世情書」。

小說男主人公西門慶和三位女主角中最活躍的潘金蓮，都是邪惡而又生氣勃勃的人物，他們的行動支配着小說的主要脈絡，他們的生活態度與命運也構成了小說的主要色調。

西門慶是一個暴發戶式的富商，是新興的市民階層中的顯赫人物。《金瓶梅詞話》以不少篇幅通過他的活動反映了當時社會中的官商關係。晚明是一個以政治權力為核心的封建等級秩序被商人所擁有的金錢力量嚴重侵蝕的時代。雖然《明律》關於不同身份的人物的器物服飾有區分等級的明文規定，但在小說中我們看到，西門慶一家物質享用的奢華，遠遠超出於一般官僚。而官僚階層面對金錢力量也不得不降尊紆貴。第三十回寫到位極人臣的蔡太師因收受了西門慶的厚禮，送給他一個五品銜的理刑千戶之職；在過生日之際，更以超過對待「滿朝文武官員」的禮遇接待這位攜大量金錢財物來認乾爹的豪商。第四十九回又寫到文采風流的蔡御史在西門慶家做客，受到優厚的款待，還得了兩個歌妓陪夜，對於他的種種非法要求，無不一口應承。憑藉金錢買通政治權力，使得西門慶敢於為所欲為，相信錢可通神，「就使強姦了嫦娥，和姦了織女，擄了許飛瓊，盜了西王母的女兒，也不減我潑天的富貴！」

但作者同時也揭示了西門慶這樣的人物和封建政權多少仍是處於游離狀態的。小說中有兩處描寫頗堪體味。一是四十九回寫歌妓董嬌兒服侍蔡御史一夜，得了「用紅紙大包封着」的一兩銀子，拿與西門慶瞧，西門慶嘲笑道：「文職的營生，他那裏有大錢與你，這個就是上上籤了。」這

裏顯示了富商對文官的寒酸的卑視。另一處是五十七回寫西門慶對尚在懷抱中的兒子說：「兒，你長大來，還掙個文官，不要學你家老子，做個西班出身（指捐官），雖有興頭，卻沒十分尊重。」這裏卻又表示了對「文官」——國家機器中的核心成員——的嚮慕。他雖然能夠收買一部分政治權力為己所用，卻不可能在國家的政治事務中顯示自己的力量。

在小說中西門慶是一個極富於生命力的人物，這種生命力是由金錢支撐的，甚至在相當程度上實可理解為金錢的化身。作為豪商，西門慶既缺乏社會活動空間，也缺乏傳統文化中的道德信念，於是，生命力的肆濫的宣泄，尤其是對異性永無休止的追逐，成為他體認和表現自身存在的方式，直到縱慾身亡。在他死後，他的一群門客做了一篇極為滑稽的祭文，對他的性能力加以熱烈的歌頌，這種對死亡的調侃透出可笑而陰寒的氣息。

潘金蓮在小說中同西門慶真可謂天生一對。她美麗、伶俐、乖張，具有色情狂和虐待狂的性格，有時十分冷酷。但仔細讀小說，我們就會發現，她的邪惡是在她的悲慘的命運中滋長起來的。潘金蓮出生在一個窮裁縫的家庭，九歲就被賣到王招宣府中學彈唱，學得「做張做勢，喬模喬樣」；後來又被轉賣給張大戶，年方十八就被那老頭兒收用了；再後來她又被迫嫁給「人物猥猿」的武大。她雖美貌出眾，聰明靈巧，卻從來沒有機會在正常的環境中爭取自己做人的權利。來到西門慶家中，她不用說不能與尊貴的主婦吳月娘相比，也不像李瓶兒、孟玉樓那樣有錢，可以買得他人的歡心；但她又不甘於被人輕視，便只能憑藉自己的美貌與機靈，用盡一切手段來佔取主人西門慶的寵愛，以此同其他人抗衡。她的心理是因受壓抑而變態的，她用邪惡的手段來奪取幸福與享樂，又在這邪惡中毀滅了自己。正是基於對其命運的哀憐，在現代改編的關於潘金蓮的文藝作品中人們給予她較多的同情。

為《金瓶梅詞話》作序的「欣欣子」（這可能是作者的另一化名）稱此書的宗旨是「明人倫，戒淫奔，分淑慝，化善惡」，但實際上這只是一種有意識的和常規性的標榜，小說本身則很少有基於傳統道德的說教。值

得注意的倒是作者的一種矛盾態度：在小説中，金錢和情慾既使人性趨向於貪婪醜惡，同時也是人性中不可抑制的企求；它既被視為邪惡之源，又被描寫為快樂與幸福之源。以對李瓶兒的描寫為例，她先嫁給花子虛，彼此間毫無感情，後來又嫁蔣竹山，仍然得不到滿足，在這一段生活中，她的性格較多地表現為淫邪乃至殘忍；嫁給西門慶後，情慾獲得滿足，又生了兒子，她就更多地表現出女性的溫柔與賢惠來。這使人看到：縱慾固然導致邪惡，對自然慾望的抑制卻也會導致人性的惡化。

《金瓶梅詞話》不是以某種正面的人生觀、價值觀寫出的批判性小説，作者也缺乏一種明確的立場來處理人性的矛盾，但至少他對人性的複雜是有理解的，他在這方面的考察也很深。所以在這部一百回的長篇小説中，幾乎沒有一個通常意義上的「正面人物」，也幾乎不存在通常意義上的「反面人物」。像前面説到李瓶兒有不同的兩面，而潘金蓮也並不是單純的惡人，就是西門慶的「惡」也不是以簡單的符號化的形式表現出來的。他的慷慨豪爽、「救人貧難」，多少表現出市民階層所重視的品德。他對婦女從來就是貪得無厭地佔有和玩弄，但當李瓶兒病死時，他也確實表現了真誠的悲痛。小説對這一事件的描寫十分細緻。一方面，西門慶不顧潘道士提出的「恐禍將及身」的警告，堅持要守在垂危的李瓶兒身旁，當她死後，不顧一切地抱着她的屍體痛哭；另一方面，作者又借西門慶心腹玳安之口指出：「為甚俺爹心裏疼？不是疼人，是疼錢。」這裏並不是説西門慶的感情是虛假的，而是説西門慶因為想到李瓶兒嫁他時帶來了大量的錢財而格外心疼她，貪財是他的感情的重要基礎。而這種真誠的一時衝動的感情，卻又不能改變西門慶好色的無恥本性，小説接着又寫他為李瓶兒伴靈還不到「三夜兩夜」，就在靈床的對面姦污了奶子如意兒。大體説來，《金瓶梅詞話》刻畫人物形象，論精確細緻是有所不足的，草率之處常有，但作者確實具有很高的智慧，能夠輕鬆自如地把握人物的基本特性，以較為豐富的性格層次來塑造人物形象。

在傳奇性小説中，故事情節佔有重要的地位，到了《金瓶梅詞話》，

它的重要性明顯降低了，作者常常在一些瑣碎的、似乎可有可無的細節上下功夫，藉此構造鮮活的生活場景，揭示人物的性格特徵。像第五十六回寫幫閒角色常時節因無錢養家，被妻子肆口辱罵，及至得了西門慶周濟的十幾兩銀子，歸來便傲氣十足，他的妻也立即變得低聲下氣。這種描寫就小說故事情節的發展而言完全可以省略，但卻尖銳地反映出在金錢的驅使下人性是何等的可悲與可憐；正是許多這樣的「閒文」，渲染了小說的總體氣氛。至於《金瓶梅詞話》的語言，雖然有些地方顯得粗糙，尤其是引用詩、詞、曲時，往往與人物的身份、教養不符，但總體上說是非常有生氣的。作者十分善於摹寫人物的鮮活的口吻、語氣，以及人物的神態、動作，從中表現出人物的心理與個性，以具有強烈的直觀性的場景呈現在讀者面前。魯迅稱讚說：「作者之於世情，蓋誠極洞達，凡所形容，或條暢，或曲折，或刻露而盡相，或幽伏而含譏，或一時並寫兩面，使之相形，變幻之情，隨在顯見，同時說部，無以上之。」（《中國小說史略》）如第四十九回寫西門慶宴請蔡御史，請他關照生意，之後留他宿夜，來至翡翠軒：

> 只見兩個唱的盛妝打扮，立於階下，向前花枝招颭磕頭。蔡御史看見，欲進不能，欲退不可，便說道：「四泉，你如何這等厚愛，恐使不得。」西門慶笑道：「與昔日東山之遊，又何別乎？」蔡御史道：「恐我不如安石之才，而君有王右軍之高致矣。」於是月下與二妓攜手，不啻恍若劉、阮之入天台。因進入軒內，見文物依然，因索紙筆，要留題。西門慶即令書僮，連忙將端溪硯研的墨濃，拂下錦箋。這蔡御史終是狀元之才，拈筆在手，文不加點，字走龍蛇，燈下一揮而就，作詩一首。

風雅的形態與卑俗的心理交結在一起。作者不露聲色，就寫盡了兩面。這種文筆，後來在《儒林外史》中得到極大的發展。

晚明是一個非常複雜的時代。一方面是傳統價值觀正在失去它的號召力，肯定「好貨」、「好色」成為時代的新思潮，但另一方面，具有正面意義的新的價值觀卻難以確立。人慾橫流而無所歸，這使一些敏感者對人

自身、對生存的意義產生了恐慌。前面我們說及，縱慾與死亡構成了小說中人物生命的基調，這裏面滲透着悲涼的氣氛；而這種悲涼氣氛還將長時期地飄浮在中國文學的世界中。

但人們並沒有理由要求文學承擔起指導社會進步的任務。作為一部小說，《金瓶梅詞話》以其對社會現實的冷靜而深刻的揭露，以其在凡庸的日常生活中表現人性之困境的視角，以其塑造生動而複雜的人物形象的藝術力量，為中國古典小說開闢了一個新的方向，這就是它的價值所在。《儒林外史》、《紅樓夢》就是沿着這一方向繼續發展的。《石頭記》的脂評說《石頭記》（即《紅樓夢》）「深得《金瓶》壺奧」，不為無見。

《金瓶梅》傳世既廣，隨之也出現了一些續書。據沈德符《萬曆野獲編》稱，有一種叫《玉嬌李》的，「筆鋒恣橫酣暢，似尤勝《金瓶梅》」，今已不存。另有清初丁耀亢撰《續金瓶梅》等，俱不見佳。

《醒世姻緣傳》　　《醒世姻緣傳》一百回，原署「西周生輯著，燃藜子校定」。清人楊復吉《夢闌瑣筆》說：「鮑以文云：留仙尚有《醒世姻緣》小説，蓋實有所指。」胡適以此為基礎進行考證，認為它確為蒲松齡作。但近些年來許多研究者對此表示反對。小説中稱明朝為「本朝」，稱朱元璋為「我太祖爺」，且不避康熙名諱，大體可以斷定為明末之作。此書在日本享保十三年（清雍正六年，1728）的《舶載書目》中已有記載，其刊行年代大約是在明末清初之際。

《醒世姻緣傳》以明代前期（正統至成化年間）為背景，寫了一個兩世姻緣、輪迴報應的故事。前二十二回寫晁源娶妓女珍哥為妾，在同出打獵時射死一隻仙狐並剝了皮，二人又虐待晁妻計氏，使之自縊而死，此是前生故事。二十三回以後是後世故事：晁源託生為狄希陳，先後娶仙狐託生的薛素姐為妻、計氏託生的童寄姐為妾。轉入後世的薛、童是極端悍潑的女人，她們想出種種稀奇古怪的殘忍辦法來折磨丈夫，而狄希陳則極端怕老婆，只是一味忍受。後有高僧胡無翳點明了他們的前世因果，又教狄

希陳唸《金剛經》一萬遍，才得消除冤業。而珍哥則是現世受報，受了許多折磨後死去。

《醒世姻緣傳》的主旨很明確：通過說因果報應來勸人為善，這沒有甚麼高明的地方。但它另有值得重視的價值。這部小說雖然寫作水準比不上《金瓶梅》，但在以寫實手法描述家庭生活的特點上與之相近。它對家庭成員間彼此虐待之情形、對「怕老婆」故事的津津樂道，有變態心理的因素存在，但也從一個過去小說很少涉及的視角反映了不合理的婚姻制度所造成的家庭與個人的災難。再則，這部小說雖是以家庭生活為中心，所涉及的社會生活面卻是十分廣闊，上至朝廷官府，下及市井小民，形形色色的人物，無不收入筆下。作者似乎對小城鎮裏中下層的生活景象特別熟悉，寫士紳家庭的情形，其實更像是小戶人家的景象；描寫小吏、商人、地痞的行徑，則格外顯得生動；就這一點來說，它還是頗有特色的。

《醒世姻緣傳》長達一百萬字，枝蔓甚多，情節瑣碎冗長，因此不耐讀。它的長處是一些人物的性格寫得很鮮明，人物對話大量運用方言土語，口氣非常生動。特別是薛素姐罵老公，那種尖刻潑辣、花樣百出、滔滔不絕，雖然粗俗，實在是有才華。可惜要引很長文字才能見出味道，只好割愛了。

《封神演義》與《新列國志》　晚明時期在書商的操持下，出現了數量眾多的長篇小說，但主要是為營利而作，聊供消遣，大多寫得很粗糙。其中稍好一些的有《封神演義》、《新列國志》。

《封神演義》一百回，有原刊本現藏日本內閣文庫，為明舒載陽所刻，假託鍾惺批評。此書卷二題有「鍾山逸叟許仲琳編輯」，一般即以許為作者。但這方面尚有許多爭議。

姜子牙輔佐武王伐紂的故事，很早就是民間說書的材料，今尚存有元代所刻《新刊全相平話武王伐紂書》，已包含不少神怪內容。除此之外，當還有一些相類的傳說。《封神演義》就是這類傳說故事的匯總和新編之

作。它雖名「演義」，但並無多少歷史資料可供依托，在商、周大戰中，天上的神仙分成闡教、截教二派，分別支持武王、紂王，展開神怪大戰，成為小說的核心內容。結果是紂王自焚，姜子牙將雙方戰死的重要人物一一封神。所以它通常被列為「神魔小說」。

《封神演義》也運用了古代一些最基本的政治觀念來描述商、周之爭，如讚美明君的「仁政」，如反對昏君的殘暴統治，歌頌忠君精神（包括忠於暴君）等等。不過作為一種消遣性的讀物，這些觀念只是為了便於敘事而存在，並不具有真正的思想性。小說較能吸引人的地方，是寫神怪大戰時，表現出荒誕離奇的想像。他們或具千里眼，或具順風耳，或能肉翅飛行，或能隨意土遁，或有七十二變，又各有各的法寶相助，顯得光怪陸離。只是作者的才華頗為有限，所寫的神怪性格簡單，故事情節也過多雷同，所以文學價值不高。其中關於哪吒的故事較為有趣。哪吒是一個兒童的形象，他大鬧龍宮、剔骨還父，後以蓮花為化身，在幻想形態中表達了對父權的叛逆精神，與孫悟空的形象有共通之處。

從明代中期到後期產生了相當數量的歷史演義小說，形成了一個完整的系列，加上已有的《三國志通俗演義》，包容了從開天闢地到明代為止的全部歷史。其中余邵魚編寫於嘉靖、隆慶年間的《列國志傳》述春秋戰國歷史故事，經馮夢龍加以大規模的擴充和改編，易名《新列國志》，共一百零八回。此書內容基本上都本於《左傳》、《國語》、《戰國策》、《史記》等史籍，其長處在於文字通暢，能夠把春秋戰國紛繁複雜的歷史編排得有條不紊；有些故事因在史籍中就有較豐富的素材和一定的戲劇性，經過作者的加工，顯得有聲有色。清乾隆年間蔡元放又在馮氏的基礎上略作修訂潤飾，以《東周列國志》之名行世。

馮夢龍與「三言」　馮夢龍（1574—1646）字猶龍，長洲（今江蘇蘇州）人，崇禎年間做過幾年福建壽寧知縣。一生精力，主要用於通俗文學的整理與創作，成就卓著。前面提及他曾搜集、刊行了民間歌曲集《掛枝

兒》、《山歌》，編寫了長篇小說《新列國志》，而最重要的工作，是編撰了通稱為「三言」的三部白話短篇小說集：《喻世明言》（原名《古今小說》）、《警世通言》、《醒世恆言》，分別刊刻於天啟元年前後、天啟四年和七年，各四十種，共計一百二十篇。

明中葉已有話本小說的彙編和刊行，現存有嘉靖年間洪楩所刊《六十家小說》的殘餘部分，即《清平山堂話本》，有完篇二十七種、殘篇兩種。其中收有幾篇明以前的舊作，其餘都是明人的作品。它反映了話本小說作為書面讀物而受社會歡迎的情況，是「三言」、「二拍」的先聲。但其藝術水準距後者頗遠。過去因為誤認為偽造的《京本通俗小說》確實保存了宋元話本小說的原貌，導致對「三言」的理解和評價都有偏差。事實是只有到了「三言」中，我們才看到用純熟的白話寫成的堪稱精緻的短篇小說；這些小說素材來源是多樣化的，改編舊有話本只佔其中一部分，大多數篇目則是根據前人筆記小說、傳奇、歷史故事以及當時的社會傳聞寫成；這些小說雖然仍有摹仿話本的痕跡，常用「說話人」的口氣來敘事，但作者對文本的語言相當重視，完全不是將其作為「說話」的腳本來看待。從總體上來說，「三言」已經有了較強的創作意識，如元話本《紅白蜘蛛》為《醒世恆言》中《鄭節使立功神臂弓》的藍本，而黃永年據其新發現的元刊本殘頁推考，前者的規模尚不及後者的一半。又如馮夢龍本人所編《情史》中的《昆山民》只是不到二百字的傳聞記錄，而到了《醒世恆言》中的《喬太守亂點鴛鴦譜》，則演為情節繁富而具有濃厚喜劇色彩的佳構。此外，由於「三言」規模甚大，有些研究者推測此書的完成當有馮氏友人的參與，這有待進一步考證。

「三言」的素材來源廣泛，涉及不同社會階層的各種類型的人物。但作為小說集，它引人注目的特點，則是大量描寫了普通市井人物的生活與慾望。同時，小說所表達的思想觀念也很紛雜。一方面，書名就已公開標榜了其宗旨在於提供人生經驗與道德教訓，在敘事過程中作者也常常站在社會與傳統道德的立場對讀者發出勸誡乃至警告；但另一方面，作者又常

常站在個人的立場來說話，要求尊重人的感情，肯定人們按照自身意慾追求生活幸福的權利，後者是「三言」又一引人注目的特點。

《賣油郎獨佔花魁》在以上兩個特點上均有所表現。小說中花魁娘子莘瑤琴作為一個名妓，周旋於公子王孫之間，在奢華的生活中感受到的卻是人格的屈辱；而在賣油小商人秦重那裏，她才得到近於癡情的愛和無微不至的體貼，終於，她選擇跟隨秦重去過一種相濡以沫的樸實生活。這是一個關於美麗與善良的溫情故事。而在據《負情儂傳》改寫成的《杜十娘怒沉百寶箱》中，則嚴厲斥責了貴公子對感情的背叛。小說中李甲與京師名妓杜十娘相戀，因深恐窮乏攜妓而歸不能見容於身居高位的父親，在鹽商孫富的巧言勸說下答應將十娘轉讓給他。按照傳統道德標準，他拋棄一個妓女以求父親的歡心，算不上甚麼過錯；孫富勸李甲時所說的「父子天倫，必不可絕；若為妾而觸父，因妓而棄家，海內必以兄為浮浪不經之人」，也符合一般的「道理」。但在本篇中，李甲的背叛卻被視為嚴重的不道德行為；十娘當眾將自己暗藏的無數珍異寶物拋入江中，怒斥孫與李後投江而死的行動，成為對這種背叛行為最大的蔑視和最激烈的抗議。

敍述年輕人因情慾而陷入困境的故事時，作者的立場甚為矛盾，但確實有不少篇還是表達了富於人情味的明朗態度。《閒雲庵阮三償冤債》寫富商之子阮三與陳太尉之女玉蘭相戀而又無緣共處，阮因此而得病。在一尼姑的安排下，二人終得幽會於尼庵的密室中，縱情歡樂之下，阮三忽然死去。陳玉蘭忍受艱難生下阮的遺腹子，將其撫養成人。這篇小說雖有「宿緣」之類無味的解說，但故事主體浪漫而悲傷，令人對舊時代那些為追求自由的愛情而付出巨大代價的年輕人深感同情。

至於據《珠衫》寫成的《蔣興哥重會珍珠衫》更有特別之處。故事寫年輕商人蔣興哥與妻王三巧感情很好，但在興哥外出經商時，三巧卻被另一商人陳大郎騙姦，事後且相愛不捨。蔣興哥於歸途中因巧合得知情由，遂將妻子遣送回娘家。三巧後來嫁一官員為妾，興哥又將其房中十六箱衣物財貨交付給她，因為見物則傷心。繼而興哥於粵中誤傷人命，而審理官

員恰是三巧之夫，三巧便謊稱興哥是她表哥，求丈夫將他救下。待到相見之時，兩人相抱大哭。那官員問得其詳，就讓他們重歸於好。這一故事所表明的生活觀念非常值得注意。在舊禮教中，婦女因貪於情慾而「失節」是極大的罪惡，絕無可恕。從《水滸傳》等小說殺戮「淫婦」的情節，人們能夠意識到它的嚴重。但在《蔣興哥重會珍珠衫》中，三巧的形象始終是可愛的，從未被塗污；關於他們夫婦從離婚到復婚過程中心情的描寫，實際是認為婦女「失節」並非不可饒恕的罪惡，在「失節」的同時夫妻相愛之情仍然存在。這種對人性的坦誠而平實的看法，對「失節」婦女同情而寬容的態度，實實在在表現出人本主義的光彩，它在中國古代文學中極為難得。

本篇在表現白話小說的優長方面也很突出。「三言」對宋懋澄所著兩篇文言小說處理的方法不一樣。《負情儂傳》作為文言小說而言是很出色的，《杜十娘怒沉百寶箱》只是將它改得淺顯些，增加了一些比較口語化的對話，變動有限。正因如此，文言小說的某些弱點也被保存下來。特別是，由於文言小說追求簡潔、不多作心理描寫，關於為人聰明仔細的杜十娘為何會把自己的終身託付給最後被證明人品極低劣的李甲，沒有必要的令人信服的說明。而《蔣興哥重會珍珠衫》則僅僅是利用了《珠衫》的故事梗概，其篇幅約當於原作十倍。它的語言完全不含原作的文言成分，細節非常豐富，人物心理活動的描寫也較為充分，人物的個性顯得鮮明而豐滿。如寫蔣興哥得知妻子與人私通後的情形，將原作僅「貨盡歸家」四字的交代，擴充成相當長的一段：

（興哥）回到了下處，想了又惱，惱了又想，恨不得學個縮地法兒，頃刻到家。連夜收拾，次早便上船要回……急急的趕到家鄉，望見了自家門首，不覺墮下淚來。想起：「當初夫妻何等恩愛，只為我貪着蠅頭微利，撇他少年守寡，弄出這場醜來，如今悔之何及！」在路上性急，巴不得趕回，及至到了，心中又苦又恨，行一步，懶一步。

他又惱又恨又悔的心情，表現得既真實又細緻，這是文言小說幾乎無法做到的。順帶可以說明：由於宋懋澄與馮夢龍生活年代相近，《蔣興哥重會珍珠衫》又是「三言」第一部《喻世明言》的首篇，它出於馮的手筆應該沒有甚麼疑問。

由於資料的缺失，關於白話短篇小說藝術發展的脈絡現在已難以描述清楚。但種種跡象證明，在馮夢龍這樣優秀的文學家參與之前，其藝術形態是頗為粗糙的。因此，《三言》可以說是中國文學史上里程碑式的巨作。

「二拍」及其他　與「三言」並稱的「二拍」，指凌濛初編撰的《拍案驚奇》和《二刻拍案驚奇》。前書撰成於天啟七年，四十卷四十篇；後書是因前書印行賣得好，應書商之請續作，完成於崇禎五年。也分為四十卷，但第二十三卷與初刻同卷相重，第四十卷為附錄雜劇《宋公明鬧元宵》，實有小說三十八篇。凌濛初（1580—1644）字玄房，別號即空觀主人，浙江烏程（今湖州市）人，一生以著述為主，晚年曾任上海縣丞、徐州判官。

「二拍」中已不再有改編舊傳話本之作，而完全是作者據野史筆記、文言小說和當時社會傳聞創作的。在表現市民社會的生活氣氛方面，「二拍」較之「三言」顯得更強烈。《拍案驚奇序》說：「今之人但知耳目之外牛鬼蛇神之為奇，而不知耳目之內日用起居，其為譎詭幻怪非可以常理測者固多也。」小說中寫人生之否泰變化、商業冒險、恩怨相報及私情、誘拐、騙局、劫奪，形形色色，誠為無奇不有。全書的思想觀念也相當混雜，常有因果報應之類的道德說教。但總的來說，它所反映的是一種為慾望所鼓動的熱烈而紛亂的生活，作者的人生觀與「存天理，去人慾」的陳腐觀念是格格不入的。書中直接攻擊朱熹的《硬勘案大儒爭閒氣》顯然是有意之作，寫他因挾私嫌於唐仲友，為了編織罪名，肆意迫害妓女嚴蕊，濫用刑罰。作者有意把朱熹與嚴蕊對照來寫，大儒被描繪成十足的小人，妓女卻是「詞色凜然」，令人「十分起敬」，甚至說：「這個嚴蕊乃是真

正講得道學的。」這故事原出周密《齊東野語》，但並非史實。小說對朱熹的攻擊其實是表達了對作為官方意識形態的程朱理學的極大厭惡。

「二拍」中不少故事反映了商人的經濟活動和追求財富的人生觀念。像《轉運漢遇巧洞庭紅》、《疊居奇程客得助》，均以歡快的文筆描述商人的奇遇，撇開其神奇的成分，實際是讚賞敢於冒險求財富的人生選擇。作為通俗讀物，私情也仍然是「二拍」中最重要的主題，在這方面，據馮夢龍《情史》中《張幼謙》一篇創作的《通閨闥堅心燈火》最為出色。故事寫羅惜惜與張幼謙自幼相愛，私訂終身之盟，後惜惜被父母許嫁他人，她誓死反抗，每日與幼謙私會。

> 如是半月，幼謙有些膽怯了，對惜惜道：「我此番無夜不來，你又早睡晚起，覺得忒膽大了些，萬一有些風聲，被人知覺，怎麼了？」惜惜道：「我此身早晚拚是死的，且盡着快活，就敗露了，也只是一死，怕他甚麼？」

青年女子為追求個人幸福而對封建禮教所作的大膽抗爭，在這裏被描述得具有悲壯的意味。

與「三言」相比，「二拍」的私情故事中有更多的關於情慾的描寫。無疑在這裏有書商所需要的迎合市民粗俗趣味的成分，但每每也由此散發出追求幸福的狂野氣質，如《聞人生野戰翠浮庵》寫楊氏女自幼被騙入尼庵，後愛上書生聞人嘉，便假扮和尚出走，在夜航船上主動招惹聞人嘉，最後得成完美婚姻。作者對此評述道：「這些情慾滋味、就是強制得來，原非他本心所願。」而人的「本心所願」，在許多故事中都是主人公行動的合理根據。

論藝術水準，「二拍」較「三言」為粗直。它的語言也算老練，但總不夠細膩，在人物心理活動的描繪方面更嫌簡單。所以像《蔣興哥重會珍珠衫》、《賣油郎獨佔花魁》這樣全篇精雕細琢的佳作在「二拍」中是找不到的。晚明其他白話小說集為數眾多，從不同的方面反映了明末的人

情世態。其中較好的有《西湖二集》三十四卷，周楫編纂，原刊於崇禎年間。內容主要是與西湖有關的傳說故事，多涉及杭城民俗，富有生活氣息，故為人們所喜愛。其中《巧妓佐夫成名》寫一個機智的妓女幫一個窮酸書生利用社會弊端誆財竊勢的故事，頗有諷刺意味。

通俗小說標榜「勸世」、教化，原是通例，「三言」、「二拍」也不例外。但只要作者自身的人生觀念不那麼狹隘，作品的實際內涵就會比較豐富和活躍。而隨着明末社會趨向崩潰，在一部分白話小說中以傳統道德挽救世道人心的意識表現得遠比「三言」、「二拍」為積極。像「天然癡叟」著《石點頭》、「薇園主人」著《清夜鐘》、「東魯古狂生」所編《醉醒石》，均以「推因及果、勸人作善」立意。近年發現的《型世言》也屬於上述類型。其書十卷四十回，陸人龍著，約刊行於崇禎五、六年間。此書在國內失傳已久，惟在韓國漢城大學奎章閣藏有原本。近年首先為海外學者所注意，一九九三年中華書局繼之出版了點校排印本。書中皆述忠孝友悌、貞烈節義之事，不少故事頗覺可厭。如《淫婦背夫遭誅，俠士蒙恩得宥》，寫「俠士」耿埴與「淫婦」鄧氏私合甚久，終因她對待丈夫過於惡劣而將她殺死，如此無情無恥之徒卻為作者所歌頌。不過，由於《型世言》基本上都是取明代的人物故事、社會傳聞寫作的，可以從中瞭解當時風俗人情及各種社會現象。

三　晚明戲曲

晚明戲曲高度繁盛，東南一帶，尤為風行。當時士大夫宴集以觀賞戲曲為娛樂成為普遍風氣，一些殷富人家還蓄有家庭戲班。這無疑會刺激劇本的創作。晚明戲曲創作和小說一樣深受晚明社會新思潮的影響，特別是在一些愛情、婚姻題材的劇作中，主「情」反「理」、追求人性解放的精

神十分突出。

由於戲曲的繁盛，關於戲曲的藝術形式的理論探討也進一步深入，產生了一些重要的專門著作，如沈璟的《南九宮十三調曲譜》、王驥德的《曲律》、呂天成的《曲品》等。在戲曲作品的整理與出版方面，這一時期也取得顯著的成績。如臧懋循的《元曲選》、毛晉的《六十種曲》、沈泰的《盛明雜劇》，都是古代最重要的戲曲作品集。

湯顯祖的戲曲創作　湯顯祖（1550—1616）是晚明最重要的戲曲家，他的《牡丹亭》是晚明文學最富於代表性的作品之一。湯字義仍，號若士，又號清遠道人，江西臨川人。萬曆十一年進士，曾任南京禮部主事。後因上疏論事，抨擊時政，指斥宰輔，貶為廣東徐聞縣典史。至萬曆二十一年後，湯顯祖在浙江遂昌做了五年知縣，終於辭職還鄉。晚年的精力主要用於戲曲創作。

在任職南京的後期，湯顯祖與著名禪僧達觀相識，成為摯友。差不多同時，他讀到李贄的《焚書》，深表傾慕。相隔多年，他和李贄曾相會於臨川。被奉為晚明思想界「二大教主」的李贄和達觀對湯顯祖的思想有顯著影響。在文學觀方面，湯顯祖的理論被概括為「尊情」說，它與公安派的「性靈」說同是源於李贄「童心」說。他並不是一般地重視其抒情功能，而是把「情」與「理」放在對立地位上，伸張情的價值而反對以理格情。「是非者理也」，「愛惡者情也」，情與理並非並行不悖，而常是「情在而理亡」（《沈氏弋說序》），甚至「情有者理必無，理有者情必無」（《寄達觀》）。湯顯祖所說的「情」是指生命慾望、生命活力的自然與真實狀態，「理」是指使社會生活構成秩序的是非準則。理具有制約性而情則具有活躍性，任何時候都存在矛盾。而當社會處於變革時期，情與理的激烈衝突必不可免。在這種情況下尊情抑理，也就是把個人意欲置於既有社會規範之上，它是一種具有人本主義色彩的表述，在文學創作中即表現為人性解放的精神。

與尊情理論相聯繫的主張是尚奇。湯顯祖對人性在社會陳規的抑制下趨於委瑣、僵死的狀態至為厭惡，《合奇序》云：「世間惟拘儒老生不可與言文。耳多未聞，目多未見，而出其鄙委牽拘之識，相天下文章，寧復有文章乎？」《序丘毛伯稿》進一步說：「天下文章所以有生氣者，全在奇士。士奇則心靈，心靈則能飛動，能飛動則下上天地，來去古今，可以屈伸長短、生滅如意，如意則可以無所不如。」這是強調文學的想像力和創造性，其傾向是偏於浪漫主義一面的。湯顯祖也是晚明重要的文學思想家之一，僅從以上簡述，也可以看出其文學主張具有鮮明特點，並與其創作活動緊密相關。

湯顯祖早年創作以詩文為主，袁中郎曾說他和徐渭是詩人中不受後七子勢力影響的僅有的佼佼者。在戲曲方面，他最早的作品為萬曆初年所寫的《紫簫記》，未完，後於萬曆十五年改編為《紫釵記》。其餘三劇即《牡丹亭》、《邯鄲記》、《南柯記》，均作於辭官以後的晚年，這四種傳奇以其書齋名合稱《玉茗堂四夢》。

《牡丹亭》全名《牡丹亭還魂記》，在文學史上，與元雜劇《西廂記》同是最著名的愛情劇。故事取材於話本小說《杜麗娘慕色還魂記》，寫南宋時太守杜寶之女杜麗娘私自遊園，在夢中與素不相識的書生柳夢梅幽會，盡男女之歡。醒來幽懷難遣，抑鬱而死。杜寶遷官異地，葬女於官衙花園。柳夢梅上京赴試時路過此地，拾得杜麗娘的自畫像。他觀畫思人，終於和杜麗娘的陰魂相會。後柳夢梅挖墓開棺，杜麗娘起死回生，兩人結為夫婦。繼而柳夢梅考中狀元，杜寶拒不承認兩人的婚事，最終由皇帝出面解決，全家大團圓。

嚴格說來，《牡丹亭》的有些缺陷是很明顯的：全劇五十五齣，結構顯得鬆散冗長，特別是後半部分李全兵亂、杜寶平叛的內容，與愛情主線游離。最後柳夢梅中狀元、皇帝下旨完婚的結尾，構想亦屬平庸。但此劇在當時引起的反響非同小可。它問世不久，便「家傳戶誦，幾令《西廂》減價」（沈德符《顧曲雜言》），不但為眾多才士所稱賞，而且在社會上

引起轟動。婁江女子俞二娘讀《牡丹亭》而哀感身世，含恨而死；杭州女藝人商小玲演此劇時悲慟難禁，猝死在舞台上。這些故事說明《牡丹亭》是一部具有鮮明的時代特點和震撼人心的藝術力量的傑出劇作，比起過去的愛情劇，有重要的新內涵，因而它的缺陷不足以掩蓋它的光彩。

《牡丹亭》與《西廂記》相比，有一個最重要的區別：杜麗娘的愛情故事不是由某個實在的對象引起的；她首先是渴望異性、渴望愛情，在自然湧發的生命衝動的引導下才進入與柳夢梅的夢中幽會，而後恣一時之歡，孕育了生死不忘之情。這一情節以最明確的方式宣示：愛情以及性愛，首先是年輕女子自身的需要；在兩性關係中，女性並不必定是被動者；如果愛情不存在，它可以被生命的內在渴望創造出來。——在那一時代，這是驚人的表達，它激起了巨大的波瀾。

在全劇最動人的《驚夢》、《尋夢》兩齣中，以一系列精美的曲辭，唱出杜麗娘被禁制的生命渴望，如《驚夢》中的《皂羅袍》：

原來姹紫嫣紅開遍，似這般都付與斷井頹垣。良辰美景奈何天，賞心樂事誰家院？朝飛暮捲，雲霞翠軒，雨絲風片，煙波畫船，錦屏人忒看的這韶光賤！

這是寫美麗的生命猶如美麗的春光一般荒廢，使人不能甘心。而夢鄉中恣情的幽會、生命在慾望的滿足中歡舞的場景，也被描繪得極其動人，醒來時麗娘依然體味着它的「美滿幽香不可言」。當好夢不再、鬱悶愈深，使她深覺人生不足留戀時，她也希望死後能葬於梅樹（象徵柳夢梅）之旁，使幽魂得以常溫夢境：「這般花花草草由人戀，生生死死隨人願，便酸酸楚楚無人怨！」

《牡丹亭》與《西廂記》的另一個重要區別，是作者具有更明確的反抗封建社會意識的出發點。從表面上看，劇中似乎並不存在與杜麗娘、柳夢梅相對立的反面人物，杜麗娘的夢中之愛乃至死而復生與柳夢梅結合，都是在不為他人所知的狀態下完成的。然而，作品又確確實實使人感受到

她始終在一張看不見的羅網中苦苦掙扎。

作為官宦人家獨生女兒的杜麗娘，生活在與外界完全隔絕的朱門深宅之中。她的父母一個是清廉正直的官員，一個是典型的賢妻良母，作為封建社會中常規道路上的成功者，他們以自己的「愛」給予女兒以最大的壓迫，竭力把她塑造成一個絕對符合於禮教規範的淑女，甚至連她在繡房中因無聊而畫眠，她去了一趟花園，衣裙上繡了一對花、一雙鳥，父母也會不滿或驚惶，惟恐她惹動情思。杜麗娘的老師陳最良是她除家人以外惟一可以接觸的男性。他「自幼習儒」，考白了頭髮還只是一個秀才，除了幾句經書，他就不知道人生是甚麼。作為封建社會常規道路上的失敗者，他也專心以習得的酸腐來醃製麗娘鮮豔的生命。作者對杜麗娘的生活環境、周圍人物的描繪，深刻地揭示了她所面對的是完整而強大的社會勢力和正統意識。她所作的只是徒然的抗爭，她的現實的結局只能是含恨而死。

以杜麗娘的死作為全劇的悲劇結局，未始沒有深刻的批判性。但這不能使湯顯祖滿足。縱使強烈的反抗在現實中缺乏可能性，作為文學家，他依然可以託之於幻想，託之於浪漫的虛構，使生命的自由意志與陳腐的社會規制間的衝突達到尖銳的程度，從而賦予劇作以力度。杜麗娘「慕色而亡」，死猶不甘，幽魂飄蕩，終得復生，與所愛之人結成婚姻，這種荒誕離奇情節具有極真實的意義，它喻示人們追求自由與幸福的意志無論如何也不能被徹底抹殺，它終究要得到一種實現。在這裏，文學有力地表現了它作為人們創造自身生活的方式的本質功能。它在當時社會中引起轟動，尤其在一些青年婦女中引起激烈的反響，正是基於此。

而當故事回到俗世，作者又不得不借用皇帝下旨完婚的俗套，這也許可以理解為粗率的敗筆；但即便如此，它還是令人頹喪地理會到夢想在現實中歸根結底的無奈。另外，一個小小的本來是可有可無的細節，也有令人深深感慨之處：當麗娘復生與柳夢梅成婚之時，作者讓她特意聲明：「奴家依然還是女身。」夢的狂歡未曾破壞處女的「聖潔」。

《牡丹亭》是一部美麗的詩劇。作者以優美的文辭，寫出眾多浪漫的

幻想場景，大量的內心獨白，構成了濃郁的抒情氣氛。像《驚夢》、《尋夢》兩齣，把春日園林的明媚風光、杜麗娘的傷春情懷和內心深處的隱秘融為一體，語言豔麗而精雅，非常動人。前面所錄《皂羅袍》便是一支名曲。《寫真》一齣寫麗娘因夢成病，漸漸憔悴，恐自己的美貌終將毀滅，因思「自行描畫，流在人間」，其中的兩段曲辭是：

輕綃，把鏡兒擘掠。筆花尖淡掃輕描。影兒呵，和你細評度：你腮斗兒怎喜謔，則待注櫻桃，染柳條，渲雲鬟煙靄飄蕭；眉梢青未了，個中人全在秋波妙，可可的淡春山鈿翠小。（《雁過聲》）

宜笑，淡東風立細腰，又似被春愁著。謝半點江山，三分門戶，一種人才，小小行樂，拈青梅閒廝調。倚湖山夢曉，對垂楊風裊。忒苗條，斜添他幾葉翠芭蕉。（《傾懷序》）

這種充滿傷感的顧影自憐，表達了對生命深深的愛戀。

主要通過抒情性的曲辭，杜麗娘的形象呈現出豐富的情感層面。在日常的行為舉止上，她從不失名門閨秀的身份，遊玩空寂無人的花園，還想到「步香閨怎便把全身現」；當獨處深思時，她卻不由自主地發出對「才子佳人」「密約偷期」的傾慕；在更深的一層，當完全擺脫現實束縛進入夢境時，她的潛在慾望便充分地活躍起來，情感熾熱而毫無羞怯。這種多層面的描寫，表現了作者對人性內涵的認識和更大程度的肯定。而正是因此，他才成功地塑造出杜麗娘這樣一個過去的愛情劇中沒有過的女性形象。

總體上說，明傳奇的語言比之元雜劇較多人工雕琢的痕跡，在辭采方面追求過重。《牡丹亭》同樣有賣弄才情的傾向。但才華和激情，使這部名劇並不因華麗而減損生氣，這是非常難得的。

在湯顯祖其他三劇中，取材於唐傳奇《枕中記》即「黃粱美夢」故事的《邯鄲記》較有特色。劇本並非只是敷演原作，而是滲入了作者對明中後期上層政治的感受。劇中寫盧生開始建立大功，卻受到誣害，流放崖州，不僅朝中無人為他說一句公道話，連小小的崖州司戶也對他肆加凌

辱，及至盧生復官，他又馬上自綁請罪。盧生病危時，大小官吏均深表關切，內心則各有盤算，官場中炎涼變幻，於此表現得淋漓盡致。而這位盧生出將入相，生活極盡驕奢淫逸，卻好談「戒色」，最終又正是喪命於「采戰」之術。最可悲的是他臨死還不忘「加官贈謚」，擔心後人少算了自己的功勞，並親擬了遺表，始肯瞑目。而一夢醒來，黃粱未熟。

通常政治題材的戲劇，容易陷入以誇張筆法寫忠奸鬥爭的陳套。《邯鄲記》雖也有一些漫畫式的筆法，但它的基礎是具有真實性的，高層政治的痼疾、士大夫的心態、人情的險惡，被作者以一種冷峻的筆調深入地刻畫出來。全劇僅三十齣，在明代傳奇中屬短小精悍之作。曲文簡練純淨、順暢老辣，諷刺尖銳而不動聲色，在語言風格上另有一種境界。

《南柯記》、《紫釵記》分別取材於唐傳奇《南柯太守傳》與《霍小玉傳》，均以「情」為核心。從藝術創造而言，則又遜《邯鄲記》一籌，茲不贅述。

沈璟與吳江派　萬曆年間，戲曲在文人中受到前所未有的重視。把戲曲作為一種特殊的藝術形式，從音律、語言、演唱乃至結構諸方面進行較深入的探討而造成廣泛影響的，是以沈璟（1553—1610）為首的「吳江派」。沈字伯英，號寧庵、詞隱，吳江（今屬江蘇）人。「吳江派」之名由其籍貫而來。

中國傳統戲曲是一種歌劇，而沈璟所關注的主要是其歌曲部分，特重聲韻之和美。他是曲學名家，所作《南九宮十三調曲譜》在前人著作的基礎上對南曲七百十九個曲牌進行考訂，指明正誤，成為後人製曲和唱曲的權威教科書。但這一專長也帶來格律至上的偏見。《詞隱先生論曲》有云：「名為樂府，須教合律依腔。寧使時人不鑒賞，無使人撓喉捩嗓。」沈氏曾因《牡丹亭》不合他的以崑腔為準的音律要求，將之改為《同夢記》，引起湯顯祖強烈的抗議，並針對性地強調「文以意趣神色為主」（《答呂姜山》）。這就是明代戲曲史上有名的湯、沈之爭。其矛盾焦點

說到底，是戲曲當以文學因素為首要還是當以音樂音素為首要的問題。對這二位名家的爭論，有些戲曲家提出折中調和之論，如被認為是吳江派嫡系的呂天成在《曲品》中說：「倘能守詞隱先生之矩矱，而運以清遠道人之才情，豈非合之雙美乎？」這在當時是有代表性的意見。

呂天成《曲品》是一部以分列品第方式評論戲曲作家與作品的著作，也有好的見解，不過因缺乏系統的理論觀點，總體上顯得散碎。而王驥德（？—1623）的《曲律》，則是明代曲論中最有系統性和理論性的著作。王字伯良，號方諸生，早年曾師事徐渭，後深受沈璟賞識。雖然前人把他歸於吳江派，但他對湯顯祖也很尊崇。《曲律》共四十章，涉及戲曲源流、劇本結構、文辭、聲律、科白以及作家作品的評價等，力求總結前人的研究成果而加以發展，囊括戲曲創作及評論中的所有問題，眼界寬廣，有不少精彩的意見。其中最值得注意的，是提出「論曲，當看其全體力量如何」的原則。前人論戲曲，大都從一個方面甚至摘取個別曲子、個別字句來評析，而王驥德首次提出從整體上、從各種因素的組合效果來評判一部戲曲作品，這是一個很大的進步。

吳江派中人，據沈自晉《望湖亭》傳奇第一齣的《臨江仙》詞所列，除沈璟、呂天成、王驥德外，尚有葉憲祖、馮夢龍、范文若、袁晉、卜世臣及沈自晉本人，可見其聲勢不小。

沈璟著有傳奇十七種，其中《紅蕖記》、《埋劍記》、《雙魚記》以情節離奇、關目曲折取勝，表現了重視舞台效果的傾向，對後來的戲劇創作有一定影響。但沈氏思想頗為陳腐，也不善於深入刻畫人物心理，成就頗受限制。王驥德在戲曲理論上頭頭是道，創作卻尤其薄弱，像詩歌領域裏作《滄浪詩話》卻寫不好詩的嚴羽。

上述諸人中，葉憲祖的劇作多寫男女愛情，較出色的有雜劇《寒衣記》，素材源於《剪燈新話》中的《翠翠傳》。小說中劉翠翠與金定是抑鬱而死的，戲曲則集中寫當翠翠於戰亂中忍辱委身於李將軍之後，夫婦二人千方百計，終於重新生活在一起。在真摯愛情的光芒下，「失貞」的陰

影不復存在，作者在此表達了一種健康的人生態度。袁晉的《西樓記》傳奇寫書生于鵑與妓女穆素徽的愛情故事，對于鵑的癡情刻畫用力，突出了「情」的不可磨滅。此劇既有吳江派重視音律的長處，情節也富於曲折變化，一向流行很廣。

《玉簪記》與《紅梅記》　　《玉簪記》傳奇是明代戲曲中的名作，數百年長演不衰，其受歡迎程度僅次於《牡丹亭》。作者高濂，生平不詳，他僅有兩種劇作傳世，另一種名《節孝記》的卻甚無趣味。《玉簪記》寫少女陳嬌蓮於金兵南下之際在逃難中與母親失散，入金陵女貞觀為道姑妙常，後觀主之侄潘必正借宿觀中，兩人經茶敘、琴挑、偷詩等一番曲折後，私自結合。事被觀主察覺，遂迫潘必正登程赴試，妙常追趕至舟中，哭訴離情。至潘必正登第得官，迎娶妙常。

在《玉簪記》的最後部分，點出潘、陳兩人其實早經父母指腹為婚，這是作者為了證明兩人戀情的合法性而特意加上的掩飾；從劇情的發展過程來說，這純粹是青年男女衝破禮教和宗教禁慾規制而自由結合的故事。此劇有幾個明顯的優點：一是情節單純，沒有一般傳奇劇頭緒紛繁的毛病，因而能夠集中筆墨細緻地描述潘陳兩人結合的過程和心理活動，尤其妙常對於愛情的熱烈嚮往和畏怯害羞的心情、她對潘必正若迎若拒的態度，寫得十分生動。二是它的分寸感掌握得極好，作者以一種風趣明快的調子來寫越規的戀愛，對情慾也不迴避，大有風情卻絕無惡趣。三是曲辭非常漂亮，既非華麗，亦非簡樸，而是一種優美波俏的風格，恰好地體現了全劇帶幾分喜劇色彩的浪漫情調。下舉第十六齣《寄弄》中的《朝元歌》為例：

> 你是個天生後生，曾佔風流性。無情有情，只看你笑臉兒來相問。我也心裏聰明，臉兒假狠，口兒裏裝做硬。待要應承，這羞慚怎應他那一聲。我見了他假惺惺，別了他常掛心。我看這些花陰月影，淒淒冷冷，照他孤另，照奴孤另。

萬曆年間另一位劇作家周朝俊生平情況也不清楚，他寫有傳奇十餘種，僅存《紅梅記》。此劇頭緒紛雜，疏於剪裁。但劇中李慧娘的形象十分感人。她是賈似道相府中侍妾，僅因遊湖時見到裴禹而脫口讚歎一聲「美哉少年！」竟遭殘殺。但慧娘死而不甘，真情難泯，遊魂潛入賈府與被拘禁的裴禹相會，並助他脫身。《鬼辯》一齣，寫賈似道拷打眾姬妾追查私放裴禹之人，李慧娘挺身而出，自認其事，還挑戰地聲稱：「俺和他歡會在西廊下，行了些雲雨，勾了些風華。」「小妮子從來膽大，因此上拚殘生來吊牙。」表現出被壓迫婦女的復仇精神和反抗性格。現代京劇《李慧娘》即依據上述情節改編而成。

吳炳與阮大鋮　吳炳（？—1647）字石渠，號粲花主人，宜興（今屬江蘇）人，明末曾輔佐桂王小朝廷，被俘後絕食而死。阮大鋮（約1587—1646）字集之，號圓海，懷寧（今屬安徽）人，在南明弘光朝時與東林、復社士人為敵，繼而投降清朝，頗為士林所譏評。兩人政治表現不同，但在戲曲創作方面常被相提並論，講究音律的和諧精緻，情節結構趨於縝密、複雜，是他們共有的特點。

吳炳著有傳奇《西園記》、《綠牡丹》、《療妒羹》、《情郵記》、《畫中人》，合稱《粲花齋五種曲》。五劇均以歌頌男女真情為主題。

《西園記》是吳炳的代表作。寫王玉真、趙玉英兩女同居於趙家花園，書生張繼華在西園遇王玉真而一見鍾情，卻誤以為是趙玉英。趙玉英自幼許配給頑劣異常、別號「王白丁」的王伯寧，抑悒成疾，含恨而死。張繼華聞訊以為死去的是自己的心上人，悲慟欲絕，再遇到王玉真時，又誤以為是趙玉英的幽魂。後回到杭州，深夜思念王玉真而呼喚趙玉英之名，趙玉英的陰魂被感動，遂冒名王玉真與之幽會。之後又經過一連串的誤會，最終張、王才得成婚。

此劇結構精巧，情節曲折，而線索清楚，是注重演出效果的作品。

但這種複雜的結構並不只是給人以才思慧巧之感，在劇情跌宕起伏的展開過程中，也逐步揭示了人物的命運和內心世界。尤其是趙玉英，寧死也不願接受不如意的婚姻；做了鬼、冒了名也要走近自己心愛的人。這是一種非常熱烈的性格，她的不幸與張繼華、王玉真有情人終成眷屬的故事相對照，悲劇的意味也格外濃厚。

阮大鋮所著《詠懷堂傳奇》今存四種：《燕子箋》、《春燈謎》、《雙金榜》、《牟尼合》。前三種代表阮大鋮劇作的典型風格，即重視演出的觀賞性和娛樂性，善於運用誤會手法。如《春燈謎》全名《十錯認春燈謎》。劇中父子、兄弟、夫妻，翁婿關係一度全被錯認，顯示出構思的工巧。但和吳炳的作品相比，同樣用誤會、巧合手法，阮作有些過分，因而每每覺得不自然。

《燕子箋》為阮大鋮的代表作，寫唐代士子霍都梁與妓女行雲相好，繪成兩人遊樂的《聽鶯撲蝶圖》，被裱匠誤送至禮部尚書酈安道之女飛雲處，飛雲有所感念而題詩於箋，又被燕子銜去，落入霍都梁手中，於是素未見面的兩人苦陷相思；又有鮮于佶知情後興起風波，經許多曲折，霍都梁得以先後娶飛雲、行雲兩女為妻。這故事題材並不新鮮，但情節極富於曲折性，變化叢生，演出很是熱鬧。至於曲詞的工麗流動，向為人們所稱賞。如《拾箋》一齣中霍都梁因所繪圖畫被錯換成《水墨觀音圖》，唱道：

> 我破工夫描寫出當壚豔，不做美的把花容信手傳。敢則是丰神出脫的忒天然，因此上他化為雲雨去陽台畔，差送了春風桃李美人顏，倒換得普陀水月觀音現。（《醉扶歸》）

晚明戲曲中的優秀作品，多是描寫戀愛與婚姻故事，但並不能說，這些作品只是表達了人們對美好的愛情與婚姻的希望。愛的自由是通向人的完全自由的一道門，它總是最先被感覺到的，是人首先需要的。但當人們拍打這道封閉的門時，內心中自覺或不自覺地嚮往着更多的東西。

第十八章

清代詩文

薄紅不是
無情物
此作春泥
更護花

中國最後一個封建王朝——清，是由佔全國人口比例極低的滿族建立並以其為核心實施統治的。如果說一個新建立的專制政權總是有強化思想控制的需要，那麼這種需要對清王朝來說是更迫切的——在較為自由的思想氛圍中無法想像少數民族對多數人口的統治不受質疑。而清的統治較同是少數民族建立的元的統治穩定和有效，實有賴於這種思想控制。

承認中國傳統文化尤其是儒學的正統地位，並以這種文化的繼承者自居，這是清朝統治者易賓為主的必要程序。但清以前，所謂中國傳統文化包括儒學已經形成頗為紛繁的面貌，選擇和闡釋才能決定方向。在這方面，清人從明初的統治那裏找到了現成的榜樣，即努力發揚傳統文化中有利於專制制度的內容；具體地說，就是通過倡導理學來實行對民眾、首先是讀書人的奴化熏陶。康熙初年重新刊行了明永樂年間纂集的《性理大全》，後又在此基礎上由康熙帝親自主持編寫了《性理精義》，下令頒佈全國。他對朱熹的推崇不遺餘力，譽之為「開愚蒙而立億萬世一定之規」（《御制朱子全書序》）「欲求毫釐之差，亦未可得」（《聖祖仁皇帝聖訓》）。這種近乎神化的讚譽，其意義早已超出思想評價，只不過試圖通過建立絕對的思想權威來取消人們的獨立思考，再伴以嚴酷的文字獄，伴以網羅名士、優容文人的羈縻政策，清王朝織成了文化專制之網。

另一方面，文化人也面臨自身的選擇。晚明時代由於個性主義思潮沒有強大到足以引起社會變革的程度，思想文化呈現出新舊交雜的混亂狀況。到了明末社會崩潰之際，許多人所想到的不是推進社會變革，而是恢復由舊道德所保障的社會秩序。尤其面對尖銳的民族衝突，舊道德傳統更被一些人看作是固結人心、挽救危亡的唯一力量。顧炎武就是一個顯著的代表。他的氣節和學術研究方法固然有可以肯定的理由，但他的基本思想主張，是維護程朱，對明中期以後自王陽明至李卓吾的反傳統精神一概排斥，痛斥為與魏晉玄學一樣是亡國的肇端，「罪深於桀紂」（《日知錄·朱子晚年定論》），力圖在經學的傳統上重建社會思想的主導方向。所以，離開清初民族矛盾的因素來看，顧氏的主張大多與清朝統治者所提倡的相合。

但歷史變化有其深層和內蘊的動力，這種變化可能被阻滯，卻無法中斷。

當戰亂平息、清王朝的統治至康熙中期趨於穩定之後，首先是農業生產獲得顯著增長，繼而城市工商業也走向復甦。由於在清代手工業對國家的依附關係、工人對坊主的依附關係都較明代為寬鬆，工商業的活躍程度和規模都很快超過了前代，資本的集中和流動也遠比前代為顯著。像錢莊這種信用機構，在清代發展得比明代更為普遍和完善，正是適應工商業經營規模和活動範圍擴大的結果。而且，不僅是東南沿海，北方如北京、太原，中部如漢口，廣東如佛山等城市，都出現了相似的情況。不管以甚麼樣的形態，中國社會將逐漸走向現代是無疑的。但從十七世紀末到十九世紀中葉，正是西方資本主義迅猛發展，現代科技文化日新月異的時代，而處於封建專制制度下的中國進步卻過於緩慢，最終結果是被外來力量打破了它自然的進程。

思想文化方面的情況也同樣如此。儘管統治者為實現思想控制付出了最大的努力，卻無法切斷晚明思潮所代表的歷史進步。甚至，他們也無法造成明初那種眾口一詞的局面。這一方面是由於統治者為了獲得漢族士大夫的支持，對並非直接反對清王朝的人不能不有所容忍，但歸根結底，經過晚明思潮的激盪，對人的愚化已經沒有那麼容易。就拿乾嘉考據之學來說，儘管在很大程度上它是知識者逃避思想高壓的場所，但其在純學術研究中表現出的理性精神，未始不是對經學傳統中橫蠻與蒙昧力量的抵抗。從文學領域來看，以程朱理學為核心、以承擔「道統」自居的桐城派，從一開始就被許多學者名流所輕視。所以，清前期文學雖有低落，但仍然延續着晚明文學的方向在發展；到中期，袁枚所倡導的「性靈」說在多方面發揮了晚明文學的思想與趣味，小說《儒林外史》、《紅樓夢》更標誌了中國古代文學所達到的新高度，至於龔自珍的文學精神，則進一步顯示出向現代靠攏的特徵。過去習慣把龔自珍作為從一八四〇年開始的「近代」人物來論述，然而龔氏死於一八四一年，他的思想與創作跟鴉片戰爭以後中國社會的變化沒有多少關係。

從清前期與中期，中國文學是沿着自身的道路在推進。而到了鴉片戰爭爆發以後，隨着整個中國政治、經濟、文化的自然進程因外來力量的強烈衝擊而發生突然的變化，文學也進入令人眼花繚亂的突變狀態，最終導致「五四」新文學的誕生。但如果認為這僅僅是外來影響的結果，卻不符合事實。梁啟超說：「光緒間所謂新學家者，人人皆經過崇拜龔氏之一時期，初讀《定庵文集》，若受電然，稍進乃厭其淺薄。」（《清代學術概論》）可見龔自珍的思想情趣在本質上與清末的思想變革相通。完整地看，從元末以來，尤其是從明中後期以來，中國文學中以人本主義為底蘊、以張揚個性為核心要求的變革因素雖屢遭挫折，卻在艱難中持續地成長着。它因西方文化的刺激而出現急速的擴張，並因大量吸收西方文化因素而變形，但中國文學的發展歸根結底是一個連貫的過程，這是可以證明的；並且，這也是「五四」時期的思想者們已經注意到的。

為了敘述的方便，我們將清代詩文與戲曲、小說分為兩章來介紹，但上述關於時代背景的概說，則是針對整個清代文學而言的。

一　清代前期詩文

我們這裏說的清代前期，指從清人入關至雍正末（1644—1735）。

從晚明到清前期，歷史的變化極其複雜。不僅有朝代更迭的動盪，還交雜了激烈的民族矛盾，同時又有封建正統文化與異端傾向的衝突。這些矛盾相互交錯，使文化人面臨着難以應付的人生困境和艱難的選擇。這一階段的詩（包括詞）文的面貌也因而顯得紛繁複雜。

錢謙益、吳偉業　清初的詩壇上，錢謙益、吳偉業是在明末就享有盛名、入清後繼續保持着相當影響的詩人，他們和龔鼎孳被稱為「江左三大

家」。在明末清初之際詩歌的分流中，他們各自代表了不同的趨向。

錢謙益（1582—1664）字受之，號牧齋，晚號矇叟，江蘇常熟人。明末官至禮部侍郎，又是東林黨首領，在士林頗具影響，但也多次遭到政敵的打擊，曾一度入獄。南明朝為禮部尚書，後率先降清，又為士林所恥。不久告病歸，與反清勢力保持聯繫，並為之出謀劃策。他的一生在政治漩渦中沉浮不已，給人以進退失據之感。

錢謙益對明中期以來的新思潮及與之相聯繫的文學變革採取否定的態度。他認為，由於「百年以來學問之繆種浸淫於世運、熏結於人心」，遂導致「近代之文章，河決魚爛，敗壞而不可救」（《賴古堂文選序》），而糾正的辦法，是「建立通經汲古之說，以排擊俗學」（《答山陰徐伯調書》）。他論詩好標舉「性情」，但又主張重「學問」，以為「詩文之道，萌折（拆）於靈心，蟄啟於世運，而茁長於學問」（《題杜蒼略自評詩文》），給「性情」的表現加上了限制；他反對褊狹地宗法一家一派，認為唐、宋、元詩均有可取，但較多的是向宋詩的方向擺動。清代詩歌宗宋的一派，實即以錢氏為起點。

錢謙益的生活觀念和情感都很複雜，對於呈現於詩中的自我形象，他是經過理智的思考來找到恰當姿態的。把唐詩的華美的修辭、嚴整的格律與宋詩的知性相結合，是其詩顯著的特點。蕭士瑋《讀牧齋集七則》讚美錢詩之「停當」為人不可及，這「停當」包括抒情和語言技巧兩方面的穩當。茲以《天啓乙丑五月奉詔削籍南歸，自路河登舟，兩月方達京口，途中銜恩感事，雜然成詠，凡得十首》之一為例：

破帽青衫出禁城，主恩容易許歸耕。趁朝龍尾還如夢，穩臥牛衣得此生。門外天涯邊客路，橋邊風雪蹇驢情。漢家中葉方全盛，《五噫》何勞歎不平。

滿腹牢騷，卻全以「頌聖」的筆調寫出，堪稱委曲周致。

在降清復又退居鄉里後，錢謙益詩中多感慨興亡之作；尤其是鄭成功

水師入長江之際，許多詩篇激詆清人，流露出期望恢復故國的興奮。但因其為人反覆無常，這些詩被人斥為自我雕飾之辭，而章太炎則以為「不盡詭偽」（《訄書・別錄》）。大抵寫作這類詩與參與反清活動，都是他的精神自救之舉吧。下錄《丙申春就醫秦淮，寓丁家水閣浹兩月，臨行作絕句三十首》之四：

> 苑外楊花待暮潮，隔溪桃葉限紅橋。夕陽凝望春如水，丁字簾前是六朝。

秦淮風物依舊，而前朝風流散去如夢，寫來思深筆婉。

錢謙益文化素養很高，他的詩善於使事用典，也富於藻麗，這些對於重視雅致趣味的清代許多詩人都有很大的吸引力。

吳偉業（1609—1672）字駿公，號梅村，江蘇太倉人。明末官至左庶子。明亡後迫於清廷的壓力而出仕，曾任國子監祭酒，不久辭職南歸。吳偉業並沒有強烈的用世之心，入清以後也不再參與政治活動。為了保全家族他違心地出仕清朝，這又使他受到傳統「名節」觀念的沉重壓迫，心情十分痛苦。「浮生所欠止一死」（《過淮陰有感》），「脫屣妻孥非易事，竟一錢不值何須說」（《賀新郎・病中有感》），這種表述與其說是寫內心的愧恥或自我辯解，毋寧說更多地寫出了個人在歷史的變遷中難以自主的悲哀。

吳偉業對明詩尤其復古派的評價不像錢謙益那樣持否定態度，其創作也主要以唐詩為宗，早期善於用清麗之筆抒寫青年男女的纏綿之情，易代之際以重大歷史事件為背景的七言歌行體的長篇尤負盛名，如《圓圓曲》、《聽女道士卞玉京彈琴歌》、《鴛湖曲》、《琵琶行》、《臨淮老妓行》、《永和宮詞》等。這些詩以敘事為主幹，又具有濃郁的抒情色彩，講究藻飾和聲韻，人稱「吳梅村體」。

作為一個詩人，吳偉業對個人在歷史中的命運有更多的關注。如著名的《圓圓曲》以充滿同情的筆調描述了名妓陳圓圓曲折坎坷的經歷：

> 前身合是採蓮人，門前一片橫塘水。橫塘雙槳去如飛，何處豪家強載歸？

此際豈知非薄命，此時只有淚霑衣。薰天意氣連宮掖，明眸皓齒無人惜。
奪歸永巷閉良家，教就新聲傾坐客。坐客飛觴紅日暮，一曲哀弦向誰訴！
白皙通侯最少年，揀取花枝屢回顧。早攜嬌鳥出樊籠，待得銀河幾時渡？
恨殺軍書底死催，苦留後約將人誤。相約恩深相見難，一朝蟻賊滿長安。
可憐思婦樓頭柳，認作天邊粉絮看。遍索綠珠圍內第，強呼絳樹出雕欄。
若非壯士全師勝，爭得蛾眉匹馬還。蛾眉馬上傳呼進，雲鬟不整驚魂定。
蠟炬迎來在戰場，啼妝滿面殘紅印。

　　這一部分寫陳圓圓先是被皇戚田畹買來獻給崇禎皇帝，後遣送出宮，
被吳三桂看中，田畹又把她送給吳為妾；李自成軍隊攻佔北京後，大將劉
宗敏將她佔為己有；吳三桂引清兵夾擊李自成，重新把她奪回。陳圓圓似
乎成為歷史轉折的關鍵，然而實際上她從未發出任何主動的動作，只是被
命運所播弄。詩中對吳三桂的行為措辭隱約閃爍，既有嘲諷，又有同情。
「慟哭六軍俱縞素，衝冠一怒為紅顏」；「妻子豈應關大計，英雄無奈是
多情。全家白骨成灰土，一代紅妝照汗青」，這些詩句寫出了吳三桂的悲
劇性處境：他不能忍受所愛之人被人強佔的恥辱，而由此付出的代價，是
包括父親在內的全家的毀滅。寫這首詩時，吳三桂聲勢正盛，但吳偉業已
經暗示：在中國的歷史文化傳統裏，他是不可能被諒解的；而人一旦陷入
歷史的困境，就無法作出兩全的選擇，無法逃脫悲劇的命運。這首《圓圓
曲》寫得煙水迷離，百感交集，極富於藝術魅力。

　　吳偉業長篇歌行的寫作手法自具特色。《四庫全書提要》評價說：「格
律本乎四傑，而情韻為深；敘述類乎香山，而風華為勝。」這一概括相當準
確。從詩歌的性質來說，吳偉業的這類作品本近於白居易的《長恨歌》、
《琵琶行》等敘事詩，但他卻不像白居易那樣，按照事件的自然過程來敘
述，而是借用了初唐四傑的抒情性歌行的結構方法，在詩人的聯想中騰挪跳
躍。如《圓圓曲》就是以陳圓圓與吳三桂的關係為中心，穿插了陳圓圓的一
生主要經歷，以及作者對主人公命運的感慨歎息，顯得搖曳多姿。

王士禎　從順治末年到康熙中期，易代大勢已定，清王朝籠絡漢族文人的政策也逐漸產生了效果。儘管反清情緒遠未消除，但社會的心理已經發生了變化。適應這種變化而成為新一代詩壇領袖人物的是號稱「一代文宗」的王士禎（1634—1711）。他字貽上，號阮亭，別號漁洋山人，山東新城人。其名又作「士禎」，係在其死後清朝為避雍正名諱而追改。順治十五年進士，後深受康熙帝恩遇，陞遷至刑部尚書的高位。

明亡時王士禎年僅十歲，沒有太多的歷史宿賬和感情包袱，而作為一個讀書人，他又必須把個人的前途和新王朝聯繫在一起，這是瞭解他的詩歌創作的前提。順治十四年秋，已在兩年前的會試中式並將於次年參加殿試的王士禎於濟南大明湖畔與眾名士結社吟詩，賦《秋柳四首》。此詩一出，大江南北遍為傳誦，和者達數百人，這表明它不是一首日常性的抒情之作，它的內涵牽動了許多文人的心情。下面錄第一首：

秋來何處最銷魂？殘照西風白下門。他日差池春燕影，只今憔悴晚煙痕。
愁生陌上黃驄曲，夢遠江南烏夜村。莫聽臨風三弄笛，玉關哀怨總難論！

《秋柳》詩素稱恍惚難解，有各種推測之論。但將今尚存的同時唱和之作合看，可知其意在表達對明亡的傷感，並無可疑。詩一開始就直指「白下」即南京，它是朱元璋立國、南明王朝覆滅這兩個特殊時期的政治中心，是舊日風華繁盛之地。西風殘照下的白下門外秋柳衰殘，回憶中春燕繞飛的景象消逝無痕，這是幻滅的意象。「黃驄曲」是唐太宗破竇建德後命樂工製作的樂曲，它暗喻明的興起；「烏夜村」在昆山，用在這裏令人想到清初江南激烈的抗清鬥爭。但在典故的襯托下，明亡的悲哀被處理成過去式的或謂歷史的悲哀，而美麗的語彙和縹緲的意象，又減少了這種幻滅感對人心的刺激。王士禎在這裏表達了一種從明亡的悲哀中掙脫出來的要求，它漸漸被士大夫所認同。到了康熙中期，這種心理愈加深入，像《桃花扇》就是同一背景下的產物。

就藝術表現上的特點來說，王士禛的《秋柳四首》所傳達的人生傷感避免用尖銳和刺激性的語言來顯示，而是在美麗的意象與和婉的聲韻中隱約地流動，可以感受卻很難實指。這已經符合於他後來提出的詩歌理論主張——所謂「神韻說」。康熙初王士禛任官揚州時，曾編選唐人律絕為《神韻集》（已佚），為其標舉「神韻說」之始。晚年他又編選了《唐賢三昧集》，再次申述了這一主張。王氏對唐代詩人，不喜杜甫、白居易、羅隱等人，而偏愛王維、孟浩然、韋應物等，集中所選，也主要是這一路詩人的作品。從其書序文來看，王氏的論詩主張源於司空圖和嚴羽，要求詩歌應有高妙的意境和天然的韻致，富於言外之味。但「神韻說」也並不只是重複前人的詩論，這裏既包含了七子派對「格調」的講求，也包含了公安派重視「性靈」的意味，楊繩武稱「神韻得，而風格、才調、法律三者悉舉諸此類」（《資政大夫經筵講官刑部尚書王公神道碑銘》），即指明了這一點。

王士禛的一些著名的絕句，完全通過景物來抒情，意境空渺，更能體現「神韻說」的審美趣尚，如《江上》：

> 蕭條秋雨夕，蒼茫楚江晦。時見一舟行，濛濛水雲外。

作者對此詩頗為自得，嘗誇許為「一時佇興之言，知味外味者，當自得之」（《香祖筆記》）。詩中的畫面確實很美，也能夠體會到某種孤獨的情緒，但已近乎有無之間。

王士禛既富才情，地位又高，他的「神韻說」提出之後，在詩壇風靡一時。但也有詩人對此表示反對，其中最著名的，就是王士禛的甥婿趙執信。他在詩論著作《談龍錄》中對王士禛詩論和詩作提出的批評，要點有三：一是「神韻說」過於玄虛縹緲，二是王氏只取一格，眼界太狹，三是王氏「詩中無人」。這些批評是有一定道理的。

朱彝尊、陳維崧、納蘭性德　詞在元、明時代由於散曲的盛行而告衰

落。但對於性情收斂、愛好雅致趣味的清代文人來說，散曲的尖新、俚俗的語言風格顯得不合適，而詞作為一種特殊的詩體，比狹義的詩而言較為貼近日常生活和鮮活的情感，與散曲相比又要顯得「雅」一些，因而在清代出現詞的「中興」。清詞的興起，與朱彝尊、陳維崧二人的提倡關係最大，譚獻謂「錫鬯、其年出，而本朝詞派始成」（《篋中詞》），但要論才情卓異，卻要數納蘭這位滿族貴公子，這也堪稱中國文學史上的佳話。

朱彝尊（1629—1709）字錫鬯，號竹垞，生於浙江秀水（今嘉興）的名宦之門。曾長期遊幕四方，五十歲時方以布衣舉博學鴻詞科，授翰林院檢討，後歸鄉潛心著述。他是位博通經史的學者，又是名詩人，與王士禎並稱為「南朱北王」。他與查慎行繼錢謙益之後推動了清詩宗宋一派的興起。其詩重才藻，求典雅，清人對之評價很高，這和重學問的時代風氣有關，就詩的情味而言，他並不能與王士禎相比。在詞的領域，他是清詞中影響最大的「浙西詞派」的開創者。

朱彝尊於詞主張宗法南宋，尤尊崇其時格律派詞人姜夔、張炎，提出：「世人言詞，必稱北宋，然詞至南宋始極其工，至宋季而始極其變。姜堯章氏最為傑出。」（《詞綜·發凡》）他本人詞作講求音律工嚴，用字緻密清新，其佳者意境淳雅，語言精巧。如《洞仙歌·吳江曉發》：

> 澄湖淡月，響漁榔無數。一霎通波撥柔櫓，過垂虹亭畔，語鴨橋邊，籬根綻、點點牽牛花吐。　　紅樓思此際，謝女檀郎，幾處殘燈在窗戶。隨分且欹眠，枕上吳歌，聲未了、夢輕重作。也盡勝、鞭絲亂山中，聽風鐸郎當，馬頭衝霧。

清晨舟行江南水鄉的風情被描摹得十分細膩。一路月淡水柔，籬邊花發，樓頭燈殘，舟中人在吳歌聲中若夢若醒，寫出一種清幽的情趣。

朱彝尊有一部分據說是為其妻妹而作的情詞，大都寫得婉轉細柔，意味深長，如《桂殿秋》：

> 思往事，渡江干。青蛾低映越山看。共眠一舸聽秋雨，小簟清衾各自寒。

這是一首單調小令，卻被推舉為朱詞的代表作。詞中寫在全家人共乘一舟的場景下有情人相捨不得、欲近不能的心情極其真切，所謂「咫尺天涯」，莫甚於此。

朱彝尊詞以藝術的精雅而言，在清人中堪稱一流。但意境不夠闊大，風調比較單一。他雖還有一部分懷古、詠史之作，頗有蒼涼之意，但那終究不是主要的。

所謂「浙西詞派」，因龔翔麟編選以朱彝尊為首的《浙西六家詞》而得名，但其餘五人均不甚出色。至清中期，這一派才出現另一位重要詞家厲鶚。

陳維崧（1625—1682）字其年，號迦陵，江蘇宜興人。他少負才名，性豪邁，明末為諸生，入清周遊四方，晚年始舉博學鴻詞科，授翰林院檢討。

陳維崧所作詞存約一千八百首，為古今詞人所罕見。題材廣泛，無所不入，繼承了蘇、辛以詩為詞的傳統，而以感慨身世、懷古傷今的抒情之作最具特色，語言風格很明顯是學辛棄疾的。如《賀新郎‧甲辰廣陵中秋小飲孫豹人涵堂歸歌示阮亭》：

> 把酒狂歌起，正天上、琉璃萬頃，月華如水。下有長江流不盡，多少殘山剩壘！誰說道、英雄竟死！一聽秦箏人已醉，恨月明、恰照吾衰矣。城樓點，打不止。　　當年此夜吳趨里，有無數、紅牙金縷，明眸皓齒。笑作鎮西鸜鵒舞，眼底何知程李？詎今日、一寒至此！明月無情蟬鬢去，且五湖、歸伴魚竿耳。知我者，阮亭子。

此篇作於康熙三年，時王士禛（阮亭）官揚州，陳與之交好。詞中感慨南明政權的失敗，寄寓故國之思，抒發英雄失志之悲憤，辭氣慷慨。句法帶有散文成分，意脈連貫而頓挫分明，正是發揚了辛詞的特色。陳詞以這種蒼涼豪放之作最多，許多小令，也寫得很有骨力，如《好事近》：

「別來世事一番新，只吾徒猶昨。話到英雄失路，忽涼風索索。」另外，陳維崧也像辛棄疾一樣，寫有一些婉媚風格的詞。

陳廷焯《白雨齋詞話》批評陳維崧詞「發揚蹈厲而無餘蘊」，這是因為他崇尚蘊藉詞風的關係。要說到缺陷，陳詞一是追仿辛棄疾的痕跡過重，一是寫作過多過速，難免會出現粗率的作品。

當時在陳維崧周圍還會聚了一些與之風格相近的詞人，以宜興古名稱「陽羨派」。

清前期獨成一家的詞人是納蘭性德（1655—1685）。他原名成德，字容若，號楞伽山人，滿洲正黃旗人，大學士明珠長子。康熙十五年進士，官至一等侍衛。

納蘭性德屬於那種高度敏感、內心豐富的天才類型，這類詩人往往短壽。從表面上看，他作為一個貴族公子，生活經歷很平靜，除了前妻的亡故和幾次出使邊陲，無多周折。但出入相府、宮廷的生活，在他非但不覺得滿足，反而感覺到難言的壓抑。他更希望過一種平民的、世俗的生活，因為那意味着較多的自由。「德也狂生耳，偶然間，緇塵京國，烏衣門第」（《金縷曲·贈梁汾》）；「羨煞軟紅塵裏客，一味醉生夢死」，（《金縷曲·簡梁汾》），可以見出他的心情。又《如夢令》寫道：

> 萬帳穹廬人醉，星影搖搖欲墜。舊夢隔狼河，又被河聲攪碎。還睡，還睡，解道醒來無味。

那種人生無聊的感覺，足以令人心驚。

納蘭性德深於情，後來有人認為《紅樓夢》中寶玉寫的就是他，大約與人們從其詞中感受到的氣質有關吧。他的許多表現男女之愛和悼念亡妻的詞，寫得十分感人。如《蝶戀花》：

> 辛苦最憐天上月，一昔如環，昔昔都成玦。若似月輪終皎潔，不辭冰雪為卿熱。　　無那塵緣容易絕，燕子依然，軟踏簾鉤說。唱罷秋墳愁未歇，春叢認取雙棲蝶。

納蘭詞風最近於李後主，出語天然，即華麗處亦不覺雕琢，純以性情之真和感悟之深動人。如前舉《如夢令》開頭「萬帳穹廬人醉，星影搖搖欲墜」，堪稱天然壯麗。又如《山花子》中「愁向風前無處説，數歸鴉」，寫出愁悶無聊賴的情狀，「人到情多情轉薄，而今真個悔多情」，寫出對於「情」的一種特殊感受，都是出色的例子。王國維説他「從自然之眼觀物，以自然之舌言情，此由初入中原，未染漢人風氣，故能真切如此。北宋以來，一人而已」（《人間詞話》），評價很高。

散文的變化　入清以後，隨着封建正統文化的再次強化，散文中固有的「載道」傳統又重新抬頭了。在清朝統治者看來，這是由衰轉盛的表現。《四庫提要》説：「古文一脈，自明代膚濫於七子，纖佻於三袁，至啟、禎而極敝。國初風氣還淳，一時學者始復講唐宋以來之矩矱。」但從文學的個性表現和自由抒發的價值上看，這正是嚴重的衰退。

不過這種衰退也不是簡單的和直線式的。首先，晚明的異端思想在這一時代仍然有人繼承發揚，最突出的例子便是廖燕（1644—1705）。他的《性論》等抨擊程朱理學十分痛快，《山居雜談》更宣稱「天下只我一人，餘俱我之現相也」，對自我極端強調。這或許與廖燕地位較低、在當時不太引人注目有關（他是今韶關地方的一名秀才），但這也證明晚明思想的進步不可能被徹底扼殺，問題只是它怎麼能夠得到表現而已。

晚明小品的創作也仍在延續，只是大抵轉向一種閒逸的情調。習慣上歸於明代而實際作於清初的張岱的一些作品，即代表着這一傾向。此外，李漁的《閒情偶寄》中有許多類似近代隨筆的文字，談如何把日常生活變成藝術化的享受，有許多話題，都説得很新鮮。如《菜》一文談菜花雖賤，因其至多至盛而可貴，有如「君輕民貴」，這種聯想就很奇特，很有意思。文中描繪道：

園圃種植之花，自數朵以至數十百朵而止矣，有至盈阡溢畝，令人一

望無際者哉？曰無之。無則當推菜花為盛矣。一氣初盈，萬花齊發，青疇白壤，悉變黃金，不誠洋洋乎大觀也哉！當是時也，呼朋拉友，散步芳膝，香風導酒客尋簾，錦蝶與遊人爭路，郊畦之樂，什伯園亭，惟菜花之開，是其候也。

這種文章固然談不上有多少高明的見解，卻有活潑的美感，較之裝腔作勢的高談大論，更有文學趣味。

至於文壇上居於正統地位的，是《四庫提要》稱「復講唐宋以來之矩矱」的古文家，先有侯方域、魏禧、汪琬所謂清初「三大家」，後有桐城派。前者代表了從明末文風向清初文風的轉變，後者代表了與官方意志相應的古文體式的確立。

從反映明清之際文風轉變的意義來看，侯方域（1618—1654）是最具代表性的。他在明末是一個活躍於東南一帶的貴公子、名士，行止很自然地會染上明末文人任性放浪的習氣。明亡後歸鄉里，他把自己的書室名從「雜庸堂」（意為雜於庸人之間）改為「壯悔堂」，表明要力糾往日之非。這同時也表現於他對文章的態度。其盟弟徐作肅《壯悔堂文集序》言：「侯子十年前嘗為整麗之作，而近乃大毀其向文，求所為韓、柳、歐、蘇、曾、王諸公以幾於司馬遷者而肆力焉」。侯氏本人也曾談起這類被毀棄的文章，說它流於華藻，「間有合作，亦不過春花爛熳，柔脆飄揚，轉目便蕭索可憐」（《與任王谷論文書》）。從這些描述和明末東南名士的文學風尚來看，所作當以偏向華美和感情顯露的駢文為多。侯氏在為人上由傲誕任性轉向努力於儒者的修養（見其《壯悔堂記》），在為文上從「春花爛熳」轉向講求「唐宋以來之矩矱」，這實在不僅僅是由於年齡增長、多歷變故而趨向平穩，而是順應了時代的變化，意圖在新的社會環境中獲得新的立足點。

不過，一種文學好尚的完全改變也是很困難的。侯方域後期的散文雖向「古文」傳統靠攏，但要說「原本六經」還是不夠。同時齊名的汪琬即

指斥侯氏「以小説為古文辭」（《跋王於一遺集》）。這位汪琬曾官至翰林院編修，其「文學砥行」得到過康熙皇帝的稱讚。他的文章力求雅正，結構嚴謹而文字樸實。

清初三大家，雖説接跡唐宋載道之文的傳統，但不足以自立為一代之文。隨着清王朝統治的穩定和思想控制的深化，適應這一「盛世」的需要，由方苞提出以程朱理學為內核，以《左傳》、《史記》等先秦兩漢散文及唐宋八家古文為正統，以服務於當代政治為目的，在文章體格和作法上又有細緻講求的系統化的古文理論，並以具體的作品與之配合。因為方苞和接續其理論主張的劉大櫆、姚鼐都是安徽桐城人，所以有「桐城派」之稱。在姚鼐的努力下，「桐城派」成為全國性的和影響最廣泛的宗派，其影響一直延續到民國。

方苞（1668—1749）字靈皋，號望溪。康熙四十五年進士，曾因同鄉戴名世《南山集》案牽連入獄，幾乎論斬，後得赦，官至內閣學士、禮部侍郎。其門人王兆符於《望溪文集序》中記方氏自言以「學行繼程朱之後，文章介韓歐之間」為人生志向，這對於瞭解他的文學主張也很重要。

桐城派能夠造成廣泛而深遠的影響有多種原因，其中重要的一點，是方苞一開始所提出的理論就具有明晰而系統的特點。他的方法是通過對一個核心概念——「義法」——的多層面的闡釋來建立自己的理論系統。所謂「義法」，最基本的解釋可以説得很簡明：「義，即《易》之所謂『言有物』也；法，即《易》之所謂『言有序』也。」（《又書貨殖傳後》）只是説言之有物而文有條理。若結合方氏其他論述作總體的歸納，則「義」主要指文章的意旨、論斷與褒貶，「法」主要指文章的佈局、章法與文辭。

但方苞所謂「義法」乃「古文」之「義法」，「若古文則本經術而依於事物之理」（《答申謙居書》），也就是説必須依據儒家經典的宗旨來敍事論理，方有「義法」可言。這種古文又有它的歷史統系，「蓋古文所從來遠矣，六經、《語》、《孟》，其根源也。得其支流而義法最精者，莫如《左傳》、《史記》，……其次《公羊》、《穀梁傳》，……兩漢

書、疏及唐宋八家之文」（《古文約選序例》）。不過在方苞看來，唐宋八家還有不夠的地方，如柳宗元、蘇氏父子經學根底都太差，歐陽修也嫌粗淺（見《答申謙居書》）。這其實就是接過唐宋古文的「道統」旗號，再參取程朱一派理學家的意見，對學唐宋八家的某些不夠純正的地方加以糾正。

雖然「義」與「法」有別，但方苞通常還是把兩者當作一個完整概念使用的。所以他講具體的文章作法，也是說「義法」。從這方面說，義法包括章法、文辭。章法比較虛，對文辭的要求則很具體：其原則是「雅潔」；為了實行這一原則，「不可入語錄中語、魏晉六朝人藻麗俳語、漢賦中板重字法、詩歌中雋語、南北史佻巧語」（沈廷芳《書方先生傳後》記其語）。簡而言之，古文之文辭不可淺俗、輕巧、華麗，因為這可能引導不莊重的情感。

大致方苞是用「義法」說取代了前人的「文道」說。因為「文」與「道」容易分為兩物，「義法」則密不可分。單獨講「義」與「法」內涵不同，但法從義生，義由法顯，故兩者就合一了。同時「義法」又包含了許多可實際操作的寫作方法，更容易被一般讀書人所接受。所以，方苞的一套理論在當時的著名學者和文士中並不被看重，但社會影響卻逐漸擴大。

方苞本人的文章，以人物傳記類型寫得最為講究，蓋因敍事之文，最易見「義法」。少數山水遊記則板重絕倫。他的文章中最有價值的應數《獄中雜記》，因是作者親身經歷，以往的憂懼和憤慨記憶猶新，文章記獄中種種黑暗現象，真切而深透，議論也較少迂腐氣。由此可以見出方苞文章的功力。但這又並非嚴格意義上的「古文」，也不能代表方苞散文的一般特點。

劉大櫆（1698—1779）字才甫，一字耕南，號海峰，晚官黔縣教諭。他因文章受到方苞的嘉許而知名，並師事方苞，又為姚鼐所推重，在「桐城派」的形成中起着承先啟後的傳遞作用。其《論文偶記》對方苞之說有新的闡發。他進一步探求了文章的藝術形式問題，講究文章的「神氣」、

「音節」、「字句」及相互間的關係。

二　清代中期詩文

自乾隆初至道光十九年（1736—1839）為清中期。

到了乾隆時代，明清易代的歷史震盪已經完全過去了。清王朝作為中國歷史合乎正統的一環，已經被承認為無可置疑的事實。而社會發展所造成的更具根本性的矛盾，這時重又單純而尖銳地刺激着人們的思考。雖然沒有形成晚明那樣顯著的社會思潮，但是，對封建專制下人格奴化現象的厭惡，對個人的創造才能無法實現而感到的苦悶，卻在清中期的文學中有着持久而深入的表現。

「格調說」與「肌理說」　康熙時王士禎以倡導「神韻說」主盟詩壇，到了乾隆時代，這種詩論遭到沈德潛、翁方綱、袁枚等名家的反對。但他們所引導的方向，卻又各自不同。

沈德潛（1673—1769）字確士，號歸愚，他六十七歲才中進士，官至內閣學士兼禮部侍郎，為乾隆帝所信重，故影響詩壇主要是在乾隆時代。其論詩之作有《說詩晬語》，又編選了《古詩源》、《唐詩別裁集》、《明詩別裁集》、《國朝詩別裁集》（即《清詩別裁集》）等書來體現他的主張。

沈德潛的詩論，一般稱為「格調說」。所謂「格調」，本意是指詩歌的格律、聲調，同時也指由此表現出的高華雄壯的美感。其說本於明代前後七子而有所變化，故沈氏於明詩推崇七子而排斥公安、竟陵，論詩歌體格則宗唐而黜宋。

但沈氏詩論另有一個最重要和最根本的前提，就是要求有益於統治秩序、合於「溫柔敦厚」的「詩教」。其《說詩晬語》第一節就說：「詩

之為道，可以理性情，善倫物，感鬼神，設教邦國，應對諸侯，用如此其重也。」這是他和明代復古派完全不同的地方。他也講詩「原本性情」，卻又認為「動作溫柔鄉語」是「害人心術」的，這種詩必須摒除（見《國朝詩別裁集·凡例》）。所以，在宗唐和講求格調的同時，還須「仰溯風雅，詩道始尊」（《説詩晬語》）。這與桐城派古文家對待唐宋八家之文的態度非常相似。總之，以漢儒的詩教説為本，以唐詩的「格調」為用，企圖造成一種既能順合清王朝嚴格的思想統治而又能點綴康、乾「盛世氣象」的詩風，是沈氏詩論的本質。

在乾隆時做過內閣學士的翁方綱（1733—1818），以提倡「肌理説」聞名。他是一位學者，也以學者的態度來談詩，認為「為學必以考證為準，為詩必以肌理為準」（《志言集序》）。所謂肌理，兼指詩中的義理和作詩的條理。他認為學問是作詩的根本，「宜博精經史考訂，而後其詩大醇」（《粵東三子詩序》），同時認為宋詩的理路細膩為唐詩所不及，所以主張宗法宋詩。在提倡詩風的「醇正」方面，他其實與沈德潛相合。所以「格調説」與「肌理説」只是從不同的角度體現了乾隆時代以宮廷為中心的詩學趣味。

袁枚與性靈派 在清中期詩壇上代表着新的變化的是以袁枚為首的性靈派。這其實不是一個嚴格意義上詩歌宗派，只是指在詩學觀點和創作風格上相近的一群人。言實際成就，袁本人而外以黃景仁、張問陶最為重要。乾隆時代又有「江右三大家」之目，指袁枚、趙翼、蔣士銓，因而也有將另二人亦列入這一派的。趙與袁尚多相通，蔣士銓則特好表彰忠孝節義（他還是一位戲曲家，劇作也以此為特色），庶幾與上述諸人背道而馳。另外，鄭燮也被列入這一派。

袁枚（1716—1797）字子才，號簡齋，又號隨園主人，浙江錢塘（今杭州）人。乾隆四年進士，入翰林院，復出為地方官，在江南一帶做過六年知縣。後辭官，居於江寧（今南京）小倉山下的隨園。袁枚思想通達，

才情過人，處世圓滑，生活放浪，雖地位不高，卻廣交巨宦豪商、四方文士，負一時重望。

袁枚值得注意的地方首先是他從許多方面重申了晚明的反傳統思想。他和李贄一樣肯定人慾的合理性，並從這一立場出發，對矯飾虛偽的假道學加以激烈的抨擊。《清說》一文認為聖人之治，就是要讓「好貨好色」的人慾得到滿足，又說：「自有矯清者出，而無故不宿於內，然後可以寡人之妻、孤人之子而心不動也；一餅餌可以終日，然後可以浚民之膏、減吏之俸而意不回也；謝絕親知，僮僕無所避，然後可以固位結主而無所躊躇也。」這是說以禁慾自高的人，不但是意有所圖，而且往往冷酷無人道。

對於盲目崇拜儒家經典的態度，袁枚也堅決表示反對。在《答定宇第二書》中，他提出六經中除《周易》、《論語》外「多可疑」，六經之言未必「皆當」、「皆醇」，甚至借老莊的話，攻訐「六經皆糟粕」（《偶然作》）。學者章學誠指斥他「敢於進退六經，非聖無法」（《書坊刻詩話後》），倒是說明了他的思想的自由解放。

袁枚的詩歌主張一般稱為「性靈說」，這主要是繼承晚明公安派「獨抒性靈，不拘格套」諸論，又汲取南宋楊萬里的意見，而構築成自己系統的理論。其要點大體是：強調詩由情生，「性情以外本無詩」（《寄懷錢嶼沙方伯予告歸里》）；進一步說，性情又總是具體個人的性情，所以作詩須講求自我個性；認為作詩雖說「才、學、識三者宜兼，而才為尤先」。歸結來說，就是真情、個性、妙才三要素。在以上前提下，袁枚也肯定學習古人、精心磨煉的必要，重視詩的「工妙」。這些主張和公安派相比，原則相通，但不那麼具有破壞性。

袁枚的詩歌創作有其顯著特色，但難稱大家。這與他的生活態度有關。他雖然思想敏銳，卻也能與世沉浮，能夠在風流生涯中自得其樂。像《自嘲》所寫的「有官不仕偏尋樂，無子為名又買春。自笑匡時好才調，被天強派作詩人」，令人感到他的痛苦已經自我消解得淡薄了。所以他的詩雖體式多樣，但不以厚重壯大、激情奔放為特色，而以新穎靈巧見長。

如《春日雜詩》：

> 清明連日雨瀟瀟，看送春痕上鵲巢。明月有情還約我，夜來相見杏花梢。

前兩句寫雨中春色初發，後兩句寫月華融漾在杏花梢的幽豔，而以明月有情、相約觀賞勾連前後，極為巧麗活脫。又像《寄聰娘》是寫奔波宦途時對愛妾的思念，也是很靈巧：

> 思量海上伴朝雲，走馬邯鄲日未曛。剛把閒情要拋撇，遠山眉黛又逢君。

袁枚詩在當時社會中極受歡迎，因為它的解放的精神、靈妙的才思，有一種消除人們內心壓力的作用。

袁枚又長於散文。他厭惡一般古文家動輒以「明道」欺人，所作以思想開明、感情真摯為基本特色，與桐城派大異其趣。其中尤為出色者為《祭妹文》。袁妹素文，因不堪丈夫的虐待而逃回娘家，卻又享壽不永。祭文哀其不幸，在往日瑣事的回憶中寄託淒惻之情，尤為真切動人。此文風格與韓愈《祭十二郎文》近似，而姚鼐編《古文辭類纂》不取《祭十二郎文》，這也反映出他們對「古文」的理解是不同的。以技巧性而言，《隨園記》在袁枚散文中頗為出色。

文筆自然流轉，不見用力，而文氣完足，又讓人覺得結構頗嚴謹，表現了相當的修養和才氣。

趙翼（1727—1814）字雲崧，號甌北，曾官貴西兵備道。他是一位著名的史學家，《廿二史札記》、《陔餘叢考》為世所重。論詩與以發揚個性和創新為最高標準，《論詩》絕句云：

> 李杜詩篇萬口傳，至今已覺不新鮮。江山代有才人出，各領風騷數百年。

不要說見解卓異，即從此詩看作者的精神氣質，亦是傲然不群。

好發議論是趙翼詩的一種特點。他思想機智而敏銳，議論多帶個人感情，所以並不枯燥。《讀史二十一首》集中表現了這一特點。如第八首

論「二十四孝」中「郭巨埋兒」故事，對封建道德中反人性的東西加以抨擊，開頭「衰世尚名義，作事多矯激」二句，指出貌善而實惡之事，每因求名而起，下筆峻切。又如第七首由大儒鄭玄和高僧慧遠先後為「劇盜」所敬重的故事引申出去，説當法網苛嚴之時，這種事情將會完全是另一種結果：「使其遇黠吏，早以通賊論。管汝儒與釋，且試吏威伸。」當世人讀到這裏，恐怕都會會心一笑吧。

「乾隆六十年間，論詩者推為第一」（包世臣《齊民四術》）的黃景仁（1749—1783），字仲則，江蘇武進人，是個身世坎坷的寒士。他早年即為謀生奔走四方，多次應試不中，一生潦倒而多病，三十五歲時因被債務所逼欲投奔陝西巡撫畢沅，病死於途中。

窮愁困頓的生活實情自然成為黃景仁詩的重要內容，如「我生萬事多屯蹶，眄到將圓便成闕」（《中秋夜雨》），「全家都在風聲裏，九月衣裳未剪裁」（《都門秋思》），「慘慘柴門風雪夜，此時有子不如無」（《別老母》），寫盡寒士的悲酸。但僅以此來看待黃仲則是遠遠不夠的，在他的詩中，還常常表現出對於人格尊嚴的珍視和由此產生的孤傲之情。典型的如《圈虎行》，寫他在北京所見的一次馴虎表演，通過描繪這隻猛獸任人驅使、做出各種貌似威風而實則「媚人」的架式，抒發了人性因屈服於外力的威壓而扭曲的沉痛悲哀，具有呼喚英雄人格回歸的潛在意義。著名的《雜感》則寫道：

仙佛茫茫兩未成，只知獨夜不平鳴。風蓬飄盡悲歌氣，泥絮沾來薄倖名。
十有九人堪白眼，百無一用是書生。莫因詩卷愁成讖，春鳥秋蟲自作聲。

此詩情緒雖比較低落，但那種自視甚高的兀傲，和堅持要在人世間發出自己聲音的固執，仍可以感受到他那種在輾轉不遇的處境下的頑強性格。這一類詩，反映着乾隆時代文學中個體意識的復甦和強化。

黃景仁的詩以七言之作最能顯現其特有的氣質，風格深受唐詩影響，但又自出機杼。分別而言，其七古多效李白，特別是那些描寫壯麗飛動的

景色以抒發磊落恣放之情的篇什，「見者以為謫仙人復出也」（洪亮吉《黃君行狀》），如《觀潮行》之寫錢塘江潮：「才見銀山動地來，已將赤岸浮天外。砰巖磓岳萬穴號，雌咶雄吟六節搖。」七言律絕意象鮮明，感情表達得很深細，有晚唐特別是李商隱詩的風味，如《感舊》、《綺懷》等篇。「獨立市橋人不識，一星如月看多時」（《癸巳除夕偶成》）寫孤寂心情，「似此星辰非昨夜，為誰風露立中宵」（《綺懷》）寫相思之苦，都善於用精美的語辭寫出憂鬱的心緒，令人情為之動而一讀不忘。

張問陶（1764—1814）字仲冶，號船山，四川遂寧人。乾隆末年進士，授翰林院檢討，曾官萊州知府。他對袁枚最為服膺，論詩如「詩中無我不如刪」（《論文八首》），「好詩不過近人情」（《論詩十二絕句》）云云，與之完全同調。他的詩作抒發感情也有自由解放的精神，如中國古代詩歌很少對夫婦之間親暱的感情生活作正面的描寫，而張問陶卻對此無所忌諱。《斑竹塘車中》寫道：

> 翁翁紅梅一樹春，斑斑林竹萬枝新。車中婦美村婆看，筆底花濃醉墨勻。
> 理學傳應無我輩，香奩詩好繼風人。但教弄玉隨蕭史，未厭年年踏軟塵。

他很坦然地誇耀妻子的美麗、表述對妻子的愛戀，且以自來被鄙薄的香奩詩人的身份鄙薄自以為是的理學家，顯示出與社會文化傳統相對抗的姿態。

在語言藝術上，張問陶的詩大都寫得清淺靈動，追求「百煉功純始自然」（《論詩十二絕句》）的境界，寫景的小詩尤為突出，如《初冬赴成都過安居題壁》：

> 連山風竹遠層層，隔水人家喚不應。一片斜陽波影碎，小船收網曬魚鷹。

厲鶚、張惠言　厲鶚（1692—1752）在詩、詞兩方面都是朱彝尊的繼承人。他字太鴻，號樊榭，錢塘（今杭州）人，家境清貧，性情孤直而好讀書。編有《宋詩紀事》，擴大了宋詩派的影響。其詩作宗宋的特徵十分強

烈，好用僻典、故事，用意深刻。一些近體短篇以出俗的幽深清寒之意表現出他的孤寂的性格，如《冷泉亭》：

> 眾壑孤亭合，泉聲出翠微。靜聞兼遠梵，獨立悟清暉。木落殘僧定，
> 山寒歸鳥稀。遲遲松外月，為我照田衣。

浙派詞的勢力從清前期延伸到中期，厲鶚繼朱彝尊成為其支柱。他以畫為譬論詞，以辛棄疾、劉克莊諸人為北宗，周邦彥、姜夔諸人為南宗，認為如同畫一樣，南宗勝於北宗，以風格言也就是清婉深秀勝於慷慨豪放。其詞作以紀遊、寫景及詠物為多，音律和文辭都很工煉。與朱氏有所不同的地方，是他的詞中特多孤寂的情調，這種情緒在尋求宣泄時，會形成自我的擴張，使詞呈現壯奇之趣。如《齊天樂‧吳山望隔江霽雪》：

> 瘦筇如喚登臨去，江平雪晴風小。濕粉樓台，釀寒城闕，不見春紅
> 吹到。微茫越嶠，但半汀雲根，半銷沙草。為問鷗邊，而今可有晉時
> 棹？　　清愁幾番自遣，故人稀笑語，相憶多少。寂寂寥寥，朝朝暮暮，
> 吟得梅花俱惱。將花插帽，向第一峰頭，倚空長嘯。忽展斜陽，玉龍天際
> 繞。

浙派詞自厲鶚之後，雖仍保持一定影響，但聲勢已不振。嘉慶年間新興的詞派，是以張惠言（1761—1802）為代表的「常州派」。張字皋文，號茗柯，江蘇武進（今常州）人，嘉慶四年進士，官翰林院編修。他是一位經學家，並以詞和散文著名，所編《詞選》代表了他的詞學觀點。

詞自其誕生以來，就是一種偏重表現個人日常生活情感的特殊詩體。以正統的文學觀來看，它是所謂「詩餘」，是低一等的文學體式。但也正因此，詞較少受正統文學觀的束縛，在抒情方面保存了更多的自由。張惠言欲提高詞的地位，這本也無可非議。但他的立場，不是強調詞的抒情和唯美特徵；他在《詞選序》中提出，詞的正格是一種通過比興手法表達「賢人君子幽約怨悱不能自言之情，低徊要眇以喻其致」並講究文辭之

「深美閎約」的體式，與詩、騷、賦相似，這其實是通過曲解的方式來闡釋詞的傳統，使之與儒家文學標準相符。《詞選》共選唐宋詞人四十四家，而序文特加稱許的，在唐為溫庭筠，在宋為張先、蘇軾、秦觀、周邦彥、辛棄疾、姜夔、王沂孫、張炎。這個名單初看很難找到明確的共同點，但張氏自有解說。他最推崇的是溫庭筠，而原因是在他看來溫詞種種美人香草的辭面都只是比興，內中隱有深微的大義（這實際是經今文學的解釋方法）。而宋之八家，都還有缺點，即「不免有一時放浪通脫之言出於其間」。所以他雖選了蘇、辛，但主要是選其含蘊委婉之作。這種帶有經學氣息的詞學理論所指引的路徑實比浙派詞更為狹窄，在感情的表現方面也更為收斂和隱晦。

在張惠言之後，周濟（1781—1839）進一步發揮了他的詞學理論，並明確提出「詩有史，詞亦有史，庶乎自樹一幟矣」（《介存齋論詞雜著》），強調了詞作為一種獨立文體的地位。所以張、周之論，又被稱為詞史上所謂「尊體運動」。但這對於詞的創作的發展，並沒有帶來甚麼實際成效。常州派詞人中，張惠言本人的詞作以文字簡淨、抒情委曲細緻見長，但詞旨隱約，費人猜詳。又由於好以「春感」一類內容作「比興寄託」，幾篇放在一起，就顯出重複來。或許因此，張作詞不多。至於其他作者，更未見出色。

汪中與駢文　清代是一個各種文體形式都比較繁盛的時期，其中也包括駢文。追溯而言，晚明時期復社諸子便已提倡駢文，入清以後，文化風氣總體上的趨雅，使駢文更容易得到肯定。清初的駢文名家陳維崧、毛奇齡諸人，實際是把晚明風氣帶入清代的作家，至雍正、乾隆之際，胡天游成為承上啟下的人物，時人稱其「駢體文直掩徐、庾」（齊召南《石笥山房集序》）。至乾隆、嘉慶之際，駢文進一步盛興起來。

乾、嘉駢文之盛，又帶有與桐城派古文相抗衡的意味。當時著名學者文士，如錢大昕、袁枚、章學誠、阮元，均在各自不同的立足點上攻擊

桐城派。其中阮元據六朝「文筆説」立論，贊同蕭統以「沉思翰藻」之作為文，而經、史、子著作均非文的觀點，視駢文為文章的正統（見《書梁昭明太子文選序後》）。李兆洛又編有大規模的《駢體文鈔》，收錄秦至隋的文章七百餘篇，而實際包括許多散體文，其用意是「欲合駢散為一，病當世治古文者知宗唐宋不知宗兩漢」（《清史稿》本傳），並與姚鼐所編的《古文辭類纂》爭一短長。而吳鼒所編《國朝八家四六文鈔》則收錄了號稱「駢文八大家」的袁枚、邵齊燾、劉星煒、吳錫麒、孫星衍、洪亮吉、曾燠、孔廣森八位當代人之作。但創作成就最高的，則應數汪中。

汪中（1744—1794）字容甫，他的生平與他的朋友黃景仁有些相似，「少苦孤露，長苦奔走，晚苦疾疢」（汪喜孫《汪容甫先生年譜》），卻稟性孤直，恃才傲物，被目為狂人。他不喜宋儒之學，對封建禮教和傳統思想每加駁斥。如《列子‧説符篇》記「狐父之盜」路遇「爰旌目」將餓死於道，遂以食物救活了他，而爰旌目醒後義不食盜者之食，終於餓死。這故事本是立足於道德説教，汪中卻反其意作《狐父之盜頌》，熱烈讚美狐父之盜救人的美德。他認為盜者之食是冒犯死刑而得，以之救助他人而不圖報，乃緣乎「悲心內激」，所以是格外可貴的，並感歎道：「吁嗟子盜，孰如其仁！」這不僅僅出於個人身世之感，它確實表現了作者對人性和倫理問題的深刻思考。

汪中駢文作品《廣陵對》、《哀鹽船文》、《自序》等，均為人所稱道，而《經舊苑弔馬守真文序》，更是文采優美，感情動人：

歲在單閼，客居江寧城南。出入經回光寺，其左有廢圃焉。寒流清泚，秋菘滿田，室廬皆盡，惟古柏半生，風煙掩抑，怪石數峰，支離草際，明南苑妓馬守真故居也。秦淮水逝，跡往名留，其色藝風情，故老遺聞，多能道者。余嘗覽其畫跡，叢蘭修竹，文弱不勝，秀氣靈襟，紛披楮墨之外，未嘗不愛賞其才，悵吾生之不及見也。

夫託身樂籍，少長風塵，人生實難，豈可責之以死！婉孌倚門之笑，綢繆鼓瑟之娛，諒非得已。在昔婕妤悼傷，文姬悲憤，矧茲薄命，抑又下

焉。嗟夫，天生此才，在於女子，百年千里，猶不可期，奈何鍾美如斯，而摧辱之至於斯極哉！

余單家孤子，寸田尺宅，無以治生，老弱之命，懸於十指。一從操翰，數更府主，俯仰異趣，哀樂由人，如黃祖之腹中，在本初之弦上。靜言身世，與斯人何異？只以榮期二樂，幸而為男，差無床簀之辱耳。江上之歌，憐以同病；秋風鳴鳥，聞者生哀。事有傷心，不嫌非偶。

貧賤者難以維持人格的尊嚴，徒有才情靈性，不免為世所摧辱，故「人生實難」——這種切身感受，是作者將被視作卑賤的妓女馬守真引為同調、傷悼她同時也是傷悼自己的基礎。這裏有着深刻的理解和人道精神，與白居易「同是天涯淪落人」的感慨是有時代差異的。文章駢散兼行，安雅而委曲，確是難得的美文。

姚鼐　桐城派古文雖受到多方面的攻擊，但並未失去其存在的基礎。甚至，由於姚鼐的推動，它的影響更為擴大，成為一個全國性的宗派。

姚鼐（1731—1815）字姬傳，又以其書室名被稱為惜抱先生。乾隆二十八年進士，官至刑部郎中，任四庫館修纂。後辭官，歷主江寧、揚州等地書院凡四十年。姚氏的古文理論，是順應時勢進而對先人之說加以系統總結和若干修正的結果，其要點有三：

第一，他提出學問之事有義理、考證、文章三方面，「必兼收之，乃足為善」（《覆秦小峴書》）。從「古文」來說，「義理」指正確的思想、道理，這是首要的；「考證」指做文章所需要的學養和辨明事實的功夫；「文章」指文采。這三者必須恰當地結合在一起。

第二，姚鼐把文章的藝術風格歸結為「陽剛」和「陰柔」兩端，較之西洋美學概念，大致「陽剛」近於「崇高」，「陰柔」則近於「優美」。他還指出陽剛、陰柔因不同程度的配合會產生各種變化，雖各有偏勝但不可極其一端。這方面的論述涉及具有普遍意義的藝術美學問題，歸納又很

簡明。

第三，他把劉大櫆提出的文章四要素擴充為八，「曰神、理、氣、味、格、律、聲、色」，認為前四者是「文之精」，後四者是「文之粗」，而抽象的前四者要通過具體的後四者來體現和把握，並要在領悟前四者之後，擺脫後四者的束縛，而進入「御其精者而遺其粗者」（《古文辭類纂序目》）的境界。

較之桐城派前人，姚鼐文論的特點一是在以理學為內核的前提下更為注意文章之美，追求「道與藝合」的境界，一是明晰易懂，並具有很強的可操作性。他所選編的《古文辭類纂》，體例清楚，選擇較精，並附以評論，也便於學習掌握桐城派古文理論的要旨。此書流佈天下，極大地助長了桐城派的聲勢。學者們看不起桐城派，原因之一是它的熟套，而這種熟套卻正是桐城派獲得眾人趨從的重要法寶。

姚鼐的文章，說理、議論偏多且大都迂腐，但寫人物和景物，也間有生動之筆。他的遊記頗重文采，不像方苞為了追求莊肅雅潔而顯得板重。下錄《登泰山記》中觀日出的一節：

> 戊申晦，五鼓，與子穎坐日觀亭待日出，大風揚積雪擊面。亭東自足下皆雲漫。稍見雲中白若樗蒱數十立者，山也。極天雲一線異色，須臾成五采。日上，正赤如丹，下有紅光動搖承之，或曰：「此東海也。」回視日觀以西峰，或得日，或否，絳皜駁色，而皆若僂。

姚鼐主講書院四十年，門下弟子甚眾，他們對擴大桐城派的影響起了很大作用。其中管同、梅曾亮、方東樹、姚瑩號稱「四大弟子」。

《浮生六記》　清中期散文中，《浮生六記》很值得注意。作者沈復（1763—？）字三白，江蘇蘇州人，作幕經商為生，不以文名。其《浮生六記》是自傳性的作品，原有六卷，今存前四卷，記述家居及遊歷生活，前三卷《閨房記樂》、《閒情記趣》、《坎坷記愁》多述他與妻子陳芸之間

的感情和日常瑣事，以及因失歡於父母，夫婦被迫離家出走，困於窮病，以致陳芸鬱鬱而死的痛苦經歷。

《浮生六記》一個很特別的地方，是以細緻的事實記述，清楚地指出正是由於其父親的顢頇粗暴、其弟的自私無行，導致他們夫婦陷於困窘，導致陳芸悲慘的夭折。舊時代家庭中家長威權的禍害之重，可以從這裏得到深刻認識。而作者儘管用語不失恭謹，事實上是為眷戀夫妻之情而不懼顯暴父母之過、家庭之醜，那完全是不合「孝道」的。這種內容，已經開了新文學中揭露封建家庭醜惡的作品的先河。

《浮生六記》文字不重妝點，亦無章法結構之講究，而自然明瑩純淨，感情尤其真實動人。且正如陳寅恪所說，這種寫「閨房燕暱之情意，家庭米鹽之瑣屑」的文字，在當時乃「例外創作」（《元白詩箋證稿》）。作為一無名文人的一部小書，它沒有在歷史中淹沒，並在「五四」以後越來越受人們的喜愛，正是因為它突破了禮法顧忌，代表着散文深入表現人性人情之真的趨勢。下錄一節，是記兩人偷偷藉故出遊的一樁瑣事：

> 吳江錢師竹病故，吾父信歸，命余往弔。芸私謂余曰：「吳江必經太湖，妾欲偕往，一寬眼界。」余曰：「正慮獨行踽踽，得卿同行，固妙，但無可託詞耳。」芸曰：「託言歸寧。君先登舟，妾當繼至。」余曰：「若然，歸途當泊舟萬年橋下，與卿待月乘涼，以續滄浪韻事。」時六月十八日也。是日早涼，攜一僕先至胥江渡口，登舟而待，芸果肩輿至。解維出虎嘯橋，漸見風帆沙鳥，水天一色。芸曰：「此即所謂太湖耶？今得見天地之寬，不虛此生矣！想閨中人有終身不能見此者！」閒話未幾，風搖岸柳，已抵江城。

> 余登岸拜奠畢，歸視舟中洞然，急詢舟子。舟子指曰：「不見長橋柳蔭下，觀魚鷹捕魚者乎？」蓋芸已與船家女登岸矣。余至其後，芸猶粉汗盈盈，倚女而出神焉。余拍其肩曰：「羅衫汗透矣！」芸回首曰：「恐錢家有人到舟，故暫避之。君何回來之速也？」余笑曰：「欲捕逃耳。」於是相挽登舟，返棹至萬年橋下，陽烏猶未落也。八窗盡落，清風徐來，紈

扇羅衫，剖瓜解暑。少焉霞映橋紅，煙籠柳暗，銀蟾欲上，漁火滿江矣。

龔自珍　龔自珍（1792—1841）一名鞏祚，字璱人，號定盦，浙江仁和（今杭州）人。道光九年進士，官禮部主事。四十八歲辭官南歸，兩年後暴卒於丹陽雲陽書院。他學識宏富，既是敏銳而深刻的思想家，又是富於激情和想像力的文學家。

龔自珍的各類著述幾乎完全作於鴉片戰爭爆發以前。他對社會弊端的揭露和對社會危機的思考，主要集中於封建專制所造成的根本性痼疾；他絕少援引明人學說，但他的許多核心論點，譬如對自我的重視、對私利的肯定、對「童心」的讚美等等，卻分明與李贄等人一脈相承；他預言了清王朝的敗落，卻並沒有將外來暴力視為這一敗落的條件。這一切都表明，他的思想是中國社會發展的結果，也表明在西方文化大規模湧入中國以前，突破封建專制就已成為有識之士推動社會進步的尖銳要求。

重視自我的主體性是晚明思潮的一個特徵，龔自珍則將其提升到前所未有的高度。「眾人之宰，非道非極，自名曰我」，這個「我」被認為是化生萬物的根源（見《壬癸之際胎觀第一》），雖然在宇宙觀上這種說法源於佛教哲學，但它的實踐意義乃在於肯定具體個人的自我價值。在《論私》中，龔氏強調「私」是人們考慮一切問題的基點，以公認的美德而言，愛國、忠君、孝敬父母、愛護子女、忠貞於丈夫，無不因為那些對象首先是從「私」的立場上被確認的。這種議論不僅僅是對私利的肯定，而且接觸到道德作為利益的保障而存在的實質，具有相當深刻的意義。到了「五四」時代，個人主義學說流行，我們看到某些典型的表述與龔氏言論仍十分相近。如郁達夫說：「我若無何有乎君，道之不適於我者還算甚麼道，父母是我的父母；若沒有我，則社會，國家，宗族等那裏會有？」（《中國新文學大系·散文二集·導言》）

而社會衰弱不振的根本原因，在龔自珍看來，是個人的尊嚴和創造才能受到壓抑，尤其是作為社會中堅的士大夫普遍人格低落。一方面，士

大夫屈服於專制政權，惟知阿諛取媚，「自其敷奏之日，始進之年，而恥已存者寡矣！」那些政要之官，「知車馬服飾、言詞捷給而已，外此非所知也」（《明良論二》）；另一方面，當「才士與才民出，則百不才督之縛之，以至於戮之」（《乙丙之際著議第九》），社會以其物質與思想的統治力量使有才者歸於平庸或沉默，以至「左無才相，右無才史，閫無才將，庠序無才士，隴無才民，廛無才工，衢無才商；抑巷無才偷，市無才駔，藪澤無才盜。則非但鮮君子也，抑小人甚鮮」（同上）。而社會使個人失去發展的可能，其自身也同樣失去發展的可能，遂成為「三等之世」中最下等的「衰世」，「亂亦竟不遠矣」（同上）。從封建體制在根本上失去自我更新的生機而不僅是從一些具體現象來看待清王朝的衰微，這是龔自珍不同凡響之處。

龔自珍有一部分散文近於現代所謂「雜文」，其特點是借助藝術形象來表達思想，又帶有感情色彩。如《吳之癲》類似人物傳記而並非寫某個實在的人物，這位「癲」於世多憂，好言人過，指京師郎曹為「柔而愎」，尚不如古人的「剛愎」；責「王公大人之清正而儉者」為「神不旺，不如昔之言行多瑕疵者」，鋒芒銳利，顯示出對「衰世」的特異眼光。他其實是作者自身的影子。又如《病梅館記》借物抒志，更為人們所熟悉：

> 江寧之龍蟠，蘇州之鄧尉，杭州之西溪，皆產梅。或曰：「梅以曲為美，直則無姿；以欹為美，正則無景；梅以疏為美，密則無態。」固也。此文人畫士，心知其意，未可明詔大號，以繩天下之梅也；又不可以使天下之民，斫直、刪密、鋤正，以夭梅，病梅為業以求錢也。梅之欹、之疏、之曲，又非蠢蠢求錢之民，能以其智力為也。有以文人畫士孤癖之隱，明告鬻梅者，斫其正，養其旁條，刪其密，夭其稚枝，鋤其直，遏其生氣，以求重價，而江、浙之梅皆病。文人畫士之禍之烈至此哉！
>
> 予購三百盆，皆病者，無一完者。既泣之三日，乃誓療之，縱之，順之。毀其盆，悉埋於地，解其棕縛。以五年為期，必復之全之。予本非文人畫士，甘受詬厲，闢病梅之館以貯之。

嗚呼！安得使予多暇日，又多閒田，以廣貯江寧、杭州、蘇州之病梅，窮予生之光陰以療梅也哉！

數百字的短文，融敍述、議論、抒情於一體，藉梅喻人，揭露病態的社會使人才不能得到自然健康的生長，表達了掙脫枷鎖、追求自由發展的願望和救世之心，意味深長。

龔自珍也富於詩人氣質。《己亥雜詩》中寫道：「少年哀樂過於人，歌泣無端字字真。既壯周旋雜癡黠，童心來復夢中身。」對「童心」的追懷與珍愛，是因為感受到純真的人性因「周旋」於俗世而被污濁所淹沒。而作為一個時代的先覺者，不甘遁世自適的志士，他的精神常是痛苦的。「簫和劍」是他反覆使用的意象，代表着他多情易感和豪放任俠的兩面。從早年的「怨去吹簫，狂來説劍，兩樣銷魂味」（《湘月》詞），到晚年的「劍氣簫心一例消」（《己亥雜詩》），他在人間走過與世寡合、孤傲悲慨的行程。但不管怎樣，他的詩中總是有一種睥睨俗世的奇氣、高揚飛越的人格精神。

抨擊時弊之作代表着龔自珍詩歌的一個方面。鴉片的危害，物價的暴漲，統治者對民間的搜刮，在其詩中都有所反映，而最為鋭利鋒芒，則指向士林的卑瑣情狀，如《詠史》：

金粉東南十五州，萬重恩怨屬名流。牢盆狎客操全算，團扇才人踞上游。避席畏聞文字獄，著書都為稻粱謀。田橫五百人安在，難道歸來盡列侯？

在「金粉東南」的上層社會，是一片苟且無聊而又自命風流的景象，詩人不禁追問：像田橫五百壯士所表現的英雄主義精神，難道在世間已不可復得了嗎？他的內心被深深的絕望所籠罩。以龔自珍的個性，與周圍鬱悶的環境發生衝突是不可避免的。《十月廿夜大風不寐起而抒懷》以「貴人一夕下飛語，絕似風伯驕無垠」開頭，描述一種藉着權勢而無比驕狂的壓迫如何向他襲來；他自省衝突的起因，是「側身天地本孤絕，矧乃氣悍

心肝淳！欹斜謔浪震四坐，即此難免群公瞋」。人們由此可以想像孤傲的詩人在陳腐的官場中激起的驚愕與不安，他的不尋常使「群公」憤怒了。

在龔自珍詩中常常會看到浩蕩湧發的悲哀：「情多處處有悲歡，何必滄桑始浩歎」（《雜詩》），「百臟發酸淚，夜湧如原泉」（《戒詩五章》），如此等等。但這絕不是弱者的哀號，而是壯士在孤獨的抗爭中的自傷，在這種自傷中，詩人的精神仍然保持着強大的擴張力。他的詩以奇特瑰麗著稱，就是這種精神力量的藝術表現。

> 黃金華髮兩飄蕭，六九童心尚未消。叱起海紅簾底月，四廂花影怒於潮。（《夢中作四截句》之二）

「六九」為陰陽卦象，以指造化循環的劫數。在這裏，詩人以自由的夢想幻造出氣勢磅礴的瑰麗意境。此外，如「西池酒罷龍慘語，東海潮來月怒明」（《夢得「東海潮來月怒明」之句醒足成一詩》），「秋心如海復如潮，但有秋魂不可招」（《秋心三首》），「不容明月沉天去，卻有江濤動地來」（《三別好詩》），「今日簾旌秋縹渺，長天飛去一征鴻」（《己亥雜詩》）等等，無不具有想像突兀、辭句奇麗、意象飛動的特點。甚至，詩人寫落花，會是「如錢唐潮夜澎湃，如昆陽戰晨披靡，如八萬四千天女洗臉罷，齊向此地傾胭脂」（《西郊落花歌》）。在這一類詩中，可以感受到激烈的情緒律動，和詩人的靈魂在重重壓抑中飛騰起舞的姿態。

情詩在龔自珍的集子中也佔有一定比例。這固然是其「不檢細行」的生活印痕，亦是他在沉悶的人間尋求性情之真、尋求美麗的人生夢想的記錄。下面是《己亥雜詩》中的一篇：

> 能令公愠公復喜，揚州女兒名小雲。初弦相見上弦別，不曾題滿杏黃裙。

語言很輕快，卻是一往情深，寫出狂士的灑落之態。而像《能令公少年行》，則以瑰麗悱惻之筆，描繪若仙若幻的異性風采。《己亥雜詩》中一篇言及秦皇漢武，有所謂「設想英雄垂暮日，溫柔不住住何鄉？」情成

了人生的最後寄託。

詩的個性和激情是龔自珍最為重視的，其餘均可不論。他的詩形式上包括古體近體、長篇短章，《己亥雜詩》用三百十五首七言絕句組成，述其辭官南歸時經歷和平生感慨萬端之意，尤為特別；語言風格則有時平易有時深奧，多議論而熱情洋溢。他曾說：「欲為平易近人詩，下筆清深不自持。」（《雜詩》）欲平易而不得，是因為他的獨特的感受、深邃的思想、複雜而活躍的情緒，需要有異常的意象和語言結構來表現。他的詩，給人以奇麗非凡、縱橫浩博的感覺，非漢魏亦非唐宋之貌，完全是龔自珍獨有的風格。

龔自珍也擅於詞，於哀婉綺麗中多激盪不平之氣。如下面這首《湘月》寫作者離開家鄉杭州十年中遭受挫折的感怨：

> 天風吹我，墮湖山一角，果然清麗。曾是東華生小客，回首蒼茫無際。屠狗功名，雕龍文卷，豈是平生意？鄉親蘇小，定應笑我非計。
>
> 才見一抹斜陽，半堤香草，頓惹清愁起。羅襪音塵何處覓？渺渺予懷孤寄。怨去吹簫，狂來說劍，兩樣銷魂味。兩般春夢，檀聲蕩入雲水。

綜括龔自珍的各方面的創作，尖銳的思想、自由的精神、狂傲的個性、激盪的熱情，構成了其獨特的面貌。可以說，它是古典傳統向現代演變的代表。梁啟超在《清代學術概論》中將龔氏比之為法國的盧梭，又說：「晚清思想之解放，自珍確與有功焉。」他多少注意到了龔自珍的「現代性」。

《再生緣》與彈詞　清代民間流行的兼有說唱的曲藝形式，北方有鼓詞，南方有彈詞。論其淵源，大致沿唐之「變文」、宋之「陶真」、元明之「詞話」一路演變而成，因地域文化的差異，最終分化為南北兩支。以現存文本來看，鼓詞主要是依托歷史講述戰爭故事、英雄傳說，其中《呼家將》比較著名，彈詞則有更多的文學創作成分。

彈詞的文字，包括説白和唱詞兩部分，前者為散體，後者以七言韻文為主。語言上則有「國音」（普通話）和「土音」（方言）之分。方言的彈詞以吳語為最多，另外像廣東的木魚書，則雜入廣東方言。彈詞的篇幅往往很大，如產生於福建的《榴花夢》竟達三百六十卷、約五百萬字。內容通行用第三人稱敍述。文字大多很淺近。就文學性質而言，彈詞實是一種韻文體的長篇小説。

彈詞的演出至為簡單，二三人、幾件樂器即可（甚至可以是單人演出），而一個本子又可以説得很長，這種特點使之適宜成為家庭的日常娛樂，彈詞的文本也宜於作為一種消遣性的讀物。特別是一些地位較高家庭中的婦女，既無勞作之苦，又極少社交活動，生活至為無聊，聽或讀彈詞於是成為她們生活中的喜好。清代彈詞的興盛與這一背景頗為有關係，許多彈詞的寫作也有這方面的針對性。許多有才華的女性也因此參與了彈詞的創作，既作為自娛娛人、消磨光陰的方式，也抒發了她們的人生感想。一些著名的作品如《再生緣》、《天雨花》、《筆生花》、《榴花夢》等均出於女性作家之手。

《天雨花》三十回是清代彈詞的早期之作，成書於順治八年，作者陶貞懷。寫明末忠臣左維明及其女左儀貞的故事。書中瀰漫着封建説教的氣氛，但在描繪左儀貞等女性形象時，讚美了她們的聰明才智，在一定程度上表達了女性對父權和夫權的不滿。

乾隆時期產生的長篇彈詞《再生緣》，因受著名學者陳寅恪的稱賞而引起研究者的廣泛注意。全書二十卷，前十七卷為陳端生作，後三卷為梁德繩所續，最後由侯芝修改為八十回本印行，三人均為女性。陳端生（1751—約1796），浙江杭州人，是曾任《續文獻通考》纂修官總裁的陳兆崙的孫女。

《再生緣》的故事頭緒繁多，情節富於變化。大要是寫卸職還鄉的大學士孟士元有女孟麗君才貌出眾，許配雲南總督皇甫敬之子皇甫少華。國丈之子劉奎璧欲娶麗君而不得，設計陷害孟與皇甫兩家。麗君女扮男裝出

逃，考中狀元，並連立大功，位極人臣。在此過程中劉氏敗，皇甫少華亦因麗君之薦立功封王。一般故事到此應進入「大團圓」，然而陳端生卻寫孟麗君因各種緣故，不肯承認自己的真實身份，拒絕與父母相認、與少華成婚，最後皇帝得知內情，欲逼其為妃，麗君氣苦交加，口吐鮮血。大約陳端生難以為故事設計滿意的結局，遂就此擱筆。梁德繩所續仍以「大團圓」陳套收場，殊無意味。

《再生緣》的故事模式，是常見的忠奸鬥爭加上婚姻糾葛，書中人物行為的根據亦不出正統的倫理範圍。但書中別有新鮮之處。陳端生是個有才華而且很自信的女子，她通過孟麗君這一主要人物形象，傳達了自己的人生夢想。這不僅表現在孟麗君的才能和功業上，而且正如陳寅恪《論再生緣》所言，書中寫孟麗君以男子身份居高位後，違抗御旨，不肯代皇帝脫袍，面斥想要認女的父母，接受皇甫敬、少華父子的跪拜，「則知端生心中於吾國當日奉為金科玉律之君父夫三綱，皆欲藉此等描寫以摧破之也」。只不過她的方法，是利用封建道德教條來反對封建秩序，書中所公開標榜的正統倫理成了似是而非、只要對己有用就可以隨意搬弄的東西。而故事寫到孟麗君身份暴露後無法再繼續下去，根本上是因為作者不願讓孟麗君回到依附於男性的地位。上述特點，鮮明地表現了女性希望掙脫封建倫理之束縛的要求。

陳端生活躍的思想，使她的創作顯得富有靈性和生氣。《再生緣》雖然是一部傳奇性的作品，整個故事完全出於想像和虛構，但情節的開展，卻並不讓人覺得生硬。描寫人物也較為細緻生動，包括寫忠奸鬥爭的部分，正反兩面人物的品格也不是極端化的。它的結構尤為研究者所稱賞，儘管頭緒紛繁，卻處理得毫不紊亂，故事寫得跌宕起伏而嚴謹清楚。當然，作為一個青年女子在閨閣中馳騁想像之作，脫離生活真實的地方終究是不可免的。至咸豐初年又產生了倣傚《再生緣》的《筆生花》，二十二回，邱心如作。述明代女子姜德華為逃避點秀女而喬扮男裝出走、建功立業故事。

三　清後期詩文

　　自鴉片戰爭爆發至辛亥革命〔1840—1911〕為清後期，這也就是通常所說的「近代」。

　　清後期或許可以算是中國歷史上最為詭異紛亂的時代。清王朝連同整個封建政治制度正走向崩潰，外患內亂連年不斷，西方文化如潮湧入，中國的前景、中國文化的前景變得極不明確。從林則徐、魏源等先驅者提出「師夷之長技以制夷」，到以曾國藩、張之洞為首的洋務派提出「中學為體，西學為用」的主張，再到以西方式的共和國為目標的「革命」理論日益風行，社會始終處在劇烈動盪中。在這背景下，文學以一種極不穩定的狀態朝着新的方向變化。

　　魏源、姚燮　魏源、姚燮是鴉片戰爭前後較著名的詩人。

　　魏源〔1794—1857〕字默深，湖南邵陽人，曾官高郵知州，和龔自珍是好友。他是一位有見識的學者和思想家，曾受林則徐囑託編纂敍述各國歷史地理的《海國圖志》。

　　魏源的詩給人強烈的印象是充滿憂患意識。政治的衰敗、民生之艱困，更有強敵的橫暴，使他深感社會危機難以解脫，如《江南吟十章》、《寰海十章》及《後十章》、《秋興十章》等，都是議論時事、抒寫感憤的詩篇。在這種苦悶的時代，個體生存的意義何在也成為內心深處的苦惱。五絕《曉窗》寫道：

　　　　少聞雞聲眠，老聽雞聲起。千古萬代人，消磨數聲裏。

　　但魏源又是一個性格豪邁的人，他並不總是沉浸在憂憤之中。《金陵懷古》中「只今雨雪千帆北，自古雲濤萬馬東。千載江山風月我，百年身世去來鴻」兩聯，寫得氣勢雄渾，頗有英雄氣概。他喜歡寫雄壯奇偉自然

景象，《太室行》、《錢塘觀潮行》、《天台石梁雨後觀瀑歌》、《湘江舟行》等均有此種特點，從中可以看出作者的審美趣味。大致而言，魏源的詩在表現開張的個性方面與龔自珍相近，但他顯然缺乏龔自珍在特異的語言構造中所表現出的尖銳的人生感受。

姚燮（1805—1864）字梅伯，號復莊，道光舉人。他寫有很多關於鴉片戰爭時事和有關社會情況的詩篇，如《哀江南詩五疊秋興韻八章》之二：

颶風捲蠧七星斜，白髮元戎誤歲華，隉岸射潮無勁弩，高天貫月有枯槎。
募軍可按馮唐籍，解陣空吹越石笳。最惜吳淞春水弱，晚紅漂盡細林花。

此詩寫陳化成之戰死。這一時期關涉時政的詩篇大多情緒比較誇張，姚燮此詩從年老的陳化成無力支撐頹勢落筆，流露了深深的哀痛和同情，比一些情緒激動的詩更為感人。

姚燮的《雙鴆篇》是寫一樁愛情悲劇的敘事詩。其詩以七言為主，長達三百多句，在古詩中很少見。在如此宏大篇幅中，詩人將男女主人公的相戀之情、痛苦之情表現得淋漓盡致，不再以含蓄委婉為目標，這也反映着古詩的變化。

曾國藩及其周圍　曾國藩因鎮壓太平天國而獲得顯赫地位並成為許多人心目中的精神領袖，因而在文學方面也具備了極大的號召力。作為洋務派的首領，曾國藩並不是簡單的守舊人物。但在文化思想方面，他確是力圖通過發揚儒教義理來為清王朝重建穩定的秩序，他倡導桐城派古文就有這方面的意義。王先謙《續古文辭類纂序》說他與梅曾亮「相與修道立教，惜抱餘緒，賴以不墜」，也說明了這一點。

曾國藩對桐城派的文學主張作出了一定的修正。其中最重要的是在姚鼐所提出的義理、考證、文章三要素中加入「經濟」，謂「此四者闕一不可」（《求闕齋日記類鈔》）。這是重視文章在政事上的實用性，和他的特殊身份是相適應的。不過，這也使「古文」距文學散文更遠了。在封建

政治極度衰弱、西學日興的形勢中，「桐城派中興」表面上熱鬧一時，其生機卻是有限的。到了曾氏嫡傳弟子那裏，就已不能不對變化的形勢作出更積極的反應。

曾國藩門下曾匯聚眾多文士，不少人負一時文名，尤著者為張裕釗、吳汝綸、薛福成、黎庶昌，世稱「曾門四弟子」，而吳汝綸更被視為桐城派最後一位宗師。但吳氏不僅關心西學，甚至聲稱「僕生平於宋儒之書獨少瀏覽」（《答吳實甫》），並預言「後日西學盛行，六經不必盡讀」（《答姚慕庭書》），這在前代桐城派人物中，實屬不可想像。此外，以「古文家」自命的嚴復和林紓，前者翻譯《天演論》等多種西方社會學著作，引起巨大的社會震動，後者與他人合作翻譯了大量的西洋小說。在他們身上有舊派人物的色彩，但又有很多新思想（特別是嚴復），對於社會文化的變革起了很大作用。

曾國藩也是所謂「宋詩運動」的領袖人物。雖然早一時期的程恩澤和祁寯藻已提倡宋詩在前，但曾國藩的登高力呼，才使推崇宋詩尤其是黃庭堅詩的風氣盛極一時，故曾氏自謂「自僕宗涪公，時流頗忻向」（《題彭旭詩集後即送其南歸》）。除曾氏本人外，這一派中較著名的詩人還有何紹基、鄭珍、莫友芝等。到清末民初，宋詩派進而演化為「同光體」。

王闓運、陳三立　至清末民初，西學日興，文化變革愈顯激烈，在這一環境下仍有一群堅持中國古典詩歌傳統的詩人存在，王闓運、陳三立可算是他們的代表。

王闓運（1833—1916）字壬秋，號湘綺，湖南湘潭人。他的詩善於模擬漢魏六朝的風格，抒寫舊式文人的情懷，面貌較陳舊，但造詣頗高。以《寄懷辛眉》為例：

> 空山霜氣深，落月千里陰。之子未高臥，相思共此心。一夜梧桐老，聞君江上琴。

而清末影響最大的詩派則是屬於宋詩傳統的「同光體」，其活動年代主要在光緒中期以後，一直延續到「五四」前後。其中又分為以陳衍、鄭孝胥為代表的閩派，以沈曾植為代表的浙派，以陳三立為代表的贛派。陳三立的成就最為突出。

陳三立（1853—1937）字伯嚴，號散原老人，江西義寧（今修水）人。光緒十二年進士，官吏部主事。後在湖南輔助任巡撫的父親陳寶箴推行新政。戊戌變法失敗後，父子同被革職。盧溝橋事變爆發後，憂憤絕食而死。與抱守舊文化傳統頗為安然自得的王闓運相比，陳對社會政治與思想文化的變化具有遠為強烈的敏感。他的詩以宗法黃庭堅為主，卻並非古人的翻版，在力避熟俗而求生新的努力中，凸現着他的尖銳的人生感受。

日本學者吉川幸次郎對陳三立詩的敏感性給予很高的評價，認為它常常表現了一種個人被外部環境所包圍和壓迫而無從逃遁的感覺（見其《中國詩史》）。如《十一月十四夜發南昌月江舟行》：

> 露氣如微蟲，波勢如臥牛。明月如繭素，裹我江上舟。

露氣和水波幻化成活的生命，蠕動着向詩人湧來，而向來作為柔靜的意象出現在傳統詩歌中的月光，在這裏卻像無數繭絲要把詩人捆縛起來。與前舉王闓運詩的靜謐淡遠相比，區別是明顯的。再如《園居看微雪》：

> 初歲仍微雪，園亭意颯然。高枝喋鵲語，欹石活蝸涎。凍壓千街靜，愁明萬象前。飄窗接梅蕊，零亂不成妍。

微雪園亭，向來是詩家所愛的優美景象，在這裏卻呈現為令人窒息的世界。

陳詩的敏感性，表明他已難以退回到舊式隱士的情懷。從客觀原因來說，這是由於處於文化變異中的中國前景極不明朗，使人精神不寧；另一方面，這也源於需要自由空間的自我意志與壓抑的社會總體環境的衝突。而所謂「壓抑的社會總體環境」往往難以實指，似乎是無形的存在，所以

詩人多用自然意象來象徵它。這種感覺在後來的新文學中繼續以不同形式表現出來。所以，陳三立的詩雖然語言形式完全是古典的，內在氣質實已包含了某種現代意味。作為古典詩歌傳統內最後一名重要的作者，他是值得重視的。

康有為等　戊戌變法和反清革命中一些風雲人物如康有為（1858—1927）、譚嗣同（1865—1898）、秋瑾（1875—1907）等，均非一般意義上的詩人。但他們有些詩作確實很出色，這是由他們強烈的性格、創造歷史的自信造成的。如康氏為人雄強自負，其詩亦氣勢不凡，《登萬里長城》云：

> 秦時樓堞漢家營，匹馬高秋撫舊城。鞭石千峰上雲漢，連天萬里壓幽并。
>
> 東窮碧海群山立，西帶黃河落日明。且勿卻胡論功績，英雄造事令人驚！

詩中把神人鞭石下海為秦始皇造石橋的傳說改造為鞭石上山，以表現英雄人物驅使一切的非凡力量。結末兩句尤可注意：在康氏看來，始皇最值得驚歎的，首先是「英雄造事」的氣魄！此詩的寫作距康氏投身戊戌變法尚有多年，而以英雄自詡的豪氣已洋溢在詩行間了。

譚嗣同在戊戌變法中不惜以生命殉理想，其人格為世人所重。他早年的詩就寫得慷慨豪邁，有英雄氣，如《潼關》：

> 終古高雲簇此城，秋風吹散馬蹄聲。河流大野猶嫌束，山入潼關不解平。

大河的不可羈勒，群山的兀立爭勝，都是詩人個性的象徵。聯繫他在《仁學》中要衝決一切羅網的宣言，可以感受到很強烈的自由解放精神。

秋瑾以「鑒湖女俠」為號，喜酒善劍，果敢明決，從她赴日留學途中所作《日人石井君索和即用原韻》一詩中可以看到其豪邁的形象：

> 漫云女子不英雄，萬里乘風獨向東。詩思一帆海空闊，夢魂三島月玲瓏。
>
> 銅駝已陷悲回首，汗馬終慚未有功。如許傷心家國恨，那堪客裏度春風。

以上選列的均是晚清推進歷史變革的重要政治人物的詩篇，在反映社會思潮上應有較大代表性。而不論各人具體立場如何，以英雄自詡、通過主動選擇和承擔某種社會使命來實現個人價值，則是共通的。所以這一類詩和居於依附地位寫出的政治詩有完全不同的氣質，它是自由思想不斷成長的歷史環境中的產物。回顧龔自珍對人性奴化、人格墮落、人才凋零的社會狀態的批判，可知前引梁啟超說光緒間新學家讀龔氏著作「若受電然」，其感通之處究竟何在。

　　黃遵憲、梁啟超等　清末在詩歌與散文領域試圖以顯著的變革來適應社會變化的，有黃遵憲與梁啟超。

　　黃遵憲（1848—1905）字公度，號人境廬主人，廣東嘉應（今梅縣）人。光緒舉人，曾任駐日、英使館參贊及舊金山、新加坡總領事。回國後積極參加維新變法，變法失敗後去職家居，老死鄉里。

　　黃遵憲二十一歲所作《雜感》，就對「俗儒好尊古」提出批評，宣稱「我手寫我口，古豈能拘牽」，表現了不為傳統束縛的個性；至戊戌變法前夕，他更進一步提出「新派詩」的名目。《酬曾重伯編修並示蘭史》云：「廢君一月官書力，讀我連篇新派詩。」後來在《人境廬詩草自序》中，他對自己在詩歌方面的追求作出了更詳盡的說明。其要旨大體是最廣泛地汲取古代文化和現實生活中的材料，打破一切拘禁，而終「不失乎為我之詩」。尤具特色的有兩點：一是提出「古人未有之物，未闢之境，耳目所歷，皆筆而書之」，這表明他重視以詩反映不斷變化和日益擴大的生活內容；一是提出要「以單行之神，運排偶之體」，並「用古文家伸縮離合之法以入詩」，這表明他的詩歌愛好有散文化傾向，這一傾向同他多以詩敍事寫物有關。

　　多記時事是黃遵憲詩的一大特點。如記述中法、中日戰爭的《馮將軍歌》、《東溝行》、《哀旅順》、《哭威海》、《度遼將軍歌》等，記述太平天國和義和團之亂的《拔自賊中述所聞》、《天津紀亂》、《聶將軍歌》

等，都體現着黃氏以詩為史的意識。而尤其使人耳目一新的，是那些與他的外交官經歷有關的反映世界各地風土人情和包含着新的科學文化知識的作品。以前者言，如《櫻花歌》描述櫻花開時日本舉國若狂的歡騰景象，《紀事》記美國總統競選、兩黨哄爭的情形，《登巴黎鐵塔》寫登埃菲爾鐵塔所見所思；以後者言，像《今別離》四首在傳統的遊子思婦題材中，以火車、輪船、電報、照相等新事物以及東西半球晝夜相反的現象構成離別與相思的情景，凡此種種，令國人大開眼界。下錄《今別離》之四：

> 汝魂將何之？欲與君追隨。飄然渡滄海，不畏風波危。昨夕入君室，舉手搴君帷。披帷不見人，想君就枕遲。君魂倘尋我，會面亦難期。恐君魂來日，是妾不寐時。妾睡君或醒，君睡妾豈知？彼此不相聞，安怪常參差。舉頭見明月，明月方入扉。此時想君身，侵曉剛披衣。君在海之角，妾在天之涯。相去三萬里，晝夜相背馳。眠起不同時，魂夢難相依。地長不能縮，翼短不能飛。只有戀君心，海枯終不移。海水深復深，難以量相思！

因為東西半球晝夜相反，寢起各異，所以離人的夢魂也不得相見。在古詩的傳統裏，這種立意自然顯得很新奇。

黃遵憲在詩史上有其重要的地位。他清楚地意識到古典詩歌傳統不足以充分表現日益複雜的社會生活和文化知識，要求詩與時為變，在題材、風格、語彙諸方面打破一切忌諱，對於推進詩歌的變革有重要意義。他的詩在當日詩壇上給人們的印象是很強烈的，丘逢甲稱讚他為「詩世界之哥倫布也」（《人境廬詩草跋》），黃氏本人亦頗為自得。但他並沒有真正為中國詩歌開闢新的方向。當西方事物帶來的新異感散去以後，其詩的弱點也就暴露出來了。錢鍾書《談藝錄》批評它「差能說西洋制度名物，捇掫聲光電化諸學，以為點綴，而於西人風雅之妙、性理之微，實少解會。故其詩有新事物，而無新理致」，這是不錯的。這證明中國詩歌必須有一種更具根本性的變化。

梁啟超（1873—1929）字卓如，號任公，又號飲冰室主人，廣東新會

人。早年師事康有為，是戊戌變法的核心人物之一。後與康氏一起組織保皇會。但梁的思想能與時為變，不斷接受新事物，故後期在推進文化革新方面仍有許多建樹。

戊戌變法失敗後，梁啟超亡命日本，廣泛接觸日本新文化和西方文化，並移借日語中「革命」一詞的用法[1]，提出了「詩界革命」、「文界革命」、「小說界革命」的口號。在《夏威夷遊記》中，梁啟超就「詩界革命」的方向提出要兼備三長：一為「新意境」（主要指詩的題材、內容），二為「新語句」，三為「以古人之風格入之」。他對黃遵憲詩評價最高，謂詩人之「銳意欲造新國者，莫如黃公度」。但他也指出「其所謂歐洲意境語句，多物質上瑣碎粗疏者，於精神思想上未有之也」。簡言之，在較低的標準上，黃可為「詩界革命」的模範；在高標準上，則連他也不合格。

晚清的詩歌變革運動成效不大，有多種原因。如過分強調社會功用（這和「小說界革命」一樣），片面趨新求異，都有礙於藝術上的成就。但關鍵一點，還是梁啟超所謂「古人之風格」的問題。中國古典詩歌有悠久的傳統和輝煌的成就，也有其審美心理、欣賞習慣上的局限。要在充分保持古詩之優長、不背離「古人之風格」的條件下，成功地、富有創造性地表現現代人的生活與心理，實際上是很困難的。這也就是新詩必然要興起的原因。

報紙作為一種全新的大眾性傳播媒體，在戊戌變法前後蓬勃興起，有力地影響了文體的變化。梁啟超是倡導這種「報章體」或謂「新文體」的代表性人物。他先是擔任當時最有影響的《時務報》的主筆，宣傳變法主張；流亡日本期間，又繼續在《清議報》和《新民叢報》上撰文，議論政事、宣傳西方學術文化。這種文章雖還屬於文言的範圍，卻已帶有較多

---

1 漢語「革命」的本意是「天命革易」，指改朝換代；日人以「革命」譯英語「revolution」，指變革。

的白話成分。它的特點，如梁氏在《清代學術概論》中介紹，是「務為平易暢達，時雜以俚語、韻語及外國語法，縱筆所至不檢束……其文條理明晰，筆鋒常帶情感，對於讀者，別有一種魔力焉。」雖然這種「新文體」主要是宣傳性而不是文藝性的，但在當時，它完全打破了傳統古文的束縛，促進了新式散文的誕生。其中有些文章也很有文采，下舉《少年中國說》的結末為例：

> 紅日初升，其道大光；河出伏流，一瀉汪洋；潛龍騰洲，鱗爪飛揚；乳虎嘯谷，百獸震惶；鷹隼試翼，風塵吸張；奇花初胎，矞矞皇皇；干將發硎，有作其芒；天戴其蒼，地履其黃；縱有千古，橫有八荒；前途似海，來日方長。美哉我少年中國，與天不老！壯哉我中國少年，與國無疆！

畫面絢麗，文采飛揚，朗朗上口。雖是得於駢文的修養，但它的恣肆熱烈，卻和向來講究淵雅的駢文不同。

戊戌變法前後還曾出現一股推廣白話文的新潮，各地創辦的白話報刊為數眾多，如裘廷梁甚至提出「崇白話而廢文言」的主張（《論白話為維新之本》）。這雖然着眼在通過普及教育以圖強國，但客觀上為後來胡適他們提倡白話文學提供了重要的社會基礎。

另外值得一說的是蘇曼殊（1884—1918）。他是一個極富靈性和浪漫氣質的人，能詩善畫，還寫小說，且通日、英、法、梵諸種文字，曾譯過拜倫、雪萊的詩作和雨果的《悲慘世界》。他既是和尚，又是革命者，而兩者都不能安頓他的心靈；他以一種時而激昂時而頹廢的姿態，表現着強烈的生命熱情。

蘇曼殊的詩中常常滲透了孤獨與傷感的情緒，如《本事詩十章》之九：

> 春雨樓頭尺八簫，何時歸看浙江潮？芒鞋破缽無人識，踏過櫻花第幾橋。

他的情詩最為傾動一時。下錄《寄調箏人》之三：

> 偷嘗天女唇中露，幾度臨風拭淚痕。日日思卿令人老，孤窗無那正黃昏。

郁達夫《雜評曼殊的作品》說：「他的詩是出於定盦的《己亥雜詩》，而又加上一脈清新的近代味的。」此所謂「近代味」，主要表現為抒寫感情的大膽坦然，和與此相應的語言的親切自然。蘇曼殊熟悉雪萊、拜倫的詩，他的愛情詩中無所忌諱的真誠放任，以及對女性的渴慕與讚美，融入了西洋浪漫主義詩歌的神韻。雖然很少用新異的名詞概念，卻在傳統形式中透出新鮮的氣息。當時渴望感情得到自由解放的青年，從他的熱烈、豔麗而又哀傷的詩歌情調中，感受到了心靈的共鳴。

第十九章　清代戲曲與小說

清代戲曲與小說大體仍沿着明代文學的趨向發展，分別而言則有所不同。戲曲以前期為盛，清初的李漁和康熙朝的洪昇、孔尚任均有出色的作品。到了乾隆時代以後，儘管戲曲演出越來越普及和興旺，但由於高級士大夫蓄養家伶的風氣和文人對戲曲創作的興趣都開始減退，從文學角度來看，已缺乏新的創造。小說則是在乾隆時代以《儒林外史》和《紅樓夢》為代表，攀升到中國文學史的新高峰。至清末，由於新型大眾媒體報紙雜誌的流行，小說創作呈現出爆發勢態，雖然優秀之作不甚多，卻有許多新鮮的嘗試。

一　清代前期的戲曲與小説

　　李漁　李漁（1611—1680）是清初重要的戲曲及白話短篇小説作家。過去，人們因為他的作品缺乏思想性而對之不夠重視，近些年來這種情況得到了改變。他字笠翁，明末曾多次應鄉試，均不第，清初居金陵，靠開書舖印行通俗書籍、組織家庭戲班巡迴演出於官紳之家謀生，其身份兼為清客和文化商人。有短篇小説集《十二樓》、《無聲戲》，戲曲集《笠翁傳奇十種》等。李漁才智過人，深諳人情世故，又經過晚明思潮的薰陶，對正統文化及社會生活的荒誕性有清晰的瞭解，但他是一個以寫作為謀生手段的人，就吸引讀者、觀眾而言，作品的娛樂功能是首要的，這造成了其戲曲、小説的某些共同特點。

　　《十二樓》「鍾離睿水」序引李漁語云：「吾於詩文非不究心，而得志愉快，終不敢以小説為末技。」在創作所帶來的快感上，他把小説的價值置於詩文之上。其小説的內容無非是憐才喜色一類的戀愛和婚姻故事，且常雜有許多傳統倫理的説教和因果報應的解釋。但李漁的「正經」話往往説得很滑稽，有濃厚的反諷意味。如《夏宜樓》中一段奇論：「男子與婦人交媾，原不叫做正經」，只因可以生兒子，才成為「一件不朽之事」，

令人發笑。又如《合影樓》開頭一節，力主防止青年男女的接觸要徹底，因為他們一旦動了念頭，即便「玉皇大帝下了誅夷之詔，閻羅天子出了緝獲的牌，山川草木盡作刀兵，日月星辰皆為矢石，他總是拚了一死，定要去遂心了願」，倒是在說「情」的不可阻遏和禁慾的無效了。李漁小說的情節大都不落陳套，構思巧妙，而在一些荒誕的情節中，又常包含了對傳統文化意識的肆意嘲謔。如《無聲戲》中《男孟母教合三遷》寫許葳與尤瑞郎二男相戀，結為「夫妻」，瑞郎不僅深愛其「夫」，且在死後為之守節，又效「孟母三遷」，盡力撫養其子成器，得封為「誥命夫人」。這種故事將一些正統的價值觀念演述得十分滑稽。此外，李漁寫青年男女間癡情相戀的故事有些也很動人（如《合影樓》），可以說承續了「三言」、「二拍」的傳統。

李漁的《閒情偶寄》收錄了各種隨筆一類的雜著，其中關於戲曲創作的《詞曲部》分為「結構」、「詞采」、「音律」、「賓白」、「科諢」、「格局」六章，是古代戲曲理論的名作。其特點是重視舞台演出的效果，由此出發強調戲劇文學的特殊性。

《笠翁傳奇十種》所寫的題材同樣是才子佳人一類容易投人所好的故事，為了提供娛樂，大多寫成喜劇、鬧劇，且和他的小說一樣，每以荒誕情節博笑（如《奈何天》與小說《醜郎君怕嬌偏得豔》為同一故事，寫一奇醜男子連娶三個絕色美女）。李漁在戲曲中也常常用戲謔的語言嘲弄社會中的陋習和人性的可笑一面，如《風箏誤》借丑角戚施之嘴宣揚遊戲之樂，對「雅人」大肆譏諷，指責「文周孔孟那一班道學先生，做這幾部經書下來，把人活活的磨死」，頗有寓莊於諧的意味。

愛情題材的《比目魚》是李漁劇作中最為感人的一種，寫貧寒書生譚楚玉因愛上一個戲班中的女旦劉藐姑，遂入班學戲，兩人暗中通情。後藐姑被貪財的母親逼嫁錢萬貫，她誓死不從，借演《荊釵記》之機，自撰新詞以劇中人物錢玉蓮的口吻譴責母親貪戀豪富，並痛罵在場觀戲的錢萬貫，然後從戲台上投入江水，譚亦隨之投江。兩人死後化為一對比目魚，被人

網起，又轉還人形，得以結為夫婦。一種生死不渝的兒女癡情，表現得淋漓盡致。在藝術技巧方面，李漁的劇作較好地體現了他在《閒情偶寄》中提出的原則。最突出的一點，是劇情新奇，結構巧妙，絕不入前人陳套，其巧合的情節雖出人意外，卻又針線細密。如《比目魚》戲中套戲，十分新奇；《風箏誤》寫兩對男女之間誤會迭生的故事，也是突出的一例。

李漁的小說和戲曲通常立意不高，其庸俗的市井趣味常遭到人們的批評，但善於描繪常人的生活慾望，在離奇的情節中表現出真實的生活氣氛，卻是其明顯的長處。總體而言，它在脫離士大夫文化傳統、脫離文學的政治與道德功用，偏重世俗生活、偏重娛樂性方面，是十分突出的。這種特點，其實也是中國古典文學趨向現代的一種表現。

李玉等　明代蘇州曾經是戲劇創作與演出的一個中心城市，到了清初仍有許多作家在這裏活動。其中李玉最為著名，另有朱𤃯、朱佐朝、葉時章、張大復、丘園等。他們中的多數人彼此交往密切，常合作寫劇，所以有的研究者稱之為「蘇州派」。

李玉（1591？—1671？）字玄玉，又以其書齋名號「一笠庵主人」。吳偉業《北詞廣正譜序》說他在明末曾中副榜舉人。所作傳奇三十多種，今存十八種。其中作於明末的以「一笠庵四種曲」即《一捧雪》、《人獸關》、《永團圓》、《占花魁》最為有名，合稱「一人永占」。此外，《清忠譜》寫作年代不詳，但吳偉業的序作於清初，劇本大概也是清初所作；《萬里圓》（又名《萬里緣》）、《千鍾祿》（又名《千忠戮》）都作於清初。

李玉屬於明末清初力圖以舊道德的重振來挽救「頹世」的人物，代表這一傾向的作品有《一捧雪》和《清忠譜》。

《一捧雪》寫權奸嚴世蕃為謀奪莫懷古家傳寶物「一捧雪」玉杯而對其加以陷害的故事。在全劇的矛盾衝突中起關鍵作用的，是幾個社會地位低下的人物，他們分屬「正」、「邪」兩個方面。屬於反面的，是莫家

門客湯勤。他原是流落街頭的藝人，被莫家收容，後為巴結嚴世蕃而為之出謀劃策陷害莫懷古，並趁機謀奪莫的愛妾雪豔娘。屬於正面的，是莫家義僕莫誠和貞妾雪豔娘，前者代主受戮，使莫懷古得以逃生，後者為了不讓湯勤說出莫誠代死的真相，假意嫁給湯勤，在洞房中刺死他然後自殺。劇中充滿對奴隸道德的歌頌，而作者以為這是可以糾正「世風」的力量。湯勤是劇中寫得比較鮮活的人物，他善於投機取巧，伶俐而險惡，不信天理，不講人情，具有相當的聰明才智，為了往上爬而在道德上毫無顧忌。這種市井人物具有時代特點，是過去戲劇中未曾有過的。

《清忠譜》寫天啟年間魏忠賢「閹黨」迫害東林黨人的史實。劇中的周順昌本來的政治地位並不重要，作者有意將他描繪成國家精神支柱式的人物，使其在人格上呈現極端道德化的面目。不僅竭力刻畫他「忠臣不怕死」的剛直性格，而且反復渲染他對妻兒毫無留戀、近乎麻木的態度，以映襯他「許身君王」的徹底，這種以對個人的徹底否定來完成的忠君精神，與《一捧雪》所歌頌的奴隸道德完全是一致的。

李玉劇作中寫得較好的是《千鍾祿》，述明初燕王（即後來的永樂帝）與建文帝爭奪帝位、攻破南京後，建文帝化裝成僧人逃亡的故事。《慘睹》一齣中的《傾杯玉芙蓉》一曲唱詞在當時流傳很廣：

> 收拾起大地山河一擔裝，四大皆空相。歷盡了渺渺程途、漠漠平林、疊疊高山、滾滾長江。但見那寒雲慘霧和愁織，受不盡苦雨淒風帶怨長。雄城壯，看江山無恙，誰識我一瓢一笠到襄陽。

此劇雖是寫明初史事，卻隱約帶有明亡的影子。劇中寫燕王為追索建文帝而大肆屠殺的情節，以及建文帝逃亡途中的淒惶情景，都表現了巨大的歷史變動帶給人們的失落感，具有悲劇氣氛。

李玉的劇作大多劇情緊湊，衝突激烈，舞台演出的效果較好。但由忠臣、義僕、貞妾這一類角色為主人而忘我犧牲所表現出的激情，多依賴於語言的誇張，並不能給人以很深的感動。

《聊齋志異》 記述鬼怪靈異故事的文言小說作為表現奇思異想和抒發幽懷的手段，晚明以來在文人士大夫中甚為流行，至蒲松齡的《聊齋志異》發揮到極致。

蒲松齡（1640—1715）字留仙，別號柳泉居士，山東淄川（今淄博）人，出身於一個久已衰落的世家。他從小隨棄儒從商而不忘恢復門庭的父親讀書，十九歲時以縣、府、道試三個第一補博士弟子生員，自此文名大振，而自視甚高。但此後的科場經歷卻始終困頓不振，一直到七十一歲時，才援例得到一個已經無意義的歲貢生名義。做過短期的幕賓，後來長期在官宦人家教私塾餬口。大致從中年開始，他一邊教書一邊寫作《聊齋志異》，書未脫稿，便在朋輩中傳閱，並得到當時詩壇領袖王士禎的賞識。

在文言小說的系統中，《聊齋志異》是志怪與傳奇體的混合。總共近五百篇作品中，約有半數為不具有故事情節的各類奇異傳聞的簡單記錄，另一半才是真正意義上的小說，多為涉及神鬼、狐妖、花木精靈之類的奇異故事。

由於作者一生受盡科舉之苦楚，與此有關的故事總是飽含其內心的辛酸與憤怨，給人以深刻的印象。如《三生》篇寫名士興於唐被某考官黜落，在三世輪迴中與該考官的後身為仇，這種永不能解的怨毒，正是蒲松齡自身心態的反映。而《王子安》篇寫王子安屢試不第，在一次臨近放榜時喝得大醉，片刻間夢見自己中舉人、中進士、點翰林，於是一再大呼給報子「賞錢」，又想到應「出耀鄉里」，因「長班」遲遲而至，便「捶床頓足，大罵『鈍奴焉往？』」酒醒之後，始知虛妄。這一種入木三分的描寫，更揭示了士子在科舉中的迷狂且帶有心理反省的意味。

作為現實世界中的失敗者，蒲松齡的內心常常是幽塞晦暗的，這使得他需要一種幻想的滿足；而他的才情，又足以虛構出美麗的夢境。許多狐鬼、精靈與人相戀的故事便由此而產生。像《嬌娜》、《青鳳》、《嬰寧》、《蓮香》、《阿寶》、《巧娘》、《翩翩》、《鴉頭》、《葛

巾》、《香玉》、《綠衣女》等，都寫得十分動人。這些小說中的主要形象都是女性，她們或憨直任性，或狡黠多智，或嬌弱溫柔，但大抵都富有生氣。因為她們是狐鬼花精之類，無法以禮教的準則來約束，也不像世人有很多利害的計較，所以在感情生活中她們大多採取主動的姿態而少有畏懼，她們對情人的選擇也只聽從感情的支配。總之，她們是甚少受到人間文明法則污染的一群。作者在想像中描繪出的這類女性形象，不管是否出於自覺，總之是揭示了一個重要的道理：只有在擺脫了冷酷的禮教規則之後，女性才是更美麗更可愛的。當然，即使在幻想中現實的陰影也依然存在，所以那些人與狐鬼之間曠男怨女的短暫結合終了往往給人以幽淒的感覺。

《聊齋志異》故事的格外動人之處，在於能夠在匪夷所思的幻想中表現真摯的情感，而且，真實的人情和生活經驗在奇異的情節中由於變形而顯得尤為鮮明。如《綠衣女》寫于生讀書於深山舊寺中，忽有女子飄然而至，「綠衣長裙，婉妙無比」，兩相歡愛，後此女無夕不至——

> 一夕共酌，談吐間妙解音律。于曰：「卿聲嬌細，倘度一曲，必能消魂。」女笑曰：「不敢度曲，恐消君魂耳。」于固請之。曰：「妾非吝惜，恐他人所聞。君必欲之，請便獻醜，但只微聲示意可耳。」遂以蓮鈎輕點足床，歌云：「樹上烏白烏，賺奴中夜散。不怨繡鞋濕，只恐郎無伴。」聲細如蠅，裁可辨認，而靜聽之，宛轉滑烈，動耳搖心。

歌已，綠衣女忽然變得滿心疑懼，並傷感地說：「妾心動，妾祿盡矣！」至晨將去，乞于生相送出門——

> （于）方欲歸寢，聞女號救甚急。于奔往，四顧無跡，聲在簷間。舉首細視，則一蛛大如彈，摶捉一物，哀鳴聲嘶。于破網挑下，去其縛纏，則一綠蜂，奄然將斃矣。捉歸室中，置案頭，停蘇移時，始能行步。徐登硯池，自以身投墨汁，出伏几上，走作「謝」字。頻展雙翼，已乃穿窗而去。自此遂絕。

一個微弱的生命被強暴的外力所窺伺着，卻不顧危險，仍然要獲得哪怕短暫的歡愛。在這縹緲的故事中，哀傷的詩意令人難忘。

　　《聊齋》的語言也頗有特色。它用簡潔而優雅的文言敍事，而人物的對話雖亦以文言為主，但不僅較為淺顯，有時還巧妙地融入白話成分，以摹寫人物的神情聲口。像《翩翩》寫仙女翩翩收留了落魄浪子羅子浮，以樹葉為情郎製作錦衣。某日有一位「花城娘子」來訪，羅兩度偷戲花城，他的衣衫均變回片片黃葉，當場出醜——

> 花城笑曰：「而家小郎子，大不端好！若弗是醋葫蘆娘子，恐跳跡入雲霄去。」女亦哂曰：「薄倖兒，便直得寒凍殺！」相與鼓掌。花城離席曰：「小婢醒，恐啼腸斷矣。」女亦起曰：「貪引他家男兒，不憶得小江城啼絕矣。」

　　寫二女相為戲謔的口吻，十分靈動。這故事也非常有趣。

　　《水滸後傳》等長篇小說　　清代前期產生了不少通俗性的長篇小說，其中《水滸後傳》、《說岳全傳》、《隋唐演義》等為一類，主要敷演英雄傳奇故事。

　　《水滸後傳》四十回，最初付梓於康熙三年（1664），寫作年代當在順治、康熙之交。其時清王朝對全國的統治已基本確立，但各地的反抗浪潮猶此起彼伏。作者陳忱，字遐心，號雁宕山樵，以亡明遺民自居，其書第一回序詩中「千秋萬世恨無極，白髮孤燈續舊編」之句，表明了他寫作的心情和寄寓之意。

　　這部小說雖謂《水滸傳》續書，實際與當代歷史的關係極為密切。它以金兵南侵、宋室危殆為背景，寫梁山泊一些未死的頭領及梁山英雄的後人再加上另外一些江湖義士，以李俊為首重新聚集起來佔山據水，開始雖以反抗地方上的貪官污吏為主，但自十四回以後，即轉為與高俅、童貫、

蔡京父子等賣國權奸和金兵的鬥爭；最後李俊等到海外創業建國，仍接受了南宋王朝的敕封。這些內容明顯有影射清初時事的意味，並令人想到當時正以台灣為反清復明之基地的鄭成功政權。

《水滸後傳》在許多方面繼承了《水滸傳》的特色。但由於中心偏向於表現民族意識，小說中的人物形象作為「忠臣義士」的一面被強化了，水滸英雄自由豪放的個性和對世俗幸福的追求在這裏卻未能得到充分的表現，這妨礙了小說的成就。但作者的藝術修養還是比較高的，作為一部獨創的小說，它的故事結構相當完整；語言雖比不上《水滸傳》那樣生氣勃勃，卻也流暢生動。

《說岳全傳》八十回，寫岳飛抗金和最後遭秦檜陷害而死的故事。題「仁和錢彩錦文氏編次，永福金豐大有氏增訂」，錢彩、金豐生平均不詳。書前有金豐康熙二十三年序。明代熊大木編有《大宋中興通俗演義》，鄒元標將其刪節歸並為《岳武穆精忠傳》，《說岳全傳》即在此基礎上重新創作而成，內容以史實為核心而有較多虛構成分。

岳飛抗金故事自然會觸及民族矛盾的問題，但小說在這方面卻是有所迴避的。書中將宋、金間的戰爭解釋為一種「天意」，對金朝人物的描寫較之明代作品而言也較少使用詬辱的語言，甚至不無譽美。這是為了避免觸犯清朝統治者。而忠奸之爭則成為全書的基本線索，是否忠於各自的王朝和君主，始終是評判的最高標準。因而，作為「忠」和「奸」的化身的岳飛與秦檜的形象，具有明顯的符號化傾向。如書中寫岳飛被捕後，因為擔心岳雲、張憲會造反，寧可寫信將他們召來一起就死；部下張保探監時，見他處境之慘，撞死在獄中，他沒有一點惋惜，反而哈哈大笑，說張保成全了自己。這種看似美化岳飛的描寫其實頗有奴性色彩。倒是一些次要人還顯得較有個性，尤其李逵式的人物牛皋，魯莽憨直，常惹是生非，造成一種活躍的氣氛。他敢於罵「那個瘟皇帝」，敢於說「大凡做了皇帝，儘是些無情無義的」。他的形象既是岳飛的陪襯，又給予讀者以一種心理上的平衡。

《說岳全傳》能夠吸引人的地方主要在於很強的故事性。全書的情節安排，除最後十幾回顯得零散、累贅，還是有間架，有波瀾，頭緒多而不亂。很多場面，如岳飛槍挑小梁王、高寵挑滑車、梁紅玉擊鼓戰金山、岳雲踹營，都寫得很有氣氛，頗能引起一般讀者的興趣，作為說書的材料，更是適宜。小說的語言雖沒有很強的特色，卻也堪稱純熟流暢。

《隋唐演義》一百回，褚人穫著，約成書於康熙年間，係根據元末以來《隋唐志傳》、《隋煬帝艷史》、《隋史遺文》等歷史小說改編而成，從隋文帝滅陳寫起到安史之亂後唐玄宗回長安結束，把隋煬帝與朱貴兒、唐玄宗與楊貴妃處理為「兩世姻緣」，成為貫穿全書的一條線索。

此書大量吸收了有關的野史筆記、傳奇小說的材料，面目駁雜。作為一種通俗讀物，它賴以吸引讀者的地方，一是渲染隋煬帝的宮闈生活和他的多情，一是描述隋末英雄的造反事蹟。兩者似乎矛盾，但在適應民間心理上卻是一致的。其缺陷正如魯迅所批評的「浮艷在膚，沉著不足」（《中國小說史略》）。不過，小說中包含了豐富的歷史傳說故事，許多情節生動有趣，秦瓊、單雄信、程咬金、羅成等民間英雄的形象也還寫得不錯。與《隋唐演義》內容相近的小說，還有題「鴛湖漁叟校訂」的《說唐演義全傳》（簡稱《說唐》）六十八回，或以為產生於雍正年間，但今所見以乾隆年間的刊本為最早。此書的中心是隋末英雄匯聚瓦崗寨造反的故事，傳奇的意味較《隋唐演義》更濃，秦瓊、單雄信、程咬金、羅成等人的形象，也更為豐滿一些。

上述這一類小說中寫了許多民間草莽英雄的形象，很明顯受到《水滸傳》的影響。但值得注意的是：這些小說中的正統道德意識越來越濃厚，小說中英雄人物的性格，雖然還保持着桀驁不馴的特點，但他們受正統人物的支配、約束也越來越嚴重。沿着這個方向演變下去，就出現了「英雄」與政府、「清官」合作的公案俠義小說。

清代前期還產生了大量才子佳人類型的小說。這些小說大抵以青年男女詩簡唱和、私相愛慕、經歷挫折、最後奉旨（或奉父母之命）完婚為基本的

模式，陳陳相因，千篇一律。小說中的人物，必定出於顯宦或世家；女子必定美貌無雙，且愛才而不慕金錢與權勢，男子必定文才出世，考起進士、狀元來輕而易舉。由於脫離生活實際，一般説來，人物形象都比較單薄。但這類小説的流行，終究反映着社會中追求愛情與婚姻自主的願望更為普遍化；後來所謂「鴛鴦蝴蝶派」小説實與之一脈相承。較有代表性的作品有《平山冷燕》、《玉嬌梨》兩種，各二十回，都署「荑秋散人」（或「荻岸散人」等），前者敍燕白頷與山黛、平如衡與冷絳雪兩對才子佳人的戀愛故事，後者寫才子蘇友白兼得兩位佳人——白紅玉和盧夢梨的故事。

《長生殿》與《桃花扇》　康熙中期出現的洪昇的《長生殿》與孔尚任的《桃花扇》，是古代戲曲文學史上最後的傑作。

洪昇（1645—1704）字昉思，號稗畦，浙江錢塘（今杭州）人，做了二十來年的太學生，未獲一官半職。為人清高孤傲，趙執信説他「常不滿人，亦不滿於人」（《談龍錄》）。

自唐代以來，玄宗李隆基與楊貴妃的事蹟在各種正史、野史、民間傳説、文學虛構中形成了繁複的面貌，洪昇以白居易《長恨歌》、陳鴻《長恨歌傳》所述為主，廣泛參閱各種資料而加以取捨，費時十餘年、三易其稿而寫成《長生殿》，其創作的首要動因是為中國文學的這一特殊題材作出總結性的描述，而事實上《長生殿》也終結了這一故事在古典意義上的文學創作。

李、楊故事從一開始就包含一種內在的矛盾：一方面，它通過對宮廷生活的想像表現人們對一種華美而浪漫的愛情的嚮往，而另一方面，對那一段歷史的標準闡釋則認為李隆基因寵信楊貴妃而荒怠國政是引發安史之亂的根由，因而抒寫興亡之感與讚美兒女之情很容易彼此衝突。《長生殿》則試圖將這兩方面的內容結合成一體加以充分的描繪。劇中寫由於唐明皇沉湎於對楊妃的戀情和楊氏家人的擅權亂政引發國家政治秩序的破壞和社會的動亂，雖也有批評明皇失政的用意，但從全劇結構來看，其着

重點已不是提供政治教訓，而是寫出男女主人公因自身的過失導致生死分離，渲染了縱為天子、貴妃也無法決定自身命運的哀傷。這種描寫不但沒有構成對「情」的否定，相反成為「情」上升到前所未有的熱烈境界的條件：正是由於生死之別，由於歡愛不再，男女主人公才真正認識到愛情對於生命的不可缺失的價值。如在《哭像》一齣寫唐明皇面對楊妃的木雕像神志迷恍，凄惻流涕，直哭得木雕像的眼裏都流出了淚水，這種場景讓讀者或觀眾無法不為之深深感動。這種極致的「情」遂能感天地而動鬼神，超越生死，最終二人得以共升仙宮，實現一個愛情的美夢。由於「情」始終是貫穿全劇的核心，興亡之感與兒女之情的矛盾就被淡化了。而如此將至情作為超越生死的力量來歌頌，實是對晚明文學精神的繼承；在《例言》中，作者對有人稱此劇「乃一部鬧熱《牡丹亭》」的説法表示贊同，也表明《長生殿》和《牡丹亭》有一脈相承之處。

《長生殿》在藝術上最受前人稱賞的地方，一在結構，二在曲詞。

明清傳奇由於篇幅不受限制，頭緒紛亂、情節枝蔓是常見的現象，即如《牡丹亭》這樣的傑作亦不能免。《長生殿》全劇長達五十齣，在寫李、楊愛情的同時，又用了相當大的篇幅寫安史之亂及有關的社會政治情況，場面宏大、人物眾多、波瀾曲折，卻組織得相當嚴密，豐富的內容始終層次分明地展開。劇中以李、楊愛情為主線，這條主線又以一組道具——李、楊作為信物的金釵、鈿盒貫穿始終，隨情節變化由合而分，由分而合，有很強的戲劇性。

《長生殿》的曲詞優美，也歷來為人們所稱道。從文字上説，它具有清麗流暢、刻畫細緻、抒情色彩濃郁的特點；從音律上説，不但洪昇本人精於此，而且還得到曾作《九宮新譜》的專家徐麟的幫助，所以「句精字研，罔不諧叶」（吳儀一序），即使從書面誦讀，也能感受到那富於音樂性的美感。《聞鈴》一齣，繼承《長恨歌》、《梧桐雨》的筆法，借風聲雨聲，襯托唐明皇心中的纏綿悱惻之情，將其癡於「情」的一面表現得深入。下錄《武陵花》一曲為例：

淅淅零零，一片凄然心暗驚。遙聽隔山隔樹，戰合風雨，高響低鳴。一點一滴又一聲，一點一滴又一聲，和愁人血淚交相迸。對這傷情處，轉自憶荒塋。白楊蕭瑟雨縱橫，此際孤魂凄冷。鬼火光寒，草間濕亂螢。只悔倉皇負了卿，負了卿！我獨在人間，委實的不願生。語娉婷，相將早晚伴幽冥。一慟空山寂，鈴聲相應，閣道崚嶒，似我迴腸恨怎平！

這可以說是一首優美的抒情詩。而隨着人物身份的不同，《長生殿》曲辭的風格也多有變化，如李龜年流落江南時所唱的《一枝花》曲，別有一種蒼涼的感覺：

不提防餘年值亂離，逼拶得歧路遭窮敗。受奔波風塵顏面黑，歎衰殘霜雪鬢鬚白。今日個流落天涯，只留得琵琶在。揣羞臉上長街又過短街，那裏是高漸離擊筑悲歌，倒做了伍子胥吹簫也那乞丐。

此曲與李玉《千鍾祿》中《慘睹》一齣的《傾杯玉芙蓉》曲一時流佈甚廣，有「家家『收拾起』，戶戶『不提防』」的俗諺。

孔尚任（1648—1718）字聘之，孔子後裔。曾因被薦在御前講經，受到康熙帝賞識，由國子監生的身份破格被任為國子監博士。後遷至戶部員外郎，因故罷官。《桃花扇》劇本的寫作始於其未出仕時，經十年苦心經營，於康熙三十八年始告完成。

此劇以復社（東林黨後身）名士侯方域與秦淮名妓李香君的愛情故事為主線，描繪了南明弘光王朝由建立到覆滅的動盪而短暫的歷史，從而也就寫出了明王朝最後的崩潰。劇本的宗旨，作者說是「借離合之情，寫興亡之感」（《桃花扇・先聲》），通過說明「三百年之基業，隳於何人、敗於何事，消於何年，歇於何地」為後人提供歷史借鑒，「懲創人心，為末世之一救」（《桃花扇小引》）。劇中人物皆實有其人，作者並對南明基本史實作過深入的調查與考證，使得這一劇作具有較嚴格的歷史劇性質。

由於《桃花扇》描述了晚明的歷史並歌頌了抗清的史可法等人，常

被説成是表現民族意識的作品，這其實不符合事實。作者不僅特意在開場戲中對清人大唱頌歌以表明劇作所持的基本政治立場，他對主要人物的評價也大體基於官方標準：史可法兵敗身亡僅一月，清軍統帥多鐸即下令為之建祠（見計六奇《明季南略》），此後清朝統治者一再對他加以褒揚，以達到籠絡人心和彰揚忠節的雙重目的；而馬士英、阮大鋮則是從《明史稿》起就被列為「奸臣」（《明史稿》開始修撰的年代早於《桃花扇》問世多年）。在這些地方，作者不可能標示特異的見解。

換一個角度來看，則可以注意到：儘管《桃花扇》問世距明亡已有五十多年，在清人的統治已完全穩定的情況下由明亡所引起的悲憤和強烈的反清情緒也逐漸平靜，但人們懷舊的心理依然很濃厚；特別是對許多文人士大夫來說，其生存價值原本依托於明王朝的存在，易代的事實使他們不能不產生一種人生失落的感覺。《桃花扇》正是適時地順應了社會心理的需要，通過描述危難動盪的特殊歷史階段的社會生活圖景，抒發了巨大的歷史變化在人們心中引起的深深的感慨。而《桃花扇》感動人心的藝術力量，正是源於這種對人的命運、人的生存處境的關懷。

作為一部反映重大政治事件的歷史劇，《桃花扇》雖未能完全擺脫「正」、「邪」對立的套路，卻也沒有簡單地將一切惡果歸諸「奸邪」的罪過。劇中顯示，南明王朝覆滅的不可避免，不僅由於弘光帝、馬士英、阮大鋮等人「私君，私臣，私恩，私仇」（《桃花扇·拜壇》眉批），復社文人的以「清流」自居、意氣用事，史可法的才能短絀、缺乏果斷，左良玉在清人大兵壓境之際為了內部矛盾而起兵「清君側」，都是導致南明覆滅的重要原因。「社稷可更，門戶不可破，非但小人，君子亦然，可慨也」（《拜壇》眉批），這才是真正的「末世」景象，它令人無從自拔。這裏表現出對歷史較有深度的理解。

以前的戲劇把愛情故事與重大歷史事件結合來描繪的已經很多，而《桃花扇》在兩者的結合上，要比過去任何作品都來得緊密。劇中男女主人公的悲歡離合，始終捲入在南明政治的漩渦和南明政權從初建到覆亡的

過程中，作者甚至有意避免對「情」作單獨的描寫。這正是為了突出「興亡之感」，也就是突出個人與歷史的關係。劇中一開始寫李香君與侯方域由相互愛慕而結合，這種才士與名妓的愛情，是明末東南士大夫生活中最具浪漫色彩的內容，在作者筆下，寫出一片旖旎的風光。然而經過一系列的風波曲折，當侯、李二人於明亡後重新相會在南京郊外的白雲庵，似乎可以出現一個團圓的場面時，卻被張道士撕破以香君的鮮血點染成的代表着愛情之堅貞的桃花扇，喝斷了這一段兒女之情：

> 阿呸！兩個癡蟲，你看國在那裏，家在那裏，君在那裏，父在那裏，偏是這點花月情根，割他不斷麼？

因為侯、李的愛情在劇中被賦予了濃厚的政治色彩，它的圓滿性已經和南明的存續聯繫在一起，所以「國破」自然「家亡」，兩人只能以各自出家為結局。

在孔尚任那個時代，清取代明的合理性是不容否認的，而對個人曾經從屬的王朝的「忠義」精神也是不容否認的。由於個人價值不能獨立存在，那些跨越兩代、畢竟還要在新王朝的統治下生活下去的士大夫，就面臨了一種困境；而把歷史的巨變解釋為一場空幻，成為無奈的自慰。不僅是寫侯、李的愛情，《桃花扇》全劇都瀰漫着悲涼與幻滅之感。如《沉江》一齣，以眾人的合唱對殉國的史可法致以禮讚：

> 走江邊，滿腔憤恨向誰言？老淚風吹面，孤城一片，望救目穿。使盡殘兵血戰，跳出重圍，故國苦戀，誰知歌罷剩空筵。長江一線，吳頭楚尾路三千，盡歸別姓。雨翻雲變，寒濤東捲，萬事付空煙。精魂顯，《大招》聲逐海天遠。（《古輪台》）

這裏使人感動的，不僅是英雄赴義的壯烈激昂，更是他的生既不能力支殘局、他的死也不能於事有補的悲哀，終了只是「萬事付空煙」。

《桃花扇》打破了習見的大團圓程式，成為古代戲曲史上唯一一部完

整的悲劇，從而給讀者或觀眾留下了更大的思考餘地。這是因為作者看到了個人在歷史變遷中的無奈和渺小。儘管作者未必是有意識的，但他確實觸及了一個相當深刻的問題：在強調個人對群體的依附性的狀態下，人一旦陷入歷史造成的困境，人生悲劇便不可逃脫。

孔尚任非常重視戲劇結構。在《凡例》中，他提出劇情要有「起伏轉折」，又要「獨闢境界」，出人意料而不落陳套，還要做到「脈絡聯貫」，緊湊而不可「東拽西牽」。這些重要的戲劇理論觀點，在《桃花扇》中得到較好的實現。全劇規模略小於《長生殿》，但劇情要比後者複雜得多，而且高潮迭起，始終保持着緊張的氣氛，也比《長生殿》寫得更緊湊。劇中以桃花扇這一具有象徵意義的道具串聯紛繁錯綜的情節，結構多有巧妙之處。

從人物形象的塑造來說，女主角李香君給人的印象頗為深刻。作者將她放在政治鬥爭的漩渦中來刻畫，並藉以表達某種道德理想，有些情節不免誇張。但她的美麗、聰慧和勇毅的個性，還是顯得頗有光彩。尤其是《守樓》一齣香君血濺桃花扇，寫她在強暴的外力壓迫下寧死不屈，不僅是普通意義上所謂「忠貞」的表現，更閃爍着人格尊嚴高於生命的人性光輝。

古代牽涉政治鬥爭的戲曲作品慣於把人物的性格在道德意義上推向極端，像《鳴鳳記》、《清忠譜》都是典型的例子，《桃花扇》較多地注意到人物類型的多樣化和人物性格的多面性，這不能不說是有意義的改進。如阮大鋮本是著名戲曲家，劇中既寫了他的陰險奸猾，也注意寫他富於才情的一面；對復社文人，劇中也觸及了他們風流輕脫的名士派頭。尤為突出的是在正反兩面之間作者還刻畫了一些邊緣性的人物，其中楊文驄寫得最為成功。他能詩善畫，風流自賞，八面玲瓏，政治上沒有原則，卻頗有人情味。象徵李香君高潔品格的扇上桃花，是他在香君灑下的血痕上點染而成，這也是很有意思的一筆。正是由於人物性格較為豐富，劇情才顯得分外活躍靈動。

二　清代中期的戲曲與小說

　　乾隆時代出現的兩部長篇小說——《儒林外史》與《紅樓夢》，在中國文學史上有着特殊的價值。小說作者吳敬梓、曹雪芹都是敗落的世家子弟，都具有高度文化素養，特殊的人生經歷使他們更敏感地體會到歷史正孕育着的危機與變化，更清醒和冷峻地看到了世態人情中某些本質的東西，從而對封建正統文化的價值提出了深刻的懷疑，並試圖探求某種新的人生方向和精神前途。《儒林外史》與《紅樓夢》也是迄今為止最為嚴肅的小說創作，它們既很少受社會通行觀念的影響，也未嘗有意迎合世俗閱讀趣味，貫穿於其中的，是作者獨特的人生體驗、深刻的人生思考和傾注心血的藝術創造。小說文體便於通過描摹世態、刻畫人情來反映人性的真實狀態和人類生存處境的優長，得到了進一步的證明。在古代文學向現代方向轉變的過程中，這兩部小說具有標誌性的意義；它們的藝術成就，也啟迪了包括現代作家在內的許多後來人。

　　吳敬梓與《儒林外史》　　吳敬梓（1701—1754）字敏軒，晚年自號文木老人，安徽全椒人。其家族自其曾祖起科第不絕，五十年「家門鼎盛」，但到了他父親時已開始衰落。吳敬梓二十歲時考上秀才（這是他一生取得的最高功名），三年後父親亡故，他繼承了一筆豐厚的遺產，卻在短短幾年內揮霍殆盡，被鄉里視為「敗家子」而「傳為子弟戒」（吳敬梓《減字木蘭花》詞）。因為與族人交惡，吳敬梓於三十三歲時遷居南京，家境雖已困窘，但他仍過着豪放倜儻的生活。安徽巡撫趙國麟曾推薦他入京應「博學鴻詞」科考試，他卻稱病不去。而他的經濟狀況日益惡化，主要靠賣文和朋友接濟過活。《儒林外史》約作於吳敬梓四十歲至五十歲時，這正是他經歷了家境的劇變而深悉世事人情的時期。

　　作為長篇小說，《儒林外史》的結構比較特別。全書沒有貫穿始終的

主要人物和故事框架，而是一個個相對獨立的故事的連環套；前面一個故事說完了，引出一些新的人物，這些新的人物便成為後一個故事中的主要角色。但它也並不只是若干短篇的集合，書中以明代為背景，揭露在封建專制下讀書人的精神墮落和與此相關的種種社會弊端，有一個非常明確的中心主題，也有大致清楚的時間線索，在情節上也存在內在的統一和首尾呼應。

在封建時代，「士」是社會的中堅階層。按照儒學本來的理想，士的職業雖然是「仕」，其人生的根本目標卻應該是求「道」（《論語》所謂「士志於道」），這也是士人引以為驕傲的。然而事實上，在專制政治下讀書人越來越依附於國家政權，而失去其獨立思考的權利乃至能力，導致人格的委瑣和奴化。如何擺脫這種狀態，是晚明以來的文學十分關注的問題。

《儒林外史》首先對科舉大力抨擊。在第一回「楔子」中，就借王冕之口批評因有了科舉這一條「榮身之路」，使讀書人輕忽了「文行出處」——即傳統儒學要求於「士」的學問、品格和進退之道。第二回進入正文開始，又首先集中力量寫了周進與范進這兩個窮儒生的科場沉浮的經歷，揭示科舉制度如何以一種巨大的力量引誘並摧殘着讀書人的心靈。他們原來都是掙扎了幾十年尚未出頭的老「童生」，平日受盡別人的輕蔑和凌辱。而一旦中了舉成為縉紳階層的一員，「不是親的也來認親，不相與的也來認相與」，房子、田產、金銀、奴僕，也自有人送上來。在科舉這一門檻的兩邊，隔着貧與富、貴與賤、榮與辱。所以，難怪周進在落魄中入貢院參觀時，會一頭撞在號板上昏死過去，被人救醒後又一間間號房痛哭過去，直到口吐鮮血；而范進抱了一隻老母雞在集市上賣，得知自己中了舉人，竟歡喜得發了瘋，幸虧他岳父胡屠父那一巴掌，才恢復了神志。讀書人為科舉而癲狂的情狀，通過這兩個人物顯露得極其充分而又帶着一種慘厲的氣氛。

作為儒林群像的畫譜，《儒林外史》的鋒芒並不只是停留在科舉考試上。小說中所描寫的士林人物形形色色，除了周進、范進這一類型外，有

張靜齋、嚴貢生那樣卑劣的鄉紳，有王太守、湯知縣那樣貪暴的官員，有王玉輝那樣被封建道德扭曲了人性的窮秀才，有馬二先生那樣對八股文津津樂道而完全失去對於美的感受力的迂儒，有一大群像景蘭江、趙雪齋之類面目各異而大抵是奔走於官紳富豪之門的斗方名士，也有像婁三公子、婁四公子及杜慎卿那樣的貴公子，喜歡弄些「禮賢下士」或自命風雅的名堂，其實只是因為活得無聊。這些人物從不同意義、不同程度上反映了在讀書人中普遍存在的極端空虛的精神狀況，他們熙熙攘攘奔走於塵世，然而他們的生命是無根蒂的。這種社會景觀從根本上揭示了封建制度對人才的摧毀和它自身因此而喪失生機。

但士林的出路究竟在哪裏，這對吳敬梓仍然是艱難的課題。他晚年曾用心於經學，認為這是「人生立命處」（《文木先生傳》）。這是試圖通過對原始儒學的重新闡釋來改造社會文化。與此相關，在《儒林外史》中也出現了莊紹光、遲衡山、虞博士等「真儒」，作者指望他們身上表現出的古道君子之風可以重建合理合情的社會價值。但這是一種觀念化的、缺乏真實生活基礎的願望，那些「真儒」的形象也大抵顯得單調而蒼白；作為全書核心事件的祭祀泰伯祠的場面，貌似肅穆莊重而實際是腐氣騰騰。到了小說結束時，這具有象徵性的泰伯祠也早已荒蕪——吳敬梓分明清楚它代表着一種虛幻的理想。最後，作者以四個「市井奇人」的故事來結束全書，這些「奇人」雖帶一些城市生活的新鮮氣息，但歸根結底仍是士大夫文化傳統裏隱士情調的化身。總之，作者終究無法找到改變社會的方法，他能夠做的只是借諷刺筆法揭示士人的生存困境。

《儒林外史》的諷刺筆法是寫實與誇張的巧妙結合，而寫實尤為堅實的基礎。以前的小說中，像《金瓶梅》也有諷刺的妙筆，但從全書來看，則多誇張成滑稽腔調。《儒林外史》則不同，它的諷刺首先是通過選取合適的素材和準確的、透入人物深層心理的刻畫來完成的。許多在日常生活中司空見慣的事情，經過提煉和描摹，加上在敍事中不動聲色的放大，便清晰地透露出社會的荒謬與人心的偽妄；而當人們讀這些故事的時候，

卻又覺得它仍然是真實的生活寫照。臥閒草堂本第三回總評說：「慎毋讀《儒林外史》，讀竟乃覺日用酬酢之間無往而非《儒林外史》。」指出了小說以寫實為諷刺之根基所形成的警醒人心的力量。如第二回寫「前科新中」的舉人王惠舟行途中在私塾先生周進借居的觀音庵歇腳，先是一番令人頭暈的自我炫耀，然後用飯：

> 彼此說着閒話，掌上燈燭，管家捧上酒飯，雞、魚、鴨、肉，堆滿春台。王舉人也不讓周進，自己坐着吃了，收下碗去。落後和尚送出周進的飯來，一碟老菜葉，一壺熱水。周進也吃了。叫了安置，各自歇宿。
>
> 次早，天色已晴，王舉人起來洗了臉，穿好衣服，拱一拱手，上船去了。撒了一地的雞骨頭、鴨翅膀、魚刺、瓜子殼，周進昏頭昏腦，掃了一早晨。

文筆似平淡而瑣碎，卻富於喜劇色彩。寫兩人的進食是一種對照，而王舉人「拱一拱手」即去的輕描淡寫和對周進清掃其食後殘渣的不吝鋪排的交代，又是一種對照。「掃了一早晨」是誇張的，但在已經形成的喜劇氛圍中，這幾乎是讀者期待的誇張。

吳敬梓的眼光異常尖銳，他也刻畫出嚴貢生那樣十分卑劣粗俗的角色，但他並不缺乏對平凡人物的理解。許多人物看起來很可笑的行為，說到底只是表現着平凡的人性的弱點，或者是社會與命運的壓迫所造成的人格的變形，而他對此的諷刺常常是帶着同情的，這是《儒林外史》的動人之處。像周進在貢院中頭撞號板、嚎哭吐血的情節，單獨地看似乎非常愚蠢可笑，但人們已經讀到過周進作為一個老「童生」所遭受的種種凌辱，會覺得他的舉止是很自然的，是令人悲憫的。第四十八回寫窮秀才王玉輝在女兒自殺殉夫之後，「仰天大笑道：『死得好！死得好！』」這令人感覺到可怕的荒謬。但作者也告訴我們：他的女兒之死與母家、婆家均貧寒有關；而王玉輝雖然能夠將這自殺描述為崇高的事件，卻也並非無動於衷。所以他外出途中見到一個守喪的少婦，會想起女兒，「那熱淚直滾出來」。

明清的優秀小說呈現出從傳奇性向非傳奇性發展的趨向，這本質上是一個排除特異人物與偶然因素而逐漸深入人性真實的過程。《儒林外史》在這方面的成就，不僅表現為它的故事幾乎完全沒有傳奇色彩和激烈的戲劇化衝突，更重要的是小說中開始出現對人物心理力求深入的把握和不乏精細的表現。吳敬梓善於理解人物的心理，但他不喜歡以敍述者的身份對此進行分析介紹，而總是讓人物通過自身的動作、對話來表現。如第五回寫嚴監生之妾趙氏在正室王氏病重時每夜焚香，哭求天地，表示願代王氏死。到了王氏提出一旦自己死去她可以扶為正室時，「趙氏忙叫請爺進來，把奶奶的話說了」，只一句，便寫透了趙氏的內心。第十四回寫迂腐而正直的馬二先生西湖邊幾次看女人，用筆更是平淡中見細微。第一回他遇上幾船前來燒香的鄉下婦女，從髮型到衣着到臉部以至臉上的疤疬都細細看了一遍，如此放肆，是因為他「不在意裏」。第二次他又在湖邊看三個富貴人家的女客在船中換衣裳，一直看到她們帶着丫鬟緩步上岸，到了快要遇上的時候，卻「低着頭走了過去，不曾仰視」。這一回其實是有點「在意裏」了，舉止反而有所節制。第三次寫到他在淨慈寺遇上成群逐隊的富貴人家的女客，但儘管他「腆着個肚子」，「只管在人窩裏撞」，卻是「女人也不看他，他也不看女人」。因為太近的女人，古板而講究君子之行的馬二先生是不敢看的。但這「不看」也是一種「看」。就這樣，馬二先生在西湖邊經受了女人引起的小小騷動，而平安地從「天理」與「人慾」之間穿行過去。這種完全沒有故事性而只重表現人物心理的情節，是以前的小說中少有的。

《儒林外史》的語言是一種高度純熟的白話文，寫得簡練、準確、生動、傳神，極少有累贅的成分，也極少有程式化的套語。如第二回寫周進的出場：

> 頭戴一頂舊氈帽，身穿元色綢舊直裰，那右邊袖子同後邊坐處都破了，腳下一雙舊大紅綢鞋，黑瘦面皮，花白鬍子。

簡單的幾筆，就把一個窮老塾師的神情面目勾勒出來。像「舊氈帽」表明他還不是秀才，「右邊袖子」先破，表明他經常伏案寫字，這些都是用筆極細的地方。而這種例子在小說中是隨處可見的。白話寫到如此精煉，已經完全可以同歷史悠久的文言文媲美了。

《儒林外史》當然也有一些不理想的地方。但它的許多特點，已經相當接近於現代小說。魯迅小說中一些簡潔的描寫和冷峻的筆調，就可以看出與《儒林外史》的關係。

曹雪芹與《紅樓夢》　　《紅樓夢》的作者曹霑（約1715—約1763），號雪芹，或謂字夢阮。祖上本是居於遼東的漢人，後被編入滿洲正白旗，隨清人入關。雪芹曾祖曹璽的妻子當過康熙幼年的保姆，祖父曹寅小時也作過康熙的伴讀，與皇室形成了特殊關係，因而在康熙朝曹家得到格外的恩寵。曹璽、曹寅及雪芹的伯父曹頫、父親曹頫相繼任江寧織造，前後達六十餘年。江寧織造名義上是為宮廷採辦織物和日常用品的官職，但曹寅實際是康熙派駐江南的私人心腹。康熙六次南巡，其中四次以江寧織造府為行宮，可見其受信任的程度和其家財富的豐裕。曹雪芹就是在這種繁盛榮華的家境中度過了他的少年時代。

曹家的衰落緣於皇權的交替。雍正五年（1727），曹頫以「織造款項虧空甚多」等罪名被革職，家產也被抄沒，全家遷回北京。後於乾隆初年又發生一次詳情不明的變故，曹家遂徹底敗落，子弟們淪落到社會底層。曹雪芹本人的情況現在瞭解得還很少，只知他曾在一所宗族學堂「右翼宗學」裏當過掌管文墨的雜差，境遇潦倒，常常要靠賣畫才能維持生活。最後十幾年，曹雪芹流落到北京西郊的一個小山村，生活更加困頓，已經到了「舉家食粥酒常賒」（敦誠《贈曹芹圃》）的地步。在這僻陋之地他寫成了輝煌的《紅樓夢》（原名《石頭記》），但未能完稿即棄世而去。

《紅樓夢》的版本有兩大系統。一為八十回的「脂本」系統，附有「脂硯齋」（作者的一位隱名的親友）評語，故名。這是《石頭記》原本

的抄本。另一為一百二十回的「程本」系統，由程偉元於乾隆五十六年（1791）初次以活字排印，次年又重新排印了一次，文字有所改動，故分別稱為程甲本、程乙本。程本的後四十回是怎樣形成的，至今並無定論。一般認為是高鶚（約1738—約1815）續寫的，他是漢軍鑲黃旗人，官至翰林院侍讀。但也有人認為曹雪芹也留下了一些八十回以後的稿本，而高鶚只是對此作了補綴的工作。

《紅樓夢》是一部偉大的小說。由於它和從來的小說都有很大不同，圍繞它產生過許多穿鑿附會之說。上世紀二十年代，胡適作《〈紅樓夢〉考證》，提出此書為曹雪芹的「自敍傳」。這若是指《紅樓夢》是以作者自身為原型的文學創作，不排斥小說必然包含自由的想像，應該是可以成立的。同時還須注意到：如果說這種小說是通過追憶的方式展開的，被喚起的並非只是往事陳跡，作者一生的經驗和成熟的思考都直接作用於往事的再度塑形。

關於為甚麼要寫這樣一部小說，作者在小說的開頭作了交代：

作者自云：因曾歷過一番夢幻之後，故將真事隱去，而借「通靈」之說，撰此《石頭記》一書也。……自又云：今風塵碌碌，一事無成，忽念及當日所有之女子，一一細考較去，覺其行止見識，皆出於我之上。何我堂堂鬚眉，誠不若彼裙釵哉？實愧則有餘，悔又無益之大無可如何之日也。當此，則自欲將已往所賴天恩祖德，錦衣紈絝之時，飫甘饜肥之日，背父兄教育之恩，負師友規談之德，以至今日一技無成、半生潦倒之罪，編述一集，以告天下人：我之罪固不免，然閨閣中本自歷歷有人，萬不可因我之不肖，自護己短，一併使其泯滅也。

……此回中凡用「夢」用「幻」等字，是提醒閱者眼目，亦是此書立意本旨。

值得注意的是：從來文學作品在描述自我時，總是預先經過社會價值觀念、或至少是他自己認為是「應該」的準則的過濾，即使《儒林外

史》，在以作者為原型的杜少卿身上也看不到吳敬梓出入風月場而敗財之經歷的痕跡，而曹雪芹卻試圖更直接地逼近生命的真相。過去因為過分強調《紅樓夢》的批判性，常把這段文字理解為曲筆，那其實沒有甚麼根據。曹雪芹並沒有給讀者一個虛假的懺悔，只是他也沒有為他表示懺悔的生活感到愧恥。在經歷人生滄桑之後回顧少年時代，那個自我用理智判斷是荒謬的、負罪的，但在情感上卻是那樣值得留戀。如果說在追憶往事時自悔與自愛的心情同在，那麼到了小說的氛圍中後者的作用就更為重要。而正是因為忠實於自我、忠實於情感，《紅樓夢》才呈現出與以往任何小說都不同的面貌。

在這一節文字中曹雪芹再三強調「夢」、「幻」是小說的基調。顯然，家族由盛而衰，自身徒負才華而一事無成，使他感覺到生命的虛無。然而他卻不能忘懷人生中令他感到負罪又令他感到美好的東西；在文字的重構中追尋夢幻中的美，傷悼它的喪失，便成為《紅樓夢》的基本意蘊，對於讀者，這也是感動之源。

以前八十回而論，《紅樓夢》中賈寶玉的年齡是從十一二歲到十五六歲，所以把《紅樓夢》簡單地視為愛情小說不是很確切，它寫的是一個性早熟而敏感的少年的特殊情感經歷。從第五回夢遊警幻仙境開始，賈寶玉經歷了與眾多女子（大約不下十數人）具有或隱或顯的性意識內涵的親熱交往，同時還有同性間的愛慕。雖然林黛玉越來越佔特殊地位，但寶玉的「泛愛眾」也沒有徹底結束。因為這本是少年的感情，它過於活潑而少有節制。在舊時代，少年人的性意識是不被成人世界所認可和正視的東西，它同樣不被文學世界所承認；即便曹雪芹在藉着寶玉的故事回憶往事時，也難免有負罪感。然而他在此中的眷戀何其深重，以至他要不顧一切地將其描繪出來。因此我們在這位天才的筆下，看到對女性純出天然的愛慕乃至虔敬，看到了從未有過的風姿綽約、光彩照人的少女群像，她們幾乎是「夢幻」的人生中唯一美麗的存在。

少年充滿感性的生活注定要被成人世界的規則所破壞。家庭對少年的

壓力與社會施加給其一般成員的壓力成正比，而一個少年已形成的個性距社會標準愈遠，則遭遇的改造力量愈強。所以我們看到寶玉與父親之間緊張的對抗，而賈政在暴怒中竟要活活勒死他。人在成長的過程裏因為進入社會規範的需要而不斷喪失自我，這是人性的一種處境。對此人們素來不以為有何異常，而曹雪芹深深感受到它的悲哀。

在小說裏，成年男性的世界代表着歷史與文化的正統，代表着蠻橫的權力，它吞噬着賈寶玉所珍愛的由女兒的光彩所照耀着的夢幻一般的小天地。不僅如此，合寧、榮兩府，那些作為家族支柱的男性，有煉丹求仙的，有好色淫亂的，有安享尊榮的，有迂腐僵硬的，卻沒有一個胸懷大志、精明強幹的；這個腐敗的貴族之家還以自毀的方式把賈寶玉的感情世界和他的「女兒國」帶向最後的深淵。

《紅樓夢》以非常強烈的態度指示給讀者：美的東西都是脆弱易碎的。「女兒是水作的骨肉，男人是泥作的骨肉」，而女兒較之男人是脆弱的。便是在女兒群中，相比於薛寶釵，林黛玉是脆弱的，相比於襲人，晴雯是脆弱的，還有尤三姐，當她以一種墮落姿態放肆地與賈珍等人周旋時，她顯得很強韌，而一旦真心實意愛上一個人，生命立刻崩碎……。《紅樓夢》充滿了美的毀滅，這種毀滅昭示人們所生活的世界粗鄙而骯髒，它對於美的事物而言是悲劇舞台；但《紅樓夢》卻又充滿了對美的懷想，這種執著的懷想在哀傷中表達着不能泯滅的人生渴望，它給人世留下了深長的感動。

《紅樓夢》不只是關注賈寶玉與大觀園中女兒們的情感生活。作為一部帶自傳色彩的小說，它的全部故事情節是隨着賈府的衰敗史展開的。作者以前所未有的真實性描繪出一個貴族世家的沒落，並由賈府的廣泛的社會聯繫，上至皇宮，下至市巷、鄉野，時近時遠地展現出更為宏闊的社會生活圖景。雖然對政治的批判並非預設的任務，但由小說寫實的品格所決定，從賈雨村徇情枉法，王熙鳳私通關節、仗勢弄權，薛蟠打死人渾不當事等等一系列情節，它仍然揭示出豪門勢族的無法無天和封建法律對於他

們的無效。俗世的污濁客觀上也為賈寶玉之厭惡「仕途經濟」提供了合理的根據。

《紅樓夢》在藝術上最值得稱道的，是人物形象的塑造。全書以一種精雕細刻的精神，描繪出上百個來自社會不同階層、具有不同文化背景的人物，而無不自具一種個性、自有一種特別的精神光彩，哪怕是出場很少的人物，也寫得惟妙惟肖、栩栩如生。他們構成了一座五光十色的人物畫廊，在中國文學史上具有不朽的價值。

這種成就固然表現了作者的非凡才華，但從根本上說，它更依賴於作者對複雜的生活狀態和人性的豐富含蘊的深刻理解，它內含着對人在現世中痛苦的生存的博大的同情。也許從一些次要人物身上，我們更容易認識這一點：像出身高貴卻因家族淪落而寄身賈府的女尼妙玉，為了掩飾事實上的依附身份所造成的心理傷害，她總是孤傲得矯情，對高潔雅致的生活姿態顯示出一種刻意的固執；像鄉間老婦劉姥姥為生活所迫而藉着一種「八竿子打不着」的親戚關係跑到賈府打抽豐，心甘情願以裝癡弄傻的表演供賈母等人取樂，極似戲曲中的丑角，然而仔細讀來，卻處處有她的智慧、世故和辛酸。作者更以深刻的同情心和對少女特有的虔敬，刻畫了許多婢女的美好形象，寫出了她們在低賤的地位中為維護自己作為人的自由與尊嚴的艱難努力。像俏麗明豔、剛烈高傲而敢於反抗的晴雯，像天資聰慧、有着詩意情感的香菱，她們被毀滅的故事令人永遠難忘。就是溫順乖巧、善於迎合主子心意的襲人，也並非沒有自己的痛苦，當寶玉說起希望她的兩個姨妹也到賈府中來時，她便冷笑道：「我一個人是奴才命罷了，難道我的親戚都是奴才命不成？」正是一種前人未及的人道主義情懷，成為《紅樓夢》藝術創造力的根源。

至於《紅樓夢》中的主要人物，不僅賈寶玉，像林黛玉、薛寶釵、王熙鳳等，都有着鮮明的個性和豐富的性格層面，其個性的形成也都具有充分的生活邏輯的依據。拿林黛玉來說，她聰穎而多病，容易自傷；在賈府裏，她既是一個因父母雙亡而前來投靠的「外人」，又深得賈母等長輩的

憐愛，其過敏的自尊和伶俐尖刻的言談正是由上述因素促成。因為缺乏安全感，無力把握自己的命運，在與寶玉的悄悄的戀愛中，她總是警惕而多疑，不斷地要求得到保證，使這愛情故事始終蒙着哀傷的陰影。薛寶釵則是生長於一個缺乏男性支撐的富貴人家，明智、早熟、洞悉人情，所以她很少表現得像黛玉那樣自我中心，但她注重實際利害的性格卻與重情任性的寶玉易生隔膜。至於作為榮國府管家奶奶的王熙鳳，是《紅樓夢》女性人物群中與男性的世界關聯最多的人物。她「體格風騷」，玲瓏灑脫，機智權變，心狠手辣，不但不相信傳統的倫理信條，連鬼神報應都不當一回事。作為一個智者和強者，她在支撐賈府勉強運轉的同時，盡量地為個人攫取利益，放縱而又不露聲色地享受人生。而最終，她加速了賈府的淪亡並由此淹沒了自己。在《紅樓夢》中，這是寫得最複雜、最有生氣而且又是最新鮮的人物。

《儒林外史》與《紅樓夢》共同標誌了白話文學語言的新高度，而不同的是，前者以簡練明快為顯著特色，後者則更多一分細緻委曲；在善於寫人物對話方面，《紅樓夢》尤為突出，不僅能切合人物的身份、教養、性格以及特定場合中的心情，使讀者如聞其聲、似見其人，連故事的情節也常常藉此作交代，這是對《金瓶梅》之長的繼承和發展。如第二十回中，寫賈環和丫鬟鶯兒擲骰子，輸了錢哭起來，遂被寶玉攆了回去。他的母親趙姨娘問明緣故，啐道：

> 誰叫你上高台盤去了？下流沒臉的東西！那裏頑不得？誰叫你跑了去討這沒意思？

鳳姐在窗外聽見，先斥責趙姨娘：

> 他現是主子，不好了，橫豎有教導他的人，與你甚麼相干！——環兄弟，出來！跟我頑去！

然後一面吩咐丫鬟，一面教訓賈環：

去取一吊錢來，姑娘們都在後頭頑呢，把他送了頑去。——你明兒再這麼下流狐媚子，我先打了你，打發人告訴學裏，皮不揭了你的！

　　趙姨娘對寶玉受眾人寵愛而賈環不討人歡喜一直懷恨，於是把這種不滿都發泄在賈環身上。但在封建宗法倫理中，趙姨娘雖以丫鬟被賈政收為妾，身份卻依然是奴才，她的兒子賈環卻是主子。所以鳳姐聽到她罵兒子又兼及寶玉，便不客氣地教訓她。對於賈環，鳳姐根本也是看不起的，但卻要求他有主子的樣子。在這裏，趙姨娘卑下的個性和怨恨的心理，王熙鳳盛氣凌人的威勢，以及賈環在母親身邊染得的委瑣，一一躍然紙上。《紅樓夢》中這樣的神來之筆，實是隨處可見，它使讀者如同進入了一個活的世界。

　　如同一切偉大的文學巨著，《紅樓夢》也是說不盡的。它有詩意的浪漫情調，又有深刻的寫實力量；它滲透了以世俗人生為虛無的哲學與宗教意識，卻又令人感受到對生命不能捨棄的眷愛。一九〇四年王國維作《〈紅樓夢〉評論》，被認為是中國第一篇現代意義上的學術論文，這和《紅樓夢》較之其他小說更適宜於運用現代觀念來解析，或許不無關係。

　　《鏡花緣》及其他　清中期產生的長篇小說流傳至今的尚有多種，其中較有特點的為李汝珍的《鏡花緣》和李海觀的《歧路燈》。

　　李汝珍（約1763—約1830）字松石，直隸大興（今屬北京）人，學問廣博，科舉無成，只做過幾年縣丞一類佐雜官職。所作《鏡花緣》一百回，故事起於以百花仙子為首的一百位花神因違犯天條，被貶下塵世，其中百花仙子託生為秀才唐敖之女唐小山。小說前半部分主要寫唐敖、林之洋、多九公三人遊歷海外三十餘國的奇異經歷，後半部分主要寫由諸花神所託生的一百名才女參加武則天所設的女試，及考取後宴飲賦詩的情景。同時，又自始至終貫穿着維護李氏正統、反對武則天篡政的線索。前後兩部分情節上雖有一定聯繫，格調卻不甚統一。

小說前半部分寫得較有趣味。作者所描寫的海外國度，雖多以《山海經》等古籍中的點滴記載為依據，但主要還是馳騁奇思異想，而在幻想性的虛構情節中，表達了對許多現實社會問題的看法。譬如主張男女平等是《鏡花緣》的重要思想，百名花仙投生人間、各有作為的整個故事框架即與此有關，而在「女兒國」的故事中，這一思想得到更為生動的表現。作者把現實中的「男尊女卑」現象在「女兒國」中依樣顛倒為「女尊男卑」，以此為女子鳴不平。故事中寫林之洋被選為女王的「王妃」，遭受穿耳纏足之苦，實際是讓男性從女性的立場來體會纏足等種種陋習的醜惡和非人道性質。此外如「兩面國」中人之虛偽欺詐，「無腸國」中人之刻薄貪吝，「豕喙國」中人之撒謊成性，「跂踵國」中人之僵化刻板等等，都是現實生活景象的映照。這種描寫都是漫畫式的，通過誇大和變形寫出了社會的醜惡和可笑，雖不夠深刻，卻有其尖銳和醒豁的長處。作者還用這種漫畫式的筆調寫他的理想社會，如「君子國」中禮讓成風，買賣雙方竟是賣方求低而買方求高，在諧趣中表現了他對所謂「古風」的嚮往。

　　李汝珍是位學者型的文人，好在小說中賣弄學問。《鏡花緣》後半部分寫百才女考取女試，本也有為女性張目的意思，但百女會聚以後的部分，幾乎是脫離了小說情節來大做文字遊戲，乃是行一個酒令竟要佔到十幾頁，實在是累贅不堪。

　　從小說藝術來說，《鏡花緣》是不太成功的。但它的面貌頗為新奇，反映了那一時代的人們對海外世界的興趣，也預示了古代小說的多樣性變化。

　　《歧路燈》一百零八回，論產生年代要早於《鏡花緣》。作者李海觀（1707—1790），字孔堂，號綠園，乾隆舉人，曾任縣令。其書長期僅有抄本流行，上世紀二十年代始有印本，八十年代才出版了較好的欒星校注本。因為是埋沒已久的古小說，一度引起熱鬧的討論。其書述一世家子弟譚紹聞因交結「匪類」而墮落以至傾家蕩產，後悔過自新而終於成就功名的故事。其立意於教育子弟的目的十分明確，故書中多直接宣揚程朱理學、標榜封建倫理觀念的文字。但在描述譚紹聞墮落的過程中，小說較多

地反映了當時的社會風貌，較為生動地刻畫了一批市井浮浪子弟的形象，這是值得一讀的地方。

清代中期及以後的戲曲　明代後期到清代前期是文人戲曲創作的高潮，到了乾隆時代，這種創作已進入尾聲。雖然作品數量不少，但總體上缺乏創造性。故下面僅對清中期主要劇作家作簡單的介紹。

唐英（1682—約1754）著有《古柏堂傳奇》十七種。他的若干劇目有淺俗單純、便於演出之長，如根據梆子腔劇目改編的《面缸笑》、《十字坡》、《梅龍鎮》等，後來被改編成京劇《打面缸》、《武松打店》、《游龍戲鳳》等，廣泛演出，這在清代戲曲家中不多見。

以詩文著名的蔣士銓劇作今存十六種，較為通行的有《藏園九種曲》。蔣氏戲曲在乾隆時代負有盛名，但大多說教意味甚濃。如《冬青樹》傳奇寫文天祥、謝枋得等人殉難故事，論者或以為表彰了「民族氣節」，然作者的本意卻主要在宣揚忠節；又如《桂林霜》傳奇寫廣西巡撫馬雄鎮拒絕跟隨吳三桂謀叛而遇難，情調與前一種相彷彿。蓋從「忠義」的意義而言，文天祥之忠於宋，馬雄鎮之忠於清，在作者看來並無不同。因此，人物性格難免乾枯。其長處主要是以較高的詩歌才力寫作曲辭，語言老練而富有文采。

楊潮觀（1712—1791）作有均為單折的短小雜劇三十二種，合編為《吟風閣雜劇》。劇本多以史傳記載為素材，加以虛構，以寄寓自己對政治與社會的看法。其中有些也是宣揚封建禮教的，如《感天后神女露筋》之表彰貞節。《寇萊公思親罷宴》寫北宋寇準預備設宴慶祝生辰，大肆鋪張，府中一老婢見此景追憶起寇母當年含辛茹苦教育寇準的往事，悲從中來，寇準也因此感動，下令罷宴。此劇着重表現寇準的孝思，並有戒奢崇儉的用意，但寫得較有人情味，使人容易接受。

另外，演白蛇與雷峰塔故事的戲曲，經過民間長期的流傳與改造，在乾隆中葉基本成型，出現了兩種重要的《雷峰塔》傳奇劇本：一是藝人的

演出本，相傳出於戲曲藝人陳嘉言父女；一是徽州文士方成培的修定本。白蛇故事在中國各地戲曲中傳演最為普遍，故這種劇本的出現值得注意。

　　自乾隆時期開始，戲曲演唱中昆曲的優勢逐漸削弱，出現了「花部」（指各種地方戲曲）和「雅部」（指昆曲）的分判，這意味着地方戲曲已能與昆曲分庭抗禮，且逐漸佔取上風。李斗《揚州畫舫錄》說：「雅部即昆山腔；花部為京腔、秦腔、弋陽腔、梆子腔、羅羅腔、二簧調。」這是指乾隆時揚州的劇壇，已經可以看出花部各腔的繁盛。在北京，由於各地劇班紛紛進京，也很早就形成南腔北調匯聚的局面，乾隆時秦腔尤盛。至乾隆末年，三慶、四喜、春台、和春四大徽班進京，又帶來徽劇的二簧調。徽班以唱二簧調為主，又吸收秦腔、昆曲等聲腔曲調，逐漸風行一時。至道光年間，二簧調再次與湖北藝人帶來的西皮調結合，成為一種新的徽劇，即皮簧戲，以後改稱「京劇」，並逐漸成為流行全國的劇種。

　　花部和京劇在戲曲表演史的研究中是很重要的內容，但文學劇本大多出於改編而缺少創造。早期的花部劇本，在乾隆中期錢德蒼所編《綴白裘》（新集）中有部分保存。

三　清代後期小說

　　清後期特別是到了清末的一二十年間，小說印行之盛是空前的。據日本學者樽本照雄《清末民初小說目錄》推考，自一八四〇至一九一一年間出版的小說有二千三百零四種（其中包括翻譯小說一千零一十六種）。造成小說如此興盛的原因主要有兩點：一是商業城市的規模不斷擴大，市民對這種主要是娛樂性讀物的需求不斷增長；二是新式的大眾傳播媒介的成長。據統計，至一九一二年，全國有報紙約五百種，期刊約二百種。這裏面除了專門刊登小說的期刊如《新小說》、《繡像小說》、《月月小

說》、《小說林》等之外，許多報紙也以副刊的形式登載小說。這些報刊為孕育和傳播小說提供了前所未有的條件。

自鴉片戰爭以來，社會激烈動盪，各種新思潮不斷湧入，清政權也越來越失去對社會的有效控制（特別是租界，官府已無權管理，而這裏又恰恰是報刊集中的地方），清代後期小說在題材和內容方面發生許多新的變化。如果說像《兒女英雄傳》、《三俠五義》等俠義小說大體還屬於舊小說的範圍，那麼在狎妓題材的小說中，則既有陳舊的才子佳人模式，也有了像《海上花列傳》那樣冷靜的具有寫實意味的作品，反映了半殖民地化的中國都市生活的特有情景。而隨着人們對清政權越來越失去信心，以抨擊官場黑暗為中心的政治小說——即魯迅所說的「譴責小說」也大量產生，其尖銳程度是中國過去各類文學都從來未曾有過的。更進一步，還出現了一些以鼓吹革命為明確目標的政治宣傳小說。同時，科幻、偵探之類新型娛樂小說也開始流行。總之，這一時期的小說創作極其熱鬧，從中可以看到當時中國社會的一系列變化。

另外還必須注意到西洋小說的譯印。翻譯小說雖然並不屬於「中國文學」的範圍，實際上卻極為有力地影響了這一特殊時期中國文學的變化。它不僅讓人們瞭解到西方文化和風土人情，打開了眼界，也對許多新一代讀書人的覺醒起了相當大的作用。清末民初最著名的「譯者」是並不懂外文、依靠別人的口譯來組織成文的「古文家」林紓，他一人在辛亥革命前所譯小說就約有五十多種。這些翻譯小說在社會上影響很大，《茶花女遺事》、《迦茵小傳》等，都曾轟動一時，風行全國。然而，林紓同時又是一位堅決捍衛中國文化正統地位的衛道士。總之，在清末，一切光怪陸離的景象都無足為奇。

俠義小說　自《水滸傳》以來，通俗小說中形成了一個描寫民間英雄傳奇故事的系統。但由於封建道德意識的滲透，這一類故事中的英雄人物越來越受官方意志的支配。到了嘉慶年間，有《施公案》專寫清官施仕倫

斷案故事，有綠林好漢黃天霸等為之效力。清後期俠義小說仍然沿承這一方向，以維護官方立場的態度寫英雄傳奇，其中較具代表性的有《兒女英雄傳》、《蕩寇志》、《三俠五義》等。

《兒女英雄傳》今存四十回，署為「燕北閒人」著，作者真名文康，姓費莫氏，字鐵仙，滿洲鑲紅旗人，大學士勒保之次孫。小說約完成於道光末或咸豐初，寫安驥因父親安學海被上司陷害入獄，遂變賣家產前往贖救，途中遇上歹徒，幸得俠女十三妹解救，並經其撮合，與同時被救的村女張金鳳結為夫婦。而這位十三妹其實是安學海故交之女何玉鳳，變姓埋名謀刺大將軍紀獻唐以報殺父之仇，因紀獻唐已被天子處死，她自念無處可歸，便欲出家，卻被張金鳳等人勸阻，最後也嫁給了安驥。安驥得兩個妻子之助，考中探花，連連高昇，位極人臣；張、何各生一子，全家享盡富貴榮華。

《兒女英雄傳》要寫出一種在「三綱五常」籠罩下的完美人生。安家一家人實踐了臣忠、父嚴、母慈、子孝、妻賢這些基本的封建倫理綱常，又主要在安學海身上體現了飽學、仁厚、恬淡等舊時文人所尊崇的一般美德。安驥由科舉飛黃騰達，則又寄託了作者對八旗子弟重振前人事業的期望。總之，這可以說是由一群在傳統道德意義上而言的完美的人組成一個完美家庭，並且最終得到完美的幸福。正像在第三十四回中作者所明白宣稱的那樣，這部小說與《紅樓夢》處處對立。

一般說來，像這樣觀念性很強的小說容易寫得迂腐枯燥。但《兒女英雄傳》雖然算不上出色，卻還是有能吸引人的地方。這主要因為它並不總是在說教，作者也善於編故事，很多細節描寫得生動有趣；小說的語言是用「說話人」的口氣來寫的，常常能寫出相當生動的語氣、腔調。如第四、五回中悅來客店一節，以安驥的迂腐與十三妹的豪氣相對照，具有傳統俠義小說的生動趣味。所謂「兒女英雄」，其實就是把才子佳人和英雄傳奇兩種類型的故事合為一體來寫，這也有在陳套中翻新的意味。

《蕩寇志》七十回，末附結子一回，俞萬春（1794—1849）作，刊行於

咸豐初年。小說情節緊接在被金聖歎腰斬的七十回本之後，讓水滸一百單八將全都被雷神下凡的張叔夜、陳希真等所擒殺。這一方面表明作者仇視水滸英雄、反對讓他們等人受招安的立場，不過作為小說而言，對歷史上的名作加以顛覆，也是吸引讀者的狡計。

刊行於光緒初年的《三俠五義》一百二十回，是説唱藝人石玉昆根據明人的《龍圖公案》等小説敷演而成，原名《忠烈俠義傳》。前半部分以包公斷案的故事為主線，陸續引入南俠展昭、北俠歐陽春等俠客的活動，讓他們成為包公輔佐朝廷、為民除害的幫手。

俠義小說是深受民間歡迎的一種文學類型。過去以《水滸傳》為代表，雖承認對朝廷「忠義」的原則，但其主要內容偏重於對既存的不公正秩序的反抗。而《三俠五義》中的人物，雖常有小小的越規，但其主要活動卻是實現對朝廷的「忠義」，並以被大官驅使為榮幸。它反映了民間英雄主義文學傳統的衰退乃至消亡。不過，《三俠五義》中的俠義人物，還是保留了「江湖」身份，從而也保留了這一類人物形象固有的粗豪不拘的性格，這可以説多少仍有《水滸傳》的餘韻，而迎合了市井小民內在的「不安分」的心理吧。清末著名學者俞樾對第一回作了改寫，又將書名改為《七俠五義》，成為後來最通行的版本。

《海上花列傳》及其他　清代後期娼妓業隨着城市的擴張而旺盛，尤其像上海這樣在半殖民地化的過程中高度繁榮的城市，匯聚了大量的金錢和各式人物，也匯聚了無數淪落的女子。一些經常出入於青樓的文人，遂把這裏的生活情形寫成市民喜愛的小説，其中較著名的有《花月痕》、《青樓夢》、《海上繁華夢》等。這類小説通常面目陳舊，但也出現了不同尋常的《海上花列傳》。另外還有像《品花寶鑒》這種寫官僚富豪與伶人之狎遊的小説，在作者的態度上實也與前者相似。

《品花寶鑒》六十回，成書於道光後期。小説背景為乾隆時代，以名公子梅子玉與名旦杜琴言的同性戀故事為中心，描寫王孫公子、巨商豪富

的狎優風習，間及官場士林中的逸事。乾隆時代京師狎優之風甚盛，朝貴名公多有好此道者。作者陳森久寓北京，出入戲曲界，遂採拾所聞所見而為此書。

這部小說雖是寫同性戀故事，卻是用了才子佳人小說的筆調，伶人形象，與妓女無多差異；書中所謂「邪正」、「雅俗」的分判，也是才子佳人小說慣用的倫理裝飾。而敍事之中，尤多溫軟纏綿之筆。如第二十九回寫杜琴言至梅子玉家探病，梅正在夢中與杜相會，口誦白居易《長恨歌》詩句，而杜則在病榻旁為之垂淚不已，十足是一種男女癡情的場面。所以小說題材雖然特別，卻未能深入描寫這種非常態生活中人性的狀況。但作為一種特殊的題材，它反映了清末小說的複雜化。從社會學意義來說，它的故事非常恰當地證明了一種女權主義理論：女性不僅是生理性別，它首先是一種社會性別。

《海上花列傳》六十四回，題「花也憐儂著」。作者真名韓邦慶（1856—1894），字子雲，號太仙，松江人，科舉不第，曾長期旅居上海，常為《申報》撰稿。《海上花列傳》自光緒十八年起在韓氏自己創辦的《海上奇書》雜誌上開始連載，每期二回，共刊十五期三十回；兩年後，全書的石印本行世。

《海上花列傳》主要寫清末上海租界中成為官僚、富商社交活動場所的高級妓館中妓女及狎客的生活，也間及低級妓女的情形，因而妓館、官場、商界構成此書的三大場景。全書以趙樸齋、趙二寶兄妹二人的事蹟為主要線索，前半部分寫趙樸齋自鄉間到上海投靠舅舅洪善卿，因流連青樓而淪落至拉洋車為生；後半部分寫趙母攜二寶來上海尋趙樸齋，而二寶亦為上海的繁華所誘，成為妓女。但趙氏兄妹之事在書中所佔篇幅僅十分之一左右，前後還串聯組織了其他許多人物的故事。書中語言是用普通話作敍述，用蘇州話寫對白。對不懂吳語的人來說，確實很難讀，它的流傳範圍不廣，即與此有關。

《海上花列傳》不同於向來的同類題材小說。這裏不把妓院寫成孕

育愛情的溫床，看不到「才子佳人」的模式，卻又並非以揭發妓女的「罪惡」為快，連作者在《例言》中所說的「為勸戒而作」亦僅是通例式的標榜而並非小說真正的宗旨。他所寫的大抵是妓院中平凡瑣細的生活場景，在這種場景中凸現人物的活動。出賣自己是妓女們的謀生方式，她們如常人一般有自己的喜怒哀樂；她們不比常人更好，也並不更壞。

作者寫妓女與嫖客的感情糾葛有相當的深度。它總帶有逢場作戲的意味，卻並非純然是相互欺騙，猶如入戲很深的演員，他們當下的情感是真實而動人的。而一旦妓女們在這裏認真起來，企圖從這裏得到夢想的生活，卻逃脫不了悲哀的結局。小說最後幾回，一面寫周雙玉因與朱淑人的婚姻之約成空，便鬧着逼朱淑人與她一同自殺；一面寫趙二寶久盼相約白頭的史三公子不至，重操賣笑生涯，被無賴「癩頭黿」恣意凌辱，這些淪落風塵的女子的無望的人生，令人不能不發出深長的歎息。

純以寫實能力而論，《海上花列傳》幾乎可以與《紅樓夢》媲美。作者始終沒有把注意力放在離奇的故事情節上，他的敍述始終很平淡，細瑣如「閒話」，極少有誇張和過度渲染之處，從中透出人物微妙的心理和人生的苦澀的況味。魯迅稱許它「平淡而近自然」（《中國小說史略》），這是相當高的評價。這種筆法對一些現代作家（如張愛玲）有明顯的影響。在同時代的小說中，這是很難得的了。

《官場現形記》與《二十年目睹之怪現狀》　　經過中日甲午戰爭以後一系列巨大的變故，古老的中國一步步滑到亡國的邊緣，國人對腐敗的清政府也完全喪失了信心。同時，清政府苟延殘喘，對社會的控制能力也越來越弱。在這樣的情況下，小說界出現了大量抨擊時政、揭露官場陰暗與醜惡的作品。這一類小說大都寫得很尖銳，但由於夾雜着商業目的，作者每每迎合讀者求一時之快的心理，描寫往往言過其實。魯迅認為這一類小說還不夠格稱作諷刺小說，就把它們別稱為「譴責小說」。李寶嘉的《官場現形記》和吳沃堯的《二十年目睹之怪現狀》是這類小說的代表作；劉

鶚的《老殘遊記》與曾樸的《孽海花》通常也列入「譴責小説」，但情況卻有所不同。

李寶嘉（1867—1906）字伯元，號南亭亭長，江蘇武進人。他少有才名，曾以第一名考取秀才，卻終未能中舉，因而對社會抱有不滿。三十歲時來上海，先後創辦了《指南報》、《遊戲報》、《世界繁華報》，均是有較濃文藝氣的消閒性小報。另外，他還曾擔任過著名的小説期刊《繡像小説》的主編。

《官場現形記》六十回，寫作於一九〇一年以後的數年中，書未完稿作者就病故了，最後一小部分是由他的朋友補綴而成的。小説的結構大抵如《儒林外史》，由一系列彼此獨立的人物故事連綴而成，魯迅概括其內容説：「凡所敍述，皆迎合，鑽營，矇混，羅掘，傾軋等故事，兼及士人之熱心於作吏，及官吏閨中之隱情。」（《中國小説史略》）書中寫到的官，從最下級的典史到最高的軍機大臣，其出身包括由科舉考上來的，由軍功提拔的，出錢捐來的，還有冒名頂替的，文的武的，無所不包。總之，凡是沾一個「官」字的，作者都要讓他們「現形」。

這部小説立意揭露官場的黑暗，有些地方尚能寫得有聲有色。如第二回寫錢典史巴結趙溫，想藉他走他的座師吳贊善的門路，後來在一次聚會上見吳贊善對趙溫很冷淡，他的心也就冷了下來：

> 大家散了以後，錢典史不好明言，背地裏説：「有現成的老師尚不會巴結，叫我們這些趕門子拜老師的怎樣呢？」從此以後，就把趙溫不放在眼裏。轉念一想，讀書人是包不定的，還怕他聯捷上去，姑且再等他兩天。

寫一個小吏的心機，真是很細密。但正如胡適《官場現形記序》所説，這部小説善於寫「佐雜小官」，「寫大官都不自然」。這也許是作者生活經歷所限。然而市井讀者的興趣，卻主要在於大官的隱秘，所以作者的筆墨也多花在這方面。而他所寫的大官的故事，大抵是魯迅所謂「話柄」（社會傳聞），沒有多少真實性。如第五回寫到何藩台出賣官缺，在那裏清算賬目，

繼而因為分贓不均，同他的親兄弟兼經手人「三荷包」大打出手，差一點弄得太太流產。大官僚通過出賣官缺中飽私囊，確是清末社會的一大弊端，但作者將此寫得猶如市井無賴的生意，這就沒有真正的「現形」的意義，也失去了批判的力量。而從全書來看，大部分是這一類漫畫式的筆調，所寫的官沒有一個是好人，而且這些人幾乎全部壞到沒有人性的地步。這固然可以使厭惡清政府的讀者感到痛快，但社會的複雜性、人性的複雜性就被處理得簡單化了。這樣的小說，很難說有多大文學價值。

吳沃堯（1866—1910）字趼人，廣東南海人，因家居佛山，自號「我佛山人」。他出身於一個衰落的仕宦人家，二十多歲時到上海，常為報紙撰文，後與周桂笙等創辦《月月小說》，並自任主筆。他所作小說，以《二十年目睹之怪現狀》最為有名，此外還有《痛史》、《九命奇冤》等三十餘種。

《二十年目睹之怪現狀》共一百零八回，自一九〇三年始在梁啟超主編的《新小說》上連載四十五回，全書於一九〇九年完成。小說以「九死一生」為主角，描寫他自一八八四年中法戰爭以來所見所聞的各種怪現狀，其宗旨大致與《官場現形記》相類。不過，這部小說涉及的社會範圍比《官場現形記》要廣，它以揭露官場人物為主，又寫到洋場、商場以及其他三教九流的角色。全書用第一人稱敍述，為過去的長篇小說所未見，可能是受了翻譯小說的影響。

吳沃堯性格剛毅而多憤世之慨，所以文筆格外尖銳；他對社會問題的態度，是「主張恢復舊道德」（《新庵譯萃》評語），所以抨擊的矛頭，往往針對舊道德傳統的破壞。但描寫之中，「傷於溢惡，言違真實」（魯迅《中國小說史略》）的情況，較之《官場現形記》更為嚴重。像苟觀察跪求新寡的媳婦嫁給制台大人充當姨太太以便自己陞官；符彌軒虐待祖父，逼得他向鄰居討飯，甚至幾乎將祖父打死；莫可基冒頂弟弟的官職，霸佔弟媳，又把她「公諸同好，作為謀差門路」，無不行同禽獸，絕無情理。以這種不近情理的描繪來批判社會統治階層的道德問題，是難以取信

於人的。所以魯迅批評這部小說「終不過連篇『話柄』，僅足供閒散者談笑之資而已」（同上）。

《老殘遊記》與《孽海花》　　《老殘遊記》二十回，署名「洪都百煉生」。一九〇三年始刊於《繡像小說》，後又續載於天津《日日新聞》，一九〇六年出版單行本。作者劉鶚（1857—1909），字鐵雲，江蘇丹徒人。出身於官僚家庭，既受過傳統的儒家教育，又對「西學」感興趣，當過醫生和商人，均不得意。後因在河南巡撫吳大澂門下協助治理黃河有功，官至知府。他的思想與洋務派接近，從事過鐵路、礦藏、運輸等洋務實業活動。後因在八國聯軍侵佔北京時賤價向俄軍購買其所掠之太倉儲粟以賑濟饑民，謫徙新疆而死。

《老殘遊記》全書為遊記式的寫法，以「老殘」行醫各地的所見所聞，串聯一系列的故事，描繪出社會政治的情狀。作者一方面堅決反對孫中山所領導的革命，一方面認為只有提倡科學、振興實業，才能挽救危亡。在《老殘遊記》的第一回中，他把中國比作一條顛簸於驚濤駭浪中的帆船，認為並不需要改換掌舵管帆的人，而只需要送一隻最準的外國羅盤給他們，就可以走一條好的路線。大抵像劉鶚這種比較新式的人物，行事頗有機變，而他們遇到的阻力，主要來自自詡方正而頑冥不化的守舊派。這種特殊性使《老殘遊記》與一般譴責小說不同，它揭露官僚的罪惡，對象主要是「清官」。作者在第十六回的「原評」中寫道：「贓官可恨，人人知之，清官尤可恨，人多不知。蓋贓官自知有病，不敢公然為非；清官則自以為我不要錢，何所不可？剛愎自用，小則殺人，大則誤國，吾人親目所睹，不知凡幾矣。試觀徐桐、李秉衡，其顯然者也。」徐桐、李秉衡均是清末頑固派的代表人物，作者特地提出這兩個與小說本身並無關係的人物來，可以看出他揭露「清官」是別有用意的。小說中寫到的「清官」主要是玉賢、剛弼二人。曹州知府玉賢有轄地「路不拾遺」的政聲，靠的是對民眾的殘暴虐殺，一年中被他用站籠站死的有兩千多人；被人稱為

「瘟剛」的剛弼，自命不要錢，恃此濫用酷刑，屈殺無辜。他誤認魏氏父女為謀殺一家十三命的重犯，魏家僕人行賄求免，他便以此為「確證」，用酷刑逼供坐實。《老殘遊記》指出這種人名為「清官」而實為酷吏，揭露了封建政治中一種特殊的醜惡現象，確實是有見地的。

《老殘遊記》作為小說來看，結構顯得鬆散，人物形象也比較單薄。但作者的文化素養很高，小說中許多片斷，都可以當作優秀的散文來讀。如寫大明湖的風景、桃花山的月夜、黃河的冰雪、黑妞和白妞的說書等，文字簡潔流暢，描寫鮮明生動，為同時的小說所不及。這也增加了這部小說的藝術價值。

《孽海花》初印本署「愛自由者發起，東亞病夫編述」，後者是曾樸的筆名，前者是其友人金松岑的筆名。小說先是由金松岑寫了開頭的六回，而後由曾樸接手，對前幾回作了修改，並續寫以後的部分。全書原計劃寫六十回，但最後完成的只有三十五回。前二十五回作於一九〇四至一九〇七年間，後十回作於一九二七年以後的一段時間，所以它已不完全是清末的作品。作者曾樸（1872—1935）字孟樸，江蘇常熟人，光緒舉人，曾入同文館學法文，對西方文化尤其法國文學有較深的瞭解，翻譯過雨果等人的作品。他曾參加康、梁變法，辛亥革命後進入政界，做過江蘇省財政廳長。因曾樸生活年代較遲，又較多接受了西方思想，所以這部小說不僅政治傾向上是贊成革命的，還宣揚了「天賦人權、萬物平等」的新思想，這與一般所謂「譴責小說」是不同的。

小說以狀元金雯青與名妓傅彩雲的故事為線索，描寫清末同治初年到甲午戰爭的三十年間上層社會文人士大夫的生活，以展現這一時期中國的政治、外交及社會的各種情態。在創作宗旨上，《孽海花》是作為一部歷史小說來寫的。小說中人物大多以現實人物為原型，如金雯青為洪鈞，傅彩雲為賽金花，威毅伯為李鴻章，唐猶輝為康有為，梁超如為梁啟超等等，還有一些則直接用原名。作者自己說，他要反映的是「中國由舊到新的一個大轉關」中「文化的推移」、「政治的變動」等種種現象，要「合

攏了它的側影或遠景和相連繫的一些細事」，使之「自然地一幕一幕的展現，印象上不啻目擊了大事的全景一般」（《修改後要說的幾句話》）。這種試圖在各種人物的活動中表現歷史的本質和趨向的立意，很明顯帶有現代色彩。

可惜小說本身並沒有達到作者所提出的目標。這主要是由於作者的文學趣味實際上不是很高，看來他缺乏一定的歷史哲學作為憑藉來把握紛繁的歷史現象，對人性的開掘也不夠用力，倒是很富於獵奇心理，喜歡把各種關於權勢人物或士林名流的瑣聞軼事搬到小說中去，喜歡寫文人與妓女的所謂「浪漫」生活，這說到底是為了迎合讀者的趣味。

但另一方面，《孽海花》體現出的一些現代小說的特點仍然值得重視。首先，小說通過主人公在國外的旅行與社交活動，描寫了中國小說中從未出現過的西方的社會文化場景，同時也真實地反映了西方生活方式怎樣開始對中國人產生影響。此外，作者描寫人物的某些態度也是過去小說中未曾有過的。特別是用筆墨較多的傅彩雲，由妓女而成為金雯青的小妾，充過一陣公使夫人，最後仍成為妓女，小說中寫她既溫順又潑辣，既多情又放蕩，只要她出場，總是有聲有色。這一人物形象實際上是作者在法國小說的影響下塑造出來的，她身上有一種很新鮮的氣息。如書中寫到傅彩雲偷情之事被金雯青識破，金本欲問罪，卻被傅理直氣壯地駁斥了一通。以傅彩雲的理論，「正妻」才有守護金家門風的道德責任，而「姨娘」即妾，原無須顧慮及此：

> 你們看着姨娘本不過是個玩意兒，好的時抱在懷裏、放在膝上，寶呀貝呀的捧；一不好，趕出的，發配的，送人的，道兒多着呢！……當初討我時候，就沒有指望我甚麼三從四德、七貞九烈，這會兒做出點兒不如你意的事情，也沒甚麼稀罕。你要顧着後半世快樂，留個貼心伏侍的人，離不了我！那翻江倒海，只好憑我去幹！要不然，看我伺候你幾年的情分，放我一條生路，我不過壞了自己罷了，沒干礙你金大人甚麼事。這麼說，我就不必死，也犯不着死。若說要我改邪歸正，阿呀！江山可改，本性難

移。老實說，只怕你也沒有叫我死心塌地守着你的本事嘎！

這種論調並不只是體現了一般意義上的「潑辣」，它包含着新的人生觀念。對此作者即使不是十分贊成，至少也未曾加以苛刻的指責。也正是因為作者持有寬容的態度，才能把這位美麗而放蕩的妓女寫得富於生氣。

總的說來，清末雖然沒有產生《儒林外史》、《紅樓夢》那樣的小說傑作，但新的變化卻是十分豐富的。

結語

　　為了避免生搬硬套的毛病，筆者在本書中有意識地少使用現代的翻譯概念。但讀者或許會注意到，在元、明、清文學部分，「人本主義」的概念還是反復出現了多次。這是因為在筆者看來，這一概念用於描述中國古代文學到後期的發展變化是合適的；而且，元、明、清文學中人本主義精神的成長，還構成了中國古代文學與現代文學之間的重要聯繫。

　　很多年來，中國人被「傳統」與「現代」的對立而困擾：一說起現代，那好像只能是背棄傳統而投向西方文化懷抱的，不可能就中國文化自身取得資源；一說起傳統，那就好像只能是不斷地退守，似乎中國文化的現代化絕非其自身所蘊涵的要求。但傳統本來就是不斷變化的東西，一種文化中的變異成分開始也許是異端，當它的合理性被認可以後，它自身就成為傳統的一部分。毫無疑問，自清末以來，自「五四」而愈烈，中國文化深受西方文化的影響與衝擊，文學的面貌堪稱是日新月異。但如果不是中國文化自身已經蘊涵着變異的成分、變異的要求，這種迅疾的變化是無法產生的；反過來說，儘管新文學的「新」帶着斑斕的西方文化色彩，但它終究是從中國文化自身的歷史、自身的處境中產生的，面對着中國人自身的生活與難題，並且還帶着自身的隱患。

　　我們可以把中國古代文學後期人本主義精神的成長視為中國文化傳統中的「變異」現象，因為它以個人為本位，重視人的情感與慾望，肯定人的自由意志的態度，與佔主導地位的社會意識形態要求個體自我克制，要求其服從群體意志和尊長威權的態度存在着直接的矛盾與衝突。但與此同時，我們也可以說上述人本主義精神的成長引導了中國文學與文化中新的傳統的產生，因為它是代表着歷史合理性的富於生命力的存在。有許多

文學創作現象，證明了在人本主義「傳統」上古今文學之間的聯繫。一個特別明顯的例子是：在晚明、「五四」時期和上世紀八十年代，都曾集中地出現了以愛情、婚姻為主題的創作；一般而言，這類作品大多不善於寫「兩人世界」的情感內容，對愛情心理的體驗都不大深細，原因在於這類作品對個人受家庭與社會壓迫的關注更甚於對兩性之間關係的關注。在中國文學中，愛情和情慾每每被當作個體生命自我肯定的力量來歌頌，選擇異性對象的自由和自然情慾的合理滿足，被有意或無意地看成個人走向其自由權利的一道門；只要社會取消了個人的自由權利，文學總是首先敲這道門。

筆者在這樣說的時候，絕無貶低外來文化對中國現代文學發展之作用的用意；恰恰相反，如果沒有它的刺激與強大影響，後者的前進步伐將會是極其緩慢的，其面貌也會和現在所看到的大不一樣。我們只是想證明：中國文學發展演變的整個過程，是存在着歷史趨向的；在古今文學之間，也確存在着相通的核心價值。